御製

佛光恩照　三千大千　隨緣偏滿
恒沙法界　普度衆生　悉證菩提
身心安泰　年時豐稔　風雨調順
日月升恒　乾坤清寧　百昌蕃熾
上下樂利　中外協和　庶物咸亨
萬善圓成　情與無情　同登正覺

大清雍正十三年四月初八日

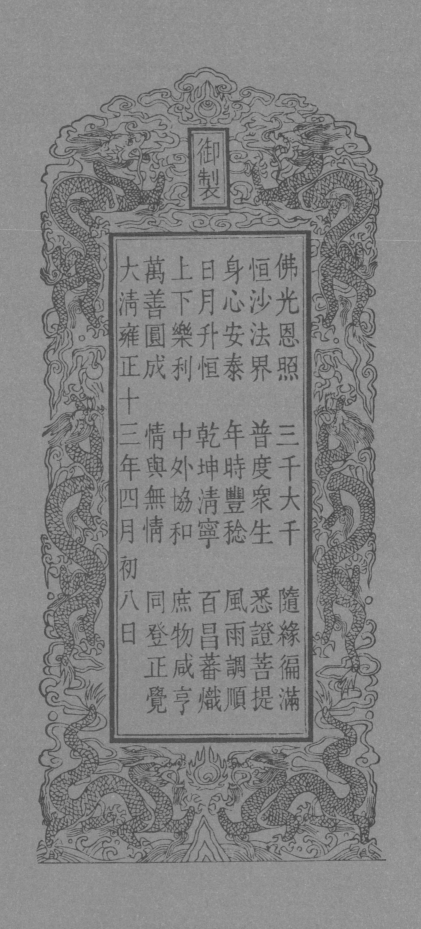

佛本行經

宋涼州沙門釋寶雲譯

清刻龍藏佛說法變相圖

佛本行經卷第一

宋凉州沙門釋寶雲譯

因緣品第一

今粗班宣法　慈心專聽受　佛衆經要義
聖師之言辭　傳佛之典籍　最利益於世
受者蒙大慶　潤及一切生　普一切諸佛
仙聖明王智　慈心稱名者　獲福不可量
今故演吉祥　憂苦永滅亡　所至之方域
莫不得安隱　撿情專守心　各各靜意聽
其有奉持者　雪除諸垢穢　以清淨法水
勤加浣濯心　入滅度深池　受色甚鮮明
五欲猶奔馬　著世隨之迷　回旋無出要
勞欲所欺誤　或馳於盲冥　獨周旋五道
以智慧之勤　善御回愚心　當以無常策
捶制情欲馬　挫折饕餮意　令亡捨諛諂

六欲江河流　趣惡甚速疾　當以智慧力
設牢厚堤塘　樂生死勤苦　未曾得休息
以無猒足意　迷醉於五欲　八種之湯藥
和合甚神良　順伏甘露味　迷醉尋醒悟
三界衆生類　倒見手所指　顛倒於五道
猶如拍毱跳　垂脫盡苦際　還復墮生死
今聞聖明教　宜息迷惑心　慈悲之光明
普照曜於世　愚覩熱時焰　癡心自迷惑
生死猶曠澤　孤覺迷於中　宜服飲法乳
除久飢虛渴　衆生從久來　爲老死所吸
不喜見良藥　逆罵謗醫師　醫合三十七
雜藥神良膏　宜以方便求　勤服以除患
塵勞之長夜　衆生甚安眠　宜擊甘露鼓
寤令莫睡眠　佛日出於世　照曜法豐秋
宜以智慧眼　勤心普遍觀　衆生心如水
躁擾濁不明　以法淳使清　猶如秋時水
衆生善御心　定意不躁濁　速疾得歸趣
入于泥洹海　種種變形體　於生死長遠
天人三惡趣　地獄鬼畜生　今宜捨諛欺
諂僞傀儡形　入滅琉璃城　合爲一種色
有王名阿育　無憂享國土　能使怨憂恐
歸附者喜敬　普於此地立　八萬四千塔
天龍鬼神喜　聲震於天下　時金剛力士
聞是震動聲　佛法更盛明　因是追念佛
低頭拄頰悶　惟佛在世時　諸天有問曰
唯仁何爲愁　諦視良久間　然後乃長歎
懷悲聲戰悵　發言報之曰　佛天中天師
施善教天人　追憶佛聖尊　是以愁悶耳
是諸天人等　後生不見佛　佛去世之後
乃生於天上　始聞佛名號　衣毛皆起竪

因以慈敬心　問於金剛神　唯仁佛是誰
有何善妙德　有何智慧力　有何律禁法
其形貌何類　以何自嚴飾　唯仁垂顧屈
爲吾等具說　以是光明言　勸進金剛神
發言猶華敷　含笑和顏曰　所問深妙法
難可倉卒說　諸聖不能究　獨我安能陳
若能以手指　舉佛世界地　四海諸淵池
一吸能令盡　若能都渾呑　鐵圍金剛山
以蓮華根絲　繫懸須彌山　若欲圍纏裹
窮盡虛空表　若復欲計知　十方衆生數
是事猶易致　學之或可得　欲歎佛功德
無能盡具者　願承佛威神　令意不謬誤
能少少班宣　歎佛之德善　令我之所說
猶如鸚鵡言　以歡悅仁等　可專意諦聽

稱歎如來品第二

今欲昇清虛　翔佛無外法　適欲稱發言
心爲之沉疑　吾心之羽翮　勢弱不能強
佛之空無慧　包博虛空外　假令有力士
盡力射虛空　箭行過劫數　不能至空際
若干賢聖明　於佛大空慧　以無量辯才
不嘆盡佛德　已度苦海岸　枯竭愛欲河
塞生老死淵　開立大法海　天人及異術
不能盡慧源　是故佛慧海　深邃無涯底
須彌衆山王　諸天遊居上　佛德踰須彌
莫能見頂者　魔王進三女　來欲亂道意
所至靡不惑　唯佛慈能護　魔王十八億
變形來欲戰　佛從衣出臂　如日照雲赤
以百福相手　擬地勝魔王　不敢當佛德
猶冥眺日光　諸天無能毀　魔王貢高幢
唯佛能碎壞　佛豎大法幢　其餘塵勞王

强力舍怒害　愚癡及死魔　軍率諸子孫
愛生五蓋子　先登纏覆世　有餘懷害進
變形若干種　怒害嫉慳妬　熱惱慢貢高
倒見貪欲求　邪癡塵勞王　其弊懷害强
圍遶求對戰　結布塵勞陣　各現武備力
各放剛猛弩　以中凡愚夫　其箭如毒虵
又有如熾火　迦葉佛已來　無以爲對者
佛德障其箭　益甚放燋然　乘戒德之車
被忍辱牢鎧　駕以精進馬　入滅塵勞陣
以正見利鏃　以正思爲簳　以正言爲羽
以正行爲筈　以正路爲弓　意筩中拔箭
放慈力駛發　佛箭名四等　一發滅塵勞
震三千世界　慧熾火塵欲　猶如軍被燒
施戒忍進定　慧信及堅固　守志不移動
猶衆川歸海　世清空中明　十方普蒙安
心一定堅固　思惟世起滅　以得金剛心
壞碎塵勞山　以佛眼觀見　三千界如鏡
外學諸神仙　久學無所覺　一切智無師
名諸佛之師　强慧金剛觜　潰壞癡堅卵
脫出愚冥獄　淩無爲清虚　天上食甘露
食隨爛馬麥　不甘著天味　不恚猒馬麥
調達怒放石　羅雲立其前　俱以慈眼視
見毒栴檀等　外學所誹謗　天人所稱嘆
於二意不動　猶口吹須彌　名聞三千世
佛是普世師　好首所虚謗　心等無喜慼
遇利衰毀譽　若稱譏苦樂　八法不能染
猶如水蓮華　天上人間樂　視皆爲不實
觀世如愚戲　有形皆空無　三衆趣衆生
開其難開門　空三惡趣獄　導天人無爲
經越度三世　縛阿須倫憍　勸導衆善本

雨三寶於世　往古轉輪王　自在於四方
於已不自從　免死至無爲　佛修種種業
治理法空城　濟脫塵勞賊　將至無爲城
日能照晝不及夜　不曜天上三惡趣
佛光晝夜三千世　乃至一切衆生心
佛神妙暉常盛明　千萬無數難可喻
月之盛明十五日　其暉曜夜無益晝
天帝懷憂悴　壽命臨終没　垂退失天福
詣佛還見諦　日月世眼目　阿須倫所繞
佛慈濟世間　救令不遭厄　憂烟想如焰
樂欲如服藥　愛著喻盛火　佛滅以法水
懷恚甚怒害　飲醉狂惑亂　鴦崛魔醉象
佛以慈制伏
無量生死堅纏裹　愚癡之賊蔽其目
佛以言鉀智慧藥　決除鬱鞞迦葉賊

時三人等塵甚厚　假令聲聞如恒沙
無有能動其毛者　唯佛濟使覩道明
容貌甚憍慢　因寶黼黻服　瓶沙最矜高
見佛屈受禮　頭如戴火焰　牙長眼正赤
怒則擲火燼　佛降阿臘鬼　龍王懷毒怒
雹害摩竭國　佛動地崩山　威勢滅龍毒
佛猶大象王　入生死華池　踐蹈塵勞軍
竚立泥洹中　佛導渡生死　如牛渡流河
衆生渡至今　如群牛隨道　佛如八解池
生法芙蓉華　天人如蜂集　服香則離苦
諸天聞海水　底有不死藥　以海大龍王
纏繞須彌山　諸及阿須倫　攪海至千歲
設若干方便　盡力甚勤苦　引萬種藥精
進令水上凝　謂是不死藥　接盛以金瓶
服者不永壽　不離老病死　意謬持神藥

轉輪無邊際　佛以七覺意　慧力攪大海
圍繞以滅定　引以精進力　致出甘露藥
永安滅老病　最樂滅衆苦　服者離生死
佛明踰日不亂精　盛踰月滿而不寒
樂過六天而消欲　焰如盛火無所燒
法甚微妙德行具　衆善伏藏積福聚
普集天人之善好　歎視佛德無猒足
光耀如日明如月　悅目如華聲雷震
步如象王忍如地　普勝世間佛獨最
如是無量清妙歎　衆聖窮劫不能盡
況吾愚淺欲究竟　猶無舟船欲渡海
諸人皆叉手　懷悅謂金剛　願佛下兜術
即受許爲說

降胎品第三

處兜術宮時　以天眼普觀　覩衆生苦惱
追憶往古誓　本願安衆生　累劫勞求佛
生生遭艱難　不猒種德本　第一上祠祀
從發意已來　以金遍布施　惠施手成德
從初種種施　聞者衣毛竪　頭目身手足
妻子所愛重　嚴駕名象馬　寶車垂真珠
若當合聚此　普地不容受　勸施聲雷震
如天降時雨　累劫以慧水　普潤飽衆生
施酪池乳江　福山酥如泉　蜜塹石蜜積
普嚴飾此地　未曾違求者　與與無所逆
水灌受者手　踰於四大海　奉父母明師
慈心具種事　所施無崖限　成施度無極
所生守戒勝　没命不穢禁　剃頭爲沙門
髮積踰大山　生遇天五欲　遭没命危難
不動毁淨禁　具戒度無極　生得尊自由
未曾施人惡　截頭目手足　心定得忍辱

情悟發求佛　逮進超九劫　彌勒等應先
勇猛出其前　貪慕深妙法　因身受慧義
入火投山巖　支節鐵針釘　十八法智慧
奉行無廢勞　覺了一切源　度智無極岸
施戒忍進定　智慧江海淵　慈悲傷衆生
成喜悅光耀　毛孔雜色光　明動兜術宫
諸天懷疑集　肅敬禮菩薩
即時種種擊金鼓　任恣賦與七覺籌
誰欲與吾降世間　故相延請法賓會
光從兜術照四方　樂役力渚閻浮提
即勑侍臣御月猛　汝識世間大國王
何國可託生　不違古典制　應遭遇菩薩
奉順佛言教　對曰唯聖聽　有大豪尊王
有王名善求　典主王舍城　波羅柰城主
王名曰善猛　竭國王百才　鬱禪王名巢

光焰王留生　又王名勇武　王善臂之子
又名白雪光
是八大王有名聞　不審爲可託生不
曰有是王穢不真　遍更察觀真正者
思惟斯須曰更有　轉輪王種壽與後
王最後孕名師子　其子白淨釋中尊
善妙稱吾意　應託生爲子　白淨男中上
妙后女中英　諸城邑之中　迦維羅越最
今日吾當降　施善於世間　示衆生以正
牢縛欲枷鏁　破壞生死獄　開示無爲路
示衆生方便　令出生死獄　卿等誰欲樂
離苦滅度安　欲自度苦者　與吾俱降下
班宣是法已　便下兜術宫　顯乘令普知
白象如銀山　菩薩乘象王　如日照白雲
諸天鼓樂舞　普雨雜色華　日精之明珠

光照耀王宮　降神下生時　現瑞甚微妙
菩薩降入胎　如鴈處清淵　如秋盛月照
如象處華池　日以光照好　月以盛明殊
菩薩無可喻　唯與善福俱　處妙后胎已
地六反震動　猶如水中船　空中崩雷聲
海池肅肅動　衆流淨澄清　諸天於空中
布華如帳幔　稱慶踊躍喜　地神欣然笑
諸華盡敷鮮　遍地無空缺　樹神見衆華
開張如目視　魔王愛樂樹　即萎摧悴愁
妙后寐寤尋憶夢　諸根寂然喜踊躍
舉目四向遍察視　玉顔怡悅蓮華色
即啓王曰唯願聽　夢中所見甚吉祥
大白象王有六牙　忽然來至在我前
王聞后所夢　懷疑喜踊躍　即召梵志占
爲說夢所見　明達善占夢　思惟乃發言
案典籍占夢　唯聽今諦說
女夢日光明入腹　因此懷妊生吉子
如日赫照普地界　其子德尊主一方
夢見月滿衆星俱　光照女腹因懷胎
生子聖達轉金輪　典主四方正法治
此女夢白象　趣入其右脅　此子無瑕穢
天人稽首禮　一切無不知　所生必爲佛
此典古聖識　王后夢白象　當生寶聖子
神仙獨象步　案卦以占之　必生天人師
其唯有二趣　樂家爲聖王　捨家除鬚髮
成佛衆聖師　喜其占夢諦　賜金恣其意
王后聞甚喜　以善事啓王　自夢此以來
恬然服甘露　體性衆惡除　唯願樂衆善
不樂名寶衣　唯善潔素衣　不好寶名扇
樂露清涼風　猒穢於五欲　樂受正眞法

六情不復著　色聲香味觸　不後樂宮室
意思遊園觀　啓王如是已　王即答之曰
恣卿意所樂　王從將俱出　乃至於流民
清涼華樹園　后自内觀身　如淨水月影
處胎無垢穢　金華琉璃轝　月滿諸根具
覩如寶明珠　后覺生期至　遊詣華香園
其園肅肅清　諸妙神來集

如來生品第四

于時沸星　適與月合　吉瑞應期　從右脇生
猶如雲除　千日霍現　譬如久冥　炬光卒耀
東方爲首　樹爲頭髮　華草爲毛　蓮華爲面
青蓮爲眼　丹樹爲口　須彌爲乳　四海爲腹
中土爲腰　南方爲髖　私爲垂珠　恒爲香瓔
西方爲足　衆寶爲飾　諸轉輪王　歷代典主
如江河數　佛所履踐　千輻相輪　常如印章
過去諸佛　所修德義　生育萬物　猶如慈母
難動即時　肅然震聲　懷喜庠序　和悅而瞻
即時右脇　顯大輝耀　過絶日光　日如螢火
令日失明　無復精光　光如華鬘　現若千色
叜塞四方　滿虛空中　譬如雲除　日昭然現
爾時諸天　見晃昱光　悚然怪異　而相謂言
日天下耶　金樹出乎　有神對曰　佛日出現
日天子疑　是何異日　將無奪我　日城宮殿
懷嫉霍然　彼千光明　佛耀輝地　日焰照空
太子懷光　千倍踰日　日光還逝　退不敢當
天地普然　如劫盡焰　天地冥闇　如始旦曉
諸神普喜　地祇鼓舞　光明雨灑　甘露良藥
充飽一切　滅憂惱患　海震如笑　樹木駈馳
淵池青蓮　如開目視　衆樹散華　以敬太子
衆鳥翔鳴　如雅頌音　諸天慕善　如華遇日

觀照十方　晃如金色　神祇懷喜　華非時敷
金銀栴檀　細末如塵　天意作華　晴無雲雨
光明普照　遍滿十方　明珠火焰　奄然不現
日所不照　幽隱冥處　霍然大明　耀三惡趣
聖智明達　教世光相　梵天神等　華中化生
慈謙敬心　散天意華　掌蓮華色　兩手接擎
懷愛敬心　慈目熟視　以梵清音　歎其功德
躬自傾屈　頭面禮足　戴之頂上　日處須彌
號名百祠　手執金剛　以千慈眼　熟視無猒
天華白蓋　雜妙寶華　其明如月　上於太子
歎其功曰　勞苦彌劫　以大方便　發求佛道
願垂慈心　衆生可傷　唯爲普世　不請之師
北斗七星　亦加稱歎　現七覺意　消七勞垢
故行七步　如師子趨　足跡印現　喻如七星
其步泰然　不懷疑慢　地神傾屈　低仰接足
以普明日　照於四方　現四諦法　如師子吼
吾齊以此　末後受形　不復處在　胞胎之獄
今當得佛　最難得道　將導一切　服甘露審
委靡輭草　雜色衆華　如天綩綖　周遍布地
譬如天王　處清池淵　如金樹華　視甚微妙
諸五趣類　受苦惱者　皆得休息　身安快樂
衆結縛著　甚急牢固　爾時衆結　悉得解脫
爾時洪音　遍聞佛界　諸天鬼神　懷喜踊躍
速昇虛空　進見聖寶　諸天旻塞　充滿無間
大龍王子　如須彌山　目猶日月　動海出水
頭戴雲蓋　速疾尋至　細雨香水　敬浴太子
安祥天子　受天世人　大敬祠祀　能與其願
自化已身　現有四頭　乘牛執蓋　敬護菩薩
童男天子　首戴羽冠　威力巍巍　號孔雀幢
貫胄帶甲　執持武備　爲天軍師　將從大衆

擁護菩薩　一由延内　天王大力　名毗沙門
珍寶充盈　德有悉界　天二十八　神將軍俱
各與營從　器甲嚴整　與億鬼神　來護菩薩
又有天王　名尊自在　與無央數　巨億諸天
執持幢旛　而來雲集　以恭肅敬　禮菩薩足
閻王惡害　無能勝者　驅逐衆生　以一種法
擲棄所執　太山獄杖　以慈愍心　來禮菩薩
無數諸天　龍鬼神王　淨居天上　諸清淨天
又手合掌　如未敷藕　賷敬曲躬　詠歎菩薩
金色天華　明真珠臺　青芙蓉華　紺琉璃莖
興成意華　若干妙色　末栴檀香　散下如雨
天女空中　眷屬俱來　鼓天妓樂　歌歎功勳
往古修行　衆億善本　果報成熟　潤及群生
慶雲震樂　諸天散華　身放光明　晃晃昱昱
諸天吒歎　衆生歡喜　蒙佛神德　普嚴世界
金烏諸龍　俱懷和協　天阿須倫　棄捨怨嫌
從白淨月　出清涼光　普爲世間　滅愛憎火

梵志占相品第五

當爾之時　衆善普會　殃患消滅　快樂無極
王因是喜　赦除天下　欣慶來集　如衆川流
如天帝釋　生子瞿夷　如安祥天　生子童男
如毗沙門　生子寶瓶　菩薩誕育　王亦歡喜
菩薩體輭　如天初生　乳母收養　如育嬰孩
請諸耆德　曉事母人　圍衞擁護　不離左右
光相明照　如梵中尊　諸母速疾　將詣天祀
欲令拜謁　諸天形像　天像皆起　屈伸低仰
諸有金石　水泥天像　又手稽首　禮敬菩薩
諸母驚怖　心皆愕然　緣是瑞應　號天中天
未諦審知　太子神德　因此恐怖　速還歸宮
白淨王聞　驚怪怖戰　因召梵志　明占相者

應命尋至王 即問曰唯諸 明師 瞻相吾子
懼因此子 犯觸天像 唯拔吾心 諸深狐疑
梵志喜顏 對曰天王 今應稱慶 不宜懷慼
王族更新 當從今始 轉輪聖帝 應臨四方
案卦占察 右脇生者 必爲尊貴 聖達普智
臨衆王上 顯如須彌 爲衆山王 無能及者
衆寶之中 如意爲最 衆流之中 大海爲最
衆光之中 日月爲最 今是太子 衆聖中最
案占古典 有威儀王 因手而生 律王掌生
情思力王 從父腋出 王名往古 因父脞生
枝陀竭王 頂上生出 是等德强 皆轉輪王
今占光瑞 相應聖王 攝度天人 以聖慧力
名號普聞 周遍十方 如大聖王 號支陀竭
金輪白象 玉女紺馬 明珠聖臣 主兵七寶
遊天世間 從兵四品 當爲天人 開無爲路

當有千子 才力勇猛 當以正法 治世太平
若捨出家 進求道術 必當爲佛 以惠勝世
仰案世間 衆聖明師 案卦所占 唯此二趣
王欣解顏 謂梵志曰 自宗祖來 聖王斷絶
父王亦無 轉輪王位 子何由能 自致聖王
王雖如是 梵志愕然 皆共同聲 舉手稱歎
猶如大龍 雷震之聲 於王殿上 大稱善慶
唯王莫疑 謂其不然 父子德異 宿行不同
唯在宿世 修立德行 請呈籍卦 王當照之
往古仙聖 賢才明達 次比四句 若醫藥方
往醫婁他 不能敏達 其子仙賢 明達踰父
往古聖王 後亦不繼 百轉之孫 乃復還紹
近聖亦復 限齊江海 其先莫能 如其子者
如是異術 乃餘無數 往古先人 所不逮及
其後苗裔 秀出踰前 事任宿德 非由於人

前世所修 與今德合 雖今時非 德人居吉
瞻察籍卦 與瑞符合 必得於世 爲轉輪王
王告諸大 衆梵志曰 今當爲子 因德立字
梵志黙然 心思斯須 謙遜昇聲 啓白大王
察今時運 太清和順 吉鳥翔鳴 瑞應至聲
地動庠序 節氣調適 風雨順時 世應太平
衆火焰現 清徹無烟 諸天塞空 現形叉手
雨衆雜華 天樂並作 王教平均 國應豐熟
大王國境 祥瑞普臻 當名太子 號曰吉財
王意大悅 重賜梵志 金角乳牛 數百千頭
王還喜悅 摩太子頭 以妙寶瓔 繫太子頸
慈心叉手 歎其德曰 先臨聖王 然後出家

阿夷決疑品第六

高山華果池 快樂如天觀 衆山少及者
故名阿夷岳 曩久居此山 年耆結旋髮
長暴露形體 壽高百有餘 體燋如黒雲
髮如白銀數 眼睛微赤黒 形如雜色山
智慧如梵天 明如日月火 四火日第五
自暴名阿夷 卒聞響響聲 鳥獸鳴如語
其解鳥獸音 懷疑出廬窟 見天交錯飛
於空中歡喜 因仰問天人 諸天何爲喜
有天名法樂 尋答阿夷曰 師爲未聞耶
世有奇吉祥 白淨王生子 當度世衆生
卒必成佛道 爲天世人師 聞佛之名號
踊躍衣毛竪 即上昇虛空 欲見釋童子
因所見瑞應 神通意審諦 彈指頃之間
便到王宮門 是上聖通士 明達禁戒備
王以愛敬意 速迎請入宮 讓之以上坐
謙恭辭慰勞 垂慇回接顧 屈來入鄙國
阿夷覺王意 愛敬盡禮儀 以慈目視王

執謙以敬謝　王宜應如是　愛賓以上禮
大王承法治　垂恩於國民　自先過諸王
種種大施與　於財寶貪使　戒智慧豐富
吾所由至此　宜懷歡喜聽　聞空中天語
王生子作佛　王忻所聞事　覺吉祥故來
法幢甚可愛　觀釋種族旗　王聞說是言
喜愕情惶灼　速呼太子來　與阿夷相見
在乳母抱上　光相昭然明　是太子德相
如天后抱子　阿夷不能忍　便前取太子
兩手抱愛視　如黑雲裏日　在阿夷抱上
菩薩明益輝　猶如黑山間　消金爐熾火
以慈心久視　眼中即雨淚　太子體晃昱
如黑雲雨雹　王見阿夷泣　心懷甚怖懅
恐子將不祥　懷疑語阿夷　唯聖時見示
吾氣時欲絕　今見仁悲泣　是故心驚戰
得無是吾命　一旦忽然滅　先爲我致慶
後將無遺感　劣乃得此子　久渴得升水
將無爲吾怨　翫不令吾當　吾始生意念
得子至眼眠　子目遺後視　則吾不憂世
是吾族珍樹　生於寶宮池　將護誠告我
以愛已子情　面如盛滿月　阿夷熟視之
眼睫青紺光　舌如蓮華葉　頭髮紺青色
覆其高廣額　頰車如師子　諸頷充平滿
師子肩長臂　掌輪千輻理　次視其相已
從頂至足相　師盡愛敬意　稽首禮太子
淚墮如雨下　懷慘惘啓王　其有充滿足
二十二妙相　必當成爲佛　以善勝普世
諸天聞是語　於空中散華　同聲稱善善
王謂阿夷言　前師案卦占　定成轉輪王
今聖師視相　定之使成佛　王言猶投酥

火焰盛熾猛　益增阿夷口　更說決定言
如我觀察相　姿媚滅欲意　示衆主滅度
當以佛容貌　假令空中雨　金剛之大山
不動太子毛　何況餘艱難　普世衆力士
諸弊害鬼神　及阿須倫王　軍官屬營從
各執金剛杵　大如須彌山　來欲擊太子
山杵破散盡　太子不動移　當作是覺知
吾不以是慼　當以懷歡慶　我自傷流泣
遇佛而空過　班宣慧照曜　奮千辭義光
佛因當顯明　我獨不見感　立在無爲空
滅如月清冷　世蒙凉除熱　我獨當燋然
佛常執金剛　慧杵碎塵勞　當有甘露藥
我獨不得嘗　佛如海馬王　濟度海流人
我獨退在後　婬鬼所裂敢　一切智池水
善意諸虫貝　通放慧江流　一切飲除渴

衆善爲根株　忍枝意止葉　覺意以爲華
成泥洹甘果　解脫衆生禪　戒香遍世間
佛樹當生長　我薄德不覩　愚癡門甚牢
恩愛關甚固　當以法鑰開　生死牢獄門
普世相燒然　以婬怒癡焰　當以法水滅
如雲雨野火　以悲心之角　定頓十方鋒
常施善法乳　天人飲無猒　普世之瓔羅
塵勞之重疾　以最勝法藥　當療衆生病
佛之大海淵　諸佛之寶渚　度生死賈客
以寶充其僥　芥子比須彌　牛跡水況海
螢火喻日光　轉輪王方佛　勝逼達梵天
喻覺慧帝釋　超淨相梵志　世傳古王典
古仙聖大師　學深猒祠祀　若聞佛聖化
疾捨本術盧　澡瓶杖簇髻　棄本諸威儀
尋捨貢高意　猒本所習禮　咄此老宫慷

令人無所及　吾已得五通　今事永不偶
今甫欲然耀　慧定照世間　吾今垂垂滅
如何不悲乎　即呼弟子來　汝莫如吾誤
以徒託太子　阿夷辭遠退

入譽論品第七

是時釋王　德日夜增　寶倉國境　名稱智慧
金寶積聚　種種瓔珞　衆善來歸　如秋海淵
象馬車乘　猶天嚴駕　賢善調良　自然詣廐
甘蔗石蜜　酥乳水漿　粳粮穀米　氣味力增
殃患普除　怨敵屈附　舊親增敬　疫饉消亡
涼風和調　時雨細潤　空中晃昱　甚好嚴備
盡王境土　長益豐茂　衆善普集　不祥枯竭
以太子德　合成諧偶　以諧偶故　名稱普聞
諸根成就　相好可觀　猶月初生　十五日滿
諸王長者　普進貢獻　栴檀羊車　駕御金鹿
象牙金銀　雜寶合成　栗珍塡廁　象子馬駒
童子戲弄　戲笑娛樂　白銀鴈子　珊瑚口雋
隨其年長　致獻貢御　金寶博弈　以供太子
年在幼少　爲事尊長　重踰須彌　忍辱過地
淵深於海　意博包空　時過孩童　初入壯美
世人所習　衆諸技術　太子學能　不加日勞
年滿十六　體力精進　文武兼備　藝過諸釋
王覩太子　德日殊異　兄弟中猛　如勇師子
王忽悟憶　阿夷所言　如何當令　捨是洪德
涉苦入山　精勤學道　心即懷疑　召諸臣議
思計令子　不入山學　執謙尊教　如天帝臣
承帝詔命　思計設理　沉思斯須　執敬啓言
尋承命旨　子難卒留　海可過濟　日可失明
月可捨凉　子願難違　唯然天王　宜設方便
若設方便　爲事必剋　假令不剋　無遺恨情

事離方便　則難施立　聽承古仙　服水氣者
長勞困形　皮骨相連　重如太山　遭欲風吹
愛恚戰動　如風吹樹　嚴妙堂舍　色聲香味
華香嚴飾　狀如天女　第一上樂　迷醉女樂
五欲猶能　迷惑仙士　夫色聲香　味細滑觸
諸心所喜　五情所貪　以欲堅牢　力强大網
以繫子心　乃可無憂　王然此義　即召美女
十五以上　容色妙者　六十四種　姿媚具備
尋致諸女　充太子宮　久學調靜　執慚愧戈
於婇女中　如月衆星　攝藏輝光　不甘五欲
口終不發　不遜之言
眼不起視色　猶餓夫於樂　諸妓女懷慚
如冥逃光走　父王聞是已　不安寢於牀
因更令境內　有相好樂者　其誰有妙女
必盡來應會　若有違限者　加之以重讁
設此嚴限已　益出衆瓔珞　恣之取瓔珞
入宮爲婇女　種種嚴修飾　諸遊觀園池
無數衆女集　皆受賦瓔珞　太子德如日
目無能當者　自執意校計　終無能染汙
執杖釋種女　姿貌如天女　心忍辱如地
面暉如月滿　古聖王苗裔　相應王女寶
德廣覆天下　除憂如天樂　持重有智慧
相好容貌充　名稱最第一　是故號降稱
手執波曇華　眼如紺蓮葉　兩手捧好華
歡喜詣其母　唯然見嚴飾　意欲入宮觀
欲見釋太子　心自然戀慕　母即告女曰
寧令受僁讁　終不聽汝往　願毋必見聽
重啓父母已　即聽隨其願　愛敬執謙恭
執辭父母已　將從顯然往　如水恒趣海
至於王宮中　到遙觀太子　過去五百世

曾爲太子妻　其所生之處　女中最第一
前世緣牽致　故熟視太子　顏容欣開敷
如日水蓮華　厥行步庠序　寂然無聲響
猶如衆江流　入海則寂定　衆中有一女
造二首歌頌　音韻甚和好　應時順事理
有女來甚妙　執持紺蓮華　憶往世善行
故以相發悟　過世上名華　供養定光佛
執華甚殊好　猶如忉利天　菩薩忽然聞
定光佛之名　心中即驚動　徐舉目遍視
即發聲謂曰　進手中華來　以言衆所饒
如服甘露藥　應聲尋進華　以奉上菩薩
侍在菩薩左　如明星在月　太子視瓔珞
不宜其所服　即解明珠瓔　擲以掛女頸
於是明珠瓔　嚴飾女形容　姝好無雙比
益發明珠光　猶如天帝釋　處於紫紺殿
亦如十五日　月與衆星俱　合宮盡歡喜
皆共同舉聲　稱曰真得妃　莫不同其歡
如是歌稱聲　斯須流聞王　王聞甚歡悅
重賜名寶珍

王即令求女父母來　賜與珍寶　不可稱計　召明梵志　卜擇良辰　塗香壇地　飾以衆華　以神呪酥　充飽火神　灌太子手　父母授女　爲太子妃　女中第一　在太子側　如日月星

佛本行經卷第一

音釋

捶 主蘂切擊馬策也　挫 才卧切折也　饕餮 饕他刀切貪財也餮他結切貪食也　毱 居六切毛毬也　麛 研奚切鹿子也　躁 則到切動也　傀儡 傀苦猥切儡魯猥切傀儡戲也　頰 古協切面旁也　翮 胡得切勁羽也　鎧 可亥切甲也　鏃 子木切矢鏑也　簳 古旱切箭笴也　筈 古活切箭本受弦處也

篟徒紅切潰胡對切散也鴦崛魔梵語也此云指鬘鴦於良切
錍通眉切鞞駢眉切黼黻黼斐古切黻敷勿切黼黻黑白相次文也
熸徐刃切火餘也塹七豔切坑也萎邑危切枯也悸其季切心動貌
讖楚禁切符讖也轝雲俱切車也髖枯官切輻方六切畟察色
切遏遮也駏騀駏普火切騀音我綩綖綩於阮切綖夷然切綩綖坐褥
也愕逆各切驚遽也⿰月坒部比切⿰忄勺之藥切憂也懅居御切懼也
睫即涉切目睫也慘惆慘七感切戚也惆六紡切失志貌鑰弋灼切關
牡也疫饉疫越逼切瘟疾也饉具吝切無菜曰饉⿰口雋子委切彖也讁
側格切罰也頡音胡

佛本行經卷第二

宋涼州沙門釋寶雲譯

與衆娛女遊居品第八

種種嚴飾猶如天宮春秋冬夏四時各異
應節修治遊觀園池亦如天帝施安樹林
太子因遊至園池觀娛女圍遶如月處星
於是衆女晝夜作樂嘲調戲笑過數年已
或娛樂之更造新術或現己身或時書頌
或圖廟畫或有刻鏤或有以泥爲若干像
或有結華以爲數飾或在面目或有塗香
或以鏡照或櫛梳頭或黛黑眉或丹口脣
或復有女華相打擲或戲笑者或悲歎泣
或口詠歌可聽可樂猶如華中衆蜜蜂鳴
衆女求浴太子聽從無憂樹間丹華之池
圓光文飾照樹金色猶金在火明耀林樹
諸樹傾屈散供衆華衆鳥相和悲哀而鳴
女笑鳥鳴震聲遠聞五音俱作感動人情
太子入池水至其腰諸女圍遶明耀浴池
猶如明珠遶寶山王妙相顯赫甚好巍巍
衆女水中種種戲笑或相湮没或水相灑
或有弄華以華相擲或入水底良久乃出
或於水中現其衆華或復於水但現其手
衆女池中光耀衆華令衆藕華失其精光
或有攀緣太子手臂猶如雜華纏著金柱
女粧塗香水澆皆墮栴檀木櫁水成香池
如是戲笑難可計數六萬娛女圍遶其側
太子於中如天帝釋於天浴池與天女俱
於是皆乘金銀寶船遊戲池中如天乘雲
太子復乘七寶之船妃在其側俱共入池
色身金照光各一丈如日乘船莫不驚愕

謂是日出 衆華開張 明重光照 踰日天子
太子出池 諸女更嚴 作衆妓樂 行甘蔗漿
諸女飲已 跳踉舞戲 時日便冥 向月燭明
欲惑太子 意終不傾 欲使其貪 意終不著
慧燈甚明 終無能滅 猶明珠燈 不損飛蛾
斯須至冥 衆女睡眠 太子妃寐 夢覩憂變
太子出家 捨宮婇女 逃入山澤 妃獨逐走
從後求哀 莫相捐弃 澡手見授 今棄付誰
惟今自察 無重過失 願微重榮 莫生相捨
獨入山澤 勤修衆德 何却於妾 致大酷惡
古賢出學 亦復好妃 惟垂愍傷 願聽侍從
追呼不息 太子入林 心意發狂 樹樹行求
號向樹曰 汝獨無憂 我獨懷惱 示我太子
仰見樹上 有赤觜鳥 向鳥歎苦 我失所怙
汝聲似之 留聲與汝 願以鳴聲 除我心惱
又見樹曰 汝何不慈 吾厄失怙 迷行犯觸
賢夫所棄 宜見愍傷 如何見笑 華盡開敷
見雙頭鴿 相將俱飛 益增憂苦 流泣且言
惟願示我 懷重嫌者 令我覩之 失之我亡
樹華散我 更撓我心 惟汝仁鳥 莫嫉快我
當散我心 好喜妓樂 未曾相犯 何爲必爾
爲風所動 樹枝傾曲 猶如以掌 擊打於我
鳥獸角視 爾所遣夫 水聲如罵 我不任治
太子不還 便悲歎曰 留目紺蓮 留超與應
留笑華敷 留顏金華 留髮辟兵 我見遺忽
口言未止 忽見太子 於林樹間 便前搏曰
何爲相棄 語頃驚覺 抱持太子 慚懼戰疚
太子問曰 何爲如是 便說夢事 太子報曰
此非爲汝 吾無所去 誰往誰返 無有往者
亦無所至 汝諦覺是 色如聚沫 覺意如泡

想如光焰　行如芭蕉　識法如幻　諸根無力
形體相因　猶如華合　覺世無常　譬如野馬
吾我無有　亦無堅要　合會有離　汝當諦覺
太子自念　是吾出應

現憂懼品第九

王愍太子愁　勸令行遊觀　始出宮城門
霍如日出雲　駕乘七寶車　衆德相自嚴
所將從貴重　如月與衆星　功德充滿備
形容甚殊妙　都勑國邑里　并除老病死
窮凍困厄者　莫令現道側　各使盡力嚴
若干幢幡蓋　樓閣諸婦女　猶如天宮城
嚴飾甚靡麗　莫不懷歡慶　萬民皆歌詠
聲響震一國　猶秋水歸海　諍競欲觀見
莊嚴易服飾　未竟便起走　或未及莊嚴
聞聲便馳往　於衆閣欄楯　畟塞不相容
或投身自懸　猶如衆華垂　或有傾屈禮
各懷敬歎曰　當爲世導師　散衆華香瓔
見以皆驚觀　展轉相謂言　此當爲何神
或云從天降　或云是天帝　魔王或梵天
懷疑歡踊躍　歌歎若干種　諸天見太子
容飾道從出　猶如天帝釋　出遊觀之時
於是淨居天　欲與降瑞應　如前佛現瑞
勸意出家覺　天卒化病人　喘臥在道側
色惡眼睛黃　體氣口燋乾　身腫爛膖脹
惡露諸不淨　宛轉而自塗　菩薩舉目見
問是爲何物　醜惡難可視　御者尋對曰
食飲不時節　四大錯不順　是名爲病人
菩薩報之曰　視何不分減　御者復對曰
是不可分代　覩世無能免　疾病之危厄
四百四種病　大患如世間　尊亦未免離

處大變難患　太子即停駕　慘然懷憂歎
聞病心驚痛　如象被毒箭　見病觸其情
尋勑御車迴　心懼懷悚然　如牛畏雷震
聞雷聲怖愕　驚懅體不安　後時復更出
天化作老人　頭如絲雪霧　皮緩肌體皺
戰如水中枝　身僂如張弓　太子見即問
是名爲何人　生便如是耶　爲有變者乎
御者因對曰　始從身受胎　微起如泡沫
緣起五體見　分合成六情　然後乃出生
小飲毋乳活　次長乃食穀　轉緣地而行
初語如鸚鵡　爾乃立行走　體貌形容成
諸根轉成熟　以故名曰老　是名天使召
顯教寤衆生　形衰失歡慘　如華被毒霜
面如月遭蝕　心猶日雲霧　壯進力枯竭
如夏沙滲水　竊人志思才　無形來如賊
心惱失聽識　猶野火燒澤　迫迮如壓油
飲其體精氣　壞變令形異　是者名爲老
太子視良久　悵然而長歎　老病大石山
强磨碎衆生　世普遭苦患　何可暢意安
當設方便逃　如避强害寇　後復出遊見
天化命過人　宗親隨喪車　被髮而啼哭
問曰是何等　以至誠示吾　爾時諸侍御
便爲具足說　日迫至枯老　痛流精汁竭
八節之利鋸　劖刻壽命樹　日月之斧利
晝夜恒斫斷　會遇無常風　隨靡崩顛墜
與父毋離别　隨行獨迷走　妻子及兄弟
無親可恃怙　莫能設方便　圍遶而哭泣
追慕哀摧傷　歎其生時德　吾亦當爾乎
都亡尊莫疑　我亦離親耶　爾尊必當别
普世死所執　如何暢笑語　不知慚愧故

更歷無數死　晝夜之長塗　日月運不停
老死病甚毒　憂惱之牙齒　四時舌所舐
宿行速危險　一切莫能免　死猶龍所呑
普入盡傷折　都崩盡斷壞　悉奪其所願
盡呑盡燒沒　盡驅盡挫摧　莫有能禁遮
尊當覺是死　聞已懷懼曰　處世之笑者
金石爲笑耶　太子懷憂行　憶死如湯灼
猶如猛師子　處林遭野火　思欲得免離
老病死熾焰　順道念不忘　方便欲求出
天化作梵志　現形暴露燋　簇髮鬚眉長
被麤鹿皮衣　手持澡瓶水　又執三岐杖
菩薩因問曰　仁修術願何　尋聲應太子
唯聽我所願　無病老死患　是處名天上
今於此下種　生天廣大華　願求安快樂
萌芽天上生　太子歎吒曰　斯士見計明
告語天離患　是亦吾所樂　心惟懷一疑
爲求恒常不　若必常安樂　可願生天耳
天於上稱善　歎太子心淨　天上雖快樂
卒必當墮落　食福衆善快　終無求長存
福盡即退墮　三塗受苦分　日有千光焰
福盡墮闇冥　月滿盛照曜　月天墮失明
梵釋無數天　雖失天榮位　還爲可傷物
乞匃餓鬼形　昔爲寶頂佛　然燈五七日
始發意求佛　誓願甚堅固　即時魔心戰
猶如芭蕉樹　亦令魔宮殿　震動不得安
爲三界所敬　今者不宜忘　於無央數佛
修若干勞勤　昔爲施安佛　起七寶大塔
猶如須彌山　峙立於地上　上錠光七華
受莂當爲佛　金華散普佛　終日願大乘
又爲起廟寺　事蓮華上佛　及餘無數佛

衆寶香華施　以天華供養　無數能仁佛
又供現義佛　華香畢巳壽　歌歎方面佛
乃至于七日　供養無量佛　盡巳之形壽
復施頂王佛　七寶名衣服　布施無漏佛
求欲作沙門　又於理光佛　入道持淨法
復於無限佛　剃頭作沙門　於數千諸佛
執勤勞謙敬　有身餧餓虎　以妻息施與
捨眼身肌肉　手足心不亂　如是不可計
頭施有千數　當施與之時　震動三千界
如是言說頌　現天壽終墮　後者悲歎慕
展轉相憐傷　下現入地獄　各十六營屬
忽有大聲出　普世皆當死　從此轉進行
釋種女名鹿　見太子如天　發大聲言曰
是父不懷憂　爲毋大安樂　其夫如此者
婦如逮無爲　如從天雲雷　聲入太子耳
始聞無爲音　猶疲勞得息　諸情巳充足
意中如逮得　以巳盛寶瓔　遥擲掛女頸
以聞無爲喜　不以邪欲與　歡心向無爲
忽見化沙門　威儀戒寂靜　法服手持鉢
太子告御者　回車往行就　太子問沙門
尋聲而應之　六情無諸漏　捨家轉離患
山巖空閑樹　止宿獨靜處　乞匃自存活
太子願學此　我名曰沙門　欲求解脫故
愛憎意俱除　諸情調心定　無著捨吾我
衆事一切棄　乗自守車輿　手執智慧弓
廣設諸方便　欲壞滅魔兵　願無火無地
無水無風雲　無日月星辰　無雲空疾患
無老死憂苦　亦無別離惱　甘露來乖滅
吾願求是處　說是言適竟　忽滅太子前
太子安庠行　光影照耀地　還至遊觀園

心寂滅定安　意思若干種　衆善之方便

閻浮提樹蔭品第十

菩薩於是時　心懷慘然還　過到遊觀園
德曜猶天帝　諸仙聖之王　不以女色感
或見農田夫　興功耕犂作　踐截蠕動蟲
即起悲痛心　如親傷赤子　慨然而長歎
去其樹不遠　伏藏忽出現　碎方一由旬
七寶充盈滿　將從喜踴躍　取金書寶器
銘題苦王號　其器其王造　太子省銘題
過去轉輪王　八萬四千代　展轉相承習
視其七寶積　如見毒蛇虺　回顧華光顏
傾屈敬先代　泣出紺色睫　雨於華容顏
即舉普慈目　仰瞻視空中　發情哀梵音
勑其左右曰　往古諸釋尊　雄猛世憍慢
捨國名天位　空獨至何方　賦役勞四域
積聚無央數　土地國寶藏　故字其主無
心思計無常　趣閻浮樹下　即舉金光腨
置金色髀上　坐思堅無動　聚意專一定
觀起滅合散　逮得一定住　如江河沙數
諸佛不共意　九惱江流濁　以珠能使清
於一切衆生　慈心彈指頃　福無限無量
慈加衆生故　復起慈愍心　欲安衆苦患
諦察見一切　平等逮一禪　棄諸欲惡法
尋得歡喜解　乃至第四禪　及無量清淨
日時轉向夕　諸樹蔭移徙　唯閻浮樹影
如蓋覆太子　猶人識恩養　宿行報不捨
蔭不離太子　如報不捨對　釋種王聞之
騰至如師子　見子處樹下　猶如雲中日
情喜懷踊躍　愕然不自勝　慈目垂泣視
禮足悲聲歎　以無量敬意　如是今再禮

願國土有德　莫生捨棄去　普懷喜踊躍
猶如侥天福　幸莫棄愚迷　失侥墜罪冥
子是世間德　顯古先人號　一切所恃賴
諸釋中之雄　是吾之身命　諸女之欲天
衆生之梵天　普令之自在　莫奪吾等命
猶如强敵王　王愛子不覺　悲慘且還宫
王去後不久　太子從禪覺　聞空中有聲
三天於上問　天人之導師　願聽我等言
願尊可時出　從無央數劫　名色二支分
周徧於五道　根萌至於有　甚大而堅固
今以智慧犂　反生死樹源　愛深廣淵池
亂想如魚遊　回覆迷牽著　嫉恚駛流波
第二天所啓　以清淨敬意　可乘進浮船
度塵勞海岸　第三天啓言　種山憍慢巖
邪見之深坑　嫉恚之絶崖　病死之川谷
傾邪屈而曲　以慧金剛杵　壞碎衆苦山
聞已從座起　晃耀如金山　雄步臂髈平
聲如雲雷音　目如紺蓮葉　面容如月城
猒家樂無爲　意但思欲出　如師子被箭
傷心還入宫　行詣父王宫　白淨之殿前
跪叉手白啓　惟願聽所陳　欲得捨家出
述修古聖業　合會必有離　誰能依久存
王聞其所啓　心如動水月　感咽不能言
良久乃發聲　惟莫懷此意　非是卿出時
年始幼美盛　不宜居山澤　今正是吾時
捨位入法津　以卿有德子　幸願踐榮位
地祇懷希望　求轉輪聖王　釋種因卿顯
汝不宜禪位　因以深重聲　而報父王曰
願尊以四事　爲已之保任　使病不侵强
老不奪盛壯　死是普世患　今莫竊壽命

成事不壞敗 如是爲四事 若必能保任
便可無憂住 不行諸山澤 泰然治國民
王曰此四事 無能保任者 卿應食國位
無有不順理 居位可修法 致得無爲道
七寶爲首冠 寶服光耀體 衆好自縈遶
如欲界天子 皆居臨王位 自致得解脫
有王名力勝 有王名不迷 有王名識知
有王名武力 此等居王位 逮得解脫滅
如是但居國 兩得無所失 於意得自在
及乃國土地 無能妨廢者 必當速成辦
吾願以五服 容飾駕授卿 沐卿寶蓋下
吾乃居山澤 太子執謙敬 而報父王曰
若不可保任 願莫見固遮 雖是眞金舍
失火當避走 智者不宜遮 逃災避火者
當覺眞金舍 及與自在俱 雖快三火熾
不當捨逃乎 又有清浴池 芙蓉甚充滿
中有蜾蝓蟲 不可捨棄耶 手執持老弓
甚强諄調利 射以病苦箭 發著終不失
墮宿對之圍 閻王常所獵 何愚當立待
可來快射我 若有人畏空 方方逃避走
所到見虛空 怖不知所趣 如是於五趣
無常普周徧 欲至無畏方 是不宜固遮
於時釋尊王 嘿然不加報 手自牽子手
曉喻欲令起 即勑諸傍臣 增妓樂牢守
於時聖太子 入宮自消息

出家品第十一

太子於是時 心懷甚憔悴 又更諮父王
盡意勤求出 尊若見憐愍 願觀世擾動
合會莫不離 難得保久長 惟願見聽放
至仙人山澤 於彼修淨行 開現解脫路

更無有餘願　過踰出上者　若審見愛愍
願必見聽放　於時白淨王　以蓮華色手
牽太子手已　悲聲而告之　垂泣而熟視
良久乃長歎　然後發聲言　辛酸苦痛辭
惟子可放捨　莫復懷此心　今未應是汝
山澤自守時　心尋受榮樂　未曾涉苦勤
爲衆欲所劫　猶如無御車　如今正是吾
山澤自守時　應以王榮位　次欲委授卿
香湯灌沐汝　以寶冠駕授　我懷喜不憂
入山澤無慮　願見汝沐浴　初踐於王位
駕授觀視汝　慰吾久僥意　寫恩愛所生
又積之涕泣　淚盈目入澤　以塞先人責
太子聞王令如是　即啓王以清深辭
已審覺王垂愛愍　余亦孝敬重愛尊
若欲逃出失火宅　有親愛遮不令出
以親愛故俱被燒　有何善好願思之
今欲逃避無常火　智者不宜遮令燒
但欲求免不俱燒　願見聽許入山澤
誰不欲與親屬俱　若永已聚不離散
與諸親厚所愛染　死力不强離別者
是故釋王願恕亮　非爲無有戀慕心
以不自在屬無常　是故決意求泥洹
前世所有諸親愛　我在何許彼何至
我今以何益彼等　宿對風吹如雲散
王勑云非卿去時　若死來時可却者
曼火未盛有所燒　當與逆滅莫出後
尊以王位盡委授　彼無恃怙無歸救
猶負大石度深水　是故不宜受王位
王聞太子言　辭理甚正直　子言不可答
無理可固遮　即令勑諸臣　竊守太子宫

增益其妓樂　莫令子愁慘
已後不久　日向欲夕　於是入宮　如月入雲
坐觀妓樂　如象被閉　患猒妓樂　小却偃息
雖小偃息　於事覺寤　寤寐尋起　衆婇女眠
瓔珞迸散　失棄樂器　衣裳發露　種種若干
涎涕流出　塗汙咽胷　偃伏張口　難可觀視
或有女人　抱樂器眠　或更相枕　或獨趺伏
或有女人　直立而眠　髻解垂髮　如孔雀毛
或有女人　仰視而眠　猶如司曆　仰瞻星宿
見如是已　甚懷不悅　諦觀諸女　熟自思惟
慨然長歎　震動胷中　想處宫中　如丘墓間
諸女盛美　姿容妙好　太子憂懼　如象遭火
諸女姿好　眠賊所盜　忘失志思　樂器交錯
諸女性弱　常懷慚愧　爲眠昏象　而見蹈踐
如妙華樹　枝葉繁茂　卒遇餓象　拔破碎散
生死危害　甚輕躁擾　險薄欺僞　無親舊故
此現生存　形體如是　或於是身　不知慚愧
忽然墮地　亡失姿好　睡眠之困　堅硬其目
睡眠加之　形體難視　若當死亡　其形何似
是本支體　是本諸根　眠蓋所覆　乃致斯變
猶失機關　不可復還　失姿則卧　若草土塊
久遠已來　癡力甚强　覆蔽耳目　令聾盲冥
身之汙穢　顯露可見　覆以薄皮　莫能覺知
一切普世　甚遭困厄　無所恃怙　如輪迅轉
緣塵勞垢　所沉湮没　猶如大象　沉深淵池
今吾不宜　牽連於此　塵勞之網　以自結縛
是故惡此　五欲愛垢　捨屋渾柱　獨入山静
爲宿善本　催逼發寤　太子決意　欲出生死
吾出家時　今已會至　不宜久處　生死大畏
是故今日　當入山澤　惟覺生死　熱時焰光

吾自觀察 有能堪任 四大未分 當早逃走
諸天人覺 太子心清 時淨居天 尋時來下
猒諸侍衛 純昏眠寐 即時普開 宮城諸門
若當如常 毎開門時 其聲響徹 聞一由延
天開諸門 令寂無聲 天歎太子 種種功德
諸天踊躍 歡喜充懷 爲太子願 種種祥瑞
天散華香 連續不斷 妓樂歌詠 震動虛空
見吉祥瑞 諸天勸助 心甚歡喜 因作是想
人戀宗親 不能捨離 犛牛愛尾 爲火所燒
即從座起 意計決定 於婇女華 寶宮浴池
猶如鴈王 棄華淵池 太子亦爾 無所戀著
是吾最後 與女人俱 是吾末後 止宿居家
虛空尚可 破爲百分 吾終不著 愛欲還此
即時出宮 如師子王 壞裂堅網 獨行遊步
裂家牢網 亦復如是 是以方便 覺起車匿
以柔輭聲 告語車匿 速取良馬 揵陟使來
諸天迷惑 車匿心意 即致白馬 猶如馬王
鞁駕鞍勒 皆令嚴備 踰如白鶴 與雲電俱
於是太子 手摩馬頭 以柔輭辭 曉踰白馬
吾有大願 委累於汝 生長共俱 如賢善友
必爲快善 令吾無礙 欲突牢陣 度至彼岸
是汝最後 所應奉事 今夜是汝 最後負重
吾後不復 勞動揵陟 是我最後 乘濟此斷
太子說已 便前上馬 如日初出 現于山崗
在白馬上 威德巍巍 猶秋時月 乘白雲中
四種鬼神 欲令速疾 接舉馬足 甚使精良
四王躬自 在前而導 諸天從出 明如晝日
天龍鬼神 及諸仙聖 同聲歎曰 願行無礙
所以捨棄 四方天下 及親寶宮 疾得其願
太子即出 宮城之外 震動顯赫 展暢言說

須彌山王　今尚可散　口氣吹之　或可崩墮
吾若不能　成佛聖道　終不還入　赤澤之城
猶如疾風　吹遺浮雲　斯須之頃　出釋國界
如發意頃　尋時即至　猶日到于　西山之岳
即便下馬　入山澤中　心懷歡喜　辦已大事

車匿品第十二

菩薩以普慈　目睫紺青色　眼雨淚且言
盡心曉車匿　金鞘明珠欄　拔劍如抽虵
自以剃其頭　天敬接髮去
解寶瓔珞付車匿　遥跪敬意囑及曰
以此寶珠拜上王　執慈意啓惟莫憂
畏死懷懼甚苦劇　乃令父知失所僥
未還膝下之報養　乃令慈母宿天上
未致父子　慈孝恩養　畏死別痛　入山滅意
覺生死惡　事甚衆多　我性本調　强變令踈
如父慈愛　以加於我　我亦慈敬　尊重於父
今卿車匿　具達此義　何煩慇懃　廣及屬啓
閑緩豐饒　快樂之時　親朋良友　甚易可得
遭患遇厄　良友難值　能以快善　濟人厄者
或有僕使　不蒙恩愛　衆勞事役　不悉堪能
如卿車匿　受恩堪能　遭惡有卿　亦難可遇
凡人居於　快樂中時　踈遠外人　來歸爲友
人遭困險　苦厄中時　骨肉親厚　叛爲他人
此吾曩先　諸釋種族　馳聲四遠　家私風俗
是我先人　所遊山澤　諸釋亦復　不宜嗤我
以財施者　甚移衆多　莫有能以　善法廣施
能以善法　廣施與者　無央數劫　甚難遭值
如卿車匿　今還歸家　宜向父王　陳吾缺斷
世人由王　損除愛著　愛著已除　則無憂戀
吾見苦世　皆沉没在　憂惱苦患　大海深淵

所以捨家　欲除老病　不宜相惱　增益憂患
人生墮地　常追逐人　老病死患　甚弊惡害
誰能開心　信不畏是　拔刀惡賊　追人走者
若不自勸　開意遠離　家屬親族　恩愛染著
以當强遭　別離之患　死對不避　賢愚貴賤
親族恩愛會　必當强別離　奚不早求度
不令强死別　王若懷此想　子非時入山
行善莫待時　命如燭遇風　騰情於父王
遥跪叉手啓　世間遭劇苦　莫念脫苦者
吾已勝老病　逮得最榮樂　天帝受五欲
不及我受樂　所以離親族　後圖獲大利
欲令一切生　永滅憎愛離　卿知吾素慈
父王愛重我　車匿方便啓　諫王令釋憂
車匿聞教勑　愕然懷悲苦　悚息戰慄悶
心如被毒箭　雨淚如連珠　長跪啼且言

如何轉輪族　今殄滅於尊　尊口恒習言
與是復與是　今反行乞求　如何不恥世
生性柔體婉　今反卒被惡　本猶芙蓉華
今出火相燒　尊今惟是速　出心之奇惡
毒虺卒入舍　尋當擲棄去　今不審王意
念尊心摧傷　不憶緣尊惱　猶晝更遭冥
不謂當有是　妙德柔輭子　望應節雨澤
反雨火釋族　如是大慈父　以善養育尊
忽養捨父王　如行欺失善　姨養猶如母
繫育如親生　願尊莫忽忘　如識返復士
如是諸親族　友昆弟鄉邑　願莫捨是會
如慳人恪財　尊與城別後　國人狂懷憂
如龍遇金鳥　舉國動如是　尊生時普國
吉祥如天上　今捨入山澤　墜苦如墮獄
初施德於國　猶冬日陽和　後施憂惱熱

如夏亢燋然　咄哉苦無德　審爲天所迷
致馬來與尊　致憂惱一國　施目淚於民
心憂口祝禱　王以下男女　覆以憂霧雲
先師訓禮義　當普慈衆生　惱二親種族
自守有何道　象馬千祠祀　若慈愍衆生
假稱量二德　慈福萬億重　今王求寶子
垂老憂體重　狂行失志思　如野象失子
涕泣目眩赤　失寐顔容變　王今歎呼吟
猶山鳥失子　吾當用活爲　失豐德神子
從子遭惱報　王當云如是　尊而習蓋陰
何忍日暴露　在宮寢寐時　寶帳綩綖褥
寶枕文繡被　五音以寢寐　今布草枕臂
鳥鳴如何眠　若人聞此問　縱令金剛心
他聞心當裂　況親族知識　卿莫放吾志
奉我有大勞　今還馬揵陟　吾已居山澤
馬聞太子語　目即雨熱淚　踞地暢悲鳴
便跪舌舐足　以百福相手　太子摩馬頭
猶如曉良友　吾當識汝勤　車匿啓太子
已割意捨國　願莫見遣還　離尊用活爲
戀尊心燋然　何忍能還舍　捨尊曠野路
云何獨堪詣　卿但將馬去　可來還見吾
事成當還國　不成願形枯　車匿啼且還
順道而牽馬　顧視而無猒　蹋地強還歸
太子捨家出　願逮不動處　欲令一切生
皆逮得是處

瓶沙王問事品第十三

於是車匿　將馬去後　寂然滅意　詳雄猛步
如師子王　裂壞衆網　專心一向　樂居山澤
形體巍巍　月明普現　衆林樹間　如日入空
雖獨遊行　德如大衆　衆善內著　外緣始發

行且自思惟　不宜著綵服　忽見釋化作
獵師被袈裟　太子因語曰　此服非汝宜
取吾金綵衣　卿袈裟與我　獵師尋便與
木蘭眞袈裟　受衣還釋形　忽然昇虛逝
太子被袈裟　體宜則鮮明　猶如盛秋月
紫雲所纏繞　林藪有梵志　隱居學神仙
見太子往至　皆懷愕然心　熟視觀太子
不能還其縉　懷疑良久頃　乃還相謂曰
得無是北斗　七星第八者　或云乘馬宿
下行視世間　或云觀其形　將是德神願
或名日天子　或言月天降　於其中有一
智達梵志曰　將無是梵天　目下至此林
以卿梵志等　守行純熟故　喜欲充吾僥
故行至此林　以如是言論　同聲相謂已
梵志體重者　忽然即輕便　菩薩問梵志

各修何道術　無有可採者　有一梵志曰
善哉汝德妙　意快甚深輿　年壯盛幼美
覺生死欲穢　惟當審諦察　生天泥洹道
樂取滅度者　是可謂爲人　若心於決定
樂趣無爲者　速疾可往詣　中清淨山林
於彼有仙士　名曰無不達　彼得審諦眼
觀見泥洹元　如我今觀察　仁意之審諦
彼之所修學　豈能合仁意　其面如滿月
舌如華葉者　必當普飲盡　智慧之淵海
視菩薩行步　如月天子降　於是諸梵志
皆歎未曾有　心皆懷踊躍　如淵海潮波
情中欣欣喜　猶冥蒙月光　太子見是等
所學各若干　種種暴露形　心傷悵然歎
何一惡之甚　愚癡所迷惑　世間可憐傷
迷行强入苦　心思無吾我　猶如大象王

悚然懷恐懼　出離盛火林　金色之光明
晃照林樹邊　猶如秋節日　歷青雲而去
見恒運衆流　至於海水王　以群鴈白鶴
爲白珠瓔珞　用勢洪流波　以當寶環釧
來至恒水側　猶如海神王　以百福德相
普莊嚴其身　入於恒水中　衆流皆澄清
一切水中神　從下迎接之　斯須尋歷過
猶如群鴈王　時度恒水已　知宜行應節
除去貢高意　入王舍分衛　被服沙門衣
木蘭色袈裟　寂定攝諸根　行步應威儀
見太子體相　功德耀巍巍　所服寂滅衣
色應清淨行　人民皆愕然　擾動懷歡喜
熟觀菩薩形　眼睛如繫著　聚觀是菩薩
其心無猒極　宿世功德備　衆相悉具足
猶如妙芙蓉　雜色千種藕　衆人往自觀
如蜂集蓮華　欣所由至趣　衆人悉隨從
譬如人諸根　隨心走周旋　因展轉相謂
歎美其功德　觀此言視火　人中之妙寶
諦視其眼目　面之妙姿容　譬如聚粟金
中有帝紺寶　光明所纒繞　德相積聚成
姿貌甚和合　衆好悉具足　殄一切人意
眼睛俱相隨　數數熟諦視　而無有猒足
猶如遇暴雪　寒凍甚猛切　衆人爭競前
猶如得火煬　諸貴姓女人　各馳出其舍
猶如盛雲中　晃晃出電光　譬如無憂樹
枝葉華繁茂　風之所吹屈　傾曲禮菩薩
抱上嬰孩兒　口皆放母乳　熟視觀菩薩
忘不還求乳　舉城中人民　皆共競歡譽
各各言是好　是妙是好相　時有一人言
若卒有人言　如甞石蜜餅　是美是不美

如彼之形貌　若偏歎一事　不可偏說一
衆德善積聚　審諦之表識　衆善盡顯露
以嚴飾其身　充滿人心目　衆華飾其容
輭香感人情　猶如陽春節　顯然而晃昱
夫宿行之報　如何無慈心　以是天形足
不爲普地主　識能識知是　行從他人乞
誰能施是人　計無有稱者　爾時其國王
厥號爲瓶沙　時處高觀上　遥見太子行
即問左右曰　彼行者是誰　容貌甚鮮明
而服縵色衣　傍臣即啓王　廣陳其種姓
王勑傍臣曰　綦其行所趣　於城外食訖
上槃塔名山　光影照然明　如日臨山崗
於時王瓶沙　單與將從俱　往至槃塔山
服飾形容殊　侍從執寶蓋　庠雅師子步
王至下寶車　步步而登山　見太子獨坐
諸根寂然滅　譬如盛滿月　爗然處雲上
如諸法色像　忽然而化現　意甚懷愕然
顧謂傍臣曰　其有是形貌　姿容可愛喜
今是必可保　能成大善德　今觀其衆善
婉輭而柔弱　略視其要相　惟佛應有是
除去憍慢意　執謙而爲禮　王因其時宜
而問訊菩薩　王以清淨意　前坐青石上
即便啓菩薩　因是說偈言　太子諸先族
出於日天子　年時在壯幼　形容甚照曜
不審其緣故　乃興發此意　乞匃以自濟
不甘世王位　姿媚甚照照　已積善快然
猶如閻浮樹　衆華茂盛好　服著此袈裟
踰如以草裹　猶樹華畏雪　不敢顯其輝
太子宜服著　天上之名寶　今此縵色衣
殊不與相宜　若有潔淨物　有微穢可呵

顯露而悉現　無方可以除　臂膞甚長好
猶如紫金柱　宜飾以七寶　應執持妙弓
如是之手臂　但自以惠施　不宜以是手
從人而乞取　若其執謙敬　不肯襲父位
今我盡愛敬　相請臨鄙國　盡所有榮祿
享此摩竭國　若欲普地土　鄙當躬相佐
如人之德相　并應攝天世　但以手執持
天世豈足勞　如今天帝釋　起中爲人臣
何況此地土　如吾等諸王　我不猒善法
亦不患守義　非時捨家出　惟此疑我情
初如少壯年　已過志衰弱　諸根以調良
易回如馬勒　施惠戒自守　衆行之面目
發於先世行　逮遇前善本　頃年轉長大
爾乃可奉法　年高意便調　不隨逐諸欲
以是故不可　困極其形體　今所逮福慶
順理可享食　六情之可欲　如應決充益
然後乃出求　甘露解脫法　姿容之光明
超踰日之精　仁德以過出　世人諸天人
自古未曾聞　亦所不曾見　如是之形貌
覩者皆愕然　如今見太子　舉動之風姿
又察其志本　甚獨銳堅強　猶如深淵底
群魚於中遊　於上雖不現　察外動可知
今見諸楷式　在體而臆朋　決定照然明
指示聖王住　如是之妙善　不加薄德人
吉祥善名號　不歸不肖子　假令心懷疑
還恥於門族　已服沙門形　如何當還捨
古世諸帝代　天王未已來　壯年欲國位
垂老皆捨家　瓶沙說是事　廣牽引比故
又有餘辛酸　寫體謙敬辭　視觀菩薩意
不動如太山　執慈而嘿視　靜心聽報誨

佛本行經卷第二

音釋

朝陟交切言相調也
櫛側瑟切梳枇也
黛度耐切畫墨也
⿰木塞音塞
疢尤呪切揺也
僂兩舉切曲也
鋸居御切刀鋸也
劙力霽切割也
餧烏胃切飲也
蠕汝兗切蟲動貌
虺許鬼切蝮也
腨時軟切腓腸也
⿰月庯昌中切圓直也
⿰虫宿音宿
犛莫卒切牛名
捷陟捷渠焉切陟之石切捷陟馬名也
鞁毘意切被也
鞍音安馬鞁具也
鞘蘇弔切刀室也
欛必駕切柄
嗤抽知切笑也
舐甚爾切餂也
縵謨官切赤也
爟音霍
⿰月隱⿰月引⿰月隱音隱⿰月引直引切

佛本行經卷第三

宋涼州沙門釋寶雲譯

爲瓶沙王說法品第十四

意如重慶雲　欲時降甘露　以深奥流聲
清淨梵天音　又復以八種　柔軟和調響
以妙辭之辯　降潤瓶沙王　具照知王意
正直且清淨　慈愛恭敬意　充盈於心懷
今王雖興於　衰末濁亂世　以善自將御
乃踰上世王　見王諸淨意　内意清淨徹
猶如晝陰霧　華開知日出
雖施恩於愚人　恩德終不居之
施少善於賢人　其恩好日日厚
今視王甚奇特　不迷惑於王位
憍自恣所覆蓋　土地主皆迷惑
智慧人若得財　以不要財爲要
身不要如焰華　慧者從身取要
衆生昇天　其得大利　諸土地主　以正治法
正法之王　順理而治　一切人民　皆從其正
若有財寶　先審取要　若復別離　後無恨心
猶如從酪　以取酥去　猶若翻棄　亦無恨心
以相迎接　用上賓禮　開恩厚意　以善友義
今我當以　友恩相報　意欲相諫　開意善聽
一切衆生　命如朝露　我今一切　都就後世
猶如盛火　得酥益熾　及燒草木　終無猒足
心之憎愛　由愚癡出　皆服迷惑　狂醉膏藥
老耄之病　死亡之火　强燒五道　沉無漏脫
我今已覺　盛火之力　今欲方便　免此大患
是故捨離　親族知識　愛欲如毒　云何不捨
吾已不畏　是諸毒虺　雹及火熾　疾暴惡風
亦復不畏　拔刀處賊　但畏恩愛　數數生死

迷於欲者 未曾猒足 諸天亦爾 況世間人
一切世間 欲求無猒 如火所燒 亦復猒極
普得土地 齊海以內 又貪求度 欲得彼岸
一切求索 無有猒足 猶如衆流 歸于大海
雨寶七日 乃至于膝 勝伏四方 上至天上
天上壽命 長七劫半 頂生聖王 欲無猒足
更有聖王 食天福祿 時天帝退 畏阿須倫
憍慢遂盛 仙人擔輦 邪住無猒 從天退墮
有滿唯王 往至天上 得天婇女 形專將來
有犯神仙 金寶精舍 懷貪滅亡 尋化成灰
有重擔王 將兵上天 復從天上 將天女還
緣是天女 自致死亡 如是衆生 無猒而沒
名聞弊惡 弓強箭駛 捨棄王位 入林學仙
心所不應 其身行之 殺害他人 身亦滅亡
有女名賢 諸王競諍 興師率衆 對陣而戰

以愛欲故 興怨致諍 當捨愛欲 如棄怨敵
諸王種族 挾嫌嫉害 殺諸刹利 二百一十
往古烈士 懷恚爲害 宜捨惡心 如虵脫皮
言鴈言鶴 緣是致諍 因相殺傷 乃至億數
愚癡故鬪 始起於微 宜捨愚癡 棄自冥病
往古二王 鬪諍澤香 因懷貢高 遂相殺傷
以鐵棒擊 破碎其頭 宜捨憍慢 如雲之盡
又如烈士 甚健勦疾 以貪愛故 奪他婦女
以愛著故 乃致沒亡 如畏死故 宜捨愛著
二阿須倫 坐女色亡 有貪女色 聽音沒命
騰翔空中 賓頭王子 是二嗜味 俱致喪命
昔伊象王 以鼻貪香 犯吉祥天 以致喪滅
昔殷頭王 身樂細滑 貪著無猒 頭裂而亡
此等以欲 恣極六情 如海受流 終以無猒
摩竭魚口 猶尚可滿 六情受欲 難可充滿

如是大貪　及餘難計　六情未足　遭大艱難
可如王言　先恣六情　誰有猒足　宜審思此
王以敬意　相請以國　諦視王位　亦無純樂
純事令人　受極快樂　緣樂之後　受大艱難
其厚煖衣　宜冬猛寒　至於夏暑　更反爲患
飢者得食　以爲飽樂　有強逼者　必成大苦
如好藕池　中有宿蟲　猶華樹林　師子滿中
金寶之舍　熾火充盈　王位猶此　用相請爲
如魚吞餌　不覺強鉤　猶如以蜜　塗利劒刃
王者之位　如七寶械　觀雖悅目　身心甚苦
王者容飾　被服如天　乘國土車　雜揉牢固
王者重擔　重於大山　苦如馬鬪　觀視悅之
水火風雹　疾疫飢饉　偷盜劫賊　強陵敵國
邊境屯守　侵奪損耗　是諸艱難　獨切王心
晝夜懷憂　寢不安牀　思設方便　爲國除患
心普懷疑　不信臣民　如至毒鄉　從人得食
假令王者　領無數城　其身所處　限居其一
寢一宮室　坐御一座　榮樂無幾　憂勞甚廣
衣蓋一形　食充一軀　出行遊觀　限駕一乘
王所飲食　蓋少少耳　其餘榮動　以恣憍奢
王唯以一　自在爲樂　是樂亦復　雜諸苦毒
猶如處在　劒所作車　處事不明　輙還傷已
譬如好舍　華飾其表　舍毒虺蛇　充滿其中
觀其悅目　觸其毒害　吾以是故　不甘王位
以是之故　不宜受是　生死難保　猶如幻化
馬知宿對　馳騁何趣　吾以是故　不受王諫
王云捨家　而非其時　今且諦聽　吾當報王
恣意飲食　不懷顧慮　死命追人　若干方便
甘蔗之種　號曰白淨　王當覺此　是我父王
吾欲脫苦　故棄王位　欲設方便　建立善法

無畏滅度　永永第一　常與生老　病死長別
欲求甘露　可保之處　是故不甘　與諸欲會
猶如野畜　渴得求水　疲勞乏渴　迷惑而走
卒遇獵者　截道逐射　不愍其渴　必得殺之
世間亦爾　飢渴情故　迷惑萬端　不計死近
快意自娛　暢情飲食　不慮成事　當有壞敗
老來屈已　如强張弓　疾病傷人　深於馳箭
死來逼命　如獵放圍　愚意所患　如何待時
若覺若眠　若晝若夜　若水若陸　各各人人
命逝不還　迅速甚駃　猶如水性　入摩竭口
法之燈光　壯美之明　加精進意　增益酥油
奉行善者　懷歡喜逝　命終資粮　已悉備足
如進好華　色甚鮮明　志士樂善　奉上塔像
若後日見　華以萎枯　已得華要　心懷歡喜
若明達人　行少小來　和調身命　與善法合
自覩其身　已至朽邁　調自思計　每懷歡喜
猶如惡賊　突獄逃走　乃至曠野　大澤之中
竹葦之林　虎狼遊居　迷惑馳騁　熱渴所逼
五士拔刃　馳而追後　逃怖惶灼　逃突奔走
前卒復有　弊惡醉象　即便前進　欲踐踏殺
其人不持　刃仗戰具　不齎粮食　無蓋履屣
四望顧視　求無歸怙　心懷迷憒　無所曉知
吾今故為　大王引喻　欲令解了　生死之趣
大王宜解　生死如是　當了衆生　如突獄賊
了知曠澤　喻是三途　虎狼惡獸　覺是塵勞
奔馳疲極　熱渴憔悴　則當知是　憎愛愚癡
智慧利劒　廣施資粮　大正法蓋　禁戒履屣
如彼士夫　乏少此行　不種德者　其喻如是
前者醉象　弊暴兇惡　當覺如是　世之死亡
當于爾時　無有恃怙　唯當依憑　奉戒行善

王當回意　覆育民物　救危濟厄　猶如赤子
普懷慈心　視民如子　王當護國　譬如護宮
猶如有蟲　方便勤健　逃身速疾　不遇雨滯
大王亦當　如是逃意　莫遇惡相　以自免濟

不然阿蘭品第十五

如是菩薩　廣肩長臂　安徐庠雅　師子應步
詣阿蘭問　生死出要　意欲斷壞　生死門關
遥見阿蘭　與門徒俱　聚會而坐　講論梵典
菩薩德重　喻如天帝　迎接問訊　與坐談論
坐須臾已　善意相視　菩薩慈意　慰勞阿蘭
阿蘭對曰　久承德化　所以出家　不甘尊榮
裂壞愛著　結縛之網　强壯勇猛　猶如大象
捨棄尊號　轉輪王位　譬如智者　捨避毒飯
昔轉輪王　不足爲奇　壯過衰老　捨家入林
轉以王位　授其太子　猶以萎華　轉授與人
吾今所疑　仁壯盛美　六情所欲　未至充足
應受廣博　自然榮樂　捨此美號　誰不懷疑
欲知太子　事之審實　必當成爲　大法寶器
以精進德　尋智慧舟　當速疾度　生死海淵
於是菩薩　聞阿蘭言　含笑懷喜　而答之曰
吾事未成　故來到此　今汝自保　事必當成
猶如冥中　忽見光明　喻若迷者　得人引路
譬欲渡江　遇舟濟渡　故來相求　以爲善師
幸垂顧屈　所以見教　若受爲徒　當事以師
老病死苦　當何從度　願以此理　而見告示
於是阿蘭　謂世導師　以諦審聽　我梵志法
生死展轉　周旋回行　上下顛倒　猶如輪轉
有入私事　號曰内法　又有十六　疑亂諸事
緣此當知　其人意强　一切世間　因是起滅
如是五性　識著第六　意則第七　猶豫第八

凡有五情　又有五欲　又當復覺　有六誤亂
曉知是者　名曰覺業　赤仙與位　皆共覺知
梵天號曰　一切普知　審如是者　名泥洹業
生死根熟　牽連縛著　但諦覺是　餘不決定
吾等於此　方便求了　是吾泥洹　仁所欲覺
或有智者　謂是泥洹　或云禪報　謂之泥洹
今相教已　出生死路　合意當勤　如病求藥
古仙灌勝　有名知足　有名定行　久暴露形
是等皆從　日所行道　又復更有　求解脫者
爾時菩薩　聞是語已　回意思惟　探察事元
菩薩累劫　所覺智慧　覺其瑕已　即告梵志
已聞汝等　深奧智慧　所謂覺業　出生死者
如我所覺　此事不然　猶如有種　必當出生
諸情各別　謂是解脫　若對來至　復還結縛
地水節氣　又復無種　所以不生　因緣錯之
若種與對　相遇會者　必當更生　吾了如是
行淨垢薄　壽命延長　意呼以脫　謂是泥洹
菩薩不然　阿蘭是法　於是復詣　迦蘭問法
爲說八意　菩薩即了　微識故著　覺有是瑕
體解其意　是必逮法　菩薩是故　捨迦蘭法
於是便至　尼連禪江　修治淨行　求禪處坐
金色之身　光影照曜　猶如蓮華　照之於日
日進一麻　半粒粳米　日日省食　久羸形體
身血竭盡　脂肪枯乾　氣力羸頓　形體瘦索
普世衆生　不能堪忍　如是羸困　具滿六年
菩薩如是　暴露形體　未能還服　甘露法藥
意退念來　道德無是　昔閻浮下　億善意是
亦不能以　是羸瘦形　逮及是事　自致成道
諸天空中　勸進飲食　氣力充盈　然後得道
意居尊重　如須彌山　求佛之意　甚大重事

意離堅固　强踰金剛　飲食不充　體不自勝
覺知是已　菩薩便起　增進飲食　長育其身
侍使五人　見菩薩食　捨棄避去　至他閑處
於是便受　喜悅喜力　二女乳糜　甘露之施
即便行詣　微妙道樹　安庠徐步　定出生死
嚴飾巍巍　功德積聚　以足觸地　即大震動
於是大驪　衆龍之王　聞足觸地　震動好聲
意便懷疑　熟自思惟　久復及聞　是震動聲
世之將導　衆師之師　其足觸地　震動如是
地神歡喜　駊騀如舞　震聲隱隱　如有所捨
以世導師　將欲出現　地肅肅動　踊躍若笑
因震動聲　即從水出　其身體大　如黧黑山
種種珠寶　瓔珞其身　猶如黑雲　飾以電光
變若干頭　普覆空中　體放光明　如雜烟火
猶如水雲　來近日側　龍已是像　禮菩薩足
起執心敬　叉手而歎　我見前佛　興出世時
今之祥瑞　如過去佛　維衞已來　復至迦葉
眼見六佛　興世之瑞　尊今第七　現瑞如彼
如觀光相　明曜於世　今日必當　逮服甘露
今見尊行　躇足步步　斯地應時　肅肅震動
光明殊勝　超絕於日　今日必當　所願充滿
如觀青雀　順遶而飛　猶青雲中　日現妙光
齋慈愛音　敬菩薩身　今日必當　逮得佛道
知見今日　清風順時　衆流澄渟　空中清明
飛鳥相和　柔輭悲鳴　今日十力　一切智成
觀菩薩身　如瑩金山　種種珍寶　以爲嚴飾
視菩薩身　相好自瓔　今日必當　成佛道器
圓光如輪　在其中央　晃晃如日　五綵絳色
如今折除　世間厚冥　如是不久　佛日當出
林樹皆動　布散名華　一切衆華　同時而敷

樹無心屈　傾如有心　今日必爲　一切所禮
猶如白藕　蒙月明開　日光明照　映芙蓉敷
菩薩今現　佛日月光　天人心開　如快樂華
如今觀察　相已現矣　甚難值遇　優曇鉢華
如華難遇　佛亦甚難　兩難俱遇　俱現於世
今日當以　智慧利箭　必驚塵勞　王將軍營
已迫及逮　過去佛處　今日必當　服食甘露
如今觀察　決定者戒　身體嚴以　八十種好
皆照諸天　現於身中　今日光爲　天人所拜
驪龍如是　歎菩薩已　歷泉上過　行詣道樹
遥見好樹　如天莊嚴　猶如天上　晝度天樹
吉祥持草　奉迎而進　菩薩問字　即便自名
衆人見呼　名曰吉祥　菩薩自計　吾必吉祥
即便從之　受柔輭草　散金剛座　草皆齊整
結跏趺坐　志意堅固　内以心識　審諦決定
不度魔界　衆勞欲塵　坐是不起　亦不飲食
假令四大　捨其本性　日月墮地　須彌升空
如是衆事　可有變異　吾終不違　是願要誓
歎誓願已　諸天大喜　菩薩發意　定欲降魔
猶如不然　外道異學　如爲天人　諸龍所歎
願使衆生　蒙如所歎　十方衆生　逮得所願

降魔品第十六

時菩薩始坐　座號金剛齊　建立金剛心
三千世界震　地神喜踊躍　數數而震動
魔天見地震　疑問何故爾　魔王第一臣
號名曰言辭　傾躬謙敬意　而啓白魔王
唯王聽所聞　歷劫積功德　白淨王太子
淨土修善行　今當成大道　空天王欲界
欲壞所欲城　衆門戶之關　必超王界上
當度勝衆生　廣開泥洹門　甘露之法輪

魔王聞其言　情即慘然坐　三女來問訊
第一女名愛　第二名志悦　第三名亂樂
問王何故愁　王答諸女言　彼有大仙聖
被決定大鎧　手執智慧弓　無常箭射吾
欲伏吾欲界　若勝處吾上　當空吾境界
令衆慢賤吾　猶如强隣王　爲敵國所掠
曼令故屬吾　宜廣設方便　卿等力士女
令其失本志　可往施罣礙　如設水堤防
於是魔三女　便行詣道樹　欲現其女力
極示其妖媚　迷惑亂人情　來欲壞其意
盡其妖媚巧　種種改其形　變化其輕疾
猶如雲中電　不停住須臾　菩薩諦計察
髮膚瓔珞飾　衣服巧爲覆　猶如聚骨舍
惡露充盈滿　解散令人驚　是何欺世間
裹以薄肌皮　迷惑愚癡者　審諦視魔女
形體衰老悴　如華被重霜　魔王見女老
懷恚如熾焰　即重召傍臣　令合召大軍
往固遮釋子　令曼處吾界　未得審諦眼
宜時往壞亂　今若道成者　儻能勝於吾
速召車馬兵　吾當自出戰　寶冠明如日
嚴飾其頭首　來到須彌頂　即被金剛鎧
猶如日光明　而照曜薄雲　金剛千輪車
輪各有千輻　駕以馬千足　魔王乘寶車
其曠甚明曜　如日在火中　華宮一由旬
手執五利矢　寶莖蓋如月　以迷惑世間
蓋覆數由旬　周飾七寶鈴　高幢大開口
猶如摩竭魚　欲吞海水時　魔王如是出
將從諸魔衆　凡有十八億　來至道樹側
菩薩坐華上　猶如梵天王　寂滅德充盈
重光晃昱昱　如大金寶積　左手以執弓

從金筒拔箭　便語菩薩曰　咄起刹利種
如何故畏死　棄已帝王位
相仁妙臂當執弓　應食世間之榮位
古王之路名普聞　汝應當受顯縱恣
應食世妙祠嚴國　普令役世無遺餘
始起聖王甘蔗種　還食國榮棄乞匃
若不欲起諦自思　莫自違負本誓願
吾箭甚嚴莫能當　徹壞一切堅固楯
感人猶如春時華　甚於斷華著日中
愛悅世間如時雨　欲猶孔雀得雲雨
或欲失志忘慚愧　佐助嫉慢獨蓋世
外道術强行凶呪　受勝是等獨蓋世
欲迷諸天及世人　覺悟談言失睡眠
捷疾無比力勢强　受欲無形壞衆形
或以受火燒殺戒　古王燭之瘦消亡

王名財除亡滿臂　上世感欲何況今
彼時魔王說是言　不能搖動菩薩意
即便發弓捷疾矢　現諸妖惑作女變
見菩薩坐不傾動　堅固如山懷疑曰
安庠天子如山王　以女箭射即傾動
化現四面以迎之　現不自輕與相見
想令太子不識矢　若子失志吾箭誤
是不宜以欲化矢　不可謙敬典雅辭
是當輕易不宜敬　以大車勢强恐迫
魔王發意念兵衆　大呼徹天盡魔界
即會若干無數形　甚可恐畏動天地
嚴事如雪衆山王　衆樂校飾甚可愛
三十二頭名阿樂　是天帝釋所乘象
化身千目被珠鎧　手執金剛千楞杵
釋從無數可畏天　象兵八億相隨來

銀車甚大容飾白　駕千白馬將從白
白明珠鎧白雲蓋　自化巳身有百頭
將諸白龍大軍衆　十二萬億爲營從
是主水神名和崙　捲地而來戕諸山
天金琉璃種種寶　明珠嚴首及身體
被琉璃鎧粟金鈿　右手執持金剛棒
駕千師子衆寶精　乘琉璃車色如日
與無數億夜叉神　毗沙門軍如暴水
無泣威怒及仙時　兩立日月風火神
華照妙馬堅金剛　賢財厚務及正行
是大天神無央數　乘車象龍及駕虎
車駕千馬千師子　或復有以千虎駕
或復有駕鴈孔雀　駕驢駱駝特牛羝
或乘雲車乘山樹　或有乘龍虺毒蛇
或有吐火鼻火出　眼耳出火頭火然
其有打擲皆成火　熾盛火作如劫盡
或化如日或如月　化如大山有羽翼
或冥昏晦如黑雲　雷震電光晃昱昱
如是無數塞虛空　或化黑象如須彌
乘是大象執大弓　來向菩薩欲燒然
或化猪頭駱駝手　象羆熊頭無數變
化身甚大爲象頭　牙如山巖上刺天
或化師子及馬頭　或化虎頭摩竭魚
或化二頭三四五　六七八九乃至十
或化百頭百手臂　百足百眼甚可畏
若干變化至千頭　千眼千臂放火來
車聲馬聲象吼響　聲鼓珂音動天地
或執弓箭刀矛戟　或戴山樹金剛杵
皆放所執戰鬬具　山樹金剛利雨雹
菩薩德大化所放　金銀雜華衆寶雨

化黒受人如雲山　執器妖呪惑菩薩
還自狂惑無所識　破所執器祭具散
或有跪地吼喚聲　雷動震地塞虛空
或被虵皮若干形　眼耳鼻口蛇蚖出
還相騎乘瞋恚戰　或有馬鳴或狼呼
於菩薩意無增減　猶如螢火日爭明
有一天人謂魔王　尊熟觀是仙聖德
身中照現諸天宮　日月五星及諸宿
鐵圍須彌江海淵　釋梵四王太山君
一切照現菩薩身　猶如普世現月中
於是魔王益恚盛　即放戰具愛欲火
地虛空然不可知　菩薩即放甘露觀
化雲雨潤滅欲火　愛即畏懼菩薩德
安詳天至邪鬼退　魔王即放恚毒發
如召禍害化成虵　地上普滿毒虵蚖
纏繞道樹悉周遍　菩薩即放大慈發
化成吉來蛇退滅　魔王復放愚癡發
菩薩計緣逆得勝　魔王復放嫉嫌箭
名曰惡口化為龍　菩薩復放大悲箭
化為金鳥龍逃退　魔王復放憍慢發
發名梵手化成象　菩薩復放十力發
化成師子象退去　魔王復放妄言發
名曰調戲化成風　菩薩即放至誠發
挫折魔箭化成山　魔王復放慳貪發
發名恪惡化成霧　菩薩即放惠施發
化雲細雨除土霧　魔王復放陰蓋發
名曰睡眠化成雲　菩薩即放五淨發
化成暴風壞裂雲　魔王復放邪見發
化成邪冥覆世間　菩薩復放正見發
化成為日除魔冥　菩薩被大忍辱鎧

戒成充備跱立地　著七覺意之華鬘
進定瓔珞微妙好　手執慈弓梵寂箭
從意箭中而拔之　適放一發都得勝
如阿須倫勝士烈　變若干變來相恐
菩薩意定毛不動　爾時天上淨居天
奉持過去成佛法　心之憎愛滅除盡
上空中見勝菩薩　時諸天人語魔王
唯仁波旬常諦計　天告波旬何故勞
唐棄汝功實相語　捨懷惡意寂滅心
何爲忽嫌於菩薩　是士無誰能動者
猶比口氣吹須彌　故以慈愛語魔王
自愛莫觸嬈菩薩　諸物尚可捨本性
風捨輕動火捨熱　地捨沉動水捨濕
冥不避明日捨照　月尚可使在地行
須彌昇空海過濟　無央數劫戒德業

終不退捨決定誓　如其決定如精進
如惡如好慈衆生　法會盛賓諸天人
食以正法甘露珍　慈心求願安衆生
自然發意愍世間　不逮本願終不起
日出求冥不得然　菩薩大悲愍世間
塵勞之患所蹂躐　博集諸法之良藥
三十七種之神膏　欲爲普世和神藥
鄉魔不宜犯嬈遮　一切墮邪迷惑路
欲導以正不可固　世愚昏冥滅酥油
一切大智之燈明　佛之庭燎今當然
鄉魔莫滅方便退　見是世間沉没深
塵勞海淵無崖底　欲度一切沉没者
何患能逮行善者　初始發善根堅固
建大忍辱之觚幹　意志枝莖大廣博
持戒禁華甚鮮潔　大智慧樹今欲生

當成熟正法甘果　卿魔莫爲作妨礙
眞堅要樹始欲生　古來下佛種種種
今是應生開敷時　今坐是座是其宜
如先過去及諸佛　是座有德名地齊
無數德人所愛處　普此地上更無處
意大尊重可勝者　魔王聞是慘愁曰
菩薩覩我是大力　欲燒天地令燋盡
能吞鐵圍普大地　時菩薩因問魔曰
本修何行得大力　答曰吾祠大開門
名德普聞無不周　卿一祠祀大德爾
波旬且可聽我說　吾大祠祀無央數
遍此地上無空處　魔語我行汝具知
汝所行聽誰爲證　菩薩告魔具諦聽
今當示汝吾行證　於是菩薩光明臂
如出赤雲照然明　從袈裟中出其臂

即展傭平微妙臂　先世善行之積聚
千輻輪掌妙相具　告魔王已手觸地
我行汝知地逮證　於是地神出現形
大舉聲我證我證　於此地開門大祀
名聞第一無不備　又復名曰多金施
復以馬施無央數　數數食飽充此地
又雨七寶飽世間　是處頭施有千數
有處以國及妻息　是處剝皮是處肉
是處以血破骨髓　於是地施無數身
捨世種種身不逆　地即爲證現返復
地應震動出大聲　三千世界六返動
盡撲魔王并其軍　顚倒偃覆都墮地
空中大聲普告曰　釋種太子都勝怨
已勝魔怨諸塵勞　魔王大幢即摧折
魔退魔敗聲流遍　已勝魔王逮定意

意定深思諸佛事　德重地神不能勝
心懷喜踊連震動　菩薩即告地神曰
動不動類皆因汝　且定莫動耐斯須
吾爲無歸者作歸　汝久耐負無央數
逆害親君族欺者　越限傾邪向衆罪
掘盡善根行惡人　飲倒見毒墮冥者
苦戹重擔地獄分　已勝此等且小忍
須吾捨棄諸苦擔　於是現歷觀諸禪
於諸禪得最自在　憶念久遠初始事
前世所經如昨暮　時至夜半天眼觀
見一切了如明鏡　照察明達五道生
無有堅要如芭蕉　於其夜至第三時
審諦思惟意要妙　一切世間諸苦會
生老病死遂別離　愚冥覆蔽出要道
不避坑壍猶如盲　菩薩推盡生死原
察其起滅悉曉了　心更生念重思惟
老由何來何從死　復生正念緣生故
因老有病從病死　其有頭者有頭患
猶樹已生必當墮　重思本種所由有
覺種種行受緣對　受何從起從愛有
觀愛所由從覺識　覺識所由從觸更
緣其觸更有諸根　所由六入緣名色
名色之緣則因緣　如是緣下至於上
得癡縮起生死原　是滅已一切都盡
癡原生死所應滅　審覺十二緣起本
如所應覺諦覺知　八賢聖路最第一
先執正見如審實　見無吾我盡三界
燒塵勞澤以慧火　辯是事已自歎曰
所應覺作悉已成　吾已及逮久仙聖
諸佛世尊所行道　至於其夜第三時

日普照之道幢現　眾生休息時寂靜
一切智成最佛道　吾已及逮久仙聖
諸佛世尊所行道　逮佛第一最處已
三千世界六變動　諸天畟塞滿空中
歡喜散華普遍地　粟金粟銀末栴檀
天意作華悉周遍　地普充盈塞空中
從無結愛雨天華　妓樂不鼓自然鳴
諸天鼓樂空中作　天應慶喜世得持
地虛空神普踊躍　火神歡喜自然然
淵海波涌震妙聲　樹神各各獻奇華
須彌喜與諸山禮　地獄休息餓鬼飽
衆生相愛除嫌仇　佛身奮放正法光
四維上下遍十方　變現種種諸形像
故先使至遍覺悟　以賢聖路始復現
如幢無導令諸道　是有妙華名諸覺
言諸覺須林樹現　三十七品數各別
各自現形如說義　或白青黃若干色
光明如是說法音　佛日出曉照世間
是其光明諦觀之　佛即還攝神光明
不食七日坐樂法　爾時世尊說此偈
快哉報福妙願成　速疾乃逮最上寂
保安不受餘他苦　魔王覩共相聚來
各各現形力向吾　終不能令吾意動
以功德力勝降之

佛本行經卷第三

音釋

輦力展切　勦徂交切輕捷也　餌忍止切粉餅也　蹝想里切屣也　糜忙皮切粥也　黧鄰溪切黑黃也　躇長魚切住足也　羝都黎切牡羊也　蹂踐蹂尼救切踐慈演切蹂踐並踏也　縮所六切亂也

佛本行經卷第四

宋涼州沙門釋寶雲譯

轉法輪品第十七

願成懷歡喜　悅澤樹王下　坐觀樹七日
不食喜充盈　猶王初臨國　巡行妙寶藏
佛妙藏亦爾　先觀視諸法　以佛眼普視
世間悉了見　覺世行入邪　六師迷惑說
法微妙難解　愚了泥洹解　覺第一最覺
意欲默然寂　最神妙梵天　方便見無偏
知佛先世誓　發心欲來下　欲以善益世
妙辭請法雨　被氎明如日　顯然降世間
尋來到佛前　敬稽首佛足　在佛側甚明
如風吹金樹　慈目視無猒　盡敬白佛言
願憶果敢誓　施甘露於世
世人如藕華　微妙好　或齊水敷　或出水上
衆生欽仰　佛日當出　蒙日心開　猶池中華
捨佛世尊　無誰能有　從生死獄　拔出衆生
猶如往古　轉輪聖王　濟衆生苦　以十善行
已能抂攬　智慧海淵　得上神良　甘露法藥
欲以充滿　衆生疾苦　宜開惠施　分甘露藥
尊已得度　衆苦海淵　願以法船　度一切生
猶如賈客　沉没海中　方便濟度　如巧船師
塵勞之疾　甚重弊惡　衆生久患　不遇良醫
最上醫王　興出于世　今宜授與　法神良藥
想煙如雲　覆蓋甚厚　婬火熾燒　諸天世人
尊已飽滿　宜傷衆生　願以法水　充飽一切
已能滅除　一切愚冥　心明智慧　喻如大燈
愚冥覆蔽　世間之眼　願施法燈　照曜愚心
尊已服飲　先佛口教　言辭之江　猶先仙人
願從妙口　慈哀惠捨　清淨言辭　恒水江河

貢高慢山巖甚崚高　以慧剛杵　碎令無餘
願復以此　智慧法杵　施與衆生　令碎慢山
心性躁擾　今已調良　縛以審諦　智慧之繩
願施世間　清淨調意　智慧牢固　索之繫縛
慈仁之主　施惠慈心　衆生久遠　墮邪徑路
世間導師　今已出興　願導世間　生死曠野
迦葉佛來　世皆昏寐　沉沒迷惑　塵勞長夜
惟願世尊　宜以正法　之大鐘鼓　覺寤久眠
世間梵尊　受許梵天　淨音微妙　當班宣法
梵天聞之　甚大歡喜　禮佛足已　忽昇虛逝
於是衆善　第一法器　號曰世間　功德福田
佛應普受　衆生之施　四王即來　奉獻四鉢
佛即時以　神變之力　左受右按　合成一器
於是便受　二賈客施　始受五戒　爲清信士
因是發意　當廣說法　佛眼始視　應得度者
阿蘭命過　已至七日　見鬱陀羅　昨夜命終
因復憶念　侍者五人　欲爲是等　除長夜冥
行詣大城　波羅柰界　威儀安庠　猶師子步
所作已辦　相好甚著　煢雖獨行　德如衆從
有一達士　名曰尼揵　於路逢之　意用愕然
占相變夢　逆知吉凶　八種世典　名稱獨舉
見佛德相　審諦觀視　謙遜恭敬　輙辭白佛
諸染著中　而無所著　諸根動中　寂無所動
瞻覩面相　於情有疑　將無智慧　明達具足
熟視面相　清徹明好　牽御諸根　所爲自在
觀察儀容　所作事辦　師爲是誰　願爲誠告
時佛告以　清淨之聲　天上世間　吾無有師
吾不諮師　自然覺之　吾證佛滅　卿當了之
自稱爲佛　已普勝邪　如是尼揵　應覺已覺
一切可勝　都已得勝　以是勝故　成一切智

今始行詣　波羅柰城　吾欲於彼　擊大法鼓
爲世苦惱　建置善法　普請令會　法之上賔
獨安已身　是不爲奇　濟拔勤勞　一身苦者
廣爲衆生　而求善者　其人功德　不可計量
若以一身　度流上岸　若復見人　爲水所漂
不發慈心　濟水流人　是輩不可　稱爲道士
若復有得　伏藏珍寶　不惠濟貧　是不可爾
手持良藥　行瞻病人　不以濟病　齎之何益
若見迷人　行失路者　不示正路　不名大道
若復見人　爲蛇所螫　不與其呪　用此人爲
若自然燈　有所照見　是不可以　置恩於此
佛以慈善　教化一切　爲人說法　不以貢高
木中可保　必審有火　空中有風　地中有水
如是諸佛　必有聖道　道樹下得　波羅柰說
即時歎咤　甚妙無比　尼揵歎已　順道而逝
心懷喜行　數數顧瞻　慈目視佛　而無猒足
佛順道行　至波羅柰　翔鳥所樂　鹿野之園
光相晃昱　明曜於世　猶日天子　入迷惑園
憶寶意好　邊方第三　第四馬氏　第五賢居
爾時五人　遥見佛來　還共論議　而相謂言
樂義者來　是瞿曇子　退失本志　術敗不成
不足起迎　亦莫禮待　本誓已壞　不宜恭敬
如是要已　急坐不起　語言之頃　佛即來至
忽不自覺　違其本要　猶如地神　擎持令起
或有迎接　攝取衣者　又有取鉢　設座席者
以如是像　承敬奉佛　猶不能捨　世俗戲言
佛因告曰　非道士宜　佛前不宜　慢無恭肅
敬順於佛　意無差別　吾愍汝等　令離罪咎
佛於世間　普施以善　以平等慈　猶如赤子
其有慢意　侍是師者　其人受僁　如違慈父

於是五人　同聲對曰　修甚苦勤　無所剋致
意退從安　放恣其情　何由致道　願示其意
猶如有人　撥壓沙水　唐勞其力　終不得酥
譬如犛牛　捨乳犛角　以其行僣　終不得乳
緣燈光明　以除晦冥　亦不以水　惡罵利刃
如是厚重　愚癡闇冥　以智慧燈　終不以餘
猶如盛火　得風吹動　燒然乾薪　終不休滅
人縱情意　迷惑六欲　塵勞穢行　終不損滅
盛焰雖滅　餘有少火　終不捨本　燒燋之性
意雖精微　故有餘識　覺有纖苦　爾乃了諦
當求無生　無老無病　又無有死　地水火風
無前無後　無中無動　思求是處　覺滅度苦
八賢聖路　可以逮致　是以覺道　及其方便
不以覺了　八賢聖路　故迷世間　顛倒輪轉
當覺是苦　次相承侍　先除苦源　恩愛欲縛
勤加剋修　八賢聖路　當以泥洹　滅寂爲證
應覺覺苦　除愛欲著　以滅爲證　修聖路者
因是苦行　其事具成　吾當爾時　遂覩黠眼
明達四諦　以是四諦　爲是五人　三明解脫
以堅金剛　正法慧杵　壞碎五人　塵勞之山
億寶始初　覺正諦法　八萬諸天　時俱解脫
地上天龍　鬼神俱歎　轉上法輪　何甚快哉
善修禁戒　輻甚牢緻　調良滅寂　輞博周帀
精勤志念　轂處中央　爲天人轉　未轉之輪
鬼神歎聲　上衝于天　周徧天上　乃至梵宮
諸天始得　聞是音聲　因是發意　來詣佛所
當其始轉　正法輪時　天龍人鬼　海神皆喜
即雨天華　不可稱計　衆生蒙賴　從苦得安
梵天請佛　乞轉法輪　衆生得度　于今不息
是之福報　皆歸梵天　是故稱號　梵福第一

其初始轉　法輪之時　佛以甘露　先飲五人
願使衆生　速轉是輪　如佛世尊　說法度人

度寶稱品第十八

久無央數劫　所積得善本　逮得昔所願
先以授五人　猶如事火祠　得酥益增熾
佛焰超踰彼　光明靡不照　已出五道淵
遂便度五人　始與五沙門　德力勝五根
佛如滿月現　與諸弟子俱　猶如五明星
與月俱遊處　時波羅柰城　有大長者子
性慈仁慇達　厥名曰寶稱　居宅如天宮
侍使猶天女　妓樂小罷息　稱及女皆眠
古世福所追　應服甘露藥　前世見死屍
慈悲斯須間　宿善所追及　悵然從寤寐
見諸女如屍　居宅猶丘墓　其心懷慘忤
舉手悲歎曰　吾今遭厄難　大苦患之中
自然生善心　惟樂無爲安　欲樂難久保
喜樂斯須耳　當從何路逃　於何自藏匿
不遭無常火　無恐怖之處　誰於世可恃
吾當何所怙　誰當從愛欲　深泥中見拔
於是捨愛欲　徐下金寶牀　因便履寶屣
其價直百千　居宅城門戶　皆自然夜開
即明曉如晝　其心懷狐疑　天於上空中
懷慈告令悦　仁速建志往　莫顧懈遲久
佛世間聖師　今去是不遠　停立相望待
如牛毋求犢　仁當於今日　建無極大利
婬欲如群魚　迷惑之回波　以乘上精進
第一牢桴材　度諸苦淵海　期必在今日
時童子寶稱　行上流泣惻　遥舉手向佛
悲聲而歎曰　惟尊我今困　於老病死苦
願尊當爲歸　濟我斯苦患　佛時遥告以

梵柔輭淨音　是聞有安靜　無苦患之處
有八賢聖路　寂滅甚清淨　速來詣吾所
當爲汝作歸　寶稱聞是教　喜踊意充溢
猶如遭旱熱　自沉清淨池　尋聲至佛所
稽首世尊足　譬如妙華樹　爲風所吹倒
體瓔珞服飾　心坦然不著　宿福今運會
畢竟獲羅漢　佛見寶稱心　內慚體瓔珞
沙門事俱辦　因告語之曰　飾容內純善
第一勝諸根　是謂成吾法　不以託外服
其有內心端　表裏應相順　道門爲之開
不可恃虛服　緣寶稱功德　四友因得度
滿成與無怙　牛同及善與　時五十童子
得度脫諸苦　彼說世尊邊　始六十羅漢
時佛以梵音　告諸弟子曰　汝等已度苦
曠然清淨安　衆生沉愛欲　受苦可憐傷
卿等宜慈愍　諸方宜化度　分布遣弟子
於是獨遊行　乃至野象澤　因求止宿處
現神光晃昱　以降毒害龍　顯神足變化
種種奇妙好　佛憍慢已盡　又化諸憍慢
度第一迦葉　居野象澤者　然後以次度
迦葉之二弟　三兄弟門徒　千人成無著
佛與是三人　功德甚巍巍　法則及惠施
禁戒威儀善　將從千弟子　名衆師之師
慈愍摩竭王　行詣王舍城　有宿德之人
典領摩竭境　以善居王位　德善喻衆生
聞佛大聖尊　來入國境內　聞即心喜踊
整嚴往迎佛　王駕躬自出　與大極目軍
王瓶沙沙容　衆王中最殊　如釋從諸天
俱出其天官　嚴威儀導從　往見梵天時
與諸重臣屬　始從城中出　執轉輪聖王

出遊之威儀　與諸神寶臣　前後俱導從
極世之嚴飾　姝好無有比　象馬車人從
聲震於雲中　婦女臨路觀　服飾如電曜
諸城門各出　填塞四衢路　猶如山諸谷
秋雨暴水出　諸王中雄猛　行近至佛前
佛奮金色光　照曜諸樹間　以佛之威神
曜澤令金色　王愕然歡喜　顧謂傍臣曰
聽聲視其色　禮儀甚相應　如吾諦熟觀
誠實妙寶器　智慧之大海　衆善之寶藏
遥視其容貌　佛以慈相示　王不勝歡喜
便下其寶車　如日出於雲　下没西山崗
罷王五威儀　步進詣佛所　五體禮佛足
盡心謙恭敬　叉手仰視佛　甚妙意無猒
喜敬心無量　身衣毛皆竪　禮竟就位坐
形容益姝好　一心熟觀佛　猶如須彌山
三自稱名號　因白世尊曰　今視世尊顏
心終無猒足　佛興世奇快　爲三界作歸
今日喜踊躍　情懷心逸豫　豫觀計明諦
捨快聖王位　天世人所敬　其宜實應當
度身至安處　充滿衆生願　今禮世尊足
身命歸於佛　王於佛前坐　斂更自檢整
繫眼睛於佛　熟視心不動　專精存守志
如蜂向華樹　兼加謙恪心　渴仰欲聞經
佛以八種聲　爲王廣說法　諸根及心意
六情緣起色　起滅不停息　猶如水中泡
諸根之起滅　王當諦覺知　如下種於地
必有萌芽生　芽非種種非　芽生當審覺
非本不離本　諸情意如是　生死之顛倒
相因緣生滅　王聞是深法　心爲之悚然
即度生死淵　逮得慧眼淨　侍從萬二千

皆蒙得解脱　上諸天八萬　逮得甘露藥
爾時佛聖師　遊止竹林園　慈愍衆生故
晝夜奮光明　比丘名馬師　順威儀早起
啓辭白世尊　欲入城分衛　佛告令出行
若卒逢異學　當以四諦頌　次第爲解說
時聞聖師教　頂受而奉承　爲其四大故
行詣王舍城　寂然息心行　目視不離前
外學甚明達　厥名曰受訓　見妙異威儀
敬心而往問　折威儀寂滅　惟告示其意
是何奇寶山　爲仁最上師　仁是何寶顆
從何山迸出　是何智慧樹　所戴鮮好華
爲從何師月　仁光所從出　是何慧清池
乃生是芙蓉　仁師有何教　是誰見告示
有王甘蔗族　釋種王之子　捨家學成佛
爲普世聖師　仁當學吾師　天人聖賢師

我適始初學　生年既幼稚　佛法廣且深
所說甚精微　今當請現說　聖師之言教
覺苦苦起元　又知苦所滅　所以苦滅道
聖師所班宣　彼聞是四句　心即霍停止
憂婆替即時　逮得慧眼淨　因爲目揵連
再偏說四句　應時見道跡　俱行詣佛所
與五百門徒　稽首敬禮佛　發聲稱沙門
威儀即備悉　二賢先見道　俱逮羅漢果
一者智慧最　二者神足備　二賢侍世尊
猶如左右臂　共輔翼於佛　如王者賢臣
時有大姓子　名曰藥樹生　捨金色妙英
剃頭被袈裟　於多子野澤　見佛陳本行
今始得覩佛　一切智聖師　叉手戴頂上
向佛遥稽首　佛是我聖師　我是佛弟子
佛以妙梵音　慈心告之曰　善來賢明士

適遇會良時　佛應順本行　爲說深妙法
散其塵勞聚　即時逮果證　與三聖弟子
光顯一切智　猶月十五日　與三明星俱
適從舍衛國　奉使至王舍　財寶好施與
厥名曰須達　到適聞佛名　喜踊躍無量
舉身衣毛竪　夜不能眠寐　夜半至佛所
到即得見佛　五體禮佛足　情甚懷欣喜
汝以愛法故　除捐睡眠耶　夜喜故詣吾
必獲其善報　施戒及智慧　歎譽生天安
婬欲之瑕穢　廣說若干法　猶如淨好氎
入染甚色鮮　時長者須達　受入泥洹池
久發願求佛　欲於世間出　度脫衆生苦
所誓今已滿　從生死苦厄　度無數衆生
導以正平路　徑趣泥洹城　如其本所願
各各從意得　往古得度者　盡服甘露味
皆尋得安隱　不危墜之處　聞已樂學者
當入泥洹城

廣度品第十九

獨爲一切護　獨爲世間師　爲天人爲導
號佛天中天　長夜在塵勞　久處昏眠者
擊正法之鼓　以寤所應度　五岳所壅繞
羅閱祇城中　度王弟蠶黒　及群衆八萬
長者號勇猛　慳垢蔽其目　先濟化焰光
并度醫耆域　王舍城國內　迦羅衛首家
世尊光踰日　大火欲焚佛　法雨洗其心
三垢之盛火　毒飯及塵冥　一時普消殄
隨提大國中　達士如梵天　度名闡梵志
號曰梵摩喻　香持大國主　目如紺蓮葉
爲解六種法　令覺正見諦　有山名道術
特顯如金山　心淨有智慧　沐浴俗解脫

有十六梵志　號曰度彼岸　及餘六萬人
同時皆得道　時衆祐福田　往詣處聚中
於時彼聚中　有大姓梵志　有名聞黑齒
時欲大祠祀　斷祠祀疑網　立之於正路
時在隨提山　帝釋石室中　時弗處其中
不動如太山　天樂般遮翼　歌頌覺悟佛
以清淨甘露　飲天王帝釋　懷害多瞋恚
捷疾甚暴風　小指爲額鬘　迷惑疑狂走
害如閻羅王　梵志鴦掘魔　神足以調化
凶暴難調者　又於安居界　梵志名戒愼
狐疑所纏結　絕斷其狐疑　與三百門徒
從苦得解脫　截其塵勞結　令永無有餘
頭上火焰然　口中亦吐火　瞋怒銜下脣
撩擲火燒然　身都放火焰　猶如劫盡燒
以言滅曠野　阿臘鬼神火　身大如青雲
電光晃斑駮　體大亦如是　飾以金瓔珞
懷害吐毒氣　霹靂雹石繳　視神力斯須
滅無苗龍毒　於大宅聚中　化童子邠守
先度善昏眠　野城化手授　拘睒尼所濟
無畏及今者　於羅閱城國　化梵志無嫌
維耶離所度　食肉弊羅刹　葉耳惡鬼神
俱化令度脫　師子力已下　化度四千人
又化劫賓㝹　及四千童子　於野畜繁山
化太子道德　地時度白軻　所生化濟使
退守於雙林　往聽於舍衛　化梵志無畏
及無數大衆　又化憂波先　五百將從俱
又度聽受等　及五百梵志　化不蘭弟子
有五百賈人　濟五百釋種　皆令作沙門
於青林村落　化度二百人　無持度二百
會同度五百　又於憶傳村　化度八十人

紫滿度六百　隨提衆五十　諸天王四人
大力護世間　勢力如谷水　恚害如流波
以其越呪教　爲說四聖諦　極乃能解脫
立之八正路　諸賢士等輩　二十八鬼神
將軍凶弊惡　犯嬈人鬼鬼　居雪山鬼神
竪毛多瞋怒　刺毛甚弊惡　佛滅其恚害
女神諸鬼母　厥名曰取去　食世間無數
嬰孩抱上子　最小子愛作　佛取藏鉢覆
母行方便求　狂走來詣佛　佛問愛子耶
世人亦愛子　若能慈不殺　吾當示汝子
即從教受戒　執慈不復殺　與子歸詣佛
如江河歸海　將男女甚多　鬼男女亦衆
孫息諸男女　無數塞野澤　於祇樹之中
化諸鬼子母　將從無數衆　佛授以正法
隨提國沙門　度脫四十人　四方土沙門

又度三百人　度簇髮梵志　徒黨四千人
有勇進梵志　又復度千人　如化舍利弗
精進者無數　以化槃特法　輭意教亦爾
又如安庠法　化無數善人　化羅旬懦法
度諸薄福者　如化賢良法　度無數貴人
以化厠方土　度無數賤人　如化迦葉術
度無數調良　如化迦樓陀　無數放逸人
如化善除法　所度無央數　以化貴姓法
聚度亦無數　因度占波法　度諸占相師
如迦葉比類　化曉迦音者　舍衛城門中
逢五百異學　化以火圍遶　方便度脫之
現神足變化　度鬱畀迦葉　以威神降伏
梵志名快諦　審諦與阿賤　及無苗龍王
并言談長者　皆急疾力化　或如鴦掘魔
捨走而以化　如香華持王　迎逆順意度

以若干方便 接度其弟難 度梵志因頭
佛從因化出 變現身爲鹿 濟度野獵師
五百釋種獵 化其箭爲華 化醉如郁伽
度嚴飾如綵 以度憍悵方 濟諸奢憍者
化難動迦葉 逆不受其施 以若干方便
行調度衆生 長齒與黑子 吉瓶及造作
諸國弊鬼神 佛之所教化 上昇及深輿
江施與形像 至牢山鬼神 化於普廣山
度明珠齒鬼 華齒鬼第二 千目及青眼
法度與赤色 嬰耳及華耳 大力甚貢高
大深山谷中 化是諸鬼神 佛至大吼國
度諸優婆塞 立之不還道 凡有百五十
逮往還道者 有二百五十 須陀洹道跡
具滿五百人 所向及喜歎 歎者樂華門
聽善性及霧 吉善來充盈 稱滿及善覺

冲隱光含笑 牛勝潔長頸 未發并泉作
如是等羅漢 同一有五百 略說其端首
度者無央數 或以柔軟教 或以麤獷辭
或以剛柔調 佛盡教化之 調達之所放
狂醉於王舍 佛所化迷惑 醉象名財守
時於城門外 佛見猛師子 好目視世尊
佛記當得佛 於諦樹石室 降化猛特牛
曠野中諸鴈 爲下生天種 時不具城中
兩初生虎子 得慈心於佛 及與千飛鳥
鸚鵡及孔雀 犲豹并維羅 龜鼈與毒蛇
鸛鵠及奢立 鴿雀及與烏 及乃至蝦蟇
是等蒙恃怙 皆得生天上 裸形入海水
可浮得彼岸 日有千光明 可以手掌障
佛諸經深義 廣博微妙句 一切諸聖師
莫有能究盡 無數諸天樂 無量諸聖神

無邊空中靈　無底山地祇　無數水樹神
無數天地人　所度無央數　先世所願具
猶佛德願具　衆聖天人師　亦充天世人
所求之善願　亦願使一切　有形衆生類
其學是經者　令入泥洹城　諸天執樂神
龍鬼阿須倫　是等聞佛經　逮服甘露藥
見佛受化者　世間今故有　是等護國土
災患永消亡

現大神變品第二十

諸天之帝　與諸天俱　已勝强怨　諸阿須倫
名稱力勢　普增遠聞　坐施安牀　心喜無量
以微妙法　甘露神藥　天人之尊　甚自充飽
猶如天帝　處施安牀　梵志見佛　安坐如是
心不歡喜　不得休息　因生嫉妬　懷煩鬱熱
因相聚會　於林樹間　廣共博義　論說於佛
此人何因　獨顯於世　其名德遠　超吾等上
及將世人　入聖徑路　令梵志法　轉見輕慢
若其名德　轉久增益　吾等名稱　便當滅亡
吾等名稱　若滅亡者　何從能致　供養安樂
故當勤加　推理思求　釋種之子　獨得敬養
若能推盡　返其事者　子必當失　供養名稱
各各思惟　欲露佛短　或有發聲　返歎顏貌
或復稱其　言辭清淨　又復歎詠　其相好者
如是言語　斑駁不同　乃反稱揚　佛之功德
於時其中　有大梵志　謂衆人曰　聽吾言理
毋生之時　從右脇出　其毋永無　瘡痍疾苦
難動大地　六返肅震　微妙天樂　自然有聲
空中自然　雨諸天華　金粟銀粟　栴檀種種
于時日光　踰倍於常　華下猶如　雜綵帳幔
諸天撞擊　寶鐘金鼓　慶雲含潤　如垂降澤

日月燈燭　皆失精光　普世欣喜　如得恃怙
生於微妙　林樹之間　從脇生時　猶如出雲
未及下至　於地之頃　天帝掌接　傾側恭敬
子出生時　顯露如是　奇瑞可怪　不可思議
天地爲之　感動證應　自是普明　將護名稱
少小勤求　解脫度世　塵勞之穢　蚖虺毒害
正應登臨　轉輪王位　捨棄不顧　勤求滅度
不迷惑於　少壯之惑　念老病死　傷損其情
捨家入林　息心淨行　名稱之美　孰復踰此
其弟子衆　隨良調善　以是之故　得世敬養
迦葉目連　及舍利弗　是等屈就　餘敢不從
三王捨棄　美號王位　執持沙門　微妙威儀
其餘無數　賢善貴人　歸釋種子　訓化言教
佛於世間　所得諧偶　或因弟子　或以已德
宜設方便　早屈折之　如惡病王　思惟除滅
曼令吾等　瑕醜未現　人未覺悟　簇髮垂戴
亦曼未笑　灰塗身體　裸露五形　如是體節
現子所爲　不可得勝　以其辯口　託諸言説
巧便精進　及於無畏　豐秋賢善　并與迦葉
厥性質直　名曰審諦　身體壯丁　巍巍可畏
所學聰疾　明達踰師　現世學人　猶如草穢
又自矜高　意常求敵　言辭臨衆　譬如醉客
得至釋子　皆沉著地　自居如象　過猛師子
吾惟一事　可以勝之　偏當以此　得伏子耶
若能爾時　必得勝子　名稱可畏　又增利養
惟可請佛　令現神變　子性少求　又喜慚愧
毋勑弟子　不現神足　若不現變　則負吾等
聞是皆喜　還相歎譽　已各罷散　各隅廬窟
魔天其夜　詣諸異學　欲以威神　令意喜悦
各各一一　至其廬窟　自變形容　如其弟子

自投其身　不蘭足下　我眞實是　聖師弟子
又復往至　餘五人所　徧往行詣　欺誑六人
以其神足　令各愕然　梵志歡喜　謂必果勝
諸梵志等　各各早起　大相聚合　到王宮門
詣王耳目　明司之官　具各陳情　使人啓王
是誰梵志　大婆羅門　戒所長養　智慧宿年
今來詣門　求見大王　如天仙士　詣帝釋門
王曰吾聞　是諸梵志　欲與佛競　顯已功德
嫉惡於佛　善德相好　如阿須倫　嫉月之明
臣下白王　是等群聚　長聲響響　求敵欲鬭
猶如熊羆　特牛虎象　如爲師子　見遮深谷
王即聽使　諸梵志現　坐席承望　敬以客禮
慈意瞻視　遜辭與語　諸師何故　勞體顧意
諸梵志等　各舉右手　同時發聲　啓白天王
智達慧人　應馳省王　如天仙士　謁現梵天
梵天立王　惟以一法　在於世間　證明人事
惟以稱量　是法非法　立王者位　如稱度量
自昔已來　未曾聞見　上世之時　猶不如是
視諸梵志　衆善功德　如於王國　受供養福
願聽其意　來之意故　今盡微願　啓白天王
今欲與此　瞿曇沙門　俱於王前　捔神足力
願躬臨視　大智慧者　有大神力　功德勝者
然後乃可　諦覺了知　其得勝者　王請爲師
王良久乃　謂諸梵志　賢明競爭　理所不安
金初不曾　還與金爭　是故賢明　不當爭競
於是梵志　重復白王　願王聽省　其等所因
不復開避　其等徑路　於已善法　勞勤志思
捨棄舊典　所居廬窟　又復叛棄　梵志先師
突走歸趣　瞿曇法律　猶如海水　入摩竭口
說是事理　及餘無數　以諸言辭　切逼白王

王因悶視　左右傍臣　便以此事　付梨師達
時梨師達　遜辭謂言　今說一事　惟各善聽
賢以善意　捫摸瘡瘢　以輭滑箆　耗盡病源
師子虎狼　毒害蝮虺　值其睡眠　智者不覺
佛今坐定　入禪寂滅　仁等不宜　無事覺悟
猶如烏鵲　與金鳥諍　牛跡之水　與海捔量
螢火蟲子　與日爭明　田家灰堆　欲比須彌
求欲與日　力競光明　又欲與月　比其盛滿
欲與帝釋　共相照曜　又請梵天　示現神足
下賤之類　若餓鬼來　與諸上尊　欲捔神足
汝等請佛　亦復如是　何智達者　當信是事
仁等今餘　所有弟子　善自防護　於釋種子
如摩竭魚　久睡眠時　不可覺言　起來吞我
時王聽受　梵志所啓　王前下期　却後七日
王便輕出　往行見佛　具向世尊　陳說此事
我於尊法　終無猒足　聽受世尊　微妙正典
貪衆善意　無有斷絕　今諦思惟　世尊德善
尊無數劫　積行如流　今世功德　充滿如海
猶如晝後　與大雲雨　新水入海　充盈滿實
佛世尊之　無量巨海　梵志等見　洪滿盈溢
便欲以手　接取灑棄　灑棄巨海　欲令枯竭
梵志等期　會祇樹園　却後七日　捔神足力
其已許可　此等所啓　是輩與我　已結要誓
退志不失　啓白世尊　愚情有失　憋重如山
王體素白　麤丁殊大　歎佛威德　悚然細小
世尊弟子　名曰目連　長跪叉手　前白佛言
佛天中天　衆聖之師　願默寂然　是事見付
薄能挫折　此外異學　猶金翅鳥　臨海諸龍
佛以梵聲　而告之曰　斯等請吾　吾宜往應
王聞佛許　歡喜踊躍　因顯發聲　說是言曰

地上諸人　及虛空中　天龍鬼神　聽吾言令
種類展轉　必相告語　天上空中　大山巨海
相請來會　觀名稱德　必來莫疑　普世衆會
於是期會　七日已至　於祇樹間　徵瑞應現
以衆香汁　沐浴灌灑　若干色華　徧布其地
可見之類　於空中現　諸天營從　與諸天女
諸妙寶樹　於空中現　衆寶旛幢　如舌舐空
蓋拂垂珠　求雜種香　諸天瓔珞　華鬘轉息
衆寶積聚　處處顯現　諸天名寶　畟塞空中
天上世間　莫不踊躍　故集會來　觀身變現
諸天人聚　猶如大海　譬如秋水　趣於海淵
爾時有天　名曰稱鈴　觀諸無間　普懷歡喜
從天來下　稽首佛足　執恭敬意　白世尊曰
我今特當　殊異於餘　勤加奉事　於佛世尊
若有先時　以施善人　彼則加報　迎之以善
世尊普慈　加於世間　以次爲之　衆生恃怙
如今觀察　佛天中天　出興于世　獨爲我故
自惟我兄　大國之王　已身前世　行善惡事
緣是更歷　大艱難中　如從天人　墮於地獄
割我兩臂　乃到曲肘　兩脚見截　乃至于膝
猶如屠兒　屠羊之法　解我支節　令各解散
世尊爾時　來受我師　緣佛世尊　更受生命
時佛爲我　說微妙法　尋逮建立　阿那含證
獨我一已　能勝異學　以神足力　壓伏外道
世尊躬自　歎其弟子　以一切智　或能預知
今當承事　小加勞苦　乃後來世　以爲念事
梵志後時　聞是言論　便不敢復　求捔神力
以已神足　忽然昇虛　斯須之間　到雪山中
於深谿谷　見其好樹　天香衆寶　甚嚴微妙
拔取大樹　周帀由延　以手擎持　猶如寶蓋

時一切智 寶座之側 時諸天人 以雜天繒
校飾寶樹 甚可愛樂 於時便出 無量光明
譬如雲除 日霍然現 紫金色炎 白銀色光
其光晃昱 普曜世間 自然芙蓉 從地中現
千葉蓮華 天雜寶成 妙紺琉璃 以爲華莖
象牙高座 在蓮華上 天金色臺 網明珠首
爲佛施主 極好無比 時佛徐行 就天寶座
處於華上 如梵天王 佛身光明 踰倍於前
日月明珠 不可爲比 奮放臂光 照曜世間
一切智燈 明輝於世 猶如蓮華 塵水不著
衆生視佛 周帀圍遶 如蜂集華 而食其精
熟視佛面 而無猒足 遣使往請 外道諸師
意疑不欲 來就衆會 時佛告語 諸天人曰
是等不來 至此共會 於時神通 一切聖智
衆生緣畢 應得度者 即以佛眼 都察十方
欲從生死 廣度衆生 地即劈裂 獄苦盡現
如大張口 欲呑世間 衆生恐怖 心懷戰慄
如船賈客 遭摩竭口 時佛呼告 大目揵連
勑語衆生 諸地獄名 是痛如此 此苦如是
犯是瑕惡 墮是地獄 目連昇虛 奮洪聲令
徧十八獄 説其罪對 時衆生各 識本所作
我應墮此 我應生此 一切衆生 心盡向佛
餘無可怙 惟歸三尊 衆生心專 一向不動
悚息縛束 爾乃現變 於佛寶座 四角化現
角有四佛 坐寶蓮華 因是轉變 無數諸佛
坐寶蓮華 塞滿虛空 諸佛光明 照曜十方
身或出水 如雲中雨 或復變現 水火俱出
滿虛空中 化現如是 時佛奮現 如是神變
至二十八 無結愛天 諸佛充滿 三千世界
衆生遠近 見佛所在 諸佛世尊 坐蓮華上

光明神德　一切具足　功德巍巍　猶如寶山
四巖嚴飾　光耀於世　如梵天王　華中出時
坐蓮華上　威儀備悉　惟佛世尊　降伏魔兵
坐蓮華上　德超梵天　一切衆生　展轉相謂
劫數若干　百千萬億　無央數劫　所積聚德
一切智藏　金日乃發　猶如往古　劫初之時
四生衆生　從梵口出　佛今所現　如古梵天
世尊口出　無央數佛　自古以來　衆生懷念
謂此世界　惟有一佛　蒙佛光明　長養衆善
無央數佛　世所恃怙　佛之大燈　然於世間
光明徹照　三界衆生　世間無復　愚癡之冥
一切智明　愚癡除盡　紺色光明　晃耀虛空
坐於千葉　寶蓮華上　佛現福報　滿是世界
猶如大海　七寶充盈　佛現衆會　皆懷善心
即以深奥　柔輭清淨　梵哀鸞音　以種種聲
廣爲衆生　說微妙法　如是三界　無常無堅
無我苦空　滅無爲安　佛說如是　深要法時
聲徧流聞　三千世界　有億衆生　發大道意
又餘無數　發緣覺乘　復億衆生　逺得道跡
諸外異學　捨外邪見　時佛即便　還檢威神
於衆座前　顯然昇天　於忉利宮　爲毋說法
以甘露藥　飲諸天人　佛所以得　勝諸梵志
神足變化　威德相好　充滿一切　衆生之類
普同淨潔　甘露法藥　汝今在此　現大神變
化度無量　無數衆生　其諸天神　逮見佛名
念佛恩德　擁護世間　其聞是者　增益功德
緣是種善　於佛福田　得度生死　苦惱之對
因入泥洹　安樂之城

佛本行經卷第四

音釋

托攬托呵高切攬一巧切托攬並擾也螫施隻切蟲行毒也擻苦弔切旁擊也𤛓音構取牛羊乳也緻直利切密也忤五故切逆也桴芳無切秡也駁甫角切獷古猛切惡也磅普覺切破也

佛本行經卷第五

宋涼州沙門釋寶雲譯

昇忉利宮爲母説法品第二十一

以正法甘露　充飽世間人　下解脱種者
皆効受其報　佛功德猶日　正法踰光明
戒品水清凉　生於天泉池　母妙寶芙蓉
及天林樹華　欲令時開敷　故佛昇忉利
日光晝照空　月焰曜於夜　佛照天世間
若干嚴飾好　日天子生念　謂日王來至
以世敬日意　稽首禮佛足　月天子懷疑
盛明所見捨　月之光榮好　歸入人慧月
寂滅過梵天　照曜踰天帝　深邃勝淵海
不動安須彌　天帝雜寶樹　號名彩畫度
光明坐其下　寶樹蔭金山　見母大妙后
種福果於熟　或有方應種　或復應放者
以佛清淨德　面曜如明珠　見者心清淨
猶如清水寶　爾時佛世尊　以清和梵音
甘露法藥雨　於慈母妙后　墜墮離别苦
生天有是患　貪求積聚死　是爲世間苦
地獄燒炙煮　餓鬼渴乾燋　畜生相吞噉
五情苦無安　在所受身處　衆苦輙追隨
欲離衆苦惱　惟有滅無爲　當覺三界苦
猶若瘡被毒　甚於燒鐵箸　無可解瘡處
世間苦如是　覺苦起之緣　覺其苦滅處
覺所以滅苦　覺五盛陰苦　覺勞所因與
塵勞所滅處　是滅名無爲　所以滅道者
名曰八聖賢　諸塵勞之毒　都燒令無餘
生死甚可畏　進退不可恬　如伎兒木面
脱一復著一　或飲天甘露　退復飲鎔銅
或食天甘露　退敢燒鐵丸　或復來天家

或曳然鐵車　或王或乞兒　餓鬼轉畜生
宿對手所指　跳迸如拍毱　上下徧三界
從有至無擇　聞説是法已　毋天帝妃后
八十八勞結　心垢永滅盡　意止深妙法
又令三垢薄　燒諸强塵勞　妙后證三道
大會無央數　諸天人芙蓉　同時俱開敷
如華蒙日光　於是妙后起　更新懷歡喜
猶如日臨山　光耀益盛明　亦愛敬於佛
禮足以啓言　古來毋未曾　得子此重貢
無數劫食地　心未曾猒足　天欲不已滿
莫若令充盈　自足令我足　除著無所著
一切智悟我　無種斷我種　時無數諸天
聞微妙大法　即植善德種　鮮潔佛之種

憶先品第二十二

於是天中天　諸天世人師　在於大王境
摩竭之國土　遊止竹林園　思憶往古世
光明益顯好　猶如盛火祠　佛弟性慈仁
厥名曰阿難　見佛光明盛　即行詣佛所
叉手下右膝　敬意白佛言　惟願天中天
決心之所疑　未曾見光明　如今之暉耀
惟願一切智　説光明因緣　於是佛告以
微妙八種聲　諦聽吾今説　光明之因緣
吾自憶前世　施無數衆生　供養千數佛
種種所須給　學無數聖典　盛祠祀無數
難可施與者　大施與無悋　憶念往古時
大象如白山　勢力勝隣敵　吾以用惠施
以心所愛重　二子用施人　毛孔皆血出
吾時名甚愛　象馬車乘女　種種用惠施
施八萬四千　金角黃牸牛　金器盛銀粟
滿其所受量　吾名曰知時　大施十二年

弊惡婆羅門　來從吾索頭　時諸天若干
欲固遮梵志　吾歸曉諸天　莫違本所願
時王名月光　令充吾所僥　復有婆羅門
來從吾索眼　不逆尋許與　體所愛之目
爲王名善目　因是發大願　今以目施因
願後成慧明　又復更異時　鴿飛來趣我
爲鷹所逬逐　飛住吾膝上　吾盡割體肉
悉以足鷹意　不以來歸鴿　與鷹使爲食
吾以病人故　割己體上肉　食肉三七日
其重病得瘳　又爲普施主　名爲大力士
昔除衆生病　令滅其塵勞　又吾前世時
以身惠施人　別賣可愛子　又別賣吾妻
責吾與惡人　勑吾令殺害　吾時名焰月
不殺没已命　吾剥皮以施　纒氎爲燈炷
同時然燈炷　舉身焰皆熾　主名堅金剛
其耐痛無比　以是求一願　與之以成佛
以身與虎狼　地六返震動　因此勇猛意
超度過九劫　曾以一善施　主地盡四海
前爲轉輪王　號名曰大天　始建王風教
率以十善行　棄捨四方域　剃頭修淨行
又爲普地主　號名曰尊帝　於是地上立
八萬四千城　時爲此諸城　部別境界已
八萬四千王　俱出剃頭學　曾爲王多求
貪欲狂迷惑　越度大海表　求土地人民
吾時爲梵志　大智名上度　將順教是王
還其正志思　曾爲白象王　如日甚殊好
六牙甚可愛　奕奕有光明　獵師貪牙故
箭射中其心　便自拔牙與　心不起恚亂
淨施王遊獵　因至深山中　閉群鹿二王
置於深谷廐　以一妊毋鹿　鹿王代就死

使普境野畜　無復恐患憂　有國忽父毋
害殺長老者　吾導奉孝養　地穴濟父毋
天空中問義　父教吾決答　斷衆生倒見
濟令不墮獄　大蟒閉賈客　圍繞置中央
吾時緣宿行　生爲師子王　發象爲力勢
踏蟒即令死　濟五百客命　安隱得歸家
佛爾時說此　生經五百章　三千大千界
普六返震動　有億衆生類　皆發大道意
又有億衆生　各證以四道　上世賢智士
不可稱奇異　菩薩發勇猛　施捨其軀命
從乞求者意　終無所違逆　功德得自在
萬物及軀命　業殘短壽命　是乃可爲奇
塵勞所纒裹　懷惡盛迷惑　能以慈悲力
鈎還其惡心　能捨所愛重　財寶及軀命
衆生有豪尊　世得自在者　應爲惡之時
自制而不爲　晝夜行衆善　以休息其意
緣是自勸進　志願存佛道

遊維耶離品第二十三

世智一切敏　所願無不成　慈哀加衆生
如人有一子　猶如轉輪王　施教靡不從
患猒世五欲　欲入法慧窟　世尊亦如是
開建爲佛事　勤勞行廣化　事無不究竟
墮生死惡世　順現其起滅　欲入大無爲
滅惡寂然定　時維耶離城　吸人精鬽鬼
入城興疫癘　逼迫相燒害　爾時維耶離
疫盛如熾然　國諸王大臣　集會博論議
癘氣之大火　燒然國萬民　各共精意思
何方除此殃　長者名財明　第一清信曰
覩世更無誰　惟佛可恃怙　因遣清信士
財明以爲使　長者清信士　都共叉手向

盡五體投地　共遥白佛言　普救護世間
願濟我國厄　如凍者求火　猶重病請藥
若冥願明曉　失路者曉導　我等求世尊
欲觀天人樂　使往至佛所　佛即許受請
合捨家覺知　天人思擾動　天於上空中
告王未生怨　如何安無憂　今當與佛離
王聞天教告　心即悚然驚　意懷愁悴曰
衆生心闇鈍　誰能詣慧礪　精礪其鈍心
塵勞之懋咎　宿對之重債　衆生重債咎
誰當濟令輕　我等久見閉　在生死牢獄
誰當以清鑰　開吾等獄門　吾等久暴露
渴愛之日陽　誰當施正法　月精解渴珠
王因勑令嚴　輕駞往見佛　因請佛明日
願屈就宫食　勑厨令嚴具　盛饌百味飯
佛許於宫中　受王一月請　平治七階路
乃至流江恒　廣路施帳幔　嚴飾猶天宫
雜色衆華香　散以徧布地　人集如水長
盈溢譬如海　明珠以校飾　色白如盛月
王之服乘蓋　敬意施奉佛　時佛未久頃
即到恒水側　王更進上佛　五百七寶蓋
人王上五百　諸龍王貢千　天王獻五百
維耶離五百　爲世大覆護　應受寶蓋施
盡受諸寶蓋　餘惟置其一　爾時天中天
與諸弟子衆　二千五百人　便渡流江恒
維耶離諸王　盡心愛敬佛　供給所當得
以次來到國　佛便即時入　維耶離大城
以入妙深重　梵清淨音聲　佛即說一偈
諸有衆生類　地行乘空者　宜慈愛衆生
以清淨慈水　普灑於大地　熱渴所逼狂
得水飽滿凉　從佛之慶雲　放甘輭言雨

舉城充飽滿　除重毒害患　佛於是即還
出到城門外　佛與諸沙門　繞城而徐行
施護現吉祥　呪願普求康　舉國蒙覆護
快樂不可量　時長者財明　請佛及弟子
飲食香甘饌　種種盡愛敬　時佛廣班宣
深要之正法　師子音以下　四千人得道
佛與弟子衆　乃至柰女林　柰女聞之已
馳出往見佛　到門即下車　瓔珞如電雲
始入園林樹　狀似吉祥天　行步趣庠序
如水隨渠流　顏容如春暘　芙蓉華之叢
將諸天人女　服飾之姿貌　行於林樹間
或動天地眼　佛世尊視見　魔王之羅網
目觀其美色　壞人戒律行　佛以妙梵音
告諸沙門者　柰女今來至　卿等攝撿意
各建志手執　精進之强弓　以正直之矢
箸承智慧弦　皆被定意鎧　乘自守戒車
各儲慈觀意　入眼色戰陣　卿等皆諦計
女人何可是　假借相欺惑　如銀鐵金塗
皮薄如蠅翅　若不以覆上　此但是肉積
當作是計知　涕唾眼中眵　若不拭却者
及與身上垢　若不以水洗　膿血及糞除
聚會於一處　孰思視是者　欲意滅不生
卿等自計觀　是骨舍可惡　以筋纏束縛
外則以肉塗　衣裳服飾覆　如師畫覆壁
但作是自觀　莫隨彼欺惑　堅慎護心意
後可有所益　初不調伏心　後則不可御
邪行失正路　迷惑回周旋　猶如官磨馬
意以繞磨走　眼喜視色者　心則隨目惑
諦觀其表裏　愚染慧離著　時佛以是教
誡諸幼弟子　即共自撿攝　一心視佛面

柰女遥見佛　光相明嚴好　巍巍林樹間
如日雲中出　慈敬意侍佛　微妙心清淨
猶如樹華繁　風吹令傾屈　如是禮佛足
叉手心恭敬　却就其坐位　佛便告之曰
女情貪放逸　卿善心詣吾　信樂正眞法
是利甚難遇　男子信樂法　是不可爲奇
男雖意染重　塵勞猶差薄　女人常回旋
於諸塵勞愛　意局心輕躁　專著六所欲
汝心存於道　是最可貴奇　一切世無常
無吾我可恃　疾病侵安隱　老毁顏色貌
劫奪人壽命　樂法無患難　女人多貪嫉
不喜怨憎會　女人心戀著　不樂與愛別
凡受女人形　必有是二惱　以是義之故
汝當勤奉法　柰女性輭弱　心甚懷慚愧
正法所勸進　勉宜起恭敬　便叉手長跪
前白世尊言　願佛垂慈愍　明旦受我請
時佛覺其心　甚清淨歡喜　默然受其請
女便辭欲退　因五體投地　稽首禮佛足
猒惡女人形　懷慚且還歸　時佛許柰女
受請去之後　維耶離貴賤　皆來至佛所
白馬白車蓋　衣服皆素帛　諸容飾皆白
威儀甚可觀　青黄赤黒色　種種各部別
嚴飾來詣佛　猶忉利天人　是輩亦請佛
佛言已受請　佛許柰女請　是輩皆懷恨
時佛爲是等　廣說微妙法　甘露無損減
滅除諸苦患　粗略爲現說　四諦之要法
無數諸離揵　皆服甘露藥　佛當于爾時
化無數離揵　告辭等已下　心皆逮正法
猶如化猛武　還返地獄苦　及無數衆生
皆下生天種

歎錠光佛時品第二十四

宿世植百福　千巖峻無極　智慧之川谷
甚深難可測　衆口言辭風　不能令傾動
坐定如太山　然無能轉移　猶如青黑雲
晃昱震電光　雜寶衆華蓋　在上空中旋
時阿難見此　未曾有瑞應　懷踊躍喜心
長跪白佛言
種種天華　甚微妙好　如有心意　求供養佛
猶如林樹　遇群野馬　如雪山中　衆華香樹
面如千葉　蓮華之色　世俗之水　不能汙者
甚難見佛　如優鉢華　惟願班宣　華瑞應故
佛以微妙　深重淨音　梵聲覺悟　充飽衆生
遍開三千　大千世界　以慈悅意　告阿難言
乃往過去　無央數劫　無量善德　莊嚴相好
猶如炬燿　消除晦昧　以正法明　除愚癡冥
往昔有佛　號名錠光　三千世界　衆聖之師
一切智慧　猶若大海　心如虛空　無所罣礙
六度根株　甚深牢固　十力之莖　甚大堅强
四無所畏　之四枛歧　三十有二　相好枝條
三達普智　微妙芽節　八十種好　柔輭妙葉
慈悲蔭覆　甚令清涼　覺意之華　禁戒德香
所說華開　現四諦臺　四種道證　果甚香美
天人樂法　猶如蜂聚　應服佛樹　華味之精
其聞華香　食樹果者　以解脫味　飽滿充盈
乃前世時　願求佛事　勤行不懈　現其報應
尋得法藥　甘露蜜漿　充飽一切　久遠飢虛
發願欲求　大悲之意　因是欲入　華嚴大城
初舉其足　蹈門閫時　地神於是　肅肅而擔
三千大千　佛之世界　踊躍六返　而大震動
雨華覆地　諸天塞空　天樂於上　如雲雷聲

天女空中　鼓樂弦歌　歎佛累劫　相好功德
鳥獸歡喜　相和悲鳴　器皿相振　成歌頌聲
佛與弟子　威儀庠序　猶如月滿　與衆星俱
百福德相　晏然如畫　微妙相輪　千輻理成
以足蹈地　跡如印章　千輻相輪　微妙而明
調御六情馬　駕乘六度車　施戒之輂轝
慈廂喜護屋　定意以調御　八正之大幢
寂滅智慧輪　四等大慈蓋　一切智首冠
覺意之瓔珞　大悲甚速疾　都邑示無爲
班宣微妙法　以調和衆生　行道庠雅好
千日同時出　日初顯山崗　池華芙蓉開
錠光佛時亦　悟衆生心華　爾時佛心念
衆生無徹視　化成爲琉璃　令衆生通見
一切遥覩佛　各各如相鏡　人雲集填路
動國震四海　時有梵志子　敏達執智通
族貴性高明　厥號曰善思　始聞說佛名
喜踊衣毛竪　普如鉤所制　離俗向道場
累劫積功德　善本使迎至　一切智明悟
如華覩朝陽　時逢見大光　如春日出雲
金剛帝聖種　視之無猒足　見佛喜踊躍
德力逮清淨　自思遭佛世　以何供養尊
時見一女子　挾持香水瓶　中有七青蓮
如慧七覺具　以其宿福應　瓶化成琉璃
見華喜叉手　詰女以誠問　惟觀福德山
奇異珍寶器　猶爲普衆生　苦厄度歸趣
敬慢二俱除　願我莫空返　昔世所供養
令我亦宜供　惟妹與我華　欲以奉上佛
價從意不違　曼佛今未至　惟妹助爲福
發淨意白佛　佛如隨意珠　種願從意生
時賣七華女　含笑而答曰　是華價甚貴

仁者安能買　答言從汝價　曰華枝直百
但時與我華　價數從汝意　因左顧視曰
挾懃而答曰　我亦欲以華　貢上供養佛
謙遜辭答曰　汝自作華價　佛不受虛養
汝誠不爲欺　女答當與華　當許爲我夫
答言女態惡　違願求道心　女叉手答曰
終不違仁心　今便當誓願　妾施不敢逆
即取其價　與華五莖　別託二枝　以結誓願
爾時菩薩　得華七枝　即便建立　決定上願
如今天尊　救護世間　願我後世　得道如佛
發重願已　即便散華　在上空中　化成華蓋
佛之暉曜　晃昱如日　青蓮華蓋　如慶雲起
佛適遊進　蓋亦隨之　佛明如日　蓋如紺雲
菩薩見變　歡喜踊躍　五體投地　自歸佛足
即時解髮　前以布地　佛以慈心　而以足蹈
足相照明　如紅芙蓉　在其髮上　足髮俱明
如紅蓮華　累青蓮上　佛慈愍故　停足髮上
佛以聖達　一切敏意　覺知菩薩　心勇猛力
即時欣笑　五色光明　曜從口出　若干綵色
時佛侍者　長跪叉手　前白佛言　諸佛無緣
終不妄笑　佛何故欣　惟願世尊　班宣笑意
佛以尊重　海雷震聲　清淨梵音　而告之曰
如我於世　興出作佛　普慈覆世　濟衆生苦
汝亦當成　世間將導　當於熾盛　塵勞苦世
百年壽時　釋種族中　當成佛道　號名能儒
受決言已　歡喜無量　得歡喜力　踊昇虛空
心勇身輕　昇降如波　猶月盛明　大海波起
虛空尚可　有形墮地　地或可上　昇住空中
四大或能　捨其本性　佛之決言　終無改異
世尊面貌　如月盛滿　口演光明　清涼言辭

過滅世間　燋然盛熱　猶如夏時　十五日月
異學典籍　内虚外欺　愚冥誑惑　一切世間
佛説明法　清淨太平　入泥洹城　猶如歸家
以其種種　歎譽妙華　奉散歎譽　巳身蒙歎
天妙意華　粟末金銀　以散佛上　徧布覆地
未墮地者　化成華蓋　當在佛上　進退隨行
猶如日輝　雙日俱明　青蓮在上　如紺雲起
從空中下　懷喜更新　重復自投　歸命於佛
其髮皆在　世尊足下　自然而散　徧布其地
卿等憶此　豈異人乎　時善思者　則吾是也
以慈敬意　散華奉佛　今成爲佛　一切世師
緣是人故　華蓋覆吾　發吾意思　今憶宿行
夫行善者　福報如是　終不敗亡　常諦知之
爾時各共　分取吾髮　諍競接取　人得少許
是等皆於　佛前得度　入於泥洹　寂無爲滅

時得髮者　餘有四十　隨提國人　持戒沙門
皆成羅漢　六通備具　建立第一　微妙善法
如過去佛　號名錠光　充滿梵志　善思所願
如其喜勇　上昇虚空　時佛重賜　與大智慧
衆生聞巳　皆當篤信　方便求索　施衆善德
布施持戒　智慧勤修　彌勒出世　顯其福報

降象品第二十五

爾時世尊　遊王舍城　行福衆生　地爲大動
諸佛瑞應　奇異感變　欲入城時　皆爲顯現
爾時調達　懷毒害心　覺佛入城　瑞應悉現
齎嫉速詣　王阿闍世　爲詐誘進　教使逆惡
汝篡父位　我當殺佛　俱共照照　猶如日月
飲王以僞辭　飲象以醇酒　象得酒醉狂
鳴吼而雷震　即時放醉象　奔馳來向佛
譬之暴冥風　來欲滅佛燈　猶如劫盡風

欲壞滅世間 健如金翅鳥 怒如閻羅王
佛心堅不顧 不爲象動搖 猶如摩羅王
不爲海風動 突來至佛前 即到屈足禮
攝伏心著地 踰塵遇暴雨 如從赤雲中
日光晃然明 昱昱譬流星 墮於黑山頂
從袈裟雲中 放右臂光明 暉曜照大象
如日加黑山 德相手觸象 象即時醒悟
猶如巨明現 晦冥退却縮 象霍然醒悟
意即得安足 猶如神仙呪 觸虺毒即除
象即時屈伏 自歸佛足下 佛時顯光明
如日出山崗 時調化醉象 教令種善本
化應度者已 即還到精舍 於時其城中
有一貴姓子 年幼性柔輭 聰聽志敏達
篤信行衆善 愛敬戒律法 尊重師事佛
厥名曰高度 調達往詣之 誘以衆言辭

悉受吾言教 必當學相待 顯以高爵位
增益其榮禄 若能從吾者 卒後當爲王
時賢士高度 聞調達邪辭 即以正法言
答於調達曰 諦聽吾所言 歎所事師德
即時旋其身 向佛所在方 跪右膝著地
叉手心謙敬 傾屈頭面禮 高度便歎言
已度於無極 衆苦之海淵 十力已得度
濟衆生無倦 晝夜不休息 導衆立善本
吾所歸事師 號曰佛世尊 吾不事餘師
餘無所歸恃 故不相受言 汝當諦知是
時弊惡調達 心甚懷恚怒 援手索其掌
頷頭而還去 諂媚辭向王 讒遘於高度
王勑其侍臣 懷害凶猛者 授其寶瓔珞
價直數千金 卿當獨密竊 以此寶瓔珞
擲高度舍中 慎莫令人知 其臣即夜往

順從王教勑　其家人早起　得此寶瓔珞
即持與大家　得之甚喜悅　遣人逐夫還
以寶瓔示之　高度見寶瓔　甚怖而長歎
即以酸楚辭　而告其妻曰　得無是懷毒
施惡加人者　調達設方便　欲壞滅吾耶
昨夜以寶瓔　擲吾舍中乎　其坐悶心頃
官司至其門　即以此寶瓔　掛著高度頸
即時啓王言　珠從高度出　王令勑諸臣
推之以舊法　尅吏懷惡害　猶太山使者
眼赤持兵杖　狀如地獄卒　皆著黑皂衣
以血塗其手　爲著赤屯頭　當詣行刑所
擊鼓如雷音　吹貝鳴震動　以鈴繫其髻
驢馱而出城　到即賜其食　飲以垂死漿
時調達遣人　告其家居曰　但來自歸吾
當濟令得活　親族圍遶之　舉聲而號哭
聲馳聞如遠　令行高度刑　無央數人集
嚮響動其城　遊一切智庭　止宿於大慈
履行於大悲　晝夜行推求　迷惑五道中
失路川谷者　如牛愛其子　欲濟活孤犢
時佛告阿難　卿往行入城　徧諸巷告令
大聲說是偈　今日是高度　出家獄牢繫
當爲最沙門　服甘露藥漿　時彼有梵志
聞阿難所令　還語其黨類　是何故妄言
梵志中達者　應聲答之曰　火可變爲水
甘露可爲毒　四大或復可　捨其本性體
佛之言教令　終無有改異　於是高度子
沖幼可憐愍　攀緣其父頭　號哭不可止
惟父甚憐愍　願自歸虎狼　衆生所貴重
惟人命難得　若令官見殺　以代慈父刑
莫當行自歸　趣弊惡調達　時高度强志

而告其子曰　願捨已體命　終不能離佛
其婦奔走來　放髮悲呼哭　泣血而交流
下露冐衣裳　種種歎楚曰　慈仁之夫主
澡手體相受　如何中離別　往與有言要
終不相捨離　今漸現爲惡　猶如行路子
如何不顧愍　妾惟有一子　願當顧賤妾
憐傷孤獨子　可外伴自歸　向調達濟命
內情勤至心　竊佛尊爲師　高度乂乃言
而答其妻曰　且聽今當說　吾心之決定
三千大千界　最尊可恃怙　吾已自歸佛
何故惜身死　吾已自歸佛　衆寶須彌山
何能歸下劣　倚著穢糞積　吾已自歸佛
戴仰日光明　如何當反捨　歸趣螢火蟲
吾已自歸佛　金翅鳥之王　如何當捨行
歸趣烏鳥子　吾本誓發願　欲飲大海水
今此牛跡中　何能解吾渴　吾今自歸佛
諸法德相好　如何當行詣　小劣惡行者
妻答其夫曰　且當護濟命　調達與汝現
可追惟舊好　即答其妻曰　寧遭諸惡害
劍毒蛇蟒虺　怨火相燒然　是可設方便
智慧良藥除　終不當附近　惡友懷穢垢
惡友相汙染　壞人善本意　佛教使莫從
牽至無擇獄　遂持高度至　林樹丘墓間
即發慈悲心　佛愍勲禁戒　獄卒便拔劍
欲行高度刑　利劍不能傷　賢士高度體
即還告王曰　利劍不能傷　賢士高度體
便勑行何刑　調達附議曰　可生貫以杖
纏之以生草　豎之於路側　如教便貫之
一心存念佛　佛如金翅鳥　飛到丘墓間
佛以八種聲　而告高度曰　吾今得濟卿

如是毒苦厄　諸佛之慈哀　清淨甘露法
次第爲高度　班宣四聖諦　高度尋即成
暢至羅漢道　即時以六通　身輕昇虛空
當阿闍世前　在上虛空中　種種現神變
大衆莫不見　爲王説妙法　令王覺識之
我身是高度　王宜悔所爲　王聞其所説
心悶迷躃地　左右以水灑　良久乃甦起
都不當畏懼　恐敵熾盛火　亦莫畏鬼魅
及弊惡毒龍　心如利劒戟　口辭甘如蜜
言與事相返　當慎是惡友　調達外貌親
正是吾惡怨　現如正法幢　導吾入惡道
自燒使無餘　以虛等燒吾　咄苦何甚劇
遭遇惡友者　吾與之爲友　退父逆篡位
飲象令醉惑　放使突向佛　教吾懷惡逆
以山石磓佛　從是惡友教　背違佛聖師
王即慘然起　投高度足下　願捨除重咎
因倚惡知友　我自今已往　當爲佛弟子
以佛爲師父　遠離惡知識　佛以神通力
調伏狂醉象　化令入正路　種植善根栽
如救賢高度　木槍苦毒患　服甘露良藥
衆苦毒盡除　其聞是奉持　至心得向佛
奉行善因緣　都令諸苦滅

魔勸捨壽品第二十六

如日初出　顯于山崗　奮大光明　消滅厚冥
佛天中天　正法暉明　班宣言辭　淨無垢光
心懷愚癡冥　如幽深谿谷　日以大光明
推盡杳冥源　如清明無雲　日光靡不照
佛所至教化　莫不蒙濟度　猶如大金山
大祠祀盛火　如魚怨盛陽　竭盡塵勞水
欲界塵勞王　厥號名弊魔　率來至佛所

便說是言辭　惟佛往昔坐　尼連禪水邊
我爾時啓曰　衆言最先首　諸可所作爲
其事已成辦　諸所可覺悟　已達無有餘
所願具充滿　今可捨壽命　于時還答我
決定言教曰　吾今且未有　四部大弟子
又復未有暢　解達智慧眼　建立顯佛事
大尊重所處　非少許方便　倉卒可及逮
不明之晦冥　未蒙光明照　日出未經天
不可便還沒　大海陂池水　龍阿須倫藏
若人以裸身　欲渡大海者　若欲以蚊翼
覆蔽十方空　或如小蟻蟲　欲與師子戰
若復欲發意　一舉能飲盡　無量大陂池
竭令無有餘　若欲以口氣　吹須彌寶山
令各分迸散　悉成爲埃塵　陂池之海水
須彌寶大山　師子海虛空　是事尚可爲
佛功德之池　須彌海虛空　十方天世人
無能度量者　以故吾爾時　語卿魔如是
今非是勸吾　滅度決言時　如今便可陳
卿之所志願　當隨其所啓　魔便白佛言
世尊諸弟子　今皆調賢良　守禁戒精進
皎明成羅漢　身在地住立　以手捫日月
變現身令大　至大無結天　從大生死中
劫奪我衆生　出吾部界入　無爲如還家
世尊一切智　所作無不辦　名聞如大海
十方普充滿　世尊無比聖　以佛十種力
坐於道樹下　被牢强忍鎧　以聖手執持
大慈之强弓　放引智慧發　捷疾之利矢
我與十八億　諸魔王衆軍　適放一慧發
敗我大軍衆　猶往古烈士　獨與大軍戰
適放一利發　勝槃沓大軍　憎愛二大垢

俱滅令無餘　伏心之醉象　令得永調良
以正法大蓋　覆諸應度者　令一切衆生
得避塵勞雹　裂壞貪餮口　杜塞無猒心
顛倒躁擾性　如撲阿須倫　以最上第一
堅牢智慧犂　耕諸曠大地　反其愚癡源
以大正真法　晝度微妙樹　下之於世間
華香飽衆生　降現在有中　廣大生死海
以空無意身　鳴大正法珂　在於欲界中
愛於繫閉者　生死之堡聚　甚勞强難勝
世尊如力士　澡脫皆令出　得住於無漏
珍寶之臺渚　世尊寢卧於　智慧之大池
齋中生微妙　正法之芙蓉　其香甘無比
感動天人心　來集受訓誨　如蜂食華精
以師子形相　佛之猛利士　願覆强難伏
塵勞阿須倫　已滅盡世間　生死之力士

普勝於三界　世尊最第一　或有以世間
生長乳哺力　或有以巧僞　神變現化力
於諸天世人　得勝最第一　以已之善行
獨劇著世上　今正是世間　放捨壽命者
時佛聞魔王　種種之勸辭　佛時天中天
梵音告魔王　令魔當懷喜　必無復憂患
今却後不久　三月當捨壽　可捨心懷熱
卿魔願已備　聞佛說是誓　魔王甚歡喜
即時於佛前　忽滅還不現　於時世尊即
定意斯須頃　意了智慧俱　尋還解散意
放捨前神通　無限安長壽　聖以神足力
更存壽三月　世尊已放捨　無限安長壽
地祇即驚怖　六返大震動　四方皆雨墮
霹靂大炬火　猶如劫盡時　須彌雨炬火
霹靂連續墮　普周徧空中　猶如劫盡時

大地火乾燒　時佛天中天　即說是偈言
猶如破車轂　强載曳此身　於時阿難見
是恐惡變怪　心懷疑戰動　詣佛問其緣
時佛告阿難　吾已捨長壽　是故地大動
現是惡徵應　時阿難聞佛　如是之言教
即自投於地　如栴檀樹崩　舉身衆毛孔
沸血皆迸出　心中懷哀慼　泣血流於面
一則尊敬師　二則兄弟愛　重愛情未解
悲痛迷荒心　懷愛熟視佛　久頃乃發言
辛酸楚毒苦　悲哀戀慕辭　嗚呼何甚惡
無常甚速疾　佛之光明燈　忽然便欲滅
猶如寒時火　盛旱熱時雨　疲得垂白蓋
莫不蒙其賴　衆生甚可憐　當迷惑失路
於大生死中　無邊曠野田　示人以善道
審諦識正路　三界之導師　捨世何速疾
覩普世衆生　愛熱所燋燒　周旋疲長塗
旱渴甚久遠　甘池以解水　其味甚清美
最上清凉池　忽然欲枯竭　去來今現在
三世無不達　心入微妙法　智慧之面目
照三千世界　猶視淨明鏡　世眼忽滅盲
一何痛之甚　衆生立篤信　根芽甫生者
如有欲漸長　又已成就者　如是之等類
渴仰佛雲雨　此諸垂成苗　忽當旱燋然
世尊四十種　智慧之火光　一切智大錠
普曜三千世　照現大光明　一切衆生眼
衆生何可傷　當還投邪冥　覺慧之淵海
廣長甚深遠　佛獨能先度　顧愍傷衆生
今當捨世間　我等何恃怙　猶如慈父母
遠子曠長塗　普愛於衆生　慈乳甚盛滿
正法之乳湩　甘美大豐盈　世尊之大慈

猶初生犢毋　今捨犢令孤　我等將早枯
久迷惑失道　於五幽谿谷　衆生應度者
猶如孤犢子　世尊徧推求　如慈母慕兒
今誰當推索　我等何傷酷　是愁忽然遇
後斷續復來　日夜相推逐　周旋如轉輪
晝夜如兩手　方便無休息　掬非常命水
飲之無猒足　我今甚迷荒　無所覺識知
心是金剛聚　能忍不壞碎　每遣侍世尊
猶如影隨形　形忽然欲滅　影當何所依
今我當捨離　遠佛天中天　如身離壽命
不復可自名　無常之宿對　何不追逐我
壽已捨其身　何可立須臾　尊於大衆會
曾有說是言　其有證道諦　四神足具者
能住壽至劫　或復能過踰　佛之道神力
自在暢無礙　惟佛世所怙　今願且住壽
愍傷衆生故　幸住壽劫餘　願尊垂大慈
憐傷於衆生　住壽令延長　未度者甚多
於時佛世尊　見阿難如是　愁毒甚憔悴
因垂撫慰恤　佛世尊大慈　告以加愛言
汝諦觀自然　世動歸滅盡　一切世間事
終不可不然　其有成立者　不得不壞墮
諸有成立事　若當終始者　終無有發意
求處泥洹城　吾前爲卿等　具班宣法教
爲師之誡事　無有餘遺隱　吾身若留住
及度世之後　卿等勤奉法　用吾色身爲
但當力精進　盡形奉禁戒　方便求覺慧
急如救頭然　道品所修行　凡有三十七
速當設方便　令心覺解脫　諸善之根源
皆當由之生　以滅定羈絆　繫絆心醉象
以智慧鋼鉤　制御令回還　以正諦計觀

縛令不越逸　滅心令靜定　智慧慈敬眼
御等必以是　諦觀吾法身　其有諦見吾
正法之身者　吾現在去世　常見我不離
吾今爲汝等　乃至當來世　願變苦毒樹
令成甘露果　先當勤服食　覺意華之精
成四道果證　續飽滿世間　俗外學賢聖
皆不逮覺了　厚雲及上體　潔持與愛生
我潔安庠天　力慮及天帝　是皆不達道
吾令汝等覺　無能尋端底　得知出要者
外師所止息　因迷惑還墮　惟有佛世尊
無礙最慧器　以是於有中　壞盡塵勞源
猶如良賢士　有八種藥方　吾已各分別
衆藥之種稷　其貪婬多者　惡露觀爲藥
瞋恚用慈除　愚癡以慧滅　如向者阿難
汝之所陳啓　願佛住劫壽　或長踰於劫
是觀過去佛　隨俗宿對行　不盡世上壽
五分壽捨一　吾何爲久與　此蛇虺篋俱
强曳無返復　仇怨對已盡　濕傾危朽舍
蛇蚖甚可畏　阿難不當逮　捨此身逃耶
汝從水求火　從鐵中索金　從芙蓉華莖
欲得金剛枝　從惡毒器中　欲索甘露藥
與狂論定計　從怨求暢安　地獄中求樂
厠中求香美　欲教訓獼猴　令重莫輕躁
朽舍久危墻　濕沙以爲城　雲泡水上沫
露燈難恃怙　如坏器盛水　亦難可久保
輕脆甚於是　無强速壞捨　當作是覺知
可畏四大身　何見正諦者　堪任昇此身
衆生愚癡故　悅意不懷憂　見他有死者
不自計當爾　放心於不要　耗盡其壽命
終不設方便　求益已善本　當作是覺知

普世歸無常　天地寶石山　皆當歸滅盡
大淵海陂池　不久皆乾竭　名寶須彌山
亦必當崩巔

佛本行經卷第五

音釋

瘳丑鳩切疾瘉也　弈夷益切戚貌　癘力霽切疫病也　礪音例磨也　積資四切聚也　眵尺之切目汁凝也　振除庚切觸也　篡初患切逆而奪取也　挼奴禾切兩手相摩也　顉五感切低頭也　讒譴讒鋤咸切諸也譴居候切合也也　甦孫徂切息也　磓都回切　堡博浩切堡障也　湩音凍乳汁　掬居六切兩手奉物也　羈絆羈堅溪切馬絡也絆博漫切縶也

佛本行經卷第六

宋涼州沙門釋寶雲譯

調達入地獄品第二十七

佛天師世怙　身心俱清淨　愍衆詣江浴
著澡衣而立　爾時佛世尊　始入清流江
猶如日天子　在天華浴池　如祠金剛柱
妙寶以校飾　譬天刻鏤師　衆相悉明備
佛世尊身形　妙好亦如是　此皆宿善行
工匠所爲作　百福德相備　宿善所印明
或如然妙指　晃昱或如言　似說本善行
佛形相如是　水陸空中蟲　莫不愕然觀
各自捨怨嫌　皆慈心相向　悉不相茹食
注目於佛相　視之無猒足　時佛告阿難
視此衆生類　皆共觀佛者　雖蟲獸無慧
不識别善惡　觀佛身相好　如視鏡中照
已下善本種　阿難報佛言　唯然觀調達
燋然其身本　釋種子勤修　學法能乗空
爲王阿闍世　所事最上師　受無極榮寵
恭敬盛大器　不審因何故　欲變成惡器
時佛告阿難　廣施博學問　淨行勤自守
心懷惡行者　是必不可保　心惡習衆惡
亡失其善行　自穢善根本　愚人得榮禄
甚以自慶喜　但以招自殺　猶如騾懷妊
其以自消盡　衆善之根本　無餘一毛善
可牵拔濟出　吾之愛衆生　慈加於一切
投山入熾火　救衆苦厄者　不悋惜巳身
羅云是吾子　調達山磓我　是二等慈愍
不久於王舍　惡行升斛滿　調達得重疾
種種方便救　盡呼其弟子　今可致我往
詣摩竭國王　是我舊親友　於是諸弟子

方便轝致往　其轝三桄折　墮地打膝傷
更易坐一轝　轝詣王宮門　行道逢種種
諸不祥徵應　特牛吼來迎　角觗地且行
後脚捂地土　揚塵坌辱之　群烏於上鳴
猶如人語聲　今汝所圖計　終不以諧偶
到門即啓王　王令勑傍臣　惡人是地分
復來相惑耶　反以惡燒我　又復還自燒
如雹害萬物　已尋消化盡　還致罪物去
吾等不宜見　此親所不用　衆人所棄捨
拒逆佛世尊　爲祀吉祥天　若入無擇獄
恐連戾吾等　其有敬重吾　及自愛身者
速逐使出朝　惡復聞見是　吾毎歎佛德
從天師求願　誓所生之處　莫與惡友俱
侍臣勑朝師　速逐遣罪人　調達諂意思
爲飾諸弟子　如吾自思惟　惟佛於吾親

能相濟厄耳　餘無可恃者　速致吾詣佛
墮者還依本　如墜因地起　地故載育之
諸弟子謂之　師誤失無限　懷惡意向佛
犯種種罪過　調達疑怖言　吾雖犯負佛
不犯捨惡人　善者故不怙　於是其弟子
見師以如是　畏調達之故　便速轝出去
震動王舍城　衆人大集觀　時催逐調達
解所懷疑結　見調達遭厄　顔色甚憔悴
毎行惡不貲　今乃獲禍對　如海船欲覆
垂入摩竭口　猶如大幢傾　臨墜僵于地
危譬屠家羊　喻天福盡應　調達危如是
垂入死門口　如日蓋山蔭　漸速普覆地
調達惡行蔭　追逐覆不置　城中諸觀人
見其如是應　各各轉相謂　若干異同群
痛哉視世惡　合偶卒永離　何智當貢高

於其惡生死　此則是由來　變現妖怪者
今摩竭國王　迷惑爲逆惡　每乘金寶車
光耀如天帝　將從狀如天　王起出臨觀
若來入宮時　每現從空下　所食之御厨
炊五百燒器　在阿闍世膝　變已作嬰兒
現戲吮王唾　王意終不猒　王每常敬待
謂之勝於佛　驅逐不停門　一何可憐傷
此今意退没　懷苦或無智　欲往見世尊
悔已過向佛　今甚懷惱熱　躁擾自投擲
不久於阿鼻　當受諸苦痛　或言情性惡
或言用貴爲　不見佛受法　及於賢聖衆
不自護已身　亦不護餘人　學不慮今世
亦不顧後世　咄榮禄甚苦　咄多求亦苦
凡未見諦者　無一可恃怙　愚癡甚妬惡
覆蔽一切眼　愛著大苦痛　普誑惑世間

以虛遺向王　懷嫌燒壞人　嫉妒侵損他
惡如閻羅王　宿對便來至　以力強牽曳
王不遣人助　亦無來救者　如僞稱悅人
不慮已後時　舉價廣輕用　財債皆滋倍
債主急廹切　諸共喪費者　皆馳棄藏避
今當停獨償　於是甚勞苦　致到舍衛城
舍衛城中人　集會觀調達　男女諸大小
空舍皆馳走　大聚無央數　隨逐調達行
人展轉相謂　弊怨重地上　每施惡於佛
強顔而無慙　云何欲見佛　中有覆面者
損耗之積聚　是不宜觀見　有甚驚悚者
或悲憐傷之　或悲歎墮泣　或有嘿立視
或有稱歎佛　慈心之功德　故能含容受
如是毒惡物　其弟子勞疲　小住頓息曰
是地之重擔　柰何堪勝之　適小停於地

衆人悉圍遶　死應之表式　漸漸爲之現
斯須地震動　響徧國界言　吾不勝惡人
如覺悟世間　於是虛空中　有大雷震動
又有若干種　可畏惡音響　諸天告祇洹
惡行來在近　故地動聲云　示其惡緣對
不勝惡行者　阿難前白佛　云調達來至
求欲見世尊　時佛以梵音　而告阿難曰
調達罪厚重　不能來見吾　假隨藍風吹
不能令動來　正使龍索引　龍絕不可動
佛說決定言　調達不見吾　即時戰汗出
顏色即變惡　猶如金翅鳥　欲搏食龍王
爲死所捉持　戰動不自止　見閻王使召
怖恐無所識　地開如魚口　火塞滿其中
張口甚可畏　如欲吞調達　火焰拔汝舌
昱昱燒其身　熱火所纏裹　牽曳向惡趣
高舉其兩手　大聲呼稱佛　嗚呼天中天
衆生所恃怙　每懷慈愍心　於一切衆生
我愚雖過失　仁善不改動　如須彌山王
風終不能摧　慈愛無限量　稱世光見照
若蒙尊暉曜　冀待小停息　以悟三千界
梵音見告語　緣是深妙聲　得脫地獄苦
願得佛世尊　著足之塵土　戴之於頂上
或必有所濟　世尊不自來　願遣餘弟子
舍利弗目連　迦葉阿那律　幸趣遣此等
惟弟賢阿難　骨肉族不棄　如何便自捨
兄弟相惱苦　衆僧亦復爾　王以下羣臣
知識及宗親　餘惟有惡對　終不捨遠我
不得小動離　如影隨其形　人衆滿地上
諸天塞虛空　皆住觀調達　宛轉毒痛中
猶如兩力士　對共捔力鬬　宿對之力士

衆中擒調達　天人同聲喚　寵禄今安在
善惡報彰顯　爲火所牽曳　時無央數人
悚然畏惡對　佛尚不能救　何況其餘者
稱佛屈己禮　徹骨自歸命　未及説半言
便爲火所纏　火如瓔珞像　徧布其身體
奄忽便没去　好餓魚所吞　忽至無擇獄
於是鬼獄卒　頭然甚可畏　力大身如山
懷毒甚瞋恚　捷疾尋來至　如金鳥取龍
共來接擊去　以然熱鐵索　反縛其兩臂
牽曳罵數過　將至啓閻羅　此則是世間
兇暴弊惡物　懷嫌嫉虛諂　反悷逆正理
記惡不反覆　不慈勤爲惡　王求人長短
無慙廣結怨　强專獨權勢　托亂越分理
是法言非法　非法言是法　寂滅之川谷
慧寶體充滿　佛之須彌山　斯放石欲壞
定意清淨水　賢聖衆海淵　本清澄且深
此托令擾濁　無辜生怨殺　蓮華比丘尼
拔盡善根本　悉令無有餘　冥如野雲霧
衆善日損縮　喻之月垂竟　消轉盡晦闇
積罪地所吞　今至惡對口　王宜處其罪
罪重叵散放　王聞其所啓　求處當以法
盡恚訶折之　與決了言教　咄爾族姓貴
乃爲下賤事　甘蔗王苗裔　汝唐喪失之
汝爲狂迷耶　乃作是大過　垂飲翻甘露
自吞其害毒　爲是反悷事　欲齧吾杖乎
欲吞天帝杵　欲手持空耶　汝爲欲縛束
躁動性散風　將類爲是事　故極意造惡
汝欲以手掌　障蔽佛日光　復欲與一指
舉佛之須彌　汝欲飲大海　令竭無有餘
事至自牢强　語已呼獄卒　便爲所可作

鬼卒大呌呼　罪人皆大驚　展轉自謂言
行惡者今至　緣是惡物故　當益加我等
若干種苦毒　都來趣會此　共毒治惡物
剥皮曰擣磨　生膾而殺之　消散其身體
鬼卒如所説　毒治令備悉　逼見諸苦痛
獄鬼以火燒　鐵刮强刮口　洋銅灌其咽
吞噉燒鐵丸　都合諸地獄　其中處楚毒
就於無擇中　加害於調達　無擇瀧燒治
與罪人俱受　調達私罪對　響響競來現
大倒金剛山　焰出甚熱熾　墮調達頭上
令身碎如塵　山如有識瞋　恒自起自墮
聲似唱和言　深築碎其骨　罪人聞是聲
皆恐怖驚張　奔波星散走　無地可隱藏
覆眼面拍地　大呼相謂言　行惡一何劇
今俱受毒痛　惡者今來到　負重劇殃對

以是惡物故　益我等痛怖　調達毒痛狂
謂諸罪人言　毒痛普爾也　於我猛劇乎
獄中諸守鬼　各罵調達曰　且聽弊惡害
捨短逆暴物　一切智藥充　法寶慧衆多
佛十八巖谷　慈悲之淵池　佛山妙如是
汝以山搥之　以是殃罪故　諸山雨汝上
自然金剛山　雨調達頭首　山巖火燋柞
淋雨無斷絶　鍛其身碎末　尋還生如故
於是復呌呼　驚動地獄中　石象有百足
譬一由延山　黑如冥霧雲　疾踰劫盡風
鳴吼如雷震　調達見驚怖　失聲大叫呼
便説是言曰　汝等何惡劇　以象相逼迫
來用相怖死　今來相踐蹈　獄鬼問之曰
識踐汝者不　汝以象恐怖　故罪象踐汝
斯須復更有　地獄鐵身鬼　形狀大如山

各負然鐵杵　辟方一由延　來至調達所
舉五百鐵杵　次下調達上　擣碎調達身
猶如小蟻蟲　獄鬼恚罵曰　是罪何足言
汝破得道人　蓮華女之首　坐犯是罪殃
杵今舂汝頭　復有然鐵車　然炭以牛駕
臂脚各繫車　分以爲兩分　打車各自去
分裂調達身　車各分其身　毒痛不可言
獄鬼復罵曰　今始車裂汝　分以爲兩分
甫當裂汝身　八十六千萬　汝坐誹聖衆
別以爲兩部　故今裂汝身　調達叫聲徹
紅華獄如響　瞿和離識聲　尋便罵詈言
寧遭熾火燒　若利劒中毒　惡賊虺蟒蛇
莫遇邪惡友　施方便求助　可脫斯諸禍
惡友無方便　致心宿地獄　以遭獄守鬼
無逮解脫路　四種之方便　其術不復行

捎名稱譬　如日竭水　消衆善行　如火焚野
傷智慧明　猶華遇霜　穢壞禁戒　淨意之香
障蔽心之明　猶月如遭蝕　調達以友根
於我爲毒怨　獄卒加毒治　甚痛大叫呼
調達識聲聞　瞿和離聲耶　鬼卒逆罵曰
地獄之火燼　入他罪科中　何須復問爲
緣汝惡友行　强致紅華獄　以邪反逆道
墮壍受艱難　汝爲惡船師　將導入洄澓
長終始回旋　永不知正路　調達懷痛曰
瞿和離已至　我餘諸親友　皆到地獄耶
弊友一何劇　導我至惡道　以皆執隨我
來止宿地獄　佛弟子目連　神足得自在
慈愍三惡道　行因見調達　見王阿闍世
王稽首敬禮　尊目揵連足　已便問之曰
承往惡道觀　惟師願說之　頗見惡調達

受苦痛何類　目連答王曰　調達之所受
苦痛甚兼備　難可倉卒陳　有八大地獄
獄有十六城　百二十八獄　合此諸楚痛
獨一阿鼻痛　踰此諸獄苦　苦無須臾安
故名無擇獄　受苦甚弊惡　毒痛重餘者
又償私別罪　終無休息時　十六盛火焰
纏遶其身體　爲諸苦痛箭　所射之准的
如爾時閻王　具責數調達　獄卒重罵詈
悉以向王說　王聞心悚然　舉體衣毛竪
驚意白目連　叉手而傾屈　王心即時萎
如華得於火　目淚交其面　譬芙蓉得雨
懷恐怖且悲　向於目揵連　自責已由來
所作之不善　吐心可知慙　免離遠惡友
今悔策千萬　如策進良馬　意譬如麻油
值香則便香　得臭則受臭　汝心亦復然
目連告王曰　覺悔最第一　悔責病津液
佛良醫能愈　王聞其告敎　甚畏怖地獄
惟恃賴於佛　如病歸良醫　勑立寶樓觀
校以衆琦妙　如天善法殿　四寶爲欄楯
四方寶梯陛　四方四浴池　以四寶爲華
種種微妙好　於上飾寶樹　諸王盡技巧
法忉利釋宮　如天晝度樹　於下設高座
如忉利天帝　在晝度樹下　釋之大御座
天請佛至宮　佛出如自現　奮千妙光明
王躬自出迎　四寶幢蓋旛　華香衆妓樂
種種奇妙珍　敬意奉迎佛　即時普震擊
二十億衆鼓　天人普散華　如雨徧覆地
佛即時來至　上殿坐高座　猶如梵天音
處第一梵宮　王無量敬意　形容甚微妙
猶如日宮殿　處在須彌側　手執金澡瓶

以水灌佛手　如來掌藕華　輪相皎然明
王手奉餚饌　百味食甘飯　甚香潔清淨
如天善施食　佛與諸弟子　飯食已畢訖
澡漱手滌鉢　清淨如佛意　樓觀殿高顯
人衆億無數　如諸天觀佛　於晝度樹宮
天帝懷愁慘　與諸天俱來　自觀當降神
受形於驢胎　王懷慘猶若　諦視地獄苦
摩竭大國王　與諸婇女俱　服飾甚綺麗
晃昱如雲電　翼從王而來　敬意稽首佛
或持雜寶華　或持金銀華　金粟或銀粟
種種雜珍寶　又復有諸女　手執金銀器
皆盛滿澤香　及吉祥寶瓶　以雜名香汁
灑地令淹塵　若干雜色華　散普徧覆地
以諸名衣服　雜寶之瓔珞　皆脫以惠施
地成大積聚　王與大衆人　投身於佛前
佛慈護衆生　願垂覆惡類　佛見諸天人
心皆懷悚然　大衆數億千　皆願欲得度
即時爲之說　微妙深法要　四諦之甘露
解脫決定法　有六億衆生　解諦見道跡
餘無數衆生　皆發大道意

現乳哺力品第二十八

佛以入無餘　滅身諸苦痛　與無著弟子
出妙維耶離　行歷諸村落　安庠以次第
覺悟衆生類　令植善德本　爲無數衆生
顯露宿善行　度脫無央數　令服甘露味
次至成有城　力士所生土　與諸弟子俱
止宿其土界　去彼土不遠　拘夷那竭城
城門中有山　五百力士集　還共論議言
是山妨城門　共合力舉徙　顯我等盛力
後世流名稱　馳周徧四方　精勤力備故

無有斷絕時　議已便共出　將象青牛馬
拖材木繩索　共行詣山下　設若干方便
繫山於畜頸　各手引繩索　以杖木捩撮
皆共舉聲言　同一時出力　大聲震一國
不能動搖山　佛將弟子衆　行次至其所
諸力士見佛　金色之光明　霍如千日出
妙相三十二　見佛懷喜踊　捨山往行詣
敬意禮佛足　右遶三帀已　佛因問之曰
諸壯士何故　聚會在此也　因共白佛言
我等生土地　種類號力士　是山妨城門
吾等共集議　欲徙移是山　令城門道平
流名於後世　顯示力士力　故牽致象畜
及自竭其力　盡大方便勢　山永不可動
佛與大衆俱　行往詣其山　撿攝其衣服
以左手舉山　置於右手中　便拋擲虛空
乃至上梵天　山中聲出言　世間皆無常
諸法皆無我　惟無爲滅苦　山從上來下
還住佛右掌　佛以口氣吹　皆令碎爲塵
又還收合聚　還復如本山　徙之著餘方
於是諸力士　見世尊大士　心喜踊無量
舉身衣毛竪　加敬意於佛　皆前禮佛足
長跪叉手言　唯然天中天　向者所用力
爲是乳哺力　是神足力者　是道定力乎
佛告諸壯士　諦聽受所言　吾左手取山
置於右手中　擲虛空中者　是吾乳哺力
乃上至梵天　山中有聲出　一切世無常
一切皆無我　獨無爲滅苦　又重叉手曰
惟願天中天　勞神重敷演　父母乳哺力
暢達其限量　告諸力士曰　汝等必欲聞
佛乳哺力耶　對曰惟願聞　世尊乳哺力

佛言樂者聽　十凡牛之力　等一青牛力
十青牛之力　等一犛牛力　十犛牛之力
等獨角牛力　十獨角牛力　等一凡象力
十凡象之力　等一數生象　十數生象力
等一左象力　十左象之力　等一香象力
如十香象力　等大德象力　十大德象力
等一杵牙象　十杵牙象力　等一龍象力
如十龍象力　等廣肩力士　十廣肩力士
等一天節力　十天節力力　等一士乘天
士乘三百天　等佛一指節　父母乳哺力
佛之乳哺力　其喻狀如是　已過去諸佛
及諸當來佛　如吾今現在　一切皆平等
等音聲等稱　等量等相好　等福等報應
等覺等智慧　等戒等定意　惟二事不等
形體及壽命　爾時諸力士　稽首禮佛足
叉手白佛言　今已見世尊　父母乳哺力
願垂愍勞神　班宣敷演說　佛功德福力
佛告諸力士　樂聞者諦聽　唯然樂欲聞
佛告諸力士　普一閻浮提　衆生福德力
以比一方域　轉輪聖王力　善本福德力
百倍及于倍　萬倍巨億倍　不得相比喻
二方轉輪王　三方轉輪王　四方轉輪王
一方鐵輪現　二方銅輪現　三方銀輪現
四方金輪現　輪具有千輻　七寶雜錯廁
照然明如日　二方福祐力　喻所倍如前
三方王福力　亦喻其所領　四方王福力
喻所領衆生　衆生福德力　百倍千萬倍
計其功德力　終不可爲喻　假令四方域
一切衆生類　皆爲轉輪王　合此福德力
以比四天王　所有功德力　百千巨億萬

終不得爲喻　普四王天人　皆爲四天王
以比天帝釋　所有福德力　百千萬巨億
不得爲譬喻　忉利諸天人　德如天帝釋
不比焰天王　所有功德力　百千萬巨億
不可相比喻　假令焰天人　如焰天王福
不比家天王　所有福德力　令兜術天人
德如其天王　不比化樂天　王之功德力
使化樂天人　德如化樂王　不比化應聲
天王福德力　化應聲天人　德力如天王
不比第一梵　所有功德力　假令諸梵天
如第一梵力　不及大梵天　所有福德力
百千萬巨億　不得爲譬喻　假令大梵王
無數不可計　不比一緣覺　所有功德力
百千萬巨億　不髣髴爲喻　三千大千界
所有衆生類　德力如緣覺　不比一菩薩
所有福德力　十方衆生類　皆使爲菩薩
福德力具足　不得佛一相　所有功德力
百千萬巨億　不可以爲喻　其過去諸佛
及甫當來者　又吾今現在　德力皆平等
等音等稱量　等相等福德　等諸報應法
惟形壽不等　時諸力士等　稽首禮佛足
長跪叉手言　唯然天中天　已見乳哺力
具聞福德力　惟願重聞聽　佛之智慧力
佛告諸力士　樂者靜心聽　今當具暢説
佛之智慧力　此閻浮提地　廣七千由延
地形有三角　西方瞿耶尼　廣八千由延
其地形方正　東方弗于逮　廣九千由延
地形如月減　北方鬱單越　廣縱萬由延
地形如月滿　其此四方域　諸生草樹木
盡以用作筆　大海所有水　深廣長三百

三十六萬里　以水和書墨　須彌山入地
下至金剛際　亦復有三百　三十六萬里
齊水以上現　亦復有三百　三十六萬里
四方四寶成　北方以黃金　東方以白銀
南方紺瑠璃　西方以水精　猶如須彌山
皆使爲素帛　書盡樹木筆　盡竭諸海水
徧書此素帛　不盡一弟子　舍利弗智慧
日月明所照　如是千國土　千日及千月
千四方土域　千東西南北　千須彌山王
及千四天王　千忉利帝天　千諸焰天王
千兜術天王　千化樂天王　千化自在天
及千諸梵王　是名千世界　如是千世界
是名曰小千　千千小千界　名第二中千
如第二中千　其數滿千千　以是故名曰
三千大千界　假令此三千　大千千世界
所有衆生類　慧如舍利弗　以比佛智慧
百倍及千倍　萬萬巨億倍　無可計爲喻
佛慧力如是　已過去諸佛　及甫當興者
如吾今現在　一切皆平等　等音等稱量
等德等相好　及等諸報應　爾時諸力士
重稽首佛足　叉手白佛言　唯然天中天
已現乳哺力　聞功德慧力　惟願垂解說
佛神足之力　佛告諸力士　樂聞者靜聽
唯然願聽受　佛謂諸壯士　昔此穀勇貴
人民皆饑餓　諸弟子乞求　不能自存活
坐禪意不定　不能遵修善　時弟子目連
便來詣吾所　稽首佛足已　却於一面坐
叉手白佛言　憶昔從佛聞　是地皆可食
衆生薄福故　地肥下沉入　礫石沙鹹出
如我今諦知　地肥故在下　衆生可憐愍

今欲取此地　反上以著下　反下以著上
吾時訶目連　莫勞動爲此　是衆生前世
不修衆善本　無有是功德　應食此地肥
弟子目揵連　能以左手舉　三千世界地
置於右掌中　擎著他世界　一切衆生類
無有覺知者　亦不懷恐怖　如是三千土
大千之世界　此三千世界　滿中衆生類
神力如目連　比佛身神力　百千萬巨億
終不得相喻　使十方衆生　神力如緣覺
諸弟子神力　并佛身神力　以比佛意力
百千萬億倍　無量不可計　終不得爲喻
爾時諸力士　稽首禮佛足　叉手白佛言
唯然天中天　已現乳哺力　福慧神足力
惟說定意力　解暢其境界　佛告諸力士
樂聞者靜聽　唯然當聽受　佛告諸力士
須彌四方域　諸龍上昇空　同時降暴雨
周徧四天下　是四方大水　皆流入大海
佛皆別識知　是諸雨水滴　初墮其方域
某方某村落　某家某園田　某樹某枝葉
某華某果實　因流入大海　此四方大城
一切所有水　佛之定意力　悉能分別知
諸水滴源由　所從來方面　是爲佛定意
微妙之神力　前已過去佛　甫當興世者
吾今現說法　一切皆平等　等音等稱量
等德等相好　等諸報應法　惟二事不等
形體及壽命　何故二不等　世人壽長時
人形體長大　佛亦順世俗　壽長形體大
未世人壽短　形體醜短小　佛亦隨世俗
壽短形體小　以故諸佛興　以二事不等
佛告諸力士　吾已爲汝等　班宣具解說

佛之乳哺力　福德智慧力　神足定意力
是所說諸力　當於今暮夜　爲無常大力
所擊壞碎滅　如是諸人等　世間歸無常
一切有形類　皆當歸別離　散壞滅亡法
生者歸於死　成者必當敗　合者有離別
聚者當各散　立者必傾墮　佛爲諸力士
因說要偈言　有爲歸無常　興起歸盡法
諸興衰自然　勤求寂滅安　有爲歸無常
興起歸盡法　佛最第一尊　壽亦有終盡
於是短壽命　如夢忽便過　自縱不勤學
是愚可愍傷　譬如山水峻　速往終不返
人命亦如是　逝者不復還　如弓之遺箭
已逝不中返　人命猶如此　去者不復還
衆苦苦起源　當勤求滅苦　覺八賢聖路
致吉服甘露　時佛說是已　三千大千界
地六返震動　無數兆姟天　忽捨其宮殿
畟塞虛空中　雨諸天華香　末金銀栴檀
諸天鼓妓樂　梵天禮佛足　叉手於佛前
因說此偈言　諸佛難值見　正覺意難有
如華優曇鉢　佛又難於此　勇健趣難遇
人上釋師子　與諸天人衆　今故叉手禮
於時天帝釋　便前禮佛足　長跪於佛前
因說是頌言　令我得眼淨　照耀於法炬
塞閉邪趣門　不畏墮惡路　大慈世之師
哀愍傷衆生　故與諸天衆　於前叉手禮
時六萬諸天　見諦得道跡　禮佛遶三帀
忽還歸天宮　時大會衆人　歸命於三尊
佛法賢聖衆　盡畢其壽命　奉戒修十善
離著出家學　受戒爲沙門　見諦證溝港
往還不還道　或成無著眞　或發緣覺乘

發大道意者　無限不可量　又有衆生類
未曾有善本　始初發道意　無央數衆生
勤攝身口心　念佛天人師　今當就無爲
已具大恐懼　人身甚難得　其行離衆苦
猶救頭上火　因此行衆善　勤行無懈倦
免離衆苦惱　逮無爲清凉

佛本行經卷第六

音釋

觝典禮切觸也　掊蒲溝切颮也　埿蒲悶切塵坋也　僵居良切仆也
吮徂兖切吸也　悏力霽切曲也　剥伯各切割也　擣都皓切春也
刮古滑切剔刮也　洄澓洄胡瑰切澓房六切洄澓水漩流也　捩撮捩良薛切捋也撮倉括切捎取也
髣髴髣音紡髴音拂髣髴若似也

佛本行經卷第七

宋 凉州沙門釋寶雲譯

大滅品第二十九

時佛與大衆 遊至雙樹林 梵音告阿難
詣雙樹敷牀 佛便在繩牀 右脇而倚卧
面向於西方 首北而累足 時賢善須跋
修仁除躁性 欲見佛求度 來詣阿難言
我覺天人師 時至欲滅度 故來詣難見
覺知一切法 今求欲禮覲 云何盡苦源
今若不及見 如日入永冥 請阿難通入
阿難心煩毒 便謂須跋言 今非見師時
佛以一切智 徹照應度者 百福德相眼
慈意視須跋 佛以柔輭音 告語阿難言
莫違來見者 吾出世爲善 須跋得所願
甚懷喜踊躍 即往至佛所 果必蒙解脫
爾時賢須跋 謙敬尊佛德 傾屈而敬禮
遜辭白世尊 前師覺世間 云尊從得道
已已得解脫 又復度衆生 願以見開示
儻能蒙覺悟 故來敬禮尊 不敢稱智力
佛見須跋來 心懷甚喜敬 爲說以賢聖
示滅苦無爲 時須跋聞之 尋即得解脫
邪迷意覺悟 逮得解脫道 本執邪倒見
故旋迷生死 倒見六十二 以是世沉没
彼盡無有餘 白衣致得道 漏盡成羅漢
濟此無往受 覺佛所往路 普世緣愛生
愛渴漏俱滅 滅意諸苦結 覺佛之所說
深正眞言教 以除意染著 心淨無餘漏
覺世之生死 須跋諦思惟 謂世間斷滅
是見眼脫除 世本歸滅亡 意覺知是已
世間有常見 邪疑霍然除 彼前所執持

捨是諸倒見　聞佛眞善言　開慈心受持
因其前世時　所修諸善本　願入泥洹城
故速疾解脫　已得善無爲　除冥覺正眞
建立來甘露　除盡諸塵勞　時見佛世尊
欲捨就滅度　以慈心視佛　意便起是念
我今理不宜　見佛捨壽行　普世之炬燿
衆生所恃怙　施善於一切　願我先捨身
曼佛天中天　未捨壽之頃　心善踊無量
起五情投地　稽首禮佛足　生定意如山
即時尋速滅　猶如興大雲　普雨降甘潤
滅盡小野火　佛告勑比丘　供養須跋身
佛末後弟子　度立泥洹城　因即右脇倚
臥於繩牀上　欲放捨佛身　盡壽命之數
初夜時欲過　星月光明損　林藪鳥獸寂
佛告諸弟子　卿等敬具戒　如尊師炬燿

吾去世之後　順從莫違犯　淨攝身口心
捨利求華安　田役畜乘僕　倉藏園莫爲
無種植樹木　亦莫斬伐傷　不得爲已身
造立垣墻壁　無仰觀曆數　合和湯藥方
如時限節食　修已莫望敬　無自隱短穢
無行呪自活　無爲王者使　無占相吉凶
汝等後當乏　衣食疾湯藥　毎攝意知足
守限節忍苦　汝等但能勤　奉持是禁戒
具戒之根株　相載之泥洹　從是起定慧
禁戒具諧偶　守護能備悉　智慧增長益
除滅諸塵勞　緣是致泥洹　此言戒印封
因識守戒者　其戒具不缺　備悉無短少
彼則清淨善　脫塵勞寂滅　無有禁戒者
彼則無沙門　因禁戒地立　成沙門善妙
已立淨戒具　心不縱諸欲　逸則制令住

伏使忍不起　如回牛離苗　縱情念邪者
差失淨禁戒　顛墜大衰耗　若遇惡賊對
一世受苦身　隨從諸欲者　今世及後世
具受諸苦毒　故不當從欲　悅可諸欲者
後必遭大苦　人不當畏懼　熾火之所燒
莫畏蚖蛇毒　及凶弊惡賊　害奪人命者
當自畏癡意　如愚見巖蜜　不顧碎身患
如無鉤醉象　躁跳如獮猴　心晝夜隨欲
莫聽隨所便　不滅其心者　身不得休息
已能調伏心　不邪屈泥洹　得食如服藥
不當起愛憎　所得便當食　趣愈飢支形
喻如衆蜂集　採花之精味　以時度施食
無壞人慈敬　莫煩好施者　莫數役良畜
好施煩則猒　良畜數役疲　汝等晝夜勤
方便加建立　莫自縱睡眠　損耗難得命

普世死所燒　誰通夜安寐　怨賊所圍遶
恐怖焉得安　可捨塵勞垢　陳宿久居者
塵勞盡安寐　覺寐滅塵勞　慚愧爲衣服
瓔珞象之鉤　放捨慚愧者　衆德善所棄
執持慚愧者　以故名爲人　强顏不知慙
是名爲畜獸　若節節支解　心不當起亂
亦莫違禁戒　口發麤獷言　戒則是忍辱
亦是其强力　不忍他麤言　終不得解脫
恚壞法失名　善心悅顏怒　心毒不當聽
今止宿斯須　諸善之强敵　無過於瞋恚
捷疾無爲諭　毀壞仁禁戒　居家有愛著
雖恚慫不重　守戒恚慫重　如冷水止火
剃頭被法衣　執鉢行乞食　威儀以持世
不宜與恚俱　慢增則善損　居家者尚爾
況捨家離著　調伏定心者　中平正真法

不與邪僞合　正法建善事　邪僞者虛欺
積財聖憂惱　少欲者離苦　是故吾弟子
少求增衆善　卿等當知足　爾乃心安定
知足人間樂　無猒生大苦　饒財無猒貪
財分知足富　無猒貪馳騁　知足者所憐
欲求解脫者　莫依衆憒鬧　天帝釋以下
敬禮獨靜者　卿等除親愛　親愛苦止宿
捨家戀親愛　如老象沒泥　志意勇進者
衆事無疑難　水性雖柔弱　漸滴能穿石
鑽火數休息　不能時致火　勤鑽尋致火
精進者諧偶　故當建精進　趣向泥洹門
邪違無爲道　汝等愼莫爲　守志不錯亂
衆邪不得下　守志沙門友　失志忘衆善
志被甲仗備　敵莫能得勝　心專服德鎧
塵勞無能勝　專精定意者　諦了世生死

是故當定意　意定苦不起　若欲度流水
因橋梁浮材　欲度一切苦　定意第一船
卿等慧離者　今故顯世法　有是則得度
法外者不愛　不謂爲捨家　鎧良藥利器
舟船度流江　智慧度生死　是故常聽法
當從法言教　慧見者見正　無慧者盲冥
心與塵勞俱　終不得解脫　審欲求度者
勤除去塵勞　沙門學調心　除去放逸意
天帝心調樂　阿須倫無樂　吾施汝等善
卿等當勤修　廣設衆方便　使令至泥洹
靜寂山巖間　林藪空閑舍　於中學定意
吾去後莫恨　良醫盡方術　和合若干藥
病者服得瘳　醫不自還服　導師引道正
從者無憂患　違失者有損　不顧慮患故
吾已爲汝等　敷演四正諦　懷疑者便問

今正是其時　時佛令如是　弟子嘿無言
阿那律知念　於大衆中曰　日可令涼冷
月可使焰熱　是四諦眞正　終不可違故
苦諦苦所逼　緣愛則有苦　諸佛之所說
滅盡諦滅愛　甘露八正道　寂滅爲泥洹
覺是沙門衆　佛末後度厄　衆會未度者
初入道老少　佛粗說羅漢　如冥電照道
其已得解脫　度於生死者　衆共懷悲恨
師滅一何速　佛聞阿那律　如是正諦語
欲堅衆生意　慈悲說是言　假令有劫壽
必當終歸盡　吾以具施善　何用長壽爲
世間及天上　吾所應度者　半度半示道
轉教得法住　汝等當學制　不足追念吾
但勤說方便　莫遭離別痛　以慧燈除冥
覺世無牢强　埀終心懷恱　猶如重患除

慧者脫凶衰　遠離弊惡人　得捨是二患
何緣得懷憂　汝等動修善　一切次當死
吾入泥洹城　時今已近到　於是捨壽行
是吾末後言　佛於是思惟　第一離欲禪
從第一禪起　思惟第二禪　如是歷四禪
從是周遍歷　往返於九禪　逆順盡端緒
世尊天中天　還至第一禪　從第一禪起
重思至四禪　佛時審諦思　逆順歷禪觀
又還從是起　微震動其意　然後捨壽行
奄入泥洹城　佛適捨壽行　地六返震動
空中有大炬　如劫盡燒火　四方有大火
猶如阿修羅　燒天林樹澤　名曰愛盡樂
暴雨振其塵　電光如吐焰　普世如大火
雷震甚可畏　卒暴塵霧風　折樹崩山巖
猶如劫盡風　所摧傷無限　白日無精光

星月闇不明　日月俱失光　譬如泥所塗
日月雖俱照　黵黮不精明　莫能識東西
晝夜不可知　世間冥所覆　江河皆逆流
佛坐側雙林　憂慼華零落　江河水皆熱
猶如沸釜湯　雙樹爲之萎　屈覆世尊身
五頭大龍王　悲痛身放緩　或悶熱視佛
啼哭眼皆赤　即時吐熱氣　鬱毒不可言
燒熱其咽喉　如吐心重患　觀世都無常
自諫強除憂　自意王將從　念法制啼泣
淨居諸天子　解道心調定　寂然不啼泣
愍世或起滅　第一執樂神　龍王大力神
愛重法天神　悲感塞虛空　普爲憂所覆
周慞大哀慟　雜類之大聲　遍滿於世間
魔已得其願　及惡兵屬喜　舞調雷震鼓
種種放洪聲　大叫傳令言　吾主強敵亡
自今誰復能　越其境界者　佛德樹崩墮
如大象牙折　如高山巖摧　如大牛角脫
佛今捨身壽　世間諸天人　無所復歸仰
失恃怙如是　如虛空無日　如國無倉藏
如華池被霜　衆華皆摧傷　世尊捨軀命
寂潛於泥洹　一切有形類　莫不失精榮

嘆無爲品第三十

於時從空中　天寶宮照耀　駕以千象車
懸虛而在上　敬心熟視佛　捨命卧身形
懷感而悲嘆　即説是辭曰　處在大生死
一切皆無常　始生現興盛　卒衰損滅亡
回旋向所樂　便生種種苦　都滅盡諸苦
無爲第一快　生死雜種薪　燒令無有餘
慧焰德稱煙　流遍天世間　無常水忽至
滅佛盛明光　猶如野猛火　卒遇大暴雨

復有天仙人　愍善心調良　止處淨居宮
清淨除諸欲　見佛甚愛敬　啼泣如雲雨
意重如須彌　便發是言曰　世間終不有
生而不死者　自古來未曾　生而有永存
上中下究暢　決定無不知　是尚不得免
其餘難長存　是世間大導　去邪示正路
慧眼最第一　觀世轉上下　如是世慧滅
當還住邪道　猶如盲無目　迷失平正路
弟子天眼最　號名阿那律　愛憎意已竭
勞盡生死斷　見佛已滅度　世間當闇冥
諸根寂意滅　便嘆是辭言　處在大生死
慧義不得暢　世間如霧氣　斯須空不現
無常金剛杵　擊佛寶須彌　忽然盡崩壞
今墜墮于地　世間何輕脆　無一可恃怙
恍惚無堅要　躁動合則散　普世滅亡法

如夢無吾我　佛師子能伏　塵勞象自墮
未逮道跡者　何能不畏是　觀世叵恃怙
如朝露聚沫　佛號天人師　金剛之大柱
忽然壞在地　其力安所在　六種生五枚
一萌五果實　俱溉是三株　勞意固難伐
佛大力之象　突壞塵勞樹　碎散令無餘
然後自墮地　千目執金剛　天帝蒙時雨
立之於正法　滅其苦清涼　德稱彌弘廣
普覆於世間　諸聖賢之師　寂然而隱滅
名德無不周　微妙法澹潤　猶如秋時雨
流水滿江河　天師垂濟護　自意王營從
授以無爲道　潛身如日沒　興雲降時雨
秋冬雨雪霜　盛火之熾焰　莫之爲之滅
如祠竟火滅　今諸天師火　霍滅寂無光
世間永長冥　斷解脫者望　違本願失歡

善名德流布　周遍滿十方　懷四等大慈
愍衆如赤子　莫不蒙其善　如何寂然滅
得妙無著道　諸佛之所生　無礙諸善法
寂然而自覺　以神足輕舉　覺身是苦藏
以是故速滅　捨身安無爲　除一切心冥
如日千光明　滅心之婬垢　如雨淹地塵
不復遭衆苦　不爲惱所迫　已度廣無邊
無崖底海淵　出與顯于世　壞諸苦毒患
愍傷於世間　欲求寂滅者　衆好甚明曜
寂如梵天王　大智慧普備　爲世天人師
轉衆生以善　練塵勞離惡　晝夜增諸善
如月之初生　每長養衆善　德稱弘廣普
在家時已解　況其捨家後　乃往古自誓
當爲塵勞戰　愍諸貧賤者　誓充其所願
佛以平等心　食不劫踈惡　亦無所專著
於精細美味　惠施難放捨　人所不能者
不受取於人　亦不求利益　相好大名稱
自然如響應　廣採衆善意　決定於善聽
故現相姿好　見者三垢滅　發言成法律
長益衆生善　以行忍相明　與塵勞爲怨
積功德無量　不免於無常　所生積衆德
受報無有限　決定得正道　如薪盡火滅
示衆生善道　伐盡塵勞林　制御於一切
生死縛著者　捨八勝五趣　覩見於三趣
伐三審盡三　因得淨三眼　隱一覺知一
逮一至重七　散令無有餘　乃誓於無礙
以甘露充世　言辭斷瞋恚　用善染衆生
世間難悟者　無植衆善本　不施惡於人
建立正法幢　於一切世間　鹿野轉法輪
普喜悅世間　成就諸解脫　淨諸自愛者

見所未曾見　善與清淨合　覺諸難覺事
諸未曾覺法　告世以無常　所生輙有苦
告世以無我　無彼長迷惑　建立法幢旛
壞破貢高山　猶如七寶柱　於祠祀中崩
面毀不懷恨　不悅於嘆譽　猒生受天福
方便求不生　自度生死海　又度脫一切
自以慧遠覺　又覺悟衆生　如覺時潤雲
如山林藪華　脫見如日出　又授以正見
雖生於世間　不染於世事　涉世之險路
不同其所趣　心未曾犯非　得善道尚滅
普世遭艱難　無恃怙可傷　愚癡蔽其眼
終無所顧慮　不思設方便　求出生死要
生老病死苦　迫世間無免　唯佛能救苦
授之以甘露　往昔天魔兵　不能勝天師
自然無常力　無常忽勝之　世尊耳所聽
三千世界聲　神足然昇降　乃至梵居天
覺衆生心念　下至無擇獄　諸生死起滅
悉審諦見了　天師從始生　轉輪所周更
諦憶如面見　盡生死漏源　具足六通慧
備悉覺決定　今盡罷捨置　棄身餘壽行
世愛流生死　誰說法令息　世俗愚無智
誰當覺慧滅　猶如車無御　江海船失師
篤病離良醫　如何當自持　如言離誠信
無覺意求智　王者失容飾　行善不忍辱
已離是四事　其功不顯現　今佛捨世間
無濟難成事　如夏五六月　清淨無風雲
亢陽相薄燒　乃至諸蟲物　衆生應度者
今當普遭難　世尊捨壽命　何一甚苦痛
時天懷悲心　慈愍說是辭　婬怒癡薄故
歎師毀生死　弟子未脫者　悲痛號啼哭

已得解脱者　諦計興衰數　聲流聞諸國
拘夷諸力士　悲勇速馳赴　集詣雙樹林
哀勇自投躃　種種嘆佛德　其聲甚悲痛
如群鵠遇鷹　到見佛無光　寂滅叵復覺
同聲悲涕叫　宛轉如旱魚　見佛奄然卧
支體皆展直　猶轉輪王崩　諸國靡不號
人民無央數　出城詣佛所　諸男女長幼
懷悲毒狂亂　或掣裂衣裳　痛感口自齧
或自搣頭髮　爬爴壞面目　又復無數人
懊惱自投擲　椎胷向天號　嘆佛德無量
嗚呼天人師　衆生所仰賴　相捨棄何疾
求絶無復望　大衆悲啼哭　各盡所堪任
諸力士之王　毒痛號嘆言　覺法悟世師
已卧不復起　猶如大軍罷　大幢不復現
所辦事已辦　應覺佛已覺　於世猶如眼
今奄然長眠　佛是度苦橋　以濟駛流江
大橋卒破壞　因何度苦痛　佛慧光照曜
心明精進暉　昔佛日現輝　令天地普明
今便隱光潛　無為之大山　世間便當還
奄入長衰冥　或悲號囈語　或懷悶熟視
或有盡聲哭　或有面掩地　衆生懷惱毒
啼哭形不同　莫不懷戀慕　疼痛心湯灼
於是七寶校　象牙之輦轝　諸力士舉佛
擎置寶輿上　華香之雜珍　種種衆奇妙
諸力士號哭　供養佛舍利　諸貴姓少女
體腕手柔弱　執持七寶幔　微妙妙天繒
明珠校寶蓋　或持寶垂珠　或捉寶拂扇
供養佛舍利　諸力士擎輿　啼哭眼皆赤
空中雷震聲　稱耳悅意樂　天散諸意華
續下如淋雨　諸天墮華地　鮮明始如敷

諸天塞虛空　衆寶供養佛　暢發悲楚辭
追嘆佛功德　諸執樂神女　灑栴檀香汁
散瓔珞寶衣　供養佛舍利　諸力士擎輿
攜至城中央　天人恭敬禮　追慕而啼哭
繒綵寶幢旛　嚴飾其城郭　華香及妓樂
供養尊舍利　供養擎寶輿　從城西門出
至城西便度　寶底流江水　上於甘樹下
以種種香木　積爲大薪積　及若干種香
若干種華香　及種種澤香　各各秉炬火
欲燒佛薪積　三燒佛薪積　火終不肯然
衆人咸懷疑　不知其緣故　大迦葉不遠
懷慈往見佛　時火以是故　共吹終不然
時迦葉速至　禮敬佛積已　於是佛薪積
即時自然然　塵埃不損佛　今爲火所然
肌體雖然盡　骨如故不燋　爾時諸力士
以乳澆滅火　以香湯洗骨　金瓶盛舍利
猶往昔天帝　欲燒金剛山　以其功德大
故火不能燒　今以大熾火　不能燒佛骨
諸力士展轉　說此喻相謂　四等心所生
滅除婬欲火　尊骨寂清凉　我等心燋然
諸天神力士　不能勝佛身　忽今遭無常
我以能擔行　佛力强無比　聲流聞十方
如何便恍惚　盛之在金甖　佛輝耀喻日
未曾以貢高　遭遇無常火　唯留其神骨
以金剛慧杵　壞塵勞强山　遭苦不捨忍
心堅定不動　斷盡諸苦本　滅不更受身
如是之妙體　永終於火中　力士每所至
力伏令人啼　人來歸伏者　能慰沃使悅
假其遭艱難　持力未曾泣　念慈敬佛德
啼哭擔舍利　力强勇武備　志精懷自大

啼哭還入城　意謙除貢高　旛蓋校大殿
施七寶高座　舍利置其上　一切禮供養

八王分舍利品第三十一

諸力士悲感　在於王殿上　供養尊舍利
如是至數日　隣側七國王　時各尋遣使
皆共同一時　而會至城下　各通其王命
諸力士相聞　皆陳其敬意　求得舍利分
諸力士答言　佛於我國滅　自供養舍利
不能以相與　爾時諸國使　相聞至數反
力士護舍利　又恃其力强　使不肯還返
當遣以威力　意各齎貢高　無心分舍利
諸使還返命　諸王各起意　尋即興師衆
風發至其城　以無數軍衆　圍遶力士城
軍來趣其城　如淋雨暴水　人民入城郖
莫不懷恐怖　人衆甚繁多　城中不能容
七國王軍衆　象吼馬鳴聲　震動其城郭
人民戰如波　於是七王軍　各於其部分
精練甚壯勇　戰士及象馬　於是諸國王
任力各嚴辦　四種之戰陣　象馬車步兵
力士亦嚴施　城上拒戰具　修治其地塹
杜塞諸城門　即便皆建立　軍陣大行旗
國內諸細民　莫不懷恐怖　於時七國王
計議同一心　各與無數衆　器甲精銳備
猶如七星宿　同夜俱出現　七王之兵衆
俱時到城下　大衆起黃塵　坌塞人衆眼
殂象之氣臭　塞鼻不得息　鼓角吹貝聲
塞耳無所聞　婦女諸幼小　惶怖皆失色
對敵火攻具　消銅鐵爲湯　皆貫冑被甲
當仗嚴進戰　象馬皆被甲　整陣當對戰
力士沒體命　不圖分舍利　城裏皆令催

執杖上城戰　諸力士齊心　決定戰不退
皆立於城上　樓櫓却敵間　看城外諸王
軍衆無央數　軍奮作威勢　同時大叫呼
一時大叫呼　聲響震天地　拔劍而擲弄
晃昱曜天日　或有跳勇走　捷疾欲向城
外軍見力士　嚴備自束帶　決定欲對戰
殊無退却意　各與其妻息　辭別當進戰
諸戰士妻息　懷怖心驚波　又有父母者
心愛戀其子　見子被甲鎧　欲出詣戰場
垂泣皆啼哭　呪樹諸神祇　子見父母悲
心皆懷遺疑　或有諸婦女　嘿然懷愁悶
或持夫弓箭　啼遮不令戰　見妻子啼哭
心猛銳果敢　掣奪取弓箭　必欲戰不疑
諸力士自恃　意決必欲戰　如藏虺在器
懷怒毒熾盛　心意皆決定　必欲戰不疑

七王亦嚴辦　對陣垂當戰　皆以素嚴辦
四部之兵衆　象兵及馬兵　車步之兵衆
有貴姓梵志　厥名香草性　性博慧篤慈
喻諫諸王言　觀諸王威勢　利器劍戟備
欲伏强力敵　滅盡形勢命　居城自守者
不易可得勝　力士得城內　皆共同一心
如今重圍閉　意必欲獲勝　唯願諸大王
幸回隆盛威　省其城中有　尊善調良者
諸王皆共悉　何辜橫加惱　以力所鬬者
必果不獨勝　或時墮圍者　方便勝外敵
毒虺自濟命　入穴藏其形　無辜手探者
毒螫或死傷　自覺有威勢　能震彼令恐
集聚入城藏　堅固修守備　雖素力薄弱
入城成大力　如燈火垂滅　得膏薪還熾
若其城中有　或具神眞者　以其戒德重

外敵自壞散　猶昔重怨王　用兵力竭盡
清明王有德　勝外强怨敵　往過去諸王
以力廣土地　欲以恣其情　馳名至于外
王食祿忽過　如牛飲冰水　諸王盡過去
國土地續存　是故當熟思　世間正眞理
設方便和同　得舍利爲貴　以矢力勝怨
生讎逆返迫　以和順取勝　終已不起返
唯所言愚鄙　誠無可採納　諸王力威强
能消伏微敵　如所敬尊師　奉法者爲上
今宜追念師　受行忍辱教　爾時彼梵志
盡其體所知　和順正眞言　慈心諫諸王
皆回降諸王　隆盛猛鋭心　於是諸王便
順辭答梵志　所言得時宜　和順知方便
今所說善理　篤奮存終始　汝當審吾等
心悟善法力　心之所欲求　不勞恣世俗
或以願以力　或以忿恚恨　已諍今鬪者
兩當對戰者　如我等今意　純求以佛德
執杖求舍利　不貪國財寶　往古烈力士
貢高答自大　戰諍於仙林　死傷難訾計
佛布教世間　除勞滅自大　如何不爲佛
愛危脆命爲　往古諸帝王　迷惑賢女色
興師相討伐　諸王死無數　佛教戒世間
滅除貪婬意　而我不爲佛　愛危脆命爲
往日有兄弟　愚嫉興嫌諍　還共相傷殺
今盡無有餘　佛興顯於世　滅除愚嫉心
如何不爲佛　惜命而不戰　昔手臂力士
挾嫌結瞋恚　便執持武略　欲盡諸王種
佛出於世間　能除盡恚害　我等爲佛故
愛此軀命爲　昔者華上子　號曰十頭神
堅固著色欲　緣喪沒身命　佛出於世間

解一切縛著　我等爲佛故　著此身命爲
往昔諸愚人　以癡諍水蟲　以其愚癡盛
求直相殺害　佛興出於世　除一切愚癡
我等爲佛故　愚愛是身爲　古來愚不達
所諍諸臭穢　無有一堅要　相害不可計
佛出除世患　吾身爲佛故　當與閻羅鬬
豈當擬世戰　吾等心堅正　終不疑於戰
勞仁使入城　至誠力士所　盡意設方便
陳吾等至意　其委仰於仁　必令一對戰
吾等錯利入　剋意當交戰　聞仁說善法
正真之言辭　內心即退滅　瞋恚之惡毒
猶如虺被呪　毒害滅無餘　爾時其梵志
承諸王教命　便即行入城　至諸力士所
欲見諸力士　貴重有勢者　便以謙恪意
宣諸王教命　城外諸王兵　皆各嚴當仗
貫胄被寶甲　皓皓曜天日　發心欲同聲
以盡其武力　意勇如師子　張目向城看
摩拭豫嚴張　金寶錯塗弓　意勇無疲極
晝夜不脫鎧　卒發心憶念　佛之慈明法
勞以義相讓　不疑畏戰鬬　不以諍土地
來至此城下　不自大貪恪　不以瞋嫌來
敬佛功德故　來到汝此耳　客以善義來
主人宜敬待　佛爲一切師　吾等同敬事
欲供養舍利　故來至此城　共爲法兄弟
幸可分舍利　廣可令衆生　各各得供養
慳惜財寶者　是不爲穢恥　慳恪善法者
是乃爲愧恥　愛恪之爲物　必有醜穢名
除慳施善者　聖賢之所歎　仁等若執意
不與舍利者　今便可出城　與客共捔力
居城依門扇　不執杖出戰　是則不爲王

非貴非勇士　城外諸王意　如向來所說
彼俱有善心　等義示二家　又別有私意
欲與向仁等　幸小垂聽採　請說正真法
唯仁等莫必　專意欲求戰　古來戰諍中
無善義無利　佛天師每嘆　忍辱得第一
今諸仁何故　熾然怒求戰　若忿諍六欲
若諍寶財貨　若以此戰諍　事理猶可通
以福德之故　是善法嘆譽　若與諍爲怨
是義當審思　無以普慈心　和調安隱性
佛天師道教　當慈加衆生　廣殺害衆生
而行敬事佛　終無有利義　是事不宜爾
仁等宜開意　分諸王舍利　善法當流布
因此爲無始　若能爲是者　則無復戰諍
可逮二善義　福德及名稱　其有專已見
離正入邪道　善入盡方便　當牽入正路
諸王設方便　欲廣建善法　欲普導世間
牽至天人道　世尊每嘆譽　衆施法最善
所至則爲師　天人之所嘆　普觀諸世間
財施者不少　以法惠施者　時有或無有
法施名稱博　廣安隱世間　是諸力士衆
聞是善法言　心內竊懷慚　嘿然熟相視
以謙愛敬辭　而謂梵志言　仁乃善方便
加愛敬於衆　爲梵志不妄　勤建立著善
能降下我等　善行者道中　猶御不調馬
不令入戰中　便可相從意　如師所開示
愛厚篤敬信　我等可用耳　忽捨忠恕言
正直善諫者　事敗遇艱難　後追悔無及
即時以金甖　分量尊舍利　別以爲八分
安諦一平等　於是諸力士　從中取一分
致其餘七分　送與七國王　爾時諸力士

上賓待諸王　諸王得舍利　悲喜各歸國
於是七國王　各各自於國　興師建神塔
高乃至雲際　梵志草香性　欲已聚起塔
便從諸力士　乞量舍利甖　界內貴梵志
乞佛積灰炭　皆共收拾聚　恭敬立神塔
諸王初造起　以舍利神塔　於閻浮提地
巍巍德如山　梵志所建立　金甖塔第九
佛積炭灰塔　滿十妙巍巍　無央數諸天
諸王明梵志　各晝夜精勤　歌歎禮佛塔
華香寶幡蓋　表顯供養塔　校飾其妙好
如香熏山巖　憐惻諸國邑　無央數人集
或喜悲啼哭　禮事敬神塔　皆共追戀慕
憶念佛功德　辛酸悲楚毒　永逝一何劇
以善施世間　衆生所恃賴　迷失路者導
重病者良醫　寒者之春陽　旱熱者涼池
三界之覆蓋　忽便寂然滅　三界失覆蓋
無恃可痛憐　當迷失正路　墮邪遭艱難
世失正傾邪　流入三惡趣　世誰有大力
能制令還者　世間諸衆生　愚癡蔽其眼
貪婬瞋恚火　之所見燒然　一切世衆生
嬰塵勞重病　世尊普慈心　爲三界良醫
佛日盛光明　始出現世時　普奮大光明
照三千世界　普開敷世間　天人芙蓉華
猶如諸池華　蒙日光而開　諸天世人民
及諸大國王　悲泣追嘆慕　向塔詠佛德
唯世大覆護　第一慈悲師　忽孤棄衆生
一何甚速疾　佛日之光明　忽然而潛入
愚霧彌覆世　當何從見明　誰當導衆生
示以正諦路　使至泥洹城　寂靜無恐懼
時密跡力士　廣爲諸天人　以次說是法

宣佛本行德　諸天聞所說　悚然衣毛竪
思惟所説理　追尋佛功德　所積衆善本
無限無有量　難從計數劫　善行之積聚
行六度無極　大海淵之池　衆寶德相慧
充滿甚盈溢　今此賢劫中　所興千菩薩
假令諸羅漢　慧如舍利弗　壽劫嘆佛德
不能令終竟　況吾智淺末　限陳所見聞
時諸會天人　聞其所説法　心中忽明悟
意如面見佛　皆共懷悲感　惻愴追慕佛
願志大乘意　寫情心專固　稽首歸命佛
忽然各飛去

佛本行經卷第七

音釋

燿弋笑切照也　躃必歷切倒也　甖幺莖切長頸瓶也　黶黮黶乙感切黮徒感切黶黮青黑色　爬⿰國瓜爬步巴切爮也⿰國瓜居縛切爪持也　邸典禮切舍也　殂叢租切死也　漑居大切　讛倪制切

撰集百緣經

吳月支優婆塞支謙譯

清刻龍藏佛說法變相圖

撰集百緣經卷第一

吳月支優婆塞支謙譯

菩薩授記品第一

滿賢婆羅門遥請佛緣一

佛在王舍城迦蘭陀竹林時彼南方有一婆羅門名曰滿賢財寶無量不可稱計似毗沙門天德信賢善體性調順自利利他慈愍衆生如母愛子於異學所施設大會種種餚饍常恒供養百千諸外道等希望欲求生梵天上時彼滿賢有一親友從王舍城來詣彼國到滿賢所歎佛法僧所有功德名聲遠徹三達遐鑒名婆伽婆今在王舍城迦蘭陀竹林爲諸天龍夜叉乾闥婆阿脩羅迦樓羅緊那羅摩睺羅伽人非人等國王長者及諸民衆皆共供養尊重讚歎彼所修習其味精妙遍

于世界無不欽仰時婆羅門聞彼親友歎佛功德深生信敬尋上高樓手執香花長跪合掌遥請世尊作如是言如來今者實有功德使我所燒香氣馥馚遍王舍城并所散華當佛頂上於虛空中變成華蓋作是誓已香華尋至當佛頂上變成華蓋香烟垂布遍王舍城爾時阿難見斯變已前白佛言如此香雲爲從何來佛告阿難南方有國名曰金地彼有長者字曰滿賢遥請於我及比丘僧吾當往彼受其供養汝等各自皆乘神通往受彼請時諸比丘受佛勑已乘虛往去向祠不遠佛以神力隱千比丘唯現單已執持應器至滿賢所爾時長者聞佛來至將五百徒衆各各賫持百味飯食奉迎如來見佛世尊三十二相八十種好光明暉曜如百千日安詳雅步威儀可觀前禮佛足善來世尊慈哀憐愍今見納受我等施食佛告長者設欲施者投此鉢中及五百徒衆所賫飲食各各手自投佛鉢中不能使滿奇哉世尊有是神力心即調伏千比丘僧鉢亦皆滿忽然現前遶佛世尊時彼長者歎未曾有即便以身五體投地發大誓願持此施食善根功德未來世中盲冥衆生爲作眼目無歸依者爲作歸依無救護者爲作救護未解脱者爲作解脱未安隱者爲作安隱未涅槃者令入涅槃發是願已佛便微笑從其面門出五色光遍照世界作種種色遶佛三帀還從頂入爾時阿難前白佛言如來尊重不妄有笑有何因緣今者微笑唯願世尊敷演解説佛告阿難汝今頗見富那長者供養我不阿難白言唯然已見於

未來世過三阿僧祇劫具菩薩行修大悲心滿足六波羅蜜當得成佛號曰滿賢過度衆生不可限量是故微笑耳佛說是滿賢緣時有得須陀洹者斯陀含者阿那含者阿羅漢者有發辟支佛心者有發無上菩提心者爾時諸比丘聞佛所說歡喜奉行

名稱女請佛緣二

佛在毗舍離獼猴河岸重閣講堂爾時世尊著衣持鉢將諸比丘入城乞食到師子家時彼長者有一兒婦字曰名稱見佛威顏種種相好莊嚴其身前白大家如此之身頗可得不姑即答言汝今若能修諸功德發於無上廣大心者亦可獲得所有相好時彼兒婦聞此語已便從姑妐求索財物設會請佛飯食已訖持種種華散佛頂上在虛空中變成華蓋隨佛行住見是變已喜不自勝五體投地發大誓願以此供養所作功德於未來世盲冥衆生爲作眼目無歸依者爲作歸依無救護者爲作救護無解脫者爲作解脫無安隱者爲作安隱未涅槃者爲作涅槃爾時世尊觀彼女人發廣大心即便微笑從其面門出五色光遍照世界作種種色遶佛三帀還從頂入爾時阿難前白佛言如來尊重不妄有笑有何因緣今者微笑唯願世尊敷演解說佛告阿難汝今見此名稱女人供養我不阿難白言唯然已見今此名稱發大廣心善根功德過三阿僧祇劫具菩薩行修大悲心滿足六波羅蜜當得成佛名曰寶意廣度衆生不可限量是故笑耳佛說是名稱緣時有得須陀洹者斯陀含者阿那含者阿羅漢者有

發辟支佛心者有發無上菩提心者爾時諸比丘聞佛所説歡喜奉行

懶惰子難陀見佛縁三

佛在舍衛國祇樹給孤獨園時彼城中有一長者財寶無量不可稱計唯有一子名曰難陀甚爲懶惰常喜睡眠不肯行坐然極聰慧與衆超絶於寢卧中聽採經論無不博達其中義味時父長者見子聰明善解經論作是念言我今當請富蘭那等外道六師來至家中令教我子作是念已設諸餚饍尋即請呼飯食已訖白六師言我唯一子甚爲懶惰眠不肯起唯願大師爲我教詔令修家業及以經論時六師等即共相將往到子所而卧不起況復爲其請命敷坐時父長者見子如是以手支頰甚用苦惱憂愁不樂爾時世尊常以大悲晝夜六時觀察衆生誰受苦惱輙往至彼爲其説法使令開解即便見彼長者爲子所惱扶頰而坐將諸比丘來至其家於時懶子忽然驚起爲佛敷座前禮佛足却坐一面佛即爲其種種説法呵責懶惰多諸過咎尋自悔責深生信敬佛便授其一旃檀杖與彼懶子汝今若能於精勤中少加用心扣打此杖所出音聲甚可愛樂聞此聲已能見地中所有伏藏時窳惰子尋即取杖扣打出聲皆悉得見地中伏藏喜不自勝而作是念我今於此精勤之中少許用心尚能獲得如是大利況復勤加役身出力於將來世必獲無上大利益事我今當就勤加役力入海採寶作是念已即便唱令告衆人言誰欲入海採大珍寶我爲商主衆人競集共作要誓入于

大海各獲珍寶皆安隱還設諸餚饍請佛及僧供養訖已佛即爲其種種説法心開意解即便以身五體投地發大誓願以此供養善根功德使未來世盲冥衆生爲作眼目無歸依者爲作歸依無救護者爲作救護無解脱者爲作解脱無安隱者爲作安隱未涅槃者令使涅槃發是願已佛便微笑從其面門出五色光遶佛三帀還從頂入爾時阿難前白佛言如來尊重不妄有笑以何因緣今者微笑唯願世尊敷演解説佛告阿難汝今頗見是懶惰子入海採寶設諸餚饍供養我不阿難白佛言唯然已見此懶惰子於未來世過三阿僧祇劫當得作佛號精進力過度衆生不可限量是故笑耳爾時諸比丘聞佛所説歡喜奉行

五百商客入海採寶緣四

佛在舍衛國祇樹給孤獨園時彼城中有一商主將五百賈客共入大海船破還迴晝夜勤加跪拜諸神以求福祐第二第三重復入海船壞如前時彼商主福德力故竟不溺水還達本土生大苦惱作是念言我每曾聞有佛世尊得一切智諸天世人無有及者哀愍衆生自利利他我今當稱彼佛名號入于大海若安隱還當以所得珍寶之半奉施彼佛作是念已即集商人共入大海稱佛名號大獲珍寶安隱迴還達到家中觀其寶物愛戀貪惜不肯施佛作是念言若減此寶持半與者自無幾許我今當就持此寶物盡持與婦當從彼邊索少許錢市易薰陸持詣祇洹燒香供養作是念已如其設計賫得兩錢市易

薰陸持詣祇洹燒香供養佛以神力令此香烟靉靆垂布遍覆祇洹時彼商主覩斯香烟深於佛前而自悔責我今云何向佛世尊悋惜此寶而不施與今者如來實有神力令此香烟遍覆祇洹甚爲希有我今當設餚饍飲食請佛及僧就舍供養作是念已即便長跪請佛世尊佛黙然許還歸到舍辦具飲食明日時到遣使白佛食具已辦唯聖知時爾時如來著衣持鉢將諸比丘往到其家受彼供已佛爲說法慳貪過惡心開意解更取寶珠散佛頂上於虛空中變成寶蓋隨佛行住見是變已即便以身五體投地發大誓願以此供養善根功德於未來世盲冥衆生爲作眼目無歸依者爲作歸依無救護者爲作救護無解脱者爲作解脱無安隱者爲作安隱未涅槃者使令涅槃發是願已佛即微笑從其面門出五色光遶佛三帀還從頂入爾時阿難前白佛言如來尊重不妄有笑以何因緣今者微笑唯願世尊敷演解説佛告阿難汝今見是商主以慚愧心供養我不阿難白言唯然已見今此商主以供養我故不墮地獄畜生餓鬼生天上人中常受快樂過三阿僧祇劫當得作佛號曰寶盛度脱衆生不可稱量是故笑耳爾時諸比丘聞佛所説歡喜奉行

貧人須摩持縷施佛緣五

佛在舍衛國祇樹給孤獨園時彼城中有一織師名曰須摩貧窮困苦家無升斗常行客織用自存活又於一日作是念言我以先身不布施故今致貧窮困苦如是我於今者復

不布施於將來世遂貧轉劇作是念已我今當更勤加役力推求少物持用布施於未來世當得是報即便求索得少許縷涉道歸家至一巷中遥見世尊著衣持鉢將諸比丘入城乞食前詣佛所尋持此縷奉施世尊世尊受已即現衣破尋用縫衣時須曼那見佛世尊縫補破衣心懷歡喜前禮佛足發大誓願即於佛前而說偈言

所施雖微少　植大良福田　奉施世尊已
誓願後成佛　過度羣主類　其數不可量
大威德世尊　當證知此事

爾時世尊說偈答曰

汝今值我故　歸誠發信施　未來當成佛
號名曰十綖　名聞遍十方　度脫不可量

爾時須摩聞佛世尊說此偈已深生信敬五體投地發大誓願持此施綖所有功德於未來世盲冥衆生爲作眼目無歸依者爲作歸依無救護者爲作救護無解脫者爲作解脫無安隱者爲作安隱未涅槃者令使涅槃發是願已佛便微笑從其面門出五色光遶佛三帀還從頂入爾時阿難前白佛言如來尊重不妄有笑有何因緣今者微笑唯願世尊敷演解說佛告阿難汝今見是貧人須摩以綖施我心懷歡喜發大誓願不阿難白言唯然已見彼須摩者以慇重心施我綖故於未來世當得作佛號曰十綖廣度衆生不可限量是故笑耳爾時諸比丘聞佛所說歡喜奉行

婆持加困病緣六

佛在舍衛國祇樹給孤獨園時彼城中有一

長者字婆持加甚大惡性喜生瞋恚無有人類與共親善然於六師生信敬心於後時間遇疾困病無人瞻視飲食醫藥餘命無幾作是念言我今困苦理極正爾誰能救濟我所愛命我當終身善好奉事思惟是已唯佛世尊能救我命即於佛所生慇重心渴仰欲見爾時世尊常以大悲晝夜六時觀察衆生誰受苦惱我當往彼而拔濟之軟語說法令彼心悅若墮惡道爲設方便而拔濟之安置人天使得道果爾時如來即便觀察見彼長者爲病所困憔悴叵看無人瞻養即放光明照病者身令得清涼心即醒悟喜不自勝五體投地歸命於佛爾時世尊知婆持加善根已熟應受我化即便往詣彼長者家忽然驚起合掌奉迎善來世尊敷座而坐佛問婆持加汝今患苦何者最劇答曰我今身心俱受苦惱佛自念言我於曠劫所修慈悲誓療衆生身心俱病時天帝釋知佛所念即詣香山採拾藥草名曰白乳以奉世尊佛得此藥授與婆持加令使服盡病悉除愈身心快樂即於佛所倍生信心即便爲佛及比丘僧設諸餚饍供養已訖復以上妙好衣價直百千兩金奉上佛僧發大誓願以此供養善根功德如今世尊治我身心一切衆病快得安樂使我來世治諸衆生身心俱病使得安樂發是願已佛便微笑從其面門出五色光遶佛三帀還從頂入爾時阿難前白佛言如來尊重不妄有笑有何因緣今者微笑唯願世尊敷演解說佛告阿難汝今頗見彼長者子以其病差設供請我及比丘僧不阿難白佛唯然已

見於將來世得成爲佛號釋迦牟尼廣度衆生不可限量是故笑耳爾時諸比丘聞佛所說歡喜奉行

王家守池人華散佛緣七

佛在王舍城迦蘭陀竹林爾時波斯匿王未聞有佛晝夜六時賫持香華奉事天神佛已出世得成正覺將欲教化波斯匿王故著衣持鉢徃詣王所時波斯匿王見佛來至光明晃昱照曜天地威儀庠序人中挺特心懷歡喜請命使坐設諸餚饍供養訖竟佛便爲王種種說法即於佛所深生信敬捨事天神止不奉事於是波斯匿王日復三時賫持香華供養如來時送華人奉王華已自捉一華欲詣市肆路值外道即問之曰汝賫此華爲欲賣不答言欲賣時須達長者復來到邊復問彼人汝捉此華爲欲賣不皆言欲賣時此二人各共諍競倍共償價遂至百千兩金故不肯止時賫華人問外道言汝買此華爲何所作外道答言我用供養那羅延天以求福祐次問須達長者汝買此華用作何等須達答言用供養佛賫華人言云何爲佛須達答言前覩無窮却覩無極三界中尊諸天世人皆共敬仰時賫華人聞是語已寄懷歡喜作是念言須達長者安詳審諦而不卒暴乃於今日爲此一華共償價數乃至百千兩金賫持欲去今者必有大利益事不計貴賤必欲得之時賫華人即答二人我華不賣自欲持去用供養佛須達聞已喜不自勝尋將彼人見佛世尊三十二相八十種好光明普曜如百千日甚懷信敬持所捉華而散佛上於虛空

中變成華蓋隨佛行住見是變已即便以身五體投地發大誓願以此散華善根功德使我來世盲冥衆生爲作眼目無歸依者爲作歸依無救護者爲作救護無解脱者爲作解脱未涅槃者令使涅槃發是願已佛便微笑從其面門出五色光遶佛三帀還從頂入爾時阿難前白佛言如來尊重不妄有笑以何因緣今者微笑唯願世尊敷演解説佛告阿難汝今見此守園人不持此一華散我上者於未來世過三阿僧祇劫當得成佛號曰華盛度脱衆生不可限量是故笑耳爾時諸比丘聞佛所説歡喜奉行

二梵志各諍勝如來緣八

佛在舍衛國祇樹給孤獨園時彼城中有二梵志一者深信佛法常説如來所有功德三界中尊最爲第一其第二者深著邪見言説外道六師之徒亦最第一無與等者如是紛紜遂共諍競無有休息乃至上聞波斯匿王召二梵志問其所由有此諍競信外道者言我所奉事富蘭那等實有神力殊勝於彼瞿曇沙門王復問彼信佛者曰汝今所事瞿曇沙門有何神力梵志答曰我所奉事瞿曇沙門絶有神力無有及者時波斯匿王聞其二大梵志語已而告之曰卿等今者各自稱譽所奉天神最爲第一我今爲汝到七日頭於平博處聚集人民百千萬衆試彼神驗卿等二人各自燒香散華灑水請汝師等來此會中當共供養時二梵志聞王語已各相然可至七日頭王勑民衆聚集已訖時二梵志在大衆前各發誓願信富蘭那者尋取香華并

及淨水在大衆中發大誓願若我所奉富蘭那等有神力者今此香華幷及淨水於虛空中至我師所令知我心來赴此會若無神力使此香華及以淨水住而不去作是誓已尋散香華幷及淨水皆住不去即便墮地時諸大衆見是事已無有神驗各相謂言今富蘭那等實無神力虛受國中我等供養作是唱已時信佛者於大衆前復取香華及以淨水散於空中作是誓言如來今者實有神力使此香氣所散諸華及以淨水至如來所亦知我心來赴此會作是誓已尋即遥散烟雲垂布遍覆舍衛所散諸華於虛空中變成華蓋至如來上隨佛行住及以淨水如以瑠璃遥灑佛前地尋即來至時諸大衆覩斯變已歎未曾有深於佛所生信敬心捨不奉事諸外道等時彼梵志所願既獲即便以身五體投地發大誓願以此香氣散華灑水所有功德於未來世盲冥衆生為作眼目無歸依者為作歸依無救護者為作救護無解脫者為作解脫無安隱者為作安隱未涅槃者使令涅槃發是願已佛即微笑其面門出五色光遶佛三帀還從頂入爾時阿難前白佛言如來尊重不妄有笑以何因緣今者微笑唯願世尊敷演解說佛告阿難汝今見是彼大梵志香華淨水供養我不阿難白言唯然已見彼大梵志於未來世過三阿僧祇劫當得成佛號曰不動度脫衆生不可限量是故笑耳爾時諸比丘聞佛所說歡喜奉行

佛說法度二王出家緣九

佛在舍衛國祇樹給孤獨園爾時有二國王

常共忿諍多害民衆晝夜陰謀無有休息時波斯匿王觀彼二王流轉生死恐難挍濟於生死中欲使解脱往詣佛所頭面禮足却坐一面白言世尊今者如來無上法王觀諸衆生有苦厄者爲作救護於鬪諍間能令和解今此二王常共鬪諍多所傷害久挾怨讎不可和解唯願世尊和彼二王使不鬪諍佛即然許爾時如來於其後日著衣持鉢將諸比丘而自圍遶詣波羅奈國鹿野苑中時彼二王各集兵衆始欲戰擊一則怯弱甚大惶怖退詣佛所前禮佛足却住一面佛即爲王說非常偈

高者亦隨墮　常者亦有盡　生者皆有死
合會有離別

爾時國王聞佛世尊說是偈已心開意解得須陀洹果即於佛前求索出家佛即告言善來比丘鬚髮自落法服著身便成沙門精勤修習得阿羅漢果彼第二王聞佛世尊度其彼王以令出家心意泰然無復怖畏次來佛所頂禮佛足却坐一面聽佛說法甚懷歡喜尋請世尊佛即然可還歸本國設諸餚饍請佛及僧飯食已訖即於佛前發大誓願以此供養善根功德於未來世盲冥衆生爲作眼目無歸依者爲作歸依無救護者爲作救護無解脱者爲作解脱無安隱者爲作安隱未涅槃者爲作涅槃發是願已佛便微笑從其面門出五色光遶佛三帀還從頂入爾時阿難前白佛言如來尊重不妄有笑以何因緣今者微笑唯願世尊敷演解說佛告阿難汝見此槃遮那王供養我不阿難白言唯然已

見由供養我故不墮惡趣天上人中常受快樂過三阿僧祇劫當得成佛號曰無勝廣度衆生不可限量是故笑耳爾時諸比丘聞佛所說歡喜奉行

長者七日作王緣十

佛在舍衛國祇樹給孤獨園時波斯匿王及阿闍世恒共忿諍各集四兵象兵馬兵車兵步兵而共交戰時波斯匿王軍衆悉敗如是三戰軍故敗壞唯王單已退入城内甚懷憂慘慙恥委地忘寢不食時有長者多財饒寶不可稱計聞王愁惱來白王言奴家多有金銀珍寶恣王所用可買象馬賞募健兒還與戰擊可得勝彼今者何故憂慘如是王即然可大出珍寶奉上與王募索健兒遍行諸國以求策謀有一健兒來應其募到祇洹門中見二將士共論戰法一將士言於陣前鋒先置健夫次置中者後置劣者聞是語已還歸白王具說將士所論兵法王聞是語即集四兵如彼所論健者置前劣者在後尋其交戰即破彼軍獲其象馬即便捉得阿闍世王大用歡喜與共同載羽葆之車將詣佛所白言世尊我於彼王長夜之中初無怨嫉而彼於我反生怨讎然阿闍世其父先王是我親友不忍害命今欲放去還歸本國爾時佛讚波斯匿王善哉善哉於親非親心常平等賢聖所讚即便爲王而說偈言

負則生憂懼　勝則懷欣慶　汝今放彼王
一俱生歡喜　若能息勝負　最妙第一樂

時波斯匿王聞佛世尊說是偈已即放阿闍世王還詣本國自歸舍衛而自念言吾今所

以戰鬭獲勝由彼長者資我珍寶賞募將士
令得勝耳作是念已即召長者而告之言吾
由汝故資我珍寶賞募勇健戰鬭得勝我今
當還報卿之恩恣汝所願是時長者跪白王
言施我無畏敢有所道王即答言聽汝所説
長者白言我今願欲代王七日治政天下王
尋聽許滿長者願即爲繫繒立正爲王擊鼓
唱令使其境内咸令聞知皆得自在尋即遣
使勑諸小王各令七日罷諸王課來朝拜我
歸依三寶請佛供養七日既滿甚大歡悦即
便以身五體投地發大誓願持此七日作王
功徳於未來世盲冥衆生爲作眼目無歸依
者爲作歸依無救護者爲作救護無安隱者
爲作安隱無解脱者爲作解脱未涅槃者令
使涅槃發是願已佛便微笑從其面門出五
色光遶佛三帀還從頂入爾時阿難前白佛
言如來尊重不妄有笑以何因緣今者微笑
唯願世尊敷演解説佛告阿難汝今頗見彼
大長者七日作王不阿難白言唯然已見彼
大長者由請我故於未來世過三阿僧祇劫
當得作佛號曰最勝廣度衆生不可限量是
故笑耳佛説是長者作王緣時有得須陀洹
者斯陀含者阿那含者阿羅漢者有發辟支
佛心者有發無上菩提心者爾時諸比丘聞
佛所説歡喜奉行

撰集百緣經卷第一

音釋

馥馚（馥房六切馚符分切馥馚香氣也）妐（諸容切）窳（勇主切嬾也）

靉靆（靉音愛靆音代靉靆雲貌）綖（夷然切）

撰集百緣經卷第二

吳月支優婆塞支謙譯

報應受供養品第二

船師請佛度水緣十一

佛在舍衛國祇樹給孤獨園伊羅拔河邊有諸船師止住河側爾時如來將諸比丘詣彼聚落欲度於水化諸船師是諸人等見佛來至各懷歡喜乘船度水前禮佛足白言世尊明日屈意乘船度水佛即然可莊嚴船舫平治道路除去瓦石汙穢不淨豎立幢幡香水灑地散衆妙華莊嚴船舫待佛及僧爾時世尊明日時到將諸比丘往至河側乘船度水至彼聚落敷座而坐諸船師等察衆坐定手自斟酌餚饍飲食供養訖已皆於佛前渴仰聞法爾時世尊即爲如應說四諦法心開意解有得須陀洹者斯陀含者阿那含者乃至發於無上菩提心者時諸比丘見是供養及度於水恠未曾有前白佛言如來先世宿植何福今者乃有如是自然供養及以度水爾時世尊告諸比丘汝等諦聽吾當爲汝分別解說乃往過去無量世時波羅㮈國有佛出世號毗闍婆將諸比丘遊行他國教化衆生至一河側有諸商客賫持珍寶從他邦來到彼河岸見佛世尊及六萬二千阿羅漢衆深生信敬前白佛言欲度水耶佛即然可設諸餚饍供佛僧已雅願世尊在前而度儻有劫賊奪諸比丘衣鉢所須爾時世尊即便度水爲諸商人種種說法各懷歡喜發菩提心即授商主記汝於來世當得作佛號釋迦牟尼廣度衆生不可限量佛告諸比丘欲知彼時

商主者則我身是彼時商客者今六萬二千阿羅漢是皆由彼時供養佛故無量世中不墮惡趣天上人中常受快樂乃至今者自致成佛故有人天來供養我爾時諸比丘聞佛所說歡喜奉行

灌頂王請佛緣十二

佛在王舍城迦蘭陀竹林爾時世尊將諸羅漢六萬二千詣拘毗羅國彼諸民衆稟性賢善慈仁孝順意志寬博於時如來作是念言吾今當作牛頭栴檀重閣講堂化彼民衆作是念已時天帝釋知佛心念即共天龍夜叉鳩槃茶等各各賫持牛頭栴檀樹奉上世尊爲於如來造大講堂天諸牀榻卧具被褥天須陀食自然備有供養佛僧時彼民衆見是事已怪未曾有各作是言今者如來乃能有是大功德利乃感諸天置斯供養即共同時往詣佛所前禮佛足却住一面佛即爲其說四諦法心開意解有得須陀洹者斯陀含者阿那含者乃至發於無上菩提心者時諸比丘見是諸天所獻供養及以牀榻嘆未曾有而白佛言不審如來宿植何福乃使諸天置斯供養爾時世尊告諸比丘汝等諦聽吾當爲汝分別解說乃往過去無量世時波羅柰國有佛出世號曰梵行將諸比丘遊行教化到灌頂王所聞佛來至出城奉迎前禮佛足請佛及僧臨顧屈意受我三月四事供養佛即然可尋便安置重閣講堂牀榻卧具及諸餚饍供養三月復以妙衣各施一領佛便爲王種種說法心懷歡喜發菩提心即授王記汝於來世當得作佛號釋迦牟尼過度衆生

不可限量佛告諸比丘欲知彼時灌頂王者則我身是彼時羣臣者今六萬二千阿羅漢是皆由彼時供養佛故無量世中不墮惡趣天上人中常受快樂乃至今者自致成佛故有人天來供養我爾時諸比丘聞佛所說歡喜奉行

法護王請佛洗浴緣十三

佛在舍衛國祇樹給孤獨園時彼城中有五百賈客往詣他邦販賣求利涉路進引到曠野中迷失逕路靡知所趣值天暑熱渴乏欲死各各跪拜諸天神等以求福祐皆無有感時諸商中有一優婆塞白衆人等如來世尊常以大悲晝夜六時觀察衆生誰受苦厄而往救濟我等今者咸共至心稱南無佛陀以求苦厄時諸商客聞是語已各各同聲稱南無佛陀願見救濟此諸渴熱於時如來遥聞衆客稱佛名號與天帝釋尋往到彼諸賈客所降大甘雨熱渴得除各懷歡喜達到本國請佛及僧佛即然可竪立幢幡懸諸寶鈴香水灑地散諸妙華燒種種香備辦餚饍往白世尊唯聖知時食具以辦爾時世尊著衣持鉢將諸比丘往至其家受彼供已時諸商人渴仰聞法佛即爲其種種說法心開意解有得須陀洹者斯陀含者阿那含者乃至發於無上菩提心者時諸比丘見是事已而白佛言如來世尊宿植何福乃使商客置斯供養復獲道果爾時世尊告諸比丘汝等諦聽吾當爲汝分别解説乃往過去波羅㮈國有佛出世號栴檀香將諸比丘詣法護王國值天亢旱苗稼不收王聞佛來將諸羣臣奉迎世

尊受我三月四事供養佛即然可於其城内
復造浴池洗浴佛僧發大誓願持此功德願
天帝釋降大甘雨遍閻浮提潤益苗稼給濟
衆生發是願已天尋降雨莫不蒙賴即造八
萬四千寶瓶盛佛浴水賜閻浮提八萬四千
諸城各與一瓶勑令造塔而供養之因發無
上菩提之心時栴檀香佛即授王記汝於來
世當得成佛號釋迦牟尼廣度衆生不可限
量佛告諸比丘欲知彼時法護王者則我身
是彼時羣臣者今諸比丘是皆由彼時供養
佛故無量世中不墮惡趣天上人中常受快
樂是故今者得致成佛故有八天來供養我
爾時諸比丘聞佛所說歡喜奉行
佛救濟疫病緣十四
佛在王舍城迦蘭陀竹林時那羅聚落多諸

疫鬼殺害民衆各競求請諸天善神悕望疫
病漸得除降如是數跪病無降愈時聚落中
有一優婆塞語衆人言如來在世利安衆生
我等當共一心稱南無佛陀以求救濟病苦
之患時諸人等聞是語已咸各同時稱南無
佛陀唯願世尊大慈憐愍覆蔭我等疾疫病
苦爾時世尊常以大悲晝夜六時觀察衆生
誰受苦厄尋往化度使修善法永拔諸苦見
此疫病諸人民等同時一心稱佛名號以救
疫病爾時如來將諸比丘往彼聚落以大慈
悲熏諸民衆勸令修善疫鬼同時皆悉退散
無復衆患時聚落人見於如來利安民衆各
作是言我等今者蒙佛遺恩得濟軀命明當
設會請佛世尊作是語已各詣佛所前禮佛
足長跪請佛唯願世尊受我等請佛即然許

時諸民衆知佛許已還歸家中平治道路除去瓦石汙穢不淨豎立幢旛懸諸寶鈴香水灑地散諸妙華安置牀榻備辦餚饍往白世尊食具已辦唯聖知時爾時世尊著衣持鉢將諸比丘來入聚落受其供已時諸民衆渴仰聞法佛即為其種種說法心開意解有得須陀洹者斯陀含者阿那含者乃至發於無上菩提心者時諸比丘見是事已而白佛言如來世尊宿植何福乃感民衆置斯供養及除疫病爾時佛告諸比丘衆汝等諦聽吾當為汝分別解說乃往過去波羅柰國有佛出世號日月光將諸比丘至梵摩王國受王供已長跪白佛願見救濟此諸民衆災疫疾患爾時世尊尋持所著僧伽棃衣授與彼王繫于幢頭各共供養疫鬼同時自然退散無復災患王大歡喜發菩提心佛授王記汝於來世當得作佛號釋迦牟尼廣度衆生不可限量佛告諸比丘欲知彼時梵摩王者則我身是彼時羣臣者今諸比丘是皆由彼時供養佛故無量世中不墮惡趣天上人中常受快樂是故今者致得成佛故有人天來供養我爾時諸比丘聞佛所說歡喜奉行

天帝釋供養佛緣十五

佛在王舍城迦蘭陀竹林爾時提婆達多極大愚癡憍慢嫉妬教阿闍世王立非法制擊鼓唱令不聽民衆賚持供養詣瞿曇所時彼城中有信佛者聞是制限憂愁涕泣悲感懊惱感天宮殿動揺不安時天帝釋作是念言我此宫殿有何因緣如是動揺尋自觀察見阿闍世王立非法制令彼城人憂愁涕泣感

我宮殿動摇如是尋即來下高聲唱言我今自當供養佛僧作是唱已即往佛所前禮佛足長跪請佛唯願世尊及比丘僧盡其形壽受我供養佛不然可復白佛言若不受我終身供養當受五年佛亦不許復白佛言若不受五年當受五月佛亦不許復白佛言若不受五月當受五日佛即然可尋變迦蘭陀竹林如毗闍耶殿牀榻卧具天酥酡食盛以金器與諸天衆手自斟酌供養佛僧時阿闍世王在高樓上遥見迦蘭陀竹林猶天宮殿天酥酡食盛以寶器見天帝釋與諸天衆手自斟酌供養佛僧時阿闍世王覩斯事已即自悔責極大瞋恚罵提婆達多汝是癡人云何教我横加非法向於世尊作是語已即於佛所深生信敬時諸羣臣前白王言願王今日改先制限令諸民衆得見如來隨意供養尋勑司官擊鼓唱令自今已去聽諸民衆設諸餚饍供養佛已爾時世尊即便爲其種種説法心開意解有得須陀洹者斯陀含者阿那含者乃至發於無上菩提心者時諸比丘見是事已歎未曾有而白佛言如來世尊宿植可福乃使天帝置斯供養爾時世尊告諸比丘汝等諦聽吾當爲汝分别解説乃往過去無量世時波羅柰國有佛出世號曰寶殿將諸比丘遊行教化到伽翅王國聞佛來至將諸羣臣奉迎世尊長跪請佛受我三月四事供養佛即然可受其供已佛便爲王種種説法發菩提心佛授王記汝於來世當得作佛號釋迦牟尼廣度衆生不可限量佛告諸比丘欲知彼時伽翅王者則我身是彼時羣臣

者今諸比丘是皆由彼時供養佛故無量世中不墮地獄畜生餓鬼天上人中常受快樂乃至今者自致成佛故有人天而供養我爾時諸比丘聞佛所說歡喜奉行

佛現帝釋形化婆羅門緣十六

佛在王舍城迦蘭陀竹林時彼國中有一輔相名曰梨車信邪倒見不信因果教阿闍世反逆殺父自立爲王心懷喜悅勅諸臣民施設大會聚集百千諸婆羅門共立峻制不聽往至詣瞿曇所諮禀所受諸婆羅門聞是語已皆不復往每於一時密共聚會或有說言我輩陀經說云瞿曇沙門者皆是我等天之大主今共稱名或能來至詣於會所我等當共盡形奉事作是語已咸共稱名南無瞿曇沙門來赴此會受我等請爾時如來常以慈悲晝夜六時觀察衆生誰應可度尋往度之知諸婆羅門善根已熟應受我化自變其身作帝釋形乘虛來入赴婆羅門會各起奉迎請命令坐而作是言我等所求令悉獲得當共盡形奉事帝釋咸皆稱善爾時世尊知諸婆羅門心已調伏還復本形爲其如應說四諦法心開意解獲須陀洹果各懷喜悅並共施設百味飲食請佛及僧供養訖已時諸比丘見是事已前白佛言如來往昔宿植何福乃能使此諸婆羅門設諸餚饍供養佛僧爾時世尊告諸比丘汝等諦聽吾當爲汝分別解說乃往過去無量世時波羅奈國有佛出世號曰妙音將諸比丘到寶殿王所王聞佛來至與諸羣臣奉迎世尊受我三月四事供養佛即然可三月之中受王供已於其齋中

出七寶蓮華各有化佛結跏趺坐放大光明上至阿迦膩吒天下至阿鼻地獄時寶殿王見是變已發於無上菩提之心佛授王記汝於來世當得作佛號釋迦牟尼過度衆生不可限量佛告諸比丘欲知彼時寶殿王者則我身是彼時羣臣者今諸婆羅門是皆由彼時供養佛故無量世中不墮地獄畜生餓鬼天上人中常受快樂乃至今者自致成佛故有人天來供養我爾時諸比丘聞佛所說歡喜奉行

乾闥婆作樂讃佛緣十七

佛在舍衛國祇樹給孤獨園時彼城中有五百乾闥婆善巧彈琴作樂歌舞供養如來晝夜不離名聞遠徹達於四方時彼南城有乾闥婆王名曰善愛亦巧彈琴作樂歌舞於彼土中更無訓對憍慢自大更無有比聞其北方有乾闥婆善巧彈琴作樂歌舞故從彼來涉歷諸土經十六大國彈一弦琴能令出於七種音聲聲有二十一解時諸人民聞其彈琴作樂歌舞歡娛自樂狂醉放逸不能自制共相隨逐來詣舍衛欲得見王致意問訊角試技術時城郭神及乾闥婆啓白王言云南方國有乾闥婆王名曰善愛快能彈琴作樂戲笑今在門外致意問訊云在彼間遥承王邊有乾闥婆善巧彈琴歌舞戲笑故從遠來求共角試彈琴技術願王今者聽使所白時波斯匿王告守門者疾喚來入共王相見各懷歡喜善愛白言承聞王邊有乾闥婆善巧彈琴歌舞戲笑今在何許我今當共角試技術王即答言我不相憚去此不遠我今共汝

往至于彼隨意角試時王然可至世尊所佛知王意尋自變身化作乾闥婆王將天樂神般遮尸棄其數七千各各手執瑠璃之琴侍衛左右時波斯匿王語善愛言此皆是我作樂諸神汝今可共角試琴術時善愛王即便自取一弦之琴而彈鼓之能令出於七種音聲聲有二十一解彈鼓合節甚可聽聞能令衆人歡娛舞戲昏迷放逸不能自持爾時如來復取般遮尸棄瑠璃之琴彈鼓一弦能令出於數千萬種其聲婉妙清徹可愛聞者舞笑歡娛愛樂喜不自勝時善愛王聞是聲已嘆未曾有自鄙慚愧先所彈琴所出音聲即便引伏長跪叉手請爲大師更諮琴法爾時如來見善愛王除去我慢心已調伏還復本形諸比丘僧嘿然而坐心驚毛竪尋於佛前深生信敬長跪合掌求入道次佛即告言善來比丘鬚髮自落法服著身便成沙門精勤修習未久之間得阿羅漢果時波斯匿見善愛王心已調伏復得道果心懷歡喜長跪請佛及比丘僧佛即然可勑諸羣臣平治道路除去瓦石汙穢不淨建立幢旛懸諸寶鈴香水灑地散衆名華安置牀榻設諸餚饍供養佛僧時諸比丘見是供養怪未曾有而白佛言如來世尊宿植何福今者乃有如是音樂供養如來終不遠離爾時世尊告諸比丘汝等諦聽吾當爲汝分別解說乃往過去無量世時波羅柰國有佛出世號曰正覺將諸比丘遊行教化至梵摩王國在一樹下結跏趺坐入火光三昧照于天地時彼國王將諸羣臣數千萬衆出城遊戲作倡妓樂歌舞戲笑

遥見彼佛及比丘僧在於樹下結跏趺坐光明赫弈照于天地如百千日心懷歡喜將諸妓女往到佛所前禮佛足作樂供養長跪請佛唯願世尊及比丘僧大慈憐愍來入宫中受我供養佛即然可設諸餚饍供養訖已佛即爲王種種說法發菩提心即授王記汝於來世當得作佛號釋迦牟尼廣度衆生不可限量佛告諸比丘欲知彼時梵摩王者則我身是彼時羣臣者今諸比丘是皆由彼時供養佛故無量世中不墮地獄畜生餓鬼天上人中常受快樂乃至今者自致成佛有是音樂而供養我終不遠離爾時諸比丘聞佛所說歡喜奉行

如願臨當刑戮求佛出家緣十八

佛在舍衛國祇樹給孤獨園時彼城中有一愚人名曰如願好喜殺生偷盜邪婬爲人糺告王勑收捕繫縛送市順行唱令送至殺處親欲刑戮值見世尊作禮歸躬具說罪狀今當就死命在不久唯願世尊大慈憐愍爲我白王聽使出家死不復恨爾時如來即便然可告阿難言汝可往語波斯匿王云吾今日從王乞索此一罪人用爲出家是時阿難受佛教勑尋即往到語波斯匿王今日世尊從王乞索此一罪人用爲出家王聞佛語勑放罪人送與世尊度令出家精勤修習未久之間得阿羅漢果時諸比丘見是如願臨死得脱出家未久復獲道果歎未曾有而白佛言如來世尊宿植何福出言信用救彼罪人得濟身命不審世尊其事云何爾時世尊告諸比丘汝等諦聽吾當爲汝分别解說乃往過

去無量世時波羅㮈國有佛出世號曰帝幢將諸比丘遊諸聚落教化衆生於其路次值一仙人見佛世尊三十二相八十種好光明暉曜如百千日心懷歡喜前禮佛足請命就坐設諸餚饍供養佛已因發願言使我來世出言信用佛即答言使汝所求必得如願如我今者無有異也時彼仙人聞佛語已即於佛前發於無上菩提之心即爲授記汝於來世當得作佛號釋迦牟尼廣度衆生不可限量佛告諸比丘欲知彼時仙人者則我身是以我過去敬順佛故今者出言無不信受救彼罪人得免身命及獲道果爾時諸比丘聞佛所說歡喜奉行

頻婆娑羅王請佛緣十九

佛在王舍城迦蘭陀竹林爾時頻婆娑羅王將十二億那由他人往詣佛所前禮佛足長跪請佛唯願世尊大慈憐愍將諸比丘受我終身四事供養佛不許可復白佛言若不受我終身供養當受十二年佛亦不許復白佛言若不受我十二年當受十二月佛亦不許復白佛言若不受十二月當受三月四事供養佛即然可勑諸臣民平治道路除去瓦石汙穢不淨建立幢旛懸諸寶鈴香水灑地散諸妙華安置牀榻卧具被褥備辦餚饍將諸羣臣各各執蓋蓋佛衆僧入王舍城足蹈門閫地大震動城中寶藏自然涌出盲者得視聾者得聽瘂者能言躄者得伸貧者得寶空中妓樂不鼓自鳴象馬衆鳥相和悲鳴虛空之中雨衆妙華至于王宮設諸餚饍百味飲食供養佛僧經於三月受王供已佛即爲王

種種說法心懷喜悅即以加尸育衣施佛及僧退坐一面時諸比丘而白佛言如來世尊宿植何福乃獲如斯上妙供養爾時世尊告諸比丘汝等諦聽吾當為汝分別解說乃往過去無量世時波羅柰國有佛出世號曰差摩將諸比丘遊行教化到寶勝國王名伽翅聞佛來至心懷歡喜將諸羣臣出城奉迎前禮佛足長跪請佛唯願世尊慈哀憐愍受我供養佛即然可設諸餚饍供養佛已渴仰聞法佛即為王種種說法心懷歡喜即於佛前發於無上菩提之心佛授王記汝於來世當得作佛號釋迦牟尼利安衆生不可限量佛告諸比丘欲知彼時伽翅王者則我身是彼時諸臣者今諸比丘是由於彼時供養佛故無量世中不墮地獄畜生餓鬼天上人中常受快樂乃至今者自致成佛故有人天來供養我爾時諸比丘聞佛所說歡喜奉行

帝釋變迦蘭陀竹林緣二十

佛在王舍城迦蘭陀竹林時彼城中有一長者名曰瞿沙財寶無量不可稱計然彼長者信邪倒見奉事外道不信佛法時大目連觀是長者極生邪見畏墜三塗不可拔濟生憐愍心即作方便告帝釋言汝今可變迦蘭陀竹林令作七寶諸天宮殿等無有異懸諸旛蓋及諸寶鈴諸天妙華以散其地天須陀食自然備有供養佛僧伊羅鉢龍執持旛蓋蓋佛頂上又諸龍王各各執持種種旛蓋蓋諸比丘舍尸夫人將諸婇女各各執扇在佛左右執扇扇佛般遮尸棄乾闥婆衆作天妓樂以娛樂佛時彼長者見其如是嘆未曾有即

於佛所深生信敬往詣佛所唯願世尊慈哀憐愍受我供養佛嘿然許還至家中設供飲食遣使白佛食具已辦唯聖知時爾時世尊著衣持鉢將諸比丘往至其家受其供已佛即爲其種種說法心開意解得須陀洹果時諸比丘見此神變如斯供養怪未曾有而白佛言如來世尊宿植何福乃獲斯報爾時世尊告諸比丘汝等諦聽吾當爲汝分別解說乃往過去無量世時波羅奈國有佛出世號曰滿願將諸比丘遊行教化到梵摩王國聞佛來至將諸羣臣出城奉迎前禮佛足長跪請佛唯願世尊受我供養佛即然可勑諸羣臣施設種種百味飲食供養訖已佛即爲王種種說法發菩提心即授王記汝於來世當得作佛號釋迦牟尼廣度衆生不可限量佛告諸比丘欲知彼時梵摩王者則我身是皆由彼時供養佛僧無量世中不墮地獄畜生餓鬼天上人中常受快樂乃至今者自致成佛故有人天來供養我爾時諸比丘聞佛所說歡喜奉行

撰集百緣經卷第二

音釋

儻（坦朗切或然之辭也）齎（前西切與賫同）紇（吉黠切彈也）躄（必益切足不能行也）

撰集百緣經卷第三

吳月支優婆塞支謙譯

授記辟支佛品第三

化生王子成辟支佛緣二十一

佛在摩竭提國將諸比丘漸次遊行到恒河側見一故塔毀落崩壞無人修治時諸比丘白佛言世尊此是何塔朽故乃爾無人補治爾時世尊告諸比丘汝等諦聽吾當爲汝分別解說此賢劫中波羅柰國有王名曰梵摩達多正法治化人民熾盛極大豐樂無有兵革軍征鬪諍災疫疾病饒諸象馬牛羊六畜及諸珍寶唯無子息禱祀神祇求索有子叵不能得時王園中有一池水生好蓮華其華開敷有一小兒結跏趺坐有三十二大人之相八十種好口出優鉢羅華香身諸毛孔有栴檀香時守池人以狀白王甚懷歡喜將其后妃往到園中見此小兒喜不自勝欲前抱下兒便爲王而說偈言

大王常所求　故來稱王願　見無子息故今來爲王子

爾時大王后妃婇女聞說此已莫不歡喜即抱小兒還宮養育年漸長大隨其行處有蓮華生身毛孔中有栴檀香因爲立字名栴檀香時此小兒尋自觀察足跡行處所出蓮華初則鮮好未久萎落便自思惟我今此身會當歸爾心悟非常成辟支佛身昇虛空作十八變尋入涅槃爾時大王后妃婇女號天涕哭攝其尸骸耶旬燒之收取舍利起塔供養是故今者是彼塔耳時諸比丘復白佛言此辟支佛宿植何福受斯果報唯願世尊敷演

解說爾時世尊告諸比丘汝等諦聽吾當爲汝分別解說乃往過去無量世中波羅㮈國有佛出世號曰迦羅迦孫陀於彼法中有一長者財寶無量不可稱計其父崩亡子與其母各自分居時長者子甚好色欲見一婬女甚適其意以金百兩方聽一宿漸經多年財物蕩盡更無所與遮不聽宿慇懃求請願見一宿婬女語言汝今若能得一好華來與我者聽汝一宿時長者子每自思惟我今家中無有財物可用買華以遺婬女思惟是已今王塔中必有好華我當盜取持用與之可得止宿然彼塔門有人守護無由得前尋從伏竇入其塔中盜取好華以與婬女乃聽止宿至於天明其人身體生諸惡瘡甚患苦惱痛不可言喚諸良醫以瞻療治云須牛頭栴檀用塗瘡上可得除愈時長者子深自思惟家無財物即賣舍宅得六十萬金錢尋用即買牛頭栴檀方得六兩頓用塗瘡語良醫言我今所患乃是心病汝今治外乃可差乎作是語已即持所買牛頭栴檀擣末六兩入其塔中發大誓願如來往昔修諸苦行誓度衆生隨其厄難我今此身墮一生數唯願世尊慈哀憐愍除我此患作是誓已即以所末牛頭栴檀二兩用償華價二兩至心供養二兩求哀懺悔瘡尋除差身諸毛孔有栴檀香聞此香已喜不自勝發願出去緣是功德不墮惡趣天上人中隨其行處生好蓮華身諸毛孔恒有香氣佛告諸比丘欲知彼時長者子栴檀塗塔者今此辟支佛是爾時諸比丘聞佛所說歡喜奉行

小兒散華供養佛緣二十二

佛在舍衛國祇樹給孤獨園爾時世尊將諸比丘著衣持鉢入城乞食至一巷中有一婦女抱一小兒在巷坐地時彼小兒遥見世尊心懷歡喜從母索華母即與買小兒得已持詣佛所散於佛上於虛空中變成華蓋隨佛行住小兒見已甚大歡喜發大誓願以此供養善根功德使我來世得成正覺過度衆生如佛無異爾時世尊見此小兒發是願已佛即微笑從其面門出五色光遶佛三帀還從頂入爾時阿難前白佛言如來尊重不妄有笑以何因緣今者微笑唯願世尊敷演解說佛告阿難汝今見此小兒以華散我不阿難白言唯然已見此小兒者以華散我於未來世不墮惡趣天上人中常受快樂過三阿僧祇劫成佛號曰華盛廣度衆生不可限量是故笑耳爾時諸比丘聞佛所說歡喜奉行

女人以金輪擲佛上緣二十三

佛在王舍城迦蘭陀竹林時彼國中有一商王名曰浮婆將諸商客入大海中採其珠寶其婦少壯容貌可觀憶望其夫晝夜愁念速得還家即便往詣那羅延天所而作呪言天若有神不違人願使我夫主安隱速還我今當作金銀瓔珞以報天恩若不還者我以糞屎不淨臭處毀辱天身作是誓已未經幾時果如其願安隱還家甚懷歡喜即造金銀瓔珞環玔將諸侍從往詣天祠路值如來將諸比丘入王舍城時彼女人見佛世尊三十二相八十種好光明普曜如百千日心懷歡喜欲以金銀瓔珞擲散佛上其從語言此非那

羅延天遮而不聽時彼婦女不從其教即以瓔珞擲散佛上於虛空中變成寶蓋隨佛行住見是變已深生信敬五體投地發大誓願我今以此散佛瓔珞善根功德使我來世得成正覺廣度衆生如佛無異發是願已佛即微笑從其面門出五色光遶佛三帀還從頂入爾時阿難前白佛言如來尊重不妄有笑以何因緣今者微笑唯願世尊敷演解說佛告阿難汝於今者見此婦女以金銀瓔珞散我上不阿難白佛唯然已見此婦女者於未來世不墮惡趣天上人中受諸快樂過十三劫成佛號曰金輪瓔珞廣度衆生不可限量是故笑耳爾時諸比丘聞佛所說歡喜奉行

老母善愛慳貪緣二十四

佛在舍衛國祇樹給孤獨園時彼城中波斯匿王后宮婇女名曰善愛年在老邁極大慳貪不好惠施却坐飲食時大目連欲化彼故著衣持鉢以神通力從地涌出住老母前從其乞食老母瞋恚不肯布施飯食已訖有一殘果及洗器水臭而不與爾時目連即從乞索老母瞋恚尋即持與目連得已涌身虛空作十八變時彼老母見是變已心懷信敬歸誠懺悔即於其夜便取命終生曠野中在一樹下食果飲水以自存活致經數時波斯匿王將諸羣臣遊獵射戲馳逐羣鹿渴乏欲死遙見彼樹希望有水馳奔趣向去樹不遠有火焰起遮不聽近但遙見人坐其樹下王即遙問汝是何人在此樹下彼即答言我是波斯匿王后宮婇女年在朽邁名曰善愛不好惠施命終生此唯願大王慈哀憐愍為我設

供請佛及僧使我脱此弊惡之身王即問言爲汝設福可得知不彼人答言設福必得王自當見爾時波斯匿王聞是語已勑諸兵衆相去百步安置一人令聲相承還歸城内爲其設供請佛及僧若彼得福使諸兵衆各各承聲須臾聞我令知虚實尋即爲設請佛及僧呪願以竟彼樹下人百味飲食自然在前時波斯匿王以知爲實即於佛前深生信敬佛爲説法得須陁洹果爾時諸比丘聞佛所説歡喜奉行

舍香長者請佛緣二十五

佛在舍衛國祇樹給孤獨園時彼城中有一長者名曰舍香財寶無量不可稱計禀性賢柔敬信三寶每自思惟我今此身及諸財寶虚僞非真如水中月如熱時燄不可久保作是念已往詣佛所前禮佛足却住一面而白佛言我欲設供請佛及僧唯垂聽許佛即然可還歸家中設諸餚饍遣使白佛食具已辦唯聖知時爾時世尊著衣持鉢將諸比丘往詣其家受其供已心懷歡喜取一小牀在佛前坐渴仰聞法佛即爲其種種説法心開意解因發誓願以此供養善根功德使我來世得成正覺廣度衆生如佛無異發是願已佛便微笑從其面門出五色光遶佛三帀還從頂入爾時阿難而白佛言如來尊重不妄有笑唯願世尊敷演解説佛告阿難汝今見此舍香長者請設餚饍供養佛僧不阿難白言唯然已見此大長者以是供養善根功德於未來世九十劫中不墮地獄畜生餓鬼天上人中常受快樂最後身得成辟支佛號曰舍

香廣度衆生不可限量是故笑耳爾時諸比丘聞佛所說歡喜奉行

船師度佛僧過水緣二十六

佛在摩竭提國將諸比丘漸次遊行到恒河側時有船師住在河邊佛告船師汝今爲我度諸衆僧船師答曰與我價直然後當度佛告船匠我亦船師於三界中互相濟度出生死海不亦快乎如鴦掘摩羅瞋恚熾盛殺害人民我亦度彼出生死海如摩那答陀極大憍慢卑下他人我亦度彼出生死海如憂留頻螺迦葉愚癡偏多無有智慧我亦度彼出生死海如是等比無量衆生我亦皆度出生死海盡不索直汝今何故特從我索然後度人爾時世尊如是種種與其說法心遂堅固而不肯度時河下流復有船師聞佛所說心懷歡喜便前白言我今爲佛度諸衆僧佛即然可莊嚴船舫喚僧乘船時諸比丘或在虛空或在中流或在彼岸時諸船師見佛及僧現如是等種種神變甚懷信敬歎未曾有敬禮佛僧佛即爲其種種說法心開意解得須陀洹果時船師索價直者見後船師度佛僧竟復見神變深生慚愧即便以身五體投地歸誠白佛至心懺悔請佛及僧佛即然可還歸家中設諸餚饍百味飲食手自斟酌供佛僧已取一小牀在佛前坐渴仰聞法佛即爲其種種說法心開意解因發誓願以此供養善根功德使我來世得成正覺廣度衆生如佛無異發是願已佛便微笑從其面門出五色光遶佛三帀還從頂入爾時阿難而白佛言如來尊重不妄有笑以何因緣今者微笑

唯願世尊敷演解說佛告阿難汝今見是船師慚愧自責設供懺悔不阿難白言唯然已見彼船師者以是懺悔設供功德於未來世經十三劫不墮地獄畜生餓鬼天上人中常受快樂於最後身得成辟支佛號曰度生死海廣度衆生不可限量是故笑耳爾時諸比丘聞佛所說歡喜奉行

婢使以栴檀香塗佛足緣二十七

佛在王舍城迦蘭陀竹林時彼城中有大長者有一婢使稟性賢善敬信三寶每於一時爲其大家摩栴檀香暫出門外見佛世尊著衣持鉢將諸比丘入城乞食心懷喜悅尋還入内取少栴檀塗佛足上佛足神力令此香雲靉靆垂布遍王舍城時彼女人見是變已倍生信敬即便以身五體投地因發誓願以此香氣供養功德使我來世永離貧窮下賤之身早成正覺廣度衆生如佛無異發是願已佛便微笑從其面門出五色光遶佛三帀還從頂入爾時阿難而白佛言如來尊重不妄有笑以何因緣今者微笑唯願世尊敷演解說佛告阿難汝今見是長者婢使以栴檀香塗我足不阿難白佛言唯然已見此長者婢以栴檀香塗我足上善根功德於未來世九十劫中身體香潔不墮地獄畜生餓鬼天上人中常受快樂最後身得成辟支佛號栴檀香廣度衆生不可限量是故笑耳爾時諸比丘聞佛所說歡喜奉行

貧人拔提施佛樵木緣二十八

佛在舍衛國祇樹給孤獨園時彼城中有一貧人名曰拔提爲他守園用自存活每於一

日擔一樵木入城欲賣值城門中見一化人語貧人言汝今若能持此樵木用與我者我當施汝百味飲食時彼貧人聞化人語心懷歡喜即便以木授與化人化人答曰汝今持木隨我後來共詣祇洹當與汝食時彼貧人即相隨逐到祇洹中見佛世尊三十二相八十種好光明普曜如百千日心懷歡喜前禮佛足即以樵木奉施世尊世尊受已揷著地中佛以神力令此樵木須臾之間枝條生長花果茂盛團圓可愛如尼拘陀樹世尊在下結跏趺坐爲諸人天百千萬衆演說妙法貧人見已心懷喜悅即便以身五體投地發大誓願以此施佛樵木功德使我來世得成正覺廣度衆生如佛無異發是願已佛即微笑從其面門出五色光遶佛三帀還從頂入爾時阿難而白佛言如來尊重不妄有笑以何因緣今者微笑唯願世尊敷演解說佛告阿難汝今見是守園貧人施我樵木不阿難白言唯然已見彼貧人者以信敬心施我樵木善根功德於未來世經十三劫不墮地獄畜生餓鬼天上人中常受快樂最後身得成辟支佛號曰離垢廣度衆生不可限量是故笑耳爾時諸比丘聞佛所說歡喜奉行

作樂供養成辟支佛緣二十九

佛在舍衞國祇樹給孤獨園時彼國中豪貴長者各自莊嚴著好服飾瓔珞環玔賫持香華作倡伎樂皆共相將欲出城外遊戲自樂到城門中值佛世尊將諸比丘著衣持鉢入城乞食時彼諸人見佛如來圓光晃昱三十二相八十種好光明暉曜如百千日各懷歡

喜前禮佛足作倡伎樂供養佛僧各以所捉種種雜華而散佛上於虛空中變成華蓋佛以神力遍覆舍衛時諸人等見是變已歎未曾有即便以身各各五體投地因發誓願以此作倡伎樂善根功德使我來世得成正覺廣度衆生如佛無異發是願已佛即微笑從其面門出五色光遶佛三帀還從頂入爾時阿難而白佛言如來尊重不妄有笑以何因緣今者微笑唯願世尊敷演解說佛告阿難汝今見此諸人等不阿難白言唯然已見此諸人等以其作樂散華供養善根功德於未來世一百劫中不墮地獄畜生餓鬼天上人中常受快樂最後身得成辟支佛皆同一號名曰妙聲廣度衆生不可限量是故笑耳爾時諸比丘聞佛所說歡喜奉行

劫賊惡奴緣三十

佛在舍衛國祇樹給孤獨園時彼城中有一愚人名曰惡奴心常好樂處處藏竄劫奪人物用自存活時有比丘在於冢間坐禪行道食時欲至著衣持鉢入城乞食時有長者見彼比丘威儀庠序心生信敬即入舍內取一張氎施彼比丘還詣冢間值彼賊人見是比丘持氎來至便從索取比丘即與明日更來復從索氈次復持與於第三日比丘乞食來至房內復從索鉢時彼比丘作是念言唯此一鉢當用乞食救濟性命彼賊復索無有厭足今當設計授三自歸治彼賊人令使不來作是念已即語賊言待我須臾止息小停當與汝鉢賊聞是語即便坐待比丘取繩張施羂索安置向內語彼賊言我今疲極不能故

起汝自伸手内著向中我授汝鉢賊聞是語尋即伸手内著向中比丘挽索羂其手節繫著牀脚比丘出外捉杖拷打唱言一下當歸依佛痛不可言良久乃穌種種呵責復更拷打第二下者當歸依法倍復疼痛垂欲命終良久復穌轉更呵責第三下者當歸依僧賊作念言今者拷我徹於心骨痛不可言若不伏首授我四歸必定交死作是念已即便引伏比丘解放走詣佛所高聲唱言今者世尊實大慈悲勑諸比丘授我三歸脫不得死若受四歸必死無疑無所歸仰爾時世尊知彼賊人心已調伏即爲說法心開意解得須陀洹果求索出家佛即告言善來比丘鬚髮自落法服著身便成沙門精勤修習得阿羅漢果三明六通具八解脱諸天世人所見敬仰

爾時諸比丘聞佛所説歡喜奉行

撰集百緣經卷第三

音釋

萎於危切蔫也　玔樞眷切　晃昱晃戶廣切昱余六切晃昱照耀也

竄取亂切匿也　羂古泫切網也　拷苦浩切打也

撰集百緣經卷第四

吳月支優婆塞支謙譯

出生菩薩品第四

蓮華王捨身作赤魚緣三十一

佛在舍衛國祇樹給孤獨園。爾時世尊秋果熟時，將諸比丘遊行聚落。噉食果蓏，皆不消化，多有癨病種種病生，不能坐禪讀誦行道。爾時阿難前白佛言：如來世尊宿造何福，凡所食噉能使消化，不爲身內作諸患苦，今者威顏益更鮮澤。佛告阿難：我自憶念過去世時，修行慈悲，和合湯藥，用施衆生，以是之故，得無病報，凡所食噉皆悉消化，無有患苦。爾時阿難復白佛言：不審世尊過去世時其事云何？願爲解說。佛告阿難：汝今諦聽，吾當爲汝分別解說。乃往過去波羅㮈國有王名曰蓮華，治正天下，人民熾盛，豐樂無極，無諸兵甲，不相征伐，饒諸象馬牛羊六畜，甘蔗蒲萄及諸果蓏，甘甜而美。時彼人民貪食多故，不能消化，種種病生，各相扶侍，來詣王所，求索醫藥。時蓮華王見是病人，生大悲心，集喚衆醫，勅令合藥，施於民衆，病者遂多，不能救療。時蓮華王詰責衆醫：汝等今者有何事故，不治民衆，使來向我？諸醫白王：湯藥不具，是以不治。我等今者尚有病苦，不能自治，況餘病者？時蓮華王聞是語已，深用惆悵，問諸醫言：有何不具？諸醫答曰：須得赤魚肉血食者，病乃可差。我今諸醫各募求索，了不能得，以是之故，病者遂多，死亡者衆。時蓮華王作是念言：今者赤魚釣不可得，我當求願作赤魚形，爲治衆生身中諸病。作是念已，召喚太子及

諸大臣我以國土囑累卿等好共治化莫枉民衆時王太子及諸大臣聞是語已悲感哽噎涕泣墮淚悲不能言前白大王我等諸臣及以太子有何非法乃使大王有是恨語時蓮華王答其太子及以諸臣我於今者不見卿等有過狀耶但此國內一切民衆多諸病苦死亡者衆須得赤魚血肉服者病乃可差是以我今欲捨此身作赤魚形治諸民病是故今者喚卿等來委付國土爾時太子及諸大臣聞王是語號天而哭悲感哽噎前抱王足我等今者賴王慈覆國土豐樂人民熾盛得蒙存活云何一旦便欲孤棄捨我等去時蓮華王答太子曰我今所作亦爲民衆云何卿等而見固遮爾時太子及諸大臣種種諫王不能使住時蓮華王捉持香華尋上高樓四方作禮發大誓願我捨此身使我生彼波羅柰國大河之中作大赤魚有其食者衆病皆愈發是願已自投樓下即便命終生彼河中作大赤魚時諸民衆聞彼河中有大赤魚各賫斤斧競來破割食其血肉病皆除愈其所割處尋復還生如是展轉經十二年給施衆生無有毛髮悔恨之心於是命終生忉利天佛告阿難欲知爾時蓮華王者則我身是由於彼時捨此身命活衆生故無量世中未曾病苦乃至今者自致成佛度脫衆生爾時諸比丘聞佛所說歡喜奉行

梵豫王施婆羅門穀緣三十二

佛在舍衛國祇樹給孤獨園時諸比丘前白佛言如來今者以何因緣常恒讚歎布施功德不可度量不審世尊其事云何願樂欲聞

爾時世尊告諸比丘汝等諦聽吾當爲汝分別解說我念過去無量世時波羅柰國王名梵豫治正國土人民熾盛豐樂無極饒諸象馬牛羊六畜亦甚衆多時彼國中有一婆羅門善能占相稽白王言今者土境有火星出天當亢旱滿十二年苗稼不收人民饑餓時梵豫王聞是語已甚懷憂愁作是念言我當云何活此民衆即勑筭師試筭倉穀及以民衆各得幾許時諸筭師受王教勑尋共筭竟各得一升足供六年死亡者衆惟王單已所食穀分有二升在有婆羅門在後來至前白王言唯我一人獨不得穀命在旦夕願王今者所可分穀見賜少許時梵豫王聞是語已作是思惟我今於此少許饑渴若不忍受況於來世無量世中爲衆生故忍受諸苦饑渴寒熱思惟是已即減半穀施婆羅門精誠感應動天宮殿不能自安時天帝釋作是念言我此宮殿有何因緣動揺如是將非我今命欲盡耶而致斯變作是念已尋即觀察見梵豫王於饑饉中爲衆生故能捨難捨感我宮殿動揺如是我今當往試其善心爲虛爲實耶即便化作一婆羅門拄杖羸瘦餘命無幾來詣宮門從王乞索王自念言我今此身施與不施會當歸死作是念已寧就惠施利益衆生死無悔恨唯有所食一升穀分施婆羅門化婆羅門得是穀已問大王曰乃能於此饑饉之中能捨難捨爲求釋梵轉輪聖王世俗榮樂耶王即答言我今以此惠施功德不求釋梵及以轉輪世俗榮樂願我未來得成正覺拔濟衆生饑渴寒熱發是願已時婆羅

門讚言善哉未曾有也還復釋身顖王今者約勑民衆修治田種却後七日我當降雨時梵豫王聞是語已心大歡喜勑諸民衆及時耕種滿七日頭必當降雨時諸民衆聞王教令各各競共修治田作七日頭到降大甘雨一切苗稼皆得成熟人民熾盛豐樂無極佛告諸比丘欲知彼時梵豫王者則我身是以是之故我常讚歎布施果報不可稱量爾時諸比丘聞佛所說歡喜奉行

尸毗王剜眼施鷲緣三十三

佛在舍衛國祇樹給孤獨園時諸比丘安居欲竟自恣時到春秋二時常來集會聽佛說法其中或有浣衣熏鉢打染縫治如是各各皆有所營時彼衆中有一比丘名曰尸毗婆年老目盲坐地縫衣不見紝針作是唱言誰貪福德爲我紝針爾時世尊聞比丘語尋即往至捉比丘手索針欲貫時老比丘識佛音聲白言世尊如來往昔三阿僧祇劫修大慈悲滿足六波羅蜜具菩薩行斷除結使功德備足自致作佛今者何故猶於我所求索福德佛告比丘由我昔來宿習不忘故於汝所猶修福德時諸比丘聞佛世尊作是語已即白佛言如來往昔於彼耆舊老比丘所修何功德願爲解說爾時世尊告諸比丘汝等諦聽吾當爲汝分別解說乃往過去無量世中波羅㮈國有王名曰尸毗治正國土人民熾盛豐樂無極時尸毗王常好惠施賑給濟乏於諸財寶頭目髓腦來有乞者終不悋惜精誠感應動天宮殿不安其所時天帝釋作是念言我此宮殿有何因緣動搖如是將非我

今命欲盡耶作是念已尋自觀察見尸毗王不惜財寶有來乞者悉施與之精誠感應動我宮殿物不安所我今當往試其善心爲虛爲實即便化作一大鷲身飛來詣王啓白王言我聞大王好喜布施不逆衆生我今故來有所求索唯願大王遂我心願時王聞已甚懷歡喜即答鷲言隨汝所求終不悋惜鷲白王言我亦不須金銀珍寶及諸財物唯須王眼以爲美饍願王今者見賜雙眼時尸毗王聞鷲語已生大歡喜手執利刀自剜雙眼以施彼鷲不憚苦痛無有毛髮悔恨之心爾時天地六種震動雨諸天華鷲白王言汝今剜眼用施於我無悔恨耶王答鷲言我施汝眼今者實無悔恨之心鷲語王言若無悔心以何爲證王答鷲言今施汝眼無悔心者當令我眼還復如故作是誓已時王雙眼如前無異鷲復釋身讚言奇哉未曾有耶汝於今者能捨難捨爲求釋梵轉輪聖王世俗榮樂王答釋曰我今不求釋梵及以轉輪世俗榮樂以此施眼善根功德使我來世得成正覺度脫衆生發是願已時天帝釋還諸天宮佛告諸比丘欲知彼時尸毗王者則我身是彼時鷲者今老比丘是由於彼時布施眼目不悋惜故自致成佛是故今者猶於汝上修於福德尚無厭足爾時諸比丘聞佛所說歡喜奉行

善面王求法緣三十四

佛在舍衛國祇樹給孤獨園爾時世尊大悲熏心以一切種智所得無上甘露妙法廣爲天人八部之衆於其長夜常爲說法無有疲

厭不生懈倦時諸比丘見此事已即白佛言世尊今者何故於其長夜宣說法要無有休息然佛身心都不疲厭云何如是爾時世尊告諸比丘汝等善聽當為汝說乃往過去無量世時有國名波羅㮈王名善面其王太子名孫陀利其國豐樂人民熾盛時善面王聰明智慧深樂道德常求妙法以衆珍寶置于四衢作是唱言誰有妙法為我說者當以珍寶而以與之以其至誠感天宮殿皆悉震動爾時釋提桓因尋即觀察知善面王為法情重精誠感應致此動摇即化其身作羅刹像鉤牙雙出鋒刃長利饑餓憧惶甚可怖畏來詣宮門而自唱言我有妙法時王聞已即出奉迎求索聞法時彼羅刹即語王言我雖有法今定饑渴不能宣說王聞是已即便為具

種種飲食而與羅刹羅刹答言我所食者唯食熱血新肉今此百味非吾所食時王太子孫陀利者聞此語已白父王言夫法音者甚難得聞我今以身施與羅刹隨意食噉願使父王得聞妙法王聞太子發廣大心不惜身命即自思惟我於曠劫為恩愛所縛流轉生死無有窮已今寧聞法捨所愛子思惟是已即便可之爾時太子既蒙聽許即便持身與彼羅刹羅刹得已即於王前擗裂太子狼藉在地飲血噉肉食之既盡故言不足時王夫人見子捨身與彼羅刹羅刹食已故言不飽即作是念我子尚能捨此身命況於我身而當不捨即如所念具白於王王聞此語即復然可時王夫人即便以身施與羅刹羅刹得已如前噉食食之既盡猶云饑渴爾時羅刹

即便語王汝今以身用供我食王即答言我今此身都不悋惜但身死已不得聞法汝於今者先爲我說法然後捨身用供汝食爾時羅剎知其誠信即便爲王而說偈言

因愛則生憂　因愛便有畏　能離恩愛者永斷無怖畏

爾時羅剎說此偈已還復釋身太子夫人忽然在前王聞法已倍生信敬復見夫人及以太子猶故存在心懷歡喜不能自勝佛告諸比丘欲知爾時善面王者則我身是時太子者今阿難是王夫人者今耶輸陀羅是我於往昔修菩薩道時爲求法故尚不愛惜所敬妻子況於今日而有疲倦爾時諸比丘聞佛所說歡喜奉行

梵摩王太子求法緣三十五

佛在舍衛國祇樹給孤獨園時彼城中有一長者名曰須達禀性仁賢敬信三寶日日往詣僧坊精舍除掃塔寺又於一時有諸緣務值行不在掃彼塔寺爾時世尊將大目連舍利弗大迦葉等入其塔中掃除已竟却坐一面爲諸比丘說是掃地得五功德一者自除心垢二者亦除他垢三者除去憍慢四者調伏其心五者增長功德得生善處時須達長者於其行還到精舍中聞佛世尊爲諸比丘說此掃地所得功德心懷歡喜前白佛言我今聞佛說是掃地五事功德在所行處如見賢聖在我目前爾時世尊告須達言我所愛敬一切善法亦復如是汝今諦聽吾當爲汝分別解說乃往過去無量世時波羅柰國王名梵摩達多正法治化人民熾盛豐樂無極

時王夫人自覺有娠項上自然有一寶蓋隨其行坐王召相師占相夫人相師覩已此兒生已有大福德必當四方推求索法於是夫人足滿十月生一太子端正殊妙世所希有因爲立字名曰求法年漸長大心樂道法即復遣人賫持珍寶四方推求了不能得涕哭懊惱不能自寧精誠感應震動釋宫不安其所時天帝釋作是念言我此宫殿以何因緣動摇如是尋自觀察見王太子求法懊惱了不能得是以涕哭感我宫殿動摇如是我今當往試其善心爲虛實耶即便化作一婆羅門來詣宫門作是唱言我有妙法誰欲樂聞我當爲説時王太子聞使者語喜不自勝即出奉迎接足作禮將至殿上敷施好牀請命使坐合掌白言唯願大師慈哀憐愍爲我解説時婆羅門答太子曰學法甚難追師積久乃可得知今者云何直欲得聞理不可爾時王太子白大師言若欲所須願見告示及身妻子象馬珍寶皆悉備有終不悋惜當相供給婆羅門言如汝所道我悉不須汝今若能作一大坑令深十丈盛滿中火自投其身乃當與法爾時太子聞是語已心懷歡喜尋作大坑盛滿中火欲自投身時王夫人及諸羣臣尋來抱捉諫喻太子曉婆羅門唯願大師慈哀憐愍爲我等故莫令太子投此火坑若欲所須國城珍寶及以妻子當相供給婆羅門言吾不相逼隨太子意能如是者我爲説法時王太子聞是語已而作是言我於曠劫唐捐身命未曾有人爲我欲説如是妙法即欲自投時王夫人及諸羣臣觀其志誠必欲

自投尋即遣使乘八千里象宣告一切閻浮提內諸大臣等速來集會詣太子所合掌諫曉爲我等故莫投此坑今爲一人孤棄一切時王太子答諸臣言我於無數生死之中或在地獄畜生餓鬼更相殺害火燒湯煑饑餓困苦一日之中不可稱計痛不可言唐捐身命未曾有益爲於法也汝等今者云何諫我以此晁身爲求無上菩提道故捨此身命誓度衆生出生死海作是語已決定欲投白婆羅門言唯願大師先爲我說我命儻終不及聞法時婆羅門即爲太子而說偈言

常行於慈心　除去恚害想　大悲愍衆生
矜傷爲雨淚　修行大悲者　同已所得法
救護諸羣生　乃應菩薩行

爾時太子聞是偈已喜不自勝即便投身大火坑中變成華池太子於中坐蓮華上地大震動雨諸天華積至于膝時婆羅門還復釋身讚太子曰汝今於此火難之中爲此一偈不惜身命爲求何願太子答言我求無上菩提大道度脫衆生出生死海爾時帝釋聞是語已歎未曾有還詣天上時梵摩王及諸羣臣見其太子有是奇特歎未曾有莫不歡喜還將太子詣於宮中佛告諸比丘欲知彼時梵摩王者今淨飯王是彼時母者今摩耶是彼時太子者則我身是佛說是求法緣時有得須陀洹者斯陀含者阿那含者阿羅漢者有發辟支佛心者有發無上菩提心者爾時諸比丘聞佛所說歡喜奉行

婆羅門從佛債索緣三十六

佛在舍衛國祇樹給孤獨園爾時世尊將諸

比丘入城乞食至一巷口逢一婆羅門以指畫地遮不聽去而作是言汝今要當與我五百金錢爾乃聽過若不與者不聽佛過爾時世尊與諸比丘嘿然而住不能前進乃至上聞國主瓶沙及波斯匿王毗舍佉釋種及富樓那等各賫珍寶種種財物與婆羅門然不肯受時須達長者聞佛世尊爲婆羅門而作留難住而不去即取金錢五百與婆羅門乃聽佛過時諸比丘見是事已白佛言世尊有何因緣乃有如是見遮留難不聽佛過爾時世尊告諸比丘汝等諦聽吾當爲汝分別解說乃往過去無量世時波羅㮈國有王名曰梵摩達多時王太子字曰善生將諸親友遊戲觀看路逢一人共輔相子摴蒱博戲賭五百金錢時輔相子負彼戲人五百金錢尋從債索不肯償之時王太子語戲人言若彼不與我當代償時輔相子自恃力勢後竟不償從是以來無量世中常爲戲人從我債索佛告諸比丘欲知彼王太子者則我身是彼時輔相子者今須達長者是彼時戲人者今婆羅門是是故汝等凡負債者不可抵突置而不償乃至成佛不脫此難爾時諸比丘聞佛所說歡喜奉行

佛垂般涅槃度五百力士緣三十七

佛在拘尸那城娑羅雙樹間將欲涅槃時須拔陀聞佛世尊欲入涅槃將五百力士來詣佛所前禮佛足却住一面求索入道佛即告言善來比丘鬚髮自落法服著身便成沙門佛即爲其種種說法心開意解各獲道迹時諸比丘見是事已白佛言世尊今此須拔陀

五百人等宿植何福佛垂涅槃急厄之中得蒙濟度佛告諸比丘非但今者厄難之中得蒙濟度過去世時我亦濟彼脱諸厄難時諸比丘復白佛言不審世尊過去世時濟度彼等其事云何願爲解説爾時世尊告諸比丘汝等諦聽吾當爲汝分别解説乃往過去無量世中波羅柰國有王名曰梵摩達多將諸民衆出城遊獵到一山間有大河水值五百羣鹿便欲獵射我於彼時爲諸鹿王張圍來近時諸鹿等在河岸間周慞惶怖馳走從河時彼河水深而無底越不可度張圍轉近命在旦夕時彼鹿王語諸鹿言爲汝等故伸其四足置河兩岸汝等諸鹿躡我脊過可達彼岸爾時諸鹿聞是語已馳奔共度躡鹿王脊遂至破盡痛不可言是時諸鹿盡皆度竟唯一鹿母將一鹿麛周慞惶怖最在其後時彼鹿王見其在後忍於疲苦待令度過即便命終生忉利天佛告諸比丘我於爾時在畜生中猶生慈悲不憚疲苦度脱衆生況我今者超越三界自在無礙而有勞耶佛告諸比丘欲知爾時鹿王者則我身是彼時羣鹿者今須拔陀等五百比丘是時諸比丘復白佛言須拔陀五百比丘宿植何福遭值世尊各獲道果佛告諸比丘汝等諦聽吾當爲汝分别解説此賢劫中波羅柰國有佛出世號曰迦葉時有五百比丘在山林中坐禪行道未獲道果時迦葉佛化緣周訖還神涅槃時彼比丘都不覺知諸樹神等知佛今日將欲涅槃心懷懊惱涕哭流淚墮地樹下比丘頂上時諸比丘各問樹神汝今何故涕泣如是樹神

答曰迦葉世尊今欲涅槃是故我今心懷懊惱涕泣如是時諸比丘聞樹神語心驚毛竪方懷憂懼白樹神言我等今者何由得及見佛世尊先自過度不忍見於佛先滅度樹神答曰汝等今者若欲去者各自閉眼我等樹神能令汝等到世尊所時諸比丘聞是語已尋各閉目不覺忽然至世尊所懺悔罪咎各取涅槃皆由彼時出家持戒今得值我獲道果證佛告諸比丘欲知彼時五百比丘者今此須拔陀等五百力士比丘是爾時諸比丘聞佛所說歡喜奉行

兔燒身供養仙人緣三十八

佛在舍衛國祇樹給孤獨園時彼城中有一長者名曰拔提出家入道心常好樂白衣緣務三業俱廢爾時如來觀此拔提善根已熟應受我化告阿難言汝往喚彼拔提比丘來到我所尋即往喚佛勑拔提汝可往詣山林樹間修習善法尋受佛教詣山林間坐禪行道未久之間得阿羅漢果時諸比丘見是事已前白佛言今此拔提比丘宿植何福雖復出家常樂俗緣復值世尊得獲道果佛告比丘非但今日能化彼耶過去世時我亦化彼時諸比丘復白佛言不審世尊過去世時其事云何爾時世尊告諸比丘汝等諦聽吾當爲汝分別解說此賢劫中波羅㮈國有一仙人在山林間食果飲水修習仙道經歷多年值天亢旱華果不茂饑渴所逼便欲入村乞食自活時有菩薩兔王與諸兔等隨逐水草值行見是長鬚仙人爲饑渴所逼欲入村落乞食自活便前白言受我明日少許微供并

有好法汝可聽受仙人聞已作是念言彼兔王者或能值見飛鳥走獸命盡之者爲我作食尋即許可時彼兔王知仙人許尋集諸兔及彼仙人宣說妙法手復拾薪積之于地即自然火自投其身在大火中時彼仙人即前抱捉無常之命已就後世仙人唱言和上大師云何一旦今見孤背捨棄我去更不聞法悲感哽噎號天而哭悶絶躃地悲不能言當爾之時地大震動天雨妙華覆兔王上時彼仙人見彼兔王修於大悲不敢食噉收其骸骨起塔供養佛告諸比丘欲知彼時菩薩兔王則我身是彼時仙人者今拔提比丘是皆由彼時隨順我語來聽法故今得值我出家得道爾時諸比丘聞佛所說歡喜奉行

法護王子爲母所殺縁三十九

佛在舍衛國祇樹給孤獨園爾時提婆達多愚癡無智常懷嫉妬瞋恚罵詈向佛世尊如來終不向提婆達多有嫌恨心時諸比丘見是事已前白佛言不審世尊其事云何佛告比丘非但今日爲彼所罵過去世時亦常惡罵我恒忍受時諸比丘復白佛言願樂欲聞過去世時敷演解說爾時世尊告諸比丘汝等諦聽吾當爲汝分別解說此賢劫中波羅柰國有王名曰梵摩達多正法治化人民熾盛豐樂無極有二夫人一名善意二名修善意其大夫人體性調順甚適王情然無子息第二夫人唯有一子聰明慈仁孝順父母王甚愛念遣詣學堂讀誦書典將大夫人出城遊戲歡喜受樂持少酒食送與城内第二夫人夫人瞋恚惡口罵詈我寧剌汝王子咽殺

取血而飲今終不飲王所送酒使者還馳以狀白王王聞是語復生瞋恚尋即遣人送王子與試爲能不夫人得已即欲刺咽王子歸躬合掌向母我無過罪何爲見爾母答子曰汝父勑殺非我咎也聞是語已即便向母懺悔罪咎其母不聽即便刺殺乘是善心生忉利天我於爾時故是凡夫爲母所殺及以罵辱終無恨心況我今者超出三界云何不能向提婆達多生慈悲耶佛告諸比丘欲知彼時一子者則我身是彼時母者今提婆達多是爾時諸比丘聞佛所說悲喜交集作禮而退

劫賊樓陀緣四十

佛在舍衛國祇樹給孤獨園時彼城中有一劫賊名曰樓陀腰帶利劒手把弓箭在於道次劫奪民物用自存活遂經數日饑渴所逼遥見比丘持鉢而行至一樹下作是念言彼人鉢中必有飲食今當往彼奪取食之若彼食竟開腹取噉作是念已尋即趣向相去不遠小復停住時彼比丘尋知賊意今若不與必當殺我增彼罪咎墜墮三塗不如先喚施彼飲食作是念已即便遥喚汝速疾來我施汝食賊作是念今此比丘遥知我饑喚我與食尋即來前食彼飯已充足飽滿發歡喜心時彼比丘即便爲說種種妙法心開意解得須陀洹果求索出家精懃修習得阿羅漢果三明六通具八解脱諸天世人所見敬仰爾時諸比丘聞佛所說歡喜奉行

撰集百緣經卷第四

音釋

蓏魯果切　嘖側革切　剜烏丸切削也　絍如鴆切絡縷也　𤓰國厥縛切爪持也　臰尺救切與臭同　摴蒱摴抽居切蒱薄胡切摴蒱博戲也　躡尼輒切蹈也　麛旻悲切鹿子也

撰集百緣經卷第五

吳月支優婆塞支謙譯

餓鬼品第五

富那奇墮餓鬼緣四十一

佛在王舍城迦蘭陀竹林時尊者舍利弗大目犍連欲設食時先觀地獄畜生餓鬼然後方食所以爾者欲令衆生厭離生死求於涅槃時彼目連見一餓鬼身如燋柱腹如大山咽如細針髮如錐刀纏刺其身諸肢節間皆悉火出呻吟大喚四向馳走求索屎尿以爲飲食疲苦終日而不能得爾時目連見此餓鬼即前問言汝造何業受如是苦餓鬼答曰有日之處不煩燈燭如來世尊今現在世汝可自問我今饑渴不能答汝爾時目連尋往佛所欲問如來所造業行受如是苦爾時世尊在大衆中爲諸天人演説妙法見目連入即問之曰汝於今者見何異事目連答曰見一餓鬼身體燋然東西馳走具以上事向佛廣説造何惡業受如是苦爾時世尊告目連曰汝今善聽吾當爲汝分别解説此賢劫中舍衛城中有一長者財寶無量不可稱計常令僕使壓甘蔗汁以輸大家有辟支佛甚患渴病良醫處藥服甘蔗汁病乃可差時辟支佛即便往詣告長者家乞甘蔗汁時彼長者見其庠序威儀可觀深生信敬而問之言欲須何等辟支佛言甚患渴病須甘蔗汁故來相告長者聞已心懷歡喜尋勑其婦富那奇我有急緣定欲出去汝今在後取甘蔗汁施辟支佛時婦答言汝但出去我後自與時夫出已取辟支佛鉢於其屏處小便鉢中以甘

蔗汁蓋覆鉢上與辟支佛辟支佛受已尋知非是投棄於地空鉢還歸其後命終墮餓鬼中常爲饑渴所見逼切以是業緣受如是苦佛告目連欲知爾時彼長者婦今富那奇餓鬼是佛說是餓鬼緣時諸比丘等捨離慳貪厭惡生死有得須陀洹者斯陀含者阿那含者阿羅漢者有發辟支佛心者有發無上菩提心者爾時諸比丘聞佛所說歡喜奉行

賢善長者婦墮餓鬼緣四十二

佛在王舍城耆闍崛山中爾時尊者大目揵連在一樹下結跏趺坐思惟觀察見一餓鬼身如燋柱腹如大山咽如細針髮如錐刀纏遶其身諸肢節間皆悉火然呻吟大喚四向馳走求索糞穢終日竟夜受苦疲極了不能得爾時目連見此餓鬼而問之言汝於先身造何業行受如是苦餓鬼答言世有如來汝可自問我今饑渴不能答汝爾時目連尋詣佛所問其所由造何業行受如是苦爾時世尊告目連曰汝今諦聽吾當爲汝分別解說乃往過去無量世時有國名波羅㮈其土豐樂人民熾盛無有兵甲共相諍競時有長者名曰賢善體性柔和敬信三寶常樂惠施名稱普聞時有比丘著衣持鉢造詣其家從其乞食時此長者有少急緣竟不自施尋即出去慇懃囑婦汝今在後好念施彼比丘飲食其婦答言汝且莫憂我後當與時長者婦慳貪心生便自念言今若與食後日復來此諸人等甚可惡見即喚比丘來入舍內閉著空屋令其即日脫不得食以是業緣於無量世墮餓鬼中受如是苦佛告目連欲知彼時長

者婦者今此餓鬼是是故汝等當勤布施莫著慳貪應作是學佛說是餓鬼緣時諸在會者捨離慳貪厭惡生死有得須陀洹者斯陀含者阿那含者阿羅漢者有發辟支佛心者有發無上菩提心者爾時諸比丘聞佛所說歡喜奉行

惡見不施水墮餓鬼緣四十三

佛在王舍城迦蘭陀竹林爾時尊者大目犍連在一樹下見一餓鬼身如燋柱腹如大山咽如細針髮如錐刀纏刺其身諸肢節間皆悉火然渴乏欲死脣口乾燋往趣河泉水為涸竭假令天降甘雨墮其身上皆變為火時大目連即前問言汝於先身造何業行受是苦耶時彼餓鬼答目連言我今渴乏受苦難計不能答汝爾自問佛時大目連即詣佛所欲問斯事爾時世尊為諸大衆演說妙法見目連來先意問訊愛語軟語而問訊之見何異事目連白佛我向樹下見一餓鬼身體燋然四向馳走具以上事向佛廣說宿造何業受是苦惱爾時世尊告目連曰汝今諦聽吾當為汝分別解說此賢劫中波羅柰國有佛出世號曰迦葉有一沙門涉路而行極患熱渴時有女人名曰惡見井宕汲水往從乞之女報之曰使汝渴死我終不能持水與汝令我水減不可持去于時沙門既不得水復道而去時彼女人遂復慳貪有來乞者終不施與其後命終墮餓鬼中以是業緣受如是苦佛告目連欲知彼時女人不施水者今此餓鬼是佛說是惡見緣時諸比丘等捨離慳貪厭惡生死有得須陀洹者斯陀含者阿那含

者阿羅漢者有發辟支佛心者有發無上菩提心者爾時諸比丘聞佛所說歡喜奉行

槃陀羅墮餓鬼身體臭緣四十四

佛在王舍城迦蘭陀竹林爾時尊者大目犍連食時欲至著衣持鉢入城乞食還歸所止飯食已訖攝衣鉢已在一樹下結跏趺坐入于三昧見一餓鬼身體極臭絶不可近于時目連即便問言汝造何業受此身形臭不可近餓鬼答曰汝自問佛當爲汝說爾時目連尋詣佛所白言世尊諸佛常法先意問訊汝於今者見何異事目連白佛我於向者在一樹下入於三昧見一餓鬼身體極臭劇於人糞四向馳走求索屎尿用爲甘饍不審何緣受如是報佛告目連汝今欲知是因緣不目連白佛願樂欲聞爾時世尊告目連曰汝今諦聽吾當爲汝分別解說乃往過去無量阿僧祇劫波羅柰國有辟支佛出現於世在空閑處以草爲敷繫念坐禪身遇疾患良醫處藥當須肉食病乃可瘥時辟支佛聞是語已即便入城見一長者名曰吉善從索肉食時彼長者勑婦槃陀羅我有急緣今須出外汝好爲彼辟支佛作隨病藥時婦答言汝但愼前莫憂後事辟支佛食我自當與時彼長者尋便出去時槃陀羅慳貪心生便作是念我於今日施彼食者明日復來甚可惡見作是念已即從索鉢在於屛處大便鉢中以飯覆上與辟支佛尋覺臭穢投棄著地捨之而去以是業緣無量世中常墮餓鬼身體臭穢不可附近常以人糞用爲甘饍佛告目連欲知爾時彼長者婦大便鉢中施辟支佛者今餓

鬼是佛說是餓鬼緣時諸比丘等捨離慳貪猒惡生死有得須陀洹者斯陀含者阿那含者阿羅漢者有發辟支佛心者有發無上菩提心者爾時諸比丘聞佛所說歡喜奉行

目連入城見五百餓鬼緣四十五

佛在王舍城迦蘭陀竹林爾時目連乞食時到著衣持鉢入城乞食於其門中值有五百餓鬼從外來入見是目連心懷歡喜而白之曰唯願尊者慈哀憐愍稱我名字語我家中所親眷屬言我等輩以不修善不好惠施今受身形墮餓鬼中唯願尊者從我親里求索財物用設餚饍請佛及僧若物少者爲我勸化諸檀越等令共設會使我等輩脫餓鬼身爾時目連尋便許可復問餓鬼汝等先世造何業行受斯罪報時諸餓鬼咸共同聲白目連言我等宿世俱在於此王舍城中爲長者子憍慢放逸不好布施貪著世樂不信三寶無上道教見諸沙門入城乞食既不自施遮他人斯等道人不自生活但仰百姓今若與者後日復來終無猒足以是業緣其後命終墮餓鬼中受斯罪報於時目連語餓鬼言我今爲汝語諸親里并相營佐共設大會時汝等輩咸皆自來至於會所時諸餓鬼咸皆同聲白尊者言今我等輩宿罪所致雖受形體身如燋柱腹如大山咽如細針髮如錐刀纏刺其身諸肢節間皆悉火然四向馳走求索飲食了不能得設見甘饍馳赴趣向變成膿血云何而能持此身形詣於會所時大目連即便爲彼諸餓鬼等語其眷屬具陳上事諸親聞已咸皆懊惱共相合率欲爲設會時

大目連即便入定觀諸餓鬼爲在何處於十六大國遍觀不見次閻浮提至四天下及千世界乃至三千大千世界觀觀不見恠其所以尋往佛所白言世尊我今爲彼諸餓鬼等勸化諸人并其諸親施設大會爲作福德遍觀世界悉不得見不審世尊此諸餓鬼爲在何處佛告目連彼餓鬼等皆爲業風之所吹去非汝聲聞所能知見然於今者彼諸餓鬼蒙汝設會罪垢得除吾自能令來諸會所於時目連即便爲諸餓鬼設諸餚饍請佛及僧佛以神力使諸餓鬼得來會所令王舍城諸婆羅門刹利居士咸見諸鬼狀貌醜弊甚可怖畏皆共捨離慳貪之心厭惡生死心開意解有得須陀洹者斯陀含者阿那含者阿羅漢者有發辟支佛心者有發無上菩提心者爾時世尊即便爲彼諸餓鬼等種種說法慳貪過惡深生信敬即於其夜便取命終生忉利天便自念言我等今者造何福業得來生此忉利天上即自觀察知是餓鬼以其尊者大目揵連爲我等故設會請佛及比丘僧得來生此我等當共往報彼恩作是語已尋從天下頂戴天冠著諸瓔珞莊嚴其身各賫香華來供養佛及大目連供養已訖却坐一面聽佛說法心開意解各獲道跡遶佛三帀還詣天上佛告目連欲知爾時五百餓鬼者今五百天子是爾時大衆聞佛所說歡喜奉行

優多羅母墮餓鬼緣四十六

佛在王舍城迦蘭陀竹林時彼國中有一長者財寶無量不可稱計選擇高門娉以爲婦作倡伎樂用娛樂之其婦懷妊滿足十月生

一男兒端正殊妙世所希有父母歡喜因爲立字名優多羅年漸長大其父喪亡兒自念言我先父以來販買治生用成家業我今不宜學是法耶然於佛法甚懷信敬貪欲出家便前白母求索出家時母答曰汝父既喪我今更無唯汝一子汝今云何捨我出家我今存在終不聽汝出家入道我亡沒後隨汝意去爾時彼子不果所願心懷懊惱即便語母若不聽我今必投巖飲毒而死時母答言莫作是語汝今何故必欲出家從今以去若欲請諸沙門婆羅門等我當設供隨汝供養兒聞是語用自安慰請諸沙門及婆羅門數數向家而供養之時彼兒母見諸道士數數來往甚懷懊惱生厭患心便出惡言罵諸沙門婆羅門等不欲生活但仰百姓甚可惡見於時其兒不在家中其母但以飲食漿水灑散棄地時兒行還便語之言汝出去後我設餚饍請諸沙門及婆羅門而供養之尋便將兒示其棄飯漿水之處我適供養尋即出去其兒聞已甚用歡喜於其後時母便命終墮餓鬼中兒便出家勤加精進得阿羅漢果在河岸邊窟中坐禪有一餓鬼其口乾燋饑渴熱惱來詣兒所語比丘言我是汝母比丘恠言母生存時常好布施方今云何返墮餓鬼受斯報耶餓鬼答言以我慳貪不能供養沙門婆羅門以是之故受餓鬼身二十年中未甞得食及以漿水設我向河及以泉池水爲乾竭若向果樹樹爲乾枯我今饑渴熱惱所逼不可具陳比丘問言何緣致是餓鬼答言我雖布施心常慳惜於諸沙門婆羅門所無恭

敬心横加罵辱今受是報汝今若能爲我設供請佛及僧爲我懺悔我必當得脫餓鬼身時兒比丘聞是語已甚懷憐愍即便勸化辦設餚饍請佛及僧供養訖竟時彼餓鬼即現其身在於會中發露懺悔爾時世尊爲此餓鬼種種說法心懷慚愧即於其夜便就命終更受身形墮飛行餓鬼中頂戴天冠著諸瓔珞莊嚴其身來比丘所又復語言我故不脫餓鬼之身汝更爲我在所勸化重設供養并諸牀褥施四方僧乃可得脫餓鬼之身時兒比丘聞是語已復更勸化辦具飲食并諸牀褥施四方僧供養訖竟於是餓鬼復更現身在大衆前尋更懺悔即於其夜取其命終生忉利天便作是念我造何福得來生此尋自觀察緣兒比丘爲於我故設諸餚饍請佛及僧免餓鬼身得來生天我今當還報佛世尊及比丘恩頂戴天冠著諸瓔珞莊嚴其身賫持香華來供養佛及兒比丘供養已訖却坐一面聽佛說法心開意解得須陀洹果繞佛三帀還詣天宮佛說是優多羅緣時諸比丘等捨離慳貪厭惡生死有得須陀洹果者斯陀含者阿那含者阿羅漢者有發辟支佛心者有發無上菩提心者爾時諸比丘聞佛所說歡喜奉行

生盲餓鬼緣四十七

佛在舍衛國祇樹給孤獨園爾時阿難著衣持鉢入城乞食見一餓鬼身如燋柱腹如大山咽如細針又復生盲爲諸烏鵄鵰梟所啄宛轉自撲揚聲叫喚無有休息爾時阿難問餓鬼言姊妹汝於先身造何業行受如是苦

餓鬼答言有日之處不煩燈燭世有如來汝可自問爾時阿難尋往佛所白佛言世尊我於向者入城乞食見一餓鬼極受苦惱不可稱計向佛如來具說事狀不審世尊彼餓鬼者宿造何業受此報耶爾時世尊告阿難言汝今諦聽吾當爲汝分别解說此賢劫中波羅柰國有佛出世號曰迦葉將諸比丘遊行教化次到鹿野苑中時有女人身抱懷妊見佛世尊甚懷信敬足滿十月生一女兒端正殊特人所敬仰年漸長大往詣佛所聽佛說法心懷信敬還歸家中白二親言惟垂哀愍聽在道次父母固遮不能令止遂便出家作比丘尼時彼父母爲此女故造僧伽藍又請諸比丘尼共住寺中時長者女於戒律中有少毀犯諸比丘尼驅令出寺心懷慚愧不能歸家寄住他舍生大瞋恚便作是言我自有舍止住其中今者云何返更驅我自用住止即便向彼長者居士說諸比丘尼種種過惡狀似餓鬼不自生活但仰百姓使我受身莫見此輩作是誓已其後命終墮餓鬼中今得生盲佛告阿難欲知爾時彼長者女出家入道驅令出寺惡口誹謗今生盲餓鬼是佛說是餓鬼緣時諸比丘等各各守護身口意業厭離生死有得須陀洹者斯陀含者阿那含者阿羅漢者有發辟支佛心者有發無上菩提心者爾時諸比丘聞佛所說歡喜奉行

長者若達多慳貪墮餓鬼緣四十八

佛在舍衛國祇樹給孤獨園時彼城中有一長者名若達多財寶無量奴婢僕使象馬牛羊不可稱計時彼長者值行觀看到祇洹中

見佛世尊三十二相八十種好光明普曜如百千日莊嚴其身心懷信敬前禮佛足却坐一面聽佛說法心生歡喜還歸辭家及諸眷屬求索入道時諸親屬都悉聽許還歸白佛求索出家佛即告言善來比丘鬚髮自落法服著身便成沙門時諸親族及諸人民以其先是豪富之子出家入道競施衣鉢種種所須既得之已生慳貪心不能施與同梵行者其後命終墮餓鬼中還守衣鉢時諸衆僧見其去世開其房戶欲收屍骸及以衣鉢闍維羯磨而此室中見一餓鬼身如燋柱狀貌可畏守此衣鉢無敢近者時諸比丘見是事已往白世尊具陳所見於是如來將諸比丘來入室中語餓鬼言咄無慚愧汝於前身出家入道貪著利養不肯惠施今墮餓鬼受此醜形汝今云何不生慚愧故復還來仍守衣鉢呵責慳貪多諸過咎能令衆生墮於惡道佛即爲其種種說法心開意解深生慚愧即以衣鉢捨與衆僧於其夜半便取命終更受餘形墮飛行餓鬼中端正殊妙著諸瓔珞莊嚴其身身出光明照于祇洹陵虛遊行與天無異來詣佛所前禮佛足却坐一面佛即爲其種種說法心開意解歡喜而去於其晨朝諸比丘等白言世尊昨夜光明照于祇洹爲是梵釋四天王乎二十八部鬼神將耶爲是他方諸大菩薩來聽法耶佛告比丘非是釋梵二十八部諸神王也乃是舍衛城中大富長者出家入道近日命終墮飛行餓鬼中齎持香華來供養我是其光耳佛說是緣時諸比丘等捨離慳貪厭惡生死有得須陁洹者斯

陀含者阿那含者阿羅漢者有發辟支佛心者有發無上菩提心者爾時諸比丘聞佛所說歡喜奉行

餓鬼自生還噉五百子緣四十九

佛在王舍城迦蘭陀竹林時尊者那羅達多著衣持鉢入城乞食還歸本處飯食已訖遥見祇洹赤如血色恠其所以尋即往看見一餓鬼肌肉消盡肢節骨立一日一夜生五百子羸瘦尫劣氣力乏少當生之時荒悶殞死肢節解散極爲饑渴之所逼切隨生隨噉終無飽足時那羅達多便前問言汝造何業今獲斯報餓鬼答曰汝今可自問佛世尊當爲汝說時那羅達多尋往佛所前禮佛足却住一面諸佛常法先意問訊汝於今者見何異事那羅白佛言向者遊行見一餓鬼一日一夜生五百子極爲饑渴生已還噉不審世尊宿造何業受斯報耶佛告那羅達多若欲知者好至心聽吾當爲汝分別解說此賢劫中波羅柰國有一長者金銀珍寶奴婢僕使象馬牛羊不可稱計唯一夫人無有子息禱祀神祇求索有子了不能得時彼長者即便更取族姓家女未久之間便覺有娠其大夫人見其有娠便生嫉妬密與毒藥令彼墮胎姊妹眷屬即詰其所與彼大婦極共鬭諍遂相打棒問其虛實其大婦者正欲道實恐其交死正欲不道苦痛叵言逼切得急而作呪詛若我眞實墮汝胎者令我捨身生餓鬼中一日一夜生五百子生已隨噉終不飽足作是誓已尋即放去佛告那羅達多欲知彼時其大婦者生嫉妬心墮他子故妄語呪誓墮餓

鬼中今受是報時諸比丘聞佛說是嫉妬之心多諸過患能令衆生墮於惡趣咸共捨離厭惡生死心開意解有得須陀洹者斯陀含者阿那含者阿羅漢者有發辟支佛心者有發無上菩提心者爾時諸比丘聞佛所說歡喜奉行

嚪婆羅似餓鬼緣五十

佛在毗舍離獼猴河岸重閣講堂時彼城中有一長者名曰遮羅選擇匹偶娉以爲婦作諸音樂以娛樂之其婦懷妊臭不可近夫便問言汝先不爾今者何緣有此臭穢婦答夫言此必是我胎中之子業行所致是以使爾足滿十月生一男兒連骸骨立羸瘦顦顇不可示現又復糞屎塗身而生年漸長大不欲在家貪嗜糞穢不肯捨離時彼父母及諸親族見其如是惡不欲見驅令遠舍使不得近即便嚪行求索糞屎用爲甘膳時諸民衆見其如是因爲立字名嚪婆羅鬼時彼國中有諸外道偶行值見讚言善吉聞是語已甚用欣慶喜不自勝前白外道慈哀憐愍聽在道次時諸外道即爲出家教令裸形以灰塗身修於淨行時嚪婆羅雖復在道故貪糞穢不淨之處時諸外道見其如是咸共呵責或見鞭打汝今是人何緣如是樂處不淨時嚪婆羅爲諸外道數數呵責或被鞭打捨之而去詣於河岸溝坑之中自用歡喜時彼河岸復有五百餓鬼依住其中見嚪婆羅來身極臭處止住其中無有能敢親附之者然常向諸餓鬼而自讚歎我在人間或見呵責及以鞭打極受苦惱今在此中脫不見罵及以鞭打

獨用歡樂時諸餓鬼見嚪婆羅臭處不淨都皆捨去時嚪婆羅語諸鬼言我此臭身依憑汝故得存數日汝等今者復捨我去今我在後云何得活作是語已甚用苦惱愁憂躃地爾時世尊晝夜六時觀察衆生誰應可度尋往度之見嚪婆羅失衆伴侶愁憂困苦悶絶躃地尋往坑所而爲說法使令歡喜時嚪婆羅見佛世尊諸根寂定光明暉曜如百千日莊嚴其身心懷歡喜五體投地白言世尊世間頗有如我等比斯下之人聽得出家不佛告嚪婆羅我此法中無有尊卑不聽出家時嚪婆羅聞佛語已前白佛言慈哀憐愍聽在道次爾時世尊尋舉金色右臂而告之曰善來比丘鬚髮自落法服著身便成沙門威儀庠序如十二臘比丘無有異也既蒙佛恩得出家已即於佛前而說偈言

今蒙佛恩德　稱意得如願　除去臭穢身　得成爲沙門

爾時世尊告嚪婆羅汝今於我法中以得出家勤修繫念未久之間得阿羅漢果三明六通具八解脫諸天世人皆共敬仰時諸比丘見是事已白佛言世尊今此嚪婆羅比丘宿造何業受斯罪報復以何緣值佛世尊獲阿羅漢果爾時世尊爲諸比丘而說偈言

宿造善惡業　百劫而不朽　罪業因緣故　今獲如是報

時諸比丘聞佛世尊說此偈已前白佛言不審世尊過去世時其事云何惟願世尊敷演解說爾時世尊告諸比丘汝等諦聽吾當爲汝分別解說此賢劫中人壽四萬歲波羅柰

國有佛出世號迦羅迦孫陀將諸比丘遊行教化到寶殿國時彼土王聞佛來至心懷喜悅將諸羣臣出城奉迎到已前禮佛足長跪請佛惟願世尊慈哀憐愍受我三月四事供養佛即然可時彼國王知佛許可尋即爲佛及比丘僧造立房舍請一比丘用作寺主營理僧事每於一日餘行不在有一羅漢比丘入彼寺中威儀庠序甚可觀看寺主檀越見其如是請入浴室爲其洒浴復以香油塗其身上時彼寺主從外來入見此羅漢以香油塗身心懷嫉妬便出惡罵汝出家人何爲如是香油塗身如似人糞塗汝身上作是語已時彼羅漢心懷憐愍踊身虛空現十八變時彼寺主見是變已深懷慚愧向彼羅漢懺悔謝過各歸所止以是業緣五百世中身常臭處不可附近佛告諸比丘欲知彼時寺主比丘惡口罵者今嚪婆羅比丘是由於彼時曾出家故向彼羅漢懺悔罪咎今得值我出家得道佛說是嚪婆羅緣時各各自護身口意業捨嫉妬心猒惡生死有得須陀洹者斯陀含者阿那含者阿羅漢者有發辟支佛心者有發無上菩提心者爾時諸比丘聞佛所說歡喜奉行

撰集百緣經卷第五

音釋

宕（徒浪切）瘥（楚懈切病除也）尩（烏光切弱也）殞（羽敏切歿也）嚪（徒敢切）娉（匹正切娶問也）顦顇（顦慈消切顇秦醉切顦顇形容瘦瘠也）

撰集百緣經卷第六

吳月支優婆塞支謙譯

諸天來下供養品第六

賢面慳貪受毒蛇身緣五十一

佛在王舍城迦蘭陀竹林。時彼城中有一長者，名曰賢面，財寶無量，不可稱計。多諸諂曲慳貪嫉妬，終無施心，乃至飛鳥驅不近舍。有諸沙門及婆羅門貧窮乞匃從其乞者，惡口罵之，勤求資産，積聚爲業，不修惠施。其後命終，受毒蛇身，還守本財。有近之者，瞋恚猛盛，怒眼視之，能令使死。遂聞之於頻婆娑羅王。王聞是已，心懷驚怕，作是思惟：今此毒蛇瞋恚熾盛，見則害人，唯佛世尊能得調伏。作是念已，即將羣臣往詣佛所，頂禮佛足，却坐一面，白佛言：世尊！今此城中有一長者，資財無量，不肯惠施。今便命終，受毒蛇身，還守本財，瞋恚熾盛，近則害人。唯願世尊降伏此蛇，莫使害人。佛默許可。於其後日，著衣持鉢，往詣蛇所。蛇見佛來，瞋恚熾盛，欲螫如來。佛以慈力，於五指端放五色光，照彼蛇身，即得清涼，熱毒消除，心懷喜悅，舉頭四顧：是何福人能放此光，照我身體，使得清涼快不可言？爾時世尊見蛇調伏，而告之曰：賢面長者！汝於前身以慳貪故，受此弊形。今者云何故復惜著，縱毒螫人？爲惡滋甚，於將來世必受大苦。蛇聞佛語，深自剋責，蓋障雲除，自憶宿命，作長者時所作惡業，今得是報，方於佛所深生信敬。爾時世尊知此毒蛇心以調伏，而告之言：汝於前身不順我語，受此蛇形，今宜調順，受我教勑。蛇荅佛曰：隨佛見授，不敢違勑佛語

蛇言汝若調順入我鉢中佛語已竟尋入鉢中將詣林中時頻婆娑羅王及諸臣民聞佛世尊調伏毒蛇盛鉢中來合國人民皆共往看在佛鉢中蛇見衆人深生慚愧猒此蛇身即便命終生忉利天即自念言我造何福得來生天即自觀察見在世間受毒蛇身由見佛故生信敬心猒惡蛇身得來生此受天快樂今當還報佛世尊恩頂戴天冠著諸瓔珞莊嚴其身賫持香華光明照曜來詣佛所前禮佛足供養訖已却坐一面聽佛說法心開意解得須陀洹果即於佛前說偈讚佛

巍巍大聖尊　功德悉滿足　能開諸盲冥
尋得於道果　除去煩惱垢　超越生死海
今蒙佛恩德　得閉三惡道

爾時天子讚歎佛已繞佛三帀還詣天宮時頻婆娑羅王於其晨朝來詣佛所白言世尊昨夜光明照于世尊爲是釋梵轉輪聖王二十八部鬼神將耶佛告王曰亦非釋梵諸天神等來聽法也乃是昔日慳貪長者得生天上來供養我是彼光耳時頻婆娑羅王聞佛說是慳貪緣時在會諸人有得須陀洹者斯陀含者阿那含者有得阿羅漢者有發辟支佛心者有發無上菩提心者爾時諸比丘聞佛所說歡喜奉行

月光兒生天緣五十二

佛在舍衛國祇樹給孤獨園時彼城中有一婆羅門其所營務耕田爲業於其匹對娉以爲婦足滿十月生一男兒名曰月光年漸長大與須達兒出外觀看到僧坊中見諸比丘勤加誦習時婆羅門兒即便得聞一四句偈

深生信敬即還歸家却後七日即便命終生忉利天時兒父母悲號啼哭心情懊惱不能自制即抱死屍往詣冢間號泣而言我惟一子今捨我去誰當看我痛不可言我寧隨死不能歸家時諸親屬種種諫曉故不肯歸精誠感應使兒宫殿動摇不安尋自觀察知從人中得生天上及見父母在於冢間抱我死屍悲感哽噎不能自止感我宫殿動摇如是愍其父母即從天下自變其身作仙人形到父母邊五熱炙身時婆羅門問仙人言汝今何故五熱炙身爲何所求仙人答曰我今欲求作一國王以金作車衆寶廁填日月天子在我左右使四天王步牽我車徧四天下不亦快乎時婆羅門答仙人曰汝今假使百年之中晝夜炙身欲求如此珍寶之車及以諸天侍衛汝者終不可得於是仙人復問婆羅門汝今抱是死屍爲求何願婆羅門言我唯一子捨我死去是以懷抱望得還活仙人答曰汝今抱是死屍晝夜號泣滿於百年子終叵得時婆羅門聞仙人語心懷慚愧止不復哭默然而住時兒天子變仙人形還復本身白父母言汝一子者今我身是以我一時詣僧坊中聞一四句偈心懷歡喜内發信心便取命終今得生天我今欲爲解釋父母憂苦之故作仙人形來相曉喻於是父母聞天子語尋即信解喜不自勝於時天子頂戴天冠著諸瓔珞莊嚴其身賫持香華歡於父母共詣佛所供養佛已却坐一面佛即爲其說四諦法心開意解一時俱得須陀洹果時諸比丘見是事已前白佛言今此天子宿植何福

能於今者善言慰喻解釋父母止不啼泣及獲道果佛告比丘非但今日解釋父母使不憂惱過去世時亦曾解釋使不憂惱時諸比丘聞是語已復白佛言不審世尊過去世時其事云何惟願世尊敷演解說爾時世尊告諸比丘汝等諦聽吾當爲汝分別解說乃往過去無量世時波羅㮈國有一愚人常好作賊邪婬欺誑伺官捉得繫縛詣王王問罪狀如上首實尋勅令殺當爾之時天爲其子受性慈仁調順賢柔舉國聞知天爲父故向彼國王請救父命如是至三王不能違放令不殺得隨意去佛告諸比丘欲知彼時作賊人者今天子父是爾時兒者今天子是由於一時迦葉佛所受三自歸故今得值我出家得道佛說是天子緣時有得須陀洹者乃至發於無上菩提心者爾時諸比丘聞佛所說歡喜奉行

採華供養佛得生天緣五十三

佛在舍衛國祇樹給孤獨園時彼城中豪富長者皆共聚集詣泉水上作倡妓樂而自娛樂爲娑羅華會時彼會中遣於一人詣林樹間採娑羅華作諸華鬘時採華人還來會所路見世尊三十二相八十種好光明普曜如百千日心懷歡喜前禮佛足以所採華散佛世尊於是而去還復上樹更欲採華值樹枝折墜墮命終生忉利天端正殊妙以娑羅華而作宮殿帝釋問曰汝於何處造修福業而來生此天子答曰我閻浮提採娑羅華值見世尊散華佛上緣是功德得來生此爾時帝釋見此天子身體挺特端正第一說偈讚歎

身如真金色　照曜極鮮明　容貌極端正
諸天中最勝
爾時天子即便説偈答帝釋曰
我蒙佛恩德　散以娑羅華　由是善因緣
今得是果報
爾時天子説是偈已即共帝釋來詣佛所頂
禮佛足却坐一面佛即爲其種種説法心開
意解破二十億邪見業障得須陀洹果心懷
欣慶即於佛前説偈讚佛
巍巍大聖尊　最上無有比　父母及師長
功德無及者　乾竭四大海　超越白骨山
閉塞三惡道　能開三善門
爾時天子説此偈已頂禮佛足繞佛三帀還
詣天上時諸比丘見此事已於其晨朝前白
佛言世尊昨夜光明普曜祇桓爲是帝釋梵
天王等四天王耶二十八部鬼神將耶佛告
比丘非是帝釋梵天鬼神四天王等乃是昔
日採娑羅華供養我者今得生天持諸香華
來供養我是彼光耳爾時諸比丘聞佛所説
歡喜奉行

功德意供養塔生天緣五十四

佛在王舍城迦蘭陀竹林時頻婆娑羅王每
日三時將諸宫屬往詣佛所禮覲世尊於其
後時年漸老大身體轉重不能日日故往禮
拜時諸宫人啓白王言從佛世尊索於髮爪
後宫之中造立塔寺於此禮拜香華燈明而
供養之時王然可往詣佛所啓白世尊即以
髮爪與頻婆娑羅王於其宫内造立塔寺懸
繒旛蓋香華燈明日三時供養時王太子阿
闍世共提婆達多共爲陰謀殺害父王自立

爲王尋勑宮內不聽禮拜供養彼塔有犯之者罪在不請於其後時七月十五日僧自恣時有一宮人字功德意而自念言此塔乃是大王所造今者空汙無人掃灑我今此身分受刑戮掃灑彼塔香華燈明而供養之作是念已尋即然燈供養彼塔時阿闍世王遥在樓上見彼燈明即大瞋恚尋即遣人往看是誰見功德意然燈供養使者還來以狀白王王勑喚來問其所由時功德意即答王曰今此塔者先王所造供養之處以此良因掃除清淨然燈供養時阿闍世聞是語已告功德意汝不聞我先所約勑功德意言聞王所勑然王今者其所治化不勝先王時阿闍世聞是語已倍增瞋恚即以劒斬殺功德意乘此善心即便命終生忉利天身光照曜滿一由旬時天帝釋及諸天等咸來觀看而問之言汝造何福得來生此光明殊特倍勝諸天爾時天子即以偈頌答帝釋曰

如來出於世　如日月光明　照彼諸黑闇
皆悉普使明　見者生歡喜　心垢自然除
善哉無上尊　衆生良福田　信心修福德
我不惜身命　被害致命終　得生於天上

爾時天子向於帝釋說此偈已頂戴天冠著諸瓔珞莊嚴其身將諸天衆名賷香華下供養佛光明普曜照於竹林倍踰於常前禮佛足却坐一面佛即爲其說四諦法心開意解得須陀洹果即作是言自念我昔積於白骨過於須彌啼泣雨淚多於巨海乾竭血肉徒喪身命今以得離作是語已繞佛三帀還于天宮時諸比丘於其晨朝白世尊言昨夜光

明殊倍於常爲是帝釋梵天四天王乎二十八部鬼神大將耶佛告諸比丘亦非梵天鬼神大將乃是頻婆娑羅王後宮采女名功德意供養塔故爲阿闍世王被害命終生忉利天來供養我是彼光耳佛說是功德意緣時有得須陀洹者斯陀含者阿那含者阿羅漢者有發辟支佛心者有發無上菩提心者爾時諸比丘聞佛所說歡喜奉行

須達多乘象勸化緣五十五

佛在舍衛國祇樹給孤獨園時彼城中有一長者名曰須達以百千金錢布施於佛而作是念如我今者財富無量雖以祇桓精舍百千金錢布施佛僧不足爲難今若勸化貧窮下賤減割針線而用布施乃名爲難復得無量無邊功德作是念已即便往白波斯匿王尋便然可即遣臣佐於其城內擊鼓唱令語諸人言須達長者今欲勸化衆人以修惠施於七日頭乘大白象於四道頭街巷里陌處處勸化時諸人等心懷歡喜競共布施或以衣服瓔珞金銀寶物種種環釧針線領帶隨家所有持用布施爾時有一貧窮女人客作三月得一張㲪規用作衣見須達長者勸化諸人即便問於其傍諸人彼須達長者多財饒寶無所乏少乃能見於地中伏藏今何所乏乃復從人而行乞索諸人語言今彼長者實無所乏爲憐愍故勸化衆人欲共修福請佛及僧時此貧女聞是語已心懷歡喜而作是言由我先世不布施故今爲貧窮今若不施後世遂劇復自思惟佛世難值我今雖欲請佛及僧杌無所有我今身上唯此一㲪若

用布施裸形而坐設不用者後無所望我今窮苦會當歸死寧捨此氎持用布施作是念已即以此氎於牕牖中擲與須達須達得已遣人往看見貧女人裸形而坐時彼使者而問之言汝今何故用衣布施貧女答言我畏來世遂更貧劇以是之故持用布施時彼使者具以事狀往白須達須達聞已歎言奇哉即脫身上所著服飾用施貧女貧女得已心懷歡喜我今布施現得果報況將來世遂經數日貧女命終生忉利天便自念言我造何福得生天上尋自觀察知在人中極爲貧窮以氎布施故得來生此我今當還報佛之恩及以須達頂戴天冠著諸瓔珞莊嚴其身賫持香華下供養佛及須達多前禮佛足却坐一面佛即爲其說四諦法心開意解得須陀洹果遶佛三帀還歸天上時諸比丘於其晨朝前白佛言昨夜光明照曜如來爲是釋梵四天大王二十八部鬼神大將佛告諸比丘亦非釋梵諸神王等乃是須達勸化貧女以氎布施得生天上來供養我是其光耳佛告諸比丘欲知彼時貧窮女人者今此天子是爾時諸比丘聞佛所說歡喜奉行

鸚鵡子王請佛緣五十六

佛在舍衞國祇樹給孤獨園夏安居竟將諸比丘欲遊行他國時頻婆娑羅王將諸羣臣出城遥望如來世尊爲何所在唯願慈愍及比丘僧來受我供爾時世尊遥知王意深生渴仰及比丘僧漸次遊行詣摩竭提國值諸羣鳥中有鸚鵡子王遥見佛來飛騰虚空逆道奉迎唯願世尊及比丘僧慈哀憐愍詣我

林中受一宿請佛即然可時鸚鵡王知佛許已還歸本林勑諸鸚鵡各來奉迎爾時世尊將諸比丘詣鸚鵡林各敷座具在於樹下坐禪思惟時鸚鵡王見佛比丘寂然宴坐甚懷喜悅通夜飛翔繞佛比丘四向顧視無諸師子虎狼禽獸及以盜賊觸惱世尊比丘僧不至明清旦世尊進引鸚鵡歡喜在前引導向王舍城白頻婆娑羅王言世尊今者將諸比丘遂來在近唯願大王設諸餚饍逆道奉迎時頻婆娑羅王聞是語已勑設餚饍執持幢旛香華妓樂將諸羣臣逆道奉迎時鸚鵡王於其夜中即便命終生忉利天忽然長大如八歲兒便作是念我造何福生此天上尋自觀察知從鸚鵡由請佛故一宿止住得來生此我今當還報世尊恩頂戴天冠著諸瓔珞莊嚴其身賫持香華而供養佛却坐一面佛即為其說四諦法心開意解得須陀洹果繞佛三帀還歸天上時諸比丘於其晨朝前白佛言昨夜光明為是釋梵四天大王二十八部鬼神將耶佛告比丘亦非釋梵諸神王等乃是道路鸚鵡子王請我及僧於林樹間一宿止住命終生天來供養我是其光耳時諸比丘復白佛言今此天子宿造何業生鸚鵡中復修何福聞法獲果爾時世尊告諸比丘汝等諦聽吾當為汝分別解說此賢劫中波羅奈國有佛出世號曰迦葉於彼法中有一長者受持五戒便於一時毀犯一戒故生鸚鵡中餘四完具今得值我出家得道佛告諸比丘欲知彼時優婆塞者今鸚鵡天子是爾時諸比丘聞佛所說歡喜奉行

王遣使請佛命終生大緣五十七

佛在王舍城迦蘭陀竹林夏安居竟將諸比丘欲遊行他國時須達長者白波斯匿王言我等今者久不見佛願王今者修書遣使往請世尊來詣此間而共供養時波斯匿王聞是語已尋即遣使往請世尊通書致問遙禮世尊久不奉覲唯垂哀愍來受我請爾時如來即便然可使者還馳啓白王言世尊許可王勑使者莊嚴車乘與彼使者往迎世尊願垂哀愍可乘此車受彼王請時佛答曰我有六通之神足七覺之華鬘八聖之道分五御之安車是我神足不須汝車時彼使者慇懃三請唯願矜愍莫用神足願乘此車受彼王請爾時世尊愍其使者即便上車以神通力令彼車乘履虛而行至王舍城受彼王請時彼使者即於其夜而取命終生忉利天忽然長大如八歲兒便自念言我修何福生此天上尋自觀察見在世間爲王所使勸佛世尊乘車往至受彼王請以是善心得來生天我今當還報佛之恩頂戴天冠著諸瓔珞莊嚴其身賫持香華光明普曜照于祇桓來供養佛前禮佛足却坐一面佛即爲其說四諦法心開意解得須陀洹果繞佛三帀還于天宫時諸比丘於其晨朝前白佛言昨夜光明爲是釋梵四天大王二十八部鬼神將耶佛告諸比丘亦非釋梵諸神王等來聽法也乃是爲王所使來請我者乘此善心得生天上來供養我是其光耳爾時諸比丘聞佛所說歡喜奉行

佛度水牛生天緣五十八

佛在驕薩羅國將諸比丘欲詣勒那樹下至一澤中有五百水牛甚大兇惡復有五百放牛之人遥見佛來將諸比丘從此道行高聲𠮧唤唯願世尊莫此道行此牛羣中有大惡牛觝突傷人難可得過爾時佛告放牛人言汝等今者莫大憂怖彼水牛者設來觝我吾自知時比丘語言之頃惡牛卒來翹尾低角跑地吼唤跳躑直前爾時如來於五指端化五師子在佛左右四面周帀有大火坑時彼水牛甚大惶怖四向馳走無有去處唯佛足前有少許地晏然清涼馳奔趣向心意泰然無復怖畏長跪伏首䑛世尊足復便仰頭視佛如來喜不自勝爾時世尊知彼惡牛心已調伏即便爲牛而說偈言

盛心興惡意　欲來傷害我　歸誠望得勝　返來䑛我足

時彼水牛聞佛世尊說是偈已深生慚愧欻然悟解蓋障雲除知在先身在人道中所作惡業倍生慚愧不食水草即便命終生忉利天忽然長大如八歲兒便自念言我修何福生此天上尋自觀察知在世間受水牛身蒙佛化度得來生天我今當還報佛之恩作是念已頂戴天冠著諸瓔珞莊嚴其身賷持香華來詣佛所光明赫弈照佛世尊前禮佛足却坐一面佛即爲其說四諦法心開意解得須陀洹果繞佛三帀還于天宫時放牛人於其晨朝而白佛言昨夜光明爲是釋梵四天大王二十八部鬼神將耶佛告放牛人亦非釋梵諸神王等來聽法也乃是汝等所導惡牛以見我故命終生天來供養我是其光耳

時五百放牛人聞佛語已各相謂言彼惡水牛尚能見佛得生天上況我等輩今者是人云何不修諸善法耶作是語已各相率合設諸餚饍請佛及僧飯食已訖佛即爲其種種說法心開意解各獲道跡求索出家佛即告言善來比丘鬚髮自落法服著身便成沙門精勤修習得阿羅漢果三明六通具八解脫諸天世人所見敬仰時諸比丘見是事已而白佛言今此水牛及五百放牛人宿造何業生水牛中復修何福值佛世尊出家得道爾時世尊告諸比丘汝等今者欲知水牛及放牛人宿業所造諸惡業緣我今當爲汝等說偈

宿造善惡業　百劫而不朽　善業因緣故
今獲如是報

時諸比丘聞佛世尊說是偈已前白佛言不審世尊過去世時其事云何唯願世尊敷演解說爾時世尊告諸比丘汝等諦聽吾當爲汝分別解說此賢劫中波羅柰國有佛出世號曰迦葉於彼法中有一三藏比丘將五百弟子遊行他國在大衆中而共論議有難問者不能通達便生瞋恚返更惡罵汝等今者無所曉知強難問我狀似水牛觝突人來時諸弟子咸皆然可以爲非他作是語已各自散去以是惡口業因緣故五百世中生水牛中及放牛人共相隨逐乃至今者故來得脫佛告諸比丘欲知彼時三藏比丘者今此羣中惡水牛是彼時弟子者今五百放牛人是佛說是水牛緣時各各自護身口意業猒惡生死有得須陀洹者斯陀含者阿那含者阿

羅漢者有發辟支佛心者有發無上菩提心者爾時諸比丘聞佛所説歡喜奉行

二梵志共受齋緣五十九

佛在舍衛國祇樹給孤獨園於其初夜有五百天子頂戴天冠著諸瓔珞莊嚴其身賫持香華光明赫弈照祇洹林來詣佛所前禮佛足供養訖已却坐一面聽佛説法心開意解得須陀洹果繞佛三帀還詣天宮於其晨朝爾時阿難白佛言世尊昨夜光明照曜祇洹倍踰於常爲是釋梵四天大王二十八部鬼神大將來聽法耶佛告阿難亦非釋梵諸神王等來聽法也乃是過去迦葉佛時有二婆羅門隨從國王來詣佛所禮拜問訊時彼從中有一優婆塞勸二婆羅門言汝等今者隨從王來見佛世尊因可受齋婆羅門言受此齋法有何利益優婆塞言受此齋法隨意所求必得如願時婆羅門聞是語已即共受齋一求生天二求人王受齋已竟俱共還歸諸婆羅門聚會之處諸婆羅門言汝等饑渴可共飲食受齋者言我受佛齋過時不食諸婆羅門言我等自有婆羅門法何須受彼沙門齋耶如是慇懃數數勸請不勉其意求生天者即便飲食以破齋故不果所願其後命終生於龍中第二人者終不飲食以持齋戒故果其所願得作國王以其先身共受齋故生彼國王園池水中時守園人日日常送種種果蓏奉上獻王卒於一日園池水中得一美果色香甚好作是念言我雖出入常爲門監所見前却我持此果當用與之作是念已尋即持與門監門監得已復作是念我雖出入

復爲黄門所見前却當用與之作是念已尋即持與黄門黄門得已復作是念夫人爲我常向大王歎譽我德我持此果當用與之作是念已即便持與夫人夫人得已復上大王王得果已即便食之覺甚香美即問夫人汝今何處得是果來夫人即時如實對曰我從黄門得是果也復問黄門汝從何處得是果來如是展轉推到園子王即召呼吾園之中有是美果何不見送乃與他人園子於是本末自陳王不聽言而告之曰自今以後常送是果若不爾者吾當殺汝園子還歸入其園中號咷啼泣不能自制此果無種何由可得時彼龍王聞是哭聲化作人形來問之言汝今何以啼哭乃爾園子對曰我於昨日此園池中得一美果持與門監門監得已復與黄門黄門得已復與夫人夫人得已復上與王今見約勑自今已後仰送此果若不爾者當見刑戮今此園中無此果種是以啼哭於時化人聞是語已還入水中取好美果著金盤上持與園子因復告言汝持此果奉上獻王并說吾意云我及王昔佛在世本是親友俱作梵志共受八齋各求所願汝戒完具得作國王吾戒不全生在龍中我今還欲奉修齋法求捨此身願語汝王爲我求索八關齋法送來與我若其相違吾覆汝國用作大海園子於時納受果盤奉獻王已因復說龍所囑之語王聞是已甚用不樂所以然者當爾之時乃至無有佛法之名况復八關齋文叵復得耶若其不獲恐見危害思念此理無由可辦時彼國王有一大臣最所敬重而告之言

龍神從我求索八關齋文仰卿得之當用持與大臣答曰今世無法云何可得王復告言汝若不獲見送與者吾必殺卿大臣聞已却退至家顏色異常甚用愁惱時臣有父年在耆舊每從外來見子顏色改易異常尋即問言汝有何事顏色乃爾於時大臣即向父說委曲情理父答子曰吾家堂柱我見有光汝爲施代試破共看儻有異物於是大臣隨其父教尋爲施代取破看之得經二卷一是十二因緣二是八關齋文大臣得已甚用歡喜著金案上奉獻與王王得之已喜不自勝送與龍王龍王得已甚用歡慶賫持珍寶贈遺與王各還所止共五百龍子勤加奉修八關齋法其後命終生忉利天來供養我是彼光耳佛告阿難欲知彼時五百龍子奉修齋法者今五百天子是佛說是緣時有得須陀洹者斯陀含者阿那含者阿羅漢者有發辟支佛心者有發無上菩提心者爾時諸比丘聞佛所說歡喜奉行

五百鴈聞佛說法緣六十

佛在波羅柰國於林澤中爲諸天世人演說妙法時虚空中有五百羣鴈聞佛說法深心愛樂盤迴而翔來下聽法時有獵師張施羅網五百羣鴈墮其網中爲諸獵師都悉所殺於此命終生忉利天忽自長大如八歲兒端正殊妙諸天身光明曜宫殿猶若寶山便自念言我修何福得來生天尋自觀察知從鴈身聞佛說法深心信樂乘此善心即便命終得來生此便作是言我等今者當報佛恩即共同時頂戴天冠著諸瓔珞莊嚴其身衆香

塗身賫持香華來詣佛所供養世尊供養已訖頂禮佛足却坐一面白佛言世尊我等今者蒙佛世尊演說妙法信樂心生得生勝處唯願世尊慈愍我等更爲重說開示道要爾時世尊即便爲說種種法要心開意解五百天子一時皆得須陀洹果心懷歡喜繞佛三帀頂禮佛足還詣天上爾時阿難白佛言世尊昨夜光明照于林樹有何因緣願見告示佛告阿難汝今善聽吾當爲汝分別解說以我先時於林澤中爲諸天人演說妙法有五百羣鴈受敬法聲心懷喜悅即共飛來欲至我所爲獵師所殺因此善心得生天上故來報恩爾時阿難聞佛說已歎未曾有如來出世實爲尊妙莫不蒙賴乃至飛鳥聞佛音聲尚獲道果何況人類信心受持過踰於彼百千萬倍不可爲比是故汝等當共一心信敬佛法如法修行爾時諸比丘聞佛所說得須陀洹者斯陀含者阿那含者阿羅漢者有發辟支佛心者有發無上菩提心者爾時諸比丘聞佛所說歡喜奉行

撰集百緣經卷第六

音釋

螫施隻切蟲行毒也　噎一結切塞也　伺相吏切察也　坌悶切塵坋也　杌五忽切　裸魯果切赤體也　鬘莫班切　欻許勿切忽也　咷徒刀切號咷哭聲也

撰集百緣經卷第七

吳月支優婆塞支謙譯

現化品第七

身作金色緣六十一

佛在迦毗羅衛國尼拘陀樹下時彼城中有一長者財寶無量不可稱計選擇族望娉以爲婦作諸音樂以娛樂之其婦懷妊足滿十月生一男兒身作金色端正殊妙世所希有身有光明照彼城内皆作金色時兒父母見其如是心懷歡喜歎未曾有召諸相師占相此兒相師覩已問其父母此兒産時有何瑞相父母答曰此兒生時身作金色兼有光明因爲立字名曰金色年漸長大體性賢柔慈仁孝順聞世有佛在尼拘陀樹下將諸親友往詣佛所見佛世尊三十二相八十種好光明普曜如百千日心懷喜悅前禮佛足却坐一面佛即爲其說四諦法心開意解得須陀洹果歸白父母我於今日往到尼拘陀樹下見佛世尊神容炳耀如百千日又見比丘諸根寂定威儀可觀我所願樂唯願慈愍聽我出家時兒父母聞是語已愛念子故不能違逆尋將佛所求索出家佛即告言善來比丘鬚髮自落法服著身便成沙門精勤修習得阿羅漢果三明六通具八解脱諸天世人所見敬仰時諸比丘見是事已白佛言世尊此金色比丘宿植何福生於豪族身作金色得值世尊出家獲道爾時世尊告諸比丘汝等善聽吾當爲汝分別解説乃往過去九十一劫波羅㮈國有佛出世號毗婆尸教化周訖遷神涅槃爾時有王名槃頭末帝收其舍利

起四寶塔高一由旬而供養之時有一人值
行見塔有少破落和泥補治及買金薄安鉆
其上發願出去緣是功德九十一劫不墮惡
道天上人中身常金色受天快樂乃至今者
遭值於我身故金色出家得道佛告諸比丘
欲知彼時鉆金薄人者今現在金色比丘是
爾時諸比丘聞佛所說歡喜奉行

身有栴檀香緣六十二

佛在迦毗羅衛國尼拘陀樹下時彼國中有
一長者財寶無量不可稱計選擇高門娉以
爲婦作諸妓樂以娛樂之其婦懷妊足滿十
月產一男兒容貌端正世所無比身諸毛孔
有牛頭栴檀香從其面門出優鉢羅華香父
母親屬莫不歡喜召諸相師占相此兒相師
覩已問其父母此兒生時有何瑞相父母答
曰此兒生時身諸毛孔有牛頭栴檀香從其
面門出優鉢羅華香因爲立字名栴檀香年
漸長大體性仁和見者愛敬將諸親友而行
遊戲漸次往到尼拘陀樹下見佛世尊三十
二相八十種好光明普曜如百千日心懷歡
喜前禮佛足却坐一面佛即爲其說四諦法
心開意解得須陀洹果歸辭父母求索入道
父母愛念不能違逆將詣佛所求索出家佛
即告曰善來比丘鬚髮自落法服著身便成
沙門精勤修習得阿羅漢果三明六通具八
解脫諸天世人所見敬仰時諸比丘見是事
已白佛言世尊今此栴檀香身比丘宿植何
福生便有香又值世尊出家得道爾時世尊
告諸比丘汝等諦聽吾當爲汝分別解說乃
往過去九十一劫波羅㮈國有佛出世號毗

婆尸教化周訖遷神涅槃時彼國王名槃頭末帝收取舍利造四寶塔將諸羣臣后妃婇女賫持香華入彼塔中而共供養踐蹋塔地有破落處時有長者見此塔地有破落處尋和好泥用塗治之以栴檀香坌散其上發願而去緣是功德九十一劫不墮惡趣天上人中身口常香受天快樂乃至今者遭值於我身口故香出家得道佛告諸比丘欲知彼時以栴檀香坌散地者今香身比丘是爾時諸比丘聞佛所說歡喜奉行

有大威德緣六十三

佛在迦毗羅衞國尼拘陀樹下時彼城中有一長者財寶無量不可稱計選擇高門婚以爲婦種種音樂以娛樂之其婦懷妊足滿十月生一男兒身體柔軟顔色鮮澤端正殊妙世所希有父母親屬見之歡喜因爲立字名曰威德年漸長大柔和調順見者愛敬遠近信伏將諸親友遊行觀看到尼拘陀樹下見佛世尊三十二相八十種好光明照曜如百千日心懷歡喜前禮佛足却坐一面佛即爲其說四諦法心開意解得須陀洹果歸辭父母求索入道父母愛念不能違逆將詣佛所求索出家佛即告言善來比丘鬚髮自落法服著身便成沙門精勤修習得阿羅漢果三明六通具八解脫諸天世人皆共敬仰時諸比丘見是事已白佛言世尊今此威德比丘宿植何福身體極軟顔色鮮明又爲衆人所見敬仰遭值世尊出家得道爾時世尊告諸比丘汝等善聽吾當爲汝分別解説乃往過去九十一劫波羅㮈國有佛出世號毗婆尸

教化周訖遷神涅槃彼時有王名槃頭末帝收其舍利造四寶塔高一由旬而供養之時有一人值行往到見彼塔上有諸萎華塵土坌上即取萎華拂拭使淨還用供養發願出去緣是功德九十一劫不墮地獄畜生餓鬼天上人中顏色弈弈有大威德受天快樂乃至今者遭值於我故有威德出家得道佛告諸比丘欲知彼時拂拭華人今威德比丘是爾時諸比丘聞佛所說歡喜奉行

有大力緣六十四

佛在迦毗羅衛國尼拘陀樹下時彼國中有一長者財寶無量不可稱計選擇族望娉以爲婦作倡妓樂而娛樂之其婦懷妊足滿十月生一男兒骨節麤大肥壯大力父母見之因爲立字名曰大力年漸長大勇健多力無有及者將諸親友遊行觀看到尼拘陀樹下見佛世尊三十二相八十種好光明普曜如百千日心懷歡喜前禮佛足却坐一面佛即爲其說四諦法心開意解得須陀洹果歸白父母求索入道父母愛念不能違逆將詣佛所求索出家佛即告言善來比丘鬚髮自落法服著身便成沙門精勤修習得阿羅漢果三明六通具八解脫諸天世人所見敬仰時諸比丘見是事已白佛言世尊此大力比丘宿植何福生則大力勇健無敵又值世尊出家得道爾時世尊告諸比丘汝等諦聽吾當爲汝分別解說乃往過去九十一劫波羅柰國有佛出世號毗婆尸教化周訖遷神涅槃時彼國王名槃頭末帝收取舍利造四寶塔時有一人在此塔邊高聲唱言集喚衆人建

立塔棖發願而去緣是功德九十一劫不墮地獄畜生餓鬼天上人中常有大力受天快樂乃至今者遭值於我故有大力出家得道佛告諸比丘欲知彼時唱喚衆人竪立棖者今此大力比丘是爾時諸比丘聞佛所說歡喜奉行

爲人所恭敬緣六十五

佛在迦毗羅衛國尼拘陀樹下時彼國中有一長者財寶無量不可稱計選擇高門娉以爲婦種種音樂以娛樂之其婦懷妊足滿十月生一男兒端正殊妙與衆超絶有見之者無不敬仰年漸長大與諸親友遊行觀看到尼拘陀樹下見佛世尊三十二相八十種好光明普曜如百千日心懷歡喜前禮佛足却坐一面佛即爲其說四諦法心開意解得須陀洹果歸辤父母求索入道父母愛念不敢違逆將詣佛所求索出家佛即告曰善來比丘鬚髮自落法服著身便成沙門精勤修習得阿羅漢果三明六通具八解脫諸天世人所見敬仰時諸比丘見是事已白佛言世尊今此比丘爲人敬仰宿植何福生便端正有見之者無不敬仰又值世尊出家得道爾時世尊告諸比丘汝等善聽吾當爲汝分別解說乃往過去九十一劫波羅柰國有佛出世號毗婆尸教化周訖遷神涅槃彼時有王名槃頭末帝收取舍利造四寶塔而供養之於其後時有少毀破時有童子在其塔中見此破處和顏悅色集喚衆人各共塗治發願出去緣是功德九十一劫不墮地獄畜生餓鬼天上人中受樂無極常爲人天所見敬仰乃

至今者遭值於我故爲諸人所見敬仰出家得道佛告諸比丘欲知彼時集喚衆人塗塔地者今此爲人所敬比丘是爾時諸比丘聞佛所說歡喜奉行

頂上有寶蓋緣六十六

佛在迦毗羅衛國尼拘陀樹下時彼城中有一長者財寶無量不可稱計選擇族望娉以爲婦作諸音樂常娛樂之其婦懷妊足滿十月生一男兒容貌端正世所希有然其生時頂上自然有摩尼寶蓋徧覆城上父母歡喜因爲立字名曰寶蓋年漸長大與諸親友出城遊戲漸次往到尼拘陀樹下見佛世尊三十二相八十種好光明暉曜如百千日心懷歡喜前禮佛足求索出家佛即告言善來比丘鬚髮自落法服著身便成沙門精勤修習得阿羅漢果時諸比丘見是事已怪未曾有而白佛言今此寶蓋比丘宿植何福初生之時頂上自然有摩尼寶蓋徧覆城上又值世尊出家未久得獲道果爾時世尊告諸比丘汝等諦聽吾當爲汝分別解說乃往過去九十一劫波羅㮈國有佛出世號毗婆尸遊行諸國化緣周訖遷神涅槃時有國王名槃頭末帝收取舍利造四寶塔高一由旬而供養之時有賈主入海採寶安隱來歸即以摩尼寶珠蓋其塔頭發願而去緣是功德九十一劫不墮惡趣天上人中常有寶蓋隨共而生乃至今者得值於我出家獲道佛告諸比丘欲知彼時賈主奉上摩尼寶珠者今此寶蓋比丘是爾時諸比丘聞佛所說歡喜奉行

妙聲緣六十七

佛在迦毗羅衛國尼拘陀樹下時彼國中有一長者財富無量不可稱計選擇族望娉以爲婦作諸音樂以娛樂之其婦懷妊足滿十月生一男兒端正殊妙世所希有年漸長大有好音聲令衆樂聞與諸親友出城遊戲至尼拘陀樹下見佛世尊三十二相八十種好光明暉曜如百千日心懷歡喜前禮佛足却住一面佛即爲其說四諦法心開意解得須陀洹果歸辭父母求索入道愛念子故不能違逆將詣佛所求索出家佛即告言善來比丘鬚髮自落法服著身便成沙門精勤修習得阿羅漢果三明六通具八解脱諸天世人所見敬仰時諸比丘見是事已而白佛言世尊今此妙聲比丘宿植何福有是妙聲復值世尊出家得道爾時世尊告諸比丘汝等諦聽吾當爲汝分別解説乃往過去九十一劫波羅㮈國有佛出世號毗婆尸教化周訖遷神涅槃時有國王名槃頭末帝收取舍利造四寶塔高一由旬而供養之時有一人見此塔故心懷歡喜便作音樂以繞供養發願而去緣是功德九十一劫不墮地獄畜生餓鬼天上人中常有好聲令衆樂聞乃至今者遭值於我出家得道故有好聲爾時諸比丘聞佛所説歡喜奉行

百子同産緣六十八

佛在迦毗羅衛國尼拘陀樹下時彼城中有一長者財寶無量不可稱計選擇族望娉以爲婦作倡妓樂以娛樂之其婦懷妊足滿十月生一肉摶時彼長者見其如是心懷愁惱謂爲非祥往詣佛所前禮佛足長跪白佛我

婦懷妊生一肉摶不審世尊爲是吉凶唯願世尊幸見告語佛告長者汝莫疑恠但好養育滿七日已汝當自見時彼長者聞是語已喜不自勝還詣家中勑令贍養七日頭到肉摶開敷有百男兒端正殊特世所希有年漸長大便共相將出城觀看漸次往到尼拘陁樹下見佛世尊三十二相八十種好光明普曜如百千日心懷喜悦前禮佛足却坐一面佛即爲其説四諦法心開意解各得須陁洹果即於佛前求索入道佛告童子父母不聽不得出家時彼童子聞是語已歸辭父母求索出家父母愛念不能違逆將詣佛所求索出家佛即告言善來比丘鬚髮自落法服著身便成沙門精勤修習得阿羅漢果三明六通具八解脱諸天世人所見敬仰時諸比丘見是事已前白佛言今此同生一百比丘宿植何福兄弟百人一時俱生端正殊妙人所愛敬遭值世尊出家得道爾時世尊告諸比丘汝等諦聽吾當爲汝分别解説乃往過去九十一劫波羅柰國有佛出世號毗婆尸教化周訖遷神涅槃時彼國王名槃頭末帝收取舍利造四寶塔而供養之時有同邑一百餘人作倡妓樂賫持香華供養彼塔各共發願以此供養善根功德使我來世在所生處共爲兄弟發是願已各自歸去佛告諸比丘欲知彼時同邑人者今此一百比丘是由於彼時誓願力故九十一劫不墮地獄畜生餓鬼天上人中常共同生受天快樂乃至今者遭值於我故復同生出家得道爾時諸比丘聞佛所説歡喜奉行

頂上有寶珠緣六十九

佛在迦毗羅衛國尼拘陀樹下時彼城中有一長者財寶無量不可稱計選擇族望娉以爲婦作諸音樂而娛樂之其婦懷妊足滿十月生一男兒端正殊妙世所希有頭上自然有摩尼珠時兒父母見其如是因爲立字名曰寶珠年漸長大將諸親友出城遊戲至尼拘陀樹下見佛世尊三十二相八十種好光明普曜如百千日心懷歡喜前禮佛足却坐一面聽佛說法心開意解得須陀洹果歸辭父母求索入道父母愛念不能違逆將詣佛所求索出家佛即告言善來比丘鬚髮自落法服著身便成沙門精勤修習得阿羅漢果三明六通具八解脫諸天世人所見敬仰著衣持鉢入城乞食時彼寶珠故在頭上城中人民怪其所以云何比丘頭上戴珠而行乞食競來看之時寶珠比丘深自慙耻還歸所止白言世尊我此頭上有此寶珠不能使去今者乞食爲人蚩笑願佛世尊見却此珠佛告比丘汝但語珠我今生分已盡更不須汝如是三說珠自當去時寶珠比丘受佛教勑三徧向說於是寶珠忽然不現時諸比丘見是事已前白佛言今此寶珠比丘宿植何福於其生時頭戴寶珠光踰日月又值世尊出家得道爾時世尊告諸比丘汝等諦聽吾當爲汝分別解說乃往過去九十一劫波羅㮈國有佛出世號毗婆尸教化周訖遷神涅槃時彼國王名槃頭末帝收取舍利造四寶塔高一由旬而供養之時彼王子入其塔中禮拜供養持一摩尼寶珠繫著棖頭發願而去

緣是功德九十一劫不墮地獄畜生餓鬼天上人中常有寶珠在其頂上受天快樂乃至今者遭值於我出家得道故有寶珠在其頂上佛告諸比丘欲知彼時王子者今此寶珠比丘是爾時諸比丘聞佛所說歡喜奉行

布施佛旛緣七十

佛在迦毗羅衛國尼拘陀樹下時彼城中有一長者財寶無量不可稱計選擇族望娉以爲婦作諸音樂以娛樂之其婦懷妊足滿十月生一男兒端正殊妙與衆超絕初生之日虛空中有大旛蓋徧覆城上時諸人衆因爲立字名波多迦年漸長大將諸親友出城遊戲到尼拘陀樹下見佛世尊三十二相八十種好光明普曜如百千日心懷歡喜前禮佛足却住一面佛即爲其說四諦法心開意解得須陀洹果歸辭父母求索入道父母愛念不能違逆將詣佛所求索出家佛即告言善來比丘鬚髮自落法服著身便成沙門精勤修習得阿羅漢果三明六通具八解脫諸天世人所見敬仰時諸比丘見是事已而白佛言世尊今此波多迦比丘宿植何福生便端正與衆超絕又於空中有大旛蓋徧覆城上復值世尊出家得道爾時世尊告諸比丘汝等諦聽吾當爲汝分別解說乃往過去九十一劫波羅㮈國有佛出世號毗婆尸教化周訖遷神涅槃爾時有王名槃頭末帝收取舍利造四寶塔高一由旬而供養之時有一人施設大會供養訖竟作一長旛懸著塔上發願而去緣是功德九十一劫不墮地獄畜生餓鬼天上人中常有旛蓋覆蔭其上受天快

樂乃至今者遭值於我出家得道佛告諸比
丘欲知彼時上佛播者今此波多迦比丘是
爾時諸比丘聞佛所說歡喜奉行

撰集百緣經卷第七

音釋

鉆他叶切 棖除門切 㭿旁木也

撰集百緣經卷第八

吳月支優婆塞支謙譯

比丘尼品第八

寶珠比丘尼生時光照城内緣七十一

佛在舍衛國祇樹給孤獨園時彼城中有一長者名曰善賢財寶無量不可稱計選擇族望娉以為婦作諸音樂以娛樂之其婦懷妊足滿十月生一女兒端正殊妙世所希有頂上自然有一寶珠光曜城内父母歡喜因為立字名曰寶珠年漸長大體性調順好喜惠施頂上寶珠有來乞者即取施與尋復還生父母歡喜將詣佛所女見佛已心生喜樂求索入道佛即告言善來比丘尼頭髮自落法服著身成比丘尼精勤修習得阿羅漢果三明六通具八解脫諸天世人所見敬仰時諸比丘見是事已前白佛言今此寶珠比丘尼宿植何福生便頂上有此寶珠值佛世尊得獲道果爾時世尊告諸比丘汝等諦聽吾當為汝分別解說乃往過去九十一劫波羅柰國有佛出世號毗婆尸化緣周訖遷神涅槃有王名曰梵摩達多收其舍利起四寶塔而供養之時有一人入此塔中持一寶珠繫著棖頭發願而去緣是功德九十一劫不墮惡趣天上人中常有寶珠隨共俱生受天快樂乃至今者遭值於我出家得道爾時諸比丘聞佛所說歡喜奉行

善愛比丘尼生時有自然食緣七十二

佛在王舍城迦蘭陀竹林時彼城中有一長者名曰修伽財寶無量不可稱計選擇族望娉以為婦作倡妓樂以娛樂之其婦懷妊足

滿十月生一女兒尋即能語家中自然百味飲食皆悉備有時女父母見其如是謂是非人毗舍闍鬼畏不敢近時彼女子見其怖畏合掌向母而說偈言

願母聽我語　今當如實說　實非毗舍闍
及諸餘鬼等　我今實是人　業行相隨逐
善業因緣故　今獲如是報

爾時父母聞女說偈喜不自勝尋前抱取乳哺養育因爲立字名曰善愛時彼女子見母歡悅合掌白言爲我請佛及比丘僧尋即與請百味飲食皆悉充足即於佛前渴仰聞法佛即爲其說四諦法心開意解得須陀洹果年漸長大便白父母求索入道父母愛念不能違逆將詣佛所求索出家佛即告言善來比丘尼頭髮自落法服著身成比丘尼精勤修習得阿羅漢果三明六通具八解脫諸天世人所見敬仰爾時世尊將千二百五十比丘詣於他邦到曠野中食時已至告善愛比丘尼言汝今可設飲食供養佛僧尋取佛鉢擲虛空中百味飲食自然盈滿如是次第取千二百五十比丘鉢飯亦皆滿都令豐足爾時阿難見是事已歎未曾有前白佛言今此善愛比丘尼宿植何福乃能有是奇特妙事百味飲食應念即至又值世尊出家得道爾時佛告阿難汝今諦聽吾當爲汝分別解說此賢劫中波羅柰國有佛出世號曰迦葉著衣持鉢將諸比丘入城乞食次第到一大長者家設諸餚饍欲請賓客客未至頃有一婢使見佛及僧在於門外乞食立住不白大家取其飲食盡持施與佛及衆僧後客來坐勑

彼婢言辦設食來婢答大家今有佛僧在其門外乞食立住我持此食用布施盡大家聞已尋用歡喜即語婢言我等今者值是福田汝能持此飲食施與快不可言我今放汝隨意所求婢答大家若見放者聽在道次尋即聽許作比丘尼一萬歲中精勤無替便取命終不墮惡趣天上人中百味飲食應念即至佛告諸比丘欲知彼時婢使比丘尼者今此善愛比丘尼是由於彼時精勤持戒今得值我出家得道爾時諸比丘聞佛所說歡喜奉行

白淨比丘尼衣裹身生緣七十三

佛在迦毗羅衛國尼拘陀樹下時彼城中有一長者名曰瞿沙選擇族望娉以爲婦作諸音樂以娛樂之其婦懷妊足滿十月生一女兒端正殊妙有白淨衣裹身而生因爲立字名曰白淨年漸長大衣亦隨大鮮白淨潔不煩浣染衆人見之競共求索白父母言我今不貪世俗榮華願樂出家父母愛念不能違逆尋將佛所求索出家佛即告言善來比丘尼頭髮自落身上白衣化爲袈裟成比丘尼精勤修習得阿羅漢果三明六通具八解脫諸天世人所見敬仰爾時阿難見是事已白佛言世尊今此白淨比丘尼宿植何福生時自然有好淨衣裹身而生出家未久得獲道跡爾時世尊告阿難言汝今諦聽吾當爲汝分別解說此賢劫中波羅㮈國有佛出世號曰迦葉將諸比丘遊行聚落教化衆生時有女人見佛及僧心懷歡喜持一張氎布施佛僧發願而去緣是功德天上人中常有淨衣

褁身而生乃至今者遭値於我出家得道佛告阿難欲知彼持布施氎者今此白淨比丘尼是爾時諸比丘聞佛所説歡喜奉行

須漫比丘尼辯才緣七十四

佛在舍衛國祇樹給孤獨園時彼城中有一婆羅門名曰梵摩多聞辯才明解經論四韋陀典無不鑒達選擇高門娉以爲婦足滿十月生一女兒端正殊妙智慧辯才無有及者聞諸婆羅門共父論議悉能受持一言不失如是展轉所聞甚多耆舊長宿皆來諮啓無不通達聞世有佛始成正覺教化衆生諮受法味尋自莊嚴著諸瓔珞往詣佛所見佛世尊三十二相八十種好光明普曜如百千日前禮佛足却坐一面佛即爲其説四諦法心開意解得須陀洹果求索出家佛即告言善來比丘尼頭髮自落法服著身成比丘尼精勤修習得阿羅漢果爾時阿難見是事已白佛言世尊今此須漫比丘尼宿植何福雖受女身多聞第一又値世尊出家得道爾時世尊告阿難言汝今善聽吾當爲汝分別解説此賢劫中波羅柰國有佛出世號曰迦葉化緣周訖遷神涅槃於像法中有一比丘尼心常喜樂説法教化精勤無替因發誓願使我來世釋迦牟尼佛法之中明解經論發是願已便取命終生天人中聰明智慧無有及者佛告阿難欲知彼時説法教化比丘尼者今得値我出家得道多聞第一爾時諸比丘聞佛所説歡喜奉行

儛師女作比丘尼緣七十五

佛在王舍城迦蘭陀竹林時彼城中豪富長

者各相師合設大節會作諸妓樂而自娛樂時有儛師夫婦二人從南方來將一美女字青蓮華端正殊妙世所希有聰明智慧難可詶對婦女所有六十四藝皆悉備知善解儛法迴轉俯仰曲得節解作是唱言今此城中頗有能儛如我者不明解經論能問答不時人答曰有佛世尊在迦蘭陀竹林善能問答使汝無疑儛女聞已尋將諸人共相隨逐且歌且儛到竹林中見佛世尊猶故憍慢放逸戲笑不敬如來爾時世尊見其如是即以神力變此儛女如百歲老母髮白面皺牙齒踈缺傴僂而行時彼儛女自觀其身形狀極老而作是言今我此身以何因緣卒有如是衰老相現今者必是佛之威神使我故爾即於佛前深生慙愧前白佛言我於今者在世尊前憍慢自大放情縱意唯願世尊當見原恕爾時世尊知此儛女心中調伏以神通力變儛女身如前無異時諸大衆見此儛女卒老卒壯無有常定各生猒離解悟非常心開意解有得須陀洹者斯陀含者阿那含者阿羅漢者有發辟支佛心者有發無上菩提心者時彼儛女及其父母即於佛前求索出家佛即告言善來比丘尼頭髮自落法服著身成比丘尼精勤修習得阿羅漢果三明六通具八解脱諸天世人所見敬仰時諸大衆見是事已前白佛言乃能化此放逸妖姿不信之人使令開悟出家得道爾時世尊告諸大衆非但今者能化彼耶過去世時我亦化彼時諸大衆聞是語已復白佛言不審世尊過去世時其事云何唯願世尊敷演解說爾時世

尊告諸大衆汝等諦聽吾當爲汝分别解説乃往過去無量世時波羅柰國王有太子字孫陀利入山學道獲五神通見緊那羅女端正殊妙狀如諸天作諸姿態且歌且儛鼓動我心望使染著退失仙道我於彼時心遂堅固無有慾想語彼女言一切有爲無有常定我今觀汝形體臭穢充滿其中薄皮覆上不可久保正爾當有髮白面皺傴僂而行汝今何爲憍慢放恣乃至如是向者歌聲其音巳變何故在此作諸姿態於是緊那羅女聞是語巳尋向仙人懺悔罪咎因發願言使我來世得斷生死我於汝邊得獲道果佛告大衆欲知彼時王子學仙道者則我身是彼時緊那羅女今青蓮華比丘尼是由於彼時發願力故今得值我出家得道爾時諸比丘聞佛所説歡喜奉行

迦尸比丘尼生時身被袈裟緣七十六

佛在波羅柰國鹿野苑中爾時梵摩達王其婦懷妊足滿十月生一女兒身被袈裟端正殊妙世所希有召諸相師占相此女相師覩巳問其父王此女生時有何瑞相父王答曰此女生時身被袈裟因爲立字名迦尸孫陀利年漸長大衣亦隨大禀性賢善慈仁孝順將諸侍衛出城遊戲漸次往到鹿野苑中見佛世尊三十二相八十種好光明普曜如百千日心懷喜悦前禮佛足却坐一面佛即爲其説四諦法心開意解得須陀洹果歸白父王我於今者出城觀看到鹿野苑中見佛世尊百福相好莊嚴其身威儀庠序容貌可觀願王今者慈哀憐愍聽在道次於時父王愍

此女故不能違逆將詣佛所求索出家佛即告言善來比丘尼頭髮自落法服著身成比丘尼精懃修習得阿羅漢果三明六通具八解脱諸天世人所見敬仰時諸比丘見是事已前白佛言今此迦尸孫陀利比丘尼宿植何福生於豪族有此袈裟著身而生及獲道果爾時世尊告諸比丘汝等諦聽吾當爲汝分別解説乃往過去無量世時波羅㮈國有佛出世號迦那伽牟尼將諸比丘遊行教化時有王女値行見佛心歡喜悦前禮佛足請佛及僧唯願世尊受我三月四事供養佛即然可三月之中受供養已復以妙衣各施一領縁是功德天上人中尊榮豪貴常有袈裟隨身而生佛告諸比丘欲知彼時王女者今孫陀利比丘尼是爾時諸比丘尼聞佛所説歡喜奉行

額上有真珠鬘比丘尼縁七十七

佛在舍衛國祇樹給孤獨園時彼城中有一長者名曰沸疏財寶無量不可稱計選擇族望娉以爲婦作諸妓樂以娯樂之其婦懷妊足滿十月生一女兒端正殊妙世所希有額上自然有真珠鬘父母見之甚懷欣慶召諸相師占相此女相師覩已問其父母此女生時有何瑞相父母答言此女生時額上自然有真珠鬘因爲立字名曰真珠鬘年漸長大禀性賢善慈愍孤窮有來乞者脱此珠鬘尋以施之續復還生如前無異時須達長者聞彼沸疏有此好女通致信命求索珠鬘欲爲其子娉以爲婦時真珠鬘聞須達多爲兒求索前白父母慈哀憐愍若欲持我與彼兒者

當作要誓必共出家然後與彼若不爾者我不貪著世俗榮華時女父母愛念女故不能違逆尋即往至語須達言具陳女意時須達多聞是語已共相然可即爲納娶未經幾時俱生猒心尋共相將往詣佛所求索出家佛即告言善來比丘尼頭髮自落法服著身成比丘尼精勤修習各獲道果三明六通具八解脱諸天世人所見敬仰時諸比丘見是事已前白佛言今此眞珠鬘夫婦宿植何福生時自然有此珠鬘著頭而生出家未久獲阿羅漢果爾時世尊告諸比丘汝等諦聽吾當爲汝分别解説此賢劫中波羅柰國有佛出世號曰迦葉將諸比丘鹿野苑中轉正法輪度脱衆生時有長者名阿沙羅聞佛説法化度衆生而作是言我當勸化城中民衆爲佛及僧作般遮于瑟作是語已上白國王乘大白象行於市肆處處道頭勸化諸人作般遮于瑟時有婦女見其勸化頂上有珠尋即解與夫從外來見婦頭上無有珠鬘尋即問言汝此珠鬘爲當與誰婦答夫曰今阿沙羅長者來至此中勸化諸人我解此珠持用施與夫即歡喜更取寳珠持用布施因發願言使我來世莫墮惡趣天上人中常有珠鬘隨我俱生佛告諸比丘由於彼時布施珠故今得值我出家得道爾時諸比丘聞佛所説歡喜奉行

差摩比丘尼生時二王和解緣七十八

佛在舍衛國祇樹給孤獨園爾時波斯匿王及梵摩達王常共忿諍各將兵衆象兵馬兵車兵步兵往河兩岸各立標相夫人月滿各

生男女端正殊妙王大歡喜擊鼓唱令集諸兵衆賞賜財物等同歡喜求相和解共爲婚姻今我二國從今已去更莫相犯乃至子孫作是要已各還本國時梵摩王子年始七歲齎持珍寶種種雜物送與波斯匿王求欲納娶時女聞已白父王言人身難得我今已得諸根難具我今已具信心難生我今信心已生佛世難值我今得值唯願大王莫置女身在諸難中令女求離諸善知識唯願慈愍聽我出家王答女言汝在胎時吾以許彼由汝之故二國和解不相侵陵吾今若當不稱彼者則負言信彼必當還與我作讎諸天嫌我不加擁護大臣人民都不見信亦違先王宿舊法制汝頗曾聞阿闍世王波瞿利王如是等比數十諸王皆由妄語墮地獄中汝今云

何欲令使我同彼諸王受地獄苦而作妄語汝今不宜請辭於我時波斯匿王作是語已即便遣使語梵摩達王七日之內速來納娶使者奉教速往到彼語梵摩王七日之內我當成婚爾時王女聞王遣使催喚彼王心懷憂惱著垢膩衣捨諸瓔珞毀悴其形即上高樓長跪合掌遥向祇洹而作是言如來世尊慈悲憐愍一切衆生一念之中能知三世我今苦厄願垂哀愍而見救濟爾時世尊遥知王女精誠求哀求索救濟恍惚之間即現女頭梵摩王子將諸侍從數千萬人齎其珍寶前種種說法心開意解得阿那含果至七日種種服飾欲來娶婦至其宮中欲共妻娶不覺女身在虛空中作十八變東涌西没南涌北没行住坐臥變化自在還從空下時波斯

匿王見女如是深生惶怖而語女言我今愚冥都不知汝有是神變而以汙穢塵涂於汝懺悔罪咎聽汝出家其夫王子亦生信敬而作是言我亦愚癡無所識别作如是意願亦聽我懺悔其罪聽汝出家爾時王女聞是語已尋詣祇洹見佛世尊求索出家佛即聽許作比丘尼精勤修習得阿羅漢果時諸比丘見是事已白佛言世尊今此差摩比丘尼宿植何福生在王家無有欲想出家得道爾時世尊告諸比丘汝等諦聽吾當爲汝分别解說此賢劫中波羅㮈國有佛出世號曰迦葉於其法中有一婦女與其夫主心不相喜常共忿諍忽於一日各相勸勉詣比丘所受八關齋因共求願使我等輩在所生處尊榮豪貴於鬭諍中常共和解發是願已隨壽長短各取命終共生王家佛告諸比丘欲知彼時夫主公者今梵摩王是彼時婦公者今波斯匿王是彼時夫主者今王子是彼時婦者今王女是爾時諸比丘聞佛所說歡喜奉行

波斯匿王醜女緣七十九

佛在舍衞國祇樹給孤獨園爾時波斯匿王末利夫人生一女兒面貌極醜身體麤澀猶如蛇皮頭髮麤強猶如馬尾王見此女無一喜心便勑内宫勤加守護勿令出外使人得見王自念言此女雖醜形不似人然是末利夫人所生而養育之年漸長大任當嫁娶時王憂愁知當奈何無餘方計便告一臣卿可推求本是豪族種姓家者今若貧乏無錢財者便可將來臣即受教遍往求覓得一貧窮豪族之子吏便喚之將來詣王王見此人共

至屏處密共私語聞卿豪族今者貧窮當相供給我有一女面貌極醜幸卿不逆當納受之時此貧人長跪白王當奉教勑正使大王以狗見賜我亦當受不違王教何況今者末利夫人所生之女今設見賜奉命納之王即以女妻彼貧人爲起舍宅牢閉門戶令有七重王囑女夫自捉戶排若欲出行而自閉之我女醜惡勿令外人見其面狀常牢閉戶幽闍在內王出財物隨其所須供給女壻使無乏短王即跪拜授爲大臣於後時間多財饒寶無所乏少與諸豪族共爲邑會月月更作會同之時夫婦共來男女雜合共相娛樂諸來會者各將自婦共來赴會唯彼大臣獨不將來衆人疑怪彼人婦者儻能端正顏色暉曜或能極醜不中顯現是以彼人不將婦來今當設計往觀彼婦即各同心密共相語以酒勸之令醉卧地解取門鑰使令五人往至其家開其門戶欲觀其婦當於爾時彼女心惱自責罪咎我種何罪爲夫所憎恒見幽閉處在闇室不覩日月及與諸人復自念言今佛在世常以慈悲觀諸衆生有苦厄者即往度之爾時此女即便至心遥禮世尊唯願哀愍來到我前暫見教訓其女精誠敬心純篤佛知其意即到其家於其女前地中涌出紺髮相現其女舉頭見佛髮相倍加歡喜敬心極深其女頭髮自然細軟紺青色相佛漸現面女便見之心懷歡喜面復端正惡相麤皮自然化滅佛漸現身金色晃昱令女見之女見佛身益增歡喜身體端嚴猶如天女佛便爲說種種法要心開意解得須陀洹果心懷

踊悦與世無比時佛還去爾時五人開門入內見其端正殊妙少雙時彼五人各相謂言我恠此人不將婦來見婦端正乃至若是觀覩已竟牢閉門戸還繫戸鈎彼人帶頭本處會同各罷其人還家入其舍內見婦端正殊特過人欣然問言汝是何人婦答夫言我是汝婦夫即問言汝前極醜今者何緣端正乃爾其婦具以上事答夫緣佛神德使我今得如是身體婦復白夫今我意欲與王相見汝當爲我通其意情夫受其言即往白王女郎今者欲來相見王答女夫莫道此事急當牢閉愼勿令出女夫答王何以乃爾女郎今者蒙佛威神便得端正天女無異王聞是已審如是者速往將來即莊嚴車迎女入宮王見女身端正殊特世無等雙歡喜無量不能自勝王即告勑嚴駕車乘共詣佛所頂禮佛足却坐一面長跪白佛言世尊不審此女宿世何福乃生豪貴富樂之家復造何業受醜陋形皮毛麤強劇於畜生唯願世尊當見開示爾時世尊告大王夫人汝今善聽當爲汝說乃往過去無量世時有一大國名波羅㮈有一長者財寶無量不可稱計時彼長者合其家內常恒供養一辟支佛身體麤惡形狀醜陋憔悴叵看時長者家有一小女見辟支佛來惡心輕慢呵罵毀言面貌醜陋身皮麤惡何其可憎時辟支佛數至其家受其供養在世經久欲入涅槃即便爲其現大神變涌身虛空身出水火東涌西沒南涌北沒於虛空中行住坐卧隨意變現令長者家一切覩見還從空下至長者家長者歡喜不能自勝其

女即時悔過自責唯願慈哀當見開恕我前惡心罪釁過厚幸不在懷今聽懺悔勿令有罪佛告大王欲知爾時彼長者女毀呰辟支佛故於後生處常受醜形後見神變向其悔過故今得端正超世奇特無有及者由是供養辟支佛故在所生處常生富家尊榮豪貴無所乏少又值於我脱其憂苦爾時波斯匿王及諸臣民聞佛說是業報因緣心開意解有得須陀洹者斯陀含者阿那含者阿羅漢者有發辟支佛心者有發無上菩提心者爾時諸比丘聞佛所說歡喜奉行

盜賊人緣八十

佛在毗舍離國重閣講堂時彼城中有一愚人心常喜樂偷盜爲業以自存活其土人民咸皆聞知又於一時聞僧坊中有好銅瓨規欲盜取即便與諸行人入於僧坊欲盜取瓨竟不獲得聞諸比丘說一四句偈論說諸天眼眴極遲世人速疾時彼偷人聞是語已憶在心懷尋即出去於其彼時有諸商客從他邦來持一上價摩尼寶珠奉獻上王王得珠已尋即遣人繫著塔頭時彼偷人聞王繫珠著塔㯐頭密在心懷即便偷取匿而不出時王聞已塔㯐失珠生大瞋恚即募國中設有見者密來糺告我當重賞遂致數時無敢應募時王怨禱無以爲計時有智臣啓白王言今王境都豐樂無極盜者甚少唯此一人偷盜爲業以用自活舉國聞知今此寶珠必是彼人見爲偷取今若繫縛榜笞鞭打必不肯首王當設計策謀彼人爲當虛實王問智臣當設何計智臣答曰密遣餘人請喚偷人各

勸酒食極令使醉㩧著殿上密使不覺莊嚴殿堂及諸妓女極令姝妙作衆音樂以娛樂之偷人於是必當驚覺勑諸妓女並各語言以汝閻浮提中偷塔檬頭珠故今得生此忉利天上我諸妓女作倡音樂共侍衛汝汝實爾不時彼偷人𥌕瞢故醉正欲道實恐畏不是正欲不道復爲諸女逼切使語時彼偷人卒自憶念我昔曾聞沙門所説講論諸天眼眴極遲世人速疾今者妓女眴皆速疾必非是天尋即低頭而不肯道於是未久便得醒悟官不問罪脫得不死時彼智臣復更白王當更設計策謀偷人王復問言以何策謀智臣答曰王可詐親喚彼偷人賜爲大臣一切庫藏密計頭數悉委付之於其後時王可軟語今者更無如卿所親好守庫藏無令失脫偷人聞已必懷歡喜王可徐問我前所著摩尼寶珠繫塔檬者卿爲知不其偷人者必當首實何以知之今者爲王所見貴重一切財寶見爲任信必向王首時波斯匿王如臣所道設計規歷於是偷人如智臣語向王首實此寶珠者奴實盜取畏不敢出王復問言卿前醉卧在我殿上諸女詰問汝在天上以何不首偷臣白言我昔曾入僧坊之中聞諸比丘講四句偈云道諸天眼眴極遲世人速疾尋自憶念是故知非生在天上以是不首於是波斯匿王還得寶珠甚懷歡喜不問偷臣所作罪咎時彼偷臣既得脫已前白王言願恕罪咎聽奴出家王告偷臣汝今尊榮富貴快樂極可正爾今以何故必欲出家偷臣白王由我曾聞沙門所説一四句偈脫得不死

如是厄難況復多聞讀誦修習如說修行必獲大利是故今者願欲出家精勤修習得阿羅漢果三明六通具八解脫諸天世人所見敬仰爾時諸比丘聞佛所說歡喜奉行

撰集百緣經卷第八

音釋

儛固甫切與舞同　傴僂傴委羽切僂隴主切傴僂背不伸也　悴秦醉切憔悴也　儻坦朗切或然也　舋許刃切鋝隙也　呰蔣氏切口毀也　瓨胡江切長頸甖也　眴舒閏切目動也　橕抽庚切邪柱也　榜笞榜蒲庚切笞超之切榜笞捶擊也　轝羊諸切兩人對舉也　豐瞢豐音隥瞢毋亘切豐瞢目不明也

撰集百緣經卷第九

吳月支優婆塞支謙譯

聲聞品第九

海生商主緣八十一

佛在舍衛國祇樹給孤獨園時彼城中有五百賈客欲入大海採取珍寶時彼商主選擇族望娉以爲婦將共入海足滿十月產一男兒因爲立字名曰海生有大福德令諸商客獲大珍寶安隱迴還咸共唱言安隱海生年漸長大重復勸勉更入大海獲其珍寶進引還來值大黑風吹其船舫漂墮羅刹鬼國迴波黑風時諸商人各各跪拜諸天善神無一感應救彼厄難中有優婆塞語商人言有佛世尊常以大悲晝夜六時觀察衆生誰受苦厄輒往度之汝等咸當稱彼佛名或能來此救我等命時諸商人各共同時稱南無佛陀爾時世尊遥見商客極遇厄難即放光明照彼黑風風尋消滅皆得解脫各作是言我等今者蒙佛威光脫此諸難今若平安達到當爲佛僧造立塔寺請命佛僧安置其中設諸餚饍供給所須皆使無乏作是語已咸皆然可於是進引皆悉平安達到鄉土如先言要造立塔寺請命佛僧設諸餚饍供養訖竟却坐一面聽佛說法心開意解各獲道跡即於佛前求索出家佛即告言善來比丘鬚髮自落法服著身便成沙門精勤修習得阿羅漢果三明六通具八解脫諸天世人所見敬仰時諸比丘見是事已前白佛言不審世尊今此商人五百比丘宿造何業遭值如是種種厄難蒙佛威光得脫諸難又值世尊出家得

道佛告比丘非但今日救彼厄難過去世時我亦救彼脱諸厄難時諸比丘重白佛言不審世尊過去世時其事云何唯願世尊敷演解説爾時世尊告諸比丘汝等諦聽吾當爲汝分別解説乃往過去無量世中波羅柰國有五通仙人住河岸邊時有五百商人欲入大海路由河岸見彼仙人各共往彼問訊安吉勸彼仙人令共入海仙人答言汝等自去設有恐難但稱我名當護汝等爾時商人聞是語已進引入海大獲珍寶逮欲來歸道逢羅刹黒風諸難爾時商人咸共一心稱仙人名即往救護脱諸厄難佛告諸比丘欲知爾時彼仙人者則我身是彼時五百商客者今五百比丘是我於彼時未斷煩惱尚能拔濟彼諸厄難況於今者得出三界而當不能化

度彼也爾時諸比丘聞佛所説歡喜奉行

須漫華衣隨身産緣八十二

佛在舍衛國祇樹給孤獨園時彼城中有一長者財寶無量不可稱計選擇高門娉以爲婦種種音樂以娱樂之足滿十月産一男兒端正殊妙須漫華衣與身俱生召諸相師占相此兒相師覩已此兒生時有何瑞相父母答言有須漫華衣裹身而生因爲立字名須漫那體性賢柔慈心孝順年漸長大衣亦隨大父母愛念便將小兒與阿那律令作沙彌教使坐禪未久之間得阿羅漢果三明六通具八解脱諸天世人所見敬仰時阿那律勑沙彌言汝今可往拔提河邊取淨水來尋往彼河盛滿瓶水擲虚空中隨後飛來時諸比丘見是沙彌歎未曾有白佛言世尊今此須

漫那沙彌宿植何福生巨富家須漫那衣隨身俱生出家未久獲阿羅漢果爾時世尊告諸比丘汝等諦聽吾當爲汝分別解說乃往過去九十一劫波羅柰國有佛出世號毗婆尸教化周訖遷神涅槃時有國王名梵摩達多收其舍利造四寶塔而供養之時有童子見彼塔故心生欣樂即便出家年至老耄空無所獲深自剋責買須漫華持縷貫之遍覆塔上發願而去緣是功德九十一劫不墮地獄畜生餓鬼天上人中常有須漫華衣與身俱生受天快樂乃至今者遭值於我出家得道爾時諸比丘聞佛所說歡喜奉行

寶手比丘緣八十三

佛在舍衛國祇樹給孤獨園時彼城中有一長者財寶無量選擇族望娉以爲婦作倡妓樂以娛樂之其婦懷妊足滿十月生一男兒端正殊妙世所希有其兩手中有金錢出取已還有如是展轉取不可盡召諸相師占相此兒相師覩已此兒生時有何瑞相父母答言其兩手中有金錢出取以還生因爲立字名曰寶手年漸長大禀性賢柔慈心孝順好喜惠施有從乞者伸其兩手有好金錢尋以施之將諸親友出城觀看漸次遊行到祇洹中見佛世尊三十二相八十種好光明普曜如百千日心懷喜悅前禮佛足合掌請佛及比丘僧慈哀憐愍納受我供時彼阿難在佛左右問小兒言若欲設供當須財寶於是小兒聞阿難語尋伸兩手金錢雨落須臾積聚佛勅阿難汝可取此金錢寶物營理餚饍請佛及僧阿難受教營理飲食供養訖竟佛爲

說法心開意解得須陀洹果歸白父母求索入道父母愛念不能違逆將詣佛所求索出家佛即告言善來比丘鬚髮自落法服著身便成沙門精勤修習得阿羅漢果三明六通具八解脫諸天世人所見敬仰爾時阿難見是事已前白佛言今此寶手比丘宿植何種生於豪族大長者家然其兩手有此金錢取以還生值佛世尊復獲道果爾時世尊告阿難言汝今諦聽吾當爲汝分別解說此賢劫中波羅奈國有佛出世號曰迦葉教化周訖還神涅槃時彼國王名曰迦翅收取舍利造四寶塔時有長者見其竪樸心生隨喜持一金錢安置樸下發願而去緣是功德不墮惡趣天上人中常有金錢伸手而出乃至今者遭值於我故有金錢取已還有出家得道爾時諸比丘聞佛所說歡喜奉行

三藏比丘緣八十四

佛在舍衛國祇樹給孤獨園時波斯匿王夫人懷妊足滿十月生一男兒端正殊妙世所希有身被袈裟生已能語問父母言如來世尊今者在不大德迦葉舍利弗大目揵連如是遍問諸大弟子悉爲在不父王答曰今悉都在唯願大王爲我設供請佛及僧尋勅爲設請佛入宮見其太子而問之曰汝自憶念迦葉佛時是三藏比丘不答言實是處此胞胎爲安隱不蒙佛遺恩得存性命得過日夕時王夫人見此太子與佛世尊共相答問喜不自勝而白佛言今此太子宿植何福生便能語乃能與佛咸有答問唯願世尊敷演解說爾時世尊即便爲王而說偈言

宿造諸善業　百劫而不朽　善業因緣故
今獲如是報
是時波斯匿王及其夫人聞佛世尊說此偈已前白佛言不審世尊過去世時其事云何唯願世尊敷演解說爾時世尊告大王曰汝今諦聽吾當為汝分別解說此賢劫中波羅柰國有佛出世號曰迦葉將諸比丘遊行教化到迦翅王國時王太子名曰善生見佛世尊深生信敬歸白大王求索入道王不聽許我唯一子當繼王位養育民衆終不聽汝出家入道時王太子聞是語已愁悴躃地斷穀不食一日二日及至六日絕不飲食時諸羣臣啓白王言太子不食已經六日恐命不全願王今者聽使出家故得相見時彼大王聞臣語已不能違逆勑彼太子共作要誓汝今若能讀誦三藏經書通利聽汝出家然後見我時彼太子聞王勑已心懷喜悅尋即出家勤加誦習三藏經書盡令通利還來見王王問比丘我先勑汝要誦三藏經書通利然後見我今為利不比丘答曰今悉通利王大歡喜即語比丘我今庫藏所有財物隨汝取用終不恪惜於時王子比丘聞王教已大取財物施設種種百味餚饍請迦葉佛及二萬比丘供養訖已一一比丘各施三衣六物緣是功德不墮惡趣天上人中常有袈裟裹身而生乃至今者遭值於我故有袈裟出家得道
爾時諸比丘聞佛所說歡喜奉行

耶奢蜜多緣八十五

佛在舍衛國祇樹給孤獨園時彼城中有一長者財寶無量不可稱計選擇族望娉以為

婦作倡妓樂以娛樂之其婦懷妊足滿十月生一男兒端正殊妙世所希有當生之日天降大雨父母歡喜召諸相師占相此兒相師覩已此兒福德生則降雨舉國聞知因爲立字名耶奢蜜多不飲乳哺其牙齒間自然而有八功德水用自充足年漸長大與諸親友遊行觀看到祇洹中見佛世尊三十二相八十種好光明普曜如百千日心懷歡喜前禮佛足求索出家佛即聽許善來比丘鬚髮自落法服著身便成沙門精勤修習得阿羅漢果三明六通具八解脫諸天世人所見敬仰時諸比丘見是事已白佛言世尊今此耶奢比丘宿植何福生降甘雨不飲乳哺其牙齒間自然而有八功德水以自充足又值世尊出家得道爾時世尊告諸比丘汝等善聽吾當爲汝分別解說此賢劫中波羅㮈國有佛出世號曰迦葉於彼法中有一長者年極老耄出家入道懈慢懶惰不能精勤又復重病良醫占之云當服酥病乃可瘥尋用醫教取酥服之於其夜中藥發熱渴馳走求水水器皆空復趣泉池皆亦枯竭至趣河中河亦枯竭如是處處求水不得深自悔責於彼河岸脫衣繫樹捨之還來至其明旦以狀白師師聞是語即答之言汝遭此苦狀似餓鬼汝今可取我瓶中水至僧中行即受師教取瓶行水水盡涸竭心懷憂怖謂其命終必墮餓鬼尋詣佛所具陳上事而白世尊我遭此厄甚爲惶怖恐墮餓鬼唯願世尊大慈憐愍幸爲見示佛告比丘汝今當於衆僧之中行好淨水可得脫此餓鬼之身時彼比丘聞佛教已

心懷喜悅即便僧中常行淨水經二萬歲即便命終在所生處其牙齒間常有清淨八功德水自用充足不飲乳哺乃至今日遭值於我出家得道佛告諸比丘欲知彼時老耄比丘今此耶奢蜜多是爾時諸比丘聞佛所說歡喜奉行

化生比丘緣八十六

爾時世尊在忉利天上波利質多羅樹下寶石殿上安居三月爲母摩耶說法訖竟欲還來下至閻浮提爾時釋提桓因知佛欲下勑諸天龍夜叉乾闥婆阿修羅迦樓羅緊那羅摩睺羅伽究槃茶等爲佛造作三道寶梯佛從天下寶梯兩邊有無量百千萬億諸天龍夜叉人非人等見佛如來從天上下莫不歡喜渴仰聞法爾時世尊觀諸大衆善根已熟即爲說法心開意解有得須陀洹者斯陀含者阿那含者阿羅漢者有發辟支佛心者有發無上菩提心者時彼會中忽然有一化生比丘告諸大衆汝等今者各受我請餚饍飲食百種所須我悉能與作是語已時諸大衆各各自念諸天寶器百味飲食皆悉獲得充足飽滿爾時阿難見是事已前白佛言今此化生比丘宿植何福今者乃能使此大衆充足飽滿不審世尊其事云何爾時世尊告阿難言汝今諦聽吾當爲汝分別解說乃往過去九十一劫波羅柰國有佛出世號毗婆尸於彼法中有諸比丘夏坐三月在於山林坐禪行道乞食處遠妨廢行道甚用疲勞時彼衆中有一比丘白衆僧言我爲汝等勸化檀越供給衆僧使無有乏汝等但當一心行道

不足爲慮時諸比丘聞是語已各共用心行道三月皆獲道果由是功德在所生處常有種種百味飲食應念即得乃至今者遭值於我應念即至供養大衆使無有乏爾時阿難復白佛言以何因緣今得化生佛告阿難此賢劫中迦葉佛時有一商主將諸商客涉歷他邦販賣求利其婦懷妊於其中路值產甚難求死不得時彼商主心生厭惡捨之而去出家入道發大誓願持此出家善根功德使我來世所生之處莫受胞胎常得化生是故今者得是報耳佛告阿難欲知彼時商主者今化生比丘是爾時諸比丘聞佛所說歡喜奉行

衆寶莊嚴緣八十七

佛在迦毗羅衛國尼拘陀樹下時彼城中有一長者財寶無量不可稱計無有子息祠祀神祇求索有子精誠感應足滿十月生一男兒端正殊妙世所希有家中自然有一泉水從地涌出有諸珍寶充滿其中復有華樹天衣上服懸之樹枝時彼長者見其如是喜不自勝召諸相師占相此兒相師覩已問其父母此兒生時有何瑞相父母答言此兒生時家中自然有一泉水從地涌出有諸珍寶充滿其中及以樹上有好天衣因爲立字名衆寶莊嚴年漸長大禀性賢柔慈心孝順將諸親友出城觀看漸次遊行到尼拘陀樹下見佛世尊三十二相八十種好光明普曜如百千日心懷歡喜前禮佛足却坐一面聽佛說法心開意解得須陀洹果歸白父母求索入道父母愛念不能違逆將詣佛所求索出家

佛即告言善來比丘鬚髮自落法服著身便成沙門精勤修習得阿羅漢果三明六通具八解脫諸天世人所見敬仰時諸比丘見是事已前白佛言今此衆寶莊嚴比丘宿造何福生便有是奇特之事出家未久復獲道果爾時世尊告諸比丘汝等諦聽吾當爲汝分別解說乃往過去無量世時波羅柰國有佛出世號迦留孫陀化緣周訖遷神涅槃時彼國王名梵摩達多收取舍利造四寶塔高一由旬而供養之時有長者賫持華樹懸諸珍寶種種衣服及以瓶水安置塔前發願供養緣是功德無量世中不墮地獄畜生餓鬼天上人中常有泉水及以華樹隨共俱生乃至今者遭值於我出家得道佛告諸比丘欲知彼時奉上華樹供養塔者今此衆寶莊嚴比丘是爾時諸比丘聞佛所說歡喜奉行

罽賓寧王緣八十八

佛在舍衛國祇樹給孤獨園時彼南方有一國土名曰金地王名罽賓與其夫人共相娛樂足滿十月生一男兒骨節肥壯有大氣力當生之日復有一萬八千大臣子等共彼王子同日俱生亦大氣力時彼王子年漸長大其王崩背紹嗣王位尋取一萬八千諸臣子等賜爲大臣共理國事時罽賓寧王將諸羣臣遊獵射戲問諸臣言今此世間頗有人能有大氣力如我者不時有商客在王從中聞王語已尋答王曰彼中都下復有大王名波斯匿絕有大力殊倍勝王百千萬倍時罽賓寧王聞商客語已瞋恚隆盛尋即遣使告波斯匿王言却後七日將諸侍從即便來至達

吾國土朝跪問訊若不爾者吾當往彼誅汝王族使令滅盡時波斯匿王聞使者語甚懷惶怖無以為計即詣佛所白言世尊云罽賓寧王勑我七日將諸侍從令達彼國朝拜問訊若不爾者當來誅我不審世尊事情如何爾時佛告波斯匿王汝莫憂懼但語彼使云我是小王更有大王近在祇洹卿今可往傳汝王命時彼使者尋即往至到祇洹中見佛世尊作轉輪聖王令大目連作典兵臣將諸軍衆圍遶祇洹令其四邊有七重塹七寶諸樹行列相當令其塹中有諸蓮華若干種色不可稱計光明赫弈照於城內王在殿上尊嚴可畏時彼使者覩此王已情甚驚悚自念我君無狀招禍然不得已前奉王書時此化王得彼書已蹋著脚底告使者言吾為大王臨統四域汝今至彼道吾教勑信至之日馳奔來覲卧聞吾聲便當起坐坐聞吾聲便當起立立聞吾聲便當涉路尅期七日將諸侍從朝拜見我若違斯制罪在不請使者還馳具以上事向彼王說時王聞已深自咎責尋集諸臣三萬六千嚴駕欲來朝拜大王然有所疑未及進引先遣一使白大王言臣等所領三萬六千諸小王輩為當都去將半來耶時此化王報使者言將半速來使者還馳白罽賓寧王大王約勑聽留半住尋將一萬八千諸小王等馳奔速來朝拜王已作是念言今者大王形貌雖勝力不如我化王于時遥知彼意勑典藏臣取我先祖大弓弩來授與彼王王不能勝化王還取以指張弓復還持與語令牽挽殊不動弦化王還索以指彈扣

聲震三千大千世界皆悉震動次復射箭化爲五撥其諸箭頭各有蓮華一一華上復有化佛放大光明照於三千大千世界五道衆生莫不蒙頼諸天人民有獲道果地獄中者湯冷火滅餓鬼中者悉得飽滿畜生中者脱於重擔貪欲瞋恚愚癡煩惱遇斯光者悉皆調伏信敬佛法時罽賓寧王見斯變已向於化王五體投地心即調伏爾時化王知調伏已還復本形四衆圍遶即便爲彼一萬八千諸小王等種種説法心開意解各獲道跡得須陀洹果即於佛前求索出家佛即告言善來比丘鬚髮自落法服著身便成沙門精勤修習未久之間得阿羅漢果三明六通具八解脱諸天世人所見敬仰爾時阿難前白佛言今此罽賓寧王等比丘宿植何福皆生豪族有大氣力值佛世尊各獲道果爾時世尊告阿難言汝今諦聽吾當爲汝分別解説乃往過去波羅柰國有佛出世號毗婆尸將諸比丘到寶殿國時王名曰槃頭末帝聞佛來至心懷喜悦將諸羣臣一萬八千出城奉迎前禮佛足長跪請佛及比丘僧慈哀憐愍受我三月四事供養時彼佛僧受王供已佛即爲王種種説法王大歡喜各發願言持此供養善根功徳使我等輩在所生處與其大王同日俱生發是願已各還所止緣是功徳無量世中不墮惡趣天上人中共同日生受天快樂乃至今者遭值於我出家得道佛告阿難欲知彼時槃頭末帝王者今此罽賓寧比丘是彼時羣臣者今一萬八千比丘是爾時諸比丘聞佛所説歡喜奉行

跋提釋王作比丘緣八十九

佛在舍衛國祇樹給孤獨園爾時如來六年苦行始成正覺滿十二年將千二百五十比丘方欲往詣迦毗羅衛國每自念言我今往彼不與常同彼土諸釋憍慢情多咸須各各現於神變可往彼土即勑千二百五十比丘我於今者欲還本國汝等各各現於神變令彼諸釋歸誠信伏爾時世尊放大光明與諸比丘乘虛詣彼迦毗羅衛國時淨飯王聞佛來至勑諸釋等平治道路除去不淨建立幢旛懸諸寶鈴香水灑地散衆妙華作諸妓樂奉迎世尊前禮佛足請令入宮受王供養時淨飯王見佛翼從雖有神力形貌醜陋不適人情我今當選跋提釋等五百餘人容貌端正翼從世尊作是語已尋勑選擇得五百人將詣佛所使優波離剃除鬚髮眼目流淚墮釋王上尋即問言汝今何故涕泣如是優波離言以王今者諸釋中尊不期一旦毀形麤食著糞掃衣見王如是眼目流淚時跋提釋聞是語已心懷惆悵猶生憍慢除鬚髮竟辦具衣鉢欲受具戒入於僧中次第作禮到優波離前住而不禮佛問釋王汝今何故獨而不禮優波離耶跋提釋言彼賤我貴是以不禮佛言我此法中無有貴賤猶如幻化安危難保跋提釋言彼是我奴不忍爲禮佛復告曰一切奴僕貧富貴賤恩愛分離有何差別時跋提釋聞佛語已俛仰爲禮地大震動天於空中歎未曾有跋提釋王爲求道故乃能爲彼下賤之人曲躬跪拜我慢之幢將爲崩倒時跋提釋受具戒竟却坐一面聽佛說法

心開意解得阿羅漢果執持應器而行乞食詣於冢間止宿樹下心意泰然無復怖畏而作是言我於昔日在王宮時募索健夫執持器仗安置左右故懷危懼我於今者出家入道在此冢間無復怖畏快不可言爾時阿難聞跋提釋作是語已前白佛言今此跋提釋比丘宿植何福生於豪族出家未久獲羅漢果爾時世尊告阿難言汝今諦聽吾當為汝分別解說乃往過去無量世時波羅㮈國有辟支佛執持應器而行乞食時有一人貧窮飢餓涉路而行唯有少餅規欲自食見辟支佛威儀庠序而行乞食心懷歡喜尋即取餅施辟支佛受其餅已涌身虛空現十八變東涌西沒南涌北沒身出水火如是種種作十八變時施餅人見是變已甚懷信敬發願而去緣是功德無量世中不墮地獄餓鬼畜生天上人中尊榮豪貴常受快樂乃至今者遭值於我出家得道佛告阿難欲知彼時施餅人者今此跋提釋王比丘是佛說是緣時有得須陀洹者斯陀含者阿那含者阿羅漢者有發辟支佛心者有發無上菩提心者爾時諸比丘聞佛所說歡喜奉行

佛度王子護國出家緣九十

佛在拘毗羅國吐羅樹下作是念言我於今者當往度彼王子護國使令出家作是念已將諸比丘至城門中足蹈門閫六種震動雨諸天華放大光明照彼城內盲者得視聾者得聽瘂者能言躄者能行時彼王子覩斯光已歎未曾有尋詣佛所見佛世尊三十二相八十種好光明普曜如百千日威儀庠序甚

可愛樂心懷歡喜前禮佛足却住一面佛即為其說四諦法心開意解得須陀洹果歸白父王歎佛功德若在家者應作轉輪聖王典四天下七寶隨從遊行自在尚能捨離出家入道况我今者而不隨從求佛出家作是念已前白王言唯願大王慈哀憐愍聽我出家隨從世尊時須提王聞太子語遮而不聽心懷懊惱斷穀不食一日二日乃至六日時諸羣臣見其太子不食六日跪白王言太子今者斷穀不食以經六日恐命不全願王今者聽使出家故得相見時須提王聞諸臣語聽使入道尋詣佛所求索出家佛即告言善來比丘鬚髮自落法服著身便成沙門精懃修習得阿羅漢果三明六通具八解脫諸天世人所見敬仰時諸比丘見是事已前白佛言今此王子獲國比丘宿植何福生於王家出家未久便獲道果爾時世尊告諸比丘汝等諦聽吾當為汝分別解說乃往過去無量世時波羅㮈國王名毗提輿起兵甲與隣國王交陣共戰時隣國王為彼所敗將諸兵衆逃避退去到曠野中值天暑熱無有水草飢渴欲死尋即往彼辟支佛所便示王水草渴乏得解導引其道還達本國喜不自勝而作是言我等今者脫此飢渴苦惱之患皆由蒙彼辟支佛德今當設供請辟支佛作是語已勑設餚饍種種飲食請辟支佛入宮供養受其供已尋般涅槃時王須提及諸羣臣后妃婇女號咷涕哭悲感懊惱收取舍利造四寶塔而供養之緣是功德無量世中不墮地獄畜生餓鬼天上人中尊榮豪貴受天快樂乃至

今者遭值於我出家得道佛告諸比丘欲知彼時須提王者供養辟支佛故今得值我出家得道爾時諸比丘聞佛所說歡喜奉行

撰集百緣經卷第九

音釋

耄莫報切人年八十九十曰耄 躃毗亦切倒也 罽賓梵語也此云賤種 罽居例切 悚息勇切怖也 閫苦本切門限也

撰集百緣經卷第十

吳月支優婆塞支謙譯

諸緣品第十

須菩提惡性緣九十一

爾時世尊初始成佛便欲教化諸龍王故即便往至須彌山下現比丘形端坐思惟時有金翅鳥王入大海中捉一小龍還須彌頂規欲食噉時彼小龍命故未斷遥見比丘端坐思惟至心求哀尋即命終生舍衛國婆羅門家名曰負梨端正殊妙世所希有因爲立字名須菩提年漸長大智慧聰明無有及者唯甚惡性凡所眼見人及畜生則便瞋罵未曾休廢父母親屬皆共猒患無喜見者遂便捨家入山林中乃見鳥獸及以草木風吹動揺亦生瞋恚終無喜心時有山神語須菩提言汝今何故捨家來此山林之中既不修善則無利益唐自疲苦今有世尊在祇洹中有大福德能教衆生修善斷惡今若至彼必能除汝瞋恚惡毒時須菩提聞山神語即生歡喜尋問之曰今者世尊爲在何處山神答曰汝但眠眼我自將汝至世尊所時須菩提用山神語眠目須臾不覺自然在祇洹中見佛世尊三十二相八十種好光明普曜如百千日心懷歡喜前禮佛足却坐一面佛即爲說瞋恚過患愚癡煩惱燒滅善根增長衆惡後受果報墮在地獄備受苦痛不可稱計設復得脱或作龍蛇羅刹鬼神心常含毒更相殘害時須菩提聞佛世尊說是語已心驚毛竪尋自悔責即於佛前懺悔罪咎豁然獲得須陀洹果心懷喜悦求入道次佛即聽許善來比

丘鬚髮自落法服著身便成沙門精勤修習得阿羅漢果三明六通具八解脱諸天世人所見敬仰時諸比丘見是事已白佛言世尊今此須菩提比丘宿造何業雖得爲人常懷瞋恚未曾休息值佛世尊出家得道爾時世尊告諸比丘汝等善聽吾當爲汝分别解説此賢劫中波羅柰國有佛出世號曰迦葉於彼法中有一比丘常行勸化一萬歲中將諸比丘處處供養於後時間僧有少縁竟不隨從便出惡罵汝等很戾狀似毒龍作是語已尋即出去以是業縁五百世中受毒龍身心常含毒觸嬈衆生今雖得人宿習不除故復生瞋佛告諸比丘欲知爾時勸化比丘惡口罵者今須菩提是由於爾時供養僧故今得值我出家得道爾時比丘聞佛所説歡喜奉行

長老比丘在母胎中六十年縁九十二

佛在王舍城迦蘭陁竹林時彼城中有一長者財寶無量不可稱計選擇高門娉以爲婦種種音樂以娱樂之足滿十月便欲産子然不肯出尋重有身足滿十月復産一子先懷妊者住在右脅如是次第懷妊九子各滿十月而産唯先一子故在胎中不得出外其母極患設諸湯藥以自療治病無降損囑及家中我腹中子故活不死命若設終必開我腹取子養育其母於時不免所患即便命終時諸眷屬載其尸骸詣於塚間請大醫耆婆破腹看之得一小兒形狀故小頭鬢皓白傴僂而行四向顧視語諸親言汝等當知我由先身惡口罵辱諸衆僧故處此生熟藏中經六

十年受是苦惱難可叵當時諸親屬聞兒語
已號咷涕哭悲不能答爾時世尊遥知此兒
善根已熟將諸大衆往到屍所告小兒言汝
是長老比丘不答言實是第二第三亦如是
問故言道是時諸大衆見此小兒與佛答對
各懷疑惑前白佛言今此老兒宿造何業處
在胎中頭髮皓白傴僂而行復與如來共相
答問爾時世尊告諸大衆汝等諦聽吾當爲
汝分別解說此賢劫中波羅柰國有佛出世
號曰迦葉有諸比丘夏坐安居衆僧和合差
一比丘年在老耄爲僧維那共立制限於此
夏坐要得道者聽共自恣若未得者不聽自
恣今此維那獨不得道僧皆不聽布薩自恣
心懷懊惱而作是言我獨爲爾營理僧事令
汝等輩安隱行道今復返更不聽自恣布薩
羯磨即便瞋恚罵辱衆僧尋即牽捉閉著室
中作是唱言使汝等輩常處闇冥不見光明
如我今者處此闇室作是語已自戮命終墮
地獄中受大苦惱今始得脫故在胎中受是
苦惱爾時衆會聞佛所說各各自護身口意
業猒離生死有得須陀洹者斯陀含者阿那
含者阿羅漢者有發辟支佛心者有發無上
菩提心者時諸親屬還將老兒詣家養育年
漸長大放令出家精勤修習得阿羅漢果時
諸比丘見是事已白佛言世尊今此老兒比
丘宿植何福出家未久獲羅漢果佛告諸比
丘緣於往昔供養衆僧及作維那營僧事故
今得值我出家得道爾時諸比丘聞佛所說
歡喜奉行

杌手比丘緣九十三

佛在舍衛國祇樹給孤獨園時彼城中有一長者財寶無量不可稱計選擇族望娉以爲婦作諸妓樂以娛樂之其婦懷妊足滿十月產一男兒杌無有手生便能語作是唱言今此手者甚爲難得深生愛惜父母怪之召諸相師占相此兒相師覩已問其父母此兒產時有何瑞相父母答曰此兒生已作是唱言今此手者甚爲難得因爲立字名曰杌手年漸長大稟性調順聰明黠慧將諸親友漸行觀看到祇洹中見佛世尊三十二相八十種好光明赫奕如百千日心懷歡喜前禮佛足却住一面佛即爲其種種說法心意開解得須陀洹果歸辭父母求索入道父母愛念不能違逆將詣佛所求索出家佛即告言善來比丘鬚髮自落法服著身便成沙門精勤修習得阿羅漢果三明六通具八解脫諸天世人所見敬仰時諸比丘見是事已而白佛言今此杌手比丘宿植何福生已能語然無有手又值世尊得獲道跡爾時世尊告諸比丘汝等諦聽吾當爲汝分別解說此賢劫中波羅柰國有佛出世號曰迦葉有二比丘一是羅漢二是凡夫爲說法師時諸民衆競共請喚常將法師受檀越請脫於一日法師不在將餘者行瞋恚罵言我常爲汝洗鉢給水今更返將餘者共行自今以往更爲汝使令我無手作是語已各自辭退止不共行以是業緣五百世中受是果報是故唱言今此手者甚爲難得佛告諸比丘欲知彼時法師比丘作呪誓者今杌手比丘是由於彼時供給聖人故今得值我出家得道佛說是杌手緣時

諸比丘等各各自護身口意業猒惡生死有得須陁洹者斯陁含者阿那含者阿羅漢者有發辟支佛心者有發無上菩提心者爾時諸比丘聞佛所說歡喜奉行

梨軍支比丘緣九十四

佛在舍衛國祇樹給孤獨園時彼城中有一婆羅門其婦懷妊足滿十月產一男兒容貌弊惡身體臭穢飲毋乳時能使乳敗若觸餘者亦皆敗壞唯以酥蜜塗指令舐得濟軀命因爲立字號梨軍支年漸長大遂復薄福求索飲食未曾得飽見諸沙門威儀庠序執持應器入城乞食滿鉢而還見已歡喜作是念言我今當往詣佛世尊求作沙門或能得飽作是念已即詣祇洹求佛出家佛即告言善來比丘鬚髮自落法服著身便成沙門精勤修習得阿羅漢果而行乞食亦不獲得便自悔責入其塔中見少坌汙即便掃灑時到乞食即便豐足心懷歡喜白衆僧言從今以往衆僧塔寺聽我掃灑所以然者由掃灑故乞食得飽僧即聽許常令掃灑又於一日愚癡所縛眠不覺曉未及掃灑時舍利弗將五百弟子從他邦來問訊世尊見佛塔中有少塵坌即便掃之時梨軍支便從眠覺見舍利弗掃灑已竟心懷悵恨語舍利弗汝掃我地令我今日飢困一日時舍利弗聞是語已而告之言我於今日自當共汝入城受請可得飽滿汝勿憂也時梨軍支聞是語已心懷泰然受請時到共舍利弗入城受請正值檀越夫婦鬪諍竟不得食飢餓而還時舍利弗於第二日復更語言我於今朝當自將汝受長者

請令汝飽足時到將往其上中下皆悉得食唯此一人獨不得食高聲唱言我不得食爾時主人都無聞者飢困而還爾時阿難聞是事已深生憐愍於第三日語梨軍支言我於今朝隨佛受請爲汝取食定使飽滿然彼阿難受持如來八萬四千諸法藏門未曾漏脫今故爲此梨軍支比丘取其飲食忽然不憶空鉢而還於第四日阿難復更爲其取食還歸所止道逢惡狗所爲齲掣飲食棄地空鉢而還復不得食於第五日大目揵連復爲取食還歸所止道中復爲金翅鳥王見爲搏掣舍鉢持去置大海中復不得食於第六日時舍利弗復爲取食到彼房門門自然閉復以神力入其房内踊出其前失鉢墮地至金剛際復以神力伸手取鉢其口復噤竟不能食

日時已過口輒自開於第七日竟不得食極生慚愧於四衆前飡沙飲水即入涅槃時諸比丘見是事已恠其所由梨軍支比丘宿造何業産則飢餓初無豐足復以何緣出家得道爾時世尊告諸比丘汝等諦聽吾當爲汝分別解說乃往過去無量世中波羅㮈國有佛出世號曰帝幢將諸比丘遊行教化時有長者名曰瞿彌見佛及僧深生信敬請來供養日日如是便經後時其父崩亡母故惠施子極悋惜遮不聽施乃至計食與母母故分減施佛及僧子聞瞋恚即便捉母閉著空屋鎖戶棄去至七日頭母極飢困從子索食見答母曰何如飡沙飲水足活今者何爲從我索食作是語已捨之而去竟不得食母便去世其子於後即便命終入阿鼻獄受苦畢已

還生人中飢困如是佛告諸比丘欲知彼時斷母食者今梨軍支比丘是由於往昔供養佛故今得值我出家得道爾時諸比丘聞佛所說歡喜奉行

唱言生死極苦緣九十五

佛在舍衛國祇樹給孤獨園時彼城中有一長者財寶無量不可稱計選擇良賢娉以爲婦作倡妓樂以娛樂之其婦懷妊足滿十月產一男兒自憶宿命產已唱言生死極苦因爲立字名生死苦年漸長大凡見人時由故唱言生死極苦然於父母師僧耆舊有德慈心孝順言常含笑終不出於麤惡言語將諸親友出城觀看漸次遊行到祇洹中見佛世尊三十二相八十種好光明暉曜如百千日心懷歡喜前禮佛足却坐一面佛即爲其說四諦法心開意解得須陀洹果歸辭父母求索入道父母愛念不能違逆將詣佛所求索出家佛即告言善來比丘鬚髮自落法服著身便成沙門精勤修習得阿羅漢果三明六通具八解脫諸天世人所見敬仰時諸比丘見是事已白佛言世尊今此生死比丘宿植何福生便能語自憶宿命又值如來出家得道爾時世尊告諸比丘汝等善聽吾當爲汝分別解說此賢劫中人壽二萬歲波羅㮈國有佛出世號曰迦葉於彼法中有一沙彌奉事和上時彼城中作大節會爾時沙彌語和上言今節會日宜早乞食必當多獲師即荅言日時故早且可坐禪第二第三如是白師師猶不從沙彌瞋恚惡口罵言今者何故不令中死作是語已尋即出去入城乞食還歸

所止向師懺悔由是業緣五百世中墮地獄中受諸苦痛今始得脫是故唱言生死極苦佛告諸比丘欲知彼時罵師沙彌者今生死比丘是爾時諸比丘聞佛所說歡喜奉行

長者身體生瘡緣九十六

佛在舍衛國祇樹給孤獨園時彼城中有一長者財寶無量不可稱計選擇高門娉以爲婦種種音樂以娛樂之足滿十月產一男兒身體有瘡甚患苦痛呻號叫喚未曾休息年漸長大瘡皆潰爛膿血橫流常患疼痛因爲立字名曰呻號父母憐愍設諸方藥雖加療治瘡無降愈年漸長大聞諸人語祇洹精舍有好良醫善療衆病能令除愈尋即往至詣祇洹中見佛世尊三十二相八十種好光明暉曜如百千日心懷喜悅前禮佛足却坐一面佛即爲說五盛陰苦是瘡是癰如毒箭入心傷害於人皆是衆病之根本也時呻號子聞佛世尊說是語已深自咎責向佛世尊懺悔罪咎瘡尋除差心懷歡喜求索出家佛即告言善來比丘鬚髮自落法服著身便成沙門精勤修習得阿羅漢果時諸比丘見是事已白佛言世尊今此呻號比丘宿造何業初產之時身有惡瘡膿血橫流甚可惡見復以何緣出家得道爾時世尊告諸比丘汝等諦聽吾當爲汝分別解說乃往過去無量世時波羅柰國有二長者各悉巨富資財無量因相忿諍其一長者大賫珍寶貢奉與王王納受已讒彼長者彼人惡心常懷姧謀規欲害我唯願大王聽我任意治彼長者王即然可尋至其家執彼長者繫縛榜笞楚毒無量舉

身傷破膿血横流痛不可忍時彼長者既得免已深自思惟有身皆苦衆惡所集多諸災禍甚可猒患我於彼人無大怨讎横見傷毁乃至如此即自思惟詣山林中觀察有爲皆是無常深悟解空成辟支佛視諸怨親心皆平等念彼長者加惡於我將來之世墮於地獄受大苦痛我今當往爲現神變令彼開悟作是念已詣長者前踊身虛空作十八變時彼長者見是變已深懷渴仰倍生信敬即請令坐爲設餚饍種種供養向辟支佛懺悔先罪佛告諸比丘欲知爾時向彼國王讒其長者栲掠榜笞令呻號比丘是爾時諸比丘聞佛所説歡喜奉行

醜陋比丘緣九十七

佛在舍衞國祇樹給孤獨園時彼城中有一長者選擇高門娉以爲婦作倡妓樂以娛樂之其婦懷妊足滿十月產一男兒形貌極醜狀似惡鬼有人見者捨之而去年漸長大父母猒患驅令遠棄乃至畜生見此醜陋尚懷怖懼何況人類又於一時詣林樹間採取華果以自存活飛鳥走獸有見之者無不怖畏絶跡此林無敢住者爾時世尊常以慈悲晝夜六時觀察衆生誰應可度輒往度之知彼醜陋善根已熟化度時到佛告比丘我等今者皆當往詣彼山林中化彼醜陋爾時世尊將諸比丘到山林中時彼醜陋見佛世尊即欲避走佛以神力使不得去時諸比丘各在樹下結跏趺坐繫念在前爾時世尊即便化作一醜陋人執持應器盛滿中食漸向醜陋醜陋見已形狀類已心懷喜悅今此人者真

是我伴尋來共語同器而食時此飯者香味甘美旣食之已時彼化人忽然端正醜陋問言汝今何以忽然端正化人答言我食此飯兼以善心觀彼樹下坐禪比丘使我端正醜陋聞已尋復効之善心觀彼坐禪比丘尋得端正心懷喜悅即向化人深生信解於時化人還服本形醜陋見佛三十二相八十種好光明普曜如百千日前禮佛足却坐一面佛即爲其種種說法心開意解得須陀洹果即於佛前求索出家佛即告言善來比丘鬚髮自落法服著身便成沙門精勤修習得阿羅漢果時諸比丘見是事已白佛言世尊今此醜陋比丘宿造何業雖受人形醜陋乃爾復值世尊出家得道爾時世尊告諸比丘汝等善聽吾當爲汝分別解說乃往過去無量世中波羅奈國有佛出世號曰弗沙在一樹下結跏趺坐我及彌勒俱爲菩薩到彼佛所種種供養而翹一足於七日中說偈讚佛

天上世間無如佛　十方世界亦無有
世界所有悉能見　無有能及如佛者

爾時菩薩說是偈已時彼山中有一鬼神作醜陋形來恐怖我我以神力令彼行處懸崖嶮阻不能得過時彼山神即作是念我以惡心恐怖他故令我今者行處嶮難不可得過今當往彼懺悔先罪作是念已尋即往詣懺悔訖已發願而去佛告諸比丘欲知彼時山神恐怖我故五百世中形體醜陋見者驚走皆由彼時懺悔辭退遭值於我出家得道爾時諸比丘聞佛所說歡喜奉行

恒伽達緣九十八

佛在波羅㮈國鹿野苑中時彼國中有一輔相其家大富然無兒息時恒伽河邊有摩尼跋陀天祠合土人民皆共敬奉時此輔相往詣祠所而呪之言我無子息承聞天神有大功德救護羣生能與其願今故自歸若蒙所願願賜一子當以金銀莊校天身及以名香塗治神屋如其無驗當壞此廟屎塗汝身天神聞已自思惟言此人豪富力勢強盛非是凡品得爲其子我力尠少不能與願若不果必見毀辱神廟便復往白摩尼跋陀摩尼跋陀力不能辦便復往詣毗沙門王自啓此事毗沙門王言亦非我力能使有子尋詣天帝從其求願毗沙門王即時上天啓帝釋曰我有一臣摩尼跋陀近日見語云波羅㮈有一輔相從其求子結立重誓我願既遂倍加供養所願若違當破我廟而加毀辱彼人豪兇必能如是幸望天王令其有子帝釋答曰斯事甚難當覔有緣時有一天五德離身臨命欲盡帝釋告言卿今垂終可願生彼輔相之家天子答言意欲出家奉修正行若生尊榮離欲則難欲在中流冀遂所願帝釋復白但往生彼若欲學道吾當佐汝天子命終降神受胎輔相之家即生出外形貌端正即召相師爲兒立字相師問曰本於何處求得此兒輔相答曰昔從恒伽天神求之因爲作字名恒伽達年漸長大便啓父母求索出家父母答言吾今富貴生業弘廣唯汝一子當嗣門戶吾今存在終不聽汝出家入道兒不從志深自惆悵便欲捨命更求凡處於中求出必可易也於是密去自投山巖既墮在地無

所傷損復至河邊投身水中水尋漂出亦無所苦復取毒藥而吞噉之毒氣不行無由致死復作是念當犯宮法爲王所殺值王夫人及諸婇女出宮到園池中澡洗解脱衣服置林樹間時恒伽達密入林中取其服飾抱持而去門監見之即便將往白阿闍世王王聞此事瞋恚隆盛便取弓箭自手射之而箭還反正向王身如是至三不能使中王怖收弓問彼人言卿爲是天龍鬼神乎恒伽達言賜我一願乃敢自陳王曰當與恒伽達言我非是天亦非龍鬼是舍衛國輔相之子我欲出家父毋不聽故欲自殺更生餘處投巖赴河飲毒不死故犯王法望得危命王今加害復不能中事情如是何酷之甚願垂憐愍聽我爲道王尋告曰聽汝出家因復將到詣於佛所啓白世尊如向之事於時如來聽爲沙門法服在體便爲比丘佛爲說法心開意解得阿羅漢果三明六通具八解脱時阿闍世王尋白佛言世尊此恒伽達先世之時種何善根投山不死墮水不溺食毒無苦箭射無傷值遇世尊得度生死佛告王曰乃往過去無數世時有一大國名波羅奈國其王名曰梵摩達多將諸宮人林中遊戲遣諸婇女輩激聲而歌外有一人高聲和之王聞其聲便生瞋妬遣人捕來勑便殺之時有大臣從外而來見此一人而被囚執何緣乃爾其傍諸人具列事狀臣曰且停待我見王大臣進入啓白王言彼人之罪不至深重何以害之雖和其音而不見形既不交通姧婬之事幸願垂矜原其生命王不能違赦不刑戮其人得脱

奉事大臣慇謹無替如是承事多年便自思惟婬欲傷人利於刀劒我之困厄皆由欲故尋語大臣聽我出家勤修道業大臣答曰不敢相違學若成道還來相見即詣山澤專思妙理精神開悟成辟支佛還來城邑造大臣家大臣見已心大歡喜請供養之甘饍飲食四事無乏時辟支佛於虛空中現神變化身出水火放大光明大臣見之欣然無量便立誓願由我恩故命得全濟使我世世富貴長壽殊勝奇特數千萬倍令我智德相與共等佛告王曰時彼大臣救活一人令得脫者今恒伽達是由是因緣所生之處命不中夭今得值我逮得應眞佛說此已諸在會者信敬歡喜頂戴奉行

長爪梵志緣九十九

佛在王舍城迦蘭陀竹林時彼城中有一梵志名曰蛭駛有其二子男名長爪女字舍利其男長爪聰明博達善能論議常共其姊舍利凡所論說每常勝姊姊旣妊身共弟議論弟又不如時弟長爪而作是言我姊先來共我論議常不如我懷妊以來論議殊勝乃是胎子福德之力若子生已論必勝我我今當宜遊方廣學四韋陀典十八種術然後還國與外甥論作是念已詣南天竺習學諸論若未通利爲第一師誓不剪爪於是其姊日月滿足産一男兒因母立名字曰舍利弗端正殊特聰明黠慧博達諸論難可詶對時王舍城中諸梵志等擊大金鼓招集國人十八億衆會乎論場敷四高座時舍利弗年始八歲會乎論場問諸人言敷四高座爲欲待誰諸

人答言一爲國王二爲太子三爲大臣四爲論士時舍利弗聞是語已輙昇論士高座而坐其上時諸宿德耆舊梵志一切時衆無不驚怪作是念言我諸論士共彼小兒論議得勝不足爲榮其若不勝大可耻愧作是念已即遣下座小婆羅門共舍利弗論粗相答問時婆羅門等辯窮理屈漸次相推遂至上座共其論議不過數返盡皆不如時舍利弗論議既勝名聞遠著於十六大國智慧博通獨出無侶後於一時於王舍城昇高樓上四顧瞻見城內人民節慶聚會便自思惟斯等蠢蠢百年之後廓然歸無作是念已即下高樓外道法中出家求道爾時世尊初始成佛時十六大國都未聞知如來大慈欲教化故遣阿鞞比丘詣王舍城分衛乞食時舍利弗見其威儀庠序可觀作是念言斯是何人福德乃爾我從先來未見此比丘作是念已即前問曰汝事何師法則乃爾時阿鞞比丘說偈答曰

吾師天中天　三界無極尊　相好身丈六

神通遊虛空

時阿鞞比丘說是偈已默然而住時舍利弗語阿鞞言汝師容貌神通我久已聞爲悟何道得如是乎時阿鞞比丘復以偈答

化熏去五陰　拔斷十二根　不貪天世樂

心淨開法門

時舍利弗復問阿鞞比丘言汝師所說爲經幾時習學何法阿鞞比丘復以偈答

我年既幼稚　學日又初淺　豈能宣正眞

如來廣大義

時舍利弗復語阿鞞言汝師所說幸見告示

爾時阿鞞復以偈答

一切諸法中　因緣生無主　息心達本原

故號爲沙門

時舍利弗聞此偈已心即開悟得須陀洹果

爾時目連見舍利弗顏色怡悅而問之言我昔與汝先有要誓若有先得甘露法味要當相語我今觀汝似有所得顏色怡悅時舍利弗即以上偈爲其目連三徧說之目連聞已心開意解得須陀洹果時舍利弗目連各獲道跡心懷歡喜還自徒衆具以上事而向說之我今欲詣求佛出家汝等云何時諸弟子各白師言大師今者若當習學瞿曇所說我弟子等亦當隨從時舍利弗目連聞是語已將諸弟子各二百五十人隨阿鞞比丘詣於竹林見佛世尊三十二相八十種好光明普曜如百千日心懷歡喜前禮佛足求索出家佛即聽許善來比丘鬚髮自落法服著身便成沙門精勤修習得阿羅漢果三明六通具八解脫諸天世人之所敬仰爾時長爪梵志聞舍利弗出家入道瞋恚懊惱而作是言我此外甥舍利弗稟性聰慧博通羣籍十六大國宿舊論師咸服其德如何忽然捨此高名奉事瞿曇即從南天竺來詣佛所與佛論議爾時世尊告梵志曰汝今所見非是究竟涅槃之道時彼梵志聞是語已默然不答如是三問亦復默然時金剛密跡於虛空中以金剛杵擬梵志頂汝若不答我以此杵碎破汝身爾時梵志心懷惶怖流汗投地無所歸趣即自引負寄顏無所便於佛前心懷敬伏求

索出家爲佛弟子佛即聽許善來比丘鬚髮自落法服著身便成沙門精勤修道得阿羅漢果時諸比丘見是事已白佛言世尊今此梵志比丘宿植何福捨邪就正值佛世尊出家得道爾時世尊告諸比丘汝等諦聽吾當爲汝分別解說乃往過去無量世時波羅柰國有辟支佛在於山林坐禪思惟時有五百羣賊劫掠他物將欲入彼山林樹間時其賊帥先遣一人往看林中無有人不見辟支佛在一樹下端坐思惟即前牽挽繫縛將來到賊帥邊欲共殺之時辟支佛作是念言我若默然爲彼所殺增其罪業墮墮地獄無由出期我今當爲現於神變令彼信伏作是念已身昇虛空東涌西没南涌北没身出水火或現大身滿虛空中而復現小如是展轉作十八變爾時羣賊見是變已甚懷惶怖即便各各五體投地歸誠懺悔時辟支佛受其懺已設諸餚饍請辟支佛發願而去緣是功德無量世中不墮地獄畜生餓鬼天上人中受大快樂乃至今者遭值於我出家得道佛告諸比丘欲知彼時賊師人者今長爪梵志比丘是爾時諸比丘聞佛所說歡喜奉行

孫陀利端正緣一百

佛在王舍城迦蘭陀竹林時波斯匿王夫人懷妊足滿十月產一男兒容貌端正世所無比兩目明淨如拘那羅鳥時王因名字拘那羅著諸瓔珞上妙衣服遣人抱行遍諸聚落問諸人言世間頗有如似我兒端正者不時聚落中有諸商人白大王言願王見恕施我無畏乃敢陳說王即答言但道莫畏於是商

人白大王言我所居止聚落之中有一小兒字孫陀利端正殊妙容貌似天勝於王子百千萬倍不可爲比又兒產時舍內自然有一涌泉香水冷美有諸珎寶充滿其中時波斯匿王聞商人語尋即遣使勑彼聚落云我自當往彼觀孫陀利時聚落主聞王欲來看孫陀利便共議言王今來者用何贍待不如先送作是議已即便莊嚴孫陀利著諸瓔珞上妙服飾往送與王王見孫陀利端正殊妙世所無比深生疑怪歎未曾有即將小兒往至佛所欲問所由受如是身小兒見佛三十二相八十種好光明普曜如百千日心懷歡喜前禮佛足却坐一面佛即爲其說四諦法心開意解得須陀洹果求索出家佛即告言善來比丘鬚髮自落法服著身便成沙門精勤修習未久之間得阿羅漢果時波斯匿王見是事已白佛言世尊今此孫陀利比丘宿植何福生時自然有此泉水及諸珍寶充滿其中又值世尊出家得道爾時世尊告波斯匿王汝今諦聽吾當爲汝分別解說此賢劫中波羅柰國有佛出世號曰迦葉有一萬八千比丘在山林中坐禪行道時有長者偶行值見心懷歡悅即還歸家備辦香水澡浴衆僧設諸餚饍供養訖竟復以珍寶投之瓫水奉施衆僧發願而去緣是功德不墮惡趣天上人中常有池水珍寶隨其俱生佛告大王欲知彼時大長者子澡浴衆僧設供養故常得端正今孫陀利比丘是爾時大王聞佛所說歡喜奉行

撰集百緣經卷第十

音釋

嬈而沼切亂也 黠胡八切慧也 ⿰齒齊在詣切齧沒齒也 噤巨禁切口閉也 嶮虛檢切與險同 蛭駃蛭職日切駃爽古切 韠騂迷切 瓫蒲奔切與盆同

修行道地經

西晉三藏竺法護譯

清刻龍藏佛說法變相圖

修行道地經序

造立修行道地經者天竺沙門厥名衆護出于中國聖興之域幼學大業洪要之典通盡法藏十二部經三達之智靡不貫博鉤玄致妙能體深奧以大慈悲弘益衆生助明震光照悟盲冥叙尊甘露蕩蕩之訓權現眞人其實菩薩也愍念後賢庶幾道者儻有力劣不能自前故總衆義之大較建易進之徑路分別五陰成敗所起變趣機微生死之苦以勸迷勵惑故作斯經雖文約而義豐探喻遠近防制奸心但以三昧禪數爲務解空歸無衆想爲定眞可謂離患之至寂無爲之道哉

修行道地經卷第一

西晉三藏竺法護譯

集散品第一

厥元由顯興　灼灼踰日光　德積甚巍巍
勝於帝王種　諸天及神仙　專精暴露成
多學博衆義　咸皆禮最要　天人龍鬼神
在世而精進　奉迎於世尊　三界無等倫
濟以無比慧　生死懼了除　佛正法衆僧
是三德無踰　當親斯道眼　諦說平等法
意採宣尊教　猶如出甘露　或有專修行
觀察於世俗　衆鬧若干種　生死之不安
沉溺於世根　猶朽車沒泥　不能自拔濟
當從衆典要　亦如採諸華　愍世是故演
專聽修行經　除有令至無

於是當講修行道經生死老病憂結啼哭諸不可意衆惱集會專修行者在家出家欲令究竟清淨之法志不轉還遂至甘露衆患爲絶其無救護無所依仰唯當棄捨一切諸求是故修行欲離惱者常當精進奉行此經即說頌曰

墮生老死而憂惱　身心所興有衆苦
欲得濟度不復還　學修行道莫有猒

何謂無行何謂爲行云何修行云何修行道其無行者謂念淫怒欲害親屬諸天國土弊及毀戒習惡麤言聽于不善不好學問自輕自慢與有著想起邪計常貪樂有身所居不處習近女色放逸懈怠而著情欲不離怒癡多緣衆求乍捨遠避縱恣自是放心睡疑失于精進常懷恐怖根門不定追逐衆事多於言語無有節度思樂長路及論邪說樂說戾

事順逐非法遠于道義是謂無行此於無爲而不可行於是頌曰

瞋恚貪欲念害命　常有樂身不淨想
邪智及順若干瑕　佛說是輩不可行

何謂可行不起瞋恚不念加害親近善友奉戒清淨言輙以道受教學問不自輕慢念計無常苦空非身處於可居不習女色除其放逸常志精進滅於塵勞少食知節救攝身行宿夜覺悟斂心不忘無有狐疑不懷恐怖寂定根門無有衆緣所說輙正平等解脫樂于閑居所觀如諦所未獲法當以懷來諸可逮法堅持不忘歡心聽采法化之要於諸衣食而知止足至存經道而無猒極習計非常不樂世間穢食之想也無爲之道所爲寂然如是輩法近於無爲是謂可行行在何許謂之泥洹於是頌曰

戒淨志樂無我想　唯聽經義隨善友
所見審諦如教行　佛說此則無爲道
諸可所趣衆法念　定若干意無苦猒
是爲講說德所聚　攝定諸根是謂行

何謂修行云何爲行謂能順行所習遵奉是爲修行其修及習是謂爲行何謂修行道專精寂道是謂修行道其彼修行而有三品一曰凡夫二學向道三無所學也所謂凡夫修行新學舊學未成爲此輩說修行道經其不學者以爲通達何所復論彼所以謂修行道地經寂然而觀云何寂觀趣於沙門四德之果云何四德謂爲有餘泥洹之界云何有餘謂其當至無爲之界云何當至無爲之界謂衆苦本一切除盡是故行者欲捨一切劇苦

之惱常當專精不與異行不傷教禁修建寂觀假使行者毀戒傷教不至寂觀唐捐功夫譬如有人鑽木求火數數休息而不專一終不到之既不獲火唐勞其功其以懈心欲求無爲譬猶亦然於是頌曰

常得寂然行於定　當捨憍慢及輕戲
以奉修行莫毀失　譬如冥夜開目行
如是行者見所趣　智慧如斯精進前
奉于正化未曾懈　乃至靖寞無爲道
徹觀衆玄微妙事　觀採大德所說教
此經洪訓名寂觀　吾鈔衆經以演說

五陰本品第二

從若干經採明要　立不老死甘露言
耳所聽聞明者行　清淨之慧除垢冥
入於寂然若日光　譬如月行照衆星
已獲度世當受教　是盛無量如秋月
恭敬羅漢而稽首　能仁如空頭面禮
歸命巍巍獲甘露　除世根芽種種欲
生若干種之果實　欣樂憂慼爲諸枝
佛解五陰而本無　當觀衆經從其源

修行道者當復觀身五陰之本色痛想行識是謂五陰也譬如有城若干家居東西南北合乃爲城色亦如是亦不一色爲色陰也痛想行識亦復如此非但一識名爲識陰彼有十八或色觀法是爲色陰也八百痛樂名之痛陰想行識陰各有八百乃名爲陰解五陰本亦當如斯於是頌曰

色痛想行識　五陰之所起　譬如有大城
若干家名色　非一色爲色　凡有十色入
痛樂有八百　想行識亦爾　慧人解此五

若干乃名陰　分別知非一　行者之所念

五陰相品第三

合集衆事而相連　用誰慧言捨佛教
習近愚冥不了了　譬如有樹多枝葉
其五觚生而分布　無巧便種亦如是
當了五陰爲若斯　黠人解慧明知此
所以生長有性地　所講法言如蜜塗
比丘喻蜂採華味　猶如蓮華之開剖
其慧覺了勝日出　佛復超越勝蓮華
佛之清潔無所著　是故稽首歸命尊
其相淡然達無礙　寂寞無想而得定
未曾有退還墮俗　而以救濟至無爲
秉意將導而示現　教訓羣萌如已行
以愍傷吾是故說　及爲當來衆生類

其修行者當解五陰相云何各知五陰之相有光相爲色有像相亦復爲色手所獲持亦名爲色若示他人亦復是色也習樂爲痛不樂不苦亦復是痛是爲痛想也識相爲想若男若女及餘衆物是曰思想有所造作名之爲行若作善行若作惡行亦不善惡是謂爲行曉相爲識善不善亦非有善亦非不善曉是爲識如是各了五陰之相於是頌曰

色者不安多瑕穢　佛說經教實如應
如其所言隨順行　分別五陰若干相

分別五陰品第四

而以甘露滅盛火　消除五陰諸苦本
其慧光明喻日光　三界普奉吾亦歸
佛能仁尊深慧力　解了清淨之智黠
順其所知而現義　採佛法教隨應說
當分別解聽其講　今爲道彼順定意

別了五陰本所興　博引衆義善思之

其修行者當分別了五陰行本何謂曉了五陰之本譬如四衢墮墮貫眞珠有人見之意中欣然欲往斂取其人目見眞珠之貫謂應色陰愛樂可意是謂痛陰初始見之識是貫珠名爲想陰其人生意欲取貫珠是爲行陰分別貫珠是爲識陰如是五陰如一貫珠一時俱行造若干行若從身出如一貫珠同時俱興退從五陰一切諸入亦復如是目所見色五陰皆從如是耳聲鼻香舌味身受心法心中四陰爲無色陰如是爲別五陰之本於是頌曰

無極之德分別說　如其所講經中義
貪欲者迷不受教　吾今順法承其講

五陰成敗品第五

明智之無世尊要　調順無底獲其際
已超境界無邊涯　稽首世尊稱無量
所講猶日月　照弟子若茲　了知于塵勞
除畏如萎華　其觀諸起滅　了五陰成敗
頤稽首彼佛　聽我說尊言

修行道者當知五陰成敗之變何謂當知五陰成敗譬若如人命欲終時逼壽盡故其人身中四百四病前後稍至便值多夢而覩瑞怪而懷驚恐夢見蜜蜂烏鵲鵰鷲住其頂上覩衆柱堂在上娛樂身所著衣青黄白黑騎亂髦馬而復鳴呼夢枕犬狗又枕獮猴在土上卧夢與死人屠魁除溷者共一器食同乘遊觀或以麻油及脂醍醐自澆其身又服食之數數如是見蛇纒身倒掣入水或自覩身歡喜踊躍拍髀戲笑或自覩之華飾墮牀以

灰坌身復取食之或見蟻子身越其上或見嚼齧狗犬獼猴所見追逐各還囓之或見要婦又祠家神見屋崩壞諸神寺破夢見駕犁犁墮鬢髮或時牙齒而自墮地又著伍白衣或見巳身裸跣而行麻油塗體宛轉土中夢服皮革弊壞之衣夢見他人乘朽敗車到其門户欲迎之去或見衆華甲煎諸香親屬取之以嚴其身先祖爲見顔色青惡呼前捉抴數作此夢遊埏塚間拾取華瓔及見赤蓮華落在頸墮大河中爲水所漂夢倒墮水五湖九江不得其底或見其身入諸叢林無有華果而爲荊棘鉤壞軀體以諸凡石鎮其身上或見枯樹都無枝葉夢緣其上而獨戲樂在於廟壇而自搏儛或見叢樹獨樂其中欣欣大笑折取枯枝束負持行或入冥室不知户出又上山嶽巖穴之中不知出處復見山崩鎮巳身上悲哭號呼或見羣象忽然來至蹹蹈其身夢見塵土坌其身首或著弊衣行於曠野夢見乘虎而暴奔走或乘驢狗而南遊行入於塚間收炭爪髮自見其身戴於枯華引入太山閻王見問於是頌曰

處世多安樂　命對至乃惱　爲疾所中傷
逼困不自在　心熱憂怖至　見夢懷恐怖
猶惡人見逐　憂畏亦如是

其人覺巳心懷恐怖身體戰慄計命欲盡審爾不疑今吾所夢自昔未有以意懅故衣毛爲竪病遂困篤震動不安譬如猛象羣衆普至蹹蹈芭蕉疾轉著牀其譬如是窮迫無計便求歸醫昆弟親族見困如此遣人呼醫所可遣人體多垢穢衣被弊壞或毛爪長戴裂

纖蓋其足履鉠木屐屧破乘朽壞車顔色正黑兩眼復青而數以手摩捫鬚髮所可駕牛或赤或黑又有正白急急呼醫促來上車於是頌曰

人行遊觀時　唯樂無益事　放恣於所欲未曾念於醫　體適有病疾　困篤著牀席然後乃請醫　欲令療其疾

於是其醫以意察之病者必死所以者何見此怪應視來呼人服色語言持壞纖蓋鬚爪毛亂又其日惡若四日六日十二日十四日以此日來者皆爲不祥醫即不喜以觸星宿失於良時神仙先聖所禁之日醫心念言雖值此怪星宿吉凶或可治療所以者何雖有病者方便消息本命未盡想當除愈若對至者不能令差以是言之不必在善日星宿吉凶是故慧人不從曆日而求良時神仙常言當求方便或風寒病命未盡者儻有横死是者可治設命應盡無如之何雖爾往而治之猶勝不行醫念此已即起欲去於是頌曰

譬如有二人　俱發行入海　或有到彼岸或而中斷絶　墮于疾病海　其譬亦如是儻時從病差　而有便死者

於是其醫已到病家則有惡怪便聞凶聲亡失焚燒破壞斷截剥撥掣出恐殺曳去發行拘閉當以占之不可復療以爲死已南方狐鳴或聞烏梟聲或見小兒以土相坌而復裸立相挽頭髮破罌瓶瓮及諸持器見此變已前省病人困劣著牀於是頌曰

醫則占視病者相　驚怖惶惶而不安
或坐或起復著牀　煩懣熱極如燒皮

醫覩如是便心念言如吾觀歷諸經本末是則死應面色惶懅眼中爲亂身體㿉黄口中涎出目𥇒眊昧鼻孔騫黄顔彩失色不聞聲香脣斷舌乾其貌如地百脉正青毛髮皆竪捉髮搯鼻都無所覺喘息不均或遲或疾於是頌曰

面色則爲變　毛髮則正竪　直視如所思
舌强怪已現　病人有是應　餘命少少耳
疾火之所圍　如焚諸草木

復有異經説人終時諸怪之變設有洗沐若復不浴設燒好香木蜜栴檀根香華香此諸雜香其香實好病者聞之如燒死人骨髮毛爪皮膚脂髓糞塗之臭也又如烏鷲狐狸狗鼠蛇虺之臭也病者聲變言如破瓦狀如咽塞其音或如鶴鴈孔雀牛馬虎狼雷鼓之聲其人志性變改不常或現端正其身柔輭或復麤堅身體數變或輕或重而失所願此諸變怪命應盡者有值數事不悉具有於是頌曰

覩見若干變　衆惱趣逼身　志懷於恐怖
遭厄爲若斯　人性敗如此　身變不一種
猶如竹葦實　自生自然壞

今我所學如所聞知人臨死時所見變怪口不知味耳不聞聲筋脉縮急喘息不定體痛呻吟血氣微細身轉羸瘦其筋現麤或身卒肥血脉隆起頰車垂下其頭顫掉視之可憎舉動舒緩其眼瞳子甚黒於常眼目不視便利不通諸節欲解諸根不明口中盡青氣結連藏諸所怪變各現如此於是頌曰

其病惱無數　血脉精氣竭　如水齧樹根

當愍如拔栽
於是醫心念言有如此病必死不疑古昔良
醫造結經文名曰於彼除恐長耳灰掌養言
長育急教多髯天友長益大首退轉顦顇太
白最尊路面調牛歧伯醫佪扁鵲如是等輩
悉療身疾於是頌曰
於彼之等類　尊法梵志仙　正救所有果
及餘王良醫　此爲至誠財　博知能度厄
愍以經救命　猶如梵造法
復有其醫主治耳目名曰眼眴動搖和調鬪
鈐鳴月氏英子篋藏善覺調牛目金禿梟力
氏雷鳴是上醫名主治耳目於是頌曰
眼眴醫之等　造合藥分明　除病之瑕冥
如日滅諸闇
復有瘡醫治療諸瘡名曰法財稚弟端正辭
約黃金言談是爲瘡醫等於是頌曰
其有能療治　百種之瘡痍　能除衆厄疾
如以脚平地　法財所以出　於世造經書
正爲治瘡病　令衆離患難
復有小兒醫其名曰尊迦葉耆域奉慢速疾
是等皆治小兒之病於是頌曰
譬如有瘡頭　捐務除貢高　故生於世俗
愍傷治小兒　此尊迦葉等　行仁以正法
哀念童幼故　則作於醫經
復有鬼神醫名曰戴華不事火是等辟除鬼
神來嬈人者於是頌曰
諸宿轉周行　人生猶亦然　主有所恐怖
而多有危害　造立是經者　悉爲解其患
如佛以正法　除愚令見明
正使合會此上諸醫及幻蠱道并巫祝說不

能使瘥令不終亡於是頌曰

造作罪塵勞　勤苦懷衆惱　病痛亂其志
多垢命日促　爲病所漂沒　死證見便怖
天帝諸神等　不救安況吾

醫心念言曼命未斷當避退失便語衆人今此病者設有所索飯食美味恣意與之勿得逆也吾有急事而相捨去事了當還故與此緣便捨退去於是頌曰

命欲向斷時　得病甚困極　與塵勞俱合
罪至不自覺　怪變自然趣　得對陰熟極
政使執金剛　不能濟其命

是時病家男女大小聞醫所説便棄湯藥及諸呪術室家眷屬宗黨比鄰親厚知識悉來聚會圍繞病者悲哀涕哭觀念病困譬如屠家羣中捕猪牽欲殺之餘猪悉聚驚怖側耳聽聲惶懅愕視譬如猛虎羣中搏牛餘牛見之驚怖而走或入山巖或投深谷又入樹間跳騰哮吼譬如魚師持網捕魚餘魚見之怖散沉竄石岸草底又如倉鷹臨其衆鳥有所獲取餘鳥見之各散飛去其人如是無常對至其身破壞家室親屬念當別離悲哀若斯命臨欲斷閻王使者自然來至期到見縛鐵箭所射上生死船罪所牽引即欲發去家室繞之放髮悲慟塵坌其目哀泣太息涕淚流面皆言痛哉奈何相捨椎胷鬱悒稱歎病者若干德行心懷懊惱於是頌曰

其人病苦困　身冷稍離熱　室家悉聚會
舉聲而悲哀　造業更苦樂　如蜂採華味
心遂受憂慼　并惱一宗門

其人疾病如是身中乃刀風起令病者骨節

解有風名析斷諸節解有風名震令筋脉緩有風名破骨消病人髓有風名藏變其面色眼耳鼻口咽喉皆青出入諸孔斷絶破壞剝剥其身復有一風名曰山脅令其身肉及膝肩肘背脊腹臍大小之腸肝肺心脾并餘諸藏皆悉斷絶有風名旋令其肪血及大小便生藏熟藏所食不通寒熱悉乾有風名節間令諸支節或縮或伸而舉手足欲捉虛空坐起煩憒有時戲笑又復太息其聲懇惻節節已斷筋脉則緩髓腦爲消目不見色耳不聞聲鼻不別香口不知味身冷氣絶無所復識心下尚煖魂神續在挺直如木不能動搖於是頌曰

其刀風起時　身動多不安　衆緣普皆至
悉不自覺知　其遭若干惱　命乃爲窮盡
譬如弓弩弦　緩絶不可用

爾時彼人其心周匝所有四大皆爲衰落微命雖在如燈欲滅此人心中有身意根其生存時所爲善惡即心念本殃福吉凶今世後世所可作爲心悉自知奉行善者面色和解其行惡者顔色不悅其人心喜面色則好當知所歸必至善道其面變惡心念不善則趣惡道如有老人而照淨鏡皆自見形頭白面皺齒落瘡痍塵垢黒醜皮緩脊僂年老戰疚設見如是還自羞鄙閉目放鏡吾已去少衰老將至心懷愁憂已離安隱至於窮極素行惡者臨壽終時所見惡變愁憸恐怖心自剋責吾歸惡道定無有疑亦如老人照鏡見身知爲衰至於是頌曰

金寳等所作　巧拙成不同　設有行惡者

沉没於深淵　已没雖更出　顧視無所依
如爲水所漂　臨亡亦若斯
其有行善爲有三輩攝身口意淨修衆德以
法爲財臨壽終時心懷喜踊吾定上天譬如
賈客遠行治生得度戹路多獲財利還歸到
家心悦無量又如田家耕不失時風雨復節
多收五穀藏著篅中意甚歡喜如病困得愈
得畢償債中心踊躍亦復如是猶蜂採華以
用作蜜積德亦爾其意大悦我定上天於是
頌曰
其有學正士　積累行眞法　已度於衆惡
自致得明道　譬如閑居者　高山望其下
彼人命盡時　見善道若斯
爾時其人命已盡者身根識滅便受中止形
譬如若稱隨其輕重或上或下善惡如是神
離人身住於中止五陰悉具無所乏少死時
五陰不到中止中止五陰亦不離於本也譬
如印章以用印泥印不著泥亦不離之如種
五穀苗生莖實不是本種亦不離本如是人
死精神魂魄不齊五陰亦不離本也隨本所
種各得果報其作善者在善中止履行惡者
在罪中止唯有道眼乃見之耳處於中止而
有三食一曰觸輭二曰心食三曰意識在中
止者或住一日極久七日至父母會隨其本
行或趣三塗人間天上行惡多者在中止見
大火起圍繞其身猶如野火焚燒草木塵雨
其形見烏鵰鷲惡人之類爪齒皆長面目醜
陋衣服弊壞頭上火然各執兵仗爲所撾棒
矛刺刀斫心懷恐懼欲求救護遥見叢樹走
往趣之爾時即失中止五陰入刀劒樹泥犂

之中墮地獄者神見如此於是頌曰
迷惑如醉象　違失聖法教　洿濁如潦水
心憒亂斯若　常損於正道　放心入邪徑
此人遭衆苦　命終墮地獄
行小惡者見大烟塵繞滿其身及爲師子虎
狼蛇虺羣象所逐又見故渠泉源深水崩山
大澗心懷恐怖起趣其中爾時即失中止五
陰墮畜生處見是變者知受獸身於是頌曰
習癡捨慧便　或醉墮冥道　惡口常麤言
喜行撾捶人　又爲犯罪殃　樂爲不善事
如是無慈者　生於畜獸中
罪若微者周匝四面有熱風起身體鬱蒸自
然飢渴遥見人來皆持刀仗矛戟弓箭而圍
繞之望見大城意欲入中適發此心即失中
止所受五陰生於薜荔其見如是變當知墮
餓鬼中於是頌曰
剛𥮆喜諳人　遠戒不順法　犯禁穢濁事
貪餮而獨食　墮於膿血處　飢餓煩惱熱
當知此人輩　定入爲餓鬼
清修德善涼風四來其風甚香若干種熏雨
其身上諸妓樂音相和而鳴瞻見園觀樹木
華果而悉茂盛發意欲往即時便失中止五
陰精神自然上忉利天於是頌曰
習法歸聖道　種福業生天　妓樂以自娱
遊諸華樹間　美艷玉女衆　端正光從容
常觀心欣悦　居止大山頂
行不純一或善或惡當至人道父母合會精
不失時子應來生父母德相而俱同等其母
胎通無所拘礙心懷喜踊而無邪念則爲柔
輭而不憪悷無有疹疾堪任受子而不爲輕

慢亦無反行順其正法不受濁汚即捐一切瑕穢之塵其精不清亦不爲濁中適不强亦不腐敗亦不赤黑不爲風寒衆毒雜錯與小便別應來生者精神便趣心自念言設是男子不與女人共俱合者吾欲與通起瞋怒心恚彼男子志懷恭敬念於女人瞋喜俱作便排男子欲向女人父時精下其神欣歡謂是吾許爾時即失中止五陰便入胞胎父母精合既在胞胎倍用踊躍非是中止五陰亦不離之入於胞胎是爲色陰歡喜之時爲痛樂陰念於精時是爲想陰因本罪福緣得入胎是爲行陰神處胎中則應識陰如是和合名曰五陰尋在胎時即得二根意根身根也七日住中而不增減又二七日其胎稍轉譬如薄酪至三七日似如生酪又四七日精凝如酪至五七日胎精遂變猶如生酥至六七日變如瘜肉至七七日轉如段肉又八七日其堅如坏至九七日變爲五皰兩肘兩髀及其頭項而從中出也十七日復有五皰手腕脚腕及生其頭十一七日續生二十四皰手指足指眼耳鼻口此從中出十一七日是諸皰相轉成就十三七日則見腹相十四七日生肝肺心及其脾腎十五七日則生大腸十六七日即生有小腸十七七日即有胃處十八七日生藏熟藏起此二處十九七日生脾及踌腸骸手掌足趺臂節筋連二十七日生陰齋乳頤項形相二十一七日體骨各分隨其所應兩骨在頭三十二骨著口七骨著項兩骨著髀兩骨著肘四骨著臂十二骨著胷十八骨著背兩骨著腕四骨著膝四十骨著足

微骨百八與體肉合其十八骨著在兩脅二骨著肩如是身骨凡有三百而相連結其骨柔輭如初生瓠二十二七日其骨稍堅如未熟瓠二十三七日其骨轉堅譬如胡桃此三百骨各相連綴足骨著足膝骨著膝蹲骨著蹲髀骨著髀髖骨著髖脊骨著脊胷骨著胷脇骨著脇肩骨著肩項頣臂腕手足諸骨轉相連著如是聚骨猶若幻化又如合車骨爲垣墻筋束血澆皮肉塗裹薄膚覆之因本罪福以果獲致此無有思想依其心元隨風所由牽引舉動於是頌曰

其立骨積聚　隨心輕放恣　在身見掣頓
猶如牽拽蛇　前世所造行　善惡所與法
譬若人行路　或平或荊棘

二十四七日生七百筋連著其身二十五七日生七千脉尚未具成二十六七日諸脉悉徹具足成就如蓮華根孔二十七七日三百六十三筋皆成二十八七日其肌始生二十九七日肌肉稍厚三十七日裁有皮像三十一七日皮轉厚堅三十二七日皮革轉成三十三七日耳鼻肩指諸膝節成三十四七日生九十九萬毛髮孔猶尚未成三十五七日毛孔具成三十六七日爪甲成三十七七日其母腹中若干風起有風開兒目耳鼻口或有風起染其髮毛或有端正或有醜陋又有風起成體顏色或白赤黑有好有醜皆猶宿行在此七日中生風寒熱大小便通於是頌曰

是身筋纏裹　諸血脉所成　不淨盛腐積
水洗諸漏孔　虛妄心使然　巧僞而合成

機關如木人　求之甚難得
三十八七日在毋腹中隨其本行自然風起宿行善者便有香風可其身意柔軟無瑕正其骨節令其端正莫不愛敬也本行惡者則起臭風令身不安不可心意吹其骨節令癭邪曲使不端正又不能男人所不喜也是爲三十八七日九月不滿四日其兒身體骨節則成爲人於是頌曰
人在身九月　則具諸體脉　骨節皆成就
滿足無所乏　腹中漸自辦　稍稍而成長
期至悉具足　如月十五日
其小兒體而有二分一分從父一分從毋身諸髮毛頰眼舌喉心肝脾腎腸血軟者從毋爪齒骨節髓腦筋脉堅者從父也於是頌曰
人體相連綴　皆由父毋生　若干之節解
因緣化成立　依而致顏色　悉當爲衰耗
衆材合起車　計軀由亦然　作前有二事
立身譬若斯　因父從毋報　然後乃得生
其小兒在毋腹中處生藏下熟藏之上男兒背外而面向內在於左脅也女子背毋而面向外處在右脅也苦痛臭處汚露不淨一切骨節縮不得申捐在革囊腸網纏裹藏血塗染所處逼迮依因屎尿瑕穢若斯其於九月此餘四日宿有善行初日後日發心念言吾在園觀亦在天上其行惡者謂在泥犂世間之獄至三日中即愁不樂到四日時毋腹中風起或上或下轉其兒身而令倒懸頭向産門其有德者時心念言我投浴池水中遊戲如墮高林華香之處也其無福者自發念言吾從山墮投於樹岸溝坑溷中或如地獄羅

網棘上曠野石澗劒戟之中愁憂不樂善惡之報不同若此於是頌曰

如投燒熱火　亂烟來圍繞　放逸果所致
處形若沸湯　苦樂之所由　皆因罪福成
在在生所作　受形各如是

其小兒身既當向生又墮地時外風所吹女人手觸煖水洗之逼迮毒痛猶如瘡疾以是苦惱恐畏死亡便有癡惑是故迷憒不識本來去至何所也適生在地血纏臭處鬼魅來嬈癎邪所中飛屍所觸蠱道巔鬼各伺犯之如四交道墮一段肉鵄烏鵰狼各來諍之諸邪妖鬼欲得兒便周匝圍繞亦復如是宿行善者邪不得便設宿行惡者衆邪即著兒初生時因母乳活稍稍長大因食得立於是頌曰

在於胞胎中　遭苦若干惱　既生得爲人
其痛有百千　諸根已成就　因出危脆身
有生必老死　是爲最不眞

兒已長大摶哺養身適得穀氣其體即時生八十種蟲兩種在髮根一名舌舐二名重舐三種在頭名曰堅固傷損毀害一種在腦兩種在腦表一名蜘蛛二名托擾三名憒亂兩種在額一名畢下二名朽腐兩種在眼一名曰舐二名重舐兩種在耳一名識味二名現味英兩種在耳根一名曰赤二名復赤兩種在鼻一名曰肥二名復肥兩種在口一名曰搖二名曰動搖兩種在齒中一名惡弊二名凶暴三種在齒根名曰喘息休止捽搣一種在舌名爲甘美一種在舌根名爲柔輭一種在上齗名爲來往一種在咽名爲嗽喉兩種

在瞳子一名曰生二名不熟兩種在肩一名曰垂二名復垂一種在臂名曰住立一種在手名爲周旋兩種在胷一名額坑二名廣普一種在心名爲班駮一種在乳名爲𢐍現一種在臍名爲圍繞兩種在脅一名爲月二名月面兩種在脊一名月行二名月根一種在背骨間名爲安豐一種在皮裏名爲虎爪兩種在肉一名消膚二名繞樹四種在骨名爲甚毒習毒細骨雜毒五種在髓名爲殺害無殺破壞離骸白骨兩種在腸一名蜣蜋二名蜣蜋嘴兩種在細腸一名兒子二名復子一種在肝名爲艱柴一種在生藏名爲忮忮一種在熟藏名爲太息一種在穀道名爲重身三種在糞中名曰筋目結目編髮兩種在尻一名流下二名重流五種在泡名曰宗姓惡族臥寐而覺護汗一種在髀名爲捶杖一種在膝名爲現傷一種在踝名爲鍼嘴一種在足指名爲燒然一種在足心名爲食皮是爲八十種蟲處在人身中晝夜食體於是頌曰

從頭髮下至足　遍中蟲消食人
計念之爲瑕穢　譬喻比如濁水
從己生反自殘　如刀怨患害人
常來齧傷其身　若流水浸兩岸

其人身中因風起病有百一種寒熱共合各有百一凡合計之四百四病在人身中如木生火還自燒然病亦如是本因體與反來危人及其身中表八十種蟲擾動其身令人不安豈復況外諸苦之惱也計身如是常有憂患凡夫之士自謂爲安不聞不解所以者何不見諦故於是頌曰

髮毛諸爪齒　心肉皮骨合　精血寒熱生
髓腦脂生熟　諸寒涕唾淚　大小便常漏
非常計不淨　愚者謂爲珍
計念人身覆以薄皮如合棗㮈皮甚薄少少
耳以僞蓋之人而不知假使脱皮如困鈍肉
何可名之爲是人身骨節相拄如連鐵鎖審
諦如是尚不足蹈況復親近而目視之於是
以偈而歎頌曰
計本爲瑕穢　譬如臭爛屍　亦若諸塵垢
體蟲俱復然　亦如畫好像　會當歸腐敗
以諦見本無　安可附近之
計人在世所作禍福不盡其壽亦有中夭而
死譬如陶家作諸瓨器或始作而破者或欲
成刀治坏時破者或在塼上破者或下時破
者或著地時破者或拍時破者或坏燥時破
者或陶中破者或熟時破者或移時破者或
用時破者設使不用久久會皆當破也人亦
如是有初發意向來未至死者或有二根胎
始如生酪有如熟酪㿜肉健肉墮者或具足
六情或不具足而有死者向欲生時有適墮
地一日百日一歲十歲學業死者或二十三
十四十五十從一歲死至到百歲雖後長壽
會當歸盡如是五陰計本皆空展轉相依須
臾有起須臾有滅舉足下足而皆無常愚癡
之人不聞不知反計有身從少至老皆謂我
所呼爲一種不知非常之變也修行道者思
惟計之從是致是無是則無何謂從是致是
者因本之行所作殃禍故致死亡而在中止
至于胞胎精神處之形如薄酪㿜肉健肉稍
至堅肉因有六根六根具足則便出生從少

小身及至中年乃到老病當復歸死其五陰轉於生死之輪常如川流無有休息一切皆空譬如幻化如是顛倒至於老死譬如大城西門失火從次燒之乃到東門皆令灰燼計東門火非是初火也然其燋燃不離本火人亦如是從本因緣隨其禍福當觀如此從是有是也何謂無是則無有也無有卤福及餘塵勞則不歸死以不歸死不在中止設無中止何從有生以不有生其老病死何由而有也計生死流本末如此修行道者當觀五陰所從成敗於是頌曰

明識諸慧義　心淨如月盛　秉志而專一
愍哀三界人　如蓮華於水　甘美柔輭成
口之所宣說　聽者則欣達　分別演本起
了之歸滅盡　能仁悉究竟　以愍衆生故
吾從佛經教　省采而鈔取　因佛之講說
故造修行經

修行道地經卷第一

音釋

觚攻平切稜也　髦莫褒切鬣也　髀蒲米切股骨也　裸魯果切赤體也　跣息淺切足履地也　蹹達合切踐也　坌步悶切塵坌也　瓮烏貢切罌也　痿邕危切痺濕病　眊莫報切目不明貌　搯苦洽切曰爪刺也　顫掉顫之膳切掉杜弔切顫掉寒動也　噦於月切嘔也　眴音舜目動也　愕逆各切驚懅也　㓟疋美切剝也　瘻力朱切曲脊也　疚為救切顫也　檛竹瓜切箠也　洿音烏濁也　飻天結切貪食也　瘜音息惡肉也　䠞市兗切腓腸也　瓠胡故切匏也　鵄稱脂切鳶也　耗呼毛切　捽子沒切　摵音減　齗魚斤切齒根肉也　嗽音朔　穜音凍　嚚音銀　喍音柴　忮支義切　忕之若切痛病也

修行道地經卷第二

西晉三藏竺法護譯

慈品第六

賈人行曠野　饑渴於厄道　導師救護之
將至水果處　以無爲之道　消滅諸垢毒
積安得等心　稽首佛世尊　本船在巨海
向魚摩竭口　其船入魚腹　發慈以濟之
向没之頃間　度人及珍寶　知無數百千
終始之苦樂　超越諸先聖　其德如大山
道智逾日光　奉願稽首慧

修行道者當棄瞋恚常奉慈心或有行者但口發願令衆生安不曉何緣救濟使安雖有此言柔輭安隱不爲慈心平等定故修行道者莫爲口慈或修行者發意念慈欲安一切衆生之類有此慈心亦爲佳耳非是道德具足之慈也欲行大道莫興小慈於是頌曰

設使學道士　心口言念慈　則自媿安隱
亦獲薄福祐　譬如師治箭　失墮火燒之
安能使其箭　成就而可用

修行道地建大弘慈當何行之設修行者在於暑熱求處清涼然後安隱在冰寒處求至温暖然乃安隱如飢得食如渴得飲如行遠路疲極甚困而得車乘然後安隱如見住立而得安坐如疲極者得卧安隱如人裸形得衣覆蓋如身有垢沐浴澡洗心大欣歡安隱定寂然若干種苦各得所便身志踴躍得諸安故執心不亂所可愛敬親親恩愛父母兄弟妻子親屬朋友知識皆令安隱一切衆生諸苦惱者亦復如我身得安隱十方人民悉令度脱身心得安欲使二親宗族中外悉令

安隱次念凡夫人等加以慈普及怨家無差特心皆令得度如我身安設使前念十方人民中念怨家其心儻亂初始之心不能頓等怨家及友中間之人者當作是觀我所懷結增於怨家此心已過今已棄捨更甚愛之念如父母及身妻子亦如宗親敬之如是不復懷恨察其本源五道生死或作父母家室妻子兄弟朋友但其久遠不復識念以是之故不當懷怨於是頌曰

當發行慈心　念怨如善友　展轉在生死
悉曾爲親族　譬如樹生華　轉成果無異
父母妻子友　宗親亦如是

修行道者心自念言假使瞋恚向於他人則爲自侵也如木出火還自燒身若如芭蕉生實便枯如騾懷軀還自危身吾亦如是設懷瞋恚自侵猶然有起瞋恚向他人者儻用此罪墮於蚖虵或入惡道諦觀如是不當懷惡若憎於人當發慈哀於是頌曰

其有從瞋恚　怨害向他人　後生墮蚖虵
或作殘賊獸　譬如竹樹劈　芭蕉騾懷妊
還害亦如是　故當發慈心

其修行道者當行等慈父母妻子兄弟朋友及與怨家無遠無近等無憎愛及於十方無量世界普以慈向未曾增減有如此行乃應爲慈於是頌曰

其行慈心者　等意無憎愛　不問於遠近
乃應爲大慈　等心行大哀　及至三界人
行慈如是者　其德踰梵天

其修道者成具慈心火所不燒刀刃不害毒亦不行衆邪不得便於是頌曰

刀刃不能害　縣官及大怨　邪鬼諸羅剎
蚖虵雷霹靂　師子并象虎　及餘諸害獸
一切不敢近　無能中傷者

修道習慈行當如是夜寐安隱寤以歡然天人宿護未曾惡夢顏色怡悅衣食不乏生於梵天所在之處常端正好眼白黑分明身體柔輭少於疾病而得長壽諸天恭敬所趣得道佛所稱歎消於塵勞逮不退轉以獲安隱至無餘界而得寂度皆由慈心於是頌曰

其有行慈者　端正衣食豐　衆人皆宗仰
長壽明如月　卧覺行止安　神天悉擁護
生梵天人敬　世尊所稱歎

是故修道當行慈心於是頌曰

其行慈心向一切　除諸瞋害是謂慈
今吾以現衆德本　觀察佛經而鈔說

除恐怖品第七

諸所當覺了　分別悉解之　覩諸過去佛
明達爲若斯　用正等覺故　是以號曰佛
明智及天龍　莫不歸命奉　教化諸部界
除去衆瑕穢　化惡杳冥者　令心獲光明
得安脫諸苦　除去衆恐怖　願稽首彼佛
歸命於最勝　佛降於不調　象吼如雷震
秉志聲普聞　悉出永蒙度　愚癡而自恣
奔走如暴雨　象名爲檀鉢　以制伏貢高
及諸龍神王　懷毒眼出火　佛以善化救
其身常寂然　解脫而無礙　今吾願稽首
歸命寂然勝　世尊之足下　覩魔懷恚毒
變化普爲火　戴山負兵仗　持刀及矛戟
蚖虵擎大樹　欲來危世尊　諸鬼神普至
不懼亦不懅　其毛如錐刀　周匝而圍繞

計數甚衆多　不以爲恐畏　亦未曾驚疑
而無諸愚癡　已棄諸畏難　願歸命最勝

其行道者若在閑居及於屏處儻懷恐怖衣毛爲竪當念如來功德之善形像顏貌及法衆僧思其戒禁分別解空知爲六分十二因緣奉行慈哀假使恐怖各念此事無所復畏於是頌曰

或以恐怖而躃地　不能自正立於法
教令堅住持戒法　如風吹山不能動
譬如彼蜂採華味　吾鈔諸經亦如是
其文雖少所安多　欲除恐怖故講是

分別行相品第八

本失於寶珠　墮之于大海　即時執取器
抒海求珠寶　精進不以懈　執心而不移
海神見如是　即出珠還之　適與此方便
休息意天王　超至大寶山　不以爲懈倦
能究竟本無　稽首無所著　所願而不轉
歸命禮最勝　如龍王蟠結　端坐亦如是
求道以精進　大力超得佛　獨步於七日
能忍化王女　稽首彼至尊　信見而不轉

其修行道者心設自念在於生死不可稱計習婬怒癡以來甚久人命既短又復懈怠安能一生除盡諸瑕乎若有此念當作是觀譬如故舍初無居者若干之歲冥不燃燈執火而入冥即消索也雖爲久習塵垢衆毒以有智慧諸瑕則滅所以者何智慧力強愚癡劣故於是頌曰

欲求道義莫懈怠　以得法利離衰耗
承佛光明之智慧　除婬怒癡悉永盡
誰能奉斯順道如是唯有信者精進智慧無

諂有志爾乃順行何謂爲信見知萬物皆歸無常所可受身悉爲憂苦三界悉空一切諸法計皆無我解如此者是謂爲信於是頌曰

其修行道者　計知世不安　萬物盡非常
其受身皆苦　三界悉爲空　一切法無我
所在能受行　是故謂有信　設有吾我想
則爲顛倒人　能解了悉空　即當知是佛
獲致甘露道　覺了如是者　無有能動揺
此乃謂爲信

修行道者何謂精進假使行者專精空無心不捨離是謂精進設野放火稍來近坐并燒衣服上及首目心當念言火燒我頭正使燋燃骨肉皮肌令我身死終不捨行所以者何雖燒吾身爲不足言其內體中婬怒癡火展轉生死三惡道中燒我身來無央數世也未得究竟至於道德雖燒一身不足爲救但當力濟婬怒癡火已得滅度不復退還已無有身則無內外諸火之患此婬怒癡不可輕滅譬如以糠火欲消銅鐵終不能也執心堅强一切方便乃可除盡婬怒癡病於是頌曰

其有專精於道德　當爾之時莫惜命
譬如有象洗其身　沐浴適淨復卧土
假使急厄來及已　雷霆霹靂不以驚
譬如萎華人不惜　捐棄塵勞當如是

修行道者何謂智慧曉行寂定時又知當觀時知察慧時知受法時了知定意正受之時亦知遲疾從定起時分別已心所有善惡譬如良醫知腹中病也當制其心莫令放恣譬如健象墜向溝井將象之者以御抑之不令墮落修行道者制斷外著亦當如是知心因

緣諸想所湊譬若明者知食所便又如宰人知君主意所嗜可否也了知方便一心解脫進止所趣猶如金師別金好醜設行道者離於明智不了道趣心懷恐懼以是爲非以非爲是則不成慧其行道者設得一禪至第二禪則自畏懼謂爲失禪不知轉寂也心自念言咄我迷誤本有善應而今反失心更移走也在歡喜悅離於定意則自限心而不得前懷疑如此便爲失禪謂成不成謂不成爲成云何了知禪定之意專弘秉志入第一禪心在滅定適作是行入第二禪所以迷者久習俗事未知正諦及諸漏盡用不了諦志在所漏故也求第二禪不能制心則不具禪是故行者當知此非也設行者明不作是迷則不失禪斯謂智慧於是頌曰

假使曉了身諸法　則知其意所歸趣
方便制止心所趣　譬如鐵鉤調白象
其有明解定意時　分別寂觀亦如是
當以智慧無猶豫　住於道德如法教

修行道者云何不邪謂不諛諂其心質直專精行道敦信守誠設使在行而不爲行諸所塵勞不可之事悉向法師說其瑕疹譬如病者而有疾苦悉當爲醫至誠說之法師觀察行者志意應所之短爲其說法於是頌曰

行者懷質直　其心無諛諂　承受法師戒
斷諸塵勞垢　安隱善清淨　專精修道行
奉經如佛教　遵法猶戰鬬

假使行者情欲熾盛爲說人身不淨之法有三品教一曰身骨如鎖交拄相連二曰適受法教便觀頭骨三曰已了是觀復察額上係

心著頭假使瞋怒而熾多者爲說慈心慈有四品一曰父母宗親二曰中間之人無大親踈三曰凡人衆庶四曰以得是行等施慈心護於怨家仁心具足則除九惱及與横瞋分别此義雖有親厚則遠離之何謂九惱而横瞋者一曰心自念言此人未曾侵横枉我二曰此人後儻侵我三曰今復欺我四曰過去之時枉我親友五曰後儻復侵我親友六曰於今現復欺我親友七曰其人前時敬我怨家八曰後儻復敬九曰於今現復敬之雖有是心悉當棄捨何能令人不侵已身但當自守不侵人耳是我宿罪不善之報致此惡果也吾親友本亦有罪故致此患也及吾怨家素與彼人宿舊親親又有福德令人敬耳三品九惱不足懷恨何謂横瞋未曾相見見便恚之即當思惟此人未曾侵枉我身今亦無過後且無失何故懷惡視他人乎其發惡心横加於人還自受罪譬如向風揚塵還自坌身修行道者不能滅恚令不起者此輩之人不入道品如坏盛水不能致遠也能制恚者如水澆火則無所害是應修行入於道律以是之故雖遭苦惱刀鋸截身莫起瞋恚如燒枯樹無有恨心況復瞋恚向精神者於是頌曰

等觀於已身　凡人怨無異　棄捐諸九惱
立志不横瞋　制心不懷恨　如枯樹無恚
修行道地者　如是無瑕穢

修行道者設多愚癡當觀十二因緣分别了之從生因緣而有老死設不來生則無終始於是頌曰

不癡則無生　已除老死患　覩本無有始
何從致衰盡　原因六情興　多亂故致癡
從癡有結網　轉成愚冥癡

修行道者設多想念則爲解說出入數息喘息已定意寂無求於是頌曰

數息求止及相隨　覩正諦想心便止
本性淨者奉如是　獨坐多想不成行

修行道者設多憍慢爲說此義人有三慢一曰言我不如某二曰某與我等三曰我勝於某有念是者爲懷自大當作此計城外塜間棄捐骨髓頭身異處無有血脉皮肉消爛當往觀此貧富貴賤男女大小端正醜陋枯骨正等有何殊别本末終時肉依皮裹血潤筋束衣服香華瓔珞其身譬如幻化巧風所合因心意識周旋而行至於城郭國邑聚落出入進止作是觀已無有憍慢本無觀者見於塜間及一切人等而無異於是頌曰

其有豪富貴　乘駕出城遊　及散棄塜間
計之等無異　閑居處樹下　若有作是觀
執心而行道　慢火不能燒

法師說經觀察人情凡十九輩以何了知分别塵勞爾乃知之何謂十九一曰貪婬二曰瞋恚三曰愚癡四曰婬怒五曰婬癡六曰癡恚七曰婬怒愚癡八曰口清意婬九曰言柔心剛十曰口慧心癡十一曰言美而懷三毒十二者言麤心怒十三者惡口心剛十四者言麤心癡十五者口麤而懷三毒十六者口癡心婬十七者口癡懷怒十八者心口俱癡十九者口癡心懷三毒於是頌曰

其有婬怒癡　合此爲三毒　兩兩而雜錯

計更復有四　口柔復有四　口癡言癡四

世尊之所説　人情十九種

何而知人有貪婬相文飾自喜調戲性急志躁怱怱性如獼猴而多忘誤智計淺薄無有遠慮舉動所爲不顧前後造作不要多事恐怖多言喜啼易詐易伏安隱易解不耐勤苦得小利入大用歡喜亡失少少而甚憂慼聞人稱譽歡喜信之伏匿之事悉爲道説體温多汗皮薄身臭毛髮希疎多白多皺不好長鬚白齒趨行喜淨潔衣好著文飾莊嚴其身喜於薄衣多學技術無所不通數行遊觀常喜含笑綺飾奉戒性和敬長見人先問巧黠妍雅性不很戾慚愧多慈分别好醜取與交易柔和多哀多所恩惠於諸親友放捨施與所有多少不與人諍所惠廣大觀顧身形所作遲緩了知世法悉能決斷若見好人敬而重之覺事翻疾工於言語黠慧言和多有朋友不能久親少於瞋恚尊敬長老卧起行步而不安詳雖學于法愛欲財物親屬朋友捨不堅固結友不久聞色欲事即貪著之説其惡露尋復猒之易進易退以是之故爲貪婬相於是頌曰

卒暴輕舉如獼猴　常歡喜笑及喜啼

得利大喜失甚憂　多於言語易降伏

迷惑怱怱而驚恐　自喜易詐信人語

志性多忘無遠慮　好安戒法而有慧

貪視於色志善施　綺顧其身敬朋友

舒緩體温爲多汗　喜信慚輭而有勇

於法財色及親友　不可便疎尋即悔

諸所造惡即能得　雖疾知之速亡失

華飾莊嚴其衣服　所作不要而敬老
智者奉之有覺志　通達能明而和解
常喜出城行遊觀　美於言語亦樂聽
利口便辭能分別　所處卧坐不忍久
柔輭性至誠　輕事不顧後　志卒不耐苦
朋友好惠施　憎長鬚喜短　自喜然而臭
巧黠多皺白　奉戒慧無礙　見人先問訊
衣薄面齒淨　有慈易從事　趣行不惜財
別知人行慈　易教不很戾　佛說性如是
爲應貪婬相

當何以觀瞋恚之相解於深義不卒懟恨若怒難解無有哀心所言至誠惡口麤獷普懷狐疑不尋信人喜求他短多竊少寐多有怨憎結友究竟仇讎難和所受不忘無有恐驚人怖不懼多力反復不能下屈多憂難訓身體長大肥頸大頭廣肩方額好髮勇猛性難折伏所可聽受遲鈍難得既受得之亦復難忘若失法財所欲親友永無愁顧難進難退以是知之爲瞋恚相於是頌曰

志性剛強深解義　普疑於人求長短
少於睡眠難屈伏　性朦難學亦難忘
能忍勤苦叵觸近　無所畏録不卒瞋
身口相應難諫曉　勇猛有力而剛強
少恐尠友多怨憎　少安有友身廣大
所可作爲不退悔　棄法財友不顧念
一捨所親不思之　未曾還變亦不休
勤力精進修大事　佛說是輩爲瞋相

云何察知愚癡之相謂性柔輭喜自稱譽無有慈哀壞於法橋常而閉目面色憔悴無有黠慧愛樂冥處數自歎息懈墮無信憎於善

人常喜獨行寡見自大作事猶豫不了吉凶不別善惡若有急事不能自理又不受諫不別善友及與怨家作事反戾弊如虎狼被服弊衣身體多垢性不自喜鬚鬢髮鬈亂不自整頻多憂嗜卧多食無節人倩使之而不肯行不倩不使而更自為當畏不畏不當畏者而反畏之當憂反喜當喜反憂應哭而笑應笑而哭設有急事使之不行適去呼還不肯反顧常遭勤苦強忍塵勞有所食噉不別五味言語多笑喜忘重語嚼舌舐脣後而嘸斷行步卧起未曾安隱舉動作事無所畏難不知去就佛說是輩為愚癡之相於是頌曰

弱顏愚無慈　強額而自譽　眼目不視眴
憔悴數歎息　獨行然無信　嫉賢及懈怠
常憂多狐疑　不別諸善惡　體面多塵垢
不知善惡語　作事多憒閙　不能自究竟
所倩使不肯　不使而反行　當畏而不畏
不畏而反畏　應喜而反憂　應憂而反喜
當哭而反笑　當笑而反哭　貪餮食無飽
不別反怨讎　志性喜很戾　無慧遭苦惱
鬚鬢常鬈亂　無信喜居冥　不別知五味
多卧如虎狼　寡見而貢高　嚼舌而舐脣
弄口而喜斷　所語而多笑　卧處而不安
諸急事難進　呼還而突前　性爾為癡相

何謂婬怒癡相向所說婬怒癡是也婬怒癡相亦如是其與一切塵勞合者是謂婬怒癡相於是頌曰

其處於塵勞　與婬怒俱合　當觀婬怒相
是為癡無慧　一切前所說　貪欲諸垢穢
有婬怒愚行　則知不離癡

何謂口欲心欲者語言柔輭順從不違身所不欲不加於人言念輙善安隱可意譬如好樹其華色鮮果實亦美口欲心欲亦復如此於是頌曰

其語常柔和　順從言可人　言行而相副
心身不傷人　譬如好華樹　成實亦甘美
佛尊解説是　心口之婬相

何謂口欲心怒者口言柔輭而心懷毒如種苦樹其華色鮮成果甚苦心柔懷毒亦復如此於是頌曰

其口言柔輭　而心懷毒害　視人甚歡喜
相隨如可親　口言而柔順　其心内含毒
如樹華色鮮　其實苦若毒

云何知口欲心癡者言語柔和其心冥冥不能益人亦不欺人譬如畫瓶視表甚好裏空且冥口欲心癡亦猶如此於是頌曰

口言有柔和　而心懷冥癡　當知此人輩
口婬而心愚　觀其口如慧　心中冥如漆
好外如畫瓶　其内空且冥

何謂口欲而心怒癡所言柔輭念善尠少性不調順或復念惡又時不念善惡不別也其性難知譬如甜藥雜以鹹苦不可分别其有口欲而心怒癡亦復如此於是頌曰

其有口言欲　心懷諸怒癡　譬如醍醐蜜
雜以辛苦鹹

何謂口剛而心婬者語言剛急中傷於人衆所憎惡不欲見之無有敬者譬如父母呵教子孫雖口剛急而心猶愛譬如瘡醫破洗人瘡當時大痛久久除愈心甚歡喜其有口剛而心婬者亦復如此於是頌曰

有現口言急　而心懷婬欲　譬如夏日熱
其光照冷水

何謂口剛而心怒者口言麤獷所可懷念無
有慈善不欲人利譬如苦藥復和以毒設飲
病人吐之不服設飲消時則害人命其口剛
急而心怒者亦復如此於是頌曰

其口言急無親敬　心念弊惡而懷毒
常喜侵枉於他人　當觀此輩行雜毒

何謂口麤而心癡者言常剛急惡加於人舉
動所作心不自覺不念人善亦不念惡譬若
如賊拔刀恐人而不能害如是行者知爲口
急而心愚癡於是頌曰

口言剛急心不害　喜怒於人無所加
譬如拔刀無所施　口麤心癡亦如是

何謂口麤心懷三毒也口言剛急或善於人
又復加惡作念不善亦不能惡譬如大吏捕
得盜賊其下小吏恐責其辭又復有吏誘進
問之其次小吏鞭杖拷之又復有吏不問善
惡亦不拷責是謂口麤而懷三毒者而是頌
曰

口言而剛急　其心懷三毒　志性如是者
不善不爲惡　行跡若斯者　名之中間人
勤苦及安隱　是事雜錯俱

何謂口癡而心欲者無所別知人與共語都
無所解不曉善惡義所歸趣心常自念當何
以加益於人也至於趣事如所思念不失本
要譬如冥夜興雲降雨其口癡心欲亦復如
此於是頌曰

其有口癡而心婬　口所言說不了了
如龍興雨而不雷　口癡心婬亦如是

云何爲口癡心剛不能施善亦不加惡常心念言以何方便中傷於人設得便者輙危害人譬如以灰覆於炭火行人蹈上便燒其足口癡心怒亦復如此於是頌曰

口癡而心剛　不柔無惡言　常懷惡加人
不念人善利　所言不了了　藏惡在於心
如灰覆炭火　設蹈燒人足

何謂口癡而心懷冥不能以善加施於人亦不加惡心亦不念他人善惡無所增損所以者何無勢力故譬如火滅以灰覆之若持枯草及乾牛屎積著其上手觸足蹈無所能燒而不成熟所以者何無所堪任口癡心冥亦復如此於是頌曰

其有口愚癡　而心懷闇冥　都不能念惡
亦不能念善　不能成辦事　亦不不爲能
如暴秋中暑　無所能成熟

何謂口癡心懷三毒口無所犯不益於人少所中傷晝夜思念以何方便中傷於人又復心念云何饒人或心念言不損益人譬如故瓶盛淨不淨而蓋其口不見其裏發口則現也口癡心懷三毒亦復如此於是頌曰

作性喜反戾　口言不了除　而懷婬怒癡
盛滿以臭穢　譬如大故瓶　受諸淨不淨
不能益於人　亦都無所損

其爲法師以此十九事觀察人情而爲說法其婬相者云何解說爲講法言習欲多者墮於地獄餓鬼之中然後得出復作婬鳥鸚鵡青雀及鴿鴛鴦鵝鶩孔雀獮猴野人設還作人多婬放逸輕舉卒暴仁當察此曼及人身觀知罪垢惡露不淨莫習婬欲於是頌曰

其多習婬色　憍慢速自燒　在人若畜生
地獄餓鬼中　生彼還自害　塵勞火自燒
欲令解脫此　修行故說是

設多瞋者墮其行跡而爲說法犯衆瞋恚墮於地獄餓鬼之道從惡處出當作毒獸鬼魅羅刹反足女鬼溷鬼之類又作師子虎狼蛇虺毒蟲蚊虻蜂百足之蟲設從此道還生世間形貌醜陋人所不媚常當短命而多疾病身體不完以是之故殃罪分明常奉慈心除其瞋恚於是頌曰

人多懷瞋恚　衆共所憎惡　坐是墮惡道
多病不安隱　墮鬼及毒獸　既作人下賤
既行慈心者　即除瞋恚冥

設多愚癡爲說此法矇冥興盛死墮地獄餓鬼之路若在畜生則作癡獸謂牛羊狐犬騾驢猪豕之屬設還人道性不決了少明根弱當多疾病六情不完生於夷狄野人之中從其入冥以是教之觀十二緣除愚冥本於是頌曰

多習愚癡者　諸根不完具　生於牛羊中
然後墮地獄　假使修學人　願度此惡道
欲得脫斯冥　當觀十二緣

設多婬怒當行二事觀其不淨又奉慈心若多婬癡爲講二事空無及慈設怒癡盛爲說二事導以慈心并了癡本於是頌曰

行慈觀不淨　攻治婬怒癡　教色諸愚者
十二緣不明　若人瞋恚盛　及癡甚陰冥
當爲講慈心　十二因緣本

若有口婬而心欲者爲說無常空寂之義也心怒口恚唯講慈仁也口癡心冥講十二緣

其餘四種衆病備有一者口婬心懷三毒二者口怒婬恚癡具三者口愚内懷三垢四者有人純懷三毒其解法師當爲此輩說法教化令其寂然觀因緣本所以者何是等種類塵勞純厚積諸罪殃而自纏裹雖爲現法不見聖諦唯當教之諷經勸進緣是之故專在誦務塵勞轉薄雖不獲道可得上天於是頌曰

其有行犯婬　而心瞋恚癡　當教諷誦經
及勸使爲福　塵勞雖興盛　緣是除罪蓋
因斯之方便　然後得生天

譬如有人修治樹園地高下之丘墟平之溉灌以時拔去荊棘穢草蘆葦邪生諸曲橫出不理皆落治之棄著垣外令其順好樹木無礙根生葉茂皆悉護之令不折傷以是之故樹木轉大華實興盛其修行者受法師教除婬怒癡欲想諸穢以是之故行遂長成至于得道於是頌曰

其樹木曲戾　斜出不順生　荊棘諸瑕穢
悉落治令正　以若干方便　修理乃得成
修行治法樹　奉經亦如是　除去婬怒癡
受師百千教　滅去諸瑕穢　如園師修樹

法師說經察以四事何謂爲四一曰博學而得至道二曰懷來以道其於學問不能論義三曰博學道德未得成就四曰無知無道復有四法一曰初猶法師從其啓受知義解法二曰雖解其義不能微妙三曰分別淺法不能至深四曰不知其義亦不曉了如是學法所習唐苦譬如兩人俱不曉泅墮於深水欲相挽濟反更溺死譬如盲牽盲欲有所至中

道迷惑竟不能逹不知義者亦不曉慧而欲說法欲有所救亦復如此於是頌曰
譬如人博學　衆善無央數　以得度無極
若人越大海　善入淨如諦　而無有智慧
但可取其要　不能獲深義　若習入道者
隨順不違律　以能敬受教　如是有反復
譬如近尊者　必當獲大利　其學修行道
所求義必進　但解進其義　而不能微妙
如人食空羮　而無有飯具　從師諮受義
不了妙如是　不能解大道　不至正眞慧
設使不入道　不能分別說　則不解於慧
無義不了了　如盲欲御盲　不能至所趣
無義亦無慧　譬之亦其然
其修行者計有三品一曰或身行道而心不隨二曰或心行道而身不從三曰修道身心俱行也何謂身行而心不隨假使行者結跏趺坐正直端心譬如柱樹未曾動揺而現此相內心流逸色聲香味細滑之念所更不更而普求之其心放恣不得自在譬如死屍捐在塜墓虎狼禽獸飛鳥狐犬各諍食之身定心亂由亦其然斯爲修行道德地者身定心亂於是頌曰
結跏趺端坐　不動如大山　其心內迷散
情猶象隋澗　如是修行者　身定而心亂
譬若樹狂華　不成果而落
何謂修行道地者有心在道而身不從身不端坐成四意止是時心定而身不安於是頌曰
假使心性自調和　住四意止無他想
是時則名四意止　雖身不定心不亂

修行道地何謂身心而俱定者身坐端正心不放逸内根皆寂亦不走外隨諸因緣也當爾之時身心端定都不可動以此知之身心等定於是頌曰

其身心俱定　内外不放逸　寂然跏趺坐
如柱之難傾　見於生死諦　如水漂岸樹
身心而相應　疾成道德果

修行道地專精於道而不動轉如是寂滅速至泥洹於是頌曰

講說若干之要義　如乳石蜜和食之
其無諛諂能承法　則以佛教自調順

修行道地經卷第二

音釋

湊倉奏切聚也　咄當沒切呵也　疹止忍切瘍也　舐善指切舌餂也　噤巨錦切口閉也　拷苦浩切打也　蚑音岐蟏蛸別名也　泅似由切泳也

修行道地經卷第三

西晉三藏竺法護譯

勸意品第九

修行道地以何方便自正其心吾曾聞之昔有國王選擇一國明智之人以爲輔臣爾時國王設權方便無量之慧選得一人聰明博達其志弘雅威而不暴名德具足王欲試之欲知何如故以重罪欲加此人勑告臣吏盛滿鉢油而使擎之從北門來至於南門去城二十里園名調戲令得到彼設人持油墮一滴者便級其頭不須啓聞於是頌曰

假使其人到戲園　承吾之教不棄油
當敬其人如我身　中道棄油便級頭

爾時羣臣受王重教盛滿鉢油以與其人兩手擎之甚大愁憂則自念言其油滿器城里人多行路車馬觀者塡道譬如水定而風吹之其水波揚人亦如是心不安隱退自念言無有一人而勸勉我言莫恐懅也是器之油擎至七步尚不可階況有里數耶此人憂憒不知所湊心自懷懼於是頌曰

覩人象馬及車乘　大風吹水心如此
志懷怖懅懼不達　安能究竟了此事

其人心念吾今定死無復有疑也設能擎鉢使油不墮到彼園所爾乃活耳當作專計若見是非而不轉移唯念油鉢志不在餘然後度耳於是其人安行徐步時諸臣兵及衆觀人無數百千隨而視之如雲興起圍繞太山於是頌曰

其人擎鉢心堅强　道見若干諸觀者
衆人圍繞隨之後　譬如江海興大雲

當時其人擎鉢之時音聲普流莫不聞知無央數人皆來集會衆人皆言觀此人衣形體舉動定是死囚斯之消息乃至其家父母宗族皆共聞之悉奔走來到彼子所啼哭悲哀其人專心不顧二親兄弟妻子及諸親屬心在油鉢無他之念於是頌曰

其子啼泣淚如泉　若干種音嗟嘆父
心懷怖懅不省親　專精執志而持鉢

衆人論說相令稱叫如是再三時一國人普來集會觀者擾攘喚呼震動馳至相逐躃地復起轉相蹬躡間不相容其人心端不見衆庶於是頌曰

衆人叫呼不休息　前後相逐不容間
而擎油鉢都不觀　如雷雨空無所傷

觀者復言有女人來端正姝好威儀光顏一國無雙如月盛滿星中獨明色如蓮華行於御道像貌巍巍姿色喻人譬如玉女又若忉利天王之后字曰護利端正姝好諸天人民莫不敬重於今斯女懸照如是能八種舞音聲清和聞者皆喜於是頌曰

舉動而安詳　歌舞不越法　其心懷歡喜
感動一切人　歌頌聲則悲　其身而逶迤
不疾亦不遲　被服順正齊　七種微妙音
奇述有五十　三處而清淨　宮商節相和
身從頭至足　莊嚴寶瓔珞　語言而美雅
猶若甘露降

爾時其人一心擎鉢志不動轉亦不察視觀者皆言寧使今日見此女顏終身不恨勝於久存而不覩者也彼時其人雖聞此語專精擎鉢不聽其言於是頌曰

巧便而安詳　其舞最工妙　一切人貪樂
譬如魔之后　能動離欲者　何況於凡夫
來住其人邊　擎鉢心不傾
當爾之時有大醉象放逸奔走入於御道衆
人相謂令醉象來蹋蹈吾等而令橫死此爲
妖魅化作象形多所危害不避男女身生瘡
痍其身麤澁譬若大蚦毒氣下流舌赤如血
其腹委地口脣而垂行步縱橫無所省録人
血塗體獨遊無難進退自在猶若國王遥視
如山暴鳴哮吼譬如雷聲而擎其鼻瞋恚懷
怒於是頌曰
大象力强甚難當　其身血流若泉源
蹋地與塵而張口　如欲危害於衆人
其象如是恐怖觀者令其馳散破壞兵衆諸
象犇逝一切覩者而欲怖死能拔大樹踐害
衆生雖得杖痛無所畏難於是頌曰
壞衆及羣象　恐懀人或死　排撥諸舍宅
奔走不畏御　名聞於遠近　剛强以爲德
憍慢無所録　不忍於高望
爾時街道市里坐肆諸賣買者皆懅收物蓋
藏閉門畏壞屋舍人悉避走又殺象師無有
制御瞋或轉甚蹈殺道中象馬牛羊猪犢之
屬碎諸車乘星散狼藉於是頌曰
諸坐肆者皆蓋藏　傷害人畜碎車乘
覩見如是閉門戶　狼藉如賊壞大營
或有人見懷振恐怖不敢動揺或有稱怨呼
嗟淚下又有迷惑不能覺知有未著衣曳之
而走復有迷誤不識東西或有馳走如風吹
雲不知所至也中有惶懅以腹拍地又人窮
逼張弓安箭而欲射之或把刀刃意欲前挌

中有失色恍惚妄語或有懷瞋其眼正赤又有屏住遥觀歡喜雖執兵仗不能加施於是頌曰

於斯迷怖懅　亦有而悲涕　或愕無所難
又有執兵仗　愁憒躃地者　邈絶不自知
獲是不安隱　皆猶見醉象

彼時有人曉化象呪心自念言我自所學調象之法善惡之儀凡有八百吾觀是象無此一事吾今當察從何種出上種有四爲是中種下種耶以察知之即舉大聲而誦神呪於是頌曰

天王授金剛　吾有微妙語　能除諸貢高
羸劣能令强

彼人即時舉聲稱曰諸覺明者無有自大亦不興熱棄除恩愛承彼奉法修行誠信之所致也棄捐貢高伏心使安說此往古先聖三偈曰

婬泆及怒癡　此世三大憍　成道無諸垢
衆熱爲以消　用彼至誠法　修行亦如是
大意洪象王　除惑捨貢高

爾時彼象聞此正教即捐自大降伏其心便順本道還至象廐不犯衆人無所嬈害其擎鉢人不省象來亦不覺還所以者何專心懼死無他觀念於是頌曰

見象如暴雨　而心未曾亂　其雨雖止已
虛空亦不恍　其人亦如是　不省象往還
執心擎油鉢　如藏寶不忘

爾時觀者擾攘馳散東西走故城中失火燒諸宮殿及衆寶舍樓閣高臺現妙巍巍展轉連及譬如大山無不見者烟皆周遍火尚盡

徹於是頌曰

其城豐樂嚴正好　宮殿屋舍甚寬妙
而烟普熏莫不達　火熾如人故欲然

火燒城時諸蜂皆出放毒噛人觀者得痛驚怪馳走男女大小面色變惡亂頭衣解寶飾脱落爲烟所熏眼腫淚出遥見火光心懷怖懅不知所湊展轉相呼父子兄弟妻息奴婢更相教言避火離水莫墮泥坑爾來安隱於是頌曰

愁憂心懷不自省　家至親屬及僕從
棄諸象馬悲哀出　言有大火當避捨

爾時官兵悉來滅火其人專精一心擎鉢一渧不墮不覺失火及與滅時所以者何秉心專意無他念故於是頌曰

有衆人迷惑　如鳥遇火飛　其火燒殿舍
烟出如浮雲　頭亂而驚怖　避烟火馳走
一心在油鉢　不覺火起滅

是時五色雲起天大雷電於是頌曰

既與大霧非時雨　風起吹雲令純陰
虛空普遍無青天　猶黒象羣雲如是

時亂風起吹地與塵沙礫瓦石塡於王路拔樹折枝落諸華實於是頌曰

風起揚塵而周普　與雲載水無不遍
暴風忽冥不相見　雷震俱陰無不驚

彼時大雲而焰掣電霹靂落墮孔雀皆鳴天便放雨墮於諸雹雖有此變其人不聞所以者何專念油鉢於是頌曰

其放逸象時　猶如大雲與　墮雹失火風
拔樹壞屋舍　其人不覩見　何善誰爲惡
不覺風雲起　但觀滿鉢油

爾時其人擎滿鉢油至彼園觀一滴不墮諸兵臣吏悉還至宮具爲王說所更衆難而人專心擎鉢不動不棄一滴得至園觀王聞其言則而歎曰此人難及人中之雄不顧親屬及與玉女不懼巨象水火之患雷電霹靂吾聞雷聲愕然怖懅雖有啓白不省其言或有心裂而終亡者或有懷軀而傷胎者人民所立迷不自覺雖遇衆難其心不移如是人者無所不辦心强如斯終不恐難地獄王拷能食金剛其王歡喜立爲大臣於是頌曰

見親族涕泣　及象醉暴風　雖遭諸恐難
其心不移易　王覩人如此　心堅定不轉
親愛而弘敬　立之爲大臣

爾時正士其心堅固雖遭善惡及諸恐難志不轉移得脫死罪既自豪貴壽老長生也修行道者御心如是雖有諸患及婬怒癡來亂諸根設心不隨攝意第一觀其內體察外他身痛痒心法亦復如是於是頌曰

如人擎油鉢　不動無所棄　妙慧意如海
專心擎油器　若人欲學道　執心當如是
意懷諸明德　皆除一切瑕　若干之色欲
而興於怒癡　有志不放逸　寂滅而自制
人身有疾病　醫藥以除之　心疾亦如是
四意止消之

心堅强者志能如是則以指爪壞於雪山以蓮華根鑚穿金山則以鋸斷須彌寶山其無有信不能精進而懷諛諂放逸喜忘雖在世久終不能除婬怒癡垢有信精進質直智慧其心堅强亦能吹山而使動摇何況而除婬怒癡也故修行者欲成道德爲信精進智慧

朴直調御其心專在行地於是頌曰
直信而精進　智慧無諛諂　是五德除瑕
離心無數穢　深解無量經　自覺斯佛教
但取其要言　分別義無量

離顛倒品第十

功德住覺高巍巍　猶如學術依靜居
智慧川流善寶形　願稽首禮大山王
從天上來下　知趣而不惑　佛生不胞胎
不入亦不出　不更諸苦惱　不著不顛倒
德重無所著　歸命度生死
修行道者或懷懈怠謂法微妙難了難曉不
可分別當識苦本斷除諸習證於盡滅修念
道術譬如有人而取一髮破爲百分還續如
故令不差錯是事甚難不乎答言甚難甚難
可以幻化諸藥神呪續髮如故泥洹之道不
以此事而成立也雖不能致於道證者當有
方便於是頌曰
常健精進向脱門　欲覺了此難復難
勤力勸樂而無退　如深穿地得泉水
當作是觀速疾成就直如泥洹不從他求自
因心致從他人得乃爲難耳由已難獲何所
難乎當作斯計唯以諦觀誘進其心如誘小
兒呼之至前來取手物而食噉之小兒來至
一一擘指而無所得世人如是所見顛倒無
常謂常苦謂爲樂非身謂有身空謂爲實捨
四顛倒作本無觀爾乃爲順佛之教誡於是
頌曰
人不曉本無　常計樂謂淨　譬如以捉拳
用以誘小兒　於是人顛倒　而有吾我想
當爲現光曜　如冥中燃燈

吾有頭髮不能久常亦不淨潔弗安無我以是觀之一切皆然勸發其心如明眼人執炬而行入於空室覩之無人亦無所覩審諦見者亦復如是察色之本見無常苦無吾非身虛妄見者而反自縛解空觀者有何難乎現可聞知得道迹者往還不還及無所著得平等覺此等斯人吾亦是人此等成道我身何故獨不獲乎修行道者觀心如是捨四顚倒專於行地於是頌曰

髮毛爪骨肉　及諸有色形　衆來惑心法
五陰之所亂　無常苦不安　無我不清淨
自如丘空舍　明者觀如是

曉了食品第十一

佛在巴質樹　天帝奉百味　又在舍衞城
波斯匿供養　比蘭若設食　麥飯離甘味
皆等意受之　稽首無所著　雖食此飯已
弗著非以色　亦不造憍慢　棄捐諸貢高
所在受供養　如越大曠路　不以爲甘美
是故稽首禮

爾時修行當觀飯食設百種味及穢麥飯在於腹中等無有異舉食著口嚼與唾合與吐適同若入生藏身火煮之體水爛之風吹展轉稍稍消化墮於熟藏堅爲大便濕爲小便沫爲涕唾藏中要味以潤成體此要衆味流布諸脉然後長養髮毛爪齒骨髓肉血肪膏精氣頭腦之屬是以外四大養内五根諸根得力長於心法起婬怒癡欲如是者摶食之本由是而起於是頌曰

計無央數諸上味　墮在腹中而無異
於體變化等不淨　故行道者不貪食

雖當飯食不求於肥趣欲支命譬如大官捕諸飛鳥皆翦其翅閉著籠中日擇肥者以給官廚時諸飛鳥日日稍減中有一鳥心自念言肥者先死若吾當肥亦死如前設不食者便當餓死今當節食令身不肥亦莫使羸令身輕便出入無礙不爲宰人所見烹害羽翼可得漸漸生長若從籠出便可飛遊從意所至修行道者亦計如是食趣安身令體不重食適輕便少於睡眠坐起經行喘息安隱斟大小便身依於行婬怒癡薄其修行者當作是觀吾不貪身除諸情欲此身不要骨鎖相支令此身中但盛不淨無有堅固譬如怨家無益羅網常懷怨賊而傷親友當消息之供養奉事譬如王者當以如何遵承佛教坐起經行令無災患常觀惡露具知多穢將養其命趣得行道如有親屬不可棄捨身亦如是沐浴飯食衣被蓋形如愛一子常將護之不令寒溫飢渴之苦非爲蚊虻蚤蝨所齧也如有逆賊收閉牢獄獄吏拷治若干種榜卿爲前後劫盜誰物家居所在盜何所藏與誰同伴兕帥黨部耶五毒治之氣絶復蘇即自思惟以何方便得脫榜笞心便開解對獄之首遠計某國大長者子名曰禁戒前後所偷皆著彼所居止其家共行竊盜是吾伴侶獄吏聞之收長者子與前賊共同一牢中俱繫鐵靽時長者子家有餉來便自獨食不分與賊賊大瞋怒張目齰齒汗出嘆息欲興惡意令長者子不濟其命豈況獨食今我自在見則當逼之不獨飲水何況獨食其長者子少小憍樂不忍須臾不行左右欲至舍後便報賊

言共至厠上其賊報言在卿所至吾不能行時長者子逼急窮極謂於賊言無過於子子横牽吾閉在刑獄今欲小起反不相從乎設不共繫終不相報吾假相犯卿便説之以當省過而謝其罪時賊答曰子實無過吾横相牽卿眷屬衆多欲自免罪不見拷治蒙得飲食故相枉耳仁有餉來而反獨食求不相分故不相從時長者子則報賊言解子所恨從今已往終不相失若有餉來先當飯子然後自食曼我命存願到舍後使身氣通賊乃隨之後日餉來便勑婢使所持食來先奉親厚所食之餘爾乃給我婢使受教輒如其言使人還歸具啓長者長者聞之心懷恚怒明日詣獄謂其子言卿生豪族反與逆賊惡人從事而與親厚都不覺知此横牽汝閉在牢獄

其子報言父所言是不敬此人以爲親厚也具知是賊耳我欲小便逼不相從身重腹脹眼反耳聾頭痛背裂脅肋欲拔胷懷氣滿喘息欲斷心意煩亂迷不自覺諸節欲解骨體疼痛命欲窮絶惡對在上汗出短氣而賊語我卿能隨吾如病從醫爾乃可耳先以飯我然後自食吾當相從用貪身命故爲親厚也如長者子具知此賊爲怨家也用窮逼故於外示現若如親厚而内踈薄知四大寄非常之物四事增減輒不安隱如蛇虺毒如幻野馬水月山響解身如是其行道者亦復解此曉知五陰皆爲怨賊趣以衣食持養其體令不危害夙夜専精如救頭然非以懈廢得成道德勝前萬倍至於無爲度于三界終始之患

伏勝諸根品第十二

其修行者婬怒癡薄設不習塵無所嬈害未成道德非見聖諦自謂獲矣如是行者自誡心意放之在於色聲香味細滑之中念著五陰所作未辦設心不隨五陰蓋者則知得道若其心亂隨諸情欲即還恐懅當更精進如牧牛者放牛于澤其牛犇突踐他禾穀牧牛者怖恐其主覺之牽將歸家以杖捶治明日復出還在牧上佯如不視知復犯他禾稼不也時牛心念牧者不見復食他苗其主見之便復撾榜牛後恐畏不敢復犯行者如是自誡五根不隨情欲則知道成也若從六衰即還自制觀三塗之苦生死之難晝夜精勤勝前萬倍所未獲者當令成就已得成就令不放逸

忍辱品第十三

設使有人撾罵行者爾時修道當作是觀所可罵詈但有音聲諦推計之皆爲空無適起即滅譬如文字其名各異一一計字無有罵詈譬如一盲目無所見正使百盲亦無所覩罵亦如此一字不成正百千字悉皆空無設使父母家室親里共稱譽我亦復皆空當作是觀譬如夷狄異音之人雖來罵我譬如風響是聲皆空

棄加惡品第十四

假使行者坐於寂定人來撾捶刀杖瓦石以加其身當作是觀名色皆空所捶可捶悉無所有本從何生誰爲瞋者向何人怒我宿不善得致此患設無名色無緣遭厄我若欲瞋報其人者衆怨甚多不可悉報譬如毒蠍及

與百足蚤蝨蚊蝱跂蜂之屬是輩嬈人無以加報假使能降外諸憂患安能辟除其內體中四百四病八十種蟲以是之故當伏內心滅諸垢穢寂定其志故謂修行

天眼見終始品第十五

其修行者假使睡眠常念無常不久趣死想於衆苦生死之惱澡手盥面瞻視四方夜觀星宿以自御心棄捐懈怠不思臥寐若睡不止當起經行假令不定當移其坐想欲見明雖心中冥思惟三光令內外明於是頌曰

當念生死苦　觀罪覩四方　省視外光影
內心求照明　滅壞睡眠冥　若曰消除闇
如是雖閉目　所見踰開者

其修行者常思見明晝夜無異分別大小是其所趣遠近普學無所不博思惟如是則得道眼所見平等無遠無近及淨居天於是頌曰

雖爲眠目常如開　禪定所見踰天眼
普覩世間衆生類　徹達天上無不見

其修行者已成道眼悉見諸方三惡之處譬如淋雨一旦清除有明眼人住於山上觀視城郭郡國縣邑聚落人民樹木華實流水源泉師子虎狼象馬羣鹿及諸野獸行來進止皆悉見之於是頌曰

譬如明鏡及虛空　淋雨已除日晴明
有淨眼人住高山　從上視下無不見
又觀城郭及國邑　其修行者亦如是
覩見世間諸禽獸　地獄餓鬼衆生類

修行如是觀三千界見人生死善惡所趣是之名曰所達神通於是頌曰

雖有甘露無上味　見三千世德踰彼
其修行道奉佛教　疾得神通無罣礙
佛皆普見一切淨　愍傷衆人故説此
決終始根令速度　以無極義而分別

天耳品第十六

識慧爲聲寂應緣　無所罣礙順正道
其有轉此道法輪　稽首轉輪大聖族
察省若干之妓樂　設有悲哀心正等
聞諸天人地獄聲　叉手稽首尊淨性

其修行者適成無眼便得徹聽亦無煩憒譬如有人掘地求藏本規索一幷得餘藏行者如是本求天眼徹聽隨從悉聞天上世間之聲於是頌曰

計彼修道者　興法以善權　精勤得天眼
覩天上世間　徹聽自然至　所聞亦無限
如人地求藏　自然得餘寶

譬如夜半衆人眠寐一人獨覺上七重樓於寂靜時聽省諸音妓樂歌舞啼泣悲哀撾鼓之聲修道所見亦復如是心本寂靜遥聽地獄啼號酸苦見聞餓鬼及與畜生天上世間妓樂之聲是天耳神通之證於是頌曰

如夜衆庶皆昬寐　一人起上七重樓
靖心而聽一切人　妓樂歌舞之音聲
其修道者亦如是　天耳徹聞諸音聲
其在三界諸形色　悉曉了知其語言
從其央數大經義　我得其餘服甘露
譬如人病飲良藥　今演世尊天眼教

念往世品第十七

智慧爲芽善根元　經法成華德爲葉
解脱示現立不動　吾今歸命佛大樹

從億百生植善根　昔無限世寂梵行
識百千億本宿命　佛覺意强歸心定
假使修行心自念言吾從何來致得人身以
天眼視明心徹覩本生爲人若在非人譬如
有人從一縣邑復至一縣識前往反坐起之
處也修行如是自念本生所歷受身名姓好
惡壽命長短飲食被服皆悉識之彼没生此
此終生彼如是之比知無央數所更生死是
號曰識本宿命神通於是頌曰
以天眼覩曰修行　知無數劫所歷生
皆見過去可受身　譬如乘船自照面
佛所生處悉識念　吾觀諸經而鈔取
是爲號曰昔所更　以慧之心採至要

知人心念品第十八

不可計哀宣　知衆所趣念　自覩心所思
是非定放逸　志所懷至慧　解了無量智
而除諸瑕穢　願歸尊最勝
其修行者以天眼視人及非人是非善惡端
正醜陋徹覩心行所明窈冥喜瞋恚者其心
如斯志和悅者當所趣矣於是頌曰
天眼之徹視　見諸人非人　觀察衆顏色
亦覩心所念　知其意本無　何因獲此行
其修道悉省　懷瞋及和悅
譬如有人坐於江邊見水中物魚鱉黿鼉及
無央數異類之蟲修行如是覩衆生心所念
善惡了了無疑是名神通知他人心所念善
惡於是頌曰
覺眼明了心清淨　因修行道而獲斯
知他心念所思想　猶如見樹根枝葉
譬如賈客欲得水精之珠便入江海則得此

寶并獲真珠金剛珊瑚硨磲碼碯修行如是棄于睡眠專心在明則得天眼并獲天耳神足自知已所從來見他人本是故修行當習覺明於是頌曰

如以一事入江海　而獲無數大珍寶
修行如是除睡眠　天眼聰明識本末
修行若斯志寂定　今吾所宜如佛教
見無量色踰天眼　覩衆生心念是非
其忍辱力踰於地　柔輭安和過於水
秉志堅固如須彌　越於人民超虛空
深慧過於江　如海無恚恨　其德莫能及
願稽首最勝　其心而懷道　諸天所嗟歎
執志而一定　非以爲歡喜　彼調柔等意
非以爲增減　明德無輕戲　吾願稽首禮

假使修行心有輕戲便當思惟愁慼之法會當歸死未得度脫無常之法非歡喜時有所恩愛會當別離於是頌曰

無數諸川流　滿苦邪汎水　未度死河法
耗亂反歡喜　無量之恩愛　不久當別離
非常之惡對　各追隨罪福

其修行者心自念言吾儻命終不成道德亦未向道或恐犯逆不隨法教入于三塗不得免濟無底之患隨衆邪見得無迷惑復更胞胎將無積骨若如太山或恐斷頭血如江海或值涕泣淚如江河與父毋別妻子無常兄弟死亡憂惱無量於是頌曰

尚未得成道　不斷恐死原　當更百千種
儻復入胞胎　未除憂慼根　遇衆無量惱
不得歸聖道　三塗自然開

修行自念夙夜恐懼儻墮禽獸非法之處常

懷害心轉相奪命無有羞恥從冥入冥已墮此患難復人身一錢投海求之可得已失人身難復如是於是頌曰

貪婬所蓋怒癡冥　欲杖所驅無羞慚
以入畜生之雲霧　而墮此苦復人難

行者自念我身將無墮於餓鬼曾聞其人執持瓦器盛以涕唾膿血及人穢吐以爲飲食遍以乞匃於是頌曰

以不淨之器　瓦盂而不完　盛膿血涕唾
服之如飲水　貪飲常鬬諍　殃罪之所致
作行如是者　則墮餓鬼道

修行道地經卷第三

音釋

逶迤 逶邕危切迤延知切逶迤邪去貌　愶 虛業切威力相恐也　憒 古外切心亂也　躃 必益切仆也　滴 丁歷切點滴也　礫 音曆小石也　齧 魚結切噬也　靽 音半縶也　螫 施隻切蟲毒也

修行道地經卷第四

西晉三藏竺法護譯

地獄品第十九

修行自念我身將無墮於地獄曾聞罪人適共相見則懷瞋毒欲還相害手爪鋒利若如刀刃自然兵仗矛戟弓箭瓦石也當相向時刀戟之聲若如破銅兵仗碎壞刀矛交錯若如羅網罪人見此心懷愁憂於是頌曰

是輩諸罪人　在地獄相害　意欲得兵仗
應心皆獲之　刄刀持相向　如水羅網動
猶夏日中熱　刀刃炎如是

或有恐怖不自覺知又有稱怨而懷毒恚欲相害命以此爲樂遂與諍鬬轉相推撲還相傷害節節解之頭頸異處或刺其身血流如泉刀刃在體苦安可言刀瘡之處火從中出或身摧碎譬如亂風吹落樹葉有卧在地身碎如塵須臾之間身復如故於是頌曰

挽髮相扠蹹　展轉相牽曳　罪人會共鬬
苦惱無央數　恐怖更相加　當爾時大戰
譬如拔叢樹　相推盡如是

爾時罪人須臾平復涼風四來吹令如故也守獄之鬼水灑人上已活且起過惡未盡故使不死聞獄鬼聲即起如故於是頌曰

以水灑其身　涼風來吹之　爾時獄罪人
又聞守鬼言　罪人身壞碎　即活而有想
塵勞罪未盡　當復受考治

爾時罪人住轉復相見即懷瞋恚口脣戰慄眼赤如血腸胃脫落戰鬬如故結怨已來其日固久身體傷壞墮地流血譬如濁泉身體平復復從地起相害如故於是頌曰

墮於地獄中　勤苦不可言　相害懷大恐
宿罪之所致　數數而見害　還復活如故
惡意反相害　積罪無休息　於此世間人
喜造爲殺害　在於想地獄　受罪如本行
是故同行人　久長處罪獄　相奪命無數
死復生如故　往世犯罪者　墮於想地獄
譬如芭蕉樹　適壞旋復生

罪人若墮黑繩地獄彼時獄鬼取諸罪人排著熱鐵之地又持鐵繩及熱鐵鋸火自然出拼直其體以鋸解之從頭至足令百千段譬如木工解諸材板於是頌曰

守獄之鬼受王教　鐵繩拼身以鋸解
其鋸火然上下徹　撲人著地段段解

守鬼又以斧斫其身斤鑿并行譬如木工斫治材木或令四方而有八角治罪人身亦復如是於是頌曰

守鬼罪人惡行會　斧鑿斤鋸及與繩
劈解罪四如木工　譬如有人新起屋

時獄守鬼火燒鐵繩互縣其身截肌破體徹骨至髓脅脊髀脛頭頸手脚各各異處於是頌曰

考治百種痛　在於黑繩獄　皮剥以斧解
見斫如起舍　各支解其身　血出如流泉
骨肉別異處　酷痛叵具言　閻王之守鬼
破其身如是　彼過罪未盡　膿血流若斯

其有墮在合會地獄罪垢所致令罪人坐鐵釘其膝次復釘之盡遍其體身破碎壞骨肉皆然諸節解脫各在異處其命欲斷困不可言自然有風吹拔諸釘平復如故更復以釘而釘其身如是苦惱不可計數百千萬歲於

是頌曰
　以無央數百千釘　從空中下如雲雨
　碎其人身若磨麨　本罪所致遭斯厄
次雨鐵椎及復鐵杵黑象大山鎭其身上如
擣甘蔗若笮蒲萄髓腦肪膏血肉不淨皆自
流出於是頌曰
　黒象鐵杵大石山　笮以鐵鞋碎其身
　見地獄鬼皆懷懅　破壞其身如甘蔗
以鐵鞋輪而笮其身如盧麻油置著臼中以
杵擣之於是頌曰
獄吏無慈仁　以鐵輪杵臼　困苦於罪人
如笮于麻油
爾時罪人遥覩太山見之怖走入廣谷中欲
望自濟而不得脱適入其谷轉相謂言此山
多樹當止於此時各怖散在諸樹下山自然
合破碎其身於是頌曰
以積衆罪殃　已之本所造　彼時諸罪人
悉入於山谷　適入山谷已　彼山自然合
破罪人身時　其聲甚悲痛
　害牛羊猪鹿飛鳥　既無加哀奪人命
　在合會獄痛無數　危他人身獲此惱
又遥見火燒罪人謂言此地平博草木青青
譬如瑠璃當往詣彼爾乃安隱即行逆火坐
樹木間四面火起圍繞其身燒之毒痛號哭
悲哀東西南北走欲避此火輒與相逢不能
自救於是頌曰
爪髮自然長　色變燒炙痛　風吹體舌乾
見獄吏怖懅　無數衆罪人　爲炎之所燒
烟動火燔之　如蛾入燈中
又復遥見鐵葉叢樹轉相謂言彼樹甚好青

草流泉共行詣彼無數百千諸犯罪人悉入
樹間或坐樹下或有駐立或有睡卧熱風四
起吹樹動揺劒葉落墮在其身上剥皮截肉
破骨至髓傷脅胷背截項破頭於是頌曰
多所依信害衆生　墮于地獄謂有活
熱風四起落鐵葉　譬如牛鬭傷如是
爾時鐵樹間便有自然烏鵲鵰鷲其口如鐵
以肉血爲食住人頭上撮眼而食破頭噉腦
於是頌曰
彼人前世時　依信而害生　以鐵落身上
解解而斷截　烏鵲甚可畏　四面來擊人
住頭而脫眼　發腦而食之
於是鐵葉大地獄中便自然生衆狗正黒或
有白者走來嗥吼欲齧罪人罪人悲哭避之
而藏或有四散或怖不動狗走及之便排罪
人斷頭飲血次噉肉體於是頌曰
張口齒正白　吼鳴聲可畏　吐舌而舐脣
强逼傷害人　以刀傷其身　烏獸所食噉
苦毒見惱害　坐依信殺生
爾時罪人爲狗所噉烏鳥所害恐怖忙走更
見大道分有八路皆是利刀意中自謂生草
青青有若干樹當往詣彼行利刀上截其足
趺血出流離於是頌曰
其人受經律　破壞於法橋　見有順戒者
而强教犯禁　逐之入長路　刀刃截其足
足下皆傷壞　窮極不自在
爾時遥見諸刺棘樹高四千里刺長尺六其
刺皆錐自然火出罪人心念彼是好樹種種
華實皆共往詣到鐵樹間於是頌曰
遥見鐵樹葉　枝柯甚高遠　利刺生皆錐

或上或向下　其罪人反見　謂爲是果樹
宿命罪所致　殃垢之所犯
爾時有羅剎顏貌可畏爪髮悉長衣被可惡
頭上火出擭持兵杖來撾罪人勑使上樹罪
人恐懼涙出　横悉皆受教其刺向下皆貫
破身傷其軀體血出流離於是頌曰
體大色如灰　
麤獷惡耳張　獄王使持杖
皆撾擊刺人　前世積罪殃　愚喜犯他妻
自言我宿過　血流刺傷身
爾時罪人爲守鬼所射箭至如雨涕泣悲哀
呼使來下刺便上向貫體如烏復喚使上罪
人叉手皆共求哀歸命惡鬼願見原赦於是
頌曰
從刺樹上來下已　獄王守鬼逆刺害
爲箭所射而叉手　求哀可愍欲免罪
時獄守鬼聞見求哀益以瞋怒復重撾刺更
遣使上體悉傷壞啼號還上於是頌曰
獄王守鬼而撾刺　求哀欲脫鬼益怒
時諸刺貫身悉傷　勑使還上復如故
彼鐵樹邊有二大釜猶若大山守鬼即取犯
罪之人著鐵釜中湯沸或上或下譬如人間
大釜之中煑于小豆而沸上下人於鑊湯若
千萬億年考治毒痛於是頌曰
設得爲國長　横制於萬民　以至地獄界
考治百億年　墮于鑊湯中　在釜而見煑
以火燒煑之　譬若如煑豆
從鐵釜脫遥見流河轉相謂言彼河洋洋而
有威神水波興隆衆華順流兩邊生樹其葉
青青蔭彼河水底皆流沙其水清涼往詣飲
水洗浴解疲兩邊生棘罪人不察入彼河水

悉是沸灰於是頌曰

其人前世害水蟲　血肉皆落遺骨腦
本謂涼水反沸灰　甚深血熱沸踊躍

罪人墮在沸灰地獄髮毛爪齒骨肉各流異處骸體筋纏隨流上下適欲求出守鬼鉤取卧著熱地風起吹之體復如故獄鬼問曰卿所從來欲何所湊罪人答曰不審去來計從若干百千億歲飢不獲食其以飢渴故守鬼取鉤鉤開其口以燒鐵丸又以洋銅注其口中燒罪人咽腹内五臟悉爛腸胃便下過去毒痛甚不可言過惡未盡故不死也去河不遠有二地獄名曰叫喚二名大叫鐵以爲城樓櫓百尺埤堄嚴牢悉以鐵網覆蓋其上罪人相謂此城大好共往觀之適入中已心自念言以脱恐難無復衆惱歡喜跳跟皆稱萬歲或面拍地或仰面卧或睡眠躃破傷面者四垣從外自然有火燒諸樓櫓埤堄衆網及門悉然城内皆火燒罪人身展轉相見譬如然炬猶若掣電亦如散火焚體毒痛譬如大箭射象叫喚苦痛叵言積百年已東門乃開時無央數百千罪人悉走趣門適至便閉相排墮地如大樹崩轉相鎮壓若如積薪過惡未盡故令不死於是頌曰

至恐怖處叫喚獄　求救護故而到彼
如大積薪以火然　罪人如是相積燒
若斯燒毒痛　叫喚走四散　常畏於獄鬼
恐怖而懷懅　若受於所寄　抵突不肯還
閉在叫喚獄　惡罪受毒痛
受無央數之苦酷　爲火所燒甚困厄
遭無量惱不可言　罪人叫呼大叫喚

爾時罪人脫出㘁喚獄次入阿鼻摩地獄守鬼尋即録諸罪人五毒治之挓其身體如張牛皮以大鐵釘釘其手足及釘人心拔出其舌百釘釘之又剥其皮從足至頭於是頌曰

挓身如牛皮　鐵釘而釘之　兩舌之所致
鐵釘壞其舌　剥身皮曳地　若如師子尾
如是計數之　受苦不可量

於是守鬼録取罪人駕在鐵車守鬼御車以勒勒口左手執御右手持杖撾之令走東西南北罪人挽車疲極吐舌被杖傷身破壞軀體而皆吐血躃地傷胷於是頌曰

罪人駕之以鐵車　獄鬼驅之令奔走
撾搒其身而吐舌　如馬戰鬪被矛槍
若無有信輕善人　自犯罪惡謂應法
殃罪引之入阿鼻　受無央數諸苦毒

阿鼻地獄自然炭火至罪人膝其火廣大無有里數爾時罪人發於邪念反從曲道謂是好地即入火中燒其皮肉及筋血脉適還舉足平復如故於是頌曰

時炭火然至于膝　既自廣大復風吹
罪人行上燒爛皮　捨正入邪罪如斯

得離此獄去之不遠有沸屎獄廣長無數其底甚深罪人見之謂是浴池轉相語言彼有浴池中生青蓮五色之華當共往洗飲水解渴悉皆入中沉沒至底中有諸蟲其口如鍼以肉爲食鑽罪人身壞破肌膚從足鑽之乃出頭上眼耳鼻口皆有蟲出本罪未竟故令不死於是頌曰

罪苦所致受毒痛　爾時罪人阿鼻獄
苦酷㘁喚而懊惱　挓其身體鐵釘之

沸屎臭不淨　廣長無數里　惡露皆在彼
其底而甚深　犯罪無一善　墮此閻王獄
斯諸罪人輩　鍼觜蟲噉之
在炭火獄及阿鼻　并一切瑕沸屎中
墮於流河罪所興　宿殃所致故不死

於是有二獄名燒炙煻煑彼時守鬼所諸罪人段段解之持著鐵上以火熬之反覆鐵弗以火炙之於是頌曰

已到于大苦　在燒炙煻煑　罪中殃差者
則識本行惡　以刀段段解　破壞令無數
用弗燒炙之　著鐵上熬之　在燒炙煻煑
可惡爲瑕惱　無數人見酷　如廚作肉羹
設害於賢者　投之大火中　其犯戒壞法
洪象見蹈踐　作人性剛弊　常喜害衆生
所食無所擇　生城守獄鬼

修行道者心自念言吾身將無以如此之比墮八罪獄及十六部又吾前世無數生來更斯惡道假令不能究竟聖道當復入中譬如有人犯於逆惡王勑邊臣明旦早時矛刺百槍日中刺百向冥刺百彼人一日被三百槍其身皆壞無一完處體痛苦毒甚不可言雖有此痛比地獄惱百千萬億無數之倍不可相喻地獄之痛其苦如是也於是頌曰

自犯衆惡牽致斯　毒痛見考而可憎
覩此苦惱當諦思　常勤精進速成道

其修行者立是學地當除歡喜堅固其心若志輕舉當自制止譬如御者將抑馳車於是頌曰

喻若燒炭火　未曾有休息　常遭此苦痛
晝夜酷無量　以利諸矛戟　見刺百倍痛

計此衆惱苦　不比獄毛痛
其修行者心自念言吾身今者未脱此患不當歡欣如是自制不復輕戲若立斯者則能專行入于善法行者爾乃戰慄驚恐夙夜不違其法於是頌曰
覩衰耗若斯　如樹果自傷　且觀罪塵勞
積之如太山　見是穢濁苦　人犯墮惡道
專精在修行　棄歡及調戲
觀於惡道窈冥苦　而佛經法照如日
以猒衆患順講此　依鈔經卷除輕慢
勸悦品第二十
承慧德度泉　道成清爲流　其智常飲此
脱以法甘露　厥水而無盡　猶窮漏不斷
願歸智慧種　道德以具足　其以羸弱者
承學意自達　造度定意便　立志法禪思
其佛天中天　行權善方便　現無量智慧
身心歸稽首
假使修行發羸弱心心自念言我得善利脱于八難得閑自在吾以還遇一切智師而身歸命其法無欲衆僧具成吾已梵行種道有成者或向道者衆人墮邪我順正道餘人行反吾從等行今我不久爲法王子天上人間歎戒德香不匿其功德得不熱惱爾乃安隱服解脱味日當飽滿獲救濟安度于惡路無有恐懼乘于寂觀入八道行致無恐難趣泥洹城以是自勸遵奉精進於是頌曰
修行設羸弱　常僥遇法利　吾得歸世尊
正法及衆僧　方便歡喜心　以勸羸弱意
常專思遵奉　是謂爲修行　初學及成道
人雜如叢樹　以離於邪徑　便立在正路

戒德以爲香　譬如林樹熏　忽然而解脫
得道則普現
而從佛生經法樹　因衆要鈔如採華
正法須臾有懈怠　欲令自勉故說是

修行道地經卷第四

音釋

拼公耕切以繩直物也　笮音責壓也　軖音狂車裂也　埤堄埤匹詣切堄研計切城上女墻也　挓知格切張也　烳滂古切　鏊吾告切餠鏊也　熬吾高切煎也　俳步皆切俳優也

修行道地經卷第五

西晉三藏竺法護譯

行空品第二十一

各自名人物　悉知其本號　曉衆生微苦
如蓮華根絲　以審諦觀故　無有吾我想
人常不計身　願禮無著尊　其光照於世
如炬明冥室　厥心之所覩　一切無固要
我歸命彼覺　其心行平等　察諸天及人
普見如空人

設修行者有吾我想而不入空則自剋責吾衰無利用心罣礙不順空慧樂吾我想憂慼自勉誘心至空或試其志誘之向定因至本無三界皆空萬物無常有是計者諫進其心令不放逸於是頌曰

其不解空有我想　志則動起如樹搖
勸進厥心向空無　不久當獲至本淨

譬如國王而有俳兒其俳毋終持服在家王欲聞說使人召之王欲相見俳自念言吾有親老適見背棄今王嚴急若不往者當奪我命或見誅罰毋雖壽終無他基業宜當應之不違尊命佯作俳戲得王歡心强自伏意制於哀慼不復念毋則自莊嚴和悅被服便往奉現外佯嘲說令王歡喜退自思念遭於毋喪心中悲慼如火燒草嗚呼痛哉何忍當笑適罷重喪竊畏國王即制哀心如水澆火遂復俳戲稍忘諸憂戲笑益盛令王踊躍其修行者亦當如是誘進道心使解空無除吾我想因是習行遂入眞空於是頌曰

譬如王有俳　身遭重憂喪　佯笑除憂慼
心遂歡喜悅　修行亦如是　稍誘心向空

照耀近慧明　志定不動轉

是故行者當順空教設試其心或中亂者起吾我想則自思惟譬如有人合集草木以用作筏欲渡廣河其水急暴漂而壞筏吾誘進心從來積日勤苦叵言亂志卒起違其專精有吾我想於是頌曰

譬如合集草木筏　山川江河漂之壞
愛樂之河急如是　意念于寂則向空

譬如夏月暑燋草木得霖雨時便復茂生五穀豐盛吾思惟空則無吾我設不思惟便興身想於是頌曰

譬如於彼霖雨時　諸枯草木悉茂生
設使修行思惟空　則捐吾我無想念

修行自念吾所以坐欲求滅度實事叵失設有我者可方求之而然本空無有吾我今欲分別身之本無我何所是寧有身乎於是頌曰

其處我想解乃覺　常諦觀之爲本無
設使隨俗不自了　若如冥中追于盲

其修行者退自思惟有身成我衣食供養有餘與他是爲吾我計本悉空假使有難先自將護然後救他若捨身已復有餘患則當追護人一切貪皆猶身與無復他計是故知之身爲吾我於是頌曰

諸貪財色皆爲身　設有恐難先自護
求不顧人唯慕已　是故俗人爲吾我

修行自念當觀身本六事合成何謂爲六一曰地二曰水三曰火四曰風五曰空六曰神何謂爲地地有二事內地外地於是頌曰

地水火風空　魂神合爲六　身六外亦六

佛以聖智演

何謂身地身中堅者髮毛爪齒垢濁骨肉皮革筋連五臟腸胃屎穢不淨諸所堅者是謂身地於是頌曰

人身積之若干種　髮毛爪齒骨皮肉
及餘體中諸所堅　是則謂爲內身地

彼修行者便自念言吾觀內地是我身不神爲著之與內合乎身合爲異吾我別乎當觀剃頭下鬚髮時著於目前一一分髮百反心察何所吾我設一毛我安置餘者若毛悉是斯亦非應爲若干身又除鬚髮從小至長亦難計量若持著火燒其髮時身當便亡髮從四生一曰因縁二曰塵勞三曰愛欲四曰飲食計是非身則無吾我髮衆縁合我適有一髮墮在地設投於火若捐在厠以足蹈之於身無患在於頭上亦無所益以是觀之在頭在地等而無異於是頌曰

頭上雖多髮　增減亦無異　設除及與在
亦不以爲憂　諦觀察是已　則無有吾我
是故分別了　各各無有身

假使彼髮爲吾我者如截葱薤後則復生以是計之當復有我所以者何其葱薤者自毀自生一切皆空非吾無我假使鬚髮與神合若如水乳合猶尚可別設使鬚髮有吾我者初在胎中受形識時都無髮毛爾時吾我爲在何許後因縁生以是知之髮無吾我髮生不生若除若在計無有身以是觀之草苗及髮一無有異於是頌曰

假使鬚髮有吾我　便是可見如葱薤
身由芻草剉斬之　觀體與草等無異

其修行者思惟如是本無有吾今不見我曉了若斯一壞狐疑如髮無我一切亦然髮毛爪齒骨肉皮膚悉無所屬諦觀如是地無吾我我不在地於是頌曰

身髮種類無吾我　分別體內百千段
於中求之無有身　譬如入水而求火

其修行者心自念言吾求內地都無吾我當察外地儻有吾我依外地耶何謂外地與身不連麤強堅固離於人身謂爲土地山巖沙石瓦木之形銅鐵鉛錫金銀鍮石珊瑚琥珀硨磲碼碯瑠璃水精諸樹草木苲稼穀物諸所積聚於是頌曰

山巖石瓦地樹木　及餘諸所有形類
其各離身衆殖生　是則名曰外地種

其修行者觀於外地則知內地無有吾我所以者何內地增減則有苦毒尚無有身何況外地當有體耶設有破壞斷截燒滅壍掘割裂不覺苦痛寧可謂之有吾我乎故外內地皆無所屬等而無異於是頌曰

譬如內地無吾我　何況在外而有者
以觀無我等無異　省之同空而不別

何謂爲水水爲在我我爲在水水有二事內水外水何謂內水身中諸輭濕膩肪膏血脉髓腦涕淚涎唾肝膽小便之屬身中諸濕是謂內水於是頌曰

肝膽諸血脉　及汗肪之屬　涕淚諸小便
身中諸濕者　散體有柔輭　與神不相連
通流遍身中　是謂爲內水

其修行者涕淚在前諦觀視之以木舉之我著此乎假使依是日日流出棄捐滅沒朽之

在外不計是我亦不護之假使木擎有吾我
者盛著器中以何名之如是觀者諦知無身
所以者何計於形體無有若干以此之比水
種衆多水則無我内外亦爾於是頌曰
假使我如水　水消我則滅　如身水消長
我者亦應爾　如棄體中水　不貪計是身
諦觀如是者　則無有吾我
其修行者復更省察以見内外無有吾我當
觀外水爲有我耶我依外乎何謂外水不在
已者根味莖味枝葉華實之味醍醐麻油酒
醬霧露浴池井泉溝渠涝水江河大海地下
諸水是謂外水於是頌曰
地上諸可名水者　及餘衆藥根莖味
與身各别不相連　是則謂之爲外水
其修行者諦觀外水分别如是而身中水尚

無吾我有所增减令身苦痛何況外水而有
身乎設有取者於已無損若有與者於身無
益以是觀之此内外水等而無異所以者何
俱無所有於是頌曰
身中諸水無吾我　設有苦樂及增减
如是外水豈有身　苦樂增减而無患
今當觀察諸火種火有我耶我著火乎何謂
爲火火有二事内火外火何謂内火身中温
煖諸熱煩滿其存命識消飲食者身中諸温
此爲内火於是頌曰
身中諸煖消飲食　温和存命諸熱著
是則體分及日光　斯謂名之爲内火
其修行者當作等觀身中諸温或熱著頭或
在手足脊脅腹背也如是觀者各各有異計
人身一不應有我諦視如是則無所屬是爲

内火於是頌曰

分別計人身　心察火無我　所處若干種

各各不見我

其修行者便自思惟吾求内火則無有身當觀外火爲有我乎我依火耶何謂外火與身不連謂火及餤溫熱之屬日月星宿所出光明諸天神宮地岸山巖鑿石之火衣服珍琦金銀銅鐵珠璣瓔珞及諸五穀樹木藥草醍醐麻油諸所有熱是謂外火於是頌曰

日月餤光及星宿　下地諸石光熱者

及餘一切諸溫煖　是則名曰爲外火

其修行者思惟外火所覩如是則知外火不可稱數火有二事有所燒煮火在草木不焚草木所處各異設外火中有吾我者則不別異以故知之外火無身亦不在彼内火外火俱而無異所以者何等歸于空於是頌曰

所以有此火　唯燒熱炊熱　山巖諸石子

所積聚如是　各各所在異　熾然不一時

外火爲若此　是故知無我

今當觀察諸所風氣爲有我乎我在風耶何謂爲風風有二事内風外風何謂内風身所受氣上下往來橫起脅間脊背腰風通諸百脉骨間之風掣縮其筋力風急暴諸風興作動發則斷人命此謂内風於是頌曰

戴身諸風猶機關　其斷人命衆風動

喘息動搖掣縮體　是則名曰爲内風

其修行者當作是觀此内諸風皆因飲食不時節起及餘因緣風不空發風若干種步步之中各各起滅於彼求我而不可得以是言之求於内風而無吾我於是頌曰

人身動風及住風　計若干種從緣起
此各殊異非有我　是故内風而無我

其修行者心自念言今求内風則無有我當復察外何謂外風不與身連東西南北暴急亂風飄風冷熱多少微風興雲之風隨藍動風成敗天地及持水風是謂外風於是頌曰

四方諸風及寒熱　隨藍之風亦成敗
持雲塵清并飄風　是則名曰爲外風

其修行者觀風如是則自念言外風不同或大或小或時中適或時盛熱持扇自扇若有塵土而拂拭之急疾飄風則斷擊人隨藍之風立在虚空天地壞時拔須彌山兩兩相搏皆令碎壞舉下令上飄高使墮相搪碎敗皆使如塵計身有一無有大小外風既多又復大小觀内外風等無差特所以者何俱無所屬於是頌曰

若使熱扇除汗暑　人身中風及隨藍
虚空衆風亦無我　是則名曰爲外風

其修行者皆能分别了此四大雖爾未捨不解身空所在作爲輙計有身亦言有吾以觀本無計内四種及外四種俱等無異色痛想行識則爲猗内亦無所猗所以者何其心意識而不在内痛想行識亦不與身四大相連於是頌曰

當觀察此四種分　其無慧者常懷疑
色痛行識不連内　安當想著外四種

其修行者假使狐疑當觀本無能解其相則知如審譬如種樹而生果實非是本子亦不離本一切如是因獲四大如有五陰則在胞胎成心精神形如濁酪則生息肉稍稍而成

小兒之身從少小身便至中年是若干種本從胎起既成就身非初合身亦不離初始從胎精稍稍成形至於中年精神所處四種之變漸漸日長以觀本無則無有我等無差特四種法爾精神所處漸漸成體其無精神亦轉長大於是頌曰

內猶心生實　如樹從子出　心如樹因果
外種亦如是　其身法亦然　因心念衆想
厥外種無意　安能有衆想

譬如外種或有出金後有工師或出銅鐵或出鈆錫或出銀者或出鍮石硨磲碼碯瑠璃水精珊瑚琥珀碧玉金剛金精衆寶其於外種出於如是輩琦璝珍異計身內種胎中始生若二肉摶名爲眼相其目中光有所見者名曰爲精目中黑瞳因于內精得見外形內外相迎然後爲識識何所與謂痛想行若如從目生痛想行耳鼻身口意亦復如是內外諸種等亦無異從內諸種心痛想行本從內起不由于外於是頌曰

有諸於外種　用出金銀故　內種亦如是
二肉摶成眼　從眼想覩色　因色而成識
由心起衆想　內自在號識

其修行者儻有是疑所謂內種頗有踰者所謂內中之內或有覺言朦瞑之人不聞不了其心反邪入於貢高所見身者則是吾我所爲有體我或在內觀他人身亦如是也所覩如斯不能超踰弗解人身四大五陰及諸衰入因號之身我所他人計此內外凡俗言耳如俗所言吾欲從之設不從者儻有諍訟學道之人未曾計形於是頌曰

我寧有勝乎　能起内我耶　愚騃亦如是
無慧隨邪見　言語有增減　凡俗所説耳
智慧除是知　分别無特異
其修行者見知了了成清淨慧設使内種是我所者常得自在當制訶之進退由人所以知之無我者何不得自在感於衰老鬚髮白白爪長齒落面皺皮緩顔色醜變筋脉爲緩肉損傷骨風寒熱至相錯不和體血濁亂計外四大亦復如是或有掘地山崩谷壞地水火風或增或損用不自在是故無身猶此知之内外諸種無吾非我於是頌曰
生老病死至　猶尚不自在　外地亦如是
崩搖常增減　内衆事成身　外種亦若干
如實正諦觀　則知無吾我
修行自念我心云何從久遠來四大悉空反謂我所譬如夏熱清淨無雲遊於曠澤遥見野馬當時地熱如散炭火既無有水草木皆枯及若沙地日中熾盛或有賈客失衆伴輩獨在後行上無傘蓋足下無履體面汗出脣口燋乾熱炙身軀張口吐舌劣極甚渴四顧望視其心迷惑遥見野馬意爲是水謂爲不遠似如水波其邊生樹若干種類鳧鴈鴛鴦皆遊其中我當至彼自投沉底復出除身中垢熱及諸劇渴疲極得解爾時彼人念是以後盡力馳走趣於野馬身劣益渴遂更困頓氣乏心亂即復思惟我謂水近走行數里水不知至此爲云何本之所見實是河水吾自惑乎遂復進前日轉晩暮時向欲涼不見野馬無有此水心既覺之是熱盛炎之所作耳吾用渴極遥見野馬反謂是水於是頌曰

遥見日盛餤　謂是流水波　以渴困極故
意想呼是河　時暮遂向涼　更諦察視之
乃知是野馬　吾惑謂爲水

修行自念吾本亦然渴於情欲追之不息著終始愛還自燋然迷爲疑想癡網所蓋野馬見惑吾從久遠唐有是心貪著于我謂是吾所今已覺了所覩審諦身所想見斯已除矣今覩六分無有吾我觀一毛髮永不見有也況於體中毛中諸物解身一毛有若干說況當講論一切地乎於是頌曰

自覩其身謂是我　愚渴見餤亦如是
知此六分非我所　有是心者謂合德

其修行者當復思惟愚者不明發心生想是吾斯我彼意所念衆想邪行初起謂念後起謂行思是然後心中風動令口發言倚四大身計吾有我是事皆空無吾無我唯是陰種諸入之根是故有身因號名人男子丈夫萠類視息載齒之種志從内動因風有聲令舌而言譬如大水高山流下其震動暢逸行者聞之亦如深山之響呼者即應人舌有言本從心起亦猶如是於是頌曰

依倚諸種想衆法　本從邪思起意念
因長成身有言說　出若干義如山川

其修行者當復自念是四種身無吾無我轉相憎害譬如有人財富無數而有四怨四怨念言此人大富財寶不訾田地舍宅器物無量奴婢僕從無所乏少宗室親友皆亦熾盛吾等既貧復無力勢我輩不能得報此怨當以方便屈危斯人當以何因成其方便常親近之乃可報怨爾時四怨詐往歸命各自說

言我等爲君趣走給使當如奴客所欲作爲願見告勑其人即受悉親信之令在左右四怨恭肅晚卧早起竦慄叉手諸可重作皆先爲之不避劇難爾時富者見彼四怨恭敬順從清淨言和卑下其意心甚愛之謂此四人是吾親友莫踰卿者所在坐席輒歎說之是吾親友亦如兄弟子孫無異是輩所與有可作爲吾終不違有是教已食飲同器出入參承於是頌曰

親近無數使　除慢不逆命　卑下如家客
順意令歡喜　怨安能行此　是等爲本讎
在世有嫌結　依之如親友

爾時富者親是四怨心未曾疎然後有緣與斯四人從其本城欲到異縣自共竊議此人長夜是我重讎今者在此墮吾手中既在曠野無有人民此間前後所傷非一也今斯道路離城懸曠去縣亦遠前後無人邊無候望亦無放牧取薪草人射獵之者也今正日中禽獸尚息況人當行令甚可危於時四怨捉富者髮撲之著地騎其胷上各陳本罪一怨言曰某時殺我父第二人言卿殺我兄第三人言汝殺我子第四人言汝殺我孫今得卿便段段相解當斷其頭解解斬之自省本心曾所作不皆思惟之今汝亡命至閻羅王獄爾時富者爾乃覺耳是我怨家反謂親友初來附吾吾愛信之食飲好樂不爲恪惜視之如子吾所欲得悉著其前久欲害我但不覺耳今捉我頭撲之在地陳吾萬罪截吾耳鼻及手足指剥皮斷舌今諦知卿是我仇怨於是頌曰

其人相隨交　怨家像善友　口輭心懷毒
如灰覆盛火　現信無所持　剥吾如屠羊
其人爾乃覺　是怨非親友
修行如是等觀此義吾本自謂地水火風四事屬我今諦察之以爲覺知是爲怨家胥鎖相連所以者何身水增減令發寒病有百一苦本從身出還自危已也若使身火復有動作則發熱疾百一之患本從身出還復自危也風種若起則得風病百一之病地若動者衆病皆興是爲四百四病俱起也是四大身皆是怨讎悉非我許誠可患猒明者捐棄未肯貪樂於是頌曰
火本在於木　相槃還自然　四種亦如是
不和危其身　明人常諦觀　省察其本無
是内四大空　此怨何爲樂
其修行者自思惟念吾觀四種實非我所當觀空種爲何等類空者有身身爲有空何謂空種空有二事内空外空何謂内空身中諸空眼耳鼻口身心胷腹腸胃孔竅臭穢之屬骨中諸空衆脉潤動是輩名曰爲内空也於是頌曰
如蓮華諸孔　體空亦如斯　骨肉皮動潤
身内空無異
其修行者當作是觀身中諸孔皆名曰空不從此空而起想念不與空合所以者何意從心起意意相續本從對生其意法者當自觀心觀他人心心亦空無無所依倚以三達智察去來今皆無所有若干方便省於内空永不見身是故内空而無吾我於是頌曰
觀於内種何所在　永不得見如毛塵

是故身空心意識　譬如冥影但有名

其修行者當作是觀以見內空悉無所有當復觀外爲何等類爲有我乎我依之耶何謂外空不與身連無像色者而不可見亦弗可獲無有身形不可牽制不爲四種之所覆蓋因是虛空分別四大而依往反出入進退上下行來屈伸舉動下深上高風得周旋火起山崩日月星宿周匝圍繞得因而行是爲外空於是頌曰

不見其色像　能忍無罣礙　衆人因往還屈伸及動作　衆水所通流　日月風遊行山崩若火起　是謂爲外空

其修行者諦觀如是而身內空尚非吾所況復外空而云我乎執心專精內外諸空等無有異所以者何無苦樂故也不可捉持無有想念已無心意無有苦樂不當計我於是頌曰

是身中諸空　計體了無我　何況於外空當復計有耶　察於內外空　悉等無差別以不與苦樂　離於諸想念

今當觀察心神之種心有我我依心神耶何謂心神心神在內不在外心依內種得見外種而起因緣神有六界眼耳鼻口身心之識也彼修行者當作是知目因色明猶空隨心以是之故便有眼識於是頌曰

因內諸大種　及外衆四分　如兩木相鑽火出識如斯　耳鼻身口意　分別成六事色爲罪福主　是名曰諸識

其眼識者不在目裏不在目外色色不與眼而合同也亦不離眼從外因色內而應之緣

是名識於是頌曰
譬如取火燧　破之爲百分　而都不見火
觀火不離木　其諸識之種　計之亦若斯
因六情有識　察之不可別
譬如有王上在高樓與羣臣百僚俱會未爲
王時在於山居爲仙人子羣臣迎之立爲國
王未曾聽樂聞鼓箜篌琴瑟之聲其音甚悲
柔和雅妙得未曾有顧謂羣臣是何等聲其
音殊好於是頌曰
如仙人王在閑居　來在人間聞琴聲
其王爾時問羣臣　是何音聲殊乃爾
羣臣白王大王未曾聞此音耶於是頌曰
羣臣報王曰　王未曾聞此　如王見試者
臣不宣惡言
王告羣臣言吾身本學久居雪山爲仙人子
其處閑居與此差別以故不聞於是頌曰
王以本末爲臣說　止在閑居法爲樂
遊于獨處故不知　不能分別此音聲
爾時傍臣前啓王曰大王欲知是名曰琴於
是頌曰
王未曾聞此　不解音所出　臣言人中尊
是者名曰琴
王告傍臣便取琴來吾觀之何類即受勑命
即持琴來王告之曰吾不用是取其聲來傍
臣報曰是名曰琴當與方便動作功夫乃有
音耳何緣舉聲以示王乎於是頌曰
其王有所問　羣臣皆答曰　其聲不可獲
無有自然音
王問羣臣與何功夫而令有聲羣臣白王此
名曰琴工師作成既用燥材加以筋纏以作

成竟復試厥音令不大小使其平正於是頌
曰
治用燥材作斯琴　覆以薄板使內空
復著好絃調其音　然後爾乃聲悲和
臣啓王曰鼓琴當工撓節相和不急不緩不
遲不疾知音時節解聲麤細高下得所既曉
賦誄歎詠之聲歌不失節習於鼓音八音九
韶十八之品品有異調其絃之變四十有九
於是頌曰
其音而悲和　宣暢聲逸殊　四部鼓柔輭
能歌皆通利　曉了詩賦誄　若如天支樂
得如是人者　鼓琴乃清和
羣臣白王如此師者調琴絃聲爾乃悲快如
向者王之所聞聲以滅盡矣不可復得設人
四方追逐其音求之所在而不可獲王謂羣
臣所謂琴者無益於世無有要矣是謂爲琴
令無數人放逸不順爲是見欺迷惑於人取
是琴去破令百分棄捐于野於是頌曰
若干功夫成其音　是爲虛妄迷惑俗
假使無鼓聲不出　煩勞甚多用是爲
其修行者作是思惟譬如彼琴興若干功爾
乃成聲眼亦如是無風寒熱其精明徹心不
他念目因外明所覩色者無有遠近色無細
微亦不覆蓋識非一種因是之緣便有眼識
於是頌曰
如琴若干而得成　聲從耳聞心樂之
無有衆病目精明　設無他念名眼識
所從因緣起眼識者其緣所合無常苦空非
我之物因從眼識而致此患設有人言有常
樂命是我所者是不可得此爲虛言安可自

云眼識我所以是知之身無眼識也眼識無常心識所想亦復如是審諦觀者知其根本一切諸法皆非我所譬如御車擿取芭蕉之樹一葉謂之爲堅在手即微次第擿取至其根株無一堅固亦不有要安能令剛也修行如是從初發意時觀其毛髮爲是我所爲在他所審觀如是察其頭髮一切地種水火風空并及精神視察無身如吾曾聞日入夜冥有人獨行而無月光遂至中夜遥察見樹謂之爲賊如欲拔刀張弓執戟危我不疑心懷恐怖不敢復前舉足移動志甚愁感惱不可言天轉向曉星宿遂沒日光欲出爾乃覺知非賊是樹其修行者當作是觀我自往昔愚癡所蓋謂有吾身及頭手足脅脊胷腹諸所合聚行步進止坐起言語所可作爲稍稍自致學問曉道智慧聰明愚癡之冥遂爲淺薄爾乃解了無有吾我骨鎖相連皮革裹纒因心意風行步進止卧起語言有所作爲於是頌曰

有人冥行路　望見樹謂賊　愚人亦如是
見身計有我　明無吾我人　積衆事成體
骨鎖諸孔流　因心神動風

吾曾聞之昔有一國諸少年輩遊在江邊而相娛樂以沙起城或作屋室謂是我所各各自護分別所爲令不差錯作之以竟中有一子即以足觸壞他沙城主大瞋恚牽其頭髮以拳打之舉聲大呼其壞我城仁等願來助吾治罪衆人應聲悉往佐助而撾治之足蹈其身汝何以故壞他人城其輩復言汝破他城當還復之共相謂曰寧見此人壞他城不

其有効者治罪如是各自在城而戲欣笑勿復相犯於是頌曰

小兒作沙城　觸之皆破壞　戲笑而作之
謂爲是我所　各各自懷心　是吾城屋界
而已娛樂中　如王處國宮

爾時小兒娛樂沙城謂是我所將護愛之不令人觸日遂向冥各欲還家其心不戀不顧沙城各以手足蹹壞之去而歸其家於是頌曰

小兒積沙以作城　在中娛樂盡黃昏
日適向冥不戀慕　即捨其城還歸家

其修行者當作是觀吾未解道計有吾我恩愛之著並護身色老病將至無常對來忽盡滅矣今適捨色心無所樂以智慧法分別散壞四大五陰今以解了也痛想行識諸入之衰皆非我所如今五陰非身所有過去當來現在亦然其觀死生以如是者便能具足得至脫門欲求空者順行若斯於是頌曰

其有習欲者　不捨恩愛著　普自將護身
如人奉敬親　若離於情欲　如月蝕光明
知身如沙城　不復計吾我

其修行者見三界空不復願樂有所向生何謂無願而向脫門所有境界婬怒癡垢假使起者制而不隨是謂無願而向脫門無相如是已了是者謂三脫門其修行者所以專精唯欲解空於是頌曰

三界不見我　所觀皆爲空　安能復求生
一切不退還　設心常思念　無相無願空
如在戰鬪中　降伏除賊怨　觀五陰本無
依倚在人身　過去及當來　現在亦如是

積聚勤苦身　一切悉敗壞　明者觀五陰
如水之有沫　若得無相願　覩三界皆空
致三脫安隱　悉度衆苦惱　見吉祥不遠
如掌中觀文　是謂爲沙門　無有終始患
省察覺佛諸經法　爲求解脫永安隱
義深廣演說總哀　令行者解多講空

修行道地經卷第五

音釋

拼 必耕切以繩直物也　笮 音責壓也　軖 音狂車裂也　埤堄 埤匹詣切堄研計切城上女墻也　挓 知格切張也　烳 滂古切　鏊 吾告切餅鏊也　熬 吾高切煎也　俳 步皆切俳優也　佯嘲 佯余章切詐也嘲竹交切調也　薤 胡戒切葷菜也　剉 寸卧切斫也　炊 音吹爨也　搪 徒郎切觸也　琦瓆 琦音奇瓆古回切　誄 魯水切壘述功德也

修行道地經卷第六

西晋三藏竺法護譯

神足品第二十二

其心清淨如流泉　與比丘俱猶德華
免苦慧安若涼風　長養佛樹願稽首
應時得寂定　如山不可動　明觀等如稱
除瑕令無穢　以經義寂觀　照耀現世間
斂心自歸命　稽首三界尊

其修行者或先得寂而後入觀或先得觀然後入寂習行寂寞適至於觀便得解脫設先入觀若至寂寞亦得解脫何謂爲寂其心正住不動不亂而不放逸是爲寂相尋因其行心觀正法省察所作而見本元因其形相是謂爲觀譬如賣金有人買者見金已後不言好醜是謂爲寂見金分別知出其國銀銅雜者識其眞僞紫磨黃金是謂爲觀如人刈草左手捉草右手鎌刈其寂然者如手捉草其法觀者如鎌截之於是頌曰

其心無瑕穢　不動名曰寂　若心徧省者
斯號謂法觀　手捉草應寂　鎌截之爲觀
以是故寂然　微妙得解脫

其修行者觀人骸骨在前在後等而無異開目閉目觀之同等是謂爲寂尋便思惟頭頸異處手足各別骨節枝解各散一處是謂爲觀此骨鎖身因四事長飲食愛欲睡眠罪福之所緣生皆歸無常苦空非身不淨朽積悉無所有是謂爲觀取要言之見而不察是謂爲寂分別其元是謂爲觀於是頌曰

見諸骨鎖不省察　心不濁亂是謂寂
分別其體頭手足　發意欲省是謂觀

其修行者何因專精求入寂然無數方便而逮於寂今取要言而解說之因二事致一惡露觀二曰數息守出入息何謂不淨觀初當發心慈念一切皆令安隱發是心已便到塚間坐觀死人計從一日及至七日或身胮脹其色青黑爛壞臭處爲蟲見食無復肌肉膿血見汚視其骨節筋所纏裹白骨星散甚爲可惡或見久遠若干歲骨微碎在地色如縹碧存心熟思隨其所觀行步進止臥起經行懷之不忘若詣閑居寂無人處結跏趺坐省彼塚間所見屍形一心思惟於是頌曰

欲省惡露至塚間　往到塚間觀死屍
在於空寂無人聲　自觀其身如彼屍

其修行者設忘此觀復往重視還就本座作無常觀出入進止未曾捨懷夙夜不懈一月一秋復過是數專精不廢經行坐起寢覺住止若獨若衆常不離心疾病强健常以著志不但唯以此無常苦空非身爲定也所觀如諦不從虛妄於是頌曰

察因緣觀若忘者　重到塚間觀視之
不但專觀無常苦　不轉其心省如見

如在塚間所見屍形一心思念初不忘捨觀身亦然觀死人形及吾軀體等無差特若見他人男女大小端正好醜裸形衣被莊校瓔珞若無嚴飾一心察之死屍無異用不淨觀得至爲寂爾時修行常察惡露譬如衆流悉歸於海於是頌曰

我身死屍及大小　見其惡露等無異
心常專精未常捨　譬如衆流入于海

爾時修行心自念言已得自在心不違我不

復爲惑即時歡喜以能甘樂致於奇特堅立秉心不復隨欲若見女人謂是骨鎖非爲好顏察如審諦本所習欲以爲瑕穢離於情色不造衆惡是第一禪棄捐五蓋具足五德離諸思想遠衆欲洿不善之法其心專念靜然一定而歡喜安行第一禪是謂爲寂澹然之法求之若此因惡露觀於是頌曰

志自在如弓　心心相牽挽　觀女人皮骨
制意不隨欲　離瑕心清淨　身脫於衆惡
在世得自在　歡喜得禪定

是第一禪續在穿漏諸漏未盡如是行者住第一禪故爲凡夫計佛弟子故立在外未應入室如外仙人遠離於欲終始不斷非佛弟子修行如是求第一禪甚亦難致其餘三禪稍前轉易譬如學射遲立大準習久乃中習不休息工則析毛初學一禪精勤乃致其餘三禪學之易易於是頌曰

其學第一禪　精勤甚難致　其餘三禪者
方便遂易至　譬如學射法　初始甚難中
以能中大準　閉目破一毛

若第一禪寂然致　故是凡夫當訶教
非佛弟子在界外　以離愛欲似仙人

其修行者已得自在順成四禪欲得神足觀悉見空省諸節解眼耳鼻口頂頸脅脊手足胷腹及諸毛孔若如虛空作是觀已自見其身節節連綴如蓮華本猶根諸孔觀如虛空然後見身譬如葦囊漸察如是便離形想唯有空想以得空想無復色想或習空想續見其體但無所著也欲觀身者則自見之欲不覩者則亦不見欲覩虛空則而見之欲不覩

者則亦不見體心俱等意在其內如乳水合心不離身身不離心堅固其志以心舉身令去其座專心在空如人持秤令秤鎚等正安銖兩斤平已後平舉懸秤修行如是自擎其形專心念空於是頌曰

其有修行者　神足飛如天　觀身諸骨節
毛孔皆爲空　已離不計吾　專念想樂空
如大秤量物　舉身亦如是

其修行者習行如是便得成就初舉身時去地如蟣轉如胡麻稍如大豆遂復如棗習舉如此至于梵天乃到淨居諸天之宮通徹須彌無所拘礙入地無間出而無孔遊於空中坐卧行住身上出火身下出水身上出水身下出火從諸毛孔現若干光五色之耀如日明照能變一身以爲無數化作牛馬龍象騾驢駱駝虎狼師子無所不現發意之頃普遊佛界旋則尋還是神足界通達之變是神足者因四禪致其四禪者因不淨觀數息致之是故修行當念惡露數息思定於是頌曰

因習學輕舉　如風無罣礙　身踊至梵天
悉覩諸天宮　飛行在虛空　如雲無禁制
入地如入水　在空如處地　從身自出火
若如日光明　身下雨其水　如月降霜露
專精得神足　自在無所礙　欲得捫梵天
自恣何況餘　欲至他方界　輕舉即能到
釋擲金剛疾　往反亦如是　自在如變化
能現無數形　如釋娛樂幻　樂神足亦然
遊于佛經甘露池　亦如大象入華泉
總說其義如本教　故歎詠是致神足

數息品第二十三

其威神耀踰日光　德燄巍巍過天帝
顏色端正如月滿　消除衆冥滅諸垢
口說法言如甘露　出語殊妙歎十善
篤信合俱歸最尊　願稽顙佛無等倫
觀採諸經如入海　以獲禪定無穿漏
敢可計數佛弟子　是故稽首最勝安
其修行者自惟念言何謂無漏至第一禪何謂名之世尊弟子若修行者在禪穿漏當發是心我得一禪故爲穿漏以穿漏行第一之禪得生梵天在上福薄命若盡者當墮地獄餓鬼畜生及在人間計此之輩雖在梵天諦視是比不免惡道凡夫之類也所以者何未解脫故於是頌曰
設使始學得漏禪　其修行穿如漏器
雖生梵天當復還　如雨絲衣其色變

譬如國王有一大臣而犯重事先考治之五毒並至却乃著械閉在深獄令衣弊衣給以麤食草蓐爲牀莫令家人得入相見使房近厠臭穢之處吏受教已即承王命考治如法其人往時有小功夫施恩於王王思念之遣告獄吏放出其人恣之四月自在娛樂與眷屬俱而相勞賀竟四月已還著獄中於是頌曰
譬如有臣犯王法　王念故恩使出獄
恣意所欲相娛樂　然後還閉著獄中
獄吏受教如王勅告其人得脫沐浴服飾與諸羣從俱出遊觀五欲自恣也雖相娛樂心退念之今與羣從五欲自恣云何捨是當還就獄三時歎息當復考治著於弊衣麤食臥草與小人俱共止一處何一痛哉當爲蚤虱

蚊虻見食在中可惡夏則盛熱冬則慘寒鼠夜鳴走冥冥如漆垢穢不淨流血覆地鬚髮撩亂拷治百千或有刵耳而截鼻者或斷手足穢濁不淨若在塚閒惱不可言當與此輩瑕穢俱處於是頌曰

竟夏四月其臣念　與親愛俱而歡樂
憂當還獄諸考治　遭厄之惱不可量

當復更見諸罪繫囚其犯禍者作事不道而婬盜竊劫人男女焚燒人家及諸殺藉以毒害人喜行輕慢或殺男女及爲屠牛掠諸丘聚縣邑城郭念國家惡當復見此五毒搒笞手脚耳鼻爲血所汙或見斫頭瘡痍裂壞膿血漏出或被重考身體腫起無數之蠅皆來著身在地臥極若如鶏猪或新入獄面目手足悉爛傷腫驚惶燋悴愁不可言住不敢動或羸瘦而骨立顏色醜陋譬如餓鬼或久在獄以氣肥腫頭亂爪長或有在中日日望出或有自念我在獄中無有出期不復悒悒其新來者或見絞殺或考或繫或口受辭或以結形或與死人同一牀蓐或牽出之臥著溷上或行道地不大見考於是頌曰

惡人甚衆多　瑕穢可憎惡　與愚而俱止
譬如與猪會　涕呻哭淚下　苦如鬼同塚
是大臣愁憂　何忍重入獄

此諸罪囚在刑獄中各各談說國王盜賊或說穀米飲食之屬華香妓樂男女之事或說山海行故之事或說他國摶掩之事或嗟歎王所積之行或說王惡治國不政賊來攻伐如是失國或言王崩當有新立而出大赦夫人懷軀如是在產獄囚得脫若城失火多所

焚燒獄門得脱或共議言若見瑞
怪烏鵲來鳴倚獄門住獄户作聲夢見上堂
及上高山又入龍宫墮蓮華池乘舟渡海自
觀不久免一切苦於是頌曰
諸犯王法者　談語自勸勉　聚會心歡喜
希望得解脱　如羣牛投谷　墮厄井如是
時大臣思此　無福人甚愁
時臣思念我當云何而復聞此盜賊言談或
有相教若獄吏問當作是答極重拷治不過
二十七日軀轉狎習不復大患假使取身段段
解之刀在項上勿妄出言我犯斯過莫説其
處藏匿之家勿牽引人其是伴黨或誘問者
復莫信之獄卒恐汝慎無爲伏若見拷治勿
得驚懅於是頌曰
展轉相勸勉　教人下辭法　思念獄吏問

以何答其言　大臣眷屬俱　復念獄衆苦
習於諸五欲　而心懷憂惱
獄囚相謂卿等不見人捨父母兄弟親屬不
惜身命遠其本國行於荆棘竹林叢樹坵荒
險難不顧其身入海求財吾等不歷勤勞之
苦而致寶物以是之故當忍拷掠令不失財
使他人得於是頌曰
賊劫他人財　所獲非己有　念當不惜命
失財更遭厄
臣自念言吾何忍見獄卒住前叫喚呼人而
自説言我以織女三星昄蘭宿生屬地獄王
二十九日夜中半生卿不聞吾初墮地時國
有衆患擾動不安與諸怪變空有崩音地爲
震動東西望赤四方忽冥鵰鷲烏鵲狐狼野
獸鵄梟在塚間生噉人肉鬼神諸魅鳩桓溷

鬼反足女神悉共欣悦此獄卒生正爲我等
假使長大多害男女從在塜間我等當得死
人血肉及脂髓腦以爲飲食以是之故吾等
護子令壽命長我初生時以有此救故不畏
人於是頌曰
無有慈哀言剛急　其人無欲懷怨結
念獄卒言臣意悲　雖快娛樂憂此惱
獄卒説言吾又便手無所不搏無有比倫安
有勝乎吾身前後以此便手殺無央數男子
女人又斷手足耳鼻及頭以手挑眼不用刀
刃住立諸囚擎專攊攞麤弶懸頭竹筏勉屈
在於搒牀五毒治之布纏其脂油塗火燒膏
灌髮上放火然之草纏其身以火焚之爀爀
割體問其辭對決口截脣剥其面皮口嚼其
指譬如噉菜若鞭搒人竹杖葦鞭獄卒喜勇
以針刺指繩絞脅腹纏頭木楔於是頌曰
臣念不樂恐還獄　如是拷治甚可畏
獄卒數來説刑罪　有此憂者不爲安
獄卒有言我無憎愛不喜遊觀聽歌音聲設
有無罪撾鼓兵圍詣於都市吾悉斬頭雖有
勇猛軍陣督將豪貴貢高畏我便手猶碎象
牙剛强逆賊輕慢善人我皆絞其頸父母兄
弟親屬涕泣求哀一時吾不聽之又一子父
喚呼跳梁乃如虎鳴吾折伏之令無有聲於
是頌曰
臣與羣從相娛樂　思念獄卒説罪刑
譬如人飲醇清酒　或有醉喧又歡喜
獄卒又言吾有惡氣眼中毒出張目視人胷
裂頭劈譬如冰裂男女見我莫不懷懅雖有
人形作鬼魅行在於獄門説是已竟便即還

去甫當至是衆惱之患雖在宮殿五欲自娛安以爲樂於是頌曰

如是之苦惱　不淨瑕穢因　誰當以歡喜
安隱無憂患　如罪囚臨死　求華戴著頭
從王得假然　當復還受報

其修行者自惟念言從梵天還當歸惡道在胞胎中處熟藏上生藏之下垢染不淨五繫所縛於是頌曰

修行得漏禪　獲此適中半　則生在梵天
不能久常安　心中念如是　命盡歸惡道
如人假出獄　限竟還受拷

譬如小兒捕得一雀執持令惱以長縷繫足放之飛去自以爲脫不復遭厄欲詣果樹清涼池水飲食自恣安隱無憂縷遂竟盡牽之復還續見捉惱如本無異修行如是自惟念言雖至梵天當還欲界勤苦如故於是頌曰

譬如有雀繩繫足　適飛繩盡牽復還
修行如是生梵天　續還欲界不離苦

修行自念我身假使得無漏禪爾乃脫於勤苦畏道號曰佛子所在飲食不爲癡妄以脫猶豫在于正道得第一禪經可依怙入正見諦於是頌曰

以得第一禪　無垢廣在行　猶終始難脫
當精進得道

修行自念觀衆生善惡乃至一禪本從骨鎖而獲之耳其形無常苦空非身因四事生於是頌曰

其第一禪因身致　解四大成一心行
無常苦空脫吾我　觀如是者當精進

修行思惟所用察心其心之本亦復非常苦

空非身以四事成皆從因緣轉相牽引而猶禍福心想依形亦歸無常苦空無我從四事成如我受五陰之體空無所有十二連因去來今者亦復如是欲界諸陰色界陰無色之界陰相若斯悉爲羸弱見三界空其根本深及邪無正震動熾然覩無陰者皆爲寂然志在恬怕趣於無爲無他之念依於泥洹爾時心行和順不剛修行如是以見審諦便成阿那含不復動還究竟解脫欲界之苦於是頌曰

其心思惟悉和順　志所依倚因厥身
了五陰本去來今　皆見空無謂聖賢

修行自念我身長夜爲五陰蓋臭處不淨所見侵欺譬如摶掩凶逆之子取瓶畫之中盛不淨封結其口以華散上以香熏之與田家子汝持此瓶至其園觀中盛石蜜及好美酒住待吾等我各歸家辦作供具相從飲食堅持莫失顧卿勞價田家子信抱瓶歡喜心自念言今當自恣飲食娛樂至其園觀不得令蠅而住其上遂待經時過日中後腹中飢渴怪之不來憂慼歎言日欲向暮上樹四望不見來者下樹復待須留衆人遂至黄昏心自念言度城門閉衆人不來今此石蜜美酒畫瓶以屬我矣當以賣之可自致富先當嘗視使淨澡手開發瓶口則見瓶中皆盛不淨爾乃知之諸摶掩子定侵欺我修行如是以覩聖諦乃自曉了從久遠來爲是五陰所見侵欺於是頌曰

生死載衆生　五陰所侵欺　當更歷苦樂
謂有我人壽　修行五樂欺　然後自見侵

如人得畫瓶　發之知不淨

譬如導師有饒財寶爲子迎婦端正姝好無有不可甚重愛敬不失其意須臾相離自謂始終爾時國中道路斷絶計十二年無有來者後多賈客從遠方至往在比國休息未前導師語子卿往詣彼市物來還子聞父教愁憂不樂如箭射心語親友言卿不知我親愛于妻今父告我遠離捨之當行賈作適聞是命我心僅裂今吾當死自投水火若上高山自投深谷於是頌曰

年少親敬妻　愛欲甚熾盛　思父之教命
志懷大憂慼　心惱而欲死　云何離愛妻
其子意甚痛　如捕山象絆

親友聞言即報之曰所以生子典知家門四向求財以供父母假使不勞以何生活設在天上尚不得安況於人間耶既聞父命得衆人諫即悲淚出兩手搥胷便嚴發行於是頌曰

親友知識悉共諫　則受父教莊嚴行
爲欲所傷如被箭　心懷思婦甚悢悢

心常念婦未曾離懷往至賈莊即尋還國行道歡喜今當見之如是不久也朝暮思婦隨到家已問婦所在於是頌曰

賈作治生行往反　心常懷念所重妻
以到家中先問之　吾婦今者爲所在

其婦念夫心懷愁憂宿命薄祐稍得困疾命在呼吸而體即生若干種瘡膿血流出得寒熱病後得癩疾水腹肝竭上氣體熱面手足腫無央數蠅皆著其身披髮羸瘦譬如餓鬼卧在草蓐衣服弊壞於是頌曰

其夫一心獨所愛　宿命之殃而薄祐
得無數疾臥著牀　離於好座而在地
於是其夫又問家人吾婦所在婢既慚愧淚出悲泣而報之曰唯賢郎君婦在其閣上尋自上閣見之變色未曾有是顏貌醜惡不可目覩諸所愛欲恩情之意永盡無餘無絲髮之樂志更患厭不欲復見於是頌曰
觀察顏色不貪樂　譬如屍死捐塚間
羸瘦骨立無肌肉　如水沒沙失色然
其修行者亦復如是患厭愛欲發惡露觀求致寂然於是頌曰
其修行者已離欲　厭於五欲亦如是
如見人婦病衆瘡　無央數疾臥著牀
何謂修行數自守意求於寂然今當解說數息之法何謂數息何謂爲安何謂爲般出息爲安入息爲般隨息出入而無他念是謂數息出入何謂修行數息守意能致寂然數息守意有四事行無二瑕穢十六特勝於是頌曰
其修行者欲求寂　當知安般出入息
無有二瑕曉四事　當有奇特十六變
何謂四事一謂數息二謂相隨三謂止觀四謂還淨於是頌曰
當以數息及相隨　則觀世間諸萬物
還淨之行制其心　以四事宜而定意
何謂二瑕數息或長或短是爲二瑕捐是二事於是頌曰
數息設長短　顛倒無次第　是安般守意
棄捐無二瑕
何謂十六特勝數息長則知息短亦知息動

身則知息和釋即知遭喜悅則知遇安則知
心所趣即知心柔順則知心所覺即知心歡
欣則知心伏即知心解脱即知見無常則知
若無欲即知觀寂然即知見道趣即知是爲
數息十六特勝於是頌曰
別知數息之長短　能了喘息動身時
和解其行而定體　歡悅如是所更樂
曉安則爲六　志行號曰七　而令心和解
身行名曰八　其意所覺了　因是得歡喜
制伏心令定　自在令順行　無常諸欲滅
當觀此三事　知行之所趣　是十六特勝
何謂數息若修行者坐於閑居無人之處秉
志不亂數出入息而使至十從一至二設心
亂者當復更數一二至九設使亂者當復更
數是謂數息行者如是晝夜習數息一月一
年至得十息心中不亂於是頌曰
自在不動譬如山　數出入息令至十
晝夜月歲不能止　修行如是守數息
數息已定當行相隨譬如有人前行有從如
影隨行修行如是隨息出入無他之念於是
頌曰
數息意定而自由　數息出入爲修行
其心相隨而不亂　數息伏心謂相隨
其修行者已得相隨爾時當觀如牧牛者住
在一面遥視牛食行者若兹從初數息至後
究竟悉當觀察於是頌曰
如牧牛者遥住察　羣在澤上而護視
將御數息亦如是　守意若彼是謂觀
其修行者以成於觀當復還淨如守門者坐
於門上觀出入人皆識知之行者如是係心

鼻頭當觀數息知其出入於是頌曰
譬如守門者　坐觀出入人　在一處不動
皆察知人數　當一心數息　觀其出入息
修行亦如是　數息五還淨
何謂數息長適未有息而預數之息未至鼻
而數言二是爲數長於是頌曰
尚未有所應　而數出入息　數一以爲二
如是不成數
何謂數短二息爲一於是頌曰
其息以至鼻　再還至於齊　以二息爲一
是則謂失數
何謂數息而知有長其修行者從初數息隨
息遲疾而觀察之視厥所趣知出入息限度
知之是爲息長數息短者亦復如是於是頌
曰
數息長則知　息還亦如是　省察設若此
是謂息長短
何謂數息動身則知悉觀身中諸所喘息入
息亦如是何謂數息身和釋即知初起息時
若身懈墮而有腄蓋軀體沉重則除棄之一
心數息數息還入亦復如是何謂數息遭喜
即知若數息時歡喜所志息入如是何謂數
息遇安則知初數息時則得安隱息入如是
何謂數息心所趣即知起數息相隨觀諸想
念入息如是何謂心柔順數息即知始起息
相分別想念而順數息息入亦爾何謂心所
覺了數息即知初起息相識知諸觀而數息
息入如是何謂數息歡悅即知始數息時若
心不樂勸勉令喜以順出息入息如是何謂
心伏出息則知心設不定强伏令寂而以數

息入息如是何謂心解脫即知若使出息意不實解化伏令度而數出息入息如是何謂數息見無常即知見諸喘息皆無有常是爲出息入息如是何謂出息無欲即知見息起滅如是離欲是爲觀離欲出息即知入息如是何謂觀寂滅數息即知其息出時觀見滅盡是爲觀察出息即知入息如是何謂見趣道數息即自知見息出滅處是以後心即離塵以離無欲棄於三界志即解脫將護此意是爲數息出息入息如是是爲十六特勝之説行者所以觀出入息用求寂故令心定住從其寂然而獲二事一者凡夫二者佛弟子何謂凡夫而求寂然欲令心止住除五陰蓋何故欲除諸蓋之患欲獲第一禪定之故何故知求第一之禪欲得五通何謂佛弟子欲求寂然所以求者欲得溫和何故求溫和欲致頂法見五陰空悉皆非我所是謂頂法何故求頂法以見四諦順向法忍何故順求法忍欲得世間最上之法何故求世間最上之法欲知諸法悉皆爲苦因得分別三十七道品之法何故欲知諸法之苦欲得第八之處何故志第八之地其人欲致道跡之故何謂凡夫數息因緣得至寂然心在數息一意不亂無有他念因是之故從其數息得至寂然從是方便諸五陰蓋皆爲消除爾時其息設使出入常與心俱緣其想念入息如是若入出息觀察所趣是謂爲行心中歡喜是謂欣悅其可意者是謂爲安心尊第一而得自在是謂定意始除五蓋心中順解從是離著何謂離著遠於衆想愛欲不善之法行也如是

念想歡喜安隱心得一定除斷五品具足五品因其數息緣致五德得第一禪已得第一禪習行不捨一禪適安堅固不動欲求神通志于神足天眼洞視天耳徹聽知從來生知他人心念恣意自在譬如金師以紫磨金自在所作瓔珞指鐶臂釧步瑤之屬如意皆成已得四禪自在如是此爲五通何謂佛弟子數出入息而得寂然其修行者坐於寂靜無人之處斂心不散閉口專精觀出入息息從鼻還轉至咽喉遂到臍中從臍還鼻當省察之出息有異入息不同令意隨息順而出入使心不亂因是數息志定獲寂於是中間永無他想唯念佛法聖衆之德苦集盡道四諦之義便獲欣悅是謂溫和如人吹火熱來向面火不著面但熱氣耳其火之熱不可吹作

當作是知溫和如斯何謂溫暖法未具足善本凡有九事有微柔和下柔和勝柔和有中下有中中有勝中有上柔和有中上柔和有上上柔和彼微柔和彼下柔和是謂溫和之善本也其中下中中中上是謂法頂之善也其下上中上上上柔和是謂爲諦柔順法忍上中之上是謂俗間之尊法也是九事善本之義也故是俗事諸漏未盡修行若得溫和之行執數息想因此專念息若還者意隨其息無他之念若息出者知息往反心入佛法及在聖衆苦集盡道如在溫和其心轉勝是謂頂法若如有人住高山上觀察四方或有上山者或有下者或入聖道或入凡夫地其修行者以得頂法入凡夫地甚可憂之譬如山水流行暴疾起曲横波有人欲渡入水而

泗欲至彼岸迴波制還令在中流既疲且極遂沉波水没在其底其人心念定死不疑岸邊住人代之憂慼修行如是已得明師夙夜覺悟結跏趺坐麤衣惡食坐於草蓐困苦其身作行如是反爲生死流波所制没于恩情不能專一没於終始衆想流馳安得道明是故行者當代憂愁譬如導師多賫財寶歷度曠野險厄之路臨欲到家卒遇惡賊忘失財物衆人悒悒當爲修行懷憂如是譬如田家耕種五穀子實茂盛臨當收頃卒有雹霜傷殺穀實唯遺藁草其人愁憂修行如是已得頂法入凡夫地當爲悒悒已得頂法而復墮落或遇惡友念於愛欲不淨爲淨淨爲不淨喜遠遊行不得專精或遇長病或遭穀貴飢匱困厄不繼糊口或念家事父母兄弟妻息親屬或坐不處憒鬧之中已得頂法未成道果衰老將至心遂迷惑或得困病命欲向盡曾所篤信佛法聖衆苦集盡道永不復信當習于定而反捨之當觀不觀精進更懈本所思法永不復念以是之故從其頂法而退墮落何謂頂法而不退還如曾所信日信增益如本定心遂令不動所觀非常察精進轉增于前所思念法專精不捨以是之故不失頂法修行如是因其專精而心想一各各思惟究竟之法初未曾動不念新故如是即知出息有異入息不同出入息異令其心生見知如此無所思想是謂爲中中之上而得法忍心無所想而作是觀前意後意未曾錯亂分別察心云何往反是謂上中之下柔順法忍設使其心愛於專思志不移亂是謂上中

柔順之法其忍何所趣順趣順四諦如審諦住心已如是遂致清淨是謂爲信雖爾獲此未成信根以得是信身口心强是謂精進尚未能成精進之根志向諸法是謂有心未成念根以一心志是謂定意未成定根其觀諸法分別厥義是謂智慧未成慧根計是五法向于諸根未成道根有念有想尚有所在而見有嬈未成定意是謂上中之上世俗尊法其修行者當知了之色起滅處痛痒法意觀起滅本察其因緣過去當來行無願定隨入脫門察生死苦計斯五陰即是憂患無有狐疑爾時則獲解苦法忍以見苦本便見慧眼除于十結何謂爲十一曰貪身二曰見神三曰邪見四曰猶豫五曰失戒六曰狐疑七曰愛欲八曰瞋恚九曰貢高十曰愚癡棄是十結已獲此心則向無漏入於正見度凡夫地住于聖道不犯地獄畜生餓鬼之罪終不橫死會成道跡無願三昧而行正受以向脫門未趣惡法則不復生諸惡自盡未起法念當使興發所興善法令具足成心已如是隨其所欲是謂自恣令志專一是謂自在定意從是次第信念精進觀察護命是謂爲信思惟其行是謂自恣三昧專精于道而獲神足假使修行身口心强是謂精進定意之法志專心識是謂意定欲入道義是謂察戒定意以是之緣致四神足已獲四神足是謂信根身心堅固謂精進根所可思法是爲意根其心專一是謂定根能分別法而知所趣是謂智慧根以是之故具足五根其信溫和是謂信力精進力意力寂意力智慧力亦復如是成

就五力能及諸法則心覺意分別諸法是謂精求諸法覺意身心堅固是謂精進覺意心懷喜踊得如所欲是謂欣悦覺意身意相依信柔不亂是謂信覺意其心一寂是定覺意其心見滅婬怒癡垢所志如願是護覺意以是之故七覺意成設使別觀諸法之義是爲正見諸所思惟無邪之願是爲正念身意堅固是爲正方便心向經義是爲正意其心專一是爲正定身意造業是三悉淨爾乃得成八正道行此八正道中正見正念正方便計是三事屬觀其正意正定是二事則屬寂然是寂觀二如兩馬駕一車乘行若無漏心不專一法遍入三十七品之法以是具足此三十七品法便解知苦如是之比即得第二無漏之心爾時思惟如今欲界五陰有苦色界

無色界同然無異是謂知苦隨忍之慧則成就達第三無漏已滿已得是行用見苦故除十八結已過色界超無色界順宜慧者即得第四無漏之心以獲四無漏心便度三界勤苦之瑕即自了之吾已度患無有衆惱爲得度苦則自思惟苦本何由恩愛之本而生著網從久以來習此恩愛遭患于今永拔愛根則無衆惱以離恩愛欣樂可意何從而有是謂解習斷除法忍是爲第五無漏之心除去於欲界諸所習著則捐七結便爲知拔欲界諸患是謂第六無漏之心修行自念色界之本本從何興諦觀其元從欲而起樂出恩愛何意而悦是爲第七無漏之心以有此行度於色界其無色界十二諸結心隨習慧是爲第八無漏之心是謂八義佛之初子爾時心

念吾見三界以除苦集於欲無愛是謂安隱則樂寂滅可意甘之是爲滅盡法慧之忍斯爲第九無漏之心已獲此義見本滅盡於欲界除七結之縛是爲第十無漏之心則自念言若不著色及無色界此謂爲寂是爲第十一無漏之心則除十二諸結之疑已度此患即得滅盡之慧是爲第十二無漏之心爾時自念得未曾有如佛世尊解法乃爾因斯道義知欲界苦則棄捐之知從集生則離所集得至盡滅因此得入法慧道忍是爲第十三無漏之心爾時以道觀於欲界則棄八結去是然後會獲此興隆法慧是爲第十四無漏之心應時心念得未曾有以是道行解於色界無色之苦而除諸集證於滅盡是爲第十五無漏之心道從其志除十二結於色無色界除是結已則與道慧是爲第十六無漏之心應時除盡十八諸結當去十想結所以者何如從江河取一滴之水究竟道義如江河水其餘未除如一滴水即成道迹會至聖覺七反生天七反人間永盡苦本其修行者以是之比皆拔衆惱根斷生死流心則欣悅已度三塗不犯五逆離於異道過其所知不從外道希望榮冀衆祐之德不更終始八反之患未曾犯戒見無數明晝夜歡喜譬如有人避飢饉地至豐財國脫險得安繫獄得出如病除愈心懷喜踊修行如是因安般守意則得寂滅欲求寂然習行如是於是頌曰

覺了睡眠重懈怠　分別身中息出時
修行入息念還淨　是謂身息成其行

修行道地經卷第六

音釋

秤鎚秤丑正切鎚傳追切　顙蘇朗切　悸其季切　悒音邑憂也　絞古巧切紲縛也　攊攊音歷摢摢直尼切　㹁其亮切以弓罥鳥獸也　臠力轉切塊肉也

修行道地經卷第七

西晉三藏竺法護譯

觀品第二十四

眉間白毫相　其明踰月光　猶鵠飛空中
遠近無不見　其身如師子　超越天帝像
肩胷而廣姝　願稽首佛尊
臂肘平正而滿足　世尊之臍如水迴
髀膝蹲腸若金柱　當歸命佛而稽首
其目長好如蓮華　體着毛髮猶孔雀
心常住止在寂然　我願歸命超衆仙

其修行者何謂爲觀若至閑居獨處樹下察五陰本見如審諦苦空無常非身之空色痛想行識身則本無五十五事無可貪者亦無處所於是頌曰

以行忍辱得法觀　察五陰本所從與
教見過去未現前　分别喻說五十五

何謂五十五事是身如聚沫不可手捉是身如海不猒五欲是身如江歸於淵海趣老病死是身如糞明智所捐是身如沙城疾就磨滅是身如邊土多覩怨賊是身如思國無有將護是身如骨墻肉塗血澆是身如髓筋纏而立是身如窮土淫怒癡處是身如曠野愚者爲惑是身如險道常失善法是身如博家百八愛所立是身如裂器常而穿漏是身如畫瓶中滿不淨是身如溷九孔常流是身如水漬悉爲瑕穢是身如幻以惑愚人不識正諦是身如蒜燒毒身心是身如朽屋敗壞飲食是身如大舍中多蟲種是身如孔淨穢出入是身如萎華疾至老耄是身如車輿無常俱是身如露不得久立是身如瘡不淨流出

是身如盲不見色本是身如宅四百四病之所居止是身如注漏諸瑕穢衆垢所趣是身如篋毒蛇所處是身如空拳以欺小兒是身如家人見恐畏是身如蚖瞋火常燃是身如顯國十八結所由是身如故殿死魅所牽是身如銅錢外現金塗皮革所裹是身如空聚六情所居是身如餓鬼常求飲食是身如野象壞老病死是身如死狗常覆蓋之是身如敵心常懷怨是身如芭蕉樹而不堅固是身如破船六十二見爲之所惑是身如婬蕩舍不擇善惡是身如朽閣傾壞善相是身如喉痺穢漏在内是身無益中外有患是身如家而無有主爲婬怒癡所害是身無救常遭危敗是身無護衆病所趣是身無歸死命所逼是身如琴因絃有聲是身如鼓皮木裹覆計之本空是身如坏無有堅固是身如灰城風雨所壞歸老病死以是五十五事觀身瑕穢是身欺詐懷無返復不信親厚哀之及捨無有親踈譬如夢幻影響野馬忽然化現若如怨家常恭敬之奉事供給而求可意沐浴櫛梳飲食衣被安牀卧具隨所便宜牽人向窮老病死患於是頌曰

常飲食此身　五欲令自恣　求安如親友
諦省是怨仇　無救無所護　常懷無反復
牽人至患害　入生老病死

人死以後皆當爛壞犬獸所食或有見燒枯骨散地因無數法當觀斯身譬如癰瘡若如箭鏃在體不拔猶若死罪都市之處察軀衆惱生在終怨有所貪著名曰爲色觀身爲輭所遭安危名曰痛痒有所了知名曰爲想心

念爲行分別諸趣名曰爲識於是頌曰
計之眼色生所觀　是身獲致因本緣
柔輭之等以成行　以無色心察衆德
譬如江河邊有潢池衆象入中澡浴飲水食噉池中青蓮芙蓉莖華則復退還其時跡現在於泥沙大小廣長有射獵人牧牛羊者擔薪負草道路行者見其足跡言大羣象經過此地雖不見象但觀其跡則知羣象經歷是間無想之陰痛想行識所更爲輭想行識然於是頌曰
如江河邊池　沙中有行足　以見衆遊跡
知有羣象過　如是計細滑　至于法識念
多所而照現　起滅之因緣
如是無色衆想之念皆依倚色然後有色法譬如兩束葦相倚立於是頌曰
無色多所倚　有色依無色　如枝著連樹
名色亦如是
其無色法依有色分別有色則亦不倚無色之著如先有鼓然後有聲聲之與鼓各異不同鼓不在聲聲不在鼓名色如是各異不合轉相依倚乃有所成其無色陰不得自在非已力與譬如二人一人生盲一人生跛欲詣他國盲者目冥永無所見不知所趣跛無兩足不能遊行盲者謂跛者吾目無見有足能行而目甚冥不識東西卿又跛屈不能行來既有眼明見其進退行步所趣今我二人轉共相依欲詣他國跛騎盲肩則而發去非跛威力非盲之德色法如是非能獨立無色亦然展轉相依於是頌曰
思惟諸法非獨成　其有色法無色然

在於世間轉相依　譬如盲跛相倚行
其名色者轉相依倚譬如鼓音如弓絃箭而相恃怙不合不別萬物如是從因緣成無有力勢不得自在悉從緣起見事乃興修行若斯而察法本知有起滅本無所有忽自然現則復滅沒無生則生無起則起皆歸無常於是頌曰
五陰常屬空　依倚行羸弱　因緣而合成
展轉相恃怙　起滅無有常　興衰如浮雲
身心想念興　如是悉敗壞
其修行者當以四事觀其無常一曰所生一切萬物皆歸無常二曰其所興者無有積聚三曰萬物滅盡亦不耗減四曰人物悉歸敗壞亦不盡滅以是之故不生者生不盡者盡見諸萬物當作是察起滅存亡以斯觀者無所不知悉能覩見靡所不了於是頌曰
人物雖有生　不積聚不滅　亦不捨衆形
雖沒而不滅　雖終相連續　皆從四因緣
觀萬物如是　超越度終始
假使修行專自惟念東西南北所有萬物皆歸無常擾動不安適起便滅莫不趣空始生以來無常之事老病死患常逐隨身作是觀者弗著三處不樂四大無住五識其心不入凡人所居設使更生則除三結一曰貪婬二曰犯戒三曰狐疑則成道跡趣於無爲譬如流江會歸于海於是頌曰
觀萬物動退　念之悉當過　愛欲之所縛
一切皆無常　欲得度世者　悉捨諸欲著
是名曰道跡　流下無爲極
其修行者所觀如是自察其身則是毒虵假

引譬言若城失火中有富者爲衆導師見舍燒壞甚大愁憒心自念言作何方計出中要物則退思之吾有一篋中有衆寶在其屋藏好明月珠上妙珍物而皆盛滿價數無極其餘無計心懷恐懼適欲前行畏火見燒貪於寶物不顧身命突前入火至寶藏篋邊有虵篋爾時導師既畏盛火烟熏其目心中憒憒不自覺知不諦省察誤取虵篋挾之走出賊隨後追欲抄奪之適見賊追即時馳走賊逐不置遥喚呼言如是及卿傷割殺汝設使捨篋便有活望假令不捨命在不測導師見賊逼之欲近念失財寶又不濟命則更思之我當解篋取中要者以著懷中置餘退去爾乃安隱則開篋視唯見毒虵乃知非寶是虵虵耳修行如是以逮道諦見一切形皆猶毒虵以是之故得至于觀欲求觀者當作是察於是頌曰

譬如熾火然　人遽出要器　及挾於虵篋
謂是珍寶物　發篋見弊惡　毒虵盛滿中
其時便即棄　爾乃知非寶　修行計如是
諦聽見本無　以解於四諦　覩身如四虵
作是修諦觀　常思念道德　以還得無爲
除苦而獲安　自度入脫門　免他諸瑕穢
是故分别說　觀察無常法

學地品第二十五

勇猛於善力　面光如金華　神足起疾風
自然所至方　身德成無極　調順能忍辱
佛樂戒定安　衆歸願稽首
　行步庠序無冥塵　其德無底所願安
佛無等倫常無著　願歸命尊莫能踰

佛執巧便法爲弓　以此除伏邪怨敵
除盡塵勞衆瑕垢　願歸命佛一心禮
其修行者已得道跡知諸五樂皆歸無常不
能盡除所以者何用見色聲香味細滑之念
於是頌曰
已得成就爲道跡　思智慧解五樂無
覩愛欲界如怯馬　心不著色續未斷
譬如梵志子淨潔自喜詣於舍後卒汚其指
行詣金師指汚不淨以火燒之金師諫曰勿
發是心有餘方便除此不淨灰土拭之以水
洗之設吾火燒卿不能忍火之毒痛自觸其
身更甚于前梵志子聞即懷瞋恚便駡金師
莫以已心量度他人自不能忍謂人不堪吾
無所欲用手有垢不敢行路畏人觸我吾儻
近人而身有學三經之本及知六藝學於談
言了知所應能相萬物分别其義次第章句
識於三光天文地理學六十四相知人禄命
貧富貴賤安隱田宅曉百鳥之語預知災變
覩彼他國多有怨賊欲危此土當時日災風
雨失度有變星出美人青絳别于男女牛馬
鷄羊之相預知五穀旱澇貴賤識其星宿進
止舉動别其水旱衰耗多少占有大水若所
破壞見日月食出入之變若有懷軀别其男
女曉知軍法戰鬬之事深知古今覩了五星
熒惑所處十二之時晝夜百刻能曉醫道風
寒熱病瘡痍少小以何療之知日月道所從
由行其色所變皆爲何應山崩地動星隕之
怪諸宿所屬而奉天神古人學術皆能分别
之無不開通占彗星出當計何瑞也曷因不
淨著吾手指勿得停久當隨我言除其指穢

也金師聞之燒鉗正赤以鑷彼指年少得熱痛不能忍掣指著口金師大笑謂年少言卿自稱譽聰明博學探古知今無不閑通清淨無瑕於今云何持不淨指含著口中年少報曰不遭痛時見指不淨適遇火毒即忘指穢道跡如是本長夜習在愛欲瑕須臾之間離於情欲適見好色婬意爲動所以者何諸根小制未得盡定於是頌曰

以見色欲本所習　雖使解義至道跡
頭戴想華續聞香　如江詣海志欲然

道跡自念我身不宜習于婬欲如餘凡夫說情欲穢樂於無欲滅盡熾然習惡露觀晝夜不捨習如是者婬怒癡尠得往來道一返還世勤斷苦源以得往還於諸愛欲無起清淨婬怒癡薄心尚未斷故有惱患譬如男子有婦端正面貌無瑕以諸瓔珞莊嚴其身夫甚愛敬雖有是色婬鬼非人也唯人血肉以爲飲食有人語夫卿婦羅刹血肉爲食夫不信之人數數語之夫心遂疑意欲試之夜佯卧出鼾聲如眠婦謂之寐竊起出城詣於塚間夫尋逐後見婦脱衣及諸寶飾却著一面面色變惡口出長牙頭上炎燃眼赤如火甚爲可畏前近死人手斷其肉口齧食之夫見如是爾乃知之非人是鬼便還其家卧於牀上婦即尋還來趣夫牀復卧如故其夫見婦莊嚴瓔珞面色端正爾乃親近假使念之在於塚間噉死人肉心即穢厭又懷恐怖得往還道若見外形端正姝好婬意爲動設說惡露瑕穢不淨婬意爲滅於是頌曰

變化人身如脱鎧　作婬鬼形詣塚間

便噉死人如食飯　夫爾乃知是羅刹
得往還道者心自念言吾於欲界三結已薄
其餘尠耳逮望聖諦見愛欲之瑕多苦少安
不宜習欲如凡衆庶志在情欲若如蒼蠅著
於死屍吾何方便除婬怒癡令滅無餘得盡
漏禪然後安隱如淨居天於是頌曰
已得於往還　修行一返生　則見欲不可
習之未永斷　婬欲火雖熾　不能危其心
以作惡露觀　憎欲如羅刹
譬如有人在於盛暑不能堪熱求扇自扇慕
水洗浴往來如是見婬怒癡以為甚熱念求
不還道於是頌曰
成二吉祥道　行來永除欲　以得無漏禪
行即梵天同　其身諸有熱　冰冷以除之
往來不還道　獲此則清涼

爾時修行作惡露觀永脱色欲及諸怒癡諦
見五陰所從起滅盡為定知見如是便斷五
結而無陰蓋得不還道不退還世以脱愛欲
無有諸礙婬鬼之患於是頌曰
以脱愛欲疾病因　常惡露觀除諸陰
永離恐畏遠苦安　成不還道等第三
即獲清涼無有衆熱若覩色欲常見不淨則
知瑕穢譬如遠方有賈客來若當疲極二十
九日冥無月光夜半來到城門復閉繞至南
墻下有池水天雨之滂也解裝住邊屍死人
形鷄狗象畜虵蟲之屬悉在水中或沉或浮
百千萬蟲跳梁身中髮毛浮出城内掃除及
漏穢水悉歸此注於是頌曰
譬如城傍有大水　不可目察況飲者
遠方人來值門閉　衆共止住此池邊

時衆人中或有遠客初未曾至於此國土不識是非疲極飢渴脱衣入洗恣意飲水飽滿即出於是頌曰

其人初來詣此國　入於水浴除諸熱
祭祠水神飲解渴　甚大疲極因卧寐

明日早起天向欲曉疲解覺已見於水中惡露不淨或有捨走閉目不視或自覆面自覆鼻又欲强吐爾乃知水垢穢不淨於是頌曰

已得第三道　見欲樂不安　入禪定無患
覩欲如瑕水

爾時修行樂於禪定省于愛欲如彼賈客惡不淨水譬如嬰兒自取屎弄年稍長大捨前所穢更樂餘事年適向老悉捨諸樂以法自樂修行已得不還之道亦復如是見諸生死五道所樂猶小兒戲也轉更精進欲脱終始不樂求生於是頌曰

譬如有小兒　在地弄不淨　年遂向長大
捨戲轉樂餘　修行亦如是　求獲度三界
爾時遂精進　具足成四道

譬如遠國有衆賈人從東方來止城外國時彼城中有一諂人多端無信詐作飲食華香異服往詣導師前問訊起居多賀遠至道路無他飢渴日久始乃奉面今與小食垂哀見受導師即納又有更啓寧可入城吾有大舍中有好殿具足細治舍有井泉溷廁别異諸樹行列器物備有願屈威光枉德入城説此詐竟即捨之去於是頌曰

有人懷諂欺　見遠衆賈客　奉迎供導師
飲食候説曰　吾舍有一殿　高大樂巍巍
其人無誠信　詐語便捨去

爾時城中有大長者悉聞彼人欺詐導師即自出迎謂導師言莫信彼人居止其堂穢濁滂水在其堂後𡱁屎惡露普流趣前以是之故不可止頓導師聞之答長者曰堂雖有臭可設方便燒香散華以除其穢於是頌曰

長者懷親念　故往詣導師　語之斯堂邊
有臭穢不淨　導師聞此言　則反答之曰
雖臭施方便　燒香散衆華

爾時長者答導師曰當復有難諸弊惡蟲皆在其中以肉血脉而為飲食假使飢者穿卿囊裏齧壞裝物導師答曰吾當給之隨其所食令不穿物於是頌曰

多有弊蟲處在堂　須肉血髓而為食
我能供給隨所之　導師以此答長者

長者報導師其堂四角有四毒虺凶害喜爭不可近附以何方便而安此虺導師答曰吾能燒之施藥神呪令無所犯於是頌曰

有四毒虺在其堂　弊惡懷害欲相危
以若干藥及神呪　能除毒虺所懷結

於是長者復謂導師又有大難墻之故基如是當崩壁垣傾危不可依怙導師答曰設有此難吾不能處亦無方便令不崩危所以者何儻其危敗有失命之難於是頌曰

設堂久故欲崩壞　假使傾覆不可護
導師則報長者曰　有是恐懼吾不處

彼時導師具聞講堂諸難之瑕有目自覩心覩遠離不肯居之也不還如是聞世尊教審知聖諦不樂生死終始之患於是頌曰

以得不還離衆苦　修行則求無量安
不慕生死如毛髮　譬若導師不處堂

解喻堂者謂人身也穢濁水者謂九瘡孔常出不淨蟲滿水者謂身中八十種蟲常食體蟲肉血骨髓者也平地治墻者謂供養身給以飲食其四陁者謂身四大地水火風堂朽故危晝夜欲崩者謂老病死其修行者晝夜方便欲免衆難其導師者謂不還道修行專精聽世尊教覩於三界皆見然熾目所察形悉歸無常不離朽敗譬如導師見大堂危於是頌曰

虵虺而懷毒　弊惡頗觸近　各處在四角
謂人身四大　朽敗欲傾危　謂身有增減
當遭衆苦惱　老病死窮道　城中詐諂入
以喻漏禪智　其人入貪欲　恩愛之罣礙
持禁戒長者　謂師無著哀　常救濟修行
使度衆苦難　譬如大賈客　中有導師者
佛子服甘露　以得無著道　師爲行者講
苦空非常者　諦觀於三界　擾動而不安

當求一心志無學地諦見無著於是頌曰

佛愍衆生演　能濟一切苦　吾察佛諸經
歎說無學地

無學地品第二十六

其王放醉象　兇害牙甚利　諸龍懷毒氣
皆化令調伏　救護衆恐難　逮得常自在
十方佛無終　吾禮及弟子

諸天龍神奉大聖　吉祥人民皆歸命
悉以恭敬得度脫　衆聖所宗願稽首

其修行者已在學地不樂終始已無所樂弗貪三界超色無色斷一切結志念根力及諸覺意見滅爲寂是謂永定覩觀如是離色無色遠戲自大於是頌曰

心已住學地　曉了諸覺意　制於生死畏
滅恐無所樂　衆患盡無餘　所見而審諦
除戲及自大　消癡亦如是
修行自念當知今時已成羅漢得無所著諸
漏永盡修潔梵行所作已辦棄捐重擔逮得
已利生死則斷獲平等慧超出溝壍鋤去穢
草無有穿漏成賢聖種已度彼此於是頌曰
修行住學地　不動成聖道　已逮得已利
度苦常獲安　盛熱山原竭　永盡無流水
奉敬離調戲　是謂無所著
已斷五品爲人中上於是頌曰
已斷於五品　具足成六通　蠲除諸塵勞
如水浣衣垢　而離生死患　依度得安隱
是謂爲正士　趣上無塵埃
斯謂阿羅漢得無所著應服天衣處于神宮
遊居紫殿飲食自然百種音樂常以樂之歡
喜踊躍便從座起口宣揚言今者吾身爲十
力子逮得是者天上世間一切衆祐其奉敬
者增益天種損阿須倫於是頌曰
巍巍四德成六通　忍辱之慧求最上
順佛法教致究竟　是故講說無學地
無學品第二十七
方便勝衆苦　永脱諸恩愛　已離生死惱
滅盡於塵勞　如日出雲除　專離諸幽冥
歸命佛聖道　無痛長安隱　已度諸入界
如人出牢獄　譬如紫磨金　在火而無損
至定泥洹寂　未曾受於身　佛以逮甘露
吾願稽首禮
其修行者住於有餘泥洹之界畢故不造而
復受身而心專一未曾放逸在諸色聲香味

細滑離一切著無復取捨窮盡苦根於是頌曰

已得度無為　永都無所欲　立於有餘地
畢故不造新　不在色聲香　諸味細滑斷
譬之若蓮華　不著于塵水　諸根為已定
不隨諸入惑　如金不雜鐵　永與生死別
無有因緣者　爾乃長安隱　是謂閑居行
滅盡勤苦根

譬如燒鐵令甚正赤以椎鍛之其上垢除稍稍還冷不知其火熱之所湊也修行如是設至無餘泥洹之界而滅度者漸漸免苦是故此經名曰修行於是頌曰

若如以椎鍛熱鐵　火餤忽出便復滅
其修行法亦如是　以得滅度不知處
譬如天雨而有泡　其泡適壞不知處
設有行者得滅度　永不可知其所湊
諸天神仙龍人民　不見度者何所至
其修行者非常空　聰明智慧得滅度
假令行者以獲斯　計于甘露莫喻是
爾乃覺了長安隱　已得滅度而無餘
其佛世尊說是喻　以椎鍛鐵火餤出
以漸向於滅度者　永不可知神所趣
以得滅度道　平等解如是　佛智慧明者
其神安不動　以濟諸瑕穢　生死自大離
獲此彼無欲　清淨淡如淵

其有奉行是道地教漸得解脫至於無為於是頌曰

其求無為欲滅度　永離濁亂逮甘露
當講說斯修行經　從佛之教寘獲炬
其有說此經　假令有聽者　佛當示其路

常安無窮極

學如是者便得究竟修行道地心如虛空五通自然不獲終始永若燈滅

修行道地經卷第七

音釋

蒜音筭葷菜也　鏃祖族切矢鏑也　跛必我切足偏廢也　鉗巨炎切　鑷尼輙切箝也　鼾許干切卧氣激聲也　國爪居縛切爪持也　鎧可亥切甲衣也　挊盧貢切與弄同　塹七豔切坑也

修行道地經卷第八

西晉三藏竺法護譯

弟子三品修行品第二十八

巍巍佛德尊　威神不可量　道法隨時化
度脫諸十方　覩見生死瑕　爲現法橋梁
毀訾終始苦　嗟嘆于泥洹　分別弟子快
而順示厥行　稍稍而開導　乃至于大安

若有修行見終始患地獄之毒畜生之惱餓鬼之苦人中憂憒天上無常不可堪矣展轉周旋譬如車輪生老病死飢渴寒暑恩愛之别怨咎集會愁慽之痛叵具說言從累劫來與父母違兄弟離闊妻子之乖涕泣流淚超于四海飲親之乳喻于五江四瀆之流或父哭子或子哭父或兄哭弟或弟哭兄或夫哭妻或妻哭夫顛倒上下不可稱記勤勤苦根愚癡之元修行見然皆患厭之但欲免斯生死之病晝夜精進不捨道義求於無爲自見宿命從無量劫往返生死設積身骨過須彌山其髓塗地可遍天下三千世界計死若周其血流墮多於古今天下普雨修行自察如是之厄千萬劫說猶不可竟故棄捨家除髮去鬚專精求道不慕世榮若如明者不貪毒形於是頌曰

修行見終始　地獄之苦惱　畜生餓鬼厄
天下世間别　生死之展轉　譬如千車輪
父子兄弟乖　妻息子離感　涕哭淚流下
超于四海水　飲親之乳湩　踰於五江河
修行故捨家　專精爲道法　不慕時俗榮
如明者捨毒

修行自念我身惑來不可稱限不自覺知合

會離別憂鬱之痛譬如劇醉不可了之枉説趣語自爲審諦恩愛之著譬如膠漆不能自濟則行精進遠俗近道譬如有人遠遊他國賈作求利至彼未久興大疾病死亡者衆十不遺一死屍狼藉臭處叵言既無良醫又無好藥可以療之其人恐怖悔詣彼國設不來者不遭此難夙夜反側愁不可言設我病瘳一還本國無有還時其人適遇得一大醫飲藥鍼灸疾稍稍愈氣力强健即返本土與家相見自陳值厄困不可言從今以後終不敢行不至彼土一衣一食何所求耶唯欲自寧安知餘人也復念若聞彼土之名戰慄惶懅不欲出舍而守其身弟子如是見五道苦婬怒癡病生死無息夙夜專精坐禪念道得世尊教咨嗟泥洹毁呰終始是爲良醫飲之好藥疾則除若謂佛法經去三毒也死屍狼籍謂五陰六衰悔至其國者自惟念言從累劫來周旋生死恩愛之著猶心多端不見苦諦習盡道諦以得道證畏苦猒身甲般泥洹不能還教固在然熾須佛世尊示本無一乃當進前得不退轉進却自由於是頌曰

譬如有人遠行賈　至於彼國遭疾病
衆人死亡十遺一　死屍狼藉無藏者
心自悔恨至其國　吾何不遇值此殃
則得良醫療其疾　便還本土難復行
畏生死患亦如是　覩於五道周旋苦
自責本咎不覺道　終始辛苦其憂惱
一心精進求泥洹　欲度世間諸怖驚
惡終始困猶死屍　專志而向無爲城
修行恐畏或當命盡不得度脱還歸三塗難

得拔出不當懈怠計有吾我如世凡人與三寶乖窈窈冥冥譬如昔者有衆賈人遠行治生更歷曠野無人之處行道疲極便眠睡卧亦不待時弗嚴兵仗大賊卒至而無覺者不施弓矢爲賊所害中有力者便走得脫飢困歸家更復設計求强猛伴復順故道行賈求利每冥息寐待時行夜嚴正弓箭賊見如是不敢前格知之難當便自退去窈窈冥冥者謂爲癡網因癡致行而生識著名色六入更樂痛愛受有生老病死愁憂啼哭痛不可意行治生者謂修行也疲極卧寐者謂不時了非常苦空非身也無行夜者謂不思惟深經之義也兵仗不嚴不遵大慈大悲之慧趣欲自救不念衆生賊來見危謂坐禪思不入空淨而爲五陰六衰所迷墮四顛倒非常謂常苦謂有樂非身謂有身空謂有實命盡生天福賜還世不離三塗强者力走得脫歸家謂得羅漢也即求强伴更治生者謂至泥洹知羅漢根不至究竟見佛受教更發大意爲菩薩也與衆爲伴相隨行者謂六度無極諸等行也兵仗嚴正待時行夜謂大慈大悲分別空行不著不斷也賊早還者謂不起法忍無罣礙慧觀三界空不畏生死一切四魔皆爲之伏也於是頌曰

修行恐命盡　或入三惡道　不復計吾我
歸命於三寶　猶昔有惡人　遠行求財利
睡眠而卧寐　爲惡賊所害　中有强健者
盡力走得脫　歸家説遭厄　今乃得安耳
以得羅漢道　乃自知爲限　不能入生死
以泥洹爲礙　更合强猛伴　嚴兵時行夜

賊見不敢前　便退歸本土　在於無爲界
知泥洹爲限　則發菩薩意　行大慈大悲
分別深空行　不著無所斷　周旋度生死
無有三界難

修行奉法入四等心無大慈悲譬如小龍能雨一縣而不周遍雖爲人民潤不足言羅漢行道四等如是若如海龍普雨天下無所不潤菩薩大人大慈大悲普及衆生無所不濟佛天中天見心如是便爲現限莫踰泥洹稍稍進之至于大道知本迷惑喻有一人而有三子父少小養至令長大衣食醫藥未曾令乏父轉年長氣力衰微謂諸子言汝輩不孝生長活汝使成爲人吾既年老不欲供養報乳育恩反逼我身求財衣食何緣爾乎當告縣官治殺汝等子聞父教即懷恐怖歸命於父我輩兄弟愚癡所致不識義理不顧父母恩養之德愛重望深不自察非今聞嚴教即當奉命遵修孝道超凡他人夙夜匪懈無辱我先時彼諸子各行治生入海採珍得諸七寶供給父母至孝巍巍唯念二親不自顧身獲大光珠名曰照明即往奉父父見明珠頭白更黑齒落更生爲大長者遠近歸仰是謂父慈子則爲孝也爲弟子行無有大慈父有三子者謂心意識也養長子者謂婬怒癡著於三界也衣食之者謂五陰六衰十二緣縛也子長續求供養者謂諸情欲不知厭足也父恐欲詣縣官告者謂覺非常欲斷六入子受其教奉行孝道者謂歸命佛三子更孝順者布施奉戒智慧之元也入海得七寶者至七覺意成羅漢道也遂至孝者知弟子限至

泥洹界更發大意爲菩薩道得照明珠父更少者現在定意見十方佛無所罣礙也於是頌曰

昔者有一人　而生有三子　養育令長大
故求父衣食　父告於三子　吾又年老極
汝當供養父　旣大索吾力　告言汝向官
棒笞以五毒　子聞父之命　則奉行孝道
入海求七寶　供奉子尊父　又得照明珠
父則更年少　三子心意識　情欲不知足
父訶更孝順　謂施戒道慧　導於七覺意
成羅漢泥洹　受佛大深教　更發菩薩心
道德甚巍巍　覩見十方佛　不礙四大身
猶空無所拘

譬如昔者而有一鼈從海出遊至於岸邊有一大狐追之欲危其命鼈覺狐來藏頭四足覆於甲下狐住待之設出頭足我當摶食鼈急不動狐極捨去鼈還詣於大神龍王説其本末求爲龍身乃無所畏能制五陰不爲魔嬈得泥洹道得爲龍者入菩薩道不畏四魔救濟衆生於是頌曰

如鼈縮頭足　不畏羅漢然　得飛爲龍神
菩薩亦如是

譬如有人遠行求財涉於寒暑謂得大利或處遇賊亡失其業又有明人自於本土造方便計利入無量供給四方積功累德計無常苦空非身觀外萬物成敗之事或得禪定成羅漢道更從發意求爲菩薩或有達者知四大空無有內外行大慈悲加哀十方雖有所度爲無所度道無遠近解慧爲上得平等覺無去來今若如虛空於是頌曰

如人遠賈作　弟子亦如是　積功觀惡露
察萬物非常　菩薩如明人　求利不遠遊
無生死泥洹　得成平等覺

其修行者恐畏生死惡三畏難畏苦厭身不了本無趣欲越患不念衆生譬如軍壞諸羸劣人唯欲自救不濟危厄有此心者佛則爲説除三毒之惱泥洹爲快離冥就明譬如導師將大賈人遠涉道路於大曠野斷無水草賈人呼嗟謂塗悠悠安能所至永爲窮矣時彼導師聰明博學亦有道術知爲賈人心之所念厭患涉路則於中道化作一國城邑人民土地豐樂五穀平賤賈人大喜轉共議言一何快乎本謂彌久何時脱難到于人間適有此念便至此城當復何懼時衆賈人便住彼土快相娛樂飲食自恣從意休息心如欲厭城郭則沒不見國土賈人皆怪何故如此也導師答曰卿等患厭謂道懸曠永無達矣吾故化城國土人民使得休息見汝厭之故則沒之佛言如是弟子之行畏終始苦謂生死惱懼三界患早欲滅度故爲示之羅漢易得誘進使前度於生死而盡三垢得無爲道自以爲達成就具足臨滅度時佛則住前現于大道是未爲通發無上正真之道也得無所從生法忍至一切智乃爲達耳譬如有國遭於三厄何等爲三一曰盜賊二曰穀貴三曰疾病衆人流散走到他國久後國安或有往還者或有恐怖三難之患永不可反佛言國者謂三界也遭三厄者謂三毒垢也捨詣他國謂羅漢也國安還者謂菩薩以得無所從生法忍一切深慧還入三界度一切也遭

於三厄而不還者羅漢以得無為懼三難處而不能還度脫衆生也於是頌曰

譬如衆賈人　行於大曠野　疲極恐不達
導師化城郭　衆人住休息　安止有日月
知其心厭已　便没不復現　佛世尊如是
見畏生死難　便為現無為　使度三界苦
臨般泥洹時　為示大道化　令還無從生
廣濟於一切　又譬如大國　卒遭三厄患
各散詣他國　國安還不還　畏生死之難
是謂為弟子　還國不以恐　菩薩化十方
權慧方便化　皆令得其所　譬如大船師
往反無休息　佛世尊如是　法身無往反
周旋於一切　如日光普現

緣覺品第二十九

其從緣覺而不自了既發無上正真道不與善友而受真法專自反行假使奉教六度無極而皆有想欲得尊號三十二相八十種好威神尊重不了善權佛現色身反謂有身便隨緣覺如有男子欲見大海遊到陂池及泉江河於彼求寶而獲水精小明月珠自以還得金剛尊光從菩薩心而還退者不曉如來無出入法空而無形道無三世去來今也而謂見空以為定矣而不了知適空之行適度三界不能進前上不及佛復有弟子中道而止譬如有人欲見天帝而覲邊王則謂是帝欲學正覺意有齊限不解深慧還墮緣覺亦如是也若有斯心佛便導示緣覺之法譬如長者年又老極其子衆多有大殿舍柱久故腐中心火興諸子放逸淫於五樂不覺此炎父時念言此舍久故柱心火然轉恐柱摧壞

殿鎮之當奈之何欲作方便誘化使出令勉火難父則於外作諸妓樂使人呼諸子各當賜汝象馬車乘摩尼之珠諸子遥聞妓樂之聲又被父命悉馳出舍往詣父所父則各賜諸子寶車好乘等而不偏諸子白曰向者尊父呼我等出各賜異珍今者何故所賜一等長者告曰吾殿久故柱中心腐而内生火吾恐柱摧鎮殺汝等故作妓樂呼汝輩出吾心乃安皆是我子等愛念之故悉與之珍寶車乘佛言其故殿舍謂三界也柱腐欲壞者謂三毒之患周旋生死柱内火然謂衆想念也尊者謂如來也諸子放逸謂著三界欲也作妓樂者謂佛說罪福呼諸子出各賜與者現三道教也諸子悉出父等與寶者爲現大乘無有三道臨滅度時乃了之耳於是頌曰

譬如有長者　諸子甚衆多　五樂自迷惑
著於故殿舍　柱腐而欲壞　中心而生火
父恐殿舍崩　鎮殺其諸子　因作衆妓樂
出子等當賜　佛世尊如是　從緣覺意成
臨滅度之時　佛則往其前　爲現一法教
大乘等無異

修行發意欲求大道不了本無著佛色身三十二相八十種好人中之尊譬如有人聞四方帝號轉輪王主四天下而有七寶諸子千人力皆勇猛城廣且長東西四百有八十里南北二百八十里也中有大殿方四十里四寶牀座人民熾盛五穀豐熟快樂無極妓樂之音有十二部夫人婇女八萬四千諸國治王八萬四千象馬車乘其數亦然王有四德何謂四德長者梵志凡庶小民皆敬聖帝如

子奉父王愛念之猶毋哀子王所教化則受奉行遠近歸命如人仰天依地得活復有四德無寒無熱初不飢渴生未曾病本祐所致其人聞之欲往見帝慕其聖教便發進行於道疲勞見一異道則順入中覩一大城人民熾盛樹木流水樂不可言謂是城郭爲聖帝邦便止其上又斯雖樂鬼神之處其人不覺也時有天王名曰休息即覩其人爲解說之此非聖帝處也是鬼神國也轉輪聖王威德巍巍爾乃欣然親近奉從若有發意學菩薩道不了深義不分別空世間無佛出入閑居處於樹下觀察萬物非常苦空身不久立不解本無以得緣覺自以爲成臨般泥洹佛在前住爲現大法深妙之教十二因緣本無有根也曉本末空無去來今大慈大悲不見三界無泥洹想乃成正真度脫一切也於是頌曰

譬如有人求聖王　反見一城謂是邦
諸小國王憶轉輪　在中娛樂謂大通
休息天王往見之　則爲解說此鬼土
非爲大帝轉輪王　爾乃驚怖自知非
便發往詣大帝邦　見威神德大巍巍
吾冥不解久迷惑　則奉聖王常侍從
欲學大道不了了　還墮緣覺亦如是
然後受佛深妙行　乃至無上正真道
光光佛威德　其德濟衆生　等心加一切
除三毒之名　永脫生死苦　道因智慧成
清淨如日光　徹照三界冥

菩薩品第三十

其修行者因自思惟人在生死譬如車輪反

覆上下而不離地終始若斯往反之患不離三界皆是本癡不了本無謂有四大倚之爲諦譬如有人見師幻化而謂是人不知化成愚人如是貪著吾我計有身命不曉其體地水火風譬如有人遠出欲遊行詣他國素聞道難常懷懼心畏於盜賊四向望候遥見諸塢衆石草木謂有大賊數千百騎當柰之何各走馳散不知所湊中有導師呼語衆人勿得便捨至劇難處而無水漿或值窮厄不濟身命或困乏極爾乃來還往反既久加復疲勞悉失財物當何依怙裸露飢凍反當求恃而從豪富歸命舉假且自安心共相率化遣人探候設無賊者徑可進前假使有來堅志共戰當令走壞所以者何一人欲死十人不當十人欲死百人不當百人欲死千人不當千人欲死萬人不當萬人欲死天下縱横衆人受教不復馳散皆住嚴待遣人探竊唯見草木瓦石之屬永無盜賊衆人欣歡爾乃進前皆謂導師天下無雙智慧明達誠非世有舉動進止輙從其命不敢違失菩薩大人修行如是爲一切導解三界空一切如化五陰猶幻不得生死而滅其身開化十方爲示正路嗟嘆菩薩深遠無侶周旋三界度脱生死弟子既小志常懷懼趣欲滅身不及一切又不究竟當復還退從發意始明人因此聞菩薩教皆發無上正眞道意也於是頌曰

菩薩大士爲修行　了一切空身如化
因縁合成得是體　坐心不正追逐邪
譬如賈人遠遊行　遥見樹木謂是賊
心各懷懼而馳散　導師解之心乃安

菩薩如是解本無　爲一切師廣說法
示弟子等大道深　如日光出無浮雲
菩薩學道稍稍漸前至無極慧因六度無極分別空行積功累德無央數劫乃得佛道譬如有人少小士進始爲國貧轉得大富求爲丞尉遂成令長進二千石稍到州牧四正公卿大臣轉至帝王轉輪聖王天帝梵尊爲菩薩道次第學者亦譬如是稍稍發意布施持戒忍辱精進一心智慧縛制六情除去三毒除衰之蓋向空無相無願之法至不退轉近成具事一生補處猶如磨鏡洗治平鐵稍稍令細遂復發明稍稍習行六度無極積功累德不可計劫自致得佛開度十方於是頌曰
如人少士進　至尉乃令長　二千石州牧
四正至公卿　大王并轉輪　日月天帝釋
菩薩亦如是　稍稍積功德　奉六度無極
行足得至佛　開化十方人　悉令至大安
菩薩學定專精一心稍去衆垢進化其志譬如有人欲行入海日月行前而往不退雖遭飢寒未曾動移不計遠近勤勞之厄行不休息遂至海邊合人上船入海採寶雖知三難不以爲劇到大龍王所居之宮從求如意上妙明珠欲給窮乏龍王與之言施一切勿得愛惜衆人蒙光而不耗減其人得珠賞恩忽還以至一國無不得安菩薩如是等心行道欲濟衆生慈悲喜護一心念佛其所在方專精向之未曾懈廢七日十日三月一載不爲俗想一心向佛并化衆生乘摩訶衍無極之教見十方佛受教得定三昧不動爲一切講譬如從龍王得如意珠廣及衆人譬如有人

而聞天上有好玉女端正姝好意欲往見無有神足夙夜思想卧起不忘積有年歲未曾他念便於夢中得往見之坐起進止菩薩如是一心思惟向其方佛積年不息得三昧定行不爲懈累劫不厭自致得佛菩薩行道大慈大悲哀加一切昔有一人其目不明不見日光心中憂悒雖有日明我眼盲冥而不能覩當奈之何求得神師飲之甘露内病即除其眼精微得覩日光察八方上下及諸人民初發大意六入五陰三毒未除不能得見十方諸佛從成就菩薩受法深教行四等心解三界空便得三昧見十方佛從定意起救濟衆生譬如珍寶著水精上如以其器受於瑠璃瑠璃之色令器同像菩薩如是一心念佛無有他志即得定意見十方佛因佛威神本德所致見佛世尊於是頌曰

譬如有人行入海　未曾解厭乃至耳
合人乘船至龍王　從求大寶如意珠
以施一切莫不蒙　菩薩如是行四恩
大慈大悲行大道　一心精進三昧門
如人聞天有玉女　夙夜思想夢得見
菩薩如是等精進　見十方佛無不遍
又如目冥思日光　良醫治之眼即明
菩薩如是專向佛　未曾休息不退轉
如以珍寶著水精　展相光耀無不照
菩薩如是三昧定　從佛受教遍教化

菩薩積功累德欲度一切視之如父視之如母視之如子視之如身等而無異爲五道人勤苦無量不以爲劇雖歷五道生死之患地獄之苦餓鬼之毒畜生之惱天上世間終始

之厄心不迴動行大慈悲四恩無厭救濟十方免衆想念譬如彼月初生之時若小羊角日月稍大遂至成滿光明普照衆星獨耀次第學道爲菩薩法布施持戒忍辱精進一心智慧經無數劫勤苦之行身心相應言行相副念十方人如若父母無有親踈譬如種樹稍稍生芽後生莖節枝葉華實漸行如是從初發意便喜向佛以獲悅心休息惡道成就六度無極之法入善方便不起法忍一切佛慧則轉法輪示現滅度分布大法後生蒙恩猶如有人欲立大屋先平其地漸興根基稍壘其墻令至高大以材木覆累柱牢堅以瓦蓋之塗治仰泥作悉成了而堊灑之白壁赤柱儼然巍巍然後請會親族門室善友鄉黨無不周遍飲食作樂無不欣歡菩薩如是積行無量不以勤苦而有厭懈覩彼衆生展轉五道終始周旋如磨不定發大慈慧無蓋之慧欲救一切猶若如空無所不覆道德已成現處三界示於色身三十二相八十種好令衆見悅爲十方人而師子吼一切聞聲莫不歸伏各從本心成三乘行於是頌曰

初發意菩薩　慈念諸十方　如父母子身
等心無希望　漸漸發行跡　如樹芽至莖
枝葉節華實　積者功不唐　菩薩亦如是
稍稍奉行道　功德已成滿　平等最吉祥
猶若起大屋　平地始基墻　壘之令高大
覆蓋正圓方　請會親鄉黨　飲食作樂倡
菩薩救衆生　度脫以道光

何謂超行適發道意至不退轉無所從生具足成就至阿惟顏俱行菩薩何緣獨爾解三

界空五陰無處四諦無根縁想而生十二之因以癡爲元觀察癡元亦無處所有所著求則名之癡慧者了無譬如幻師還觀化人不見有人菩薩如是省三處空猶如野馬夢幻芭蕉深山之響但可有名而不可見昔有一人自於夢中見有國中多諸人民王大嚴急羣臣奉事不敢失意五穀平賤衣被綵色倡伎娱樂其人覩之驚然爲觀往見國王王便立之以爲大臣賜與官職僕從田宅七寶踊躍無量又自見身復入地獄餓鬼之中化爲驢身在於輩中鳴忽然上天七寶宮殿玉女相娱從夢便覺不覩所獲則自解了五道如夢一切本無而不可得分別此慧則不退轉至無處所權慧具足明學大道觀心如幻五陰六入若如羣臣色聲香味細滑之法五道所有皆如彼人所夢覺也見無所見亦無夢想是謂超越至無極慧不縁次第於是頌曰

人身及五陰　觀之無處所　四諦十二縁
一切悉如化　如其夜夢見　一國大快樂
爲王作大臣　妓樂而豪富　入地獄餓鬼
爲驢輩中鳴　天上七寶殿　相娱寤不見
慧者觀三界　五陰悉如夢　以了無處所
還得不起忍　道法無遠近　猶空無所處
心空解本無　忽如日大光　當爾時之慧
無得無所失　道無去來今　覺乃本無一

何謂超行人本一故用不解之便起吾我適著便縛以縛求脱不著無縛何誰求脱譬如五事而住虛空雲霧塵烟灰不能爲彼虛空作垢心本如空五陰之毒喻如五事不蔽心本曉了無形慧無罣礙入深法忍不以次第

譬如有人曾爲凡人家既困乏行詣佛所逐檀越食發一好心我身宿罪不能布施今得貧厄衣不蔽形食不充口又不作福因佛求食我設有財廣施供佛及諸聖衆給足窮乏爾時世尊及與聖衆各自罷去乞士自責吾本薄祐不能興德獲斯困匱思惟是已卧蔭樹下日已著中餘蔭皆移所卧樹下其影不轉體諸垢坌悉爲除去自然有威時國王崩當得賢人以爲君主募一國中無不周遍獨見乞士有超異德樹蔭覆之若如大蓋徃啓羣臣詠其威德人民咸喜嚴駕奉迎立爲國王已得帝王普興德化供佛衆聖人在生死五道之苦五陰六入十二因緣聞佛深法本無之慧大慈大悲加於一切雖欲度人不見有人度無所度不見吾我三界如響一切無求等猶如虛空則超入慧不退轉法無所從生阿惟顏事名之有德亦無所獲譬如日出衆冥皆索還成平等無所適莫不見有縛亦無所脱譬如金山自然無作曉求金者輙如得之不以爲難人本清淨而無垢穢學了此慧便入道門而無罣礙猶空自淨無有淨者

於是頌曰

如人久困貧　乞食從衆聖　便自還剋責
吾宿積罪冥　便發恭敬意　慈念于衆生
若得爲帝王　給施於萬姓　則卧於樹下
其影蔭彼形　使者啓羣臣　悉往而奉迎
立之爲國王　事佛及衆聖　菩薩亦如是
超越解本淨　德高爲巍巍　度脱諸羣生
五事不污空　心淨如寶英　救濟五道厄
使除終始驚　如月十五日　星中而獨明

昔有一人欲往見佛知爲云何身形何像所說何趣阿難遥見前白佛言此遠來者爲是何人佛言阿難未曾有人其人徑前欲得覩佛而不見之佛身忽然永不在座人自思惟故來覲佛而不見之察念何謂便自解了世尊法身本無有形用吾我人而現此身譬如深山人呼響應因對有聲法身無處何緣欲見適見此已便逮無所從生阿惟顏了無内外普等若空超入正覺於是頌曰

昔有人發意　欲見佛世尊　其尊何等類
說法義云何　阿難問何人　佛言未曾有
尊身忽不現　怪之何所湊　便自解了慧
佛身無所遊　空體慧住道　示現無不周
道法如響應　等心無怨讎　解義若斯者
如空莫不覆

發意菩薩欲救一切觀四大身因緣合成若如幻化譬如假物則非我所有亦非他人猶如合材機關木人因對動揺愚者覩之謂爲是人慧明察之合木無人一切三界皆空如是色痛想行識十二因本無有往反若水中影無有形名如是行者起入法城於是頌曰

初發意菩薩　解四大本空　視生死泥洹
一切覩皆同　譬如借他物　當還所取供
不計吾我人　除去語曚曚　不見心意識
道明越海江　三界如幻化　菩薩受誰誦
五道猶野馬　衆惡悉佛種　勸化諸未解
法身不轉動

或有慧人自然發意如來之行不因言說而至正覺如日大光一時普遍解空義者無道欲觀等如虚寂永不可名譬如曠野污泥之

中無有下種自然有生青蓮芙蓉莖華菩薩如是在恩愛中三界之難忽然慧解不見生死不住泥洹教化一切令至大安於是頌曰

於是發意爲菩薩　分別空義解本末
以入道法無所乏　智慧具足神通達
猶如蓮華生淤泥　發如來意成怛薩
開化一切衆生類　等住法門爲正覺
華生泥中清淨好　四種之色喻四等
超越次第阿惟顏　勇猛力休首楞嚴

菩薩修道譬如飛鳥飛行空中無所觸礙以空爲地不畏虛空菩薩如是發意之頃便入道慧善權方便不以爲之心等如空無所住止不難生死不樂泥洹俱不增減譬如五種綵色各異皆因草木草木根生悉因從地地下有水水下有風風因空立如是計本悉無所有若如浮雲忽有氣來況無所至菩薩如是解三界空喻之如風無所住止計有吾我便有三處不計有我安計有彼不明無冥無淨不淨便入本無亦無出入譬如昔者有一小蟲心懷金剛住於海邊閻浮大樹高四千里樹則戰動不能自安樹神問之卿何故震動不安樹報之曰蟲住我上所以不安神又問曰金翅大鳥立於仁上何故不動小蟲處上而獨戰慄樹報之曰此蟲雖小腹懷金剛吾不能勝是故動搖其小蟲者謂發意菩薩也其大樹者謂三界也樹動不安者謂發菩薩超至深慧達阿惟顏三千大千世界爲六反震動其金翅鳥住上不搖謂諸弟子四道雖成無所能感也於是頌曰

譬如小鳥住大樹　戰慄不安五支散

菩薩大士亦如是　超行成就動三千
其心堅固如金剛　度脫一切生死患
弟子猶如金翅鳥　處在三界無所感

菩薩解慧入深微妙不從次第猶如有人卒立爲帝凡夫之士曉了本無心等如空而無處所至阿惟顔昔者虚空忽有藥樹枝葉普覆八隅上下其氣照下諸毒草木惡氣悉除長育天下諸有好人大小悉安地高爲平早者則高天下太平無有溪谷及與山陵七寶自然雨墮甘露人民大小莫不以歡吾本有福以離衆患出入行步無所畏難無有惡獸盜賊之苦藥樹自然蒙者皆安風雨時節五穀豐熟面色和悅衣食化至無有衆惱猶如大樹忽然生空普照天下若有凡夫在生死中卒解深慧至眞本無而無罣礙普照天下者謂彼菩薩放大光明以成爲佛除一切人婬怒癡垢也長育令安謂使四輩奉行道義也令高下平者使五道人皆獲平等慧七寶自然者謂七覺意也雨甘露者謂講菩薩法也人民安隱五穀豐滋謂終始斷逮五神通遂至大義阿惟顔住於是頌曰

如人卒立爲國王　菩薩大士亦如是
曉了深慧至無極　得成佛道度十方
猶如虚空生大樹　根株枝葉四分布
照於八隅上下方　地高下平五穀滋
人在生死凡夫身　忽解深法慧流布
令十方人度三塗　等心一切雨甘露

修行道地經卷第八

罽賓文士竺侯征若性純厚樂道歸尊好學不倦眞爲上儒也賫此經本來至燉煌

是時月支菩薩沙門法護德素智博所覽若淵志化末進誨人以真究天竺語又暢晉言於此相值共演之其筆受者菩薩弟子沙門法乘月氏法寶賢者李應榮承索烏子剡遲時通武支晉支晉寶等三十餘人咸共勸助以太康五年二月二十三日始訖正書寫者榮携業侯無英也其經上下二十七品分爲六卷向六萬言於是衆賢各各布置

音釋

壘（魯猥切壘也）　嵎（音愚陬也）　穜（都貢切音東）

道地經

後漢安息三藏安世高譯

清刻龍藏佛說法變相圖

道地經

天竺三藏僧伽羅剎造

後漢安息三藏安世高譯

觀種章第一

從明勝日出像亦顏色行德多中多貴姓尊行德守本從是種有世間亦天上皆叉手禮佛是故持頭面爲禮佛爲無上天下無有等精進者鬼龍天人亦在三界中隨近持微妙不度者便度死者不復死老者不復老皆從行得佛法亦行者是三無有行亦德守聽說諦法自意作行者得味譬如筰甘露常怖觀見積百餘若不得樂樂窮老死故在世間沒譬如無有力象墮陷不能自出世間人亦爾從若干種經取要譬如若干種華積在欲所作著行道地聽從若欲度世說行者便聽當

說行道地生老病死憂慼若不可意愁惱行者若家中行若棄家行欲壞苦本者欲往得道無有餘近無有餘歸無有餘能解但當一切捨如是行者但當一切捨使行道地從後來說生老病死著意憂便身生苦已欲度世者便行道地莫猒在身已有老病死從是苦著意惱生欲隨受佛戒者便行從致無爲何等爲不可行何等爲可行何等爲行者何等爲地者不可行者名爲念欲念瞋恚念侵念國不念死隨惡知識不持戒不受慧不攝意不受教行不問自期身念色想念常樂想淨自計身不慧郡縣居羸人共居念色瞢瞢不離貪多欲多恚多癡多因緣多食捨行貪身欲睡眠忘意疑過精進失精進畏怖不攝根多事多說多業多作事乆倒教倒意計是亦如是今世法從道或離道是名爲不可行是何以不可行離無爲故從後縛束說瞋恚欲殺常身樂淨受想不慧不隨教若干惡佛說是不可行何等爲可行念出不念瞋恚不念殺近明知識持戒淨不多食事問曰身不期念非念不好念苦念不淨不念身好不郡縣居不羸人共居不瞢瞢自守少惱少事少食不捨方便伏身捨睡眠意在行正守意無有疑精進在行離驚怖攝根門少說在諦行受諦教修諦意喜在空澤中行如有觀未得好法使致法已致便護多喜欲聞經所身故用足但不足法行知當死不樂世間惡猒食可無爲亦如是葷行法從應欲無爲是名爲可行何以爲是可行從是故無爲從後縛束說戒淨墮信不念身斂受法事德者諦見不侵

若干是應無爲得道者佛説法念若干種意定無有苦無有疲已説功德聚攝根伏身應可行行者爲何等意近事如應行行者爲習行者近習是爲行習是行者三輩未得道者學者不學者何等爲道地行者所行是爲行者地未得行道者爲何等本起次行居前説是行如是説竟學者不學者亦已説道行地名爲止觀何用是止觀但未得四德故欲致是四德何用欲致是四德從是欲致無爲故何因緣致無爲不欲有餘爲故何以不欲有餘爲但欲除一切苦故是故行者欲除一切苦當常莫離莫犯莫穿立止觀若行者穿便不得止亦不得觀空苦亡行譬如人求火便鑽木上鑽著下木便鑽時時中止時時鑽止如是未曾得火但自勞倦道譬如是從後現説設觀法行者中得疲意猒行者除行莫穿莫疲倦者從行便失行譬如夜極冥人冥中閉目行何時當見明若行者行不冥慧者如是日出開目行便稍稍慧人得無爲種通經者若干更經通者觀經教便説止觀餘經散説是爲道地觀種章品

知五陰慧章第二

從若干經得明堅不老不死甘露聲名聞以行如明月事者淨者慧明者若守度者更明并家中行亦爾惡意不可捉不可牽如意是故施得道者禮得道者稽首從得甘露故貪爲種多欲爲生慈愛觀喜爲憂支佛説五陰譬如筌筷聽説從多經牽比行道者當知身體本爲五種所成色種痛痒種思想種行種識種如若干户東方郡守如若干户南方郡

字如若干戶西方郡字如若干戶北方郡字亦非一舍名爲郡是譬色亦非一色爲色種若干色爲色種痛痒思想行識亦如是色在十八文亦從法受入是爲色種百八痛是痛種百八思想爲思想種百八行爲行種百八識爲識種如是當知五種從後現譬說不相連著但本癡故不聞佛言或習癡故譬如樹多葉著枝癡惡行著五種成聚五種意計是身道地行知五陰慧章品

隨應相具章第三

性河開流滿度器滿破六足經竅突如蓮華開慧日出服勝蓮華奉事佛清淨淡泊其相然至尊世絕福祐人視其精固將導者敷演如經已開化行道者亦當知五種各應相種相色視相亦色手攫把亦色更痛爲痛相樂苦亦不樂亦不苦更痛是爲痛相識相爲思想若女人若男子亦餘是爲思想所作是爲行若好行若惡行若不好行若不惡行是爲行想識相爲識好不好亦非不好亦非好識是爲識相如是五種各自有相從後說說是色不樂亦多惡佛說在經中如應出說如應五陰種相若干相分道地隨應相具章

五陰分別現止章第四

所然持甘露種澆五盛陰爲五陰薪從慧明却壞惡火從三界禮我施禮爲持甘露滅三毒者從五陰鑽所生隨應持智慧意滅惡火意三界中尊敬者我亦尊敬意又我自從慧智力慧者自得如自得知佛便教弟子所說應行聽說從是意定五陰分別見爲從慧力所守者知清淨自佛從所意知便現事者是

佛所說應行現行可知聽說意從是定分別五陰行道者當知分別五陰行者當那分別知五陰譬如四街中墮一貫眞珠裹一人當見已見便喜愛意喜欲得珠人見意在珠見爲色陰種所喜可意是爲痛痒種若上頭知是名爲貫珠是爲思想種若意生欲取貫珠是爲行種從是知爲識種如是五種意在一貫珠俱行便若干作行亦自行如是在一貫珠一時俱行五陰更如是眼所見色并俱行五行更耳聞聲鼻聞香口更味身更麤細身中四陰無有色種生如是五陰種各自分別知後有說道德者分別如是已得是經說未得道者受著心心如是行說我亦現是說道行五陰分別現止章十

五種成敗章第五

已知要得佛要中竟要作要并得要已竟并要已更無當禮應無所著多聞無有量所語言說譬如明月明爲弟子得明知畏惱罪從生能壞幹已知五種陰得明成敗如有當稽首聽佛言行道者當知五陰出入成敗譬如人命欲盡在呼吸欲死便四百四病中前後次第稍發便見想生恐畏怖夢中見蜂啄木烏鵄啄頂腦一柱樓上自樂見著衣青黃赤白自身著見騎馬人拔髮有聲持簕作枕聚土中卧死人亦擔死人亦除溷人共一器中食亦見是人共載車行麻油汙泥汙足亦塗身亦見是時時欲亦見墮網中獵家牽去或見自身嘻喜觀喜跳或見道積墓子自過上或見斂鹵鹽錢或見被髮袒裸女人自身相牽或有灰傅身亦食或見狗亦獼猴相逐恐

或見自身滅欲娶嫁或時見人家中神壞或時見馬來揺鬚髮或時見齒墮地或時見擔死人衣自著身或時自身袒裸爲塗臓時見聚土自身轉或時見華及旃著衣行或時自見家中門弊壞車來到多載油華香亦見昆弟近自身嚴先祖人現麤恐顔色欲來取是取共行或時塚間行遽捨華嬰頸或時見自身倒墮河水中或時見墮五湖九江不得底或時見入萱茅中裸身相割自敷轉或時上樹無有蓏無有華無有華戲或時在壇上儛或時樹間行獨樂大芬葼亦持若干幹樹破聚薪或時入舍闇冥不得門出或時上山嶃巖悲大哭或時鳥梲呑足亦跆或時塵塵坌頭或時虎遮斷亦狗猴亦驢南方行入塚間見聚炭髮毛分骨擣碎幹華自身見入檻王

見檻王使問從後現説世間已得多樂根墮或身墮畏命欲去不得自在病追促病已從意便動命盡憂近便見夢令人大怖人便意中計我命欲盡如是夢身所見便意怖便身殘譬如鳥蹋梲已身　近極苦相著便欲自歸醫已親屬昆弟見病劇便遣使到醫舍呼使者行便有是相不潔惡衣長爪亂鬚髮載壞弊車者穿弊履顔色黑眼青車中駕白牛馬自手摩拔鬚髮呼醫已急駕車使上從後縛束但坐惡樂意不計好樂不念醫病已壞身便墮罪器即遣呼醫便念病痛不復得活何以故趣使得相有如是像跓被服語言車蓋鬚髮衣亦如是諱日來呼若四若六若九若十二若十四來至到復觸忌諱日人所不喜醫復何血忌上相四激反支來呼是亦不必

日時漏剋星宿須臾疑人取相何以故或時是惡日時漏剋有是人行方便能治病痛病痛有時不能得治是故不必在時日漏剋故慧人不亦喜用曆日仙人常勸當爲求方便治至死若病痛横有病可能得活若命盡但說去計如是可至病痛舍從後來結說俱入海水或到或中壞病亦比海或愈或死醫便行至病痛家聞聲不可意亡燒斷破剝撥刮刷出殺去發滅蝕燒斷破剝撥刮刷出殺去發滅蝕不可治已死視南方復見烏鵲巢有聲復見小兒俱相坌土復袒裸相挽頭髮破瓶瓮瓦甌亦見空器舍不著意行至病者舍入見病著人病更惱從彼舍來說醫便視病相遽驚怖驚坐起著病無有力不得自在見如是便念如是經中說死相見顏色不如皮

皺行身如土色舌涎出或語言忘見身重骨節不隨鼻頭曲脣皮黑吒幹唯舌如骨色不復知味口爍毛孔赤筋脉不了了被髮髮竪牽髮不復覺直視偕卧驚怖顏色轉面皺髮竪熟視或語若干說如經說餘命不足道譬如樹間失火亦如六相死說所聞見若有沐身未浴身時譬梅檀香或時如蜜香或時多梜香或時那替香或時根香或時皮香或時華香或時蘇香或時霍香或時宿命從行相筋香髮香骨香肥肉盟血香大便香或時鵄香或時烏香或時蚖香或時猪香或時狗香或時狖香或時鼠香或時蛇香或時譬如有人或時啄木聲或時瓦聲或時澀聲或時惡聲或時鴈聲或時孔雀聲或時鼓聲或時馬聲或時虎聲亦有說熟死相中譬如人死時

有死相爲口不知味耳中不聞聲一切卷縮
脉投血肉腸頰車張 上頭掉影無有明[殹/肉]肉
堅眼黒色黒大小便不通節根解口中上臛
青雙嚱計如是病痛相不可活設扁鵲亦一
切良醫并祠祀盡會 亦不能愈是便醫意念
是病痛命未絶應當避已便告家中人言是
病所求所悉欲當隨意與莫制禁我家中有
小事事竟當還屏語病者家人言不可復治
告已便去病痛家已聞醫語便棄藥所事方
便便止親屬知識比鄰共會環繞病困者悲
哀哭視譬如牛爲屠家所殺餘牛見死牛恐
自及跳場驚怖走入山樹間叫呼復譬如猪
爲屠家所殺餘猪見驚怖畏劾死便聳耳直
視復如魚捕魚墮網者餘魚見驚怖沉走入
沙石間藂藻中藏復譬如飛鳥聚行一鳥爲

鷹鷂所得餘鳥驚分散分走如是昆弟親屬
知識鄰里見哀離別親命欲斷地獄使者已
到將入獄在斯便轉死箭已射已生死索行
罥便牽往過世親屬已還牧髮草纚若忼慨
聲滿口不止出悲語見愛念若干種胞順涎
涕出呼當奈何病者不復久内見風起名刀
風令病者散節復一風起名遽風令病者斷
結復一風起名鍼風令病者筋緩復一風起
名破骨風令病者骨髓[骨*昜]復一風起名藏風
令病者眼耳鼻孔皆青髮毛出入一切是孔
令壞斷拔搖復一風起名腹止風令病者内
身膝脇肩背胷腹齊小腹大腸小腸肝肺心
脾腎亦餘藏令斷截復一風起名成風令病
者青血肪膏大小便生熟熱寒佌令幹從處
却復一風起名節間居風令病者骨骼直掣

振或時舉手足或把空或起或坐或呻啼或笑或瞋已散節已斷結已筋緩已骨髓髆已精明等去栽身有餘在心已冷如木已棄五行并心中羸羸栽有餘微譬如燈滅有餘明栽心有餘但有微意識是人本所行好醜罪福心便見今世若有好行意便喜若惡即時慙尋好處者意喜墮惡處者意即愁慙譬如人照淨鏡盡見面像髮白皮皺生腫垢塵或齒墮或齷齒見身從老屬如是即自慙閉目放鏡不欲見以放鏡憂愁我已壯去老到顏色醜樂已去如是素行惡在意從惡行彼憂愁悔受苦惱不可意自責今我墮惡處爲無有疑若如行者行三好若干守行願最好行者多好即時喜多喜意可自喜我今上天亦好處譬如賈客從澀道得脫出得多利歸家到門喜亦譬如田家願獲五穀著舍中亦如病痛得愈安隱亦如負債已償素行好亦如是合好行譬如蜜蜂便意生我已到好處即時身精識滅中便有陰譬如秤一上一下如是捨死受生種譬如種禾根生雙如是中時滅識即時中生五陰具足不少死陰亦不中得五陰往亦不離死五陰爲有中五陰但有死五陰故中五陰生譬如人持印印好泥泥中便有印像印亦不往至泥泥亦不離印像譬如種生根種亦非根根亦不離種人神亦如是小大如法從生往至中從是本會有好行者中得好五陰惡行者得惡中得陰者爲天眼行中止者爲三食樂念識中止者或跓一日或跓七日止到父母會亦所墮處從中止當到所墮即死時已生中陰便生千思或

見念便癡生最惡行者便自然大火邊亦若干百千鵄鷹鷄共會亦見人惡爪面齒被服然頭爲手中行若干種毒身自見遠叢樹便意生生入中便中陰滅生所墮處即時不久便見力葉樹墮中是名爲地獄五陰生入罪咸所惡行便見猛烟塵火風雨來著身復見象師子虎虵自恐身亦見丘井亦合後亦止絕崖岸生意入中便捨中陰身已意生便滅中陰墮處生即時不久到畜生後現行極癡無有祀持惡意向父母常喜可麤言瞋恚縛捶行惡是人不與取便墮畜生罪輕滅便生熱風命飢惱身刀矛鑚繞還人亦見大坑意生當入是即意生便滅中陰受所墮處陰便即時墮餓鬼如是墮名爲餓鬼從有說行雨賤賊人共語亦讒失誠誣妄論議一切食不避惡不淨從善還不行法語便墮盟血唾涌泥是名爲墮餓鬼處行最好者得最善樂亦得香風吹若干種華見自散身若干種妓樂聲相隨若干種樹在園中意生即入時意已生便中陰滅所應墮陰受生便即時受天上身如是墮天上有福行者隨應上天已有不離法是爲墮天種若墮人中從本行受殃福父母亦聚會夙行應男從生福亦止等同時父母收精胞門不堅從風熱寒亦不涤亦不邪曲亦不屢亦不澀亦不汁思飯不起不慢不殺胞門亦不像栗不像輪亦不像狸亦不像麥中央亦不像百剛鐵中央亦不像錫中央一切門無有惡精亦不薄亦不厚亦不腐亦不黑亦不赤亦不黃乘色亦不散亦不風血寒熱雜亦不小便合精神已止精神念往

意生欲却男自身代共樂羸人羸人便惡父憘母已憘不憘增意生當却是男欲獨與羸人共樂已即跓胞門意生已却男我已羸行禮父母即時墮精神便到意生爲是我精即可意喜生已喜生中跓滅便在精血生識在精中復生愛中愛識不墮精但從本復生愛識精是見身所愛在精生是爲痛痒種已知爲精爲精者爲思想種所成本行念爲生死種已知精爲識種是爲五種要即時得兩根身根心根精已七日不減二七日精生薄如酪上酥胞三七日精凝如久酪在器中四七日精稍堅如酪成五七日精變化如酪酥六七日如酪酥變化聚堅七七日變化聚堅藏譬如熟烏麩八七日變化滅烏麩譬如摩石子九七日在摩石子上生五膗兩肩相兩膹相一頭相十七日亦在摩石子上生四肘兩手相兩足相十一七日亦在摩石子上生二十四肘十在手指相十在足指相四在耳目鼻口上處相十二七日是肘爲正十三七日爲起腹相十四七日心脾腎肝心生十五七日大腸生十六七日小腸生十七七日胃生十八七日生處肺處熟處十九七日髀膝足臂掌節手足趺約二十七日陰齋乳頸項形二十一七日爲骨髓應分生九骨著頭兩骨著頰二十二骨著口七骨著咽兩骨著肩兩骨著臂四十骨著腕十二骨著膝十六骨著脇十八骨著脊二骨著喉二骨著髖四骨著脛十四骨著足百八微骨生肌中如是三百節從微著身譬如瓠二十二七日骨稍堅譬如龜甲二十三七日精復堅譬如厚皮胡桃

是爲三百節連相著足骨連腨腸腨腸連髖
骨髖骨連背脊腰骨連肩肩連頸頸頸頭連
頭項頭項連齒如是骨聚磈礧骨城筋纏血
澆肉塗華覆福從是受癰不知痛痒隨意隨
風作俳掣二十四七日爲七千筋纏身二十
五七日三百六十節具二十八七日肉裁生
二十九七日肉稍堅滿三十七日皮膜成朧
三十一七日皮膜稍堅三十二七日朕腥肌
生三十三七日耳鼻脾脂節約診現三十四
七日身中皮外生九十九萬孔三十五七日
九十九萬孔稍稍成現三十六七日爪甲生
三十七七日母腹中若干風起或風起令自
鼻口開已開入或復風塵起令髮毛分生端
正亦不端正或復風起勴肌色或白或黑或
黃或赤好不好是七日中腦血肪膏髓熱寒

涕大小便道開三十八七日母腹中風起令
得如夙命行好惡若好行者便香風起可身
意令端正可人惡行者令臭風起便身意不
安不可令骨節不端正或曉眏或僂或僻或
雎人見可是三十八七日爲九月不滿四日
骨節皆具足兒生夙行有二分一分從父一
分從母或時毛髮舌咽齋心肝脾眼尻血從
母或爪甲骨大小便脉精若餘骨節從父宿
行從母受生熟在下熱在上兒在右脇背向
前腹向後止處臭惡露一切骨節卷縮在華
囊在腹內血著身在裹處大便肥長九月餘
有四日一日二日中若夙行好便意生我在
園中意計若在天上若惡行者意生我在獄
止二日意在三日中即腹中樂三日意在四
日中一日一夜母腹中上下風起兒從是風

倒頭向下足在上墮母胞門中風行好於母胞門中意生墮池水池水中戲復意生在高牀上若香華中宿命行惡者意生從山墮樹上墮岸上墮坑中墮溷中墮蒺䔧中墮茅中墮綱中墮刀矛蘭中從行憂惱忽忽亦從喜從樂名聞好惡行自縛身在所到自更得便出既爲胞門所纏裹産戸急窄墮地中風復爲人温湯所澆手𪓟身逼痛如瘡從是便忘宿行腹中所更已生從血臭故便聚爲邪鬼魂飛屍各䰰魊蠱彫魖行父亦如是譬如四街有一臠肉爲鵰鷲烏鵲衆鳥所爭各自欲得邪環繞嬈人如是風行好邪不能得著風行惡邪能得著生不久母便養乳稍大便飲食已能飲食八十種蟲生身中二種髮根生三種著頭一種著腦二種著中腦三種在額二種著眼根二種著耳二種著耳根二種著鼻根二種著口門二種在齒三種在齒根一種在舌一種著舌根一種口中上齶一種在咽二種在膝下二種著臂根二種在羊夫一種著肘二種著脾一種著心一種著乳根一種著齎根二種著脇二種著背一種著脊根一種著皮二種著肉四種著骨五種著髓二種著大腸二種著小腸一種在熱處一種在寒處一種在大便道三種在大腸根二種著髖根五種著陰根一種著指節約一種在脛一種在膝頭一種在足蹲如是八十種蟲著身中日夜食身身便生寒熱風病各百一雜餘病復百一如是并四百四病在身中譬如木中出火還燒木病亦從身生如是但壞身無有異如是從内壞病亦中勿復問從外惱

常壞惱今世現在身常著衰世間人不聞者意計身樂但不至誠見故髮毛爪齒心肉肌骨精血熱惱生熟涕唾屎尿從身流非常亦不淨癡人計爲淨都盧見撥肌合栽如一酸棗爲裹者身從如是酸棗肌癡不聞者世間人得調身自壞墮惱譬如魚但見餌不見鉤不見綱復譬如小兒舐利刀蜜但嗜甜不見刀刃復譬如金錯塗銅賣欺人癡人不覺以爲純金故買爲自侵如是世間人或見如酸棗肌裹身從受若干惱不覺如是酸棗肌發去但有肉骨血在人足蹊蹋常惡不敢視誰敢抱持者素行殃福已盡或時横命盡如陶家作器或時在拘或從𨍏或從行輪或已行或作幹流時入竈火燒燒時或已熟出時或給用時要會當壞人身亦如是或從墮腹中或不成根去或不具根去或臨生時去或適生去或在學業時去或時從十六至三十八十百歲或不啻久久要會當死陰如是定不久有生輙滅舉足滅下足滅世間人不聞者自計小時身壯時身老時身爲是我身與行道者意異行道者從是有是從無有是無有是何等爲從是有是從罪行有死中從中識墮業薄從薄凝從凝稍堅六根從六根便生從生兒身從兒身壯長從壯長得老病死身如是常隨如是世間輪不斷無所屬空如幻逐不止譬如火起城中大風吹舍舍相然第一舍火非第二舍火亦不啻但爲上舍以然次舍復然如是轉旋生死亦如是是因緣無有是亦無有是是滅是亦滅何等爲無有是亦無有是素行殃福無有死中亦無有已無

有中當那得往已不得往當那得生已不得
生當那得老病死生死如流水不行生死業
便正道行者當知是五陰本從生滅道地五
種名爲成壞章

神足行章第六

慧情入心如水破惡從樹離種華度世樂功
德聚涼風可樂無有過自歸一心向在在不
中止觀意如稱攝鉤牽聞經中止觀世間明
叉手持頭面從三界皆作禮彼或時行者居
前止便得觀或時行者當得止觀居前得止
若行者止意已得應從觀得解若行若觀已
足當應從止得解止觀相云何若意在使一
因緣止止不動不或念餘是應正相若在止
處偏分別偏去如相觀思惟如有受是應觀
相譬如買金家見金不觀試如是應止若持
舍試知是金某國某處雜銅不眞知石色好
醜長短圓方輭亦餘病觀譬如是譬如人刈
芻左手把芻右手持鎌便斷芻彼譬如把芻
是應止如斷芻是應觀譬如行者見髑髏熟
諦視若如開目見閉目亦見亦爾無有異是
應止若分別觀頭骨異頷骨異齒骨異頸骨
異臂手脇胭膝足骨如是觀如是見骨連從
四因緣致有何等爲四食禮行合骨見非常
苦空非身從不淨生無所有是應觀要聽止
觀相不分別是爲止分別是爲觀止意行者
持何等行得止意報若干因行止意聽說要
止意二因緣方便行得止意一者念惡露二
者念安般守意惡露行云何是間行者等意
念一切人令安隱便行至父樹便行至觀死
屍一日者至七日者胮脹者青色者如盟者

半壞者肉盡者血澆者骨骨連者筋纏者若澆若解散四面無有數手破破譬如鴿色彼行者自在取一敷意令知不久意著止令意在數處熟諦觀著自知令是數處是閒在父處自見遠在所見亦如是是空處一處便正坐便見如數因緣在地所見隨亦如是便行無有聲處無有説處人空處一處便正坐便見如上父處令意見念無有異若行者從數因緣失不受念意不生便復往至父樹令意受數因緣相令意坐亦引不離念常在前若行者意數因緣出入遠行常在意心不遠離已晝夜在心令半月一月一歲復不啻令行不失行令行時止時坐獨坐時多衆中共坐時病疲時有力時連隨常念數意因緣在前跓令數因緣令如是非常苦空非身不淨無所有知本因緣數意行念無有異若已意在數處得自在便持𦋺自身觀若見死屍亦自身等無有異便若見男子若見羸人若見老若壯若少年若不端正若袒裸若著衣若莊嚴若彼亦爾如數念處若意念所在所在一切無有異便已應從念惡露得止意是時意隨行念不離行增滿譬如河入海

五十五觀章第七

行道者當爲五十五因緣自觀身是身爲譬如沫不能捉是身爲譬如大海不猒不足五樂是身爲譬如大河日願至死海是身爲譬如大便慧人不欲故是身爲譬如沙城疾壞散去是身爲譬如會壞城多怨家是身爲譬如化城不自有亦不可取是身爲譬如骨鬬肉血塗是身爲譬如弊壞車筋纏故是身爲

譬如家猶貪恚癡聚是身爲譬如荒澤中常癡失亡是身爲譬如忘善意常忘失是身爲譬如揄百八愛行是身爲譬如破瓶常漏是身爲譬如畫瓶内雜最惡滿是身爲譬如清溷九門故是身爲譬如軒盂人所惡故是身爲譬如幻癡計諦是身爲譬如疥是身爲譬如意著苦故是身爲譬如腐穀舍飲食壞故是身爲譬如大窟多蟲多蟲止是身爲譬如骨嚾罪如滿狐猴不失是身爲譬如不熟器疾壞故是身爲譬如一囊兩口淨入不淨出是身爲譬如幹垢常衣幹是身爲譬如車常行至葬地是身爲譬如露霧不久止是身爲譬如瘡上漏是身爲譬如盲不知諦是身爲譬如處四百四病是身爲譬如坑一切不淨聚是身爲譬如地孔虺止會是身爲譬如空把爲癡人所欺是身爲譬如塜間常可畏可怖是身爲譬如虎師子共居瞋恚惡然是身爲譬如顛疾感八十八結行故是身爲譬如垣常塗畏死是身爲譬如銅塗金肌覆故是身爲譬如空聚常中細六衰是身爲譬如餓鬼常求食飲是身爲譬如畏遽常老病死是身爲譬如腐髑髏常爲衣灑是身爲譬如怨家常成事逢惡因緣是身爲譬如迦陀樹皮皮中央無所有癡人意是身爲最重是身爲譬如度載多船小是身爲譬如腐囊腥臭是身爲譬如深冥六十二疑不自守是身爲譬如嬉妬可不可不得不受是身爲譬如腐垣譬如從惡念因緣是身爲譬如結垢内有惡是身爲譬如不意常著外衰是身爲譬如無所依如無所依舍愛不愛礫一切是身爲譬

如不可近近常破碎是身爲譬如無有能護時時爲病㾼一切是身爲譬如無有自歸死來時不得離故

道地經

音釋

笮陟格切壓也㒓書約切瞢莫更切箜篌箜音空篌音侯樂器也痒以兩切膚欲搔也擭霍虢切握也澆堅堯切沃也抆髦抆武粉切髦謨交切䈑渠羈切溷胡困切廁也咷徒刀切袒裸袒徒亶切脫衣之袖也裸魯果切赤體也狧他合切菅居閒切茅也蓏魯果切蔓生曰蓏菼吐敢切荻也嶄鉏咸切嶄巖高也梲朱劣切蹋達合切踐也跓直主切激訖逆切蕩激也刺七賜切與剌同撥北末切撥開也刮刷刮古滑切刷數滑切刮刷拭也蝕音食瓮㼚瓮烏貢切罌也㼚古郎切大甕也遽居御切急猝也皺側救切皺也涎徐涎切口液也燥先到切乾也霍忽郭切與藿同鵄稱脂切怪鳥也蚖吾官切毒蛇也犺爰救切獸似猿者豚徒孫切臛黑各切噦於月切嘔也扁俾免切入姓也比頻脂切並也[illegible]牛紀五代二切絜音潔忼愾忼口浪切愾丘蓋切忼愾竭誠也頤延知切頷也鍼諸深切髓𩪈髓息委切骨中脂也𩪈他歷切骨間汁也佌所立切骼音格骨骼也𪘐音歷齒病也憘音喜樂也麮丘擧切麩麥也腄竹垂切髀補爾切股也膝思疾切脛端也趺芳無切足背也齎音齊與臍同腕烏貫切手腕也脅虛業切腋卜也髖枯官切股骨也脛形定切胻脛也腨市兗切腓腸也磈礧磈口罪切礧洛罪切痱符非切風病也俳蒲街切膜末各切肉間膜也䐈音侯診止忍切肪音方脂也𥌓𥆝曉莫結切昳力結切𨉖一桓切魋徒回切尻苦高切脊梁盡處也蒺藜蒺昨悉切藜鄰溪切草似蓬者也臰尺救切腐氣也𩴾魃𩴾草欲切魃步末切旱魃也鬽魖鬽莫覭切精物也魖許居切耗鬼也臠力轉切肉臠也鴟鳶鴟稱脂切怪鳥也鳶余專切似鳶而小者咢逆各切齒斷也咽因蓮切喉也䠣市兗切脛腸也餌仍吏切食也舐甚爾切以舌餂物也韉古田切沫莫葛切水沫也揄雲俱切引也嚾呼官切磣七感切

佛說佛醫經

吳沙門竺律炎共支越譯

惟日雜難經

吳優婆塞支謙譯

清刻龍藏佛說法變相圖

二經同卷

佛說佛醫經

惟日雜難經

佛說佛醫經

吳沙門竺律炎共支越譯

人身中本有四病一者地二者水三者火四者風風增氣起火增熱起水增寒起土增力盛本從是四病起四百四病土屬身水屬口火屬眼風屬耳火少寒多目冥春正月二月三月寒多夏四月五月六月風多秋七月八月九月熱多冬十月十一月十二月有風有寒何以故春寒多以萬物皆生爲寒出故寒多何以故夏風多以萬物榮華陰陽合聚故

風多何以故秋熱多以萬物成熟故熱多何以故冬有風有寒以萬物終亡熱去故有風寒三月四月五月六月七月得卧何以故風多故身放八月九月十月十一月十二月正月二月不得卧何以故寒多故身縮春三月有寒不得食麥豆宜食秔米醍醐諸熱物夏三月風不得食芋豆麥宜食秔米乳酪秋三月有熱不得食秔米醍醐宜食細米麨蜜稻黍冬三月有風寒陽與陰合宜食秔米胡豆羹醍醐有時卧風起有時滅有時卧火起有時滅有寒起有時滅人得病有十因緣一者久坐不飯二者食無貸三者憂愁四者疲極五者婬泆六者瞋恚七者忍大便八者忍小便九者制上風十者制下風從是十因緣生病佛言有九因緣命未當盡爲橫盡一不應飯爲飯二爲不量飯三爲不習飯四爲不出生五爲止熟六爲不持戒七爲近惡知識八爲入里不時不如法行九爲可避不避如是九因緣人命爲橫盡不應飯爲飯謂不可意飯亦謂不隨四時食亦爲已飯復飯是爲不應飯爲飯不量飯者謂不知節度多食過足是爲不量飯者不習飯者謂不時食若至他郡國不知俗宜飯食未習不稍稍飯是爲不習飯不出生者謂飯物未消復上飯若服藥吐下不盡便食來是爲不出生止熟者謂大便小便來時不即時行噫吐下風來時制是爲止熟不持戒者謂犯五戒現世閒盜犯他人婦女者便入縣官或刻或死或得梏榜壓死若餓死或得脱外從怨家得首死或驚怖憂愁死是爲不持戒近惡知識者謂他人作

惡便來及人何以故不離惡知識故惡人不計當坐之是爲近惡知識入里不知時不如法行者謂晨暮行亦有魍魎諍鬬者若有長吏追捕而不避若入他家舍妄視不可視妄聽不可聽妄犯不可犯不可念是爲入里不知時不如法行爲可避不避者謂弊牛馬狾狗蚖虵蟲水火坑穽犇車馳馬拔刀醉人惡人亦餘若干是爲可避不避如是九因緣人命未盡爲盡黠人當識是當避是巳避得兩福一者得長壽乃得聞道好語亦得久行道

佛言有四飯一爲子飯二爲三百矛斫飯三爲皮革蟲生出飯四爲災飯子飯者謂人貪味食肉時便自校計念是肉皆我前世時父母兄弟妻子親屬亦從是不得脫生死巳得是意便止貪是爲子飯三百矛斫飯者謂飯隨味念復念其殃無有數能不念味便得脫又矛斫人爲亡身巳生念復念有若干受苦爲三百矛斫飯皮革蟲生出飯者謂人念味亦一切萬物憂家中事便穿人意意作萬端爲出去是爲皮革蟲生飯災飯者謂一生死行皆爲災飯如火燒萬物人所行皆當來腦身劇火燒萬物故言災所以言飯者謂人所可意念人故言飯也人食肉譬如食其子諸畜生皆爲我作父母兄弟妻子不可數亦有六因緣不得食肉一者莫自殺二者莫教殺三者莫與殺同心四者見殺五者聞殺六者疑爲我故殺無是六意得食肉不食者有六疑人能不食肉者得不驚怖福佛言食多有五罪一者多睡眠二者多病三者多婬四者不能諷誦經五者多著世間何以故人貪婬

人知色味瞋恚知横至味癡人知飯食味律經説人貪味味復味復生不得美味佛言一食者爲欲斷生死亦墮貪不能行道爲得天眼自知所從來生去至何所人不念死多食常念婦人皆墮百四十惡中夭皆用飯故犯十惡後生便失人形墮畜生中既得作人飢渴血出瞋恚傍生於愛内生於貪佛説有大福自飢以飯與人令人得命是爲大福後生饒飲食乏瞋恚亦無所施亦不得但意恣貪婬亦無所施但得意恣非我所有一錢以上不得取故作貪欲空自苦作罪道人不有憂愁憂隨怒愁隨貪我輩有死歲有死月有死日有死時亦不知亦不畏亦不行道亦不持戒東走西走憂銅憂鐵憂田宅奴婢但益人惱增人苦爲種畜生習佛言人治生譬如蜂作蜜採取衆華勤苦積日已成人便攻取去唐自苦不得自給人求是念是憂有憂無飢渴勤苦合聚財物未死憂五家分或水火盜賊縣官病痛多不如意已死他人得之身當得其罪毒痛不可言五分者一者火分二者水分三者盜賊分四者縣官分五者貧昆弟分何爲無憂所有人不計是五分憂苦劇不棄是憂苦有萬端結在腹中離道遠法人法生價作得利不當喜不得利亦不當憂是皆前世宿命所致人有貪貪便不得利正使得一天下財物亦不能猛自用之亦不隨人去但益人結但有苦惱但種後世緣因緣因如火如火無所不燒我輩不覺是黠不敢妄採知爲增苦種罪

佛説佛醫經

惟日雜難經

吳優婆塞支謙譯

初受道遮利菩薩遮利者爲受行轉上至阿惟越致阿惟越致者爲不復轉心次爲菩夷菩薩一爲飛行菩薩次爲作佛菩薩一名度士亦爲道人菩薩行亦出十二門斷三惡道故在十方佛前生不在第十天上須陀洹亦出十二門斷三惡道生第十天上俱出十二門所以不同處生者須陀洹十六意菩薩行三十四意用是故不同處生菩薩行三十四意謂四諦十六意十八行不共合爲三十四意菩薩行三十四意一切能制阿羅漢行十六意菩薩力多悉以制說須陀洹至阿羅漢見對乃而斷坐行三十四意已足便得佛十六意意從第一上至十六各自所部四禪亦爾菩薩精進行二十劫可得佛用有三意故不得佛何等爲三有佛意有辟支佛意有阿羅漢意用是三意故不得佛要爲隨多得之意在佛多得佛在辟支佛多得辟支佛在阿羅漢多得阿羅漢如秤隨重者得之人有居家得阿羅漢阿那含斯陁含須陀洹者亦有得阿惟越致菩薩者所以棄家行入山有四因緣一者恐人言菩薩婬泆何故得道二者金輪王亦皆棄國三者魔當來嬈害菩薩四者求佛道不居家得已受莂菩薩斷新受故精進行要百劫得佛其不精進者久能得不得斯無有限受莂菩薩償故不起造新謂從受莂以來償前世亦現世未受戒時所罪無數劫罪亦皆償之從受莂菩薩下至須陀洹皆有宿罪有時與故罪相逢因隨往生道意

便薄若有人説深經意即解罪福如示意如不復生謂人不復作罪故即畀菩薩受莂百劫便得佛釋迦文佛所已九十一劫者用精進故得九十劫譬喻如人明日當發行千里今日先行九十里計其道里同等當百劫人從九十一劫數阿惟越致菩薩作相乃成百劫因具不過百劫未得阿惟越致菩薩行相不成人起一道意其德勝十萬劫惡何等爲道意念在四諦是爲道意惡譬如冥道意譬如明如日出天下冥稍滅諸菩薩聞是語皆歡喜大言南無佛起一善意得百劫福菩薩持身餧飢虎不百劫九十一劫便作佛者用不覺痛若滅九劫菩薩已起意欲爲自身咄亦咄他人身是爲兩咄佛爲菩薩時不爲他人咄當爲何因緣説爲咄他名爲念時即自亂是苦不可竟自受是自咄行殃亡福地爲是故他人復説誦久殃蓋善本是爲自咄不知不見當那見他人道已咄他人爲意却揲身從是因緣爲兩咄今現世不安他人亦自身從是因緣咄道人知如是毒起可制人在生死爲久殃毒起爲蓋善本

菩薩有五法行一者早起二者待時三者不犯人四者常念五者反覆何等爲早起謂精進念道何等爲待時謂須有所與者到若善意來便當與之即行何等爲不犯人謂一切能饒人何等爲常念謂欲使人得利有縣官欲使解有病者欲使愈貧欲與布施何等爲反覆從人受一錢物欲償百倍千倍是爲反覆菩薩與生死會無生死事有生死意阿羅漢斷世間亦斷意菩薩斷世間不斷意所以

不斷意當得佛道度世間人故菩薩畏世間事論不犯故斷世間事菩薩斷生死意不斷生死事謂在世間所作但不作惡耳菩薩但斷五情不斷意何以故菩薩意與生死合故不斷意欲度十方人故菩薩所以布施持戒出家智慧精進忍辱至誠勇念善願望持是十事得佛智慧菩薩生貧家當持戒在富家當布施在豪家當忍辱在山中當禪定菩薩所以四意止七覺意已得四意止便得七覺意菩薩出行道見四證一者見老二者見病三者見死四者見苦見促急故行道人彐趣死何故不畏臨死時何以故畏期到故菩薩已得佛道便說四諦何以故說四諦有四因緣一者用未曾聞故二者用禪故三者用得眼故四者用得慧故用老病死憂不得出大獄故說四諦

菩薩說經有四因緣一者國王喜二者人所樂三者意受四者時何等爲時謂人喜向時

菩薩自校計何因緣得苦思念從生得何緣得生從行得何因緣得行從癡得何因緣得癡從受得何因緣得受從受得不受亦不得

菩薩視百劫如一宿何以故世間人不能忍病一日菩薩耐痛百劫譬如人一日病有時行道一日其福百劫未盡故言視百劫如一宿有時菩薩轉行說經意不在生死視百劫如一宿菩薩未得佛道用三事一者不與善人相逢二者欲所作無有因緣示物三者不校計是非坐是事故未得道菩薩坐三事不得佛道一者在世間久不覺故二者不得善知識故三者亂意不滅盡故菩薩坐三事不

得道一者不聞二者不息意生三者無善知識菩薩亦入罪亦出罪意隨世間爲入罪意在世間爲癡出世間爲慧菩薩有二願一者願令我卧安隱謂不念婬泆二者願令我行安隱謂不念嫉瞋恚愚癡是爲二願菩薩在福憎福在罪守罪俱有罪福要不可離但當識菩薩不識宿命不得佛何以故不識罪犯惡故菩薩不作三惡道行俱償三惡道罪畢乃得阿惟越致菩薩能計三惡罪道多少滿百劫乃得佛菩薩已受莂九十八結悉有但薄耳何以故悉在菩薩行中四等心憂念十方五道欲令解脱投餧餓虎肉與鷹自衒活人當滿功成相結未悉除得佛乃斷菩薩能持妻子斷頭與人乃爲得何等意有是二因緣一者自念我不欲令人瞋恚二者與之令其人得定意不與者令其人亂意貪婬有罪瞋恚罪重恐其人瞋恚故持頭妻子與之菩薩持身飼餓虎斷頭與人有三因緣一者計身會當棄捐持用布施爲行福二者譬如報怨怨家死歡喜菩薩知一切惡從身生若干苦湛皆從身得已計如是便不欲見身如怨家以是故不愛三者欲精進滿功德疾得道故菩薩持頭眼妻子與人一者眼不著色爲脱眼頭與人者謂惡起便止是爲斷頭妻與者爲除貪婬瞋恚愚癡道行有二事一爲校二爲計校爲輕重計爲多少菩薩受莂百劫常一劫作沙門九十九劫作白衣菩薩持妻子與人時見插之但計骨肉不計是我故與之菩薩求佛當如佛法行之當從三十二物得所行如法不可敗相不得佛道菩薩有一

悲意勝禪百倍菩薩在世間有三道分但不墮三道何故人中天上牽多三道不而得故不復墮三道身口意三事盡三道亦盡菩薩離五道常有黠福人死時要有五道分菩薩復黠分即知念遠近菩薩知分在須陀洹斯陀含分不在阿那含何以故不復還故一佛界有三千大千天地人生死遍其天地間無有如髮不在其中無所不作獨未作阿惟越致斯陀含耳餘悉更無數

佛爲菩薩時有是意生爲何等行因緣現在得福極如是更得宿命意爲從是三行布施從制從合聚布施有二輩一爲法施二爲物施守身口識爲御守意爲合聚亦從布施因緣得解斷貪從制爲斷瞋恚亂意從合聚自守爲斷癡從布施亦得正意從制得正語從合聚得意行安隱從布施見布施福從制說念福從合聚說意福菩薩所以布施者所在五道常饒樂與凡人有異輙得作王智慧常有慈心但畢罪不復更作雖在罪無作罪人間亦爾菩薩與妻子共居年二十五一日生三十一月年三十日百日年五十二歲菩薩但禁惡不禁家名亂意者爲罪不安隱遠避去無亂意爲福雖在家譬如在獄中但當覺罪不復便所生在樂處故爲菩薩人求道不忍辱不能耐便得須陀洹佛前世菩薩言佛道難得一語減四十劫以身餧餓虎出衆菩薩前九劫爲須大拏受剝一切精進行道一切得佛有婦不得佛道菩薩在家時有妻何以故得佛用棄妻子六年故乃得佛道菩薩計妻子是怨家何以故與人苦益人惱亂人

意增人罪以隨貪愛便不見道以是故爲怨家見妻子當如見怨家意莫隨貪愛意起即覺是爲覺意所有財物自身亦爾天上天下十方一切有火何以故有火已菩薩娶婦有四因緣一者宿命同福二者畢罪三者應當共生男女四者黠人娶婦疾得道無是四事亦不娶婦爲菩薩道念欲斷十方天下人三毒是故得佛道或有行道但欲自斷三毒故得阿羅漢菩薩自壞癡亦復壞十方人癡阿羅漢自壞癡不壞餘人癡菩薩多覺多教人令得行道是爲壞人癡憂念十方天下人是爲行菩薩道但自憂身不念十方人是爲阿羅漢道菩薩壞惡阿羅漢不壞惡菩薩教人經戒令隨道法是爲壞惡羅漢自守故言不壞惡菩薩自斷苦亦復斷十方人苦是爲得

佛道羅漢自斷苦而不斷人苦故得羅漢行菩薩道所以轉得羅漢者意念佛道生死不可數所作悉當得之意計是難轉阿羅漢復計阿羅漢不復償罪不復生死直取度世去用是故轉向阿羅漢無是意無死轉不避苦要當得佛道菩薩阿羅漢皆從三十七品經行所以得佛者特有四意菩薩所常行何等爲四一者幸得佛業值佛識我身要當如佛治二者常持悲意向十方從悲意盡力未曾離當脱十方人非人三者本上頭願佛意不轉四者願在世間求道護戒教人增慧待期有是四意故得佛無是四意故得阿羅漢佛等意故無有兩道隨意行得耳隨愛便爲在五道不得脱便有老病死憂爲苦共合意不隨貪愛爲持水滅火已隨貪愛爲持薪增火

當諦計隨諦得道菩薩娶婦有四因緣一者恐人言不能得婦故學道二者恐人言孤獨無妻子故學道三者宿命本根未盡四者惡知識勸令娶婦故菩薩亦斷五陰亦不斷何等爲斷謂斷五盛陰十二因緣不斷者菩薩在經行因緣隨道是爲不斷菩薩冀罪畢得道菩薩有四無所畏一者不取人錢二者不犯他人婦女三者不兩舌四者不嫉妬菩薩斷三惡道尚在但不墮中耳菩薩未起三毒佛時無有三毒得因緣乃有三毒菩薩坐禪六年臨當得道三毒俱起婬怒癡使意念調達得我婦耶爲勝我耶當復得我財産意適生即時息念我從無數劫已來斷是三惡何以故復念使滅即得道菩薩坐禪六年日食一米一麻有四因緣一者斷貪二者畢罪三

者見不饑四者止飢意了不食謂人饑得道恐人自饑死菩薩坐行道六年日食一米一麻入水浴躃地而不起天因按樹枝令低即牽之始起菩薩坐樹下六年蟲豸蚩蚊寅不嬈者有四因緣一者本從無數世不殺生二者行等心三者諸天鬼神護四者道力強亦爲處淨菩薩有四不戢一者布施不戢二者聞經不戢三者清淨不戢四者作功德不戢菩薩始出家行學道諸大人謂菩薩令太子居家何故去太子報言我用三苦故去耳何等爲三苦謂老病死大人復言老病死事常耳何爲去太子言得一病常不喜當那何常菩薩生墮地行七步止住舉右手言我爲天上天下師止不復行菩薩爲太子時行學書到師舍師問言欲學何等太子言我欲學六十

種書師問言六十種書皆何等太子便爲師
次第說師言我但知一種書不能悉知餘書
太子言如師所知教我已受師教便言是少
兩字師更從受兩字師言太子所知乃爾何
爲從我學太子言雖爾當有師法菩薩始出
家行百里解身上衣被珍寶付車匿持歸白
馬揵陟淚出舐足車匿言莫使有如是人願
者太子報言天下癡無有如汝輩者何以故
世間但有老病死憂苦當願何等如囚在獄
中誰有樂者當尚未離是而復更願當何時
脫譬如獵客網中兔得脫寧復念還入網中
不念得脫如兔脫網終不還歸我在家時念
是日久亦從無數劫以來有是意非獨今日
所致也菩薩生已七日其母終者有四因緣
一者用懷菩薩故天來占視與飯食二者如

生死法常禮母以菩薩尊故母七日終三者
其母宿命自應爾四者譬如人有功當封便
上天生菩薩未得佛道時有五夢一者以須
彌山作枕二者以地爲牀三者以手蓋海水
四者天下皆有屎行其上不汙足五者心前
生一樹上至二十七天夢枕須彌者天上天
下尊無過佛者以地爲牀者佛身長能上至
二十八天以手蓋海水者諸欲說經道無有
勝佛者行屎上不汙足者天下愛欲無能汙
佛心者心前生樹者佛語上聞第二十七天
上菩薩隨女人有四因緣一者勸女人精進
二者亦欲使女人隨行三者從過去無數世
餘罪相逢故四者宿命願欲教女人諸天試
菩薩有三因緣一者當得佛不得有所貪惜
二者設菩薩起意便謂言卿當得佛道何故

反爾菩薩從是增精進三者得佛當相度故往試之菩薩行六波羅蜜阿羅漢亦行是六事所以相不成者阿羅漢但有檀無有波羅蜜檀者謂與布施波羅爲度生死蜜爲無有極阿羅漢但一切布施不願度十方故但有檀菩薩欲度十方人非人故爲有波羅蜜六事皆爾佛爲菩薩時願欲飯佛以小豆五枚著佛應器中其一枚墮地後得作金輪王八十世所主四天下地者得四豆福故其豆不入器中復得上天生八月以是故有檀波羅蜜菩薩布施法物與人佛意隨物行念令受者安隱若意生念欲得福便念飢寒貧窮者當用與皆令安隱是爲道法布施與一錢物勝十千萬復不施與少勝多者用有道意令安隱故若人命欲絶時意在非常苦空非身便得阿惟越致爲受莂若本求阿羅漢便得阿那含四非常意難致所以得者有本世精進行故菩薩在樹下坐禪有一烏一鴿一虵自相問何等爲苦烏言飢最爲苦何以知爲苦飢不能行亦不能有所作人坐飢餓死以是知飢爲苦鴿言婬色爲苦何以故知色爲苦人意念色無有終極人皆坐色死以是知色爲苦虵言獨瞋恚爲苦何以故知瞋恚爲苦人瞋恚無所避欲自殺亦欲殺人故知瞋恚爲苦菩薩言我曹各説一事當復爲汝説一事因言獨不生無有苦耳有身無有不苦行者是譬在菩薩百八愛行中菩薩未得佛道時有五師一爲尼揵二爲莫乾三爲阿夷四爲羅乾五爲羅和乾說經法不得受禮菩薩買一偈五百萬者買有三輩一爲第買六二

爲反復買三爲賞賜買菩薩念恩故賞賜受者亦無罪菩薩所行法當呪願十方人民復言當定意一心者自意不定亦不而呪願何以故用意在生死故自意不定亦不能意定人意

曇摩爲法阿昌爲當來薩爲常波輪爲淚出阿無陀爲命不可數薩波輪菩薩常悲淚出

有四因緣一者不能解經意二者從因緣得道人亦不知三者念十方人四者自念欲過度十方當何時得佛菩薩語言當持黠慧持意知起滅道行無爲但當守意行三十七品經所以復布施持戒者菩薩哀人故疾斷生死亦福未滿所以布施後世不欲墮貧家墮貧家無所有便墮惡因緣墮富家者意安隱不隨奸惡以是故布施所以持戒者長壽乃得行道不長不得行道何以故或壽十歲未有所知便壽盡以是故持戒不殺便得長壽所以不盜者時念其主覺知當撾打有是惡意當復得其殃以是故不盜所以不兩舌者何佛道至誠兩舌爲不隨道後爲衆人所不信於今可見是爲惡以是故不兩舌所以不婬者何譬如東向視不見西意在婬不隨道以是故不婬所以不飲酒者何醉便惡口兩舌妄作非法設人善能尙自亂意以是故不飲酒菩薩辤親行作沙門父母言汝所爲顛倒菩薩道當爲十方人求願令解脱今反近令父母得憂是爲何等菩薩報言我有憂故父母有憂我得道便無憂父母亦無憂譬如親屬有憂身亦憂之復譬如兩人倶行一人有憂身亦復憂子憂不解故令父母憂子以

得道父母便脱於憂

使維摩羅達達女子告文殊師利菩薩若文殊師利第一深隨行爲菩薩已莂是爲從因緣深絶無有人隨因緣行如是因緣亦不來亦不去亦不眼中可觀亦不可意觀亦不可識亦不可行因緣若深深絶當爲無所有無所屬文殊師利菩薩便報本要爲深是爲深維摩羅達達復報言以無有本爲無有要如是爲文殊師利爲黠不黠文殊師利復報言是事云那當説何等維摩羅達達復報言有説已過去文殊師利復報言如未覺行不可生死見文殊師利便止不復語汝菩薩維摩羅達達一名爲出垢問舍利曰爲悲哀我故舍利曰黠第一黠卿所黠爲有共有者當爲空爲妄爲妄言若無有已無有不生已不生爲不共會若有是舍利曰無有黠有菩薩字

恕須蜜難一阿羅漢經阿羅漢不爲解便一心生意上問彌勒已問便報恕須蜜言卿所問事次第爲解之恕須蜜覺知便詰阿羅漢卿適一心上問彌勒耶阿羅漢實然一心上問有三因緣一者意意相知二者化身問三者先世所行聞即便解

恕須蜜菩薩事師三諷經四阿含當持華散師上語師言我已諷四阿含經師忘不能復識恕須蜜復自思惟我欲合會是四阿含中要語作一卷經可於四輩弟子説之諸道人聞經皆歡喜大來聽問不而得坐禪諸道人言我所聽經者但用坐行故今我悉以行道不應復問經但當捨去恕須蜜知其心所念因以手著火中不燒言是不精進耶便於大

石上坐有行道當於輭坐惒須蜜言我取石跳一石未墮地便得阿羅漢已跳石便不肯起天因於上牽其石不得令墮言卿求菩薩道我曹悉當從卿得脫却後二十劫卿當得佛道莫壞善意中有未得道沙門言是惡人不當令在國中轉書相告惒須蜜遣人求書書反言此好人而教化開人意不欲自貢高但畏惡人墮罪復欲過度十方人道意如恒邊沙譬喻佛國如來無有著正覺我所説當爲一切十方菩薩亦不中意爲妄到得無有過諦佛得亦所菩薩行四種從得淨當爲疾得何等爲四種第一爲人淨第二爲法淨第三爲可淨第四爲意淨在佛國故淨如是爲四淨爲疾淨得亦所菩薩四多可法當爲疾得何等爲四愛身愛口愛意愛止是爲四多

愛法爲疾得亦爲四持向人爲疾得深忍辱持向人爲疾得所人知善相持向人行福知持向爲人疾得是爲四持向人疾得使善弟子舍利曰如佛意中念爲問所欲所念爲菩薩淨行無有異慧

南方有諸菩薩城周匝萬六千里中有最尊菩薩字文殊師利教授諸已得佛不可勝數其德十倍曇摩阿偈菩薩城皆七寶曇摩阿偈菩薩所居城周匝萬六千里地皆七寶在北方諸菩薩中有一菩薩字薩惒樓其德次曇摩阿偈菩薩

佛有十八不共者從初得無上等覺至得度世無有餘泥洹闇至竟第一如來行無有失第二如來行無有漏第三如來行意不忘意第四如來行不離定意第五如來行不轉第

六如來行無盡礙觀第七如來行欲意悉成第八如來行精進無有減第九如來行念不中止第十如來行定無有捐第十一如來行慧無有等第十二如來行度世解脫觀無有餘第十三如來行知過去法無有量第十四如來行知當來無有極第十五如來行知現在無有過第十六如來行有遍慧身所轉悉知第十七如來行有利慧所說不離識第十八如來行有散慧竟離覺是爲十八不共法

惟日雜難經

音釋

秔 音庚不黏稻也 麨 楚絞切乾糧也 棓 蒲講切木杖也 餧 紆瑞切飤也 撐 直庚切拄也 蠡 音螺 惒 音和

雜寶藏經

元魏沙門吉迦夜共曇曜譯

清刻龍藏佛說法變相圖

雜寶藏經卷第一

元魏沙門吉迦夜共曇曜　譯

十奢王緣第一

昔人壽萬歲時有一王號曰十奢王閻浮提王大夫人生育一子名曰羅摩第二夫人有一子名曰羅漫羅摩太子有大勇武那羅延力兼有扇羅聞聲見形皆能加害無能當者時第三夫人生一子名婆羅陀第四夫人生一子字滅怨惡第三夫人王甚愛敬而語之言我今於爾所有財寶都無悋惜若有所須隨爾所願夫人對言我無所求後有情願當更啓白時王遇患命在危惙即立太子羅摩代已為王以自結髮頭著天冠儀容軌則如王者法時小夫人瞻視王病得小瘳瘥自恃如此見於羅摩紹其父位心生嫉妬尋啓於

王求索先願願以我子爲王廢於羅摩王聞是語譬如人噎既不得咽又不得吐正欲廢長已立爲王正欲不廢先許其願然十奢王從少已來未曾違信又王者之法法無二語不負前言思惟是已即廢羅摩奪其衣冠時弟羅漫語其兄言兄有勇力兼有扇羅何以不用受斯恥辱兄答弟言違父之願不名孝子然今此母雖不生我我父敬待亦如我母弟婆羅陀極爲和順實無異意如我今者雖有大力扇羅寧可於父母及弟所不應作而欲加害弟聞其言即便默然時十奢王即徙二子遠置深山經十二年乃聽還國羅摩兄弟即奉父勑心無結恨拜辭父母遠入深山時婆羅陀先在他國尋召還國以用爲王然婆羅陀素與二兄和穆恭順深存敬讓既還

國已父王已崩方知已母妄興廢立遠擯二兄嫌所生母所爲非理不向拜跪語已母言母之所爲何期悖逆便爲燒滅我之門户向大母拜恭敬孝順倍勝於常時婆羅陀即將軍衆至彼山際留衆在後身自獨往當弟來時羅漫語兄言先恒稱弟婆羅陀義讓恭敬今日將兵來欲誅伐我之兄弟兄語婆羅陀言弟今何爲將此軍衆弟白兄言恐涉道路逢於賊難故將兵衆用自防衛更無餘意願兄還國統理國政兄答弟言先受父命遠徙來此我今云何輙得還反若專輙者不名仁子孝親之義如是慇懃苦求不已兄意確然執志彌固弟知兄意終不可迴尋即從兄索得革屣惆悵懊惱齎還歸國統攝國政常置革屣於御座上日夕朝拜問訊之義如兄無

異亦常遣人到彼山中數數請兄然其二兄以父先勑十二年還年限未滿至孝盡忠不敢違命其後漸漸年歲已滿知弟慇懃屢遣信召又知敬屣如已無異感弟情至遂便還國既至國已弟還讓位而與於兄兄復讓言父先與弟我不宜取弟復讓言兄為嫡長負荷父業正應是兄如是展轉互相揖讓兄不獲已遂還為王兄弟敦穆風化大行道之所被黎元蒙賴忠孝所加人思自勸奉事孝敬婆羅陀母雖經大惡都無怨心以此忠孝因緣故風雨以時五穀豐熟人無疾疫閻浮提內一切人民熾盛豐滿十倍於常

王子以肉濟父母緣第二

如是我聞一時佛在舍衛國爾時阿難著衣持鉢入城乞食見一小兒有盲父母乞索得好食者供養父母麤者便自食之阿難白佛言世尊此小兒者甚為希有乞得好食用奉父母擇麤惡者而自食之佛言此未為難我過去世中供養父母乃極為難阿難白佛言世尊過去之世供養父母其事云何佛言乃往過去有大國王統領國土王有六子各領一國時有一大臣名羅睺求計謀興軍殺彼大王及其五子其第六小子先有鬼神來語之言汝父大王及諸五兄悉為大臣羅睺求之所殺害次欲到汝王子聞已即還家中婦見王子顏色憂悴不與常同而問夫言汝何以爾夫答婦言男子之事不得語汝婦言王子我今與汝生死共同有何急緩而不見語夫答婦言適有鬼神來語我言汝父大王及與五兄悉為他殺次來到汝以是憂懼莫知

所適夫婦作計即共將兒逃奔他國將七日粮計應達到惶怖所致錯從曲道行經十日猶不達到粮食乏盡困餓垂死王子思惟三人倂命苦痛特劇寧殺一人存二人命即便拔劒欲得殺婦兒顧見父合掌白言願父今者莫殺我母寧殺我身以代母命父用兒語欲殺其子子復白言莫斷我命若斷我命肉則臭爛不得久停或恐其母不得前達不斷我命須臾則割日日稍食未到人村餘在身肉唯有三臠子白父母此肉二臠父母食之餘有一臠還用與我擲兒放地父母前進時釋提桓因宮殿震動便即觀之是何因緣見此小兒作希有事即化作餓狼來從索肉小兒思惟我食此肉亦當命盡不食亦死便捨此肉而與餓狼釋提桓因即化作人語小兒言汝今割肉與汝父母生悔心不答言不悔又言汝今苦惱誰當信汝不生悔心小兒於是即出實言我若不悔身肉還生平復如故若有悔者於是即死作此言已身體平復與本無異釋提桓因即將其子并其父母使得一處見彼國王心大悲喜愍其至孝歎未曾有即給軍衆還復本國釋提桓因即漸擁護作閻浮提王爾時小兒我身是也爾時父母今日父母是也佛言非但今日讚歎慈孝於無量劫常亦讚歎諸比丘白佛言世尊過去世中供養父母其事云何佛言昔迦尸國王土界之中有一大山中有仙人名睒摩迦父母年老兩眼俱盲常取好果鮮華美水以養父母安置閑靜無怖畏處凡有所作擧動行止先白父母白父母已便取水去時梵摩達

王遊獵而行見鹿飲水挽弓射之藥箭誤中睒摩迦身被毒箭已高聲唱言一箭殺三人斯痛何酷甚王聞其聲尋以弓箭投之於地便即往看誰作此言我此山中有仙人名睒摩迦慈仁孝順養盲父母舉世稱歎汝今非睒摩迦耶答言我即是也而白王言今我此身不計苦痛但憂父母年老目冥父今飢困無人供養耳王復問言汝盲父母今在何許睒摩迦指示王言在彼草屋中王即至盲父母所睒摩迦父時語婦言我眼瞤動將非我孝子睒摩迦有衰患不歸復語夫言我乳亦惕惕而動將非我子有不祥事不時盲父母聞王行聲索索心生恐怖非我子行爲是誰也王到其前唱言作禮盲父母言我眼無所見爲是誰禮答言我是迦尸國王時盲父母命王言生我子若在當以好華果奉上於王我子朝往取水逮晚久待不來王便悲泣而說偈言

我爲斯國王　遊獵於此山　但欲射禽獸
不覺中害人　我今捨王位　來事盲父母
與汝子無異　愼莫生憂苦

盲父母以偈答王言

我子慈孝順　天上人中無　王雖見憐愍
何得如我子　王當見憐愍　願將示子處
得在兒左右　并命意分足

於是王將盲父母往至睒摩迦邊既至兒所搥胷懊惱號咷而言我子慈仁孝順無比天神地神山神樹神河池諸神說偈而言

釋梵天世王　云何不佐助　我之孝順子
使見如此苦　深感我孝子　而速救濟命

時釋提桓因宮殿震動以天耳聞盲父母悲惻語聲即從天下往到其所而語睒摩迦言汝於王所生惡心也答言實無惡心釋提桓因言誰當信汝無惡心也睒摩迦答言我於王所有惡心者毒遍身中即爾命終若我於王無惡心者毒箭當出身瘡便愈即如其言毒箭自出平復如故王大歡喜踊躍無量便出教令普告國內當修慈仁孝事父母睒摩迦從昔以來慈仁孝順供養父母欲知爾時盲父者今淨飯王是爾時盲母者摩耶夫人是睒摩迦者今我身是迦尸國王舍利弗是時釋提桓因摩訶迦葉是

鸚鵡子供養盲父母緣第三

佛在王舍城告諸比丘言有二邪行如似拍毱速墮地獄云何爲二一者不供養父母二者於父母所作諸不善有二正行如似拍毱速生天上云何爲二一者供養父母二者於父母所作衆善行諸比丘言希有世尊如來極能讚歎父母佛言非但今日於過去世雪山之中有一鸚鵡父母都盲常取好華果先奉父母爾時有一田主初種穀時而作願言所種之穀要與衆生而共噉食時鸚鵡子以彼田主先有施心即常於田採取稻穀以供父母是時田主案行苗稼見諸虫鳥揃穀穗處瞋恚懊惱便設羅網捕得鸚鵡鸚鵡子言田主先有好心施物無悋由是之故我敢來採取稻穀如何今者而見網捕且田者如母種子如父實語如子田主如王擁護由已作是語已田主歡喜問鸚鵡言汝取此穀竟復爲誰鸚鵡答言有盲父母願以奉之田主

答言自今已後常於此取勿復疑難佛言鸚鵡樂多果種田者亦然爾時鸚鵡我身是也爾時田主舍利弗是爾時盲父淨飯王是爾時母者摩耶是也

棄老國緣第四

佛在舍衛國爾時世尊而作是言恭敬宿老有大利益未曾聞事而得聞解名稱遠達智者所敬諸比丘言如來世尊而常讚歎恭敬父母耆長宿老佛言不但今日我於過去無量劫中恒恭敬父母耆長宿老諸比丘白佛言過去恭敬其事云何佛言過去久遠有國名棄老彼國土中有老人者皆遠驅棄有一大臣其父年老依如國法應在驅遣大臣孝順心所不忍乃深掘地作一密屋置父著中隨時孝養爾時天神捉持二蛇著王殿上而作是言若別雄雌汝國得安若不別者汝身及國七日之後悉當覆滅王聞是已心懷懊惱即與群臣參議斯事各自陳謝稱不能別即募國界誰能別者厚加爵賞大臣歸家往問其父父答子言此事易別以細軟物停蛇著上其躁擾者當知是雄住不動者當知是雌即如其言果別雄雌天神復問言誰於睡者名之爲覺誰於覺者名之爲睡王與群臣復不能辯復募國界無能解者大臣問父此是何言父言此名學人於諸凡夫名爲覺者於諸羅漢名之爲睡即如其言以答天神又復問言此大白象有幾斤兩君臣共議無能知者亦募國內復不能知大臣問父父言置象船上著大池中畫水齊船深淺幾許即以此船量石著中水沒齊畫則知斤兩即以此

智以答天神又復問言以一掬水多於大海誰能知之君臣共議又不能解又遍募問都無知者大臣問父此是何語父言此語易解若有人能信心清淨以一掬水施於佛僧及以父毋急厄病人以此功德數千萬劫受福無窮海水極多不過一劫推此言之一掬之水百千萬倍多於大海即以此言用答天神天神復化作餓人連骸拄骨而來問言世頗有人飢窮瘦苦劇於我不君臣思量復不能答臣復以狀往問於父父答言世間有人慳貪嫉妬不信三寶不能供養父毋師長將來之世墮餓鬼中百千萬歲不聞水穀之名身如大山腹如大谷咽如細針髮如錐刀纏身至脚舉動之時肢節火然如此之人劇汝飢苦百千萬倍即以斯言用答天神天神又復化作一人手脚杻械項復著鎻身中火出舉體燋爛而又問言世頗有人苦劇我不群臣言爾無知答者大臣復問其父父即答言世間之人不孝父毋逆害師長叛於夫主誹謗三尊將來之世墮於地獄刀山劒樹火車爐炭陷河沸屎刀道火道如是衆苦無量無邊不可計數以此方之劇汝困苦百千萬倍即如其言以答天神天神又化作一女人端正瓌瑋踰於世人而又問言世間頗有端正之人似我者不君臣默然無能荅者臣復問父父時答言世間有人信敬三寶孝順父毋好施忍辱精勤持戒得生天上端正殊特過於汝身百千萬倍以此方之如瞎獼猴復以此言以答天神天神又以一梅檀木方之正等又復問言何者是頭若臣智力無能答者臣

又問父其父答言易知放著水中根者必沉尾者必舉即以其言用答天神天神又以二白騲馬形色無異而又問言誰母誰子君臣亦復無能答者復問其父其父答言與草令食若是母者必推草與子如是所問悉皆答之天神歡喜大遺國王珍奇財寶而語王言汝今國土我當擁護令諸外敵不能侵害王聞是已極大踊悅而問臣言為是自知有人教汝賴汝大智國土獲安既得珍寶又許擁護是汝之力臣答王言非臣之智願施無畏乃敢具陳王言設汝今有萬死之罪猶尚不問況小罪過臣白王言國有制令不聽養老臣有老父不忍遺棄冒犯王法藏著地中臣來應答盡是父智非臣之力唯願大王一切國土還聽養老王即歎美心生喜悅奉養臣父尊以為師濟我國家一切人命如此利益非我所知即便宣令普告天下不聽棄老仰令孝養其有不孝父母不敬師長當加大罪爾時父者我身是也爾時臣者舍利弗是爾時王者阿闍世是爾時天神阿難是也

佛於忉利天上為母摩耶說法緣第五

佛在舍衛國告諸比丘言我今欲往忉利天上夏坐安居為母說法汝諸比丘誰樂去者當隨我去作是語已即往忉利天上在一樹下夏坐安居為母摩耶及無量諸天說法皆獲見諦還閻浮提諸比丘言希有世尊能為其母九十日中住忉利天佛言非但今日我過去時亦曾為母拔苦惱事時諸比丘而白佛言過去所為其事云何佛言往昔久遠雪山之邊有獼猴王領五百獼猴時一獵師張

網圍捕獼猴王言汝等今日慎勿恐怖我當爲汝破壞彼網汝諸獼猴悉隨我出即時破網皆得解脫有一老獼猴擔兒脚跌墮於深坑獼猴王覓母不知所在見一深坑往到邊覓見母在下語諸獼猴各自勵力共我出母時諸獼猴互相捉尾乃至坑下挽母得出離於苦難況我今日拔母苦難爾時拔免深坑之難今復拔母三惡道難佛告諸比丘拔濟父母有大功德我由拔母世世無難自致成佛以是義故諸比丘等各應孝順供養父母

佛說往昔母迦旦遮羅緣第六

佛時遊行到居荷羅國便於中路一樹下坐有一老母名迦旦遮羅繫屬於人井上汲水佛語阿難往索水來阿難承佛勅已即往索水爾時老母聞佛索水自擔鑵往既到佛所放鑵著地直往抱佛阿難欲遮佛言莫遮此老母者五百生中曾爲我母愛心未盡是以抱我若當遮者沸血從面門出而即命終既得抱佛嗚其手足在一面立佛語阿難往喚其主其主來至頭面禮佛却住而立佛語主言放此老母使得出家若出家者當得羅漢主便即放佛告阿難付波闍波提比丘尼使度出家不久即得阿羅漢道比丘尼中善解契經最爲第一諸比丘疑恠白佛言世尊以何因緣繫屬於他復以何緣得阿羅漢佛言迦葉佛時出家學道以是因故得阿羅漢當於爾時爲徒衆主罵諸賢聖勝尼爲婢以此因緣今屬於他五百生中恒爲我母慳貪嫉妬遮我布施以是因緣常生貧賤非但今日拔其貧賤諸比丘言不審於過去世拔濟貧

賤其事云何佛言過去世時波羅柰國有一貧家母子共活兒恒傭作以供養母得少錢財且支旦夕爾時其子即白母言我今欲與諸賈客等遠行商估其母然可於是發去兒發去後賊來破家劫掠錢財并驅老母異處出賣兒既來還推覓其母即知處所多賷錢財勉贖其母即於本國而爲生活資財滿足倍勝於前爾時母者今迦旦遮羅是爾時兒者我身是也我當爾時以拔母苦

慈童女緣第七

昔佛在王舍城告諸比丘於父母所少作供養獲福無量少作不順獲罪無量諸比丘白佛言世尊罪福之報其事云何佛言我於過去久遠世時波羅柰國有長者子名慈童女其父早喪錢財用盡役力賣薪日得兩錢奉養者母方計轉勝日得四錢以供養於母遂復漸著日得八錢供養於母轉爲衆人之所體信遠近投趣獲利轉多日十六錢奉給於母衆人見其聰明福德而勸之言汝父在時常入海採寶汝今何爲不入海也聞是語已而白母言我父在時恒作何業母言汝父在時入海取寶便白母言我父若當入海採寶我今何故不復入海母見其子慈仁孝順謂不能去戲語之言汝亦可去得母此語謂呼已定便許伴侶欲入海去莊嚴既竟辭母欲去母即語言我唯一子當待我死何由放汝兒答母言先若不許不敢正意母已許我那得復遮望以此身立信而死許他已定不復得住母見子意正前抱脚哭而作是言不待我死何由得去兒便決意自掣手出脚絕母

數十根髮毋畏兒得罪即放使去共諸商賈遂入於海達到寶渚多取珍寶與諸同伴便還發引時有二道一是水道一是陸道衆人皆言從陸道去即從陸道時彼國法賊來劫奪若得商主諸商人物皆入於賊不得商主雖獲財物商主來還盡歸財物以是之故是慈童女恒出營別宿商人早起來迎取之一夜大風商人卒起忘不迎取商主於後即不得伴不識途徑見有一山便往至上遥見有城紺瑠璃色飢渴困乏疾走向之爾時城中有四玉女擎四如意寶珠作倡妓樂而共來迎四萬歲中受大快樂於是自然猒離心生便欲捨去諸玉女言閻浮提人甚無反復若我生活經四萬歲云何一旦捨我而去不顧其言便復前行見頗梨城有八玉女擎八如意珠亦作伎樂而來迎之八萬歲中極大歡樂生猒惡心復捨遠去至白銀城有十六玉女擎十六如意珠如前來迎十六萬歲受大快樂亦復捨去至黄金城有三十二玉女擎三十二如意珠如前來迎又三十二萬歲受大快樂亦欲捨去諸玉女言汝前後所住常得好處自此已去更無好處不如即住聞是語已而自念言諸玉女等戀慕我故作是語耳若當前進必有好處即便捨去遥見鐵城心生疑怪而作念言外雖是鐵内爲極好漸漸前進並近於城亦無玉女來迎之者復作念言城中甚似極大快樂是故不及來迎於我轉轉前行遂入鐵城城門閉已中有一人頭戴火輪捨此火輪著於童女頭上即便出去慈童女問獄卒言我戴此輪何時可脱答

言世間有人作其罪福如汝所作入海採寶經歷諸城久近如汝然後當來代汝受罪此鐵輪者終不墮地慈童女問言我作何福復作何罪答言汝昔於閻浮提日以二錢供養於母故得瑠璃城四如意珠及四玉女四萬歲中受其快樂四錢供養母故得頗梨城八如意珠八玉女等八萬歲中受諸快樂八錢供養母故得白銀城十六如意珠十六玉女十六萬歲受於快樂十六錢供養母故得黄金城三十二如意珠三十二玉女三十二萬歲受大快樂以絶母髮故今得戴鐵火輪不曾墮地有人代汝乃可得脱又問言今此獄中頗有受罪如我比不答言百千無量不可稱計聞是語已即自思惟我終不免願使一切應受苦者盡集我身作是念已鐵輪即墮地慈童女語獄卒言汝道此輪不曾有墮今何以墮獄卒瞋忿即以鐵叉打童女頭尋便命終生兜率陀天欲知爾時慈童女者即我身是諸比丘當知於父母所少作不善獲大苦報少作供養得福無量當作是學應勤盡心奉養父母

蓮華夫人緣第八

佛在舍衛國告諸比丘若於父母若復於佛及弟子所起瞋恚心此人爲墮黒繩地獄受苦無量無有邊際諸比丘問佛言世尊敬重父母若於父母不生敬重作少不善其事云何佛言過去久遠無量世時雪山邊有一仙人名提婆延是婆羅門種婆羅門法不生男女不得生天此婆羅門常石上小行便有精氣流墮石宕有一雌鹿來舐小便處即便有

娠日月滿足來詣仙人窟下生一女子華裹其身從毋胎出端正姝妙仙人知是己女便取畜養漸漸長大既能行來脚跆地處皆蓮華出婆羅門法夜恒宿火偶值一夜火滅無有走至他家欲從乞火他人見其跡跡有蓮華而便語言繞我舍七帀我與汝火即繞七帀得火還歸值烏提延王遊獵見彼人舍有七重蓮華恠而問言爾舍所以有此華也即答王言山中梵志女來乞火彼女足下生此蓮華尋其脚跡到仙人所王見是女端正姝妙語仙人言與我此女便即與之而語王言當生五百子王遂立爲夫人五百婇女中最爲上首王大夫人甚妬鹿女而作是言王今愛重若生五百子倍當敬之其後不久生五百卵盛著篋中時大夫人捉五百麵段以代

卵處即以此篋封蓋記識擲恒河中王問夫人言爲生何物答言純生麵段王言仙人妄語即下夫人職更不見王時薩耽菩王在於下流與諸婇女遊戲河邊見此篋來而作是言此篋屬我諸婇女言王今取篋我等當取篋中所有遣人取篋五百夫人各與一卵卵自開敷中有童子面首端正養育長大各皆有大力士之力竪五百力士幢烏提延王從薩耽菩王常索貢獻薩耽菩王聞索貢獻愁憂不樂諸子白王言何以愁慘王言今我處世爲他所凌諸子問言爲誰所凌王言烏提延王而常隨我責索貢獻諸子白言一切閻浮提王欲索貢獻我等能使貢獻於王王何以故與他貢獻五百力士遂將軍衆伐烏提延王烏提延王恐怖而言一力士力尚不可

當何況五百力士便募國中能却此敵者又復思惟彼仙人者或能解知作諸方便往到仙人所語仙人言國有大難何由攘却仙人答言有怨敵耶王言薩耽菩王有五百力士皆將軍衆欲來伐我我今乃至無是力士與彼作對知何方計得却彼敵仙人答言汝可還求蓮華夫人彼能却敵王言彼云何能却仙人答言此五百力士皆是汝子蓮華夫人之所生也汝大夫人心懷憎嫉擲彼蓮華所生之子著河水中薩耽菩王於河下流接得養育使令長大王今以蓮華夫人乘大象上著軍陣前彼自然當伏即如仙人言還來懺謝蓮華夫人共懺謝已莊嚴夫人著好衣服乘大白象著軍陣前五百力士舉弓欲射手自然直不得屈伸生大驚愕仙人飛來於虛空中語諸力士慎勿舉手莫生惡心若生惡心皆墮地獄此王及夫人汝之父母母即舉乳一乳作二百五十歧皆入諸子口中即向父母懺悔自生慚愧皆得辟支佛二王亦自然開悟亦得辟支佛爾時仙人我身是我於爾時遮彼諸子使於父母不生惡心得辟支佛我今亦復讚歎供養父母之德

鹿女夫人緣第九

佛在王舍城耆闍崛山中告諸比丘有二種法能使於人疾得人天至涅槃樂有二種法能使於人速墮三惡受大苦惱何等二法能使於人疾得人天至涅槃樂佛言一者供養父母二者供養賢聖云何二法速墮三惡受大苦惱佛言一者於父母所作諸不善二者於賢聖所亦作不善諸比丘白佛言世尊速

成善惡其事云何佛告諸比丘過去久遠無量世時有國名波羅奈國中有山名曰仙山時有梵志在彼山住大小便利恒於石上後有精氣墮小行處雌鹿來舐即便有娠日月滿足來至仙人所生一女子端正殊妙唯脚似鹿梵志取之養育長成梵志之法恒奉事火使火不絶此女宿火小不用意使令火滅此女恐怖畏梵志瞋有餘梵志離此住處一拘屢奢（此言五里）此女速疾往彼梵志所而求乞火梵志見其跡跡有大蓮華要此女言繞我舍七帀當與汝火若出去時亦繞七帀莫行本跡異道而還即如其言取火而去時梵豫國王出行遊獵見彼梵志繞舍周帀十四重蓮華復見二道有兩行蓮華恠其所以問梵志言都無水池云何有此妙好蓮花答言彼仙住處有一女來從我乞火此女足跡皆生蓮華我便要之若欲得火繞舍七帀將去之時亦復七帀是以有此周帀蓮華王尋華跡至梵志所從索女看見其端正已甚適悅意即從梵志求索此女梵志即與王王即立爲第二夫人此女少小仙人養育受性端直不解婦女妖嬖之事後時有身相師占言當生千子王大夫人聞此語已心生妬忌漸作計校恩厚怡愉鹿女夫人左右侍從餽與錢財珍寶爾時鹿女日月滿足便生千葉蓮華欲生之時大夫人以物縵眼不聽自看捉臭爛馬脯承著其下取千葉蓮華盛著函裏擲於河中還爲解眼而語之言看汝所生唯見一段臭爛馬脯王遣人問爲生何物而答王言唯生臭爛馬脯之物時大夫人而語王言王

喜倒惑此畜生所生仙人所養生此不祥臭穢之物王大夫人即便退其夫人之職不復聽見時烏耆延王將諸徒從夫人婇女下流遊戲見黄雲蓋從河上流隨水而來王作是念此雲蓋下必有神物遣人往看於黄雲下見有一函即便接取開而看之見千葉蓮華葉有千小兒取之養育以漸長大各皆有大力士之力烏耆延王歲常貢獻梵豫王集諸獻物遣使欲去諸子問言欲作何等時王答言欲貢獻彼梵豫國王諸子各言若有一子猶望能伏天下使來貢獻況有我等千子而當獻他千子即時將諸軍衆降伏諸國次第來到梵豫王國王聞軍至募其國中誰能攘却如此之敵都無有人能攘却者第二夫人來受募言我能却之問言云何得攘却之夫人答言但為我作百丈之臺我坐其上必能攘却作臺已竟第二夫人在上而坐爾時千子欲舉弓射自然手不能舉夫人語言汝慎莫舉手向於父母我是汝母千子問言何以為驗得知我母答言我若聲乳一乳有五百歧各入汝口是汝之母若當不爾非是汝母即時兩手聲乳一乳之中有五百歧入千子口中其餘軍衆無有得者千子降伏向父母懺悔諸子於是和合二國無復怨讎自相勸率以五百子與親父母養以五百子與養父母時二國王分閻浮提各畜五百子佛言欲知彼時千子者賢劫千佛是也爾時嫉妬夫人縵他目者文鱗瞽目龍是爾時父者白淨王是爾時母者摩耶夫人是諸比丘白佛言此女有何因緣生鹿腹中足下生蓮華復有

何因緣爲王夫人佛言此女過去世時生貧賤家母子二人田中鋤穀見一辟支佛持鉢乞食母語女言我欲家中取我食分與是快士女言亦取我食分并與母即歸家取母子二人食分來與辟支佛女取草採花爲之敷草坐散花著上請辟支佛坐女恠母遲上一高處遥望其母已見其母而語母言何不急疾鹿驟而來母既至已嫌母遲故尋作恨言我生在母邊不如鹿邊生也母即以二分食與辟支佛餘殘母子共食辟支佛食竟擲鉢虚空中尋逐飛去到虚空中作十八變時母歡喜即發誓願使我將來恒生聖子如今聖人以是業緣後生五百子皆得辟支佛一作養母一作所生母以語母鹿驟對言因緣生鹿腹中脚似鹿甲以採華散辟支佛故跡中一百華生以敷華草故常得爲王夫人其母後身作梵豫王其女後身作蓮花夫人由是業緣後生賢劫千聖以誓願力常生賢聖諸比丘聞是語已歡喜奉行

雜寶藏經卷第一

音釋

瘳瘥 瘳丑鳩切瘥楚懈切並病除也 噎 一結切食窒氣不通也 確 苦角切堅硬也 屣 所綺切履也 臠 力兖切肉也 睒 失冉切 瞤 壽閏切目動也 惕 他歷切 號咷 號胡刀切咷徒刀切哭聲也 趜 渠竹切毬子也 揃 即淺切截斷也 劇 竭戟切甚也 瑰瑋 瑰姑回切偉也瑋羽鬼切奇也 騲 音草牝馬曰騲 跌 徒結切失據也 鑵 古玩切鋗屬 舐 甚介切餂也 愕 逆各切驚也 㲄 居候切取牛羊乳也 嬖 必計切愛也

雜寶藏經卷第二

元魏沙門吉迦夜共曇曜譯

六牙白象因緣第十

昔舍衛國有一大長者生一女子自識宿命初生能語而作是言不善所作不好所作無慚所作惡害所作背恩所作作此語已默然而止此女生時有大福德即爲立字名之爲賢漸漸長大極敬袈裟以恭敬袈裟因緣出家作比丘尼不到佛邊精勤修習即得羅漢悔不至佛邊便往佛所向佛懺悔佛言我於彼時已受懺悔諸比丘疑恠問佛此賢比丘尼何以故從出家來不見佛今日得見佛懺悔有何因緣佛即爲說因緣昔日有六牙白象多諸群衆此白象有二婦一名賢二名善賢林中遊行遇值蓮華意欲與賢善賢奪去賢見奪華生嫉妬心彼象愛於善賢而不愛我時彼山中有佛塔賢常將果供養即發願言我生人中自識宿命并拔此白象牙故即上山頭自撲而死尋生毗提醯王家作女自知宿命年旣長大與梵摩達王爲婦念其宿怨語梵摩達言與我象牙作牀者我能活耳若不爾者我不能活梵摩達王即募獵者若有能得象牙來者當與百兩金即時獵師詐被袈裟挾弓毒箭往至象所時象婦善賢見獵師已即語象王彼有人來象王問言著何衣服答言身著袈裟象王言袈裟中必當有善無有惡也獵師於是遂便得近以毒箭射善賢語其夫汝言袈裟中有善無惡云何如此答言非袈裟過乃是心中煩惱過也善賢即欲害彼獵師象王種種慰喻說法不聽令

害又復畏五百群象必殺此獵師藏著奇間五百群象皆遣遠去問獵師言汝須何物而射於我答言我無所須梵摩達王募索汝牙故來欲取象言若取答言不敢自取如是慈悲覆育於我我若自取手當爛墮白象即時向大樹所自拔牙出以鼻絞捉發願而與以牙布施願我將來拔一切衆生三毒之牙獵師取牙便與梵摩達王爾時夫人得此牙已便生悔心而作是言我今云何取此賢勝淨戒之牙大修功德而發誓言願使彼將來得成佛時於彼法中出家學道得阿羅漢汝等當知爾時白象我身是也爾時獵師者提婆達多是也爾時賢者今比丘尼是也爾時善賢者耶輸陀羅比丘尼是

兎自燒身供養大仙緣第十一

舍衛國有一長者子於佛法中出家常樂親里眷屬不樂欲與道人共事亦不樂於讀經行道佛勑此比丘使向阿練若處精勤修習得阿羅漢六通具足諸比丘疑怪而白佛言世尊出世甚奇甚特如是長者子能安立使得阿練若處得阿羅漢道具六神通佛告諸比丘非但今日能得安立乃於往昔已善安立諸比丘白佛言不審世尊過去安立其事云何佛告諸比丘過去之時有一仙人在山林間時世大旱山中果蓏根莖枝葉悉皆枯乾爾時仙人共兎親善而語兎言我今欲入聚落乞食兎言莫去我當與汝食於是兎便自拾薪聚又語仙人必受我食天當降雨汝三日住華果還出便可採食莫趣人間作是語已即大然火投身著中仙人見已作是思

惟此兎慈仁我之善伴爲我食故能捨身命實是難事時彼仙人生大苦惱即取食之菩薩爲此難行苦行釋提桓因宮殿震動而自念言今以何因緣宮殿震動觀察知是兎能爲難事感其所爲即便降雨仙人遂往還食果蓏爾時修習得五神通欲知爾時五通仙者今比丘是也爾時兎者今我身是也我捨身故使彼仙人住阿練若處獲五神通況我今日不能令此比丘遠離眷屬住阿練若住處得阿羅漢獲六神通

善惡獼猴緣第十二

佛在王舍城諸比丘白佛言世尊依止提婆達多常得苦惱依止如來世尊者現得安樂後生善處得解脱道佛告比丘言非但今日乃往過去時有二獼猴各有五百眷屬值迦尸王子遊獵圍將欲至一善獼猴語一惡獼猴言我等今渡此河可得免難惡獼猴言我不能渡善獼猴語諸獼猴言毗多羅樹枝幹極長即挽樹枝度五百眷屬惡獼猴眷屬以不度故即爲王子之所獲得爾時善獼猴者我身是也爾時惡獼猴者提婆達多是所將眷屬爾時苦惱今依止者亦復如是爾時依止我者長夜受樂現得名稱供養將來得人天解脱爾時依止提婆達多者長夜受衰苦現身得惡名稱人不供養將來墮三惡道是故諸比丘應當遠離惡知識親近善知識善知識者長夜與人安隱快樂以是之故應當親近善知識惡知識應當遠離所以者何惡知識者能燋燒然今世後世衆苦聚集

佛以智水滅三火緣第十三

有國名南方山佛欲往彼國於中路至一聚落宿值彼聚落造作吉會飲酒醉亂不覺火起燒此聚落諸人驚怕莫知所趣各相謂言我等唯依憑佛所可免火難便白佛言世尊願見救濟佛言一切衆生皆有三火貪欲瞋恚愚癡之火我以智水滅此三火此言若實此火當滅作是語已火即時滅諸人歡喜信重於佛佛爲說法得須陀洹道諸比丘疑怪世尊出世甚奇甚特爲此村落作大利益聚落火滅心垢亦滅佛言非但今日爲作利益於過去世亦曾爲彼諸人作大利益諸比丘問言不審世尊過去利益其事云何佛言過去之世雪山一面有大竹林多諸鳥獸依彼林住有一鸚䳇名歡喜首彼時林中風吹兩竹共相錯磨其間火出燒彼竹林鳥獸恐怖無歸依處爾時鸚䳇深生悲心憐彼鳥獸投翅到水以灑火上悲心精勤故感帝釋宮令大震動釋提桓因以天眼觀有何因緣我宮殿動乃見世間有一鸚䳇心懷大悲欲救濟火盡其身力不能滅火釋提桓因即向鸚䳇所而語之言此林廣大數千萬里汝之翅羽所取之水不過數滴何以能滅如此大火鸚䳇答言我心弘曠精勤不懈必當滅火若盡此身不能滅者更受來身誓必滅之釋提桓因感其志意爲降大雨火即得滅爾時鸚䳇今我身是爾時林中諸鳥獸者今大聚落人民是也我於爾時爲滅彼火使其得安今亦滅火令使得安又問復以何緣得見諦道佛言此諸人民迦葉佛時受持五戒由是因緣今得見諦獲須陀洹道

波羅柰國有長者子共孝行天神感王行孝緣第十四

如是我聞一時佛在舍衛國告諸比丘言若有人欲得梵天王在家中者能孝養父母梵天即在家中欲使帝釋在家中者能孝養父母即是帝釋在家中欲得一切天神在家中者但供養父母當知一切天神已在家中但能供養父母便爲和尚已在家中欲得阿闍梨在家中者但供養父母即是阿闍梨在其家中若欲供養諸賢聖及佛若供養父母諸賢聖及佛即在家中諸比丘言如來世尊極爲希有恭敬父母佛言非但今日極爲希有恭敬父母於過去世亦曾希有恭敬父母比丘問言過去恭敬其事云何佛言往昔波羅柰國有一貧人唯生一子然此一子多有兒息其家貧窮時世飢儉以其父母生埋地中養活兒子隣比問言汝父母爲何所在答言我父母年老歸當至死我便埋之以父母食分欲養兒子使得長大第二家聞謂此是理如此展轉遍波羅柰國即以爲法復有一長者亦生一子此子聞之以爲非是即作是念當作何方便却此非法遂白父言父今可應遠行學讀使知經論其父便去少得學讀而便還家年轉老大子爲掘地作好屋舍以父著中與好飲食作是思惟誰當共我除此非法天神現身而語之言我今與汝以爲伴侶天神蹠紙問王四事若能解此蹠上事者爲汝擁護若不解者却後七日當破王頭令作七分四種問者一者何物是第一財二者何物最爲樂三者何物味中勝四問何物壽最

長牓著王門上國王得已搜問國中誰解此者若有解者欲求何事皆滿所願長者子取此文書盡解其義信爲第一財正法最爲樂實語第一味智慧命第一解此義已還著王門頭天神見已心大歡喜王亦大歡喜王問長者子言誰教汝此語答言我父教我王言汝父安在長者子言願王施無畏我父實老違國法故藏著地中願聽臣所說大王父母恩重猶如天地懷抱十月推乾去濕乳餔養大教授人事此身成立皆由是父母得見日月生活所作父母之力假使左肩擔父右肩擔母行到百年復種種供養猶不能報父母之恩時王問言汝欲求何等答言更無所求唯願大王去此惡法王可其言宣下國內若有不孝於父母者當重治其罪欲知爾時長者子今我身是我於爾時爲彼一國除却惡法成就孝順之法以此因緣自致成佛是以今日亦復讚歎孝順之法

迦尸國王白香象養盲父母并和二國緣第十五

昔佛在舍衛國告諸比丘言有八種人應決定施不復生疑父母以佛及弟子遠來之人遠去之人病人看病者諸比丘白佛言如來世尊甚奇甚特於父母所常讚歎恭敬佛言我非但今日過去已來恒尊重恭敬諸比丘問言尊重讚歎其事云何佛言過去久遠有二國王一是迦尸國王二是比提醯國王比提醯王有大香象以香象力摧伏迦尸王軍迦尸王作是念言我今云何當得香象摧伏比提醯王軍時有人言我見山中有一白香

象王聞此已即便募言誰能得彼香象者我當重賞有人募言多集軍衆往取彼象象思惟言若我遠去父母盲老不如調順往至王所爾時衆人便將香象向於王邊王大歡喜爲作好屋氍毹毾㲪敷著其下與諸妓女彈琴鼓瑟以娛樂之與象飲食不肯食之時守象人來白王言象不肯食王自向象所上古畜生皆能人語王問象言汝何故不食象答言我有父母年老眼盲無與水草者父母不食我云何食象白王言我欲去者王諸軍衆無能遮我但以父母盲老順王來耳王今見聽還去供養終其年壽自當還來王聞此語極大歡喜我當便是人頭之象此象乃是象頭之人先迦尸國人惡賤父母無供養心因此象故王即宣令一切國內若不孝供養父母者當與大罪尋即放象還父母所供養父母隨壽長短父母喪亡還來王所王得白象甚大歡喜即莊嚴欲伐彼國象語王言莫與鬪諍凡鬪諍法多所傷害王言彼欺凌我象言聽我使往令彼怨敵不敢欺侮王言汝若去者或能不還答言無能遮我使不還者象即於是往彼國中比提醯王聞象來至極大歡喜自出往迎既見象已而語之言即住我國象白王言不得即住我立身來不違言誓先許彼王當還其國汝二國王應除怨惡自安其國豈不快乎即說偈言

得勝增長怨　負則益憂苦　不諍勝負者

其樂最第一

爾時此象說此偈已即還迦尸國從是以後二國和好爾時迦尸國王今波斯匿王是比

提醯王阿闍世王是爾時白象今我身是由我爾時孝養父母故令多衆生亦孝養父母爾時能使二國和好今日亦爾

波羅柰國弟微諫兄遂徹承相勸王教化天下緣第十六

昔者世尊語諸比丘當知往昔波羅柰國有不善法流行於世父年六十與著敷氉使守門戶爾時有兄弟二人兄語弟言汝與父敷氉使令守門屋中唯一敷氉小弟便截半與父而白父言大兄與父非我所與大兄教父使守門兄向弟言何不盡與敷氉截半與之弟答言適有一敷氉不截半與後更何處得兄問言欲更與誰弟言豈可得不留與兄也兄言何以與我弟言兄當年老兄子亦當安兄置於門中兄聞此語驚愕曰我亦當如是也弟言誰當代兄便語兄言如此惡法宜共除捨兄弟相將共至輔相所以此言論向輔相說輔相答言實爾我等亦共有老輔相啓王王可此語宣令國界孝養父母斷先非法不聽更爾

梵摩達夫人妬忌傷子法護緣第十七

佛在王舍城語提婆達多言我恒深心慈念於汝及身口意於汝無惡今可共懺提婆達多罵詈而去諸比丘言云何如來慈心若此提婆達多反更惡罵佛言非但今日於過去時波羅柰國有王名梵摩達夫人名不善意有子法護聰明慈仁就師教學時梵摩王將諸婇女於園苑中而遊戲安樂以飲殘酒送與夫人夫人瞋恚而作是言我寧刺法護咽中取血而飲不飲此酒王聞是語瞋恚而言

學中喚法護來法護來已欲剌其咽子白父言我無過罪王唯有一子何爲殺我王言我不殺汝汝毋意耳能白汝毋懺悔令使歡喜終不殺汝兒即向毋懺悔而作是言唯有我一子亦無過罪何爲殺我毋不受悔便剌兒咽與血使飲佛言爾時父王者拘迦離是彼時毋者提婆達多是彼時子者我身是也我於爾時都無惡心不受我悔今日亦爾不受我悔我於爾時雖爲所殺都無一念瞋恨之心況於今日而當忿恚有惡心也

駝驃比丘被謗緣第十八

昔有比丘名曰駝驃有大力士力出家精勤得阿羅漢威德具足恒營僧事五指出光而賦衆僧種種敷具由是佛說營事第一彌多比丘自薄福德當次會處飲食麤惡乃反恚言若此駝驃料理僧事我終不得好食自活當設方便彌多有姊作比丘尼往共相教謗於駝驃乃至滿三駝驃猒惡即昇虛空作十八變入火光三昧於虛空中如火燄滅無有屍骸誹謗貪嫉能使賢聖猶尚滅身況復凡夫是以智者當愼誹謗莫輕言說時諸比丘即便問佛駝驃比丘有何因緣而被誹謗復以何緣得是大力復以何因逮得羅漢佛言過去世時人壽二萬歲時有佛名曰迦葉爾時迦葉佛法中有年少比丘面目端正顏色美妙彼年少比丘乞食未還有一少婦惑著是色看此比丘眼不捨離駝驃比丘時爲倉監會見此婦隨逐比丘目不暫捨即便謗言此女必與彼比丘通由是因緣墮三惡道受苦無量乃至今日餘殃不盡猶被誹謗又以

過去迦葉佛時出家學道今得羅漢以其過去經營僧事驢馱米麵溺於深泥即能挽出緣是之故得力士力

離越被謗緣第十九

昔罽賓國有離越阿羅漢山中坐禪有一人失牛追逐蹤跡逕至其所爾時離越煑草染衣衣自然變作牛皮染汁變成爲血所煑染草變成牛肉所持鉢盂變爲牛頭牛主見已即捉收縛將詣於王王即付獄中經十二年恒爲獄監食馬除糞離越弟子得羅漢者有五百人覲覓其師不知所在業緣欲盡有一弟子見師乃在罽賓獄中即來告王我師離越在王獄中見爲料理王即遣人就獄檢校王人至獄唯見有一人威色憔悴鬚髮極長而爲獄監食馬除糞還白王言獄中都無沙門道士唯有獄卒比丘弟子復白王言願但設教諸有比丘悉聽出獄王即宣命諸有道人悉皆出獄尊者離越於其獄中鬚髮自落袈裟著身踊在虛空作十八變王見是事歎未曾有五體投地白尊者言願受我懺悔即時來下受王懺悔王即問言以何業緣在於獄中受苦經年尊者答言我於往昔亦曾失牛隨逐蹤跡至一山中見辟支佛獨處坐禪便誣謗經一日一夜以是因緣墮落三塗苦毒無量餘殃不盡至得羅漢猶被誹謗

波斯匿王醜女賴提緣第二十

昔波斯匿王有女名曰賴提有十八醜都不似人見皆恐怕時波斯匿王募於國中其有族姓長者之子窮寒孤獨者仰使將來爾時市邊有長者子孤獨單巳乞索自活募人見

之將來詣王王將此人入於後園而約勑言吾生一女形貌醜惡不中示人今欲妻卿可得爾不時長者子白王言王所約勑假使是狗猶尚不辭何況王女而不可也王尋妻之為立宮室約勑長者子言此女形醜慎莫示人出則鎖門入即閉户以為常則有諸長者子共為親友飲讌遊戲每於會日諸長者子婦皆來集會唯此王女獨自不來於是諸人共作要言後日更會仰將婦來有不來者重謫財物遂復作會貧長者子猶故如前不將婦來諸人便共重加謫罰貧長者子敬受其罰諸人已復共作要言明日更會不將婦來復當重罰如是被罰乃至二三亦不將來詣於會所貧長者子後到家中語其婦言我數坐汝為人所罰婦言何故夫言諸人有要飲會之日盡仰將婦詣於會所我被王勑不聽將汝以示外人故數被罰婦聞此語甚大慚愧深自悼慨晝夜念佛於是後日更設讌會夫復獨去婦於室內倍加懇惻而發願言如來出世多所利益我今罪惡獨不蒙潤佛感其心志從地踊出始見佛髮敬重歡喜已髮即異變成好髮次見佛額漸覩眉目耳鼻身口隨所見已歡喜轉深其身即變醜惡都盡貌同諸天諸長者子密共議言王女所以不來會者必當端正異於常人或當絕醜是故不來我等今當勸其夫酒令無覺知解取鑰匙開門往看即飲使醉解取鑰匙相將共往開門看之見此王女端正無雙便還閉門詣於本處爾時其夫猶故未悟還以鑰匙繫著腰下其夫覺已尋還向家開門見婦端正殊

異怪而問之汝何天神處我屋宅婦言我是君婦賴提夫怪而問之所以卒爾婦時答言我聞君數坐我被罰心生慚愧懇惻念佛尋見如來從地踊出見已歡喜身體變好貪長者子極大歡喜尋入白王王女身體自然變好今求見王王聞歡喜尋即喚看見雖歡喜情甚疑怪將詣佛所而白佛言世尊此女何緣生於深宮身體醜惡人見驚怪復以何因今卒變好佛告王言乃往過去有辟支佛日日乞食到一長者門前時長者女持食施辟支佛見辟支佛身體麤醜惡而作是言此人醜惡形如魚皮髮如馬尾爾時長者女者今王女是施食因緣生於深宮毀呰辟支佛故身體醜惡生慚愧懇惻心故而得見我歡喜心故身體變好爾時衆會聞佛所說恭敬作禮歡喜奉行

波斯匿王女善光緣第二十一

昔波斯匿王有一女名曰善光聰明端正父毋憐愍舉宮愛敬父語女言汝因我力舉宮愛敬女答父言我有業力不因父王如是三問答亦如前王時瞋忿今當試汝有自業力無自業力約勑左右於此城中覓一最下貧窮乞人時奉王教尋便推覓得一窮下將來詣王王即以女善光付與窮人王語女言若汝自有業力不假我者從今以往事驗可知女猶答言我有業力即共窮人相將出去問其夫言汝先有父毋不窮人答言我父先舍衛城中第一長者父毋居家都以死盡無所依怙是以窮乏善光問言汝今頗知故宅處不答言知處垣室毀壞遂有空地善光便即

與夫相將往故舍所周歷案行隨其行處其地自陷地中伏藏自然發出即以珍寶雇人作舍未盈一月宮室屋宅都悉成就宮人妓女充滿其中奴婢僕使不可稱計王卒憶念我女善光云何生活有人答言宮室財錢不減於王王言佛語眞實自作善惡自受其報王女即日遣其夫王往請於王王即受請見其家內氍氀毾㲪莊嚴舍宅踰於王宮王見此已歎未曾有此女自知語皆眞實而作是言我自作此善自受其報王往問佛此女先世作何福業得生王家身有光明佛答王言過去九十一劫有佛名毗婆尸彼時有王名曰槃頭王有第一夫人毗婆尸佛入涅槃後槃頭王以佛舍利起七寶塔王第一夫人以天冠拂飾著毗婆尸佛像頂上以天冠中如意珠著於振頭光明照世因發願言使我將來身有光明紫磨金色尊榮豪貴莫墮三惡八難之處爾時王第一夫人者今善光是迦葉佛時復以餚饍供養迦葉如來及四大聲聞夫主遮斷婦勸請言莫斷絕我我今已請使得充足夫還聽婦供養得訖爾時夫者今日夫是爾時婦者今日婦是夫以爾時遮婦之故恒常貧窮以還聽故要因其婦得大富貴無其婦時後還貧賤善惡業追未曾違錯王聞佛所說深達行業不自矜大深生信悟歡喜而去

昔者王子兄弟二人被驅出國緣第二十二

昔有王子兄弟二人被驅出國到曠路中粮食都盡弟即殺婦分肉與其兄嫂使食兄得此肉藏舉不噉自割脚肉夫婦共食弟婦肉

盡欲得殺嫂兄言莫殺以先藏肉還與弟食既過曠野到神仙住處採取華果以自供食弟後病亡唯兄獨在是時王子見一被刖無手足人生慈悲心採取果實活被刖人王子爲人少於欲事採華果去其婦在後與刖人通已有私情深疾其夫於一日中逐夫採華至河岸邊而語夫言取樹頭華果夫語婦言下有深河或當墮落婦言以索繫腰我當挽索小近岸邊婦排其夫墮著河中以慈善力隨水漂去而不没死於河洑有國王崩彼國相師推求國中誰應爲王遥見水上有黃雲蓋相師占巳黃雲蓋下必有神人遣人水中而往迎接立以爲王王之舊婦擔彼刖人展轉乞索到王子國國人皆稱有一好婦擔一刖壻恭承孝順乃聞於王王聞是巳即遣人唤來到殿前王問婦言此刖人者實爾夫不答言實是王時語言識我不也答言不識王言汝識某甲不諦向王看然後慚愧王故慈心遣人養活佛言欲知王者即我身是爾時婦者旃遮婆羅門女帶木盂謗我者是也爾時刖手足者提婆達多是

須達長者婦供養佛獲報縁第二十三

昔佛在世須達長者最後貧苦財物都盡客作傭力得三升米炊作飲食時炊巳訖值阿那律來從乞食須達之婦即取其鉢盛滿飯與後須菩提摩訶迦葉大目揵連舍利弗等次第來乞其婦悉亦各取其鉢盛飯施與末後世尊自來乞食亦與滿鉢於是須達在外行還從婦索食婦答夫言其若尊者阿那律來汝當自食施於尊者答言寧自不食當施

尊者若復迦葉大目揵連須菩提舍利弗乃至佛來汝當云何答言寧自不食盡以施與婦語夫言朝來諸聖盡來索食所有之食盡用施之夫語婦言我等罪盡福德應生即發庫中穀帛飲食悉皆充滿用盡復生

娑羅那比丘爲惡生王所苦惱緣第二十四

昔優填王子名曰娑羅那心樂佛法出家學道頭陀苦行山林樹下坐禪繫念時惡生王將諸婇女巡歷遊觀至於此林頓駕憇息即便睡眠諸婇女等以王眠故即共遊戲於一樹下見有比丘坐禪念定往至其所禮敬問訊爾時比丘爲其說法王後尋覺求覓婇女遥見樹下有一比丘顏貌端正其年壯美諸婇女等在前聽法即往問言汝等得阿羅漢耶答言不得得阿那含耶答言不得得斯陀含耶答言不得得須陀洹耶答言不得得不淨觀耶答言不得王便大瞋作是言曰汝都無所得云何以此生死凡夫與諸婇女共一處坐即捉撾打遍身傷壞諸婇女言此比丘無過王轉增瞋恚又見被打皆哭懊惱王倍瞋劇是時比丘心自念言過去諸佛能忍辱故獲無上道又復過去忍辱仙人被他刖耳鼻手足猶尚能忍況我今日身形完固而當不忍如此思惟默然忍受受打已竟舉體疼痛轉轉增劇不堪其苦復作是念我若在俗是國王子當紹王位兵衆勢力不減彼王今日以我出家單獨便見欺打深生懊惱即欲罷道還歸於家即向和尚迦旃延所辭欲還俗和尚答言汝今身體新打疼痛且待明日小住止息然後乃去時娑羅那受教即宿於

其夜半尊者迦旃延便爲現夢使娑羅那自見已身罷道歸家父王已崩即紹王位大集四兵伐惡生王既至彼國列陣共戰爲彼所敗兵衆破喪身被囚執時惡生王得娑羅那已遣人持刀將欲殺去時娑羅那極大怖畏即生心念願見和尚雖爲他殺不以爲恨時其和尚應念知心執錫持鉢欲行乞食於其前現而語之言子我常種種爲汝説法鬭諍求勝終不可得不用我教知可如何答和尚言今若救濟弟子之命更不敢爾時迦旃延爲娑羅那語王人言願小停住聽我啓王救其生命作是語已便向王所其後王人不肯待住遂將殺去臨欲下刀心中驚怖失聲而覺即具以所夢見事往白和尚和尚答言生死鬭戰都無有勝所以者何夫鬭戰法以殘他爲勝殘害之道現在愚情用快其意將來之世墮於三塗受苦無量若其不如爲他所害喪失已身殃延衆庶增他重罪今陷地獄更相殘殺怨家不息輪轉五道無有終竟返覆尋之何補身瘵考楚之痛汝今欲離生死怖懼鞭打痛者當自觀身以息怨謗所以者何是身者衆苦之本飢渴寒熱生老病死蚊蝱毒獸之所侵害如是諸怨衆多無量汝不能報何獨欲報惡生王也欲滅怨者當滅煩惱煩惱之怨害無量身世怨雖重止害一身煩惱之怨害善法身世怨雖酷止害有漏臭穢之身由是觀之怨害之起煩惱爲根汝今不伐煩惱之賊云何乃欲伐惡生王也如是種種爲其説法時娑羅那聞此語已心開意解獲須陀洹深樂大法倍加精進未久行道

得阿羅漢

昔仇迦離謗舍利弗緣第二十五

昔有尊者舍利弗目連遊諸聚落到尾師所值天大雨即於中宿會值陶中先有一牧牛之女在後深處而聲聞人不入定時無異凡夫故不知見彼牧牛女見舍利弗目連其容端正心中惑著便失不淨尊者舍利弗目連從尾陶出仇迦離善於形相觀人顏色知作欲相不作欲相見牧牛女在後而出其女顏色有成欲相不知彼女自生惑著而失不淨即便謗言尊者舍利弗目連媱牧牛女向諸比丘廣說是事時諸比丘即便三諫莫謗尊者舍利弗目連時仇迦離心生瞋嫉倍更忿盛有一長者名曰娑伽尊者舍利弗目連爲說法要得阿那含命終生梵天上即稱名爲娑迦梵時娑迦梵遥於天上知仇迦離謗尊者舍利弗目連即便來下至仇迦離房中仇迦離問言汝是阿誰答言我是娑迦梵爲何事來梵言我以天耳聞汝謗尊者舍利弗目連汝莫說尊者等有如此事如是三諫諫之不止反作是言汝娑迦梵言得阿那含阿那含者名爲不還何以來至我邊若如是者佛語亦虛梵言不還者謂不還欲界受生時仇迦離於其身上即生惡瘡從頭至足大小如豆往至佛所而白佛言云何舍利弗目連婬牧牛女佛復諫言汝莫說是舍利弗目連是事聞佛此語倍生瞋恚時惡疱瘡轉大如柰第二又以此事而白於佛佛復諫言莫說此事疱瘡轉大如拳第三不止其疱轉大如瓠身體壯熱入泠池中能令水池甚大沸熱疱

瘖盡潰即時命終墮摩訶憂波地獄爾時比丘白佛言世尊以何因緣尊者舍利弗目連等為他重謗佛言過去劫時舍利弗目連等曾為凡夫見辟支佛出瓦師陶中亦有放牛女從後而出即便謗言彼比丘者必與此女共為交通由是業緣墮三惡道中受無量苦今雖得聖先緣不盡猶被誹謗當知聲聞人不能為衆生作大善知識所以者何若舍利弗目連為仇迦離現少神足仇迦離必免地獄不為現故使仇迦離墮於地獄如此之事佛作是說若是菩薩人如鳩留孫佛時有一仙人名曰定光共五百仙人在於山林中草窟裏住時有婦人偶行在此值天降雨風寒理極無避雨處即向定光仙人所寄宿一夜明日出去諸仙人見之即便謗言此定光仙必共彼女作不淨行爾時定光知彼心念恐其誹謗墮於地獄即昇虛空高七多羅樹作十八變諸仙人見已而作是言身能離地四指無有婬欲何況定光昇虛空中有大神變而有欲事我等云何於清淨人而起誹謗時五百仙即五體投地曲躬懺悔緣是之故得免重罪當知菩薩有大方便真是衆生善知識也佛言爾時定光仙人者今彌勒是也爾時五百仙人者今長老等五百比丘是也

雜寶藏經卷第二

音釋

蓏 魯果切果蓏也在木曰果在地曰蓏 餔 蒲故切食也 氍氀 氍強魚切氍氀毛席也氀力朱切氀毲毛布也 毾㲪 毾吐盍切㲪都滕切毾㲪毛席也 罽賓 梵語也此云賤種罽居例切 醼 伊甸切合飲也 棖 除庚切 刖 魚厥切斷手足也 撾 陟加切擊也

雜寶藏經卷第三

元魏沙門吉迦夜共曇曜譯

龍王偈緣第二十六

佛在王舍城提婆達多往至佛所惡口罵詈阿難聞已極生瞋恚驅提婆達多令去而語之曰汝若更來我能使汝等得大苦惱諸比丘見已白佛言希有世尊如來常於提婆達多生慈愍心而提婆達多於如來所恒懷惡心阿難瞋恚即驅使去佛言非但今日於過去世亦曾如此昔於迦尸國時有龍王兄弟二人一名大達二名優婆大達恒雨甘雨使其國內草木滋長五穀成熟畜生飲水皆得肥壯牛羊蕃息時彼國王多殺牛羊至於龍所而祠於龍龍即現身而語王言我既不食何用殺生而祠我爲數語不改兄弟相將遂避此處更到一小龍住處名乇度脾乇度脾龍晝夜瞋恚惡口罵詈大達語言汝莫瞋恚比爾還去優婆大達極大忿怒而語之言唯汝小龍常食蝦蟇我若吐氣吹汝眷屬皆使消滅大達語弟莫作瞋恚我等今當還向本處迦尸王國渴仰我等迦尸國王作是言曰二龍若來隨其所須以乳酪祀更不殺生龍王聞已即還本處於是大達而作是偈言

盡共和合至心聽　極善清淨心數法
菩薩本緣所說事　今佛顯現古昔偈
天中之天三佛陀　如來在世諸比丘
更出惡言相譏毀　大悲見聞如此言
集比丘僧作是說　諸比丘依我出家
非法之事不應作　汝等各各作麤語
更相誹謗自毀害　汝不聞知求菩提

修習慈忍難苦行　汝等若欲依佛法
應當奉行六和敬　智者善聽學佛道
爲欲利益安衆生　普於一切不惱害
修行若聞應遠惡　出家之人起忿諍
猶如氷水出於火　我於過去作龍王
兄弟有二同處住　若欲隨順出家法
應斷瞋諍合道行　第一兄名爲大達
第二者名優婆達　俱不殺生持淨戒
有大威德猒龍形　恒向善趣求作人
若見沙門婆羅門　修持淨戒又多聞
變形供養常親近　八日十四十五日
受持八戒撿心意　捨已住處詣他方
有龍名曰乇度脾　見我二龍大威德
知已不如生嫉恚　恒以惡口而罵詈
胖頷腫口氣麤出　瞋怒心盛身脹大

出是惡聲而謗言　幻惑諂僞見侵逼
聞此下賤惡龍罵　優婆大達極瞋恚
請求其兄大達言　以此惡語而見毀
恒食蝦蟇氷際住　如此賤物敢見罵
若在水中惱水性　若在陸地惱害人
聞惡欲忍難可堪　今當除滅身眷屬
一切皆毀還本處　大力龍王聞弟言
所說妙偈智者讃　若於一宿住止處
少得供給而安眠　不應於彼生惡念
知恩報恩聖所讃　若息樹下少蔭涼
不毀枝葉及華果　若於親厚少作惡
是人終始不見樂　一飡之惠以惡報
是不知恩行惡人　善果不生復消滅
如林被燒而燋杌　後還生長復如故
背恩之人善不生　若養惡人百種供

終不念恩必報惡　譬如仙人象依住
生子即死仙養活　長大狂逸殺仙人
樹木屋室盡蹋壞　惡人背恩亦如是
心意輕躁不暫停　譬如洄澓中有樹
不修親友無返復　如似白氎甄叔染
若欲報怨應加善　不應以惡而毀害
智者報怨皆以慈　擔負天地及山海
此擔乃輕背恩重　一切衆生平等慈
是爲第一最勝樂　如渡河津安隱過
慈等二樂亦如是　不害親友是快樂
滅除憍慢亦是樂　內無德行外憍逸
實無有知生憍慢　好與強諍親惡友
名稱損減得惡聲　孤小老者及病人
新失富貴羸劣者　貧窮無財失國主
單子苦厄無所依　於上種種困厄者
不生憐愍不名仁　若至他國無眷屬
得衆惡罵忍爲快　能遮衆惡鬪諍息
寧住他國人不識　不在己邦衆所輕
若於異國得恭敬　皆來親附不瞋諍
即是己國親眷屬　世間富貴樂甚少
衰滅苦惱衆甚多　若見衆生皆退失
制不由己默然樂　怨敵力勝自羸弱
親友既少無所怙　自察如是默然樂
非法人所貪且慳　不信無慚不受言
於彼惡所默然樂　瞋恚甚多殘害惡
好加苦毒於衆生　如此人邊默然樂
不信強梁喜自高　得逆諂僞詐幻惑
於如此人默然樂　破戒兇惡無慮忍
恒作非法無信行　於此人所默然樂
妄語無愧好兩舌　邪見惡口或綺語

慠兀自高深計我　極大慳貪懷嫉妬
於此人所默然樂　若於他處不知已
亦無識別種性行　不應自高生憍慢
至餘國界而停住　衣食仰人不自在
若得毀罵皆應忍　他界寄住仰衣食
若爲基業欲快樂　亦應如上生忍辱
若住他界仰衣食　乃至下賤來輕已
是諸智者宜忍受　在他界住惡知友
愚小同處下賤人　智者自隱如覆火
猶如熾火猛風吹　炎著林野皆焚燒
瞋恚如火燒自他　此名極惡之毀害
瞋恚欲心智者除　若修慈等瞋漸滅
未曾共住輙親善　恒近惡者是癡人
不察其過輙棄捨　作如上事非智者
若無愚小智不顯　如鳥斷翅不能飛
智者無愚亦如是　以多愚小及無智
不能覺了智有力　以是義故諸賢哲
博識多聞得樂住　智者得利心不高
失利不下無愚癡　所解義理稱實說
諸有所言爲遮惡　安樂利益故宣辯
爲令必解說是語　智者聞事不卒行
思惟籌量驗其實　明了其理而後行
是名自利亦利他　智者終不爲身命
造作惡業無理事　不以苦樂違正法
終不爲已捨正行　智者不慳無嫉恚
亦不嚴惡無愚癡　危害垂至不恐怖
終不爲利諂搆人　亦不威猛不怯弱
又不下劣正處中　如此諸事智者相
威猛生嫌懦他輕　去其兩邊處中行
或時默然如啞者　或時言殺如王者

或時作寒猶如雪　或時現熱如熾火
或時高大如須彌　或時現卑如卧草
或時顯現猶如王　或時寂滅如解脫
或時能忍飢渴苦　或時堪忍苦樂事
於諸財寶如糞穢　自在能調諸瞋恚
或時宴樂縱伎樂　或時恐怖猶如鹿
或時威猛如虎狼　觀時非時力無力
能觀富貴及衰滅　忍不可忍是真忍
忍者應忍是常忍　於羸弱者亦應忍
富貴強盛常謙忍　不可忍忍是名忍
嫌恨者所不嫌恨　於瞋人中常心淨
見人爲惡自不作　忍勝己者名怖忍
忍等己者畏鬬諍　忍下劣者名盛忍
惡罵誹謗愚不忍　如似兩石著眼中
能受惡罵重誹謗　智者能忍華雨象
若於惡罵重誹謗　明智能忍於慧眼
猶如降雨於大石　石無損壞不消滅
惡言善語苦樂事　智者能忍亦如石
若以實事見罵辱　此人實語不足瞋
若以虛事而罵辱　彼自欺誑如狂言
智者解了俱不瞋　若爲財寶及諸利
忍受苦樂惡罵謗　若能不爲財寶利
設得百千諸珍寶　猶應速疾離惡人
樹枝被斫不應攀　人心已離不可親
便從異道遠避去　可親友者滿世間
先敬後慢而輕毀　亦無恭敬不讚歎
如似白鶴輕飛去　智者遠愚速應離
好樂鬬諍懷諂曲　喜見他過作兩舌
妄言惡口亦綺語　輕賤毀辱諸衆生
更出痛言入心髓　不護身業口與意

智者遠離至他方　嫉妬惡人無善心
見他利樂及名稱　心生熱惱大苦毒
言語善輭意極惡　唯智能遠至他方
人樂惡欲貪利養　諂曲要取無慚愧
内不清淨外亦然　智者速遠至他方
若人無有恭恪心　憍慢所懷無教法
自謂智者實愚癡　慧者遠離至他方
此處飲食得卧具　并諸衣被憑活路
應當擁護念其恩　猶如慈母救一子
愛能生長一切苦　先當斷愛而離瞋
悉能將人至惡趣　自高憍慢亦應捨
富貴親友貧賤離　如此之友當速遠
若爲一家捨一人　若爲一村捨一家
若爲一國捨一村　若爲已身捨天下
若爲正法捨已身　若爲一指捨現財
若爲身命捨四肢　若爲正法捨一切
正法如蓋能遮雨　修行法者法擁護
行法力故斷惡趣　如春盛熱得蔭涼
修行法者亦復然　與諸賢智趣向俱
多得財利不爲喜　若失重寶不爲憂
不常勤苦求乞索　是名堅實大丈夫
施他財寶甚歡喜　世間過惡速捨離
安立已身深於海　是名雄健勝丈夫
若解義理衆事巧　爲人柔輭共住樂
諸人歎說善丈夫　優婆大達作是言
我今於兄倍信敬　假使遭苦極困厄
終不復作諸惡事　若死若活得財産
及失財産不造惡　兄今當知我奉事
願以持戒而取死　不以犯戒而取生
何故應當爲一生　而可放逸作惡行

生死之中莫放逸　我於生死作不善
遭值惡友造非法　得遇善友以斷除
佛入宿命智了說　告諸比丘是本偈
爾時大達是我身　優婆大達是阿難
當知爾時乇度脾　即是提婆達多身
比丘當知作是學　是名集法總攝說
宜廣順行應恭敬　諸比丘僧修是法
提婆達多欲毀傷佛因緣第二十七
佛在王舍城告提婆達多言汝莫於如來生過患心自取滅損得不安事自受其苦諸比丘言希有世尊提婆達多於如來所常生惡心世尊長夜慈心憐愍柔輭共語佛言不但今日乃往過去迦尸之國波羅柰城有大龍王名爲瞻蔔常降時雨使穀成熟十四日十五日時化作人形受持五戒布施聽法時南天竺國有呪師來竪箭結呪取瞻蔔龍王時天神語迦尸王言有呪師將瞻蔔龍王去迦尸國王即出軍衆而往逐之彼婆羅門便復結呪使王軍衆都不能動王大出錢財贖取龍王婆羅門第二更來呪取龍王諸龍眷屬興雲降雨雷電霹靂欲殺婆羅門龍王慈心語諸龍衆莫害彼命善好慰喻令彼還去第三復來時諸龍等即欲殺之龍王遮護不聽令殺即放使去爾時龍王今我身是爾時呪師提婆達多是我爲龍時尚能慈心數數救濟況於今日而當不慈
共命鳥緣第二十八
佛在王舍城諸比丘白佛言世尊提婆達多是如來弟云何常欲怨害於佛佛言不但今日昔雪山中有鳥名爲共命一身二頭一頭

常食美果欲使身得安隱一頭便生嫉妬之心而作是言彼常云何食好美果我不曾得即取毒果食之使二頭俱死欲知爾時食甘果者我身是也爾時食毒果者提婆達是昔時與我共有一身猶生惡心今作我弟亦復如是

白鵝王緣第二十九

佛在王舍城提婆達多推山壁佛放護財象欲蹋於佛惡名流布提婆達多於衆人前向佛懺悔嗚如來足無衆人時於比丘中惡口罵佛諸人皆言提婆達多向佛懺悔心極調順無故得此惡名流布諸比丘言希有世尊提婆達多甚能諂僞於衆人前調順向佛於屏處時惡心罵佛佛言不但今日乃往過去時有蓮華池多有水鳥在中而住時有鸛雀在於池中徐步舉脚諸鳥皆言此鳥善行威儀庠序不惱水性時有白鵝而說偈言

舉脚而徐步　音聲極柔輭　欺誑於世間　誰不知諂詭

鸛雀語言何爲作此語來共作親善白鵝答言我知汝諂詭終不親善汝欲知爾時鵝王即我身是也爾時鸛雀提婆達是

大龜緣第三十

佛在王舍城提婆達多心常懷惡欲害世尊乃雇五百善射婆羅門使持弓箭詣世尊所援弓射佛所射之箭化成拘物頭華分陀利華波頭摩華優鉢羅華五百婆羅門見是神變皆大怖畏即捨弓箭禮佛懺悔在一面坐佛爲說法皆得須陀洹道復白佛言願聽我等出家學道佛言善來比丘鬚髮自落法服

著身重爲說法得阿羅漢道諸比丘白佛言世尊神力甚爲希有提婆達多常欲害佛然佛恒生大慈佛言非但今日於過去時波羅柰國有一商主名不識恩共五百賈客入海採寶得已還反到迴澓處遇水羅刹而捉其船不能得前衆商人等極大驚怖皆共唱言天神地神日月諸神誰能慈愍救濟我厄也有一大龜背廣一里心生慈愍來向船所負載衆人即得渡海時龜小睡不識恩者欲以大石打龜頭殺諸商人言我等蒙龜濟難活命殺之不祥不識恩也不識恩曰我復飢急不問爾恩便殺龜而食其肉即日夜中有大群象蹋殺衆人爾時大龜我身是也爾時不識恩者提婆達多是五百商人者五百婆羅門出家得道者是我於往昔濟彼厄難今復拔其生死之患

二輔相讒搆緣第三十一

佛在王舍城提婆達多作種種因緣欲得殺佛然不能得時南天竺國有婆羅門來善知呪術和合毒藥提婆達多於彼婆羅門所即合毒藥以散佛上風吹此藥反墮已頭上即便悶絶躃地欲死醫不能治阿難白佛言世尊提婆達多被毒欲死佛憐愍故爲說實語我從菩薩成佛已來於提婆達多常生慈悲無惡心者提婆達多毒自當滅作是語已毒即消滅諸比丘言希有世尊提婆達多恒起惡心於如來所如來云何猶故活之佛言非但今日惡心向我過去亦爾即問佛言惡心於佛其事云何佛言過去之世迦尸國中波羅柰城有二輔相一名斯那二名惡意斯那

常順法行惡意恒作惡事好爲讒搆而語王言斯那欲作逆事王即收閉諸天善神於虛空中出聲而言如此賢人實無過罪云何拘繫諸龍爾時亦作是語群臣人民亦作是語王便放之第二惡意劫王庫藏著斯那舍王亦不信而語之言汝憎嫉於彼横作是事王言捉此惡意付與斯那仰使斷之斯那即教惡意向王懺悔惡意自知有罪便走向毗提醯王所作一寶篋盛二惡蛇見毒具足令毗提醯王遣使送與彼國國王并及斯那二人共看莫示餘人王見寶篋極以嚴飾心大歡喜即喚斯那欲共發看斯那答言遠來之物不得自看遠來果食不得即食何以故彼有惡人或能以惡來見中傷王言我必欲看慇懃三諫王不用語復白王言不用臣語王自看之臣不能看王即發看兩眼盲冥不見於物斯那憂苦愁悴欲死遣人四出徧歷諸國遠覓良藥既得好藥以治王眼平復如故爾時王者舍利弗是爾時斯那我身是也爾時惡意提婆達多是

山雞王緣第三十二

佛在王舍城提婆達多往至佛所而作是言如來今者可閑靜住以此大衆付囑於我佛言食唾癡人我尚不以諸大衆等付囑舍利弗目揵連等云何乃當付囑於汝提婆達多瞋罵而去諸比丘言世尊提婆達多欲作種種苦惱於佛又多方便欺誑如來佛言不但今日於過去世雪山之側有山雞王多將雞衆而隨從之雞冠極赤身體甚白語諸雞言汝等遠離城邑聚落莫爲人民之所噉食我

等多諸怨嫉好自愼護時聚落中有一猫子聞彼有雞便往趣之在於樹下徐行低視而語雞言我爲汝婦汝爲我夫而汝身形端正可愛頭上冠赤身體俱白我相承事安隱快樂雞即說偈言

猫子黄眼愚小物　觸事懷害欲噉食
不見有畜如此婦　而得壽命安隱者

爾時雞者我身是也爾時猫者提婆達是昔於過去欲誘誑我今日亦復欲誘誑我

吉利鳥緣第三十三

佛在王舍城爾時提婆達多作是念言佛有五百青衣鬼神恒常侍衛佛有十力百千那羅延所不能及我今不能得害當還奉事覲其要脉而傷害之乃可得殺便於比丘比丘尼優婆塞優婆夷大衆之中向佛懺悔而作是念受我懺悔得作方便不受我悔足使如來惡名流布便白佛言世尊受我懺悔我欲於彼閑靜之處自修其志佛言法無諂誑諸諂誑者無有法也外道六師皆言提婆達多好向佛懺悔佛不受懺悔諸比丘言提婆達多諂曲向佛佛言非但今日過去久遠波羅㮈國有王名梵摩達作制斷殺時有獵師著仙人衣服殺諸鹿鳥人無知者有吉利鳥語諸人言此大惡人雖著仙人衣實是獵師常行殺害而人不知衆人皆信吉利鳥實如其言爾時吉利鳥者我身是也爾時獵師提婆達是爾時王者舍利弗是也

老仙緣第三十四

佛在王舍城爾時阿闍世王爲提婆達多日送五百釜飯多得利養諸比丘皆白世尊言

阿闍世王日爲提婆達多送五百釜飯佛言比丘莫羡提婆達多得利養事即說偈言

芭蕉生實枯　蘆竹葦亦然　駏驉懷妊死
騾驢亦復然　愚貪利養害　智者所嗤笑

說是偈已告諸比丘言提婆達多非但今日爲利養所害誹謗於我過去亦爾比丘問佛言過去之事其義云何佛言往昔波羅柰國仙山之中有二仙人其一老者獲五神通其一壯者竟無所得時老仙人即以神力往鬱單越取成熟粳米而來共食之復至閻浮樹取閻浮果亦來共食到忉利天取天須陀味來共食之年少仙人見是事已心生希仰白老者言願教授我修五神通老仙人言若有好心得五神通必有利益若無好心反爲惡害猶勤啓請唯願教我時老仙人便教五通尋即獲得既得五通於衆人前現種種神足於是已後大得名稱利養乃於老者生嫉妬心處處誹謗即退失神足諸人聞已各作是言老仙人者宿舊有德是壯仙人横生誹謗便皆瞋之城門下遮不聽使入便失利養欲知爾時老仙人者我身是也爾時壯仙人者提婆達是

二估客因縁第三十五

佛在王舍城爾時諸比丘等用佛語者皆得涅槃人天之道用提婆達多語者悉墮地獄受大苦惱佛言非但今日奉我教者得大利益用提婆達語獲於大苦往昔亦爾過去之世有二估客俱將五百商人到曠野中有夜叉鬼化作年少著好衣服頭戴華鬘彈琴而行語賈客言不疲極也載是水草竟何用爲

近在前頭有好水草從我去來當示汝道一賈客主尋用其言我等今棄所載水草便輕行在前而去一賈客言我等今者不見水草慎莫擲棄前棄水草者渴尋死盡不棄之者達到所在爾時不棄水草者我身是也棄水草者提婆達是也

內官贖所揵牛得男根緣第三十六

昔乾陀衛國有一屠兒將五百頭小牛盡欲刑揵時有內官以金錢贖牛作群放去以是因緣現身即得男根具足還到王家遣人通白其甲在外王言是我家人自恣而行未曾通白今何故爾王時即喚問其所以答王言曰向見屠兒將五百頭小牛而欲刑治臣即贖放以是因緣身體得具故不敢入王聞喜愕深於佛法生信敬心夫以華報所感如此其後果報豈可量也

二內官共諍道理緣第三十七

昔波斯匿王於卧眠中聞二內官共諍道理一作是言我依王活一人答言我無所依自業力活王聞此已情可於彼依王活者而欲賞之即遣直人語夫人言我今當使一人往者重與錢財衣服瓔珞於是尋遣依王活者持已所飲餘殘之酒以與夫人爾時此人持酒出户鼻中血出不得前進會復值彼自業活者即倩持酒往與夫人夫人見已憶王之言賜其錢財衣服瓔珞還於王所王見此人深生恠惑即便喚彼依王活者而問之言我遣汝去云何不去答言我出户外卒得衄鼻竟不堪任即便倩彼持王殘酒以與夫人王時歎言我今乃知佛語爲實自作其業自受

其報不可奪也由是觀之善惡報應行業所致非天非王之所能與

兄弟二人俱出家緣第三十八

往昔之世有兄弟二人心樂佛法出家學道其兄精勤集衆善法修阿練行未久之頃得羅漢道其弟聰明學問愽識誦三藏經後爲輔相請作門師多與錢財委使營造僧房塔寺時三藏法師受其財物將人經地爲造塔寺基刹端嚴堂宇瑩麗制作之意妙絕工匠輔相見已倍生信敬供養供給觸事無憂三藏比丘見其心好即作是念寺廟訖成但須衆僧安置寺上當語輔相使請我兄作此念已語輔相言我有一兄在於彼處捨家入道勤心精進修阿練行檀越今可請著寺上輔相答言師所約勑但是比丘不敢違逆況復師兄是阿練若即便遣人慇懃往請既來到已輔相見其精勤用行倍加供養其後輔相以一妙氎價直千萬以與於彼阿練比丘阿練比丘不肯受之慇懃強與然後乃受而作是念我弟營事當須財物即以與之輔相後時以一麤氎用與三藏三藏得已深生瞋恚又於後日輔相更以一張妙氎直千萬錢與兄阿練其兄既得復以與弟其弟見已倍懷嫉妬即持此氎往至輔相愛敬女所而語之言汝父輔相先看我厚今彼比丘至止已來不知以何幻惑汝父今於我薄與汝此氎汝可持向輔相之前縫以爲衣若其問者汝可答言父所愛重阿練若者捉以與我輔相必定瞋不共語女語三藏言我父今亨敬彼比丘如愛眼睛亦如明珠云何卒當而致謗毀

三藏復言汝若不爾與汝永斷女人答言何故太卒當更方宜情不能已便受此氈於其父前裁以爲衣爾時輔相見氈即識而作念言彼比丘者甚大惡人得我之氈不自供給反以誑惑小兒婦女於是後日阿練若來不復出迎顏色變異時此比丘見輔相爾心自思惟必有異人毀謗於我使彼爾耳即昇空中作十八變輔相見已深懷敬服即與其婦禮足懺悔恭敬情濃倍於常日即驅三藏及其已女悉令出國佛言爾時三藏我身是也以謗他故於無量劫受大苦惱乃至今日爲孫陀利之所毀謗爾時此女由謗聖故現被驅出窮困乞活是以世人於一切事應當明察莫輕誹謗用招罪咎

八天次第問法緣第三十九

昔佛在世於夜半中忽有八天次第而來至世尊所其初來者容貌端正光照一里有十天女以爲眷屬來詣佛所至心頂禮却在一面佛告天曰汝以修福得受天身五欲自娛快獲安樂於時此天即白佛言世尊我雖生處天上心常憂苦所以者何以我先身修行之時於君父母師長沙門婆羅門雖爲忠孝心生恭敬然於其所不能慇懃恭敬禮拜迎來送去以是業緣果報實少不如餘天以不如故自責修行不能滿足復有一天容貌身光及其眷屬十倍勝前來至佛所頭面禮足却在一面佛告天曰汝生天上快得安樂天白佛言世尊我雖生處天上亦常憂苦所以者何以我前世修行之時雖於君父母師長所沙門婆羅門生忠孝心恭敬禮拜然而不

能為施牀座温暖敷具以是業緣今獲果報不如餘天以不如故自責修因不能滿足復有一天形貌光明及以眷屬十倍勝前來至佛所頭面禮足却坐一面佛告天曰汝受天身快得安樂天白佛言我雖生處天宫常懷憂惱所以者何以我前身雖復修善於君父母師長沙門婆羅門忠孝恭敬禮拜為施牀敷然於其所不能廣設餚饍飲食以用供養以是業緣今得果報不如餘天以不如故心自悔責修因不具是故憂惱復有一天容貌光明及其眷屬十倍勝前來至佛所頭面禮足却在一面佛告天曰汝受天身快得安樂天白佛言我雖生天心常憂惱所以者何以我過去雖於君父母師長沙門婆羅門忠孝恭恪禮拜為敷坐具及以飲食然不聽法以是因緣今獲果報不如餘天以不如故常自尅責修因不滿是故憂惱次復一天身色光明及其眷屬十倍勝前來至佛所頭面禮足却在一面佛告天曰汝受天身快得安樂天白佛言我雖生天心常憂惱所以者何以我前世雖復於君父母師長沙門婆羅門能忠孝恭敬禮拜敷具飲食而聽於法而不解義以不解故今獲果報不如餘天以不如故心常悔責修因不滿是故憂惱次有一天身色光明及其眷屬十倍勝前來至佛所頭面禮足却在一面佛告天曰汝受天身快得安樂天白佛言我雖生處天堂心常憂惱所以者何以我前世修行之時雖能於君父母師長沙門婆羅門忠孝恭敬禮拜敷具飲食聽法解義然復不能如說修行以是業緣今獲果

報不如餘天以不如故深自悔責修因不滿足是故憂惱次有一天容貌光明及其眷屬十倍勝前來至佛所頭面禮足却在一面佛告天曰汝受天身快得安樂天白佛言我於今日得生天宮五欲自娱所須之物應念輙至眞實快樂無諸憂惱所以者何以我前世修因之時於君父母師長沙門婆羅門忠孝恭敬禮拜敷具飲食聽法能解其義如說修行以是因緣受天果報身形端正光明殊妙眷屬衆多勝餘諸天以修此行故得果滿足以滿足故得最勝果得勝果故一切諸天無有及者以無及者心得快樂

天女以華鬘供養迦葉佛塔緣第四十

爾時釋提桓因從佛聞法得須陀洹即還天上集諸天衆讚佛法僧時有天女頭戴華鬘華鬘光明甚大晃曜共諸天衆來集善法堂上諸天之衆見是天女生希有心釋提桓因即便說偈問天女言

汝作何福業　身如融眞金　光色如蓮華
而有大威德　身出妙光明　面若開敷華
金色晃然照　以何業行得　願爲我說之

爾時天女說偈答言

我昔以華鬘　奉迦葉佛塔　今生於天上
獲是勝功德　生在於天中　報得金色身

釋提桓因重復說偈讚歎言曰

甚奇功德田　芸除諸穢惡　如是少種子
得天勝果報　誰當不供養　供養眞金聚
誰不供養佛　上妙功德田　其目甚脩廣
猶如青蓮華　汝能與供養　無上第一尊
少作功德業　而獲如此容

爾時天女即從天下執持華蓋來至佛所佛為說法得須陀洹而還天上諸比丘等恠其所以即問佛言世尊今此天女作何功德獲此天身端正殊特佛言往古之時以種種華鬘供養迦葉佛塔以是因緣今獲此果

天女本以蓮華供養迦葉佛塔緣第四十一

爾時復有一天女頭上華鬘光明晃曜共諸天衆來集善法堂上時諸天衆見是天女生希有心時天帝釋以偈問曰

汝昔作何福　身如真金聚　光色如蓮華
而有大威德　身出微妙光　面如開敷華
光明甚煒曄　以何業行得　惟願為我說

天女即便說偈答言

我昔以蓮華　供養迦葉塔　今日值世尊
得是勝功德　生處於天上　得是金色報
釋提桓因重以偈讚
甚奇功德田　滅除諸穢惡　植因者甚少
獲得勝果報　誰不樂供養　恭敬真金聚
誰不供養佛　上妙福勝田　目廣脩而長
其喻青蓮華　汝昔能興供　第一最勝尊
作妙福德業　獲得如此報

爾時天女即從天下執持華蓋來到佛所聽佛說法得法眼淨還於天上時諸比丘即問佛言此女往昔作何行業得報如是佛言過去之時以妙蓮華供養迦葉佛塔故獲勝果今見道跡

天女受持八戒齋緣第四十二

爾時復有一天女受持八戒齋生於天上得端正報光顏威相與衆超異時共諸天集善法堂上諸天見已生希有心釋提桓因以偈

而問

汝昔作何業　身如眞金山　光顏甚煒曄
色如淨蓮華　得是勝威德　身出大妙光
以何業行獲　願爲我說之

天女爾時說偈答言

昔於迦葉佛　受持八戒齋　今得生天中
獲是端正報

釋提桓因重以偈讚

奇哉功德田　能生勝妙報　昔少修微因
而得生天上　如此勝福聚　誰當不供養
如是最勝等　誰當不恭敬　諸有聞是者
宜應大歡喜　欲求生天者　應當持淨戒

爾時此天持好華蓋來至佛所佛爲說法得見諦道時諸比丘即問佛言此天往昔作何福業得生天上而獲聖果佛言昔爲人時於迦葉佛所受持八齋由是善行生於天上而見道跡

雜寶藏經卷第三

音釋

胖脹 胖匹絳切脹知亮切　洄澓 洄胡瑰切澓房六切洄澓水漩流也　慠 魚到切倨也　懦 奴臥切弱也　躄 毗亦切倒也　駏驉 駏音巨驉音虛駏驉似騾面小　⿰馬婁 落侯切馬屬　衂 女六切鼻出血也　煒曄 煒羽鬼切曄域輒切煒曄光明盛貌

雜寶藏經卷第四

元魏沙門吉迦夜共曇曜譯

天女本以然燈供養緣第四十三

爾時王舍城頻婆娑羅王於佛法中得道獲不壞信常以燈明供養於佛後提婆達多與阿闍世王作惡知識欲害佛法是以國土怖畏不敢然燈供養有一女人以習常故於僧自恣日佛經行道頭然燈供養阿闍世王聞極大瞋恚即以劒輪斬腰而殺之命終得生三十三天摩尼炎宮殿中乘此宮殿至善法堂帝釋以偈問言

汝昔作何業　身如聚眞金　如有大威德

容貌甚光明

天女即時以偈答言

三界之眞濟　三有之大燈　至心眼觀佛

相好莊嚴身　法中之最勝　爲之然明燈

燈然以滅闇　佛燈滅衆惡　見燈如日光

眞實生信心　覩燈明熾盛　歡喜而禮佛

說此偈已來至佛所佛爲說法得須陀洹即還天上比丘問佛以何因緣生於天宮佛言昔在人間於僧自恣日佛經行道頭然燈供養阿闍世王斬其腰殺以是善因命終之後得生天中重於我邊聞法信解得須陀洹道

天女本以乘車見佛歡喜避道緣第四十四

爾時佛在舍衛國入城乞食有一童女乘車遊戲欲向園中道逢如來迴車避路生歡喜心其後命終生三十三天往集善法堂釋提桓因以偈問言

汝昔作何行　身色如眞金　光顏甚煒曄

猶若優鉢羅　得是勝威德　而生於天中

願今爲我說　何由而得之
天女即時以偈答曰
我見佛入城　迴車而避道　歡喜生信敬
命終得生天
說此偈已來向佛所佛爲說法得須陀洹即
還天宮比丘問言以何業緣生此天中佛言
昔於人間迴車避我今得生天重於我所聞
法信受證須陀洹果
天女本以華散佛化成華蓋緣第四十五
爾時舍衛國有一女子於節日中採阿恕伽
華還入城來遇值佛出即以此華散於佛上
化成華蓋歡喜踊躍生敬重心於是命終生
於三十三天即乘宮殿至善法堂帝釋以偈
問言
汝昔作何業　得來生天中　身如眞金色
威德甚光明　以何業行獲　願爲我說之
天女即以偈答言
昔於閻浮提　取阿恕伽華　還值於如來
即以供養佛　歡喜生敬重　命終得生天
說是偈已來向佛所佛爲說法得須陀洹便
還天上比丘問言此天女者以何因緣得受
天身佛言昔在人中出城取阿恕伽華還來
值我即以華供養發歡喜心乘此善業命終
生天重於我邊聞法得悟證須陀洹
舍利弗摩提供養佛塔緣第四十六
頻婆娑羅王已得見諦數至佛所禮拜問訊
時宮中婦女不得日日來到佛邊王以佛髮
宮中起塔宮中之人經當供養頻婆娑羅王
崩提婆達多共阿闍世王同情相厚生誹謗
心不聽宮人供養此塔有一宮人名舍利弗

摩提以僧自恣日憶本所習即以香花供養此塔時阿闍世王嫌其供養佛塔用鑽鑽殺命終得生三十三天乘天宫殿集善法堂帝釋以偈而問

汝昔作何福　而得生天中　威德甚光明
猶如眞金色　作何業行獲　願爲我說之

天女以偈而答之曰

我昔在人中　歡喜恭敬心　以諸好香華
供養於佛塔　而爲阿闍世　以鑽鑽殺我
命終得生天　受此極快樂

說是偈已來向佛所佛爲說法得須陁洹即還天宫比丘問言以何因緣生此天中佛言本於人間昔以香華供養佛塔由是善業今得天身重從我所聞法而悟證須陁洹

長者夫婦造作浮圖生天緣第四十七

舍衛國有一長者作浮圖僧坊長者得病命終生於三十三天婦追憶夫愁憂苦惱以追憶故修治浮圖及與僧坊如夫在時夫在天上自觀察言我以何因生此天上知以造作塔寺功德是故得來自見定是天身心生歡喜常念塔寺以天眼觀所作塔寺今誰料理即見其婦晝夜憶夫憂苦愁惱以其夫故修治塔寺夫作念言我婦於我大有功德我今應當往至其所問訊安慰從天上沒即到婦邊而語之言汝大憂愁念於我也婦言汝爲是誰勸諫於我答言我是汝夫以作僧坊塔寺因緣得生天上三十三天見汝精勤修治塔寺故來汝所婦言來前與我交會夫言人身臭穢不復可近欲爲我妻者但勤供養佛及比丘僧命終之後生我天宫以汝爲妻婦

用夫語供養佛僧作諸功德發願生天其後命終即生彼天宮夫婦相將共至佛邊佛爲說法得須陀洹諸比丘等驚怪所以便問以何業緣得生此天佛言昔在人中作浮圖僧坊供養佛僧由是功德今得生天

長者夫婦信敬禮佛緣第四十八

王舍城中有一長者日日往至佛所其婦生疑而作念言將不與他私通日日恒去便問夫言日日恒向何處來還夫答婦言佛邊去來問言佛爲好醜能勝汝也而恒至邊夫即爲婦歎說佛之種種功德爾時其婦聞佛功德心生歡喜即乘車往既至佛所爾時佛邊有諸王大臣㗊塞左右不能得前遥爲佛作禮即還入城其後捨壽生三十三天便自念言得佛恩重一禮功德使我生天即從天下往至佛邊佛爲說法得須陀洹比丘問言以何因緣得生此天佛言昔在人中爲我作禮以一禮功德命終生天

外道婆羅門女學佛弟子作齋生天緣第四十九

爾時舍衛國有佛諸弟子女人作邑會數數往至佛邊徒伴之中有一婆羅門女邪見不信不曾受齋持戒見諸女人共聚齋食問言汝等今作何等吉會與汝親厚而不命我諸女答言我等作齋婆羅門女言今非月六日又非十二日爲誰法作齋諸女言我作佛齋婆羅門女言汝作佛齋得何功德答言得生天解脫婆羅門女貪欲飲食故受水作齋食後與好美漿婆羅門齋法不飲不食佛齋之法食好食飲美漿此齋易樂心生歡喜却後

壽盡得生天上來向佛邊佛爲說法得須陀洹比丘問言以何因緣生於天中佛言昔在人間見諸女等聚集作齋隨喜作齋由是善業得來生天

貧女以氎施須達生天緣第五十

爾時須達長者作是思惟生我家者命終之後無墮惡道何以故我盡教以淨法故貧窮困苦信與不信我今亦當教以善法使供養佛僧於是具以上事啓波斯匿王王便擊鼓鳴鈴却後七日須達長者欲勸化乞索供養三寶一切人民各各隨喜多少布施至七日頭須達長者從諸人等勸化乞索有一貧女辛苦求價唯得一氎以覆身體見須達乞即便施與須達得已奇其所能便以財錢穀帛衣食恣意所欲供給貧女其後壽盡命終生於天上來至佛邊佛爲說法得須陀洹比丘問言今此天女以何因緣生於天上佛言昔在人中值須達長者教化乞索心生歡喜即以所著白氎布施須達由是善業得生天上重於我邊聞法信解獲須陀洹

長者女不信三寶父以金錢雇令受戒緣第五十一

爾時舍衛國中有一長者名曰弗奢生二女子一者出家精進用行得阿羅漢一者邪見誹謗不信父時語此不信之女汝今歸依於佛我當雇汝千枚金錢乃至歸依法僧受持五戒當與八千金錢於是便受五戒不久之頃命終生天來向佛所佛爲說法得須陀洹比丘問言此天女者以何業行得生於天佛言本於人間貪父金錢皈依三寶受持五戒

由是因緣令得生天重於我所聞法得道

女因掃地見佛歡喜生天緣第五十二

南天竺法家有童女必使早起淨掃庭中門户左右有長者女早起掃地會值如來於門前過見生歡喜注意看佛壽命短促即終生天夫生天者法有三念自思惟言本是何身自知人身今生何處定知是天昔作何業來生於此知由見佛歡喜善業得此果報感佛重恩來供養佛佛爲說法得須陀洹諸比丘言以何因緣令此女人生天得道佛言昔在人中早起掃地值佛過門見生喜心由是善業生於天上又於我所聞法證道

長者造舍請佛供養緣第五十三

王舍城有大長者新造屋舍請佛供養即以布施而白佛言世尊自今已後入城之時洗手洗鉢恒當來此其後壽盡生於天上乘天宮殿來詣佛所佛爲說法得須陀洹比丘白言以何因緣得生於天佛言昔在人中造新屋舍請佛布施由是善業上生天宮遂於我邊聞法得道

婦以甘蔗施羅漢生天緣第五十四

昔舍衛國有羅漢比丘入城乞食次到壓甘蔗家其家兒婦以一麤大甘蔗著比丘鉢中姑見瞋之便捉杖打遇著要脉即時命終得生忉利天而作女身所處宮殿純是甘蔗諸天之衆集善法堂時彼天女亦集此堂帝釋以偈問言

汝昔作何業　而得勝妙身　光明色無比
猶如融金聚

天女以偈答言

我昔在人中　以少甘蔗施　今得大果報
於諸天衆中　光明甚輝赫

天女以香塗佛足生天緣第五十五

昔舍衛城中有一女人坐地磨香值佛入城女見佛時生歡喜心以所磨香塗佛脚上其後命終得生天上身香遠聞徹四千里便往集於善法堂上帝釋以偈而問

汝昔作何福　身出微妙香　主在於天中
光色如融金

天女以偈答言

我以上妙香　供養最勝尊　得無等威德
生三十三天　而受大快樂　身出衆妙香
聞於百由旬　諸得聞香者　悉得大利樂

即時天女向世尊所佛爲說法得須陀洹道而還天上諸比丘問言昔作何福得生天中身若此香佛言唯此天女昔在人間以香塗我足以是因緣命終生天受此果報

須達長者婢歸依三寶生天緣第五十六

爾時舍衛國須達長者以十萬兩金雇人使皈依佛時有一婢聞長者語即皈依佛命終之後生三十三天於是往集善法堂帝釋以偈而問言

汝宿有何福　得生於天中　光明色微妙
今爲我說之

天女以偈答言

三界之堅勝　能拔生死苦　三界之眞濟
斷除三垢結　我昔歸依佛　并及於法僧
以是因緣故　而獲此果報

說是偈已來至佛所佛爲說法得須陀洹道比丘問言以何業緣受是果報佛言昔於人

中歸依佛故今得生天值我說法得須陀洹道

貧女從佛乞食生天緣第五十七

昔舍衞城中有一女人貧窮困苦常在路頭乞索自活轉轉經久一切人民無看視者佛行過見往到其所從佛乞食佛憐貧女困餓欲死即勑阿難使與其食時此貧女得食歡喜後便命終生於天上感佛往恩來供養佛佛為說法得須陀洹諸比丘問佛言今此天女以何因緣得生天上佛言此天女者昔在人間困餓垂死佛使阿難與食既得食已心生歡喜乘是善根命終生此天宮重於我所聞法得道

長者婢為主送食值佛即施獲報生天緣第五十八

舍衞國中有長者子共諸長者子遊戲園中欲去之時語其家內為我送食其家於後遣婢送食婢到門外會見於佛即以其食供養如來還復歸家取食更送亦於路中見舍利弗目揵連等即復與之第三取食與長者子長者子食竟自來還家語其婦言今日送食何為極晚婦答之言今日三過為君送食何故遲晚便喚婢來問汝朝三過取食與誰婢時答言第一送食值佛即與第二送食見舍利弗目揵連等復以與之第三取食始與大家大家聞已極大瞋恚以杖而打尋時命終生於天上初生天時具作三念一者自念我今生在何處自知生天二者自念從何處終而來生天知從人道中生於天上三者自念乘何業緣而得生天知由施食獲此果報便

來佛所供養恭敬佛爲說法得須陀洹比丘問佛今此天女以何因緣生於天上佛言本於人中作長者婢爲長者子送食值佛如來即以施佛大家瞋恚以杖打殺乘是業緣命終生天又於我所聞法證道

長者爲佛造講堂獲報生天緣第五十九

爾時王舍城頻婆娑羅王爲佛造作浮圖僧房有一長者亦欲爲佛作好房屋不能得地便於如來經行之處造一講堂而開四門後時命終生於天上乘天宮殿來供養佛佛爲說法得須陀洹比丘問言今此天子以何業緣得生天宮佛言本在人中造佛講堂由是善因命終生天來至我所感恩供養重聞說法獲須陀洹

長者見王造塔亦復造塔獲報生天緣第六十

爾時耆闍崛山南天竺有一長者見頻婆娑羅王爲佛作好浮圖僧坊亦請如來爲造浮圖僧房住處其後命終生於天上來至佛所報恩供養佛爲說法得須陀洹比丘問言此天子往日以何因緣得生天宮佛言昔在人間見王起塔心生隨喜便請如來造立浮圖由此善業得生天上又於我所聞法信悟證須陀洹

賈客造舍供養佛獲報生天緣第六十一

爾時舍衛國有一賈客遠行商賈身死不還母養其子其子長大復欲遠行祖母語言汝父遠去身死不還汝莫遠去當於近處在市坐肆即奉其勅便於市中作於估肆而作念言此城人民悉皆請佛我今新造舍已亦當

請於如來便往請佛佛來至已而白佛言我以此舍供養如來自今已後入城之時洗手洗鉢恒向我舍其後命終便生天上來至佛所佛爲說法得須陀洹比丘問言此天昔日以何業緣得生天上佛言本爲人時新作肆舍請佛著中乘此善業今生於天又於我所聞法獲報

貧人以麨團施現獲報緣第六十二

昔有一人居家貧窮爲人肆力得麨六升賞持歸家養育妻息會於中路見一道人執鉢捉錫行求乞食即生心念彼沙門者形貌端正威儀庠序甚可恭敬得施一食不亦快乎爾時道人知其心念隨逐貧人至一水邊貧人即便語道人言我今有麨意欲相施頗能食不道人答言唯得而已即於水邊爲其敷衣令道人坐和一升麨用爲一團而以與之作是念言若此道人是淨持戒得道人者使我現作一小國王道人得麨語貧人言何以極少何以極小此人謂此道人大食復和一升用作一團與而願言若此道人是淨持戒得道之人使我得作二小國王道人復言何以極少何以極小貧人念言雖是道人極似多食與如許麨猶嫌少小然我已請事須供給復和二升麨用爲一團而以與之又作念言若此道人是淨持戒得道人者使我現得領四小國王道人復言何以極少何以極小餘有二升盡和作團以與道人又作願言今此道人若是清淨持戒人者使我得作波羅柰國王領四小國獲見諦道道人得麨故嫌少小貧人白言唯願且食若不足者當脫衣

裳貿取飲食共相供給道人即食唯盡一升餘還歸主貧人問言尊者先嫌麨極少小如今云何食不令盡道人答言汝初與我一團麨時正求作一小國王故是以我言汝心願少第二團麨正願得作二小國王是以我言汝願少小第三團麨正求得作四小國王是以我言汝心願小第四團麨正作波羅柰國王領四小國使我後得見諦道果是以我言汝願少小不以不足而嫌少小爾時貧人自生疑念使我現得王五國者此事不小恐無實耳又復思惟能知我心必是聖人是大福田不應誑我道人知已即擲其鉢著虛空中隨後飛去化作大身滿於虛空又化作小身猶如微塵以一身作無量身以無量身合爲一身身上出水身下出火履水如地履地如水作十八變語貧人言好發大願莫有疑慮即隱身去時此貧人向波羅柰城而於道中見一輔相輔相見已諦視形相而語之言汝非其甲子耶答言我是問言何以繿縷乃至爾耶答言少失恃怙居家喪盡無人見看是以困苦繿縷如此輔相即啓波羅柰王王之所親某甲之子今在門外極爲窮悴王尋有勑令使將前問其委曲知是所親王即告言好親近我愼莫遠離却後七日王病命終諸臣謀言王無繼嗣唯此窮子是王所親宜共推舉作波羅柰王統領四國然後虐暴先彼道人於虛空中當王殿前結跏趺坐而語之言汝昔發願求得見諦今日云何乃造衆惡與本乖違又復爲王說種種法王聞法已悔先作惡改過慚愧精專行道得須陀洹

貧女以兩錢布施即獲報緣第六十三

昔耆闍山中多諸賢聖隱居衆僧諸方國土聞彼山名供養者衆有一長者將諸眷屬往送供養有一貧窮乞索女人作是念言今諸長者送供詣山必欲作會我當往乞便向山中既到山已見向長者設種種饌供養衆僧私自思惟彼人先世修福今日富貴今復重作功德將勝我先世不作今世貧苦今若不作未來轉劇思惟此已啼哭不樂又自念言我曾糞中拾得兩錢恒常寶惜以俟乞索不如意時當貿飲食用自存活今當持以布施衆僧分一二日不得飲食終不能死伺僧食訖捉此兩錢即便布施彼山僧法人有施者維那僧前立爲呪願當於爾時上座不聽維那呪願自爲呪願諸下座等深生嫌心而作此念得彼乞女兩枚小錢上座自輕爲其呪願如常見錢何以不爾上座尋時留半分食與此女人諸人見上座多與女人多與此女時得重擔飲食極大歡喜我適布施今以得報即擔飲食還出山去到一樹下眠卧止息會值王大夫人亡來七日王遣使者案行國界誰有福德應爲夫人相師占言此黄雲蓋下必有賢人即共相將至彼樹下見彼女人顏色潤澤有福德相樹爲曲蔭光影不移相師言此女人福德堪爲夫人即以香湯沐浴與夫人衣服不大不小與身相稱千乘萬騎左右導從將來至宮王見歡喜心生敬重如是數時私自念言我所以得是富禄緣以施錢故今彼衆僧便爲於我有大重恩即白王言我先厮賤王見拔擢得爲人次聽我報彼

衆僧之恩王言隨意夫人即時車載飲食及以珍寶往到彼山施僧食訖以寶布施上座不起遣維那呪願不自呪願王夫人言我昔兩錢爲我呪願今車載珍寶不爲我呪願諸年少比丘皆嫌上座先貧女人以兩錢布施爲其呪願今王夫人車載珍寶不爲呪願爲老耄耶爾時上座即爲王夫人演說正法語言夫人心念嫌我先以兩錢施時爲我呪願今車載珍寶不爲呪願我佛法中不貴珍寶唯貴善心夫人先施兩錢之時善心極勝後施珍寶吾我貢高是以我今不與呪願年少道人亦莫嫌我汝當深解出家之心諸年少道人各自慚愧皆得須陀洹道王夫人聽法慚愧歡喜亦得須陀洹道聽法已訖作禮而去

乾陀衛國畫師罽那設食獲報緣第六十四

昔乾陀衛國有一畫師名曰罽那三年客作得三十兩金欲還歸家而見他方作般遮于瑟問維那言一日作會可用幾許維那答言用三十兩金得一日會即自念言由我先身不種福業故受此報傭力自活今遭福田云何不作即語維那請爲弟子鳴椎集僧我欲設會設會已訖踊躍歡喜即便歸家既到家已其婦問言三年客作錢財所在其夫答言我所得財今已舉著堅牢藏中婦時問言堅牢之藏今在何許夫言乃在僧中婦時嫌責即集親里縛其夫主詣斷事人所而作是言我之母子貧窮辛苦無衣無食而我夫主得財餘用不持來家請詰所以時斷事人問其夫言何以爾也答言我身如電光不久照曜

亦如朝露須臾則滅由是恐懼深自念言緣我前身不作福業今遭窮苦衣食困乏故因見彼佛迦羅城中作般遮會衆僧清淨心生歡喜敬信内發即問維那得幾許物供一日食維那答言得三十兩金可得供一日我三年中作所得物即與維那使爲衆僧作一日食時斷事人聞是語巳心生歡喜憐愍其人脱巳衣服瓔珞及以鞍馬幷諸乘具悉施罽那即分一村落而賞封之華報如此其果在後

罽夷羅夫婦自賣設會現獲報縁第六十五

昔有一人名罽夷羅夫婦二人貧窮理極傭賃自活見他長者悉往寺中作大施會來歸家中共婦止宿頭枕婦臂自思惟言由我前身不作福故今日貧窮如彼長者先身作福今亦作福我今無福將來之世唯轉苦劇作是念巳涕泣不樂涙墮婦臂婦問夫言何以落涙答言見他修福常得快樂自鄙貧賤無以修福是以落涙婦言落涙何益可以我身賣與他人取財作福夫言若當相賣我身如何得自存活婦言若恐不活不見出者我今與君俱共自賣而修功德於是夫婦便共相將至一富家而語之言今我夫婦以此賤身請貿金錢主人問言欲得幾錢答言得千金錢主人言今與汝錢却後七日不得償我以汝夫婦即爲奴婢言契以定賣錢往詣到彼塔寺施設作會夫婦二人自共擣米相勸勵言今日我等須自出力而造福業後屬他家豈從意也於是晝夜勤辦會具到六日頭垂欲作會値彼國主亦欲作會來共諍日衆僧

皆言以受窮者終不得移國主聞已作是言曰彼何小人敢能與我共諍會日即遣人語罽羅汝避我日罽羅答曰實不相避如是三返執辭如初王恠所以自至僧坊語彼人言汝今何以不後日作共我諍日答言唯一日自在後屬他家不復得作王即問言何以不得自在責者言自惟先身不作福業今日窮苦今若不作恐後轉苦感念此事唯自責身以貿金錢用作功德欲斷此苦至七日後無財償他即作奴婢今以六日明便以滿以是之故分死諍日王聞是語深生憐愍歎未曾有汝真解悟貧窮之苦能以不堅之身易於堅身不堅之財易於堅財不堅之命易於堅命即聽設會王以已身并及夫人衣服瓔珞脫與罽羅夫婦割十聚落與作福封夫能至心修福德者現得華報猶尚如是況其將來獲果報也由此觀之一切世人欲得免苦當勤修福何可縱情懈怠放逸

沙彌救蟻子水灾得長命緣第六十六

昔者有一羅漢道人畜一沙彌知此沙彌却後七日必當命終與假歸家至七日頭勑使還來沙彌辭師即便歸去於其道中見衆蟻子爲水飄流命將欲絕生慈悲心自脫袈裟盛土堰水而取蟻子置高燥處遂悉得活至七日頭還歸師所師甚恠之尋即入定以天眼觀知其更無餘福得爾以救蟻子因緣之故七日不死得延命長

乾陀衛國王治塔寺得延命緣第六十七

昔乾陀衛國有一國主有一明相師占王却後七日必當命終出遊獵行見一故塔毀敗

崩壞即合群臣共修治之修治已訖歡喜還官七日安隱相師見過七日恠其所以問王言作何功德答言更無所作唯有一破塔以泥補治由治塔故功德如是

比丘補寺壁孔獲命延報緣第六十八

昔有一比丘死時將至會有外道婆羅門見相是比丘知後七日必當命終時此比丘因入僧坊見壁有孔即便團泥而補塞之緣此福故增其壽命得過七日婆羅門見恠其所以而問之言汝修何福比丘答言我無所修唯於昨日入僧坊中見壁有孔補治治已婆羅門歎言是僧福田最爲深重能使應死比丘續命延壽

長者子見佛求長命緣第六十九

昔佛在世有一長者子年五六歲相師占之福德具足唯有短壽將至外道六師所處求長壽頻彼六師都無有能與長壽法者將至佛所白佛言此子短壽唯願世尊與其長壽佛言無有是法能與長壽重白佛言願示方便佛時教言汝到城門下見人出者爲之作禮入者亦禮時有一鬼神化作婆羅門身欲來入城小兒向禮鬼呪願言使汝長壽此鬼乃是殺小兒鬼但鬼神之法不得二語以許長壽更不得殺以其如是謙忍恭敬得延壽命長

長者子客作設會獲現報緣第七十

昔佛在世時有長者子早喪父母孤窮竛竮客作自活聞有人說忉利天上極爲快樂又聞他說供養佛僧必得往生即問他言用幾許物可得供佛及以衆僧時人語言用三十

兩金可得作會便來向市求客作處市邊有一大富長者雇其客作長者問言汝今能作何事答言是作皆能三年客作索幾許物答言索三十兩金長者聞其事事皆能即雇使作爲人端直金銀銅鐵種種肆上得利倍常日月以滿從彼長者索作價金長者問言汝今得金用作何事答言我欲供養佛僧長者語言我今佐汝乃以種種瓮器米麪與汝作食汝但請佛及以衆僧即詣僧坊請佛及僧佛使衆僧皆受其請佛住自房衆僧皆受彼長者子請正值節日衆人皆送種種飲食往與衆僧衆僧食飽到長者子舍時長者子手自行食上座言少著次第皆言少著至訖下行時長者子啼哭懊惱辛苦三年設此飲食望衆僧食僧不爲食我求生天必不得生往至佛邊白佛言衆僧不食我供而我所願必當不得佛言少食以不答言悉皆少食佛言假使不食汝願必成況復少食而不成也童子歡喜還來飲食彼時衆僧食訖即還時有五百賈客入海來還入城募索飲食時世飢饉無有與者有人語言彼長者子今日設會必有飲食時長者子聞有賈客歡喜與食五百賈客皆得充足一切將從悉亦飽滿最下賈客解一珠與直萬兩金最上頭者解一珠與直十萬兩金五百賈客人與一珠與一銅盆與此長者子而不敢取往走問佛佛言此是華報但取無苦後必生天不足恐懼主人長者更無男兒唯有一女即與童子如是家業遂大熾盛舍衛城中最爲第一長者子命終波斯匿王聞其聰明知見以其家業悉乞

與之華報如是其果在後

雜寶藏經卷第四

音釋

畐 方逼切滿也 襤褸 襤盧甘切褸力主切襤褸衣破弊也 堰 於建切以土壅水也 竛竮 竛郎丁切竮滂丁切

雜寶藏經卷第五

元魏沙門吉迦夜共曇曜譯

弗那施佛鉢食獲現報緣第七十一

昔佛在世有梵志兄弟五人一名蚍奢二名無垢三名憍梵波提四名蘇馱夷四兄入山學道得五神通其最小弟名曰弗那見佛乞食盛好白淨飯滿鉢施佛爾時弗那恒以耕種爲業時耕種訖還歸于家後於一日出到田中見其田中所生苗稼變成金禾皆長數尺收刈已盡還生如初國王聞之亦來收刈不能得盡如是一切諸來取者皆不能盡兄等念言我弟弗那爲得生活爲貧苦耶尋共來看見弟福業踰於國王便語弟言汝先貧窮云何卒富答言我見瞿曇施一鉢飯得如是報四兄聞已歡喜踊躍又語弟言爾今爲我作歡喜團我等四人各持一團供養瞿曇願求生天不聽其法不用解脱於是各擔歡喜團往至佛所大兄捉一團著佛鉢中佛言諸行無常第二復以歡喜團著佛鉢中佛作是語是生滅法第三復以歡喜之團著佛鉢裏佛作是語生滅滅已第四復以歡喜之團著佛鉢中佛作是語寂滅爲樂即歸還家至寂靜處共相問言汝聞何語第一兄言我聞諸行無常次者復聞是生滅法又次者聞生滅滅已第四者聞寂滅爲樂兄弟四人各思此偈得阿那含皆來佛所求爲出家得阿羅漢道

大愛道施佛金織成衣并穿珠師緣第七十二

昔佛在世大愛道爲佛作金縷織成衣賣來

上佛佛即語言用施衆僧大愛道言我以乳哺長養世尊自作此衣故來奉佛必望如來爲我受之云何方言與衆僧也佛言欲使姨母得大功德所以者何衆僧福田廣大無邊是故勸爾若隨我語已供養佛時大愛道即持此衣往到僧中從上座行無敢取者次到彌勒彌勒受衣即著入城乞食彌勒身有三十二相紫磨金色既到城裏衆人競看無與食者有一穿珠師見諸人等無與食者即前跪請將至家中與彌勒食彌勒食訖時穿珠師以小座敷彌勒前求欲聽法彌勒有四辯才力即便爲說種種妙法時穿珠師願聽樂聞無有猒足先有長者將欲嫁女雇穿珠師穿一寶珠與錢十萬當此之時彼嫁女家遣人索珠時穿珠師聽法情濃不暇爲穿即答之言且可小待須臾之頃已復來索乃至三反猶故不得彼長者瞋合其珠錢還來奪去穿珠師婦瞋其夫言更無業也須臾穿珠得十萬利云何聽此道人美說其夫聞已意中恨恨爾時彌勒知其恨恨即問之言汝能隨我至寺以不答言我能即隨彌勒往僧坊中問上座言有人得金滿十萬斤何如歡喜聽人說法憍陳如言假使有人得金十萬不如有人以一鉢食施持戒人況能信心須臾聽法復勝於彼百千萬倍於是又問第二上座上座答言設復有人得十萬車金亦不如以一鉢之食施持戒者況復聽法歡喜經於時節又復問於第三上座上座答言若有人得十萬舍金亦復不如施持戒人一鉢之食況復聽法又問第四上座上座答言若其有得

十萬國金亦復不如施持戒人一鉢之食況復聽法百千萬倍如是次問乃至阿那律阿那律言有人得滿四天下金猶故不如施持戒人一飡之食況復聽法彌勒問言尊者說言有施比丘一鉢之食乃至勝得滿四天下金云何如是尊者答言以自身為證憶念往昔九十億劫有一長者有其二子一名利吒二名阿利吒恒告之言髙者亦墮常者亦盡夫生有死合會有離長者得病臨命終時約勑兒子慎莫分居譬如一絲不能係象多集諸絲象不能絕兄弟并立亦如絲多時彼長者囑誡子竟氣絕命終以父勑故兄弟共活極相敬念後為弟娶生活未幾而此弟婦語其夫言汝如彼奴所以者何錢財用度應當人客皆由汝兄汝今唯得衣食而已非奴如何數作此語爾時夫婦心生變異求兄分居兄語弟言汝不憶父臨終之言猶不自改數求分居兄見弟意正便與分居一切所有皆中半分弟之夫婦年少遊逸用度奢侈未經幾時貧窮困匱來從兄乞兄於爾時與錢十萬得去未久以復用盡而更來索如是六反皆與十萬至第七反兄便責數汝不念父臨終之言求於分異不能用心生活數來索物今更與汝十萬之錢從今已往不好生活重復來索更不與汝得是苦語夫婦二人用心生活以漸得富兄財喪失以漸貧窮來從弟乞其弟乃至不讓兄食而作是言謂兄常富亦復貧也我昔從兄有所乞索苦切見責今日何故來從我索兄聞此已極生憂惱自作念言同生兄弟猶尚如此況於外人猒惡生

死遂不還家入山學道精勤苦行得辟支佛其弟後亦以漸貧窮遭世飢饉賣薪自活時辟支佛入城乞食竟無所得空鉢還出時賣薪人見辟支佛空鉢出城即以賣薪所得稗麨而欲與之語辟支佛言尊者能食麤惡食不答言不問好惡趣得支身時賣薪人即便授與辟支佛受而食之食訖之後飛騰虛空作十八變即還所止時賣薪人後更取薪道見一兎以杖撩之變成死人卒起而來抱取薪人項彼取薪人種種方便欲推令去不能得離脫衣雇人使挽却之亦不得離展轉至闇負來向家既到家中死人自解墮在於地作真金人時賣薪人即便截却金人之頭頭尋還生却其手脚手脚還生須臾之間金頭金手滿其屋裏積爲大積隣比告官此貧窮人屋裏自然有此金積王聞遣使往覆檢之既到屋裏純見爛臭死人手足頭其人自捉金頭來以上王便是真金王大歡喜此是福人即封聚落從是命終生第二天爲天帝釋下生人中爲轉輪聖王天王人王九十一劫不曾斷絶今最後身生於釋種初生之日三十里中伏藏珍寶自然踊出後漸長大兄釋摩男父母偏愛阿那律母欲試諸兒時遣語無食阿那律言但擔無食來即與空器時空器中百味飲食自然盈滿設以四天下金用爲乳哺不足一劫況九十一劫常受快樂所以我今得此自然飲食適由先身施此一鉢之食今得此報上至諸佛下至梵天淨持戒者皆名持戒時穿珠師聞是語已心大歡喜

帝釋問事緣第七十三

如是我聞一時佛在摩竭提國王舍城南有婆羅門聚落名菴婆羅林此聚落北毗提醯山石窟之中爾時帝釋聞佛在彼即告般闍識企揵闥婆王子言摩竭提國婆羅門聚落名菴婆羅林此聚落北有毗提醯山世尊在中今與汝等可共詣彼般闍識企揵闥婆王子答言唯然此事最善歡喜樂聞即挾瑠璃琴從於帝釋往於佛所爾時諸天聞帝釋共揵闥婆王子等欲往佛所各自莊嚴隨從帝釋於天上没即至毗提醯山爾時山中光明照曜近彼仙人皆謂火光帝釋即告揵闥婆王子言此處清淨遠離諸惡阿練若處安隱坐禪當今佛邊多饒尊勝諸天側塞滿其左右我等今者云何而得奉見世尊帝釋即告揵闥婆王子汝可爲我往向佛所通我等意欲得覲問揵闥婆王子受教即往不遠不近瞻仰尊顔援琴而彈使佛得聞作偈頌曰

欲心生戀著　如象没淤泥　亦如象狂走

非鉤之所制　譬如阿羅漢　戀慕於妙法

亦如我貪色　恭敬禮其父　由生貴勝處

情倍生愛樂

極能生長我之愛　如似熱汗遇涼風

亦如極渴得冷飲　汝之容體甚可怖

猶如羅漢愛樂法　亦如病者得好藥

如彼飢者得美食　疾以清涼滅我熱

今我貪尚欲馳奔　如捉我心不得去

佛言善哉般闍識企今作此聲絃管相諧汝於近遠而造歌頌即白佛言我於往時遇一賢女名修利婆折斯是揵闥婆王珍浮樓女摩多羅天子名識騫稚先求彼女我時悦愛

即於其所而說斯偈我今佛前重說本偈帝釋念言佛以從定覺今與槃闍識企言說帝釋復語企言汝今稱我名頂禮佛足問訊世尊少病少惱起居輕利飲食調適氣力安樂無諸惡不安樂住不即報言諾受帝釋教重詣佛所稱帝釋名即禮佛足以帝釋語問訊世尊佛言帝釋及諸天皆安樂不重白佛言世尊帝釋及三十三天欲得見佛聽來見不佛言今正是時帝釋及三十三天聞佛教已即至佛所頂禮佛足在一面立白佛言世尊當何處坐佛言坐此座上白佛言此窟極小天衆極多作是語已見石窟廣博佛威神力多所容受帝釋即禮佛足在前而坐白佛言我於長夜常欲見佛欲得聞法我於往時佛在舍衛國入火光三昧當於爾時有毗沙門侍女名步闍拔提步闍拔提合掌向佛我時語彼毗沙門侍女言佛今在定我不敢亂爲我頂禮世尊之足稱我問訊彼女以帝釋語禮拜問訊佛語帝釋言我於爾時聞汝輩聲不久從定而起帝釋白佛言我昔從宿舊所聞如來阿羅訶三藐三佛陀出現世間諸天衆增長阿須羅衆減少今日我親自生天諸天衆增長阿須羅減少我今見佛弟子得生天上者三事勝於諸天壽命勝光色勝名勝時具毗耶寶女生忉利天先是佛弟子爲帝釋作子名渠或天子復有三比丘於佛前修行梵行心未離欲身壞命終生揵闥婆家日日三時爲諸天作使渠或天子見是三人而作給使即言我心不喜不忍我昔先在於人中時而彼三人恒至我家受我供養今日爲

諸天給使我不忍見此三天者本是佛之聲聞弟子我本爲人時受我恭敬供養飲食衣服今日下賤汝等從佛口聞法爲佛所開解云何生此鄙陋之處我先奉事供養於汝而我從佛聞法修施戒信因緣故得爲帝釋子有大威德勢力自在諸天皆名我爲渠或汝得佛勝法云何不能勤心修行生此賤處我今不忍見此惡事如是之事我不喜見云何同一法中生此下賤是佛弟子所不應生處渠或天子作是議論此三人等深自慚愧生猒惡心合掌語渠或言如天子所說實是我過今當除斷如此欲惡即勤精進修於定慧三人念瞿曇之法見欲過患即斷欲結譬如大象絕於羈靽斷其貪欲亦復如是帝釋并一商那天及餘諸天衆護世四天王皆來就此坐此三斷欲者即於諸天前飛騰虛空中帝釋白佛此三人爲得何法能作此種種神變來見世尊欲問彼所得佛言此三人既捨彼處得生於梵世唯願世尊爲我說彼生梵天法善哉賢帝釋分別問所疑時佛作是念帝釋無諂僞真實問所疑不爲惱亂我答汝之所問我當分別說帝釋問佛是何結使能繫縛人天龍夜叉乾闥婆阿脩羅迦樓羅摩睺羅伽佛時答曰貪嫉二結使繫縛人天阿修羅乾闥婆等并與一切類皆爲貪嫉自縛此事實爾天中天貪嫉因緣能縛一切我今從佛聞解此義疑網即除深生歡喜更問餘義貪嫉因何而生何因何緣得生貪嫉何因緣生何因緣滅憍尸迦貪嫉因憎愛生憎愛爲緣有憎愛必有貪嫉無憎愛貪嫉則滅實

爾天中天我今從佛聞解此義疑網即除深生歡喜更問餘義愛憎何因緣生何因緣滅答曰愛憎從欲而生無欲則滅實爾天中天我從佛聞信解此義疑網即除深生歡喜更問餘義欲從何因生何緣增長云何得滅佛言欲因覺觀生緣覺觀增長有覺觀則有欲無覺觀欲則滅實爾天中天我今從佛聞解此義疑網即除深生歡喜更問餘義覺觀因何而生何緣增長云何而滅覺觀從調戲生緣調戲增長無調戲覺觀則滅實爾天中天我今從佛聞解此義疑網即除深生歡喜更問餘義調戲因何生長云何而滅調戲佛告憍尸迦欲滅調戲當修八正道正見正業正語正命正方便正念正志正定帝釋聞已白佛言實爾天中天調戲實由八正道而滅我今從佛得聞此義疑網即除帝釋歡喜復問餘義欲滅調戲能修八正道此八正道比丘復因何法而得增長佛言復有三法一者欲二者正勤三者多習攝心帝釋言實爾天中天我等聞此義疑網即除比丘能修行正道分實自因此三事增長聞已歡喜帝釋復問比丘欲滅調戲當學幾法佛言當學三法當學增盛戒心當學增盛定心當學增盛智慧心帝釋聞已實爾天中天我聞此義疑網得除踊躍歡喜復問餘義欲滅調戲當解幾義我聞佛言當解六義一眼識色二耳識聲三鼻識香四舌識味五身識細滑六意識諸法帝釋聞已實爾天中天我聞此義疑網得除歡喜踊躍復問餘義一切衆生皆同一貪一欲一向一趣佛言帝釋一切衆生亦不一貪

一欲一向一趣衆生無量世界無量意欲趣向殊别不同各執所見帝釋聞已實爾天中天我聞此義疑網得除歡喜踊躍更問餘義一切沙門婆羅門盡得一究竟不得一無垢不得一究竟梵行不佛言一切沙門婆羅門不能盡得一究竟一無垢亦不得一究竟梵行若有沙門婆羅門得無上斷滅愛結解脱得正解脱者此乃盡得一究竟一無垢一究竟梵行如佛所説無上斷滅愛結解脱得正解脱者此乃盡得一究竟一無垢一究竟梵行今從佛聞便解此義得了此法得度疑彼岸得拔諸見毒箭已除我見心不退轉説是經時帝釋及八萬四千諸天遠塵離垢得法眼淨佛言憍尸迦汝頗曾以此問問沙門婆羅門不世尊我憶昔時曾共諸天集善法堂

問於諸天有佛出世未諸天各言未有佛出諸天聞佛未出於世各自罷散諸大威德天福盡命終我時恐怖見有沙門婆羅門在閑静處便到其所彼沙門婆羅門問我是誰我言是帝釋我不禮彼彼逆禮我我亦未問彼彼問於我知其無智是故我不歸依於彼我今從此歸依於佛爲佛弟子即説偈言

我先常懷疑　意想不滿足　長夜求智慧
分别如是疑　推覓於如來　見諸閑静處
沙門婆羅門　意謂是世尊　即往到其所
禮敬而問訊　我作是問言　云何修正道
彼諸沙門等　不解道非道　我今覩世尊
疑網悉皆斷　今日便有佛　世尊大論師
破壞降魔怨　盡煩惱最勝　世尊出於世
希有無與等　於諸天魔衆　無有如佛者

世尊我得須陀洹婆伽婆我得須陀洹世尊告言善哉善哉憍尸迦若汝不放逸當得斯陀含佛語帝釋汝於何處得是不壞信帝釋白言我於是處世尊邊得我即於此更得天壽命唯願覺了憶持此事帝釋言世尊我今作是念得生人中豪貴之處衆事備足即於其中捨俗出家歸向聖道若得涅槃甚爲大好若不得者生淨居天爾時帝釋集諸天衆尋即告言我於三時供養梵天自今已後止不爲此當於三時供養世尊爾時帝釋告般闍識企乾闥婆子言汝今於我其恩甚重汝能覺悟佛世尊故使我得見聞於深法我還天上當以珍浮樓女賢修利婆折斯爲汝作妻復當使卿代其父處作乾闥婆王爾時帝釋將諸天衆遶佛三帀却行而去至於靜處皆三稱言南無佛陀便還天上帝釋去不久梵天王作是念言帝釋已去我今當往至佛所如似壯士屈伸臂頃即至佛所禮佛足已在一面坐梵天光明遍照毗提醯山爾時梵天即說偈言

多所利益　顯現此義　舍脂波地　磨迦婆　周帀皆賢　能作問難　婆莎婆

重說帝釋所問即還天上佛於晨朝告諸比丘言梵天王昨日來至我所說言上偈已即還天上佛說是語已諸比丘歡喜敬禮佛足而去

度阿若憍陳如等說往日緣第七十四

佛在王舍城說法度阿若憍陳如釋提桓因頻婆娑羅王各將八萬四千衆而悉得道諸比丘疑怪各有爾許人拔三惡道佛言非但

今日於往昔時亦曾濟拔諸比丘言過去濟拔其事云何佛言過去世時有諸商賈人入海採寶還來中路於大曠野值一蟒蛇其身舉高六句樓舍遶諸商賈四邊周帀無出入處時諸商人極懷驚怖各皆唱言天神地神有慈悲者拔濟我等時有白象共師子爲伴師子跳往壞蟒蛇腦令諸商人得脫大難爾時蟒蛇便以口中毒氣害於師子及以白象命由未斷賈客語言汝拔濟我欲求何願答言唯願求作佛度一切人諸商人言汝若得佛願我等輩最在初會聞法得道師子白象即便命終商人燒之以骨起塔佛言欲知爾時師子者我身是也爾時白象者舍利弗是爾時商主憍陳如是帝釋頻婆莎羅王是爾時諸商衆者今得道諸天人是也

差摩釋子患目皈依三寶得眼淨緣第七十五

如是我聞一時佛在釋氏園爾時車頭城中有釋種名曰差摩淨信於佛淨信於法淨信於僧歸依於佛皈依於法皈依於僧一向於佛一向於法一向於僧於佛無疑於法無疑於僧無疑於苦諦無疑於集諦無疑於滅諦無疑於道諦無疑以得見諦獲得道果如須陀洹所知見事悉得知見於三菩提不過期限必定得之差摩釋子以患眼故有種種色不得見之差摩釋子即念世尊南無與眼者南無與明者南無除闇者南無執炬者南無婆伽婆南無善逝佛以淨天耳過於人耳聞其音聲語阿難言汝去今以章句擁護差摩釋爲作救作守作牧滅除災患爲四衆作利

作益作安樂住爾時世尊爲差摩釋說淨眼
修多羅
多折他施利彌利棄利醯醯多
以此淨眼呪使差摩釋眼得清淨眼膜得除
若是風翳若是熱翳若是陰翳若是等分翳
莫燒莫煮莫腫莫痛莫痒莫流淚戒實苦行
實仙實天實藥實呪句實因緣實苦實集實
滅實道實阿羅漢實辟支佛實菩薩實如是
稱差摩釋名餘人亦如是稱名使得眼淨得
眼淨已使闇除使膜除若是風翳若熱翳若
是冷翳若等分翳莫燒莫煮莫腫莫痛莫痒
莫流淚阿難如是章句如是六佛世尊我今
第七亦作是說四天王亦說是呪帝釋亦說
梵王幷諸梵衆亦隨歡喜阿難我不見若天
若人若魔若梵若沙門衆若婆羅門衆若人
若天三說是章句若翳若闇若膜若腫若眼
青若眼中淚出若是天作若是龍作若是夜
叉作若阿修羅作若究槃茶作或餓鬼作或
毗舍作或毒所作或惡呪作或蠱道作或毗
陀羅呪作或是惡星作或諸宿作阿難即到
爲差摩釋三說是呪眼淨如本得見諸色以
此呪隨稱人名字如差摩釋皆得除闇除膜
風熱冷及等分莫燒莫煮莫腫莫痛莫痒莫
流淚南無婆伽婆南無多他阿伽陀阿羅呵
三藐三佛陀菩薩以此神呪章句一切皆得
吉成諸梵隨喜娑訶
七種施因緣第七十六
佛說有七種施不損財物獲大果報一名眼
施常以好眼視父母師長沙門婆羅門不以
惡眼名爲眼施捨身受身得清淨眼未來成

佛得天眼佛眼是名第一果報二名和顏悅色施於父母師長沙門婆羅門不顰蹙惡色捨身受身得端正色未來成佛得眞金色是名第二果報三名言辭施於父母師長沙門婆羅門出軟語非麤言捨身受身得言語辯了所可言說爲人信受未來成佛得四辯才是名第三果報四名身施於父母師長沙門婆羅門起迎禮拜是名身施捨身受身得端正身長大之身人所敬身未來成佛身如尼拘陀樹無見頂者是名第四果報五名心施雖以上事供養心不和善不名爲施善心和善深生供養是名心施捨身受身得明了心不癡狂心未來成佛得一切種智心是名心施第五果報六名牀座施若見父母師長沙門婆羅門爲敷牀座令坐乃至自以已所自座請使令坐捨身受身常得尊貴七寶牀座未來成佛得師子法座是名第六果報七名房舍施前父母師長沙門婆羅門使屋舍之中得行來坐卧即名房舍施捨身受身得自然宮殿舍宅未來成佛得諸禪屋宅是名第七果報是名七施雖不損財物獲大果報

迦步王國天旱浴佛得雨緣第七十七

若種少善於良福田後必獲報如往古昔無量無邊阿僧祇劫爾時有王名曰迦步統領閻浮提內八萬四千國土王有二萬夫人然無子息禱祠神祇經歷多年最大夫人而生太子字曰栴檀爲轉輪王領四天下猒惡出家得成正覺時彼國中諸相師等咸言大旱應十二年作何方計禳却此災尋共議言我等今者應造金瓶置于市上盛滿香水以用

浴佛分布香水而起塔廟可得除灾即請如來香水澡浴分取世尊洗浴之餘作八萬四千寶瓶分與八萬四千諸國仰造塔廟供養作福以造塔廟作福因緣天即大雨五穀豐熟人民安樂時有一人見是塔廟心生歡喜即以一把華散于塔上獲大善報佛言我以佛眼觀彼久遠栴檀如來香水塔廟受彼化者皆久成佛入於涅槃一把華施者我身是也以我往日有是因緣今於末後自致成佛是故行者應當勤心作諸功德莫於小善生下劣想

長者請舍利弗摩訶羅因緣第七十八

昔舍衛城中有大長者其家巨富財寶無量常於僧次而請沙門就家供養爾時僧次次舍利弗及摩訶羅至長者家長者見已甚大歡喜當于時日入海估客大獲珍寶安隱歸家時彼國王分賜聚落封與長者其妻懷妊復生男兒諸歡慶事同時集會舍利弗等既入其家受長者供飯食訖長者行水在尊者前敷小牀坐舍利弗呪願而言今日良時得好報財利樂事一切集踊躍歡喜心悅樂信心踊發念十力如似今日後常然長者爾時聞呪願已心大歡喜即以上妙好氎二張施舍利弗然摩訶羅獨不施與時摩訶羅還寺惆悵作是念言今舍利弗所以得者正由呪願適長者意故獲是施我今應當求是呪願即語舍利弗言向者呪願願授與我即答之言此呪願者不可常用有可用時有不可用時摩訶羅慇懃求請願必授我舍利弗不免其意即授呪願既蒙教授尋即讀誦極令

通利作是思惟我當何時次第及我得爲上座用此呪願時因僧次到長者家得作上座時彼長者估客入海亡失珍寶長者之婦遭羅官事兒復死喪而摩訶羅說本呪願言後常然爾時長者既聞是語心懷忿恚尋即驅打推令出門被瞋打已情甚懊惱即入王田胡麻地中蹋踐胡麻苗稼摧折守胡麻者瞋其如是復加鞭打極令勞辱時摩訶羅連被打已過問打者言我有何愆見打乃爾時守麻者具說践蹋胡麻之狀示其道處涉路前進未經幾里值他刈麥積而爲積時彼俗法遶積右旋施設飲食以求豐壤若左旋者以爲不吉時摩訶羅遶積左旋麥主忿之復加打棒時摩訶羅復問之言我有何罪横加打棒麥主答言汝遶麥積何不右旋呪言多入

違我法故是以打汝即示其道小復前行逢有葬埋遶他塚壙如向麥積呪願之言多入多入喪主忿之復捉撾打而語言汝見死者應當愍言自今已後更莫如是云何反言多入多入摩訶羅言自今已往當如汝語又復前行見他嫁娶如送葬者之所教言自今已後莫復如是嫁娶者瞋其如是復加笞打乃至頭破遂復前進被打狂走值他捕鴈驚怖慞惶觸他羅網由是之故驚散他鴈獵師瞋恚復捉搒打時摩訶羅被打困熟語獵師言我從道行數被蹪頓精神失錯行步躁疾觸君羅網願見寛放令我前進獵師答言汝極麤踈伽傜乃爾何不安徐匍匐而行即前著道如獵師語匍匐而行復於道中遇浣衣者見其肘行謂欲偷衣即時徵捉復加打棒時

摩訶羅既遭困急具陳上事得蒙放捨至於祇桓語諸比丘我於先日誦舍利弗呪願得大苦惱自說被打虐體毀破幾失身命諸比丘將摩訶羅詣於佛邊具說其人被打因由佛言此摩訶羅不但今日有是因緣乃至昔日有國王女遭遇疾患太史占之須詣塚間爲其解除時國王女即將導從往詣塚間于時道行有二估客見國王女侍從嚴飾心懷懼畏走至塚間其一人者即爲王女侍從之人割截耳鼻其一人者得急驚怖死屍中伏詐現死相爾時王女將欲解除選新死人膚未爛者坐上澡浴以療所患時遣人看正值估客以手觸之其體尚煗謂爲新死即以芥末塗身在上洗浴芥末辛氣入估客鼻雖欲自持不能禁制即便大嚏欻然而起時侍從者謂起尸鬼或能爲我作諸灾戾閉門拒逆王女得急急捉不放于時估客以實告言我實非鬼王女即時與彼估客俱往詣城喚開城門具陳情實時女父國王雖聞其言猶懷不信莊嚴兵仗啓門就看方知非鬼時父王言女人之體形不再現即以其女而用妻之估客歡喜慶遇無量佛言爾時估客得王女者舍利弗是割截耳鼻者摩訶羅是宿緣如此非但今日自今已後諸比丘等若欲說法呪願當解時宜應修習布施持戒忍辱精進禪定智慧憂悲喜樂宜知是時及以非時不得妄說

雜寶藏經卷第五

音釋

積子智切聚也　淤依據切澱也　羈靽羈居宜切係也靽博漫切縶也　蟒毋黨切大蛇也　膜末各切翳膜也　腫主勇切　顰蹙顰毗賓切蹙子六切顰慼愁貌　笞超之切擊也　搒蒲庚切捶打也　躓陟利切踣也　侜倀侜陟流切倀音張侜倀欺誑人也　嚏丁計切氣噴鼻也　欻許勿切忽也

雜寶藏經卷第六

元魏沙門吉迦夜共曇曜譯

婆羅門以如意珠施出家得道緣第七十九

佛在舍衛國爾時南天竺有一婆羅門善別如意珠持一如意珠從南天竺至東天竺遍諸國土無能別者如是次第至舍衛國到波斯匿王所而作是言誰能分別識此珠者波斯匿王集諸群臣一切智人無能識者波斯匿王共至佛邊佛語婆羅門言汝識珠名字不知珠生出處不知珠力耐不答言悉知佛言此珠摩竭大魚腦中出魚身長二十八萬里此珠名曰金剛堅也有第一力耐使一切被毒之人見悉消滅又見光觸身亦復消毒第二力者熱病之人見則除愈光觸其身亦復得瘥第三力者人有無量百千怨家捉此珠者悉得親善時婆羅門聞此語已甚用歡喜如來眞實一切智人即以此珠奉上於佛而求出家佛言善來比丘鬚髮自落法服著身爲說法要即得羅漢諸比丘言如來善能分別此珠復能說法使得道證佛言非但今日過去亦爾昔迦尸國仙人山中有五通仙時有婆羅門持一樹葉問仙人言此何樹葉仙人答言此樹名金頂若人被毒垂命欲死此樹下坐即得消滅熱病之人依此樹者亦復得除以此樹葉觸人身者所有毒氣及與熱病悉皆得除婆羅門歡喜求與仙人而作弟子修習其法亦得五通爾時五通仙人者我身是也爾時持樹葉婆羅門者今此婆羅門是也我於爾時教其使得具五神通今亦免其生死之難獲阿羅漢

十力迦葉以實言止佛足血緣第八十

爾時如來被加陀羅刺刺其脚足血出不止以種種藥塗不能得瘥諸阿羅漢於香山中取藥塗治亦復不降十力迦葉至世尊所作是言曰若佛如來於一切衆生有平等心於羅睺羅提婆達多等無有異者脚血應止即時血止瘡亦平復比丘歎言種種妙藥塗治不止迦葉實言血則尋止佛言非但今日過去世時亦復如是昔有一婆羅門生産一子名曰無害而白父言田中行時莫害衆生父告子言汝欲作仙人耶生活之法云何避虫子言我今望得父現世安樂後世安樂不用我語用是活爲即向毒龍泉邊而坐欲求取死世有毒龍見之害人時婆羅門子即見毒龍毒遍身體命即欲斷父時憂惱不知兒處即尋求覓見兒欲死父到兒所而作是言我子從來無害心者此毒應消作是語已毒氣即消平復如故爾時父者十力迦葉是也爾時子者我身是也於過去世中能作實語消除我病於今現世亦以實言而愈我病

佛在菩提樹下魔王波旬欲來惱緣第八十一

昔如來在菩提樹下惡魔波旬將八十億衆欲來壞佛至如來所而作是言瞿曇汝獨一身何能坐此急可起去若不去者我捉汝脚擲著海外佛言我觀世間無能擲我著海外者汝於前世但曾作一寺主受一日八戒布施辟支佛一鉢之食故生六天爲大魔王而我乃於三阿僧祇劫廣修功德阿僧祇劫我曾供養無量諸佛第二第三阿僧祇劫亦復

如是供養聲聞緣覺之人不可計數一切大地無有針許非我身骨魔言瞿曇汝道我昔一日持戒施辟支佛食信有真實我亦自知汝亦知我汝自道者誰爲證知佛以手指地言此地證我作是語時一切大地六種震動地神即從金剛際出合掌白佛言我爲作證有此地來我恒在中世尊所說真實不虛佛語波旬汝今先能動此澡瓶然後可能擲我海外爾時波旬及八十億衆不能令動魔王軍衆顛倒自墮破壞星散諸比丘言波旬長夜惱亂如來而不得勝佛言非但今日過去亦爾昔迦尸國仙人山中有五通仙教化波羅柰城中諸年少輩皆度出家使修仙道爾時城神極大瞋恚語仙人言汝若入城更度人者我捉汝脚擲於海外時彼仙人捉一澡瓶語城神言先動此瓶然後擲我盡其神力不能得動慚愧歸伏爾時仙人我身是也爾時城神波旬是也

佛爲諸比丘說利養災患緣第八十二

爾時如來在舍衛國猒患利養有一深林名貪莊嚴逃避利養往至林中林中有寺時一羅漢名那弋迦作此寺主佛至彼林到後日中有諸人等持衣供養滿於林中作是言曰我不用利養而此利養常逐我後有萬二千比丘亦至彼處佛語諸比丘利養者是大災害能作障難乃至羅漢亦爲利養之所障難比丘問言能作何障佛言利養之害破皮破肉破骨破髓云何爲破破持戒之皮禪定之肉智慧之骨微妙善心之髓萬二千比丘齊畜三衣六物作阿練若不受餘物佛即讚歎

善哉善哉能作阿練若法我之此法是少欲法非是多欲是知足法非不知足是樂靜法非樂憒閙是精進法非懈怠法是正念法非邪念法是定心法非亂心法是智慧法非愚癡法時諸比丘聞說此語皆得阿羅漢諸比丘白佛言希有世尊佛言非適今日過去亦爾昔迦尸國有輔相名曰夜叉夜叉之子名夜兒達多深覺非常出家學仙諸仙多欲皆諍果草夜兒達多爲欲令彼少欲之故捨其輭草取彼鞕草捨此甘果取彼酢果捨已新果取他陳果捨取果已即得五通萬二千仙人見其如此便學少欲不復多求亦皆得五通夜兒達多漸作方便教化諸仙命終之後生不用處爾時達多我身是也爾時萬二千仙人今萬二千比丘是也

賊臨被殺遥見佛歡喜而生天緣第八十三

爾時舍衛國波斯匿王擊鼓唱令而作是言若作賊者捉得當殺時有一人捉賊將來王便遣人將出殺去在於城外會於道中遥見如來心生歡喜至於殺處即伏王法尋得生天具修三念知已由是垂殺之時見佛歡喜命終生天感佛恩德來下供養佛爲說法得須陀洹比丘問言以何業緣生於天宮佛言昔在人中爲王所殺臨死之時見佛歡喜秉此善因生彼天宮重於我所聞法解悟證須陀洹

刖手足人感佛恩而得生天緣第八十四

昔舍衛國有人犯於王法截其手足擲著道頭佛行見之即往到邊而問言曰汝於今者以何爲苦刖人答言我最苦餓即勑阿難使

與彼食其刖人命終生天感佛厚恩來下供養佛爲說法得須陀洹比丘問言以何業行生於天上佛言昔在人中被刖手足擲於道頭佛到其所勑與其食心生歡喜命終生天重於我所聞法得道

長者子以好蜜漿供養行人得生天緣第八十五

昔舍衛國有一長者於祇桓林求空閑地欲造房舍須達長者遍以作竟無復空處便於祇桓大門之中以好淨水用種種蜜種種之麨作漿供給一切行人九十日後佛亦受之於是命終生於天上有大威德乘天宮殿來供養佛佛爲說法得須陀洹比丘問言以何業行得生天上威德如此佛言本爲人時於祇桓門作種種漿施與一切佛亦自受以是因緣生於天上又於我所聞法得道

波斯匿王遣人請佛由爲王使生天緣第八十六

昔舍衛國波斯匿王須達長者久不見佛心生渴仰於夏坐後遣使請佛使至佛所恭敬白佛言王與長者欲見如來唯願世尊乘此車上往到舍衛佛言我不用車自有神足雖作是語爲其得福當於車上空中而行使便在前而告於王及以長者王與長者躬自出迎使亦與王還來見佛命終生於天上即乘寶車來至佛所佛爲說法得須陀洹比丘問言以何因緣生於天宮乘此寶車佛言昔在人中爲王所使到於佛所奉車使乘由是業緣令得生天恒駕寶車重於我邊聞法得悟證須陀洹

波斯匿王勸化乞索時有貧人以氎施王得生天緣第八十七

昔舍衛國波斯匿王作是言曰須達長者尚能勸化一切人民作諸福業我今亦當爲衆生故教導乞索令其得福於是行化處處乞索時有一人貧窮乏唯有一氎即便持施波斯匿王王得氎已轉以奉佛其後貧人命終生天感佛大恩而來供養佛爲說法獲須陀洹比丘問言昔作何業生於彼天佛言在人中時值王勸化即以白氎而布施之乘此善因得生於天遂於我前聞法證道

兄勸弟奉修三寶弟不敬從兄得生天緣第八十八

昔舍衛國有兄弟二人而第一者奉修佛法第二之者事富蘭那兄常勸弟使事三寶弟不隨順恒共鬪諍情不和合各便分活第一者供養於佛後遂命終生於天上即來佛所報恩供養佛爲說法得須陀洹比丘問言昔爲何業生此天宮佛言往在人中心樂正法奉修三寶以是福因今得生天又於我所聞法信解而證道果

父聞子得道歡喜即生天緣第八十九

昔舍衛國有兄弟二人恒喜鬪諍更相怨惡便共詣王欲求決斷道中值佛佛爲說法得阿羅漢道父聞子遇佛得道心生歡喜遂便命終生於天上來至佛所佛爲說法得須陀洹比丘問言往作何業今得生天佛言昔在人中聞我爲其子等說法得道踊躍歡喜命終生天重於我所聞法信解而證道果

子爲其父所逼出家生天緣第九十

昔舍衛國有人使子出家事佛佛即度之恒使掃地不堪辛苦罷道還俗其父語言汝但出家自今已後代汝掃地父即共子往彼祇桓精舍見精舍其中清涼心生歡喜便作是言我寧殺身出家掃地不復還俗其後命終生於天上即來佛所佛爲說法得須陀洹比丘問言以何業緣生於天上佛言往在人中不堪辛苦欲還於家其父不聽代其使役強驅出家遂便歡喜命終生天又於我所聞法得道

羅漢祇夜多驅惡龍入海緣第九十一

昔有尊者阿羅漢字祇夜多佛時去世七百年後出罽賓國時罽賓國有一惡龍王名阿利那數作災害惱諸賢聖國土人民悉皆患之時有二千阿羅漢各盡神力驅遣此龍令出國界其中有五百羅漢以神通動地又有五百人放大光明復有五百人入禪定經行諸人各各盡其神力不能使動時尊者祇夜多最後往到龍池所三彈指言龍汝今出去不得此住龍即出去不敢停住爾時二千羅漢語尊者言我與尊者俱得漏盡解脫法身悉皆平等而我等各各盡其神力不能令動尊者云何以三彈指令阿利那龍遠入大海也于時尊者答言我凡夫已來受持禁戒至突吉羅等心護持如四重無異今諸仁者所以不能動此龍者神力不同故不能動時尊者祇夜多與諸弟子向北天竺道中見一烏仰而微笑弟子白言不審尊者何緣微笑願說其意尊者答言時至當說於是前行到石室城既至城門慘然變色食時已至入城乞

食既得食已還出城門復慘然變色諸弟子等長跪白言不審向者何緣微笑復慘然變色時尊者祇夜多答諸弟子言我於往昔九十一劫毗婆尸佛入涅槃後作長者子爾時求欲出家父母不聽而語子言我家業事重汝若出家誰繼後嗣吾當爲汝取婦產一子扄聽汝出家即便爲娶既取婦已復求出家父母復言若生一息聽汝出家其後不久生一男兒兒已能語復白父母言願尊先許聽我出家爾時父母恐違前言密敎乳母語孫兒言汝父若欲出家去時汝當在門捉告父言既生育我今欲捨我出家去也若去者願令殺我然後當去其父即時慘然情變而語子言我今當住不復更去由是之故流浪生死我以道眼觀察宿命天上人中及三惡道

相值甚難相值甚難今乃一見向一烏者即是彼時孫兒也今向所以慘然變色者我於城邊見餓鬼子而語我言我在此城邊已七十年我母爲我入城求食未曾一得來我今饑渴甚大困厄願尊者入城見我母者願爲我語速看我來時我入城見餓鬼母而語之言汝兒在外飢渴甚厄思欲相見時餓鬼母而報之言我來入城七十餘年我自薄福加我新生餓羸無力雖有膿血涕唾糞穢不淨之食諸大力者於先持去我不能得最後得一口不淨欲持出門與子分食門中復有諸大力鬼復不聽出唯願尊者慈愍將我使母子相見食此不淨時尊者即將餓鬼母得出城門母子相見分食不淨爾時尊者問此鬼言汝於此住爲以幾時時鬼答言我見此城

七反成壞時尊者數言餓鬼壽長甚爲大苦時諸弟子聞說此語皆猒患生死即得道跡

二比丘見祇夜多得生天緣第九十二

時南天竺有二比丘聞祇夜多有大威德來向罽賓到其住處道由樹下見一比丘形體甚悴竈前然火彼二比丘而問之言汝識尊者祇夜多不答言我識彼比丘言今在何處語言在上第三窟中彼二比丘即便上山往到窟所見向然火比丘時二比丘疑恠所以比丘言尚有如此名德何憂不能於先來此時一比丘即求決疑而問之言尊者有如此威德自然火爲尊者答言我念往昔生死之苦若我頭手脚可然之者猶爲衆僧而用然火況復然薪時二比丘即便問之不審往昔生死之苦其事云何願欲聞之尊者答言我念往昔五百世中生於狗中常困飢渴唯於二時得自飽滿一值醉人酒吐在地得安樂飽二值夫婦二人共爲生活夫便向田婦住後作食時彼婦人事緣小出我時即入盜彼飯食値彼食器口小初雖得入頭後難得出雖得一飽然後辛苦夫從田還即便剪頭在於器中時二比丘聞其說法猒惡生死得須陀洹

月氏國王見阿羅漢祇夜多緣第九十三

月氏國有王名栴檀罽尼吒聞罽賓國尊者阿羅漢字祇夜多有大名稱思欲相見即自躬駕與諸臣從往造彼國於其中路心竊生念我今爲王王於天下一切人民靡不敬伏自非有大德者何能堪任受我供養作是念已遂便前進逕詣彼國有人告尊者祇夜多

言月氏國王名栴檀罽尼吒與諸臣從遠來相見唯願尊者整其衣服共相待接時尊者答言我聞佛語出家之人道尊俗表唯德是務豈以服飾出迎接乎遂便靜默端坐不出於是月氏國王至其住處見尊者祇夜多覩其威德倍生敬信即前稽首却住一面時尊者欲唾月氏國王不覺前進授唾器時尊者祇夜多即語王言貧道今者未堪爲王作福田也胡爲躬自枉屈神駕時月氏王深生慚愧我向者竊生微念以知我心自非神德何能爾也於尊者所重生恭敬時尊者祇夜多即便爲王略說教法王來時道好去如來時王聞教已即便還國至其中路群臣怨言我等遠從大王往至彼國竟無所聞然空還國時月氏王報群臣言卿今責我無所得也向時尊者爲我說法來時道好去如來時卿等不解此也以我往昔持戒布施修造僧坊造立塔寺種種功德以植王種今享斯位今復修福廣積衆善當來之世必重受福故誡我言王來時道好去如來時群臣聞已稽首謝言臣等厮下智慧愚淺竊生妄解謂所行來道大王神德妙契言旨積德所鍾故享斯位群臣歡喜言已而退

月氏國王與三智臣作善親友緣第九十四

時月氏國有王名栴檀罽尼吒與三智人以爲親友第一名馬鳴菩薩第二大臣字摩吒羅第三良醫字遮羅迦此三人王所親善待遇隆厚進止左右馬鳴菩薩而白王言當用我語者使王來生之世常與善俱永離諸難長辭惡趣第二大臣復白王言王若用臣密

語不漏泄者四海之內都可剋獲第三良醫復白王言大王若能用臣語者使王一身之中終不橫死百味隨心調適無患王如其言未曾微病於是王用大臣之言軍威所擬莫不摧伏四海之內三方已定唯有東方未來歸伏即便嚴軍欲往討伐先遣諸胡及諸白象於先導道王從後引欲至葱嶺越度關嶮先所乘象馬不肯前進王甚驚怪而語馬言我前後乘汝征伐三方已定汝今云何不肯進路時大臣白言臣先所啓莫泄密語今王漏泄命將不遠如大臣言王即自知之定死不久是王前後征伐殺三億餘人自知將來罪重必受無疑心生怖懼便即懺悔修檀持戒造立僧房供養衆僧四事不乏修諸功德精勤不倦時有諸臣自相謂言王廣作諸罪殺戮無道今雖作福何益往咎時王聞之將欲解其疑意即作方便勑語臣下汝當然一大鑊七日七夜使令極沸莫得斷絕王便以一指環擲於鑊中命向語臣仰卿鑊中得此環來臣白王言願更以餘罪而就於死此環叵得王語臣言頗有方便可得取不時臣答言下止其火上投冷水以此方便不傷人手可取之耳王答言我先作惡喻彼熱鑊今修諸善慚愧懺悔更不爲惡胡爲不滅三塗可止人天可得即時解悟諸臣聞已莫不歡喜智人之言不可不用

拘尸彌國輔相夫婦惡心於佛佛即化道得須陀洹緣第九十五

佛在拘彌國有輔相婆羅門爲人狂暴動不以道其婦邪諂亦復無異夫勑婦言瞿曇沙

門在此國界若其來者閉門莫開於一日中如來忽然在其屋中婆羅門婦見已黙然都不與語佛便說言汝婆羅門愚癡邪見不信三寶婦聞此語極大瞋恚自絶瓔珞著垢膩衣在地而坐夫從外來問言何以爾也答言瞿曇沙門罵辱於我作如是言汝婆羅門邪見不信夫言且待明日明日開門以待佛來於後日中佛現出其家婆羅門即捉利劒而斫於佛不能得著見佛在虛空中便自慚愧五體投地而白佛言唯願世尊來下受我懺悔佛即來下受其懺悔爲說法要夫婦俱得須陀洹道時諸比丘聞佛降化如是惡人各作此言世尊出世甚奇甚特佛告比丘言非但今日過去之時亦曾調伏比丘白佛言不審過去調伏云何佛言昔迦尸國有王名爲

惡受極作非法苦惱百姓殘賊無道四遠賈客珍琦勝物皆稅奪取不酬其直由是之故國中寶物遂至大貴諸人稱傳惡名流布爾時有鸚鵡王在於林中聞行路人說王之惡即自思念我雖是鳥尚知其非今當詣彼爲說善道彼王若聞我語必作是言彼鳥之王猶有善言柰何人王爲彼譏責儻能改修尋即髙飛至王園中迴翔下降在一樹上值王夫人入園遊觀于時鸚鵡鼓翼嚶鳴而語之言王今暴虐無道之甚殘害萬民毒及鳥獸含氣嗷嗷人畜憤結呼嗟之音周聞天下夫人苛剋與王無異民之父母豈應如是夫人聞巳瞋毒熾盛此何小鳥罵我濫口遣人伺捕爾時鸚鵡不驚不畏入捕者手夫人得之即用與王王語鸚鵡何以罵我鸚鵡答言說

王非法乃欲相益不敢罵也時王問言有何非法答言有七事非法能危王身問言何等爲七答言一者躭荒女色不務貞正二者嗜酒醉亂不恤國事三者貪著碁博不修禮敬四者遊獵殺生都無慈心五者好出惡言初不善語六者賦役謫罰倍加常則七者不以義理劫奪民財有此七事能危王身又有三事傾敗王國王復問言何謂三事答言一者親近邪佞諂惡之人二者不附賢勝不受忠言三者好伐他國不養人民此三不除傾敗之期非旦則夕夫爲王者率土歸仰王當如橋濟渡萬民王當如秤親緣皆平王當如道不違聖蹤王者如日普照世間王者如月與物清涼王如父母恩育慈矜王者如天覆蓋一切王者如地載養萬物王者如火爲諸萬民燒除惡患王者如水潤澤四方應如過去轉輪聖王乃以十善道教化衆生王聞其言深自慚愧鸚鵡之言至誠至欵我爲人王所行無道請導其教奉以爲師受修正法爾時國内風教既行惡名消滅夫人臣佐皆生忠敬一切人民無不歡喜譬如牛王度水導者既正從者亦正爾時鸚鵡我身是也爾時迦尸國王惡受今輔相是也爾時夫人輔相夫人是也

佛弟難陀爲佛所逼出家得道緣第九十六

佛在迦毗羅衛國入城乞食到難陀舍會值難陀與婦作莊香塗眉間聞佛門中欲出外者婦共要言出看如來使我額上莊未乾頃便還入來難陀即出見佛作禮取鉢向舍盛食奉佛佛不爲取過與阿難阿難亦不爲取

阿難語言汝從誰得鉢還與本處於是持鉢逐佛至尼拘屢精舍佛即勅剃髮師與難陀剃髮難陀不肯怒拳而語剃髮人言迦毗羅衞一切人民汝今盡可剃其髮也佛問剃髮者何以不剃答言畏故不敢爲剃佛共阿難自至其邊難陀畏故不敢不剃雖得剃髮恒欲還家佛常將行不能得去後於一日次守房舍而自歡喜今眞得便可還家去待佛衆僧都去之後我當還家佛入城後作是念言當爲汲水令滿澡瓶然後還歸尋時汲水一瓶適滿一瓶復翻如是經時不能滿瓶便作是言俱不可滿使諸比丘來還自汲我今但著瓶屋中而棄之去即閉房門適一扇閉一扇復開適閉一户一户復開更作是念俱不可閉就置而去縱使失諸比丘衣物我饒財寶足有可償即出僧房而自思惟佛必從此來我則從彼異道而去佛知其意亦異道來遥見佛來大樹後藏樹神舉樹在虚空中露地而立佛見難陀將還精舍而問之言汝念婦耶答言實念即將難陀向阿那波山上又問難陀汝婦端正不答言端正山中有一老瞎獼猴又復問言汝婦孫陀利面目端正何如此獼猴也難陀懊惱便作念言我婦端正人中少雙佛今何故以我之婦比此獼猴佛復將至忉利天上遍諸天宫而共觀看見諸天子與諸天女共相娱樂見一宫中有五百天女無有天子難陀還來問佛佛言汝自往問難陀往問言諸宫殿中盡有天子此中何以獨無天子答言閻浮提内佛弟難陀佛逼使出家以出家因緣命終當生於此天宫爲

我天子難陀答言即我身是便欲即往天女語言我等是天汝今是人還捨人壽更生此間便可得往便還佛所以如上事具白世尊佛語難陀汝婦端正何如天女難陀答言比彼天女如瞎獼猴比於我婦佛將難陀還閻浮提難陀爲生天故勤加持戒阿難爾時爲說偈言

譬如羝羊闘　將前而更却　汝爲欲持戒
其事亦如是

佛將難陀復至地獄見諸鑊湯悉皆煮人唯見一鑊炊沸空停怪其所以而來問佛佛告之言汝自往問難陀即往問獄卒言諸鑊盡皆煮治罪人此鑊何故空無所煮答言閻浮提內有如來弟名爲難陀以出家功德當得生天以欲罷道因緣之故天壽命終墮此地獄是故我今欲炊鑊而待難陀恐怖畏獄卒留即作是言南無佛陀唯願擁護將我還至閻浮提內佛語難陀汝勤持戒修汝天福難陀答言不用生天唯願我莫墮此地獄佛爲說法一七日中成阿羅漢諸比丘歎言世尊出世甚奇特佛言非但今日乃往過去亦復如是諸比丘言過去亦爾其事云何請爲我說佛言昔迦尸國王名曰滿面比提希國有一婬女端正姝妙爾時二國常相怨嫉傍有佞臣向迦尸王歎說彼國有婬女端正世所希少王聞是語心生惑著遣使從索彼國不與重遣使言求暫相見四五日間還當發遣時彼國王約勑婬女汝之姿態所有伎耐好悉具備使迦尸王惑著於汝須臾之間不能遠離即遣令去經四五日尋復喚言欲設大

祀須得此女暫還旋來後當更遣迦尸王即遣還歸大祀已訖遣使還索答言明日當遣既至明日亦復不遣如是妄語經歷多日王心惑著單將數人欲往彼國諸臣勸諫不肯受用時仙人山中有獼猴王聰明博達多有所知其婦適死取一雌獼猴諸獼猴衆皆共瞋呵責此婬獼猴衆所共有何緣獨當時獼猴王將雌獼猴走入迦尸國投於王所諸獼猴衆皆共追逐既到城内發屋壞牆不可料理迦尸國王語獼猴王言汝今何不以雌獼猴還諸獼猴獼猴王言我婦死去更復無婦王今云何欲使我歸王語之言今汝獼猴破亂我國那得不歸獼猴王言此事不好耶王答言不好如是再三王故言不好獼猴王言汝宫中有八萬四千夫人汝不愛樂欲至敵國追逐婬女我今無婦唯取此一汝言不好一切萬姓視汝而活爲一婬女云何捐棄大王當知婬欲之事樂少苦多猶如逆風而執熾炬愚者不放必見燒害欲爲不淨如彼屎聚欲現外形薄皮所覆欲無反復如屎塗毒蛇欲如怨賊詐親附人欲如假借必當還歸欲爲可惡如廁生華欲如疥瘡而向於火爬之轉劇欲如狗齧枯骨涎唾共合謂爲有味脣齒破盡不知猒足欲如渴人飲於鹹水踰增其渴欲如段肉衆鳥競逐欲如魚獸貪味至寡其患甚大爾時獼猴王者我身是也爾時王者難陀是也爾時婬女者孫陀利是也我於爾時欲淤泥中拔出難陀今亦拔其生死之苦也

雜寶藏經卷第六

音釋

憒鬧　憒古對切亂也鬧奴教切不靜也　鞕　魚孟切與硬同　酢　倉故切酸也　嚶　於耕切鳥鳴也　嗷　牛刀切嗷嗷衆口愁也　苛　寒歌切虐也　羝　都黎切牡羊也　爬　蒲巴切搔也　齧　倪結切噬也

雜寶藏經卷第七

元魏沙門吉迦夜共曇曜譯

大力士化曠野群賊緣第九十七

爾時佛在王舍城於王舍城毗舍離二國中間有五百群賊頻婆莎羅王慈心寬善以恩法治世不害物命即出募言誰能往化五百群盜使不作賊當重爵賞時有一力士來應王募往彼曠野綏化群賊即能令其不復作賊既能調伏作大城池而安置之漸漸聚集多人依附遂成大國其國人民各作是言我等今者蒙大力士養育之恩便共聚集作是言要從今已後新取婦者先奉力士即到力士所語力士言我等作要新取婦者奉上力士爲二事故一者欲得好子使似力士之力二者以報力士恩力士答言何用是爲衆人慇懃即從其意唯行此法漸經多時有一女人不樂此事於衆人前裸形小便衆皆訶言汝無慚愧云何婦女在衆人前而立小便女人答言女人還在汝前而裸小便有何等恥一國都是女人唯大力士是男子耳若於彼前應當慚愧於汝等前有何羞恥從是衆人轉相語言此女所説正是道理時舍利弗目連共將五百弟子經曠野中過力士知之請二尊者并五百弟子安置止宿供給衣食過三日後國中人民聚集作會飲酒適醉詳共圍遶大力士舍以火焚燒力士問言何故如是衆人答言婦女初嫁都經由汝我等是人不忍此事故來燒汝力士答言我先不肯汝等強爾諸人不聽便燒使死垂欲命終即發誓言持我供養舍利弗目連功德因緣生此

曠野中作大力鬼神滅諸人等作是語已其命即斷便於曠野化作生鬼放大疫氣多殺人衆往往中間有智之人共求鬼言汝今自殺無量人民食肉不盡唐使臭爛願聽我等殺諸牛馬日以一人供給於汝於是國中皆共拔籌人當一日如是次第到一長者須拔陀羅須拔陀羅生一男兒福德端正次應鬼食長者念言如來出世拔濟一切苦惱衆生唯願世尊救護我子今日之厄佛在王舍城知長者心即便來向曠野鬼神宮殿中坐曠野鬼神來見世尊極大瞋恚而語佛言沙門出去佛便出去鬼適入宮佛復還入如是三反至第四過佛不爲出鬼作此言若不出者使汝心顛倒當捉汝脚擲恒河裏佛語之言我不見世間若天魔梵有能捉我作如是者曠野鬼言如是如是如來聽我使問四事當爲我說一者誰能渡駛流二者誰能渡大海三者誰能捨諸苦四者誰能得清淨佛即答言信能渡駛流不放逸者能渡大海精進能捨苦智慧得清淨聞是語已即皈依佛爲佛弟子手捉小兒著佛鉢中遂名小兒爲曠野手漸漸長大佛爲説法得阿那舍道諸比丘言世尊出世甚爲希有如此大惡曠野鬼神佛能降伏作優婆塞佛言非但今日過去世時亦復曾於迦尸國比提醯國二國中間有大曠野有惡鬼名沙吒盧斷絶道路一切人民無得過者有一商主名曰師子將五百商人欲過此路諸人恐怖畏不可過商主語言愼莫怖畏但從我後於是前行到于鬼所而語鬼言汝不聞我名也答言我聞汝名故來

欲戰問言汝何所能即捉弓箭而射是鬼五百發箭皆没鬼腹弓刀器仗亦入鬼腹直前拳打拳復入去以右手托右手亦著以右脚蹋右脚亦著以左脚蹹左脚亦著又以頭打頭亦復著鬼作偈言

汝以手脚及與頭　一切諸物悉以著
餘又何物而不著

商主說偈而答言

我今手足及與頭　一切財錢及刀仗
唯有精進不著汝　精進若當不休息
與汝鬬諍終不廢　我今精進不休息
終不於汝生怖畏

時鬼答言今爲汝等故五百賈客盡皆放去爾時師子我身是也爾時沙吒盧曠野鬼是也

輔相聞法離欲緣第九十八

佛在王舍城頻婆莎羅有大輔相數共其王往至佛所而聽如來說離欲法後於婦所不大往反婦生惡心推求毒藥著飲食中請佛欲與夫覺其婦有懷惡意從索飲食婦不肯與更與異食佛已來至夫白佛言此食不可食佛言何以不可食答言有毒佛言世間有毒不過三毒我尚消除有何小毒能中傷我佛即食其食都無有異時輔相婦便生信心佛爲說法夫婦二人得須陀洹道諸比丘等歎未曾有佛言非但今日於過去世亦曾化彼昔迦尸國王有一智臣名比圖醯常以道法輔相國王及諸群臣悉使修善時有龍王名曰明相數數往來比圖醯所聽受法言亦於其婦往反希簡龍婦瞋恚而作是言得比

圖醯心祀火得血而飲然後可活時有夜叉鬼與此龍王并及其婦往反親善聞龍婦語便即答言我能得之於龍婦道擔如意珠現作賈客往詣迦尸國至於王邊共王摴蒱賭如意珠王以國土庫藏比圖醯等復作一分以對其珠夜叉得勝求不用其國土庫藏單取比圖醯以珠送與王王問比圖醯爲欲去不答言欲去夜叉將去比圖醯問夜叉言索我來者有何意故夜叉不答如是慇懃更問不已便語之言龍王夫人欲得汝心以祀於火欲得汝血用而飲之比圖醯云若其殺我擔我心血去一切之人心血一種知是誰許汝今莫殺我爲將我去須我心者欲得我智須我血者欲得我法聞此語已夜叉心念實是智人即將至龍所龍見歡喜即爲說法龍王夫婦及諸眷屬生敬信心盡受五戒并夜叉衆亦受五戒爾時閻浮提龍與夜叉大賫珍寶送比圖醯比圖醯得是珍寶用上於王并與人民於是閻浮提人及龍鬼受持五戒修行十善爾時比圖醯者我身是也爾時明相龍王者善見輔相是也爾時龍婦者輔相婦是也爾時王者舍利弗是也爾時夜叉者目連是也

尼乾子投火聚爲佛度緣第九十九

佛在舍衛國爾時如來降化外道邪見六師及其眷屬悉使破盡五百尼乾子作是念言我等徒衆都破散盡不如燒身畢就後世即集薪草便欲燒身如來大悲欲拔彼苦使火不然佛在其邊入火光三昧諸尼乾子見大火聚心生歡喜而作是言我等不須然火皆

共投身既到火聚身體清涼極大快樂見佛在中倍復慶悅求欲出家佛言善來比丘鬚髮已落法服在身佛為說法得阿羅漢諸比丘言希有世尊乃能拔此尼乾子等自燒之苦使得羅漢佛言非但今日往昔之時舍衛國中有五百賈客入海採寶時有商主名比舍佉將諸商衆順風而往即到寶所集著船上諸賈客輩貪取珍寶船上極重時比舍佉語諸商賈言莫重著寶喪汝身命時諸賈客不用其言寧共寶死不能減却商主即以船寶投著水中上諸賈客著已船上是諸寶船都沒於海海神見是商主能捨珍寶救諸商賈心生歡喜取是商主所棄珍寶擔飛在前既得出海以還商主諸商人言我等何為不於寶所即自并命見是苦惱時比舍佉深生悲愍所得珍寶悉亦分與便修外道出家之法即得五通諸商人言如是大士不貪財寶自修其志得大利益我等應學各捨珍寶向仙人所修習其法皆獲五通爾時比舍佉者我身是也爾時五百賈客五百尼乾子是

五百白鴈聽法生天緣第一百

佛在舍衛國爾時槃遮羅國以五百白鴈獻波斯匿王波斯匿王送著祇桓精舍衆僧食時人人乞食鴈見僧聚來在前立佛以一音說法衆生各得隨類受解當時群鴈亦解佛語聞法歡喜鳴聲相和還於池水後毛羽轉長飛至餘處獵師以網都覆殺之當網著時一鴈作聲諸鴈皆和謂聽法時聲乘是善心生忉利天生天之法法有三念一者念本所從來二者念定生何處三者念先作何業得

來生天便自思惟自見宿因更無餘善唯佛僧邊聽法作是念已五百天子即時來下在如來邊佛爲說法悉得須陀洹波斯匿王遇到佛所常見五百鴈羅列佛前是日不見便問佛言此中諸鴈向何處去佛言欲見諸鴈耶王言欲見佛言先鴈飛至他處爲獵師所殺命終生天今此五百諸天子等著好天冠端正殊特者是今日聽法皆得須陀洹王問佛言此諸群鴈以何業緣墮於畜生命終生天今日得道佛言昔迦葉佛時五百女人盡共受戒用心不堅毀所受戒犯戒因緣墮畜生中作此鴈身以受戒故得值如來聞法獲道以鴈身中聽法因緣生於天上

提婆達多放護財醉象欲害佛緣第百一

佛在王舍城爾時提婆達多放護財醉象欲得害佛五百羅漢皆飛虛空唯有阿難獨在佛後佛時舉右手護財白象見五百師子象時恐怖即便調順五百比丘盡棄佛去唯有阿難在於佛後佛言非但今日過去亦爾昔迦尸國有五百鴈共爲群侶爾時鴈王名曰賴吒鴈王有臣名曰素摩時此鴈王爲獵師捕得五百群鴈皆棄飛去唯有素摩隨逐不捨語獵師言請放我王我於今日以身代之獵師不聽遂以鴈王獻梵摩睺王王問鴈王爲安隱不鴈王答言蒙王大恩得王清水又得好草以活性命得常平安在國土住唯願大王放一切鴈使無所畏五百群鴈在王殿上空中作聲時王問言此是何鴈鴈王答言是我眷屬王即施無畏内外宣令不聽殺鴈鴈王白王言今當以正法治國世間無常如

四方山譬如東方大山上無邊際一時來至南西北方亦復如是磨碎世間一切衆生及與人鬼悉皆微滅無可逃避無可恃怙不可救濟當於爾時何所恃賴惟念如是宜應慈心普育一切修行正法作諸功德大王當知一切富貴爲衰滅之所摧碎四方而至爲歸喪失一切強壯又有諸病從四方來破滅強健一切壯年有病羸山從四方來破壞壯年一切有命有大死山從四方來壞滅生命如是四山一切共有天龍人鬼有生之類無得免者以此義故常修慈心勤行正法若能爾者死時不悔心不悔故得生善處必遇賢聖得遇賢聖得脫生死王問素摩何以默然素摩答言今鴈王人王二王共語若當讒言非是儀禮便無上下恭恪之心王言實是希有汝爲鴈身能行如是忠臣之節人所不及能以身命代於鴈王又復謙順不讒言說如汝鴈王君臣之義世所希有悉與金錏鍜約其頭際以好白綃著鴈王首而發遣之言曰往時爲我說善法即便放去爾時鴈王我身是也爾時素摩阿難是也爾時人王我父王淨飯是也爾時獵師提婆達多是

迦旃延爲惡生王解八夢緣第百二

昔惡生王爲行殘暴無悲愍心邪見熾盛如來大悲遣諸弟子遍化諸國迦旃延者即是惡生王國婆羅門種佛尋遣迦旃延還化其國王并及人民時尊者迦旃延受佛教已尋還本國時惡生王不覩正眞奉事邪道常於晨朝不欲見人先拜天祀時迦旃延將欲開化惡生王故於清朝早起化作異人狀如遠

使形貌端正到王門中當王見時還服本形作沙門像王於道士剃髮之人特復憎惡王大恚言汝今定死尋便遣人將迦旃延埀欲加害迦旃延白王言我有何過乃欲見害王復語言汝剃髮人見者不吉是以今者欲殺於汝尊者迦旃延即答之言今不吉者乃在於我不在於王所以者何王雖見我都無損減我見於王王欲見殺以此推之言不吉者正在於我王素聰明聞其語已即領其意放迦旃延不與惡心密遣二人尋逐其後觀其住止食何飲食見迦旃延坐於樹下乞食而食若得食時分與二人有少餘殘瀉著河中二人既還王即問尊者住處及以飲食二人如上所見具白於王王於後日而請尊者迦旃延與麤飲食遣人問言而今此食稱適意不尊者答言食之勢力便以充足後與上味細食復遣人問言可適以不答言食之勢力便爲充足後王問尊者言我所施食不問麤細皆言充足此事何謂也尊者迦旃延即答王言夫身口者譬如於竈旃檀亦燒糞穢亦燒身口亦爾食無麤細飽足爲限即說偈言

此身猶如車　好惡無所擇　香油及臭脂
等同於調利

王聞其語深知大德便以麤細之食與婆羅門諸婆羅門初得麤食咸皆忿恚作色罵詈後與細食歡喜讚歎王見婆羅門等於飲食中心生喜怒於迦旃延倍生信敬爾時尊者有外生女先在城外住婆羅門聚落甚有好髮以安居時至心懷供養極剪已髮賣得五百金錢請迦旃延夏坐供養尊者迦旃延夏

安居訖還至城中時惡生王宮門之中卒有死雉如轉輪王所食之雉而惡生王即欲食之時一智臣白於王言然此雉者不宜便食應先試之王用其言時即遣人割取小臠以用與狗狗得肉已貪著肉味合舌俱食遂至于死又復割少肉用試一人人食肉已亦著滋味遂至自噉其手而死王見是已深生怖畏聞有人言而此肉者唯轉輪聖王有無漏智得道之人乃可食之即便遣人調和美食送與尊者迦旃延時迦旃延食是食已身體便安王於後日遣人伺看見迦旃延顏色和悅倍勝於常時王聞已深生奇特益加尊重輕賤外道諸婆羅門等王問迦旃延言尊者此夏何處安居今方來耶尊者具說以外生女賣髮貿錢供養衆僧王聞是語而作是言我宮中人極美髮者然直銅錢不過數枚今言彼女之髮直五百金錢者彼之女人美髮非常容儀必妙即問其女父母姓名尋遣使人往至於彼親見女身姿貌超絕果如所量王即遣使將娉爲婦而彼女家大索寶物城邑聚落王復思惟若與彼者女來之時還當屬我即便與之納爲夫人初迎之日舉國欣慶咸稱大吉於其後日復放大赦即號爲尸婆具沙夫人王甚悅敬後生太子字喬波羅時王於寢夢見八事一頭上火然二兩蛇絞腰三細鐵網纏身四見二赤魚吞其雙足五有四白鵠飛來向王六血泥中行泥沒其腋七登太白山八鸛雀偪頭於夢寤已以爲不祥愁憂憔悴尋即往問諸婆羅門婆羅門聞王此夢素嫌於王兼嫉尊者因王此夢言大

王不吉若不禳猒禍及王身王聞其語信以爲然益增憂惱即問之言若禳猒時當須何物諸婆羅門言所須用者王所珍愛我若說者王必不能時王答言此夢甚惡但恐大禍殃及我身除我以往餘無所惜請爲我說所須之物諸婆羅門等見其慇懃知其心至即語王言所可用者此夢有八要須八種可得禳灾一殺王所敬夫人尸婆具沙二殺王所愛太子喬波羅三殺輔相大臣四殺王所有烏臣五殺王一日能行三千里象六殺王一日能行三千里駝七殺王良馬八殺禿頭迦旃延却後七日若殺此八聚集其血入中而行可得消灾王聞其言以己命重即便許可還至宮中愁憂懊惱夫人問王何故如是王答夫人具陳說上不祥之夢并道婆羅門禳夢所須夫人聞已而作是言但使王身平安無患妾之賤身豈足道也即白王言却後七日我當歸死聽我往彼尊者迦旃延所六日之中受齋聽法王言不得汝若至彼或語其實彼若知者捨我飛去夫人慇懃王不能免即便聽往夫人到彼尊者所已禮拜問訊遂經三日尊者恠問王之夫人未曾至此經停信宿何故今者不同於常夫人具說王之惡夢却後七日當殺我等用禳灾患餘命未幾故來聽法因向尊者說王所夢尊者迦旃延言此夢甚吉當有歡慶不足爲憂頭上火然者寶主之國當有天冠直十萬兩金來貢於王正爲斯夢夫人心急七日向滿爲王所害懼其來晚問尊者言何時來到尊者答言今日晡時必當來至兩蛇絞腰者月支國王當

獻雙劒價直十萬兩金日入當至細鐵網纏身者大秦國王當獻珠瓔珞價直十萬兩金後明晨當至赤魚呑足者師子國王當獻毗瑠璃寶屐價直十萬兩金後日食時當至四白鵠來者跋耆國王當獻金寶車後日日中當至血泥中者安息國王獻鹿毛欽婆羅衣價值十萬兩金後日日昳當至登太白山者曠野國王當獻大象後日晡時當至鸛雀榒頭者王與夫人當有私密之事事至後日自當知之果如尊者所言期限既至諸國所獻一切皆到王大歡喜尸婆具沙夫人先有天冠重著寶主國所獻天冠王因校戲脫尸婆具沙夫人所著一重天冠著金鬘夫人頭上時尸婆具沙夫人瞋恚而言若有惡事我先當之令得天冠與彼而著尋以酪器擲王頭上王頭盡汙王大瞋忿拔劒欲斫夫人夫人畏王走入房中即閉房户王不得前王尋自悟尊者占夢云有私密正此是耳王及夫人尋至尊者迦旃延所具論上來信於非法惡邪之言幾於尊者妻子大臣所愛之物行大惡事今蒙尊者演說眞實開示盲瞑得覩正道離於惡事即請尊者敬奉供養驅諸婆羅門等遠其國界即問尊者有何因緣如此諸國各以所珍奉獻於我尊者答言乃往過去九十一劫爾時有佛名毗婆尸彼佛出時有一國名曰槃頭王之太子信樂精進至彼佛所供養禮拜即以所著天冠寶劒瓔珞大象寶車欽婆羅衣用上彼佛緣是福慶生生尊貴所欲珍寶不求自至王聞是已於三寶所深生敬信作禮還宮

金猫因緣第百三

昔惡生王遊觀林苑園中堂上見一金猫從東北角入西南角王即遣人尋復發掘得一銅瓮瓮受三斛滿中金錢漸漸深掘復獲一瓮如次第得三重瓮各受三斛漸復傍掘亦得銅瓮轉掘不已滿五里中盡得銅瓮盛滿金錢時惡生王深生奇恠即詣尊者迦旃延所即向尊者具論得錢所由因緣我適輙取欲用將無灾患於我及國人耶尊者答言此王宿因所獲福報但用無苦王即問言不審往因其事云何尊者答言諦聽諦聽乃往過去九十一劫毗婆尸佛遺法之中爾時有諸比丘於四衢道頭施大高座置鉢在上而作是言誰有世人能於堅牢藏中舉錢財者若入此藏水不能漂火不能燒王不能奪賊不能劫時有貧人先因賣薪適得三錢聞此語已生歡喜心即以此錢重著鉢中誠心發願去舍五里當還家時步步歡喜既到其門向勸化處至心發願然後入舍尊者言爾時貧人今王是也以因往昔三錢施緣世世尊貴常得如是三重錢瓮緣五里中步步歡喜恒於五里有此金錢王聞宿緣歡喜而去

惡生王得五百鉢緣第百四

昔惡生王往欝禪延城時守門者晨朝開門門外忽然有五百量車各載寶鉢盛滿金粟皆有印封題言此鉢與惡生王時守門者告白王言外有寶鉢題鉢言與王不審今者爲可取不王自思惟此寶忽然而至或是不祥我若取者將不爲我家國灾害作是念已即往詣尊者迦旃延所而問之言今晨開門忽

見寶鉢其上印題云與惡生王未知吉凶爲可取不尊者答言是王宿福果報但取勿疑王曰尊者我於往因修何功德而致此報尊者答言汝於昔日九十一劫仙人山中有一辟支佛值雨脚跌即破瓦鉢時辟支佛詣瓦師家從乞瓦鉢瓦師尋以五器皆盛滿水歡喜施與辟支佛得已擲鉢空中踊身騰虛作十八變瓦師妻子并買瓦者見此神變咸皆踊悅歡喜無量爾時瓦師者王身是也爾時婦者尸婆具沙夫人是也爾時兒者喬波羅太子是爾時買瓦者輔相富盧闌是也買瓦婦者輔相婦是王復問言不審此鉢爲自然出爲有從來尊者答言而此鉢者非自然有從恒河水龍宮中來何以知之乃往過去羅摩王舅婆羅門修清淨行在恒河側時羅摩王日以寶鉢送食與舅婆羅門法器不重用食竟棄鉢於彼恒河中盲龍收取寶鉢盛滿金粟著已宮中如是所棄日日漸多由是獲得五百車鉢盲龍命終又無兒子掌領此鉢天帝知王往日施鉢因緣故用遺王王聞是語尋取寶鉢以用作福廣修布施供養三寶從此因緣後生善處

求毗摩天望得大冨緣第百五

昔有兄弟二人家計貧困兄常日夕精勤禮拜求毗摩天望得大冨而遣其弟耕田種殖如是求請經歷多時時毗摩天化作其弟至其兄邊兄瞋弟言何不墾殖來此何爲時弟答言兄在天寺晝夜祈請望得大富弟於今日亦欲効兄齋戒求願望得獲大富兄語弟言卿不耕田下於種子財冨豐有何由可獲

弟答兄言實以種故而收獲也兄不能報於是毗摩天還復天像而語之言今我之力正可助汝及於今日修作布施然後可富而汝往因不修布施故使貧窮今雖日夜精勤求我富饒財寶將何可獲如菴婆羅樹若於冬時雖復奉事百千天神欲求於果果不可得汝亦如是先不修因而於我所欲求大富亦不可得果若熟時不求自得而說偈言

福業如果熟　不以神祀得　人秉持戒車
後得至天上　定知如燈滅　得至於無爲
一切由行得　求天何所爲

鬼子母失子緣第百六

鬼子母者是鬼神王般闍迦妻有子一萬皆有大力士之力其最小子字嬪伽羅此鬼子母兇妖暴虐殺人兒子以自噉食人民患之仰告世尊世尊爾時即取其子嬪伽羅盛著鉢底時鬼子母周遍天下七日之中推求不得愁憂懊惱傳聞他言云佛世尊有一切智即至佛所問兒所在時佛答言汝有萬子唯失一子何故苦惱愁憂而推覓耶世間人民或有一子或五三子而汝殺害鬼子母白佛言我今若得嬪伽羅者終不更殺世人之子佛即使鬼子母見嬪伽羅在於鉢下盡其神力不能得取還求於佛佛言汝今若能受三歸五戒盡壽不殺當還汝子鬼子母即如佛勑受於三歸及以五戒受持已訖即還其子佛言汝好持戒汝是迦葉佛時羯肌王第九小女大作功德以不持戒故受是鬼形

天祀主緣第百七

昔日有一婆羅門事摩室天晝夜奉事天即

問言汝求何等婆羅門言我今求作此天祀
主天言彼有群牛汝問最前行者即如天語
往問彼牛汝今何似爲苦爲樂牛即答言極
爲大苦刺刺兩勒柴挨脊破駕挽車載重無
休息時復問言汝以何緣受是牛形牛答之
言我是彼天祀主自恣極意用天祀物命終
作牛受是苦惱聞是語已即還天所天即問
言汝今欲得作天祀主不婆羅門言我覩此
事實不敢作天言人行善惡自得其報婆羅
門悔過即修諸善

祀樹神緣第百八

昔有老公其家巨富而此老公思得肉食詭
作方便指田頭樹神語諸子言今我家業所
以諧富由此樹神恩福故爾今日汝等宜可
群中取羊以用祭祀時諸子等承父教勑尋
即殺羊禱賽此樹即於樹下立天祀舍其父
後時壽盡命終行業所追還生己家羊群之
中時值諸子欲祀樹神便取一羊遇得其父
將欲殺之羊便啞啞笑而言曰而此樹者有
何神靈我於往時爲思肉故妄使汝等祀皆
共汝等同食此肉今償殃罪獨先當之時有
羅漢遇到乞食見其亡父受於羊身即借主
人道眼令自觀察乃知是父心懷懊惱即壞
樹神悔過修福不復殺生

婦女厭欲出家因緣第百九

昔有一婦女端正殊妙於外道法中出家修
道時人問言顏貌如是應當在俗何故出家
女人答言如我今日非不端正但以小來厭
惡婬欲今故出家我在家時以端正故早蒙
分處早生男兒兒遂長大端正無比轉覺羸

損如似病者我即問兒病之由狀兒不肯道爲問不止兒不獲已而語母言我正不道恐命不全正欲具道無顏之甚即語母言我欲得母以私情欲以不得故是以病耳母即語言自古以來何有此事復自念言我若不從兒或能死今寧違理以存兒命即便喚兒欲從其意兒將上牀地即擘裂我子即時生身陷入我即驚怖以手挽兒捉得兒髮而我兒髮今日猶故在我懷中感切是事是故出家也

不孝子受苦報緣百十

昔迦默國鳩陀扇村中有一老母唯有一子其子悖逆不修仁孝以瞋母故舉手向母適打一下即日出行遇逢於賊斬其一臂不孝之罪尋即現報苦痛如是後地獄中苦不可稱計

雜寶藏經卷第七

音釋

駛疏士切疾也
蹹達合切踐也
摴蒱摴抽居切蒱薄胡切摴蒱博戲也
賭董五切博財也
鎠鍜鎠音鴉鍜音霞鎠鍜頸鎧也
娉匹正切娶問也
腋夷益切左右肘脅之間曰腋
痾烏何切
絞古巧切纏也
眣徒結切日側也
闚欠規切
墾口很切耕田用力也
嬪毗賓切
賽先代切報也
啞烏奚切呦啞聲也呦音幽

雜寶藏經卷第八

元魏沙門吉迦夜共曇曜譯

難陀王與那伽斯那共論緣第百十一

昔難陀王聰明博通事無不練以己所知謂無訓敵因問群臣頗有智慧聰辯之人諮詢疑事能對我不時有一臣家先供養一老比丘履行清淨然不廣學即談於王王問之言夫得道者爲在家得爲出家得乎時老比丘即答言曰二俱得道王復問言若二俱得何用出家彼老比丘即便默然不知何對時難陀王轉復憍慢時諸臣等即白王言那伽斯那聰慧絕倫今在山中王於爾時欲試之故即遣使人賫一瓶酥湛然盈滿王意以爲我智滿足誰復有能加益於我那伽斯那獲其酥已即解其意於弟子中歛針五百用刺酥中酥亦不溢尋遣歸王王既獲已即知其意尋遣使請那伽斯那尋赴王命那伽斯那身體長大將諸徒衆在中特出王心憍豪詭因遊獵路次相逢見其姝長即自遥指異道而去竟不共語默欲非之一切長者都無所知時那伽斯那尋以己指而自指胷言而我獨知難陀王將延入宮即鑿小屋户極令卑下望使斯那曲躬向伏然此斯那知欲陷己即自却入不受其屈時難陀王即設飲食與麤食數種食食五三匙便言已足後與細美方乃復食王復問言向已云足何故今者猶故復食斯那答言我向足麤未足於細即語王言今者殿上可盡集人令滿其上尋即喚人充塞遍滿更無容處王在後來將欲上殿諸人畏故盡皆攝腹其中轉寬乃容多人斯那

爾時即語王言麤飯如民細者如王民見於王誰不避路王復問言出家在家何者得道斯那答言二俱得道王復問言若俱得道何必出家斯那答言譬如去此三千餘里若遣少健乘馬賷粮捉於器仗得速達不王答言得斯那復言若遣老人乘於疲馬復無粮食爲可達不王言縱令賷粮猶恐不達況無粮也斯那言出家得道喻如少壯在家得道如彼老人王復問言今我欲問身中之事我爲常無常隨我意答斯那反問如王宮中有菴婆羅樹上果爲甜爲酢王言如我宮中都無此樹云何問我果之甜酢斯那言我今亦爾一切五陰既自無我云何問我常以無常時王復問一切地獄刀劍解形分散處處其命猶存實有此不斯那答言譬如女人噉食餅肉瓜菜飲食悉皆消化至於懷妊歌羅羅時猶如微塵云何轉大而不消化王言此是業力斯那答言彼地獄中亦是業力命根得存王復問言日之在上其體是一何以夏時極熱冬時極寒夏則日長冬則日短斯那答言須彌山有上下道日於夏時行於上道路遠行遲照于金山是故長而暑熱日於冬時行於下道路近行速照大海水是故短而極寒

不孝婦欲害其姑反殺其夫緣第百十二

昔有一婦稟性狠戾不順禮度每所云爲常與姑反得姑瞋責恒懷不忿瞋心轉盛規欲殺姑後作方計教其夫主自殺其母其夫愚癡即用婦語便將其母至曠野中結縛手足將欲加害罪逆之甚感徹上天雲霧四合爲下霹靂霹殺其兒母即還家其婦開門謂是

夫主問言殺未姑答已殺至於明日方知夫死不孝之罪現報如是後入地獄受苦無量

波羅柰王聞塚間喚緣第百十三

凡一切法於可求處若以方便可得若不可求雖欲強得都不可獲譬如壓沙覓油鑽水求酥既不可得徒自勞苦如昔波羅柰國有王名梵譽常於夜半聞塚間喚聲喚言咄王咄王如是一夜三聞其聲王聞異聲情甚驚怕音聲不絕經歷多時王集諸婆羅門太史相師而與議言我常於夜耳聞塚間喚我之聲我常恐懼怖不敢應諸人答言彼塚墓間必有妖物作是音聲今宜遣使有膽勇者詣塚往看王即募人若能有夜至塚間者吾當賞賜五百金錢時有一人煢獨無父家甚貧寒有大膽力即便應募身著甲冑手捉刀仗夜至塚間聞喚王聲即便喊言叱汝是誰答言我是貝耳伏藏語募人言汝健丈夫我於夜常喚彼王彼王若當應和於我我欲往至其庫藏中然彼王怯未曾應我而我今者將從有七明日清晨當至汝家募人問言明日來時我當以何事共相承迎貝耳答言汝但洒掃舍內除去糞穢香華嚴飾極令清淨蒱萄甜漿酥乳之糜各盛八器有八道人當食汝供飲食訖竟汝當以杖打上座頭語言入角如是次第盡驅入角募人知已即便還家從王請取五百金錢用俟供設王問之言彼音聲者為是何物募人跪答言是鬼魅受募之人聞貝耳言私懷歡喜請剃髮師以自莊嚴至明日已供設備具有八道人來就其食飲食既訖打上座頭驅令入角即變作金錢

一盎以次驅入作金八盎時剃髮師在門孔中見其得寶𪧐自念言我解此法試効爲之便於後時備具如前請八道人設食已訖閉門遮户打上座頭望同前者獲珍寶聚然此道人頭破血歷沾汙牀座驅令入角得急失糞次第七人皆被打棒宛轉于地中有一人氣力盛壯即時掣手突出至外揚聲大叫云某主人欲害我等時彼國王遣人往視即捉主人具問事狀時剃髮師具以上事而白於王王尋遣人到募人舍看其金寶正欲税奪化爲毒蛇變爲火聚王即語言此是汝福世間凡愚亦復如是具有精進受持八戒獲善果報漸行八正得無漏果便欲効他受持八戒内無誠信希求利樂既無善果反獲殃咎如彼愚人等無差别

老比丘得四果緣第百十四

佛法寬廣濟度無崖至心求道無不獲果乃至戲笑福不唐捐如往昔時有老比丘年已朽邁神情昏塞見諸年少比丘種種説法聞説四果心生羨尚語少比丘言汝等聰慧願以四果以用與我諸少比丘嗤語而言我有四果須得好食然後相與時老比丘聞其此語歡喜發中即解欽婆用貿所須尋即施設種種餚饍請少比丘求乞四果諸少比丘食其食已更相指麾弄老比丘語言大德汝在此舍一角頭坐當與爾果時老比丘聞已歡喜如語而坐諸少比丘即以皮毱打其頭上而語之言此是須陀洹果老比丘聞已繫念不散即獲初果諸少比丘復弄之言向雖與爾須陀洹果然其故有七生七死更移一角

次當與爾斯陀含果時老比丘獲初果故心轉增進即復移坐諸少比丘復以毱打頭而語之言與爾二果時老比丘益加專念即證二果諸少比丘復弄之言汝今已得斯陀含果猶有往來生死之難汝更移坐我當與爾阿那含果時老比丘如言移坐諸少比丘復以毱打而語之言我今與爾第三之果時老比丘聞已歡喜倍加至心即時復證阿那含果諸少比丘復弄之言汝今已得不還之果然故於色無色界受有漏身無常遷壞念念是苦汝更移坐次當與爾阿羅漢果時老比丘如語移坐諸少比丘復以皮毱撩打其頭而語之言我今與爾彼第四果時老比丘一心思惟即證羅漢得四果已甚大歡喜設諸餚饍種種香華請少比丘報其恩德與少比丘共論道品無漏功德諸少比丘發言滯塞時老比丘方語之言我已證得羅漢果已諸少比丘聞其此言咸皆謝悔先戲弄罪是故行人宜應念善乃至戲弄猶獲實報況至心也

女人至誠得道果緣第百十五

若人求道要在精誠精誠相感能獲道果如往昔時有一女人聰明智慧深信三寶常於僧次請一比丘就舍供養時有一老比丘次到其舍年耆根鈍素無知曉時彼女人齋食已訖求老比丘爲我說法獨敷一座閉目靜默時老比丘自知愚闇不知說法伺其涙眼棄走還寺然此女人至心思惟有爲之法無常苦空不得自在深心觀察即獲初果既得果已求老比丘欲報其恩此老比丘審已無

知棄他走避倍更慚恥復棄藏避而此女人苦求不已方自出現女人於時具論上來蒙得道果故賫供養用報大恩時老比丘以慚愧故深自剋責即復獲果是故行者應當至心若至心者所求必獲

優陀羡王夫人一日夜持戒得生天緣第百十六

昔優陀羡王住盧留城聰解明達有大智慧其一夫人名曰有相姿容奇特兼有德行王甚愛敬情最寵厚時彼國法諸爲王者不自彈琴爾時夫人恃已愛寵而白王言願爲彈琴我爲王儛王不免意取琴而彈夫人即時舉手而儛王素善相見夫人儛覩其死相尋即捨琴慘然長歎夫人即白王言如我今者受王恩寵敢於曲室求王彈琴我自起儛用爲歡樂有何不適放琴而歎願王莫隱而見告語時王答言我之長歎非汝婦人之所可聞夫人白言我今奉王至誠無二若有不理宜應告勑慇懃不已王以實答我之於爾豈容有異爾向起儛死相外現計其餘命不過七日由是之故捨琴而歎夫人聞已甚懷憂懼即白王言如王所說命不云遠我聞石室比丘尼說若能信心出家一日畢得生天由是之故我欲出家願王聽許得及道次時王情重恩愛不息語夫人言至六日頭乃當聽爾出家入道不相免意遂至六日王語夫人爾有善心求欲出家若得生天必來見我我乃聽爾得使出家作是誓已夫人許可便得出家受八戒齋即於其日多飲石蜜漿腹中絞結至七日晨即便命終乘是善緣得生天

上即生三念一念憶本爲是何身二念本緣修何功德三念現今定是天身作是念已具知本緣并與王誓以先誓故來詣王所爾時光明遍滿王宫時王問言今此光瑞爲是誰耶願見告示時天答言我是王婦有相夫人王聞是語願來就坐天答之言如我今者觀王臭穢不可親近我以先誓故來見王王聞是已心即開悟而作是言今彼天者本是我婦由有善心求索入道出家一日尋即命終由是功德而得生天神志高遠而見鄙賤我今何故而不出家我曾聞說天一爪甲直閻浮提況我一國何足貪惜作是語已立子軍王用嗣王位出家學道得阿羅漢時王軍王統臨國已信用讒佞不恤國事優陀羨王愍念其子并及國人欲來教化勸令修善時王軍王聞父將至勇悦無量欲勅一切於路往迎時諸佞臣畏懼被遣即白王言如王今者首戴天冠坐師子座師子之座法無再坐若迎父王還復王位必殺於王王若立者須害父王時王軍王心懷憂愕疑惑轉生勸諫不已遂作惡意募旃陀羅往殺其父時旃陀羅既受募已到父王所頭面頂禮而白之言我之昔來亦受恩遇於父王所實無逆心而今被遣來殺父王若不加害必受誅罰父王答言我今來者欲化爾王豈可愛身使爾被誅便引項令長十餘丈語旃陀羅隨爾所截時旃陀羅極手所之刀不能傷父王愍故而借神力語旃陀羅爾今爲我往語爾王爾今殺父復害羅漢作二逆罪好加懺悔可得轉罪時旃陀羅既受勅已舉刀復斫斬父王首賫

向其國時王軍王見父頭巳顔色不變知父得道不貪王位悔情旣生心懷懊惱啼哭悶絶良久乃穌問旃陀羅父王所說時旃陀羅以父王勑而白於王爾旣殺父復害羅漢作是二逆須好懺悔聞是語巳倍增斷絶而作是言令我父王得羅漢道有何貪國而使我殺父時彼佞臣懼王加害而白王言世界之中何有羅漢王信空語用自苦惱時王答言令我父頭死來多日顔色不變自非得道何由有是又我父時大臣啞師憂婆啞師並皆出家得羅漢道種種神變我等所見於此涅槃收骨造塔如今現在云何道無佞臣答言世幻呪術及以藥力亦能神變彼二臣者非是羅漢比更數日示王證驗作是語巳便於塔所造作二孔各置一猫於塔養食喚言啞師出猫出食肉語令還去還入於孔如是教之猫便調伏而白王言王今欲見啞師等耶願往共看王即命駕往至塔所時彼佞人便喚啞師出來猫即出孔語令還去猫便入孔王見是巳迷心遂盛任意所作不信罪福時王出軍遊戲廻還於其路次而見尊者迦旃延端坐靜處坐禪入定時王見之便生惡心手自把土用坌尊者語左右言爾等爲我各各以土坌迦旃延于時土聚遂没尊者有一大臣信心三寶於後而至聞見斯事極大懊惱即爲尊者除去其土復語諸人有念我者而除此土爾時尊者坐瑠璃寶窟神儀鮮澤無汙坌色大臣歡喜頭面禮足白尊者言今王無道作是惡逆善惡必報何得無患尊者答言却後七日天當雨土滿此城内積爲土

山王及民人盡皆覆滅大臣聞已心懷憂惱即以白王又自設計造作地道出向城外七日既滿天雨香華珍寶衣服於其城內無不歡喜佞臣白王而今此瑞皆由王德無智之人反生誹謗云當雨土而獲珍寶如此誑惑前後非一惡緣之徒聞有善瑞皆來雲集時城四門冥緣力故盡下鐵關逃隱無地天便雨土滿城山積而彼大臣共有心者地道而出向尊者所而白之言感惟此城一旦覆沒雨土成山君民并命先有何緣同受此害爾時尊者語大臣言諦聽諦聽當爲爾說乃往過去若干劫時於其國內有長者女住於樓上清朝洒掃除棄掃糞置比丘頭不知懺悔會得好夫爾時諸女而問女言爾因何緣得此良匹時女答言更無異事由我掃樓坌比丘頭由是之故值遇好壻諸女聞已謂如其言競共聚土用坌比丘由是業緣普受斯報作是語已共功德天向華氏城自昔已來盧留城而與彼城迭互盛衰此國既滅彼城復盛由是之故而尊者等向華氏城好音聲長者於其界首供養尊者爾時長者素自殷富尊者到家財寶豐溢殊勝於前既至城邑已尊者迦旃延而白佛言音聲長者有何因緣有好音聲巨富無量財寶盈溢佛言乃往過去有一長者日日遣人請五百辟支佛就家設食而彼使人常將狗往會有緣事不得往請狗依時節獨詣僧坊向僧而吠時辟支佛等而作是言俗內多事脫能過忘向狗來吠似喚我等即便相將詣長者家爾時長者甚大歡喜如法供養爾時長者我身是爾時使

人阿那律是爾時狗者好音長者是由是之故世世好聲而多財寶是故智者應於福田所勤心供養

羅睺羅因緣第百十七

我昔曾聞佛初出家夜佛子羅睺羅始入于胎悉達菩薩六年苦行於菩提樹下降伏四魔除諸陰蓋豁然大悟成無上道具足十力四無所畏成就十八不共之法具四辯才悉於諸度得至彼岸解了一切諸佛之法過諸聲聞緣覺之上於初成道夜生羅睺羅舉宫婇女咸皆慚恥生大憂惱而作是言恠哉大惡耶輸陀羅不慮是非輕有所作不自愛慎今我舉宫都被染汙悉達菩薩久已出家而於今者卒生此子甚爲恥辱時有釋女名曰電光是耶輸陀羅姨母之女椎胷拍髀瞋恚呵罵耶輸陀羅汝於尊長所親何以自損悉達太子出家學道已經六年生此小兒甚爲非時從誰而得爾無慚愧辱我種族不數種族不護惡名悉達菩薩有大功德名稱遠聞汝今云何不護惜彼而方恥辱淨飯王當于爾時在樓閣上見此大地六種震動奇異相現白淨王見是相已謂菩薩死憂箭入心生大苦惱而作是言我子戒香充塞四遠相好莊嚴如蓮華鬘今爲死日之所乾枯戒深固根慚愧枝葉名譽之香大悲厚蔭我子如樹爲死象所蹋大如金山衆寶莊嚴我子金山王相好莊嚴身爲無常金剛杵之所碎壞猶如大海滿中衆寶如摩竭魚擾亂海水我子大海亦復如是爲死摩竭魚之所擾惱貌常如月衆星圍遶我子如是無量功德相好莊

嚴令爲無常羅睺羅所吞我種從大丈夫盧越眞淨如是等王相續至此今日將不斷絶我種耶特望我子爲轉輪聖王或成佛道我於今者寧可死也設失我子憂愁憔悴命必不全冀其出家法服持鉢敷演甘露如此種種諸事必不得見以憶子故種種愁思思惟是時聞于宮中舉聲大哭王倍驚怖謂太子死問前走使女言是何哭聲將非我子死也女白王言太子不死也耶輸陀羅今產一子舉宮慚愧是以哭耳王聞是語倍增憂惱發聲大哭揚聲大喚唱言怪哉極爲醜辱我子出家已經六年云何今日而方生子時彼國法擊鼓一下一切軍集九萬九千諸釋悉會即喚耶輸陀羅時耶輸陀羅著白淨衣抱兒在懷都不驚怕面小有垢於親黨中抱兒而立時執杖釋作色瞋忿罵耶輸陀羅叱爾凡鄙可愧之甚辱我種族有何面目我等前立有釋名毗細天是耶輸陀舅語耶輸陀羅凡鄙嬰愚無過於爾舅於種族宜好實語竟爲何處而得此子耶輸陀羅都無慚恥正直而言從彼出家釋種名曰悉達我從彼邊而得此子悦頭檀王聞是語已瞋恚而言不護所生便作異語若實若虛諸釋所知我子悉達本在家時聞有五欲耳尚不聽況當有欲而生於子如斯之言深爲鄙媟從誰得子毀辱我等實是諂曲非正直法我子悉達昔在家時及衆珍寶餚饍都無染著況今苦行日食麻米以此謗毀淨飯王極大瞋恚問諸釋言今當云何苦毒殺害復有釋言如我意者當作火坑擲置火中使其母子都無遺餘諸人

皆言此事最良即掘火坑以佉陀羅木積於坑中以火焚之即將耶輸陀羅至火坑邊時耶輸陀羅見火坑已方大驚怖譬如野鹿獨在圍中四向顧望無可恃怙耶輸陀羅便自呵責既自無罪受斯禍患遍觀諸釋無救已者抱兒長歎念菩薩言汝有慈悲憐愍一切天龍鬼神咸敬於汝今我母子薄於祐助無過受苦云何菩薩不見留意何故不救我之母子今日危急諸天善神無憶我者菩薩昔日處衆釋中猶如滿月在於衆星而於今者更不一見即時向佛方所一心敬禮復拜諸釋合掌向火而說實語我此兒者實不從他而有此子若實不虛猶六年在我胎中者火當消滅終不燒害我之母子作是語已即入火中而此火坑變爲水池自見已身處蓮華上都無恐怖顏色和悅合掌向諸釋言若我虛妄應即燋死以今此兒實菩薩子以我實語得免火患復有釋言視其形相不驚不畏以此推之必知是實復有釋言而此火坑變爲清池以是驗之知其無過時諸釋等將耶輸陀羅還歸宮中倍加恭敬讚歎爲索乳母供事其子猶如常時等無有異祖白淨王愛重深厚不見羅睺羅終不能食若憶菩薩抱羅睺羅用解愁念略而言之滿六年已白淨王渴仰於佛遣使請佛佛憐愍故還歸本國來到釋宮佛變千二百五十比丘皆如佛身光相無異耶輸陀羅語羅睺羅誰是汝父往到其邊時羅睺羅禮佛已訖正在如來右足邊立如來即以無量劫中所修功德相輪之手摩羅睺羅頂時諸釋等咸作是念佛今猶

有私愛之心　佛知諸釋心之所念即說偈言
我於王眷屬　及以所生子　無有偏愛心
但以手摩頂　我盡諸結使　愛憎永除盡
汝等勿懷疑　於子生猶豫　此亦當出家
重為我法子　略言其功德　出家學真道
當成羅漢果
老婆羅門諂偽緣第百十八
一切狡滑諂偽惑詐外狀似直內懷姦欺是
故智者應察真偽如往昔時有婆羅門其年
既老娉娶少婦婦嫌夫老傍婬不已欲心既
著勸夫設會請諸少壯婆羅門等夫疑有姦
不肯延致時彼少婦設種種計用惑其夫老
婆羅門前婦之子墜於火中爾時少婦眼看
使墜而不捉取婆羅門言兒今墜火何故不
捉婦即答言我自少來唯近己夫不曾捉他
其餘男子云何卒欲令我捉此男子小兒老
婆羅門聞是語已謂如其言信明婦故便於
其家而設大會集婆羅門爾時少婦便共交
通老婆羅門聞是事已心懷忿恨即取寶物
盛裹衣裓棄婦而去離舍既遠於其路中見
一婆羅門便共為伴於其日暮一處共宿至
明清旦復共前行離主人舍漸漸欲遠彼婆
羅門語老婆羅門言於昨宿處有一草葉著
我衣裳我自少以來無侵世物葉著我來我
甚為愧欲還草葉歸彼主人爾並停住待我
往還老婆羅門聞是語已深信其言倍生愛
敬許當住待彼婆羅門詐捉草葉欲還主人
未遠之間入溝壑中偃腹而卧良久乃還云
以草葉還主人已竟老婆羅門信以為然倍
增愛重老婆羅門時因便利洗大小便即以

實物而用寄之此人尋後賫其珍寶便棄走去老婆羅門見偷已物歎惋彼人又自感傷憂愁懊惱惆悵進路小復前行憩一樹下見鸛雀口中銜草語諸鳥言我等應當共相憐愍集會一處而共住止爾時諸鳥皆信其言而來聚集時此鸛雀趣衆鳥等一切行後就他巢窠啄卵飲汁殺他子食諸鳥將至更復銜草衆鳥既還見有此事咸皆瞋責而此鸛雀抵言我不時諸鳥輩知其諂欺悉捨而去於此樹下更經少時見一外道出家之人身服納衣安行徐步去去衆蟲老婆羅門而問之言何以並行口唱去去外道答言我出家人憐愍一切畏傷蟲蟻是故爾耳時婆羅門見其出家口吐此言深生篤信即時尋逐往至其家於其暮宿語婆羅門言我須閑靜以自修心爾止別屋於彼而卧時婆羅門喜聞行道心懷慶悅至夜後分但聞作樂歌儛之聲便出看之乃見出家外道往外道住室有一地孔中出婦女與共交歡若女人儛外道彈琴若外道儛女人彈琴見此事已而自念言天下萬物不聞人獸無一可信說偈言曰

不捉他男子　以草還主人　鸛雀詐銜草
外道畏傷蟲　如是諸諂偽　都無可信者

爾時國中有一長者居家巨富多諸珍寶於其一夜多失財物時王聞已問長者言有誰來去今致亡失長者白王初無姦雜而與往反唯一婆羅門長共出入清身潔已不犯世物草葉著衣猶還其主自此已外更無異人王聞是已攝婆羅門而詰問之爾時長者往白王言彼人淨行世之無比如何一旦而被

拘執寧失財物願王放捨時王答言我昔曾聞有如是比外詐清淨内懷姦惡爾勿憂惱聽我覈實作是語已即便檢究辭窮理屈依實伏首是故智者處世如鏡善别真僞爲世導師

婆羅門婦欲害姑緣第百十九

昔有婆羅門其婦少壯姿容艷美欲情深重志存婬蕩以有姑在不得遂意密作姦謀欲傷害姑詐爲孝養以惑夫意朝夕恪勤供給無乏其夫歡喜謂其婦言爾今供養得爲孝婦我母投老得爾之力婦答夫言今我世供資益無幾若得天供是爲願足頗有妙法可生天不夫答婦言婆羅門法投淵赴火五熱炙身行如是事便得生天婦答夫言若有是法姑可生天受自然供何必孜孜受世供養作是語已夫信其言便於野田作大火坑多積薪柴極令熾然乃於坑上而設大會扶將老母招集親黨婆羅門衆盡詣會所鼓樂絃歌盡歡竟日賓客既散獨共母住夫婦將母詣火坑所推母投坑不顧而走時火坑中有一小際母墮際上竟不墜火母尋出坑日已逼闇案來時跡欲還向家路經叢林所在蔭黑畏懼虎狼羅刹鬼等攀上卑樹以避所畏會值賊人多偷財寶群侶相隨止樹下息老母畏懼怖不敢動不能自制於樹上欬賊聞欬聲謂是惡鬼捨棄財物各皆散走既至天明老母泰然無所畏懼便即下樹選取財寶香瓔珠璣金釧珥璫眞奇雜物滿負向家夫婦見母愕然驚懼謂是起尸鬼不敢來近母即語言我死生天多獲財寶而語婦言香瓔

珠璣金釧珥璫是汝父毋姨姑姉妹用來與汝由吾老弱不能多負語汝使來恣意當與婦聞姑語欣然歡喜求如姑法投身火坑而白夫言老姑今者緣投火坑得此財寶由其力弱不能多負若我去者必定多得夫如其言爲作火坑投身燋爛於即永沒爾時諸天而說偈言

夫人於尊所　不應生惡逆　如婦欲害姑
反自焚滅身

烏梟報怨緣第百二十

昔有烏梟共相怨憎烏待晝日知梟無見蹋殺群梟噉食其肉梟便於夜知烏眼闇復啄群烏開穿其腹亦復噉食畏晝畏夜無有竟已時群烏中有一智烏語群烏言已爲怨憎不可求解終相誅滅勢不兩全宜作方便殄覆諸梟然後我等可得歡樂若其不爾終爲所敗衆烏答言如汝所說當作何方得滅讎賊智烏答言爾等衆烏但龕啄我拔我毛羽啄破我頭我當設計要令殄覆即如其言燋悴形容向梟穴外而自悲鳴梟聞聲已便出問言爾今何故破傷頭腦毛羽毀落來至我所悲聲極苦欲何所說烏語梟言衆烏讎我不得生活故來相投以避怨惡時梟憐愍欲存養衆梟皆言此是怨家不可親近何緣養畜以長怨敵時梟答言今以困苦來見投造一身孤單竟何能爲遂便畜養恒與殘肉日月轉久毛羽平復烏詐歡喜微作方計銜乾樹枝并諸草木著梟穴中似如報恩梟語烏言何用是爲烏即答言孔穴之中純是冷石用此草木以御風寒梟以爲爾默然不答

而烏於是即求守穴詐給使令用報恩養時會暴雪寒氣猛盛衆梟率爾來集孔中烏得其便尋生歡喜銜牧牛人火用燒梟孔衆梟一時於孔焚滅爾時諸天說偈曰

諸有宿嫌處　不應生體信　如烏詐託善
焚滅衆梟死

婢共羊鬬緣第百二十一

昔有一婢禀性廉謹常爲主人典䴬麥豆時主人家有一羝羊伺空遂便噉食麥豆斗量折損爲主所瞋信已不取皆由羊噉緣是之故婢常因嫌每自杖捶用打羝羊羊亦含怒來觝觸婢如此相犯前後非一婢因一日空手取火羊見無杖直來觝婢婢緣急故用所取火著羊脊上羊得火熱所在觸突焚燒村人延及山野于時山中五百獼猴火來熾盛不及避走即皆一時被火燒死諸天見已而說偈言

瞋恚鬬諍間　不應於中止　羝羊共婢鬬
村人獼猴死

雜寶藏經卷第八

音釋

㷀渠營切獨也　㖃許戒切怒聲也　盎於浪切盆也　咥丁結切　䏲部禮切股也　媟私列切洿也　裓古得切衣之前襟也　憇去例切息也　欬口溉切逆氣也　珥璫珥音耳璫音當珥璫充耳珠也　觝典禮切觸也

六經同卷

清刻龍藏佛說法變相圖

六經同卷

迦葉赴佛般涅槃經

瑜伽翳迦訖沙囉烏瑟尼沙斫訖囉眞言

安怛陀那儀則一字頂輪王

瑜伽經

佛入涅槃密迹金剛力士哀戀經

佛使比丘迦旃延說法沒盡偈經

佛治身經

治意經

迦葉赴佛般涅槃經

東晉竺曇無蘭譯

昔佛在世時摩訶迦葉於諸比丘中最長年高才明智慧其身亦有金色相好佛每說法常與其對坐人民見之或呼爲佛師於是迦

葉乃辭佛到伊蔡黎山中一山名普能周旋數千里去舍衛國二萬六千里多出七寶甘果不貲名香好藥栴檀三種其一種芳香一種治人百病一種可用染五色衆香雜藥不可稱數亦有走翔鳥獸師子犲狼白象騏驎朱鳥鳳凰或有清淨異學道士時有方石平正其色如瑠璃縱廣百二十里奇樹蔭涼華葉五色冬夏茂盛列生石上迦葉前後教授一千弟子皆清淨髙行得羅漢者常坐此石誦經行道又有清淨甘果泉水周旋三十里其側生優曇華青蓮華紺色華紅色華紫色華迦葉弟子七人同夕得夢其一比丘夢見所坐方石中央分破樹皆根拔復一比丘夢見四十里泉水皆乾竭華悉零落一比丘夢見拘羅邊坐皆傾毀一比丘夢閻浮利地皆傾陷一比丘夢見須彌山崩一比丘夢見金輪王薨一比丘夢見日月墮地天下失明晨起各以所夢啓迦葉迦葉告言我曹前見光明地時大動卿等復得是夢佛將般泥洹即勑諸弟子往赴俱夷那竭國道見婆羅門持文陀羅華迦葉即問言卿從何來欲何所至那得是天華答言我從那竭國來時佛泥洹已經七日諸天往赴悉持天華天香供養佛身此華即是迦葉聞是語便自投於地啼泣而言佛今般泥洹三界失明將復何依恃彼師將諸弟子進道未到數百里便見四天王及梵釋諸天皆持七寶蓋名香好華悉作十二部音樂亦有阿須輪王諸大鬼神側塞空中又具俱夷那竭國王及諸隣國王各從其群僚數百萬人見迦葉將諸弟子到是時國

貴末羅王則勑國人民皆令避道使迦葉及弟子得進阿那律出迎相見言佛般泥洹已七日耶維火不然但待賢者到阿難見迦葉便自投此地啼哭不自勝有一老比丘名波或即止阿難言止止佛在時常禁制我等不得自由佛今泥洹吾等得自在莫復啼哭時有天聞波或語即舉手摶之迦葉便前接持天止之謂波或言佛今般泥洹一切失所恃汝獨愚癡而反喜快波或聞是語竟即得阿羅漢迦葉便與弟子俱頭面著地作禮繞棺三帀而言我等今日不知佛頭足所在即便悲哀而說偈言

佛為三界乘　度於生死淵　憺怕昇泥洹
微妙越世間　佛為無量明　照於愚癡冥
願為一切人　顯耀見威靈　佛為大慈哀
所度無央數　尊體處金棺　清淨寂然安
願用優和德　見身色相光　普令天及人
興起無量福　佛為開現法　衆生受潤澤
得止生死輪　惑者入正諦　已蒙如來恩
頭面禮佛足　今但覩棺槨　心為悲感傷
佛雖就無為　聖達靡不實　見後有疑諍
出足於金棺　起分是生死　佛以不復愁
法身慧常存　莫呼永泥洹

迦葉赴佛般涅槃經

瑜伽翳迦訖沙囉烏瑟尼沙斫訖囉眞言安怛陀那儀則一字頂輪王瑜伽經

唐大興善寺三藏沙門大廣智不空奉　詔譯

眞言行者若求安怛陀那應作是念云何我能速取成就當習是三摩地所謂一切法無色猶如虛空性自成就作如是勝解當如本教淨持地等作是三摩地

普徧三千界　充滿智成水　有大寶蓮華
開敷在水中　寶莖如須彌　上方珠網覆
蓮上有大寶　八柱以莊嚴　想成寶樓閣
四門當四方　珠網蓮鐸等　及妙拂莊嚴
半滿月珠瓔　垂寶間錯帶　是大寶樓閣
徧滿於有頂　應隨力思惟　觀供養雲海
先所觀樓中　有悅意白繖　以衆寶端嚴
寶瓔半滿月　妙拂等莊飾　繖上有大寶
普徧發光相　皆散雨衆寶　眞言智觀行
於彼樓閣中　金剛師子座　寶蓮華莊嚴
珠網蓮繒磬　白拂等莊嚴　一切欲喜樂
於中圍繞住　不遠於身前　應想第二座
一切皆如上　唯無師子座　角門於四處
嬉戲焚香等　次作圓具法　云何作圓具
先應觀諸法　無性爲自性　物我同一體
然後加諸法　云何加諸法　生老病死憂
攪擾於心田　如是思惟已　應生大悲愍
由是生智心　則是光明心（光明心者即是菩提心也）
以大悲熏成　其體如皓月　離能取所取
菩提心已生　應住身口意　所明體加持
此名圓具法（即如瑜伽中成身次第也）　族明勝次第
（知族五部明已五部眞言也）衆眞言威德（知已）
自住部王法（謂一字頂輪王法也）　則爲當族主

先應印已成（謂大印也）　次明應思惟
由身口意體　觀身爲諸佛　於心想月輪
眞言者應知　有種種光明　皆從月形生
徧至無量界　復入行人心　堅固爲五峯
變爲金剛形　想在彼掌中　復出種種光
其光皆徧滿　至於無邊界　而作佛遊戲
還來瑜岐身　如是皆入已　成普賢大色
應觀大菩薩　諸相皆成就　一切莊嚴具
蓮華鬘灌頂　自成摩訶薩　從瑜岐心生
持眞言弓箭　依住於月輪　或持鬘而住
或四方安居　隨力觀身前　諸衆生大樂
最上令成就　一切印嚴手　惠施於一切
諸有情如願　弁熈怡爲舞　金剛慢流出
爲左於腰側　住右作舞勢　安立衆生利
如自明隨形　諸衆生所思　皆令成調伏
作如是加持　利益於衆生　及餘諸利益
攞寫等供養　而以陳奉獻　自身自所尊
眞言字相應　隨力而念誦　如聲色相應
以字爲華鬘　智者應思惟　依瑜伽相應
於聲我今說　一字最勝成　如來蓮華部
商佉聲念誦　我讚如雷聲　分明稱吽字
我說金剛部　亦通大自在　念誦者成就
南摩尼羯磨　此部作念誦　如擊鈴鐸聲
如箜篌笛聲　如舞動瓔聲　其如孔雀鳴
如諸部法中　相應一切義　成如是音聲
而作於念誦　與眞言相應　眞言者隨聲
應思惟其義　不久當成就　此通一切部
是聲念誦儀（二軌竟）　我說色念誦
我今說一切　色者說爲印　與此相應轉
（謂運爲也）　善思惟其明　當安於胷臆

印焰明觀察　身中出金剛　甘露而灌灑
令本天喜悅　得隱自身形　大勤勇我說
由此眞言者　知以印令我　不久易餘身
我今說瑜伽　念誦如昔說　其明應思惟
安置於自處　供養以如教　純相應念誦
離心喉項舌　鼻及與齶處　及離念內外
唯法相應爾　不應依於聲　此名爲金剛
瑜伽念誦儀　若知眞實體　應當知成就
而獲得常恒　以此瑜伽法　相應而住之
以菩提勝心　爲成就不久　皆悉得如意
其中字念誦　如獲我今說　如是積資糧
眞言應誦持　以文字爲色　應分別觀之
作念誦事業　月行列意生　明字與之俱
安本尊胷臆　不久得道成　於月以月合
於一切字色　應於上思惟　光明輪莊嚴
行列不間斷　如以線穿珠　金色以爲光
晃曜本尊身　如彼彼月字　殊勝妙眞言
以成眞言者　則彼彼喜悅　力命增熾盛
意光明相應　我說爲文字　行列之念誦

我今通諸儀則成就物光澤我今說誦明念誦者若作彼以光明成就於諸物應生念誦相應儀一切眞言皆得成一儀與相應應作識清淨清淨爲心識智者然當入成就以身以語以意依如是物而住應知內支法於瑜伽法成就此中說爲意獲通及地等以身現諸身（決云謂隨衆生意所樂者）以語辯一切煙焰等成就我說物成就於身中身成就者種類有多種四印及餘輪壇瑜伽者應當盡可解者而作大曼荼羅曼荼羅儀軌成辦中央三昧形應安輭座（西方或以赤麞皮中安氈華而坐）而安坐一切瑜伽

三摩地相應晝夜等至(謂入定也)眞言者住與慧念相應中夜或明相現時決定當成就或地及神通成就如來說我今說意成就現身而獲之以印加持身我今爲大印應作思惟於成就及曼荼羅念誦者淨心則成就我說成就相口身或出光明暖焰及增等若見升空去成就相應知於身成就我廣說已

我說語成就法如獲次第說應爲先行法已如前法應作(謂自建立已來乃至大印等)口心印上住蓮華應知於心間於上住商佉(謂在蓮華上也)商佉中出聲相續無間斷於蓮華中發生金剛舌以白色(謂作赤色上有金剛)舌上或想佛或寶或蓮華或羯磨金剛或餘部印契或一月及兩月三四及五月乃至八箇月觀想於此壇結跏趺坐常以本寂靜相應分明觀商佉聲已即依蓮華界從華蘂出聲量如微塵其聲出至咽次又至於舌便即成其字舌字出光焰熾猛而普徧以聲滿虛空行者住定誦或一日及一夜中夜或後夜從舌出光明其光有大聲或從心從脣及齒出間錯光明若見如是者當知得悉地以此語相應成就能摧諸異宗今他發淨信能爲衆生利益如是瑜伽相應念誦有比丘嚩迦者吒得口成就於間錯山中七日而成語成就儀則

我今說物成就如前瑜伽應成就應取餘部物等或用餘部印及眞言三籔哆(謂以杓應娑嚩(合二)訶聲住物便瀉爐中及餘聲未盡還住物)行相作已智者於此曼荼羅即入羯磨三昧耶自爲一切羯磨自在其中爲色相一切於本部主應與於右手印物爲次第於金剛縛中安物物類於中積縛

印當齋下或當心二手以縛物獻安自心自明智者以此法觀身火光聚以先所集身口意善資糧用以此身物安於明手中眞言字火焰聲念誦眞言者盡其夜應作不應破其坐以此儀則法初夜當生暖煙當於中夜光焰於明相如是漸次加如光焰成物得飛騰盧空於三界自在我說安繕那法我曾已先說應斷一切取應依於本明乃至自身體語心亦如是以自眞言應隱沒作本明主應作念誦大金剛名者以金剛大大身智者應堅住召入縛令喜當安於心如自心所樂我明觀自身我是虛空由此相應成就乃至一切欲界主彼等不見形剎那至梵天以盡彼法作鈎召應作四印曼茶羅應安意在左手自身安於彼以拳應堅持作拳爲虛空如是安怛陀那雖忉利天宮亦不能見遊於他化自在天宮恣意安樂自在乃至意所樂

丸藥口安怛陀那法

我今略說成就法如是觀自明我是一切體所謂以虛空內所有爲一切體自身同彼印住微細金剛三昧入於自明心於丸藥成就觀丸藥置於口能遊須彌頂一切世間不能見藥色成大人謂體隨意變身受忉利天宮欲樂隨意得快樂餘世間相雜我今說安怛陀那丸藥依本教成眞言智應作自明智身前求成就者應獻無垢如虛空明身物及色以明字行列光焰相應住當入本尊身如隱沒住意從明口流出眞言光威猛丸藥善應成焰氣騰生已禁止已安口爲不現形中自在遊戲於四洲剎那諸世界還來歸本處所去得隨意種種成就藥

叉衆常以爲眷屬亦能遊戲須彌四天王下
層四藥叉世界作無量有情利益失正道漂
曠野王賊水火等逼起悲愍心一切繫縛處
我當成就已皆令得解脱
我今已略説廣法如大經應觀自心日月形
見光明則此月中一字如金色難覩如日輪
光明普舒徧瑜岐想光明則其字爲輪其輪
爲轉輪持妙色形七寶圍遶徧身毛孔中流
出無量佛瑜岐應思惟用金剛界印四處誦
眞言加持勤勇力成就念定勤爲薪焚燒一
切罪以眞言色火當離疑分別求大乘樂棄
小乘樂慇懃慧菩提住眞言儀則

瑜伽翳迦訖沙囉烏瑟尼沙斫訖囉眞言安
怛陀那儀則一字頂輪王瑜伽經

佛入涅槃密迹金剛力士哀戀經

失譯人名

牟尼世尊在拘尸那城娑羅林間北首而卧初入涅槃時密迹金剛力士見佛滅度悲哀懊惱作如是言世尊成就最勝無上十力云何於今乃爲羸弊無常氣勢微劣之所摧敗如來捨我入于寂滅我從今日無歸無依無覆無護衰惱災患一旦頓集憂愁毒箭深入我心密迹金剛作是語已戀慕世尊愁火轉熾五內抽割心胷磨碎躃踊悶絕譬如巖崩巔墜于地久乃醒悟即起而坐涕哭哽噎歔欷而言怪哉怪哉死魔大惡無量功德波羅蜜聚爲彼死魔之所滅壞復作是言唯願眞濟請爲我起我今薄祐無依憑處云何世尊捨棄於我獨入寂滅自今已後永離哀顔世尊寂靜身口意業更不可覩更不得見佛婆伽婆入于佛住如來昔日入于佛住三昧之時威德光顯倍常殊妙佛面鮮澤過於蓮華新開敷時如日初出照於朝陽如是勝面更不可見如來處於大衆出大雷音微妙之聲更不可聞誠言無二離過患說無諂僞說易解了說衆所愛說世界之中滅除諸惡至甘露城無過佛法咄哉眞濟永入涅槃使諸衆生無有救護處於生死大曠野中又無眼目離於導師誰示其道如來密雲能雨甘露爲無常風之所吹滅一切衆生愛火所燒而於今者佛入涅槃誰雨法雨滅其愛火如來於今滅於有爲得無上道爲於衆生作大醫王一切世界爲煩惱病之所患苦今入涅槃誰當矜愍化以正道療諸衆生結使之病如來

世尊名爲知恩念於恩者我從處胎以來隨逐如來如影隨形調和奉順不曾違闕云何不感我之至心便見孤棄如背恩者嗚呼恠哉咄哉大苦此金剛杵當用護誰即便擲棄自今以往當奉侍誰誰當慈愍訓誨於我更於何時得覲尊顏護世之王爲顯甘露故遣我來擁護於佛如何今日卒捨我等入于涅槃我所有命依佛而存一旦捨我當依於誰得存此命咄哉真濟矜愍一切常說妙法教詔愚冥何故今者而卒不言如來所知一切種智過一切上恒於衆生有緣之者思欲利益即於今日何處去耶而於今日便自閉默更不救濟受化之徒諸魔惡人見佛涅槃皆大歡喜如來世尊生死海中作大船師而於今日永捨濟度是諸衆生無量劫來順生死流唯有如來能以正道令諸衆生皆得返流如來世尊永斷煩惱爲於愚冥衆生作大照明令自涅槃世間衆生增長黑闇永爲無明之所覆蔽金剛密迹哀呼悲惱復作是言世尊三十二百福大人相悉皆具足如何滅壞永不可覲哀哉破壞魔者哀哉轉法輪者哀哉滅一切外道螢火光者哀哉能壞有身者哀哉諸智慧城者哀哉法燈爲無常風之所吹滅哀哉法月爲死羅睺之所吞滅復作是言大寂真濟願爲我說即於今者爲何處去至何方所爲適何國爲至舍衛及王舍城迦毗羅衛波羅柰耶於此諸國爲何處住耶令爲在何林爲在迦蘭陀竹林菴婆羅林祇陀林於此諸林爲在何處爲在何山爲在白墡山毗提醯山耆闍崛山於此諸山爲在何山

願語於我實在何處諸八部衆天龍夜叉乾闥婆阿脩羅迦樓羅緊那羅摩睺羅伽如是等以見於我常隨從佛設當問我佛何處去我當何辭以對於彼世尊昔日教化衆生若小疲倦暫寢息時繫心在明爲益衆生云何今者捨於一切永入涅槃更不利益具濟願爲我起我憂悲火熾然胷中命將不全願賜一言猶如冷水滅我熾火我今爲憂苦毒蛇之所蛆螫願賜我法阿伽陀藥以除我毒憂愁毒箭深入我心願賜語鉗爲我拔出一切衆生愛別離苦如來常爲說種種法除其苦惱云何獨不愍我爲我滅此衆苦如我今者哀逆悶塞不能推理而自釋割憂心内病說種種語云何世尊不見慰喻我之恭順心不疲怠樂見慈顏無有猒足投身于地願一瞻視如何世尊不見哀矜滅結牛王常挾持我何不將我入於涅槃獨見孤棄我失如來諸苦所切無量無邊又不見諦何故獨見放捨入于涅槃恠哉恠哉如來一睡更不起耶如來已去不復還耶猶如燈滅更不復明如寶樓崩更不建立如寶藏沒不可還出舉手大呌發聲悲哭如帝釋幢所持繩絶倒地不起宛轉涕哭心肝咽喉脣舌悉皆乾燥荒迷躃地良久乃穌愛戀如來功德之身捉相輪足急抱不放而作是言如來之足如優鉢羅華如日初出清淨柔軟安立之足千輻輪足極妙工巧不能畫作轉輪聖王雖有是相相不明了如來相輪輻轂具足炳然顯著其指纖長附順相著不稀不踈其爪紅潤猶如赤銅手足網縵猶如鵝王肌體豐滿無筋脉皮皺

天王人王諸鬼神王及以龍王咸以天冠頂禮佛足爲化一切諸有緣者以相輪足徧行世界而今此足更無有用我於昔日心常喜樂一旦涅槃更不令我生於喜樂而此無常極爲大惡能壞無量功德不思議色如來威勢能令見者身心歡喜無量福力持如來身無常之力實爲最大能使如來至於死處如來以父母乳哺之力禪定力智慧力神通力以此諸力不能於無常力中而自拔濟阿難昔日勸請世尊住壽一劫如來何故不受其請眞濟往昔於三阿僧祇劫中作百千苦行難捨之事一切能捨無數劫中歷侍諸佛奉事供養求一切智欲濟衆生於少許時所度未幾便入涅槃如來往日爲菩薩時化於衆生猶不疲極而於今者可疲倦耶濁法衆生如新生犢滿十二旬云何斷乳而棄之去請爲我起與濁法犢飽足甜乳于時帝釋數億諸天求欲問難云何而不爲其解說千世界主梵天王合掌請法今日何不爲說法要滿其所願毗沙門王數千萬夜叉而自圍遶提頭賴吒乾闥婆衆而自圍遶毗留勒叉鳩槃荼衆而自圍遶毗留博叉諸龍之衆而自圍遶如是等衆皆爲飲法甘露而來至此如來何不以良藥救諸疾者外道諸衆毀呰於法何不速起壞彼邪論欲界之主處處壞亂何不降伏如來諸聲聞少於智慧不勤習誦猷於廣博何不速起爲說略要令知正道然今阿難是佛所親奉侍世尊未斷結使盡於根本何不教授令盡諸結使嗚呼怪哉如此堅實大福德人一旦滅壞而此無常如護財象

殘害無數此護財象身大如山如來往昔猶能調伏如是大象去何今者反爲無常之所調伏乃至滅盡如阿娑羅龍能壞摩竭提輿大雲雷電光熾然降注大雹摧折樹木如來能伏彼大力龍而於今者反爲無常之所乘服如鴦掘魔暴虐殘害猶能調彼剛強惡人調彼不調牟尼世尊今爲無常之所摧壞如曠野惡鬼殘殺一切令國空虛猶能調彼使受持戒而於今者入無常羂摧滅無餘如優樓頻螺迦葉深著於我沒於邪見榛林之中難可拔出如來猶愍能現十八種神足變化能令調伏今爲無常之所傾倒一切衆生薄於福祐大智之海爲無常日之所乾竭正智須彌爲無常金剛杵之所摧碎佛功德樹覺意妙華道果充滿爲無常斧之所斫壞廣大智光名稱周聞徧于世間能燒一切有生之薪爲無常水之所澆滅也盛力無常無有法教不爲智者之所禁制非是精進膽勇猛健勢力名稱柔心調根寂定之所能免咄哉無常酷暴乃爾不別好惡有德無德等能摧壞作是語時大地震動山頂崩壞大星隕落四方火起日月諸宿無有光色一切天人皆無歡樂我今形體不自勝舉欲沒入地瞑眩黃黑心意錯亂忘失所念脣乾舌燥語言錯謬聲音嘶破去死不遠命今必絕佛捨而去如是等衆種種哀呼百千種言戀慕於佛帝釋語言止止已足汝今可不憶念大仙少語佛告比丘諸行無常無得住者不可體信是變易法一切聚集歸散會滅高者必墮合會必離有生必死一切諸行猶如河岸臨峻之樹

亦如畫水尋畫尋滅亦如泡沫如條上露不得久停如乾闥婆城暫爲眼對人命迅速疾於射箭速行天下疾於日月人命速疾過於是天無常敗壞應當解知若於佛事有不足者不入涅槃佛事周訖乃入涅槃以此佛法付囑人天以此重事與聲聞弟子向無畏寂滅處去諸有苦盡更不受生汝等不應生大憂惱

佛入涅槃密迹金剛力士哀戀經

佛使比丘迦旃延說法没盡偈經

失譯人名

一百二十章

尊者迦旃子　體道修律護　見諸卒暴者
以偈開法路　心當懷愴恨　思惟悲感事
常勤務精進　顧後大恐懼　正法垂欲滅
人年纔壽百　正法之光明　在世不久没
正法已滅盡　比丘衆迷惑　當捨諸經法
聖覺之所講　反受雜文章　廢損佛所說
見訓諸淺經　心意爲欣悦　常當共諍訟
違教背典經　展轉興誹謗　各各相慢輕
愚癡課難化　無智如株杌　卿無所別知
不學佛正法　釋置經義理　更互相求短
吾身所聞傳　獨步無儔伴　持中以著下
舉下著於中　不復識次第　所說貴不窮
證據設乖謬　反說無本末　聞受皆浮漫
講論無清話　斯徒衆惡意　謗訕於和尚
見尊覩師父　慠慢不崇敬　是等共辯諍
心念甚愁毒　著世慕豪富　墮縛不自覺
我覺甚眞諦　卿誠無所知　卿講殊倒錯
我言順典義　各各共諍訟　用生毒害心
貪得利供養　隨俗共浮沉　習樂於居崖
不能自拔度　從貪共談話　但說世間務
時諸比丘捨　樹間及閑暇　行止於聚落
閙中立精舍　喜樂於憒擾　不慕處靜默
展轉相侵欺　以自養妻息　或時有比丘
客從遠方來　寺主先自安　閑居乃聽之
妬其所止居　嫉其有德名　亦嫉於族姓
又復恪法經　見遠方比丘　顏色不悦和
得其捨之去　於心乃爲快　貪著於供養

用興毒惡嫉　務莊相貢高　由是成忿失
常念瞋恚惡　憍慢爲自大　所求無猒足
恣意隨塵穢　毒事不應行　不欲誦受經
終日笑歌舞　旦暮寢不醒　斯等共聚會
言不及經理　但說縣官賊　流俗行來事
假使有學者　衆人所供養　羨者求出家
言學比丘法　假使有學者　白衣所崇敬
務於雜碎事　因是得名聞　所行不如教
自從利養起　其年既幼少　多畜衆弟子
其心懷諍亂　不能究所學　沙門二三年
廣畜諸眷屬　莫能謹慎戒　墮落於邪見
或有說斷滅　或有講有人　已住如是學
墮惡人鬢髮　門徒多鄙猥　少年相圍繞
或時甚枯旱　或時復大水　雀鼠及蝗虫
灾害並輻至　五穀普罄匱　民庶咸飢饉
窮逼於餬口　出家求安隱　便行作沙門
不調越軌度　不解於禁戒　衆會無救護
苟且無羞恥　不能修慎行　亦不樂法會
汲汲著財養　以非法爲法　所說違道義
舉罪及輕重　亂經背賢規　集會至夜半
鬪諍事彌滋　然後乃說經　粗略不周備
希簡說禁戒　具足鬪諍事　處處失義理
故正法滅盡　適共鬪諍已　遂乃結仇怨
諸魔及官屬　用斯得人便　諸天龍鬼神
求欲聽經教　傾企遲聞法　但更鬪諍訟
諸天人懷恨　不可比丘行　行來共講言
佛法欲滅盡　吾等捨天樂　故來欲受法
不得聞正法　不如棄之去　其有尊鬼神
心樂佛法者　不念諸比丘　不復行擁護
於時弊鬼神　兇暴行毒害　取比丘精氣

今命無有餘 比丘多疾病 羸劣無氣力
失神顏色變 勤苦遭衆厄 展轉相憎嫉
疾病不相瞻 或有至死亡 無護橫夭終
貪著利財寶 衣食無限節 曉知習俗法
邪業以自活 販賣規賈利 出入求生息
志尚存怱務 孜孜無懈極 樂於雜碎事
求利欲救命 棄捐度世業 細務自嬰累
衣服不整齊 儀節不閑修 不能將順行
如野馬獼猴 遥見賢比丘 分衛知止足
遠近罵詈之 言不順禁戒 如今日比丘
澹然無過失 彼時諸比丘 默聲犯衆惡
偷苟無羞慙 懈怠懷毒意 斯等將來世
反當見敬事 有仁賢比丘 具足知廉恥
於彼失法時 乃更不見待 譬如師子王
處在林樹間 豺狼及犬狐 不敢食其肉

命過身出蟲 還自噉其肉 晝夜共噉食
毀滅其形體 能仁大聖人 泥洹滅度後
諸地水火風 不能毀佛法 世間珍奇寶
不妄忽自亡 鍮金出於世 紫金乃不彰
正法在於世 終不自沒盡 因有像法故
正法則滅盡 譬如海中船 貪重故沉沒
佛法斯亦然 利養故滅盡 背經及聖典
以此爲正法 以法違於律 以非作法義
諸邪見異學 五通諸學士 不能毀法義
及所興布施 其從釋迦文 因佛作沙門
當毀於正法 今法至滅盡 計劣諸男子
除髮被袈裟 皆當敗正法 今典沒不現
不肯順禁教 戮力存法務 恣心從所樂
猶如塵蔽驢 于時諸學人 受取妄保任
改定其券别 今錯所寄信 畏於縣官吏

怨賊及債主　戰戰相惡難　恐怖衣毛竪
耕種及治生　遭值諸吏卒　朝夕習穢欲
衆患所見惱　將有三惡王　大秦在於前
撥羅在於後　安息在中央　由於是之故
正法有棄亡　夷王大兇惡　處在於北方
興師伐惡國　傷害諸萬民　輕毀諸沙門
多犯於衆惡　毀壞佛塔寺　破敗學精廬
當於爾時世　郡國皆丘墟　是等皆恐懼
愁憂而懊惱　捨其北方土　奔趣于中國
病瘦目不明　尫瘵無氣力　不能捨北方
當為其所賊　時少年比丘　不務沙門者
便當脫衣服　恐怖欲自全　於是中國君
當來伐夷王　既已誅夷王　來還居監尼
彼有尊比丘　名號曰尸師　博聞靡不達
能悅諸國王　王聞尸師言　心意懷欣踊
願欲請衆僧　興設大布施　遣使詣十方
宣命於諸國　諸人來詣此　今當大布施
諸僧皆集至　其數有百千　遭難皆憔悴
願樂見大施　諸比丘已會　百千設備足
展轉相推求　各各相問訊　仁和上所在
阿闍梨所至　常所從沙彌　惡師令所師
或傷或死亡　或亦見驅逐　比丘既相見
啼哭不自勝　彼時諸會者　其數百千衆
懷惱失顏色　樂見大布施　四面並雲集
同會十五日　講說佛典戒　尋復相忿懟
斯等既忿懟　展轉不共和　尊比丘教告
諸比丘默然　吾當說卿等　示有佛法律
聽我之所說　無得亂語言　計此閻浮地
沙門佛門徒　會同當共和　不宜長嫌故
有大比丘衆　其數有百千　欲得學道義

往會十五日　有大比丘衆　雖有百千數
我學設明達　卿等不能知　設有一比丘
學能達設者　便可說本末　我學知其經
時有一比丘　所學普通達　有德名須賴
如是師子吼　即時從座起　又手而住立
稽首耆年足　便當師子吼　吾不懷狐疑
其心無猶豫　身所學經戒　今設爲通利
吾亦無衆難　心亦不進退　吾所前學者
法律無所疑　通暢於經典　明達於道義
吾所學如此　諸賢宜奉持　卿不達衆經
亦不解法律　云何尊者前　而多自稱歎
尊師惡弟子　性兇懷毒害　其名曰阿斯
即便害須賴　時有大鬼神　信樂於佛法
手自執金剛　遂打殺阿斯　當于爾時世
地六返震動　四方自然響　非人擊霹鼓
至爾時四方　當有四大烟　又復四大火
上方四面墮　於爾之世時　世間爲幽冥
從是往不返　生民設愚癡　黎庶無央數
悲哀懷懊惱　今日最末世　佛正法末盡
曾見佛鬼神　信樂於道義　縱身自投地
號躃不自堪　諸比丘遭患　如人喪二親
今日最末世　佛正法滅盡　從今日以往
無復說經典　法律及禁戒　當何從聞聽
諸天樹木鬼　曠野居神明　悲感心憂惱
宛轉不自寧　法燈爲已沒　正典已毀滅
今世最崩頹　法鼓不復鳴　諸魔設歡喜
衆會相慶賀　舉手而讚言　今是佛末世
却後將來世　當有是患難　益當加精進
勉力求度脫　譬如有賈客　失時心懷惱
故宜加慕勵　無得復後悔　聞時道法興

經典普流布　說法者常存　勤心修佛教
今日四輩人　展轉相恭敬　聞佛法尚在
夙宵加精進　身體自康強　未遭老病死
以故當懃懃　念後大危懼　及時諸國安
無有衆患難　豐熟乞易得　奉修佛教禁
沙門解羅刹　聞是法教戒　前稽首作禮
耆年迦旃子　惟吾身戰慄　毛竪心爲寒
失志不知法　不復識方面　今我聞此言
心生大恐懼　將來世見此　安能心不碎
尊者迦旃子　與此悲哀已　則爲諸弟子
說正法未盡
三百歲多解脫　三百歲聞戒定
三百歲修佛寺　入千年責怨害
諸比丘樂無樂　習獨處牀席居
在於彼行無方　當降伏諸愛欲

佛使比丘迦旃延說法沒盡偈經

佛治身經

失譯人名今附西晉録

佛言當學工語不沙門法行獨一處坐但當正意一處一卧一行不中正一爲曉身受經亦獨居還使千人一人勝千軍中人能得勝餘勝已勝身常爲勝無力亦不勝摩汎藍亦不能已勝不能作不勝比丘勝乃不勝先爲自身定政教後教餘爲諸輩如我自身上頭隨法行便教餘人如是易教已身如是如教他人已得身教意不復難教餘欲教餘先自教還使自教從身教得黠爲自身他故教多人亦莫犯無有極自身爲自念無有極自歸無有過身自歸不如自歸諦教身已黠得歸已黠便得法已黠便得戒已黠昆弟中不復憂已黠便得樂已黠不復憂自身自歸身亦得歸他人已身無有極教一切從苦得脱問曰何等爲工語師曰說三十七品經爲工語謂所說不亂人意亦爲工語何等爲法行謂不離二百五十戒是爲法行何等爲一爲曉身謂知分别身中事何等爲軍中人能得勝謂人不能勝惡何等爲一人能勝身謂意念惡能自制斷是爲勝身何等爲身意教謂身受七戒意受三戒何等爲多人亦不犯謂等心使人不墮結

佛治身經

治意經

失譯人名今附西晉録

佛言安般守意具行如法已欲次第學如佛説爲在天下得明如陰解月出立身立意立坐卧亦爾已比丘立意如是前後會有所益已前後有所益使不復見怔意已止意亦守六衰常守莫中止便知無爲身若一切有意常守身止不願亦不願有亦不疑有亦不疑無有次第行在所疑便蚤得度生死若警意知定喜淨時時法觀能得度老病如是可病警精進道人自意生老結能得斷今世能得苦盡已警爲聽所睡爲覺警勝卧已警無有畏已精進曉睡日夜爲覺已求甘露便得滅若人有是有利從歸佛爲中夜常意在佛已覺得覺佛弟子常爾若中夜常念法僧聚亦爾行戒亦爾布施亦爾身護亦爾行禪亦爾不侵人亦爾定意亦爾念空亦爾已覺能覺佛弟子常爾若中夜不墮思想問曰何等爲便知無爲身師曰泥洹爲無爲身何等爲次第行謂爾所到便當除次除是爲次第行何等爲時時法觀謂六入來時當即時校計是爲時時法觀何等爲道人自意謂教人精進當先自意行身自守意自守自爲福中天上福未滿故自守福已滿便得禪

治意經

音釋

薨呼肱切死也
懀怕懀徒覽切怕白各切懀怕恬靜無爲貌
繖先旺切蓋也
齶逆各切牙牀也
皺補過切
脊雨畢切脊肉也
歔欷歔休居切欷香依切歔欷悲咽而抽息也
蛆陟列切與蜇同
螫施隻切蟲行毒也
瞑眩瞑莫見切眩熒絹切瞑眩憒亂也
杌五忽切木無枝也
訕所晏切謗也
猥烏賄切鄙也
餬洪孤切餬口寄食也
尪瘵尪烏光切弱也瘵側界切病也
懟徒對切恨也
黠胡八切慧也

文殊師利發願經　東晉佛陀跋陀羅譯

六菩薩名亦當誦持經　後漢失譯人名見費長房録

小道地經　漢支曜譯

阿含口解十二因緣經　後漢安息優婆塞安玄共嚴佛調譯

清刻龍藏佛說法變相圖

四經同卷

文殊師利發願經

六菩薩名亦當誦持經

小道地經

阿含口解十二因緣經

文殊師利發願經

東晋佛陀跋陀羅譯

身口意清淨　除滅諸垢穢　一心恭敬禮
十方三世佛　普賢願力故　悉覩見諸佛
一一如來所　一切刹塵禮　於一微塵中
見一切諸佛　菩薩衆圍繞　法界塵亦然
以衆妙音聲　宣揚諸最勝　無量功德海
不可得窮盡　以普賢行力　無上衆供具
供養於十方　三世一切佛　以妙香華鬘
種種諸伎樂　一切妙莊嚴　普供養諸佛

我以貪恚癡　造一切惡行　身口意不善
悔過悉除滅　一切衆生福　諸聲聞緣覺
菩薩及諸佛　功德悉隨喜　十方一切佛
初成等正覺　我今悉勸請　轉無上法輪
示現涅槃者　合掌恭敬請　住一切塵劫
安樂諸群生　我所集功德　迴向施衆生
究竟菩薩行　逮無上菩提　悉供養過去
現在十方佛　願未來世尊　速成菩提道
普莊嚴十方　一切諸佛刹　如來坐道場
菩薩衆充滿　令十方衆生　除滅諸煩惱
深解眞實義　常得安樂住　我修菩薩行
成就宿命智　除滅一切障　永盡無有餘
悉遠離生死　諸魔煩惱業　猶日處虛空
蓮華不著水　徧遊十方土　教化諸群生
除滅惡道苦　具足菩薩行　雖隨順世間
不捨菩薩道　盡未來際劫　具修普賢行
若有同行者　願常集一處　身口意善業
皆悉令同等　若遇善知識　開示普賢行
於此菩薩所　親近常不離　常見一切佛
菩薩衆圍繞　盡未來際劫　悉恭敬供養
守護諸佛法　讚歎菩薩行　盡未來劫修
究竟普賢道　雖在生死中　具無盡功德
智慧巧方便　諸三昧解脫　一一微塵中
見不思議刹　於一一刹中　見不思議佛
見如是十方　一切世界海　一一世界海
悉見諸佛海　於一言音中　具一切妙音
一一妙音中　具足最勝音　甚深智慧力
入無盡妙音　轉三世諸佛　清淨正法輪
一切未來劫　能悉作一念　三世一切劫
悉爲一念際　一念中悉見　三世諸如來

亦普分別知　解脫及境界　於一微塵中
出三世淨刹　一切十方塵　莊嚴刹亦然
悉見未來佛　成道轉法輪　究竟佛事已
示現入涅槃　神力徧遊行　大乘力普門
慈力覆一切　行力功德滿　功德力清淨
智慧力無礙　三昧方便力　逮得菩提力
清淨善業力　除滅煩惱力　壞散諸魔力
具普賢行力　嚴淨佛刹海　度脫衆生海
分別諸業海　窮盡智慧海　清淨諸行海
滿足諸願海　悉見諸佛海　我於劫海行
三世諸佛行　及無量大願　我皆悉具足
普賢行成佛　普賢菩薩名、　諸佛第一子
我善根迴向　願悉與彼同　身口意清淨
自在莊嚴刹　逮成等正覺　皆悉同普賢
如文殊師利　普賢菩薩行　我所有善根
迴向亦如是　三世諸如來　所歎迴向道
我迴向善根　成滿普賢行　願我命終時
滅除諸障礙　面見阿彌陀　往生安樂刹
生彼佛國已　成滿諸大願　阿彌陀如來
現前授我記　嚴淨普賢行　滿足文殊願
盡未來際劫　究竟菩薩行

文殊師利發願經

六菩薩名亦當誦持經

後漢失譯人名見費長房録

師子戲菩薩　師子奮迅菩薩
師子幡菩薩　師子作菩薩
堅勇精進菩薩　擊金剛慧菩薩

巍巍十方佛　堂堂聖中王　妙相三十二
衆好八十章　身出妙光明　普照諸十方
願身自歸命　稽首諸法王　巍巍十方佛
無極大慈悲　與立諸大誓　濟度諸群黎
多聞歡喜者　功德叵稱載　願身自歸命
稽首諸大哀　巍巍十方佛　功德不可量
慧如無量海　灌澤諸十方　其有聞名者
除咎消諸欲　歸命大智慧　稽首正覺王
巍巍十方佛　國土甚清淨　七寶爲莊嚴
妙香栴檀形　悉純諸菩薩　亦無二乘名
唯說不退轉　般若之道英　巍巍十方佛
三世道之珍　其聞信樂者　疾成無上真
遊於菩薩道　堅住不退輪　所生常見佛
速值諸世尊　巍巍十方佛　三世之導師
至心懷恭敬　信樂無狐疑　所生常端正
顔容甚光暉　辯才慧獨遠　願禮天人師

別有四菩薩

此四大士皆過去十方諸佛之師此四大士初始造行之時發大誓願言我當度一切衆生至其都得涅槃然後當取佛土是故應誦念誦持得無量無邊功德至不退轉譬如三千世界盡虛空滿中紫磨黄金用之布施不如一須臾之間誦念此四大士名其所得功德出過爾所黄金施上千億萬倍其名曰棄陰蓋菩薩寂根菩薩慧威菩薩不離菩薩

六菩薩名亦當誦持經

小道地經

漢　支　曜　譯

道人求息所以不得息者有四因緣何等爲四一者怙其善不曉護戒自欲身二者以不護戒便黠意不生以黠意不生便不知身以不知身意便惑三者不解經以不解經便不了了以不了了意便疑四者不數校計命福日盡心自可用是四因緣故不得息道人求息欲得息者要當知坐行二事一者喘二者息亦在二因緣一者爲生二者爲死何等爲喘何等爲息所起意生爲喘意止爲息何等爲生何等爲死意滅爲生意起爲死要當先知是因緣當那得分別知因緣所從起盡事在四對何等爲四一者不知食多食不學不制貪味過足二者意隨色不諦校計多求自欲爲種苦本三者驚意蓋起多睡眠失本念邪向夢中種栽四者疑惑便惡口增便兩舌墮非妄瞋恚身口不相應爲是故不墮禪棄當那得近禪常數思惟喘息生滅起盡當持何等意思惟分別亦在四因緣一者近善知識二者識受語不妄三者貪誦經晨夜習意四者守戒莫離法息易得身有四病或時地多身不得安或時水多身不得安或時火多身不得安或時風多身不得安此四俱安乃得身止意有四病一者癡多意不得止二者瞋恚多意不得止三者婬多意不得止四者疑多意不得止四事不安意不得止息亦有四病或時多求息不得止或時念多息不得止或時歡喜多息不得止或時喘多息不得止道人行道離是因緣便得定意若身癰腫

疥瘡肥盛欲坐身不得安或時食多便火起身不得安或時飲多便水起身重目澀身不得安或時食多已復食貪味過足不學不制便風起不得安亦謂少食若癡多不宜數入衆人群聚當先誦經不宜多聞好自守若瞋恚多不宜居家若少所有若婬多不宜觀伎樂及諸好色若疑多不宜數聞好言善語常自守思惟責對若求多常當念不常坐起著意若念多常當牽證我所念皆爲苦本若歡喜多計不得久苦在後當疾制若喘欷多常當知心不宜數出麤語坐作罪道人行道不識是因緣終不近道當能制此黠意稍增道易得道人求向道要當知過去念事以過去莫復念何以故復知爲種故譬如種穀種稻便念當收稻種豆便念當收豆何以故爲生故念亦如是以種念便生一切聚在十方待殃禍當受要不得脫苦墮殺便種殺栽盜爲種盜栽淫爲種淫栽兩舌爲種兩舌栽惡口爲種惡口栽妄言爲種妄言栽綺語爲種綺語栽嫉爲種嫉栽瞋恚爲種瞋恚栽疑爲種疑栽念爲種是故數數爲念復增念難得離苦當持何離是衆苦要當禪棄爲不復種是十要故離有餘種會當盡何以故譬如種穀稚多得收不復種種但稍稍飯雖久飯不止會有盡時禪棄亦爾何以故不復種故以墮禪棄罪稍稍滅何以故稍稍禪棄爲福福以生萬惡皆竟但種道栽念道以生便有黠以有黠便能活人亦能自活道人求向佛道今世欲曉了知行意者要在三念有過去念未來念現在念有福念有罪念或時若讀經行

禪忽念久事曾爲人所辱若侵人墮好色便因念生意爲作頭足復增罪不能自制從是因緣得罪爲苦本是爲過去罪念或時從禪中若讀經忽生善念念素所行苦樂思惟知不常是爲過去福念或時安靜忽亂念生念作非常便失本念貪淫多求便作不死念是爲未來罪念或時若得安靜便善念念裁當從是因緣增黠是爲未來福念端在家居自守持戒便邪念生當作是念多畜六畜更增憂失戒是爲現在罪念以自家居自守持戒復增善念常欲離是爲現在福念求向佛道當先曉是罪福乃可增黠若求羅漢一切斷是爲求向佛道但欲增福多黠求羅漢但欲墮禪滅惡其黠在後求佛增福要當多聞黠要當諷經欲知其要在護戒護戒便能解經便能福人亦能自福道人求向佛道今世欲解菩薩行意者要當復知是三戒第一當知持戒亦守戒第二當知不犯戒亦能戒第三當知戒曉戒能戒亦護戒第一當知持戒者若人有妻子居家常齋不失是爲持戒一身無妻子自守不邪向是爲守戒第二當知不犯戒者若人眼視耳聽能不墮聲色亦餘一切是爲不犯戒爲道寒苦復爲人所辱能不失本念是爲守戒亦應忍辱第三當知戒者知其人持某戒是爲知戒曉戒者知其人樂道爲父母宗親知識所非嫉不數數於衆人中曉說戒能戒者當知人能應何業隨力所任授與能使不失若增若減應病與藥是爲能戒護戒者一切當護附順當得其意離惡知識當有護意欲說十方人非人若在妓樂

若在婬色能教多少說善言能不亂意復令有福是爲護戒求向佛道菩薩行業者要當知是乃能脫人亦能自脫復能業人亦能自業

小道地經

阿含口解十二因緣經

後漢安息優婆塞安玄共嚴佛調譯

欲斷生死趣度世道者當念却十二因緣何等爲十二一者本爲癡二者從癡爲所作行三者從作行爲所識四者從所識爲名色五者從名色爲六衰六者從六衰爲所更七者從所更爲痛八者從痛爲愛九者從愛爲求十者從求爲得十一者從得爲生十二者從生爲老病死是爲十二因緣事此十二事欲起當用四非常滅之何等爲四非常一爲識苦二爲捨集三爲知盡四爲行道更說念生念老念病念死念是四事便却是十二因緣道成念是四事道人欲得度世當斷十二因緣事是爲斷生死根十二因緣有內外一者內爲癡外爲地二者內爲行外爲水三者內爲識外爲火四者內爲名色外爲風五者內爲六入外爲空六者內爲栽外爲種七者內爲痛外爲根八者內爲愛外爲莖九者內爲受外爲葉十者內爲有外爲節十一者內爲生外爲華十二者內爲老死外爲實人生死從內十二因緣萬物生死從外十二因緣何等爲癡謂不禮父毋不分別白黑從是因緣得痛不欲棄不信今世亦後世已作是事便隨行不作是亦不得是以有癡便爲行已有行便爲識已有識便爲名色已有名色便爲六入已有六入便爲栽已有栽便爲痛已有痛便爲愛已有愛便爲受已有受便爲有已有有便爲生已有生便爲老死故人生取十二因緣得十二因緣生無因緣亦不生萬物亦爾不斷十二因緣不脫生死行三十七品

經爲從是得道十二因緣有三事一者癡二者生死精行是前世因緣三者識從識受身生四者名色色身復成五陰是今世因緣五者六衰復作生死精行種栽是後世因緣前後三世轉相因緣故爲有三事十二因緣本從身十事出身十事七事成一三事從四七事成一者殺盜婬兩舌惡口妄言綺語共從色爲一三事從四者嫉瞋恚疑從痛癢思想生死識是十事合爲五陰便爲十二因緣地名癡行爲盛陰便作生死行自種栽名爲行已有行便有識受身生死有識便有名色身復作十事成已五陰已有名色便有六入復作盛陰行種栽後當復受轉相因緣生死故名爲因緣身十事爲十二因緣者嫉爲癡瞋恚爲生死精疑爲識殺爲名色盜爲六衰婬爲更兩舌爲痛妄言爲愛惡口爲成綺語爲願生有無故爲有十二因緣何以故婬爲癡瞋恚爲生死精疑爲識內三事爲本已有三事便有七事成五盛陰嫉爲五陰本故爲癡五陰行可意喜不可意瞋便作生死精十事外從身內從意故疑謂不分別白黒不識生死故爲識道人欲斷十二因緣當先斷身十事便爲癡從癡五陰滅十二因緣亦滅斷身十事者外從身內從意故言身意持謂不殺亦謂外從口內從嫉斷者謂萬物一切意不起便瞋恚止瞋恚止便殺止殺止便貪欲止貪欲止便婬止外口者謂聲止聲者兩舌惡口妄言綺語亦止無有疑便入道是爲還五陰斷十二因緣本人受身有三別第一五陰盛陰第二十八種第三十二因緣行是三事

得身三別第一五陰盛陰者五陰從身十事出從眼爲色陰從耳爲痛癢陰從鼻爲思想陰從口爲生死陰從意爲識陰心主念對是六事爲根本是爲五陰地第二十八入十九根十八種者五陰行爲盛陰有對有入爲十二入本六情爲十八種有識故爲十九根言十八種者識不生故爲十八種是説盛陰行生十八種十九根第三十二因縁者謂五陰五盛陰行求十二因縁便有身是同身十事俱分別之耳從色得身從四陰得名字從名色得愛受從受行癡行癡便成十二因縁道人當爲斷色不爲身但名字爲身雖有眼耳鼻舌身意亦復非身何以故設耳是人當能聽一切從形得名字譬金字譬如以金作物因從是得字地水火風空是五事作身亦復

非身何以故身知細滑故人已死地不知細滑故知地水火風空非身身亦空意亦空俱空無所有亦無痛痒何以故人已死亦不復覺痛痒如是爲空意已離身亦無痛痒但因縁共合故還歸無有身中有十二風上氣風下氣風眼風耳風鼻風背風脇臍風臂風足風曲風刀風刀風至病人殺生刀風刀風斷截人命生老病死生者謂初墮母腹中時爲生已生便老止者謂意中止用止故敗氣息出入覩了身本合十事爲敗身中五事一者地二者水三者火四者風五者空堅者爲地軟者爲水熱者爲火氣者爲風飲食得出入爲空亦餘因縁合爲人自計是我身若欲萬物當校計有身亦有五因縁共合一者色二者痛痒三者思想四者生死五者識是十事

共合便見生死事有善惡行善有二輩不犯身三口四意三是爲一善二善者布施持戒忍辱精進不疑是爲二善惡亦有二輩犯身三口四意三飲酒是爲一惡疑嫉慳貪是爲二惡護身口意是爲道行人從福得生從行得老病死身便壞敗人卧出時意離身在地因緣何以故不死四事合持未散故人行十事就三事人行三事就二事人行二事就一事何等十事謂十惡便得身口意三事已有三事便有名色二事已有名色便墮癡百劫乃得爲人難得完具人生精作地識爲種五道識名異合一識入一識便失所本知如人生天上舍人識受入天識便忘人間事人從無生從有死無何以故生不識無故生有何以故死不識有故死識無不復生識有不復死意有所念以滅便到所生處意念不滅亦不得行生上意意頭起以滅復更念所念雖多當還從上頭意受因緣生人本從婦婦夫不淨汙露得身長大便惡知識相隨爲五陰六止十二衰所欺便有老病死憂苦生死爲癡慧人當斷六止謂地水火風空識十二衰謂色聲香味細滑念欲内有匿賊是爲十二衰人生有三因緣一者合會二者聚三者心意識痛痒思想生死識是爲合會諸愛欲是爲聚上頭爲上頭爲中央爲意後頭爲識人初墮母腹中如雞子中黄至三十七日悉有頭面手足指具足未生四日倒向下人在母腹中苦不可言人在母腹中命日益識日大身稍老至半年時身與識日减得身爲福亦爲罪何以故以得人身是爲福以飢渴寒熱

貪婬嫉妬爲罪人生子有五因緣一者有本願二者同業三者曉禮四者來債五者償債何等爲本願謂先世時見人子端正便願言我子如是同業者謂同計校得利相呼曉禮者謂當相敬愛來債者諸謂父母主治生子横用之償債者謂子治生付父母是爲償債子以三因緣生一者父母先世負子錢二者子先世負父母錢三者寃家來作子父母勤苦求財已致便死子得用之是爲父母先負子錢子行求財產已致便死父母用之是爲子負父母錢有時生子百日千日便死父母便憂愁惱是爲寃家相從生生子有三輩一者福子二者眞子三者不眞子何等爲福子謂父母持戒布施忍辱精進行道子亦爾是爲福子眞子者父母不信道子獨奉道教是

爲眞子不眞子者父母隨道業隨法行子但作惡飲酒人所不欲見是爲不眞子子從父母生有同意有同行有同念俱長壽富貴端正是爲同行貪欲瞋恚是爲同意精進行道是爲同念本行在父多類父本行在母多類母不同行不相類故人生墮地未有所知便喜向其母者意識本因緣故耳人來生時有因緣身能出入無間至七日便復懷其身亦有地水火風空但微難見人年老少識多忘者識轉稍向後所生處何以故不預知當所生處用未到故他人生他人來他人至他人所他人憂他人所從來久遠習故不學身有三痛意亦有三痛身痛者謂得刀杖瓦石蹴蹋二者病瘦三者死意痛者一爲憂父母兄弟妻子知識二爲憂財寶寃家何以故爲痛

謂五陰不調故病何以故爲死陰熟壞故爲死一切病皆意所作身死所知故不作是病是身何以故爲病四因緣不等故何以爲憂一切不如意故何以不定病疾過去故何以爲急要欲壞何以故爲碎身老毒故何以爲老死壞故何以爲非常不得自在故何以爲苦急故何以爲空無有主言我作是如何似爲非身不能離苦不得受苦是爲十事人所欲已有三事人之所愛常欲得之一者強健二者安隱三者長壽如是復有三怨一者年老是強健怨二者疾病是安隱怨三者身死是長壽怨亦有三救一者歸命佛二者歸命法三者歸命比丘僧有四事可畏一者生二者老三者病四者死人面赤有五因緣一者近火二者飲酒三者恐怖四者念怒五者多慚愧頭白有四因緣一者火多二者憂多三者病多四者種早白人病瘦有四因緣一者少食二者有憂三者多愁四者有病身未知調有四事不先語人一者頭白二者老三者病四者死是四事不可避亦不可離亦不可却有四事不可忍一者飢二者渴三者寒四者熱身復有四事一者不足二者不滿三者不飽四者不猒身復有四痛一者生時痛二者老時痛三者病時痛四者死時痛一切味不過八種一者苦二者澁三者辛四者鹹五者淡六者甜七者酢八者不了了味苦增寒熱澁多增風除寒辛除水酢除風令人目冥食有三因緣悉入骨髓血脉中一者肥膩二者毒三者酒是三者皆徧身中無有不到諸所食飲皆有肥膩但有厚薄多少耳人有四

種一者長者種二者道術種三者師巫種四者田家種生者有四種一者腹生二者謂寒熱和生三者化生四者卵生腹生者謂人及畜生寒熱和生者謂蟲蛾蚤虱化生者謂天及地獄卵生者謂飛鳥魚鱉人頭有四十五骨從腰已上五十一骨四肢百四骨合二百骨人身有七十萬脉九十九萬毛孔得觀悉自見分別知之有阿羅漢以天眼徹視見女人墮地獄中者甚衆多便問佛何以故佛言用四因緣故一者貪珍寶物衣被欲得多故二者相嫉妬三者多口舌四者作姿態婬多以是故墮地獄中多耳

阿含口解十二因緣經

付法藏因緣經

後魏沙門吉迦夜共曇曜譯

清刻龍藏佛說法變相圖

付法藏因緣經卷第一

後魏沙門吉迦夜共曇曜譯

敬禮無邊際　去來現在佛　等空不動智
救世大悲尊

昔婆伽婆於無量劫爲衆生故求最勝道成就種種難行苦行捨所愛身頭目髓腦國城妻子宫殿臣妾投巖赴火斬截身體或時有爲一四句偈剥皮爲紙析骨爲筆以血爲墨書寫供養諮學明師禀受諸佛悲傷群生勞謙累德修萬善行發洪誓願如五百本生經中廣說本學具足垂成正覺菩提樹下加趺而坐第六天魔深生愁毒念其道成必當勝我即率官屬十八萬億詣樹王下謂菩薩曰汝今宜可速起還宫若不爾者當持汝足擲大海外爾時菩薩如師子王心無驚畏告言

波旬汝曾供養一辟支佛受八戒齋由斯福故得爲天王然我已於阿僧祇劫具足成就難行苦行大地未有如針鋒許非吾昔日修苦行處假使魔衆如恒河沙不能傾動我之一毛云何汝今欲以吾身擲大海外魔復言曰我於往昔施辟支佛得爲天王斯事可明今汝所說以何爲證於是菩薩伸手指地曰此知我爾時地神從金剛際踊身而出合掌白言誠如尊教有此地來我爲其神此地無有如針鋒許非是菩薩本行之處魔聞斯言顛倒而墮破魔軍已成最正覺三達獨照六通無礙具足大悲辯才無盡所可宣說人皆信受暢微妙法拯濟群生譬如金剛所擬摧壞如來教門亦復如是能滅衆生煩惱諸結遍遊國土聚落城邑以清淨法拔衆毒刺降伏外學立最勝幢閉惡趣門開涅槃道化緣將畢垂當滅度告大弟子摩訶迦葉汝今當知我於無量阿僧祇劫爲衆生故勤修苦行一心專求無上勝法如我昔願今已滿足迦葉當知譬如密雲充遍世界降注甘雨生長萌芽無上法雨亦復如是能令衆生增善根子所以諸佛當加守護恭敬讃歎禮拜供養如我今者將般涅槃以此深法用囑累汝汝當於後敬順我意廣宣流布無令斷絶迦葉白言善哉受教我當如是奉持正法使未來世等蒙饒益唯願世尊不以爲慮是故如來滅度之後摩訶迦葉次宣正教集佛法藏化諸衆生其所度脱永不退轉彼大迦葉智慧淵廣名稱普聞功德具足今當隨順說其行願過去久遠毗婆尸佛化衆生已入般涅槃

四部弟子咸生悲戀收取舍利起七寶塔表刹莊嚴殊特妙好時彼塔中有如來像面上金色少處缺壞時有貧女遊行乞丐得一金珠內懷歡喜意欲爲薄補像面上迦葉爾時爲鍜金師女即持往倩令修造是時金師聞其爲福歡喜治之瑩飾既訖用補像面因共願曰願我二人常爲夫妻身真金色恒受勝樂以是因緣九十一劫身真金色生人天中快樂無極最後託生第七梵天時摩竭國有婆羅門名尼俱律陀於過去世久修勝業高才博達智慧深遠多饒財寶巨富無量金銀瑠璃珂貝璧玉牛羊田宅奴婢車乘比摩竭王千倍爲勝時瓶沙王金犂千具彼婆羅門恐與王齊招諸罪咎乃少其一唯有九百九十九具其家有氎最下之者直百千兩金以釘釘之入地七尺氎不穿破如本不異以福德力財富如是雖饒財寶無有子息自念老朽死時將至庫藏諸物無所委付於其舍側有樹林神彼婆羅門爲求子故即往祈請經歷年歲了無徵應時俱律陀大生瞋忿語樹神曰我事汝來已經年歲都不見爲垂一福應今當七日至心事汝若復無驗必相燒剪樹神聞已甚懷愁怖向四天王具陳斯事於是四王往白帝釋帝釋觀察閻浮提內無福德人堪爲彼子即詣梵王廣宣上事爾時梵王以天眼觀見有梵天臨當命終即告之曰汝若降神宜當生彼閻浮提界婆羅門家梵天對曰婆羅門法多惡邪見我今不能爲其子也梵王復言彼婆羅門有大威德閻浮提人莫堪往生汝必生彼吾相擁護終不令汝

入邪見也梵天曰諾敬承聖教於是帝釋即向樹神說如斯事樹神歡喜尋詣其家語婆羅門汝今勿復起恨於我却後七日當滿卿願至七日已婦覺有娠足滿十月生一男兒顔貌端正身真金色光明赫弈照一由旬相師占曰此兒宿福有大威德志力清遠不貪世務必當出家得無著果年雖童稚志念清淨行慈溥施少欲知足恒觀世樂無常危脆未曾暫生愛樂之想爾時父母見其如是甚懷愁惱而相謂言是兒生時相師占曰必當出家今設何方斷絶其意覆自思惟世可耽著唯有美色當爲選擇端正良匹用斷其情至年十五欲爲娉妻迦葉聞之深生愁惱白父母言我志清淨不須妻也如是至三父母不聽於是迦葉知事難免便設權謀白父母言能爲我得金色女人姿容超世然後乃當開意納之若不得者終不取也爾時父母敬念彼故不違其語即時延召諸婆羅門遣行國界若有女人身真金色端嚴殊妙爲我娉之諸婆羅門便共爲謀鑄金爲人顔貌奇特衆共舉之遊諸聚落高聲唱言若有女人見此金神禮拜供養未來必得微妙智慧身真金色諸女聞已皆出禮敬時有一女顔容瓌偉體紫金色稟性和柔智慧深遠即是往日金珠女也以昔勝緣有此妙身立志堅固獨不出外諸女咸問不出之意答言諸姊我意閑寂不悕餘願故不出耳時諸女人强將此女往觀金神此女光明形貌姿容映蔽金神悉不復現諸婆羅門即爲娉之遂相然可剋期成婚彼女聞之亦甚愁惱志不自從即便

行嫁二人相對志各疑絜雖爲夫妻了無欲意共立要曰我等今者宜各異房不相娩近爾時父母知是事已即便勑人去除一室令共同處空其室内唯置一牀於是迦葉更共妻要今此室中唯有一牀我等二人理無同寢我若眠息汝當經行汝若睡眠我當經行後於中夜迦葉次行妻時睡眠手垂牀前外有毒蛇從户而入欲螫其妻迦葉慈愍即便徐前以衣裹手舉置牀上妻便驚寤而責之曰今汝丈夫無志乃爾共我立誓要不相近今復何緣竊舉吾手迦葉答言我無欲情而近汝也蛇從外入規欲相螫恐爲傷害舉汝手耳毒蛇猶在即便示之妻意乃悟於是夫妻深猒諸有不生甘樂如人淨洗不喜塵垢詣父母所求欲出家既蒙聽許便作沙門清眞守素無爲無欲在於空閑勤修苦行於是迦葉作是誓言世界所有成羅漢者我悉皈依作是語已出家威儀所有諸戒皆悉具足遠至如來成一切智於王舍城頒宣妙法爾時迦葉被糞掃衣來詣佛所稽首禮敬合掌而立白佛言世尊我今歸依無上清涼願哀納受聽在末次世尊歎曰善來迦葉即分半座命令就坐迦葉白佛我是如來末行弟子顧命分座不敢順旨是時衆會咸生疑曰此老沙門有何異德乃令天尊分座命之此人殊勝唯佛知耳於是如來知衆心念欲決所疑即宣迦葉大行淵廣世尊又曰我今所有大慈大悲四禪三昧無量功德以自莊嚴迦葉比丘亦復如是又於往昔過去久遠時有聖王號文陀竭高才超世智慧無倫時天帝

釋欽敬其德遣七寶車造闕迎王時乘天車飛空而往天帝出迎與共同坐相娛樂已送王還宮佛告比丘爾時天帝今迦葉是文陀竭王則吾身是迦葉往昔以生死座命吾同坐故吾今日成無上道以正法座報其本恩爾時世尊即爲迦葉如應說法示教利喜譬如鮮淨白氎易受染色即於座上得阿羅漢三明六通具八解脱高才勇猛儀相安詳常與如來對坐說法時諸天人謂世尊師於是迦葉即辭如來往耆闍崛山賓鉢羅窟其山多有流泉浴池樹林蓊鬱華果茂盛百獸遊集吉鳥翔鳴金銀瑠璃羅布其地迦葉在斯經行禪思宣暢妙法度諸衆生至後世尊垂入涅槃放勝光明大地震動便作是念將非如來欲入涅槃現斯相耶即入三昧以天眼觀見於世尊熈連河側全身捨壽作是觀已慘然不悦如來涅槃何斯駛哉世間眼滅不善增長即與眷屬前後圍繞向拘尸城禮覲世尊於其前路見一梵志右手執持曼陀羅華迦葉問言汝從何來識吾師不答曰識之入般涅槃已經七日一切人天大設供養吾從彼間得斯華來時諸比丘聞是語已皆大悲惱舉身投地號哭哽咽淚下如雨咸作是言咄哉無常有大勢力能壞如是功德寶聚枯竭法海摧倒法幢世間闇冥永失大明一切衆生無所宗仰增長惡道減損天人奇哉無常深可猒患譬如電光理無久停無常迅駛亦難可保能壞盛年色力壽命殄滅一切世間歡愛愚人保之智者不也於是迦葉與諸比丘即便前行至雙樹間繞棺三帀稽首

作禮而說偈言
超越三界乘　永度生死流　寂然無相願
微妙難思議　佛日甚明淨　能除愚癡闇
積劫修苦行　誓度諸苦人　云何於今者
棄捨大慈悲　全身處金棺　寂然安不動
唯願天人尊　顯現金色身　普令一切衆
興起無量願
爾時世尊於金棺內千張氎中出金色足光
明照曜猶如盛日棺氎無虧而足顯現一切
大衆見是事已倍更悲惱號哭哽塞爾時迦
葉偏袒右肩接足作禮重說偈言
如來足踝滿　千輻相輪現　指纖長柔軟
合縵網成就　大悲濟群生　斷世衆疑結
是故我今日　頂禮最勝足　我證四真諦
說佛功德聚　已讚歎恭敬　宜還斂足入

爾時迦葉令諸力士更以千氎用纏佛身香
油灌上而閉棺蓋積栴檀薪闍維如來阿難
見火悲泣哽咽號哭懊惱而說偈言
怪哉無常　甚可憂畏　能滅如是　功德寶聚
世尊此身　清淨無垢　今在金棺　以千氎纏
香油流灌　然栴檀薪　微妙勝身　爲何所在
爾時迦葉以乳滅火說偈讚曰
千氎纏身　火耶旬之　佛神力故　內一衣在
外亦不燒　唯中都盡　此勝神力　不可思議
摩訶迦葉說是偈已告諸比丘佛已耶旬世
尊舍利非我等事何以故國王長者大臣居
士求最勝福自當供養我等宜當結集法眼
無令法炬速疾磨滅爲未來世當作照明紹
隆三寶使不斷絕爾時迦葉與諸比丘至王
舍城賓鉢羅窟阿闍世王得無根信及至如

來滅度之後群臣相與咸共議曰大王信心猶如巨海超諸人天世界之上若聞世尊入涅槃者沸血必當從面流出身體分散命不云遠當設何方令免斯難時有一臣名曰雨舍智慧淵廣善於方便造一銅池縱廣數仞以淨香油盈注其内令阿闍世王坐斯池中而復更以鮮淨白氎圖畫如來本行之像所謂菩薩從兜率天化乘白象降神母胎父名白淨母曰摩耶處胎滿足十月而生生未至地帝釋奉接難陀龍王及跋難陀吐水而浴摩尼跋陀大鬼神王執持寶蓋隨後侍立地神化華以承其足四方各行滿足七步至於天廟令諸天像悉起奉迎阿私陀仙抱持占相既占相已生大悲苦自傷當終不覩佛興詣師學書技藝圖讖處在深宮六萬婇女娛樂受樂出城遊觀至毗迦羅園道見老人及以沙門還詣宮中見諸婇女形體狀貌猶如枯骨所有宮殿塚墓無異猒惡出家夜半踰城至鬱陀伽阿羅羅等大仙人所聞説識處及非有想非無想定既聞是已深諦觀察知非常苦不淨無我捨至樹下六年苦行便知是苦不能得道爾時復到阿利跋提河中洗浴爾時有二放牛女人欲祠神故以千頭牛聲取其乳飲五百頭如是展轉乃至一牛即取其乳煮用作糜涌高九尺不棄一滴有婆羅門問言姊妹汝煮此糜欲上何人女即答曰持祠樹神婆羅門言何有神祇能受斯食唯有食者成一切智乃能受汝若斯之供於是女人便奉菩薩即爲納受而用食之然後方詣菩提樹下破魔波旬成最正覺於波羅

柰爲五比丘初轉法輪乃至詣於拘尸那城力士生地入般涅槃如是等像皆悉圖畫王問群臣汝作何等答言大王我畫如來功德之像次至世尊滅後形變王便驚愕舉身毛竪深生悲戀思慕如來此池中油五分之一忽然流注入王身中譬如焦墼投之大池水自滲入彼亦如是由斯因緣命得全濟阿闍世王信敬隆篤感戀如來其事若此聞迦葉往甚大歡喜嚴治道路燒香散華自乘白象出迎迦葉王昔見佛自投象下恭敬禮拜見迦葉時亦復如是摩訶迦葉神力接之令無傷害即告王曰佛力殊勝不同聲聞聲聞入定乃有神足自後見我勿投象也王言敬諾即白迦葉世尊涅槃我竟不見尊若滅度願必垂告迦葉曰善因告王言如來世尊智慧深遠能滅衆生三毒熾火能枯十二因緣大樹諸天世人皆蒙饒益今入涅槃世間眼滅生老病死憂悲衰惱如是等苦轉更熾盛我欲爲彼而作慧明共諸比丘集佛法藏王於今者宜辦供具王言善哉願諸聖士恒受我供於是迦葉告阿那律諸羅漢中誰不來者阿那律言憍梵波提在尸利沙宮猶未來此爾時迦葉告棃婆提汝可往彼尸利沙宮語憍梵波提大迦葉等今有僧事要須相見時棃婆提飛空而往具陳上事爾時尊者問棃婆提世尊何在而云迦葉棃婆提言佛入涅槃法橋已壞法山已崩法燈已滅黒闇時至憍梵波提歎曰苦哉世間空虛魔王波旬今當喜矣凡愚衆生無明所蔽流轉生死没在魔網十力世尊勉而出之今入涅槃求無救

護哀哉衆生深可悲愍告梨婆提汝可爲我頂禮迦葉及餘聖衆如我辭曰憍梵波提白大迦葉世尊若在我當往彼禮拜供養今入涅槃世間空虛觀閻浮提無一可樂如大龍王既捨身已龍子必隨我亦如是今欲涅槃作是語已即便滅度如是諸人聞佛滅度悉入涅槃迦葉唱言未集法藏勿涅槃也時諸比丘問大迦葉先集何法迦葉答言先修多羅又問使誰集修多羅大迦葉言阿難比丘多聞總持有大智慧常隨如來梵行清淨最後法中利安衆僧知見具足佛常讚歎宜可使彼集修多羅爾時迦葉即告阿難汝於今者可演法眼阿難曰諾觀察衆心而說偈言

比丘諸眷屬　離佛不莊嚴　猶如虛空中
衆星之無月

說是偈已禮衆僧足即昇法座而說是言如是我聞一時佛住波羅柰鹿野苑中古仙住處爲五比丘初轉法輪謂苦聖諦如是廣說說是語已五百羅漢飛昇虛空高聲唱言奇哉無常甚大迅速如河駛流逝而不返我等昔者自覩世尊今乃言聞皆各悲泣而說偈言

咄哉諸有苦　迴動如水月　不堅如芭蕉
亦如幻影響　如來大雄猛　功德超三界
猶爲無常風　漂流而不住

五百羅漢說是偈已還復本座爾時迦葉問諸比丘阿難所言不錯謬耶皆曰不異世尊所說於是迦葉命優波離集毗尼藏迦葉自集阿毗曇藏集法藏已摩訶迦葉即說偈言

以此尊法輪　濟諸群生類　十力尊所說

皆當勤修行　此法是明燈　能破諸黑闇
諸賢宜受持　愼勿生放逸
爾時迦葉入願智三昧觀所集法無闕少耶思惟已訖知皆具足便作是念如來大師我善知識利安饒益如母愛子我今以法益同梵行示未來世作大悲想欲使大法流布不絕始於今者報如來恩我年朽邁身爲老壞臭爛之體甚可猒惡無常危敗不可依恃恒爲諸苦之所惱害誰有智者當樂此身我今宜可入般涅槃復便思惟我今當往大慈大悲佛婆伽婆眞善知識無量淨善功德所熏微妙舍利所在之處皆往禮拜恭敬供養即飛虛空至四塔前禮拜供養復詣入塔至心恭敬譬如鴈王飛到大海娑伽羅宮禮敬佛牙如大壯士屈伸臂頃至忉利天釋提桓因與諸天衆出迎迦葉禮敬供養摩訶迦葉告帝釋曰我欲涅槃禮如來髮故來至此釋提桓因聞是語已心懷惆悵悲泣懊惱自取佛髮敬授迦葉迦葉受已至心禮敬牛頭栴檀以用供養供養已訖語諸天子五欲無常不可久保如華上露見陽則晞唯有善法深可願樂當觀苦空愼莫放逸作是語已從彼天沒還王舍城阿難隨逐未曾捨離恐入涅槃或不覩見後於少時摩訶迦葉告阿難曰汝獨入城我亦當往爾時迦葉著衣持鉢入王舍城作是念言阿闍世王本與我要若涅槃時必來見我我今當往告之可乎到王門下語守門人爲我白王摩訶迦葉今在門外欲得相見守門人言王今睡眠若覺之者恐貽罪累迦葉語言王若覺者好爲我語摩訶迦

葉欲入涅槃來與王別不見而去於是迦葉至雞足山於草敷上加趺而坐作是願言今我此身著佛所與糞掃之衣自持巳鉢乃至彌勒令不朽壞使彼弟子皆見我身而生猒惡復作是念阿闍世王若不見我沸血必當從面而出命不全濟若使彼王與阿難來山當爲開令其得入若還去者復當還合便捨命行唯留少壽應時大地六種震動釋提桓因與諸天子以曼陀羅華天諸末香供養舍利生大悲惱而作是言如來滅度感戀未息迦葉涅槃增我悲惱賓鉢羅窟即便空曠巷里窮酸苦厄羸劣貧露孤寒彼恒矜愍今捨之去誰當覆護如十五日天無雲翳月及衆星處空顯現如來聖衆亦復如是住在世間猶若星月死無常雲如何卒起一旦隱蔽最勝福田諸天如是極生悲感哀摧號哭啼泣懊惱共相裁抑歸還天上阿闍世王於睡臥中夢屋梁折尋便驚覺心生惶怖門人白王摩訶迦葉欲入涅槃來與王別正值眠息令我致意即便迴還王聞是事悶絕躃地冷水灑面方得醒寤舉聲大哭涕泣盈目我何薄祐垢障深厚諸聖涅槃不一覲見即詣竹園禮阿難足問言迦葉滅度未耶阿難答言巳涅槃矣今在何處我欲供養於是阿難共阿闍世王向雞足山王既到巳山自開闢迦葉在中全身不散曼陀羅華以覆其上王見是巳發聲號哭舉身投地積諸香木欲闍毗之阿難問言欲作何等答曰欲耶旬阿難言曰摩訶迦葉以定住身待於彌勒不可得燒彌勒出時當將徒衆九十六億至此山上見於

迦葉時彌勒衆皆作是念釋迦如來弟子身形卑陋若此彼佛亦當與斯無異於是迦葉踊身虚空作十八變變爲大形充滿世界時彌勒佛即就迦葉取僧伽棃是時大衆見其神力除憍慢心成阿羅漢士供養已還歸本國時雞足山還合如初

付法藏因緣經卷第一

音釋

鍛都玩切冶金也　鑄陟慮切鎔金入範也　踝户瓦切腿兩旁也　㲉居侯切取牛乳也　糜忙皮切粥也　墼詰逆切傅坏也

付法藏因緣經卷第二

後魏沙門吉迦夜共曇曜譯

摩訶迦葉垂涅槃時以最勝法付囑阿難而作是言長老當知昔婆伽婆以法付我我年老朽將欲涅槃世間勝眼今欲相付汝可精勤守護斯法阿難曰諾唯然受教於是阿難演暢妙法化諸衆生然其宿世有大功德智慧淵廣多聞博達佛所咨嗟總持第一悉能聽受諸佛法藏如大巨海百川斯納名稱高遠衆所知識如是功德不可窮盡我當隨順說其因緣乃往古世阿僧祇劫定光如來時爲沙門畜一沙彌常令讀誦日夜誡勑無有休廢若經少闕即便呵責時此沙彌爲師乞食若少稽留經不充限極爲其師之所罵辱於是沙彌甚爲愁惱爲師乞食且誦且行時有長者怪而問之沙彌答曰吾師嚴峻令我誦習乞食稽留則不充限以是事故每行讀誦長者答言勿生憂苦從今以後常相供給宜當精勤誦習經典時此沙彌不復行乞專心誦讀從此以後經常充足爾時沙彌即世尊是施食長者阿難是也以斯福緣阿難比丘智慧深妙總持强識多聞弘廣不可稱記至婆伽婆成無上道宣暢妙法化諸衆生於是阿難即自思惟世間牢獄不可愛樂五欲如幻無有堅實甚可畏惡過於毒蛇盛年勇壯顏容姿美悉爲老病之所殘害無常迅駛如瀑河流吞滅一切恩愛集會古昔諸王威德自在爲無常風之所吹壞憂悲衰惱衆苦相續愛羅刹女常欺衆生我當云何得免斯難復作是念如來世尊神智超世本從釋氏

出家學道我今應當往爲弟子即至佛所求
哀出家佛言善來便成沙門爾時如來即爲
說法所謂施論戒論生天之論欲爲不淨出
要最善意即開解成須陀洹佛於後時心念
侍者時憍陳如即往佛前求爲給侍佛言憍
陳如汝年老邁須人瞻視云何爲我而作給
侍如是五百大弟子咸至佛所求爲侍者皆
不聽許禮佛而退時目揵連以他心智觀如
來心在阿難所如日初出光照西壁與諸比
丘告阿難曰佛須仁者以爲給侍宜可速往
禮覲勝覺阿難言曰如來威德猶如大龍今
我穢弱不敢奉命諸比丘言阿難當知世尊
專心唯在仁者當速奉覲不宜久停阿難敬
諾即求三願如來故衣願勿與我所有遺食
願賜餘人進現時節隨我裁量三願若遂乃
當受教時諸比丘往世尊所稽首作禮具陳
上事如來歎曰善哉阿難有大智慧善知時
宜不但今日久遠亦然汝等善聽吾當宣說
乃往過去阿僧祇劫有王治世住婆翅城於
此城中有婆羅門名俱樓陀聰明博達天才
超世國人居士皆悉宗敬多饒財寶百千萬
億無子紹繼每懷憂惱請祈諸天經十二年
最大夫人便覺有娠日月已滿生一男兒身
紫金色顏貌端正相師占曰福德此子即爲
立字號曰大施年漸長大求父出遊父即勑
令嚴治道路燒香散華作衆妓樂大施於是
出外遊觀即於前路見有乞人著弊壞衣卑
言求哀大施問曰何故若此乞人答言我本
孤貧病苦所逼身命既切是故行乞大施聞
之慘然歎曰群生之類一何可愍愚癡蔽心

沉没五欲爲老病死之所惱害方於其中坦然快樂不修善業受斯惡果怪哉大險甚可怖畏小復前行見有屠獵羅網飛鳥耕墾魚捕多所傷害大施問言何故若此諸人答曰我祖父來素爲斯業仰此濟命兼供王役一旦捨之便當貧乏大施聞之益增傷感便自思惟與大悲意哀哉衆生愚無慧日久積罪業貧窮羸劣處大黑闇甚可怖畏今復更造如斯惡業殺害衆生斷他愛命惡業增長不善滋息輪迴五道何由得出我今宜當方便救護生死惱熱爲作清涼作是念已即入大海詣龍王宫求如意珠見一金城光明赫弈毒蛇圍繞不可得近即入慈定履上而過龍王出迎禮拜恭敬相慰問已俱共入宫問言仁者何故至此大施答曰閻浮提人爲貧窮故極多傷害命終必當生三惡道我愍彼故歷險來此求如意珠欲免其苦願見遺給利益衆生龍王曰善不違來教願少留停爲我說法大施許之住經四月演暢諸法名字本末次第隨順解其句味龍王至心聽受思惟問訊起居甚得時宜進現時節而自裁量過四月已大施辭退龍解髻珠而用與之因發誓曰大士慈悲甚極弘廣必當得成自然正覺願我得爲多聞弟子於是大施以如意珠雨衆七寶閻浮提人皆悉安樂修行十善命終生天比丘當知爾時大施即吾身是彼時龍王阿難是也在龍王中尚知時宜況於今者而不通達於是阿難給侍如來善能隨順聞持法藏初無漏失逮及世尊於雙樹林垂般涅槃問憍陳如阿難所在答言今在娑羅

林外爲諸魔衆之所擾亂深入邪網甚大苦惱除佛如來無能救護文殊師利白佛言世尊此大衆中有諸菩薩於無量劫發菩提心久修願行得不退轉如是等比善能受持諸佛法藏何緣顧問阿難所在佛告文殊阿難比丘事我來久初無過咎具足成就不可思議所聞之法善能受持譬如瀉水置之異器爲諸衆生所共瞻仰是故我問阿難所在今去此會十二由旬爲諸魔衆之所惱亂汝持我呪往彼解之文殊師利即至魔所說陀羅尼魔聞是已即放阿難與文殊俱來至佛所稽首禮敬却坐一面爾時世尊於中後夜入般涅槃一切天人大設供養氎纏闍毗其事都訖摩訶迦葉與諸羅漢於王舍城欲集世眼阿難爾時猶在學地以漏未盡不預聖衆時有比丘名婆闍弗即以偈頌而覺悟之

勝哉多聞士　安靜林樹間　當觀一切法
虛僞不堅牢　生死多過患　涅槃最清淨
瞿曇子宜應　勤修無漏行　如是當不久
必受第一樂

阿難聞已竟夜經行雖加勤苦不得羅漢身體疲懈便欲眠息頭未至枕得無著果三明無礙六通清徹即便飛往賓鉢羅窟在門外立而說偈言

多聞辯才　給侍正覺　瞿曇阿難　今在門外

爾時迦葉說偈答曰

汝若盡衆苦　棄捨煩惱擔　宜應現神力
令衆咸證知

於是阿難即以神通從石壁入禮衆僧足隨次而坐受迦葉命演集勝眼乃至迦葉入涅

槃時共阿闍世王至雞足山燒香散華讚歎供養王言仁者如來迦葉入般涅槃自我多殃悉不覩見尊若滅度唯願垂告阿難曰善敬承來教於是遊行宣暢妙法化諸衆生皆令度脱最後至一竹林之中聞有比丘誦法句偈

若人生百歲　不見水潦涸　不如生一日

而得覩見之

阿難聞巳愴然而歎世間眼滅何其速哉煩惱諸惡如何便起違反聖教自生妄想無有慧明常處癡闇永當流轉生死大海爲老病死之所惱逼便語比丘此非佛語不可修行汝今當知二人謗佛一雖多聞而生邪見二不解深義顛倒妄説有此二法爲自毀傷不能令人離三惡道汝今當聽我演佛偈

若人生百歲　不解生滅法　不如生一日

而得解了之

爾時比丘即向其師説阿難語師告之曰阿難老朽智慧衰劣言多錯謬不可信矣汝今但當如前而誦阿難後時聞彼比丘在竹林下猶誦前偈即問其意答言尊者吾師告我阿難老朽言多虛妄汝今但當依前誦習阿難思惟彼輕我言或受餘教即入三昧推求勝德不見有人能迴彼意便作是言異哉無常甚大雄猛散壞如是無量賢聖令諸世間皆悉空曠常處黒闇怖畏中行邪見熾盛不善增長誹謗如來斷絶正教永當沉没生死大河開惡趣門閉人天路於無量劫受諸苦惱哀哉世間深可矜愍今此比丘我躬爲説反納邪言不受吾教我當向誰説如斯事世

間衆苦不可願樂此身不堅腐敗危脆猶如聚沫須臾變滅端正容貌甚可愛著衰老既至將安所在覆以薄皮謂爲嚴飾膿血肉流惡露不淨有爲無常甚大迅速一視息頃四百生滅譬如虛空震雷起雲暴風卒起尋便散滅五欲不堅亦復如是共相恩愛安隱快樂無常既至誰有存者世間衆苦甚難久居我於今日宜入涅槃又吾大師及同梵行如是之等皆悉滅度我於今者豈宜久停復作是念阿闍世王與吾有要我宜應當至彼語之即詣王宮告守門者爲我白王阿難在外將欲涅槃故來相見門人荅曰王今眠睡若覺寤者罪我不少阿難語言王若覺者宜可爲我具宣斯意阿闍世王夢蓋莖折即便驚寤門人向王具宣上事王聞是已悶絕躃地冷水灑面良久乃穌發聲號哭哀動天地槌胷叫喚生大憂苦而作是言嗚呼怪哉世間眼滅三界苦惱誰當勉濟昔日世尊慈悲深厚爲諸衆生作大依止自入涅槃世間孤露摩訶迦葉有大名稱次補如來演法教化而復滅度法輪衰損瞻仰阿難猶如日月今入涅槃更何恃怙法水清淨洗滌塵勞誰復須宣饒益一切是諸衆生常有渴愛誰澍法雨充足之者三界群生永當流轉受諸苦惱何有窮竟魔王歡喜大得眷屬善法漸盡諸惡熾盛即問門人阿難所在園神白王向毗舍離即嚴四兵往恒河側阿難乘船在河中流王即直進稽首白言三界明燈已棄我去今相憑仰願勿涅槃阿難默然而不許可於時大地六種震動時雪山中有五百仙見斯相

已咸作是念以何因緣有此異相觀見阿難將欲滅度即便飛空往詣其所稽首作禮求哀出家即化恒河變成金地爲諸仙人如應說法鬚髮自落成阿羅漢咸悉俱時入般涅槃阿難念曰佛記罽賓當有比丘名摩田提於彼國土流布法眼即便以法付摩田提踊身虛空作十八變入風奮迅三昧分身爲四分一分向忉利天與釋提桓因一分與大海娑伽龍王一分與彼毗舍離子一分授與阿闍世王如是四處各起寶塔燒香散華供養舍利摩訶迦葉垂涅槃時告阿難曰今以法寶用相委累長老於後若入涅槃王舍大城有一長者名商那和修高才勇猛有大智慧已於過去深種善根故發意入海採取珍寶迴還願作般遮于瑟爲佛如來造經行處後當建立高門樓屋所爲既訖可度出家如來法藏悉付囑之是故阿難臨當滅度而告之曰佛以法眼付大迦葉迦葉以法囑累於我如我今者涅槃時至以法寶藏用付於汝汝可精勤守護斯法令諸衆生服甘露味商那和修答曰奉教我當擁護如斯妙法普爲一切作大明炬於是次宣無上法藥療煩惱病濟度群生其德高遠久修願行多聞總持辯才無盡今當敷演彼功德聚乃往過去阿僧祇劫商那和修時爲商主共諸賈客五百人俱欲入大海採求珍寶於其前路見辟支佛身嬰重病氣命羸惙與諸商人即便停住推求醫藥而療治之盡心承給無所乏少病遂除差體力充足是辟支佛著商那衣爾時商主以諸香湯浴辟支佛上妙氎衣而用奉獻

白言大聖此商那衣極爲弊惡唯願受我所奉衣服辟支佛言施主宜知我以此衣出家成道復當著此而入涅槃商主聞之甚懷悲惱白言大聖願勿滅度宜可與我共入大海吾當終身供給所須衣服卧具病瘦湯藥辟支佛言不能入海我於今者欲般涅槃汝於福田宜生深心未來必當獲大果報即飛虛空作十八變還就本座而入涅槃商主悲哀啼哭哽噎積諸香木而用闍毗收集舍利起塔供養因發誓曰願我來世值遇聖師復過於是使我所有諸功德聚威儀法式及以衣服如今此聖等無有異由斯願力甚大雄猛處於母胎著商那衣乃至與身俱共增長出家受戒得道涅槃是商那衣未甞離體因即號曰商那和修如來昔遊摩突羅國見青樹林敷榮茂盛告阿難曰見此林不阿難言曰唯然已見佛言此是優留茶山吾滅度後當有比丘名商那和修於此山中起僧伽藍說法教化多所利益商那和修既從海還大獲珍寶往詣竹林禮阿難足白言大聖我本入海願安隱還爲佛及僧設大施會今佛世尊爲在何處阿難答曰已入涅槃聞是語已悶絕躄地以水灑面方得醒悟發聲號咷悲泣斷絕自拔頭髮塵土坌身搥胷大叫淚下如雨便作是言無常大惡壞斯寶聚世間孤露永無恃怙我何薄祐罪障深厚佛日明淨而不覩見永當沉没三有苦海復問阿難摩訶迦葉大目揵連舍利弗等悉爲在不阿難答曰皆以滅度既聞是語倍增憂慼白言大聖我本入海願安隱還爲佛及僧設大施會我

於今者欲爲聖衆辦少微供唯願哀愍而見聽許阿難答言善哉長者能知世間不安危脆於勝福田起堅固業長者當知諸法無常無我我所譬如假借不可久保若汝欲得無上利者宜於福田起殷重業此之果報不可沮壞商那和修即便嚴辦爲般遮于瑟種種充足造經行處及門樓屋其事訖已阿難告曰汝爲財施最大希有今復宜當作於法施此施微妙甚爲弘廣勝於財施百千萬倍商那和修問言何名法施阿難答曰於佛法中出家學道說法教化利益衆生是名法施商那和修答言善哉甚適我願於是阿難度令出家與受具戒白言大師我本生時著商那衣今當盡形受持此服作是語已得總持力所聞之法未曾忘失成阿羅漢有大功德逮及阿難入涅槃後須宣妙法饒益衆生阿難所持八萬四千諸法藏門商那和修悉能憶念譬如瀉水置之異器彼能受持亦復如是以眞淨法遊行教化最後次至摩突羅國於曼陀山欲起住處時彼山中有二龍子毒害熾盛不可擾近商那和修即以神力震動此山龍大嗔怒起惡風雨商那和修入慈三昧以定力故龍毒消滅即大驚怖生信敬心問言尊者有何教誨商那答曰佛記此山有僧住處是故我欲於中建立龍子白言若實佛記善哉相聽商那和修即於彼山營建住處禪室經行皆悉具足內外空閑無諸憒鬧造住處已便作是念佛記罽賓安隱豐樂國土閑靜離諸妨難清涼少病甚可經行我今應當至彼處也即便飛空往罽賓國入定歡喜

而說偈言
常著商那衣　成就五支禪　山巖空谷間
坐禪而念定　風寒諸勤苦　悉能忍受之
心善得解脫　智慧自莊嚴　猶如空野象
坦然無憂患
時優波毱多有五百弟子猶處生死不得解
脫心生憍慢甚大貢高優波毱多即入三昧
觀此諸人與已無緣唯有吾師乃能化度便
至心念商那和修商那和修即以神力如大
鵝王從空飛來至其所止優波毱多行至餘
處唯諸弟子而獨見之商那和修衣裳𪋻弊
髮爪長利至優波毱多房坐其座上優波毱
多弟子咸生瞋忿是何弊人處我師座即欲
驅逐使令出外如須彌山不可傾動欲出惡
言口自噤閉即共相將至優波毱多所白言
大師有老比丘形容憔悴到師座處加趺而
坐優波毱多念言自非吾師無能坐者至房
便見商那和修頭面著地稽首作禮弟子念
言師雖爲禮盛德勝之商那和修知其弟子
憍慢未息手指虛空便下香乳如高山頂懸
泉流注問言優波毱多是何定相優波毱多
即入三昧深心觀察不能曉了即問其師是
何三昧商那和修荅言此即名爲龍奮迅定
如是次第五百三昧問其名字都不了知商
那和修一一爲說毱多白言我之所得盡從
師受唯是三昧我非其器毱多當知如來三
昧諸辟支佛不識其名緣覺三昧一切聲聞
莫能解了大目揵連舍利弗等所入三昧其
餘羅漢不能測度吾師阿難三昧定相我悉
不知今我三昧汝亦不識如此三昧我涅槃

後皆隨吾滅七萬七千本生諸經滿足一萬阿毗曇藏凡有八萬清淨毗尼如斯之法亦隨我滅是故毱多如來滅後賢聖隱没如是法藏漸當衰損乃至末後一切都盡汝今應當勤加守護時諸弟子方自悔責我無智慧輕慢大聖始知吾師定不及彼於是商那和修即爲說法五百弟子得羅漢道爾時尊者商那和修於諸衆生所應作已飛騰虛空作十八變還就本座而入涅槃優波毱多與諸眷屬積諸香木以火耶旬收取舍利起塔供養

付法藏因緣經卷第二

音釋

翅 矢智切
娠 升人切 妊也
羂 吉泫切 網也
墾 口很切 耕田用力也
潦涸 潦郎到切 涸曷各切
惙 朱劣切 疲也
噤 巨禁切 口閉也

付法藏因緣經卷第三

後魏沙門吉迦夜共曇曜譯

尊者阿難以法付囑商那和修而告之曰世尊昔遊摩突羅國顧命我言於此國中當有長者名爲毱多其子號曰優波毱多於禪法中最爲第一雖無相好化度如我我滅度後興大饒益其所教化無量衆生皆悉解脫得阿羅漢汝當於後度令出家若涅槃者付其法藏商那和修臨涅槃時告毱多曰佛以正法付大迦葉迦葉次付吾師阿難阿難以法囑累於我我當滅度以付於汝汝可精勤擁護世眼優波毱言唯然受教於是演暢無上妙法光宣正化濟諸群生其德淵廣難可限量過去久修無上勝行雖爲禽獸常化衆生摧伏外道建大法幢以慈悲雲普覆一切如是功德今當略說昔婆伽婆在舍衛國給孤獨園優波毱多時爲尼乾名曰薩遮智慧淵妙議論絕倫深生貢高擅步天下銅鍱纏腹首戴盛火而作是言吾智盈滿恐出於外由是事故以鍱自纏世間昏闇無所覩見欲以光明照其盲冥聞佛世尊住舍衛國便欲造詣諍捔言辯有人語曰汝若見佛智當虧滅光明自滅便至佛所白言瞿曇我欲出家智慧若與舍利弗等心則甘樂設不及者吾當還家世尊告曰假使汝積百千萬身欲望得及舍利弗者終無是處梵志聞已辭佛而退其去未久佛告衆會我滅度後滿一百年此人爾時得羅漢道三明六通具八解脫慧燭獨照廣化衆生其所度脫不可稱數衆會聞已生希有心又復尊者於過去世那由他劫

優留荼山有辟支佛與其同類五百人俱諸仙人衆亦住山側五百獼猴處在一面時獼猴王發生大信深修善本常採華果施辟支佛復於一時緣覺之衆端坐思惟入于三昧獼猴學之結跏趺坐後辟支佛俱入涅槃獼猴過華都無取相挽衣推排亦不動摇便知滅度深生悲惱向山一面見諸仙人修大苦行眠卧棘上翹足倒懸五熱炙身投巖赴火獼猴即時收其灰棘除棄糞土牽足令舒便於其前跏趺而坐仙人見之怪其若此尋學獼猴端坐繫念無師自覺成辟支佛便作是念今我得道由此獼猴即以香華而用供養時獼猴王優波毱是爲畜生時尚能覺悟志甚黠慧利智辯才逮至商那和修欲付其法觀察毱多爲生子耶入定思惟知未出世與諸比丘詣毱多舍乃至漸少單已獨往毱多問曰何獨無侣答言長者我無俸禄有信出家乃見隨耳毱多復言吾樂世俗不能出家若後生子當相奉給商那和修答曰善哉後生一子名阿失波毱多年漸長大往從索之毱多答言唯有一子理無相與若更生者必相奉給後復生子名難陀毱多便往從索答言尊者我今二子仰理生業小者守護大子聚歛家業如是可得大富以斯因緣不得相與若生第三然後奉給商那和修知其二子與道無緣亦不慇懃而往求索後生一子容貌端正即字名曰優波毱多柔和善順性好慈愍聰慧辯才其心弘廣厥年十二巧於市易有來買者常多與之商那和修觀其生未知優波毱出世已久即往其所而問之言汝

令入市爲當淨心不淨心耶優波毱多言何名淨心不淨心乎答言若心與貪癡合名爲不淨若不與俱是則名淨漸以方便教令繫念若起惡心當下黑石設生善念下白石子即便如教攝念不散善惡心起輒便投石初黒偏多白者尠少漸漸修習白黒正等至滿七日心轉純淨黒石都盡唯有白者商那和修作是念言今此善心皆已滿足遊觀時至可爲說法即爲宣說四聖眞諦應時逮得須陁洹道時突羅城有一婬女名婆須達多諸邪媚妖幻姧諂遣使詣市求買妙華使人尋往優波毱多所大得好華奉婆須達女怪華多問使人曰汝將不盜得是華耶使人答言我不盜得從市買之有人名曰優波毱多仁慈寛慧性好平均以斯因緣得多華耳又復此人形容姿麗大家若見死終無恨時婆須達遣人延召優波毱多都不許可慇懃求請終不移操有長者子共婬女宿值有估客從遠方來大賫珍寶求女交通時彼女人貪其寶故殺長者子埋置舍内其家眷屬遍行推求至婬女舍掘地得之向其國王具陳斯事即取婬女斬截手足劓其耳鼻棄於塚間優波毱多作是念曰彼以榮色本來召我以是因縁止而不去今爲解脫宜往化之即將侍者至婬女所婆須達言我本端妙顔容姿偉爾時相召不能臨顧今旣殘毀何用來爲答言姊妹我爲觀汝實相故來不爲欲也汝本以色誑惑衆生凡夫無智横起倒想今自應當諦觀此色無常危脆猶如聚沫覆以薄皮外現嚴飾筋骨相連涕唾不淨譬如畫瓶盛

滿臭穢愚不覺知深生染愛智者了之終不樂著假以香華澡浴衣服外現莊嚴內實不淨大海淵廣可知滴數此身過患甚難窮盡是故諸佛恒常訶責未曾一念生願樂想婬女於時心漸開悟於佛法中深生敬信白言仁者所說誠諦唯願爲我廣敷演之優波毱多即爲宣暢一切有爲衆苦積聚如癰如瘡如箭入心生老病死輪轉無際無常敗壞不堅速朽如臨死囚命不云遠譬如牢獄人無愛樂猶路上果衆所共擲此身可惡會歸磨滅烏鵲狐狼競共噉食風吹日曝青爛臭處髮毛爪齒狼藉在地如此之身豈可愛樂宜勤方便而求解脫婬女開解得法眼淨命終即生三十三天優波毱多因觀諸法苦空無常應時逮成阿那含果商那和修復詣毱多

而告之言汝本有要期與我子今已成長與我可乎優波毱多性能市肆貪其若此復不肯與尊者語言佛記此人於百年後大作佛事饒益衆生汝可開心與我此子毱多聞已便聽出家商那和修將至僧坊度令出家與受具戒羯磨已訖得羅漢道三明六通具八解脫巧於言辭所演無盡心自念曰我於今者已覩法身未見如來相好之體思惟是已深生哀戀爾時有一老比丘尼年百二十曾見如來優波毱多知彼見佛欲至其所尋遣使者告比丘尼尊者毱多欲來相見時比丘尼即以一鉢盛滿中油置戶扇後優波毱多到其所止當入房時棄油數滴共相慰問然後就坐問言大姊世尊在時諸比丘輩威儀進止其事云何比丘尼言昔佛在世六群比

丘最爲麤暴雖入此房未曾遺我一滴之水大德今者智慧高勝世人號爲無相好佛然入吾房棄油數滴以是觀之佛在時人定爲奇妙優波毱多聞是語已甚自悔責極懷慚愧比丘尼言大德不應自生恥恨如佛言曰我滅度後初日衆生勝二日者三日之人益復卑劣如是展轉福德衰耗愚癡闇鈍善法羸損況今大德去佛百年雖復爲作非威儀事正得其宜何足爲怪爾時毱多而問之言姊見如來其事云何比丘尼曰昔佛在世我年二十始欲行嫁失一金釵墮深草中求之不得復以燈燭遍照推覓求之至疲了無髣髴正值如來遊行而過金光晃耀如百千日幽闇之處普皆大明微細諸物而悉顯現尋見我釵因即取之以斯緣故吾得見佛優波毱多聞是事已倍生悲戀歎未曾有商那和修即告之曰佛記於汝在百年後坐禪第一大化衆生今正是時宜作饒益令諸群生服甘露味優波毱言唯然受教於摩突國雲集衆會如半月坐而爲説法所謂施論戒論生天之論欲爲不淨出要最善魔王波旬便生愁怖而作是念優波毱多大集衆會必當教令出吾境界我今當往壞其衆意於説法時雨眞金寶或雨華瓔光色明淨化作白象七寶莊嚴現爲女人端正奇特舉會觀視無聽法心於三日中演深法味乃至無有一人得道魔王歡喜深自慶幸優波毱多即入三昧觀察思惟是誰所作魔王復以眞珠花瓔著其頸上尊者即觀知魔所爲便作是念惡魔妬弊壞亂正法如來何故而不調伏即觀佛

心使巳化之便以三屍謂蛇狗人化作華鬘感魔令至而謂之曰汝與我鬘深感厚施今還以此用相酬賧魔大歡喜舒頸受之至其頸巳還見死屍蟲蛆欲出臭爛難近魔見是事深生厭惡語優波毱汝今云何以斯死屍繫吾頸耶尊者答言比丘不應華鬘莊嚴汝以邪惡爲我著之今還爲汝著臭死屍正得其宜不應瞋恨魔以神力欲去此屍如須彌山不可移動生大瞋恚踊身虛空向諸天衆求解死屍諸天皆言此是大聖之所爲作吾等庸劣豈能除去復詣梵王求脫屍縛梵王答言十力弟子所作神力吾今凡陋豈能解之假使劫燒旋藍猛風不能得脫此死屍縛寧以藕絲懸須彌山欲脫此屍無有是處如因地倒還扶而起汝若歸依優波毱多此死屍縛容可得解爾時波旬受梵王教除憍慢心深生敬信往尊者所五體投地白言大德佛初成道坐樹王下我率官屬而往逼嬈從是惱亂不可稱數未一惡言而見輕辱大悲淵廣如須彌山汝阿羅漢少慈忍力於天人前而見凌毀優波毱多答言波旬汝大愚癡無有智慧以聲聞人用比如來欲以芥子等須彌山螢燭之光齊暉日月牛跡之水同大海量如來大悲二乘所無以是緣故不相加報今我狹劣少悲忍心由斯因緣故相毀辱又復如來欲使我後降伏於汝汝因斯故敬信於佛由此善心不墮三惡洗滌塵勞破諸罪業魔聞是巳生大歡喜舉身毛竪生希有心白言仁者我由汝故起敬信心汝便於我作大饒益今可見爲解是三屍尊者答言汝

於正法更莫嬈害然後乃當爲汝解之魔言受教尊者又言我不得見如來色身汝昔曾覩宜爲我現魔言仁者我現佛身勿爲吾禮優波毱言當如所說即便爲解三種死屍魔入林中變形如佛三十二相八十種好形貌奇特如融金聚光明照耀儀相安詳化爲比丘前後圍遶若鵝王趍從林而出優波毱多見便歡喜一心觀察而說偈言

咄哉無常　無悲愍心　能壞如是　上妙色身

優波毱多一心瞻仰目不暫捨內懷踊躍說偈讚曰

快哉清淨業　能成是妙果　非自在天生
亦非無因作　面如紫金色　目淨如青蓮
端正超日月　奇妙勝華林　湛然若大海
不動如須彌　安步猶師子　顧視同牛王
無量百千劫　淨修身口意　以是故獲得
如此殊妙身　怨見尚歡喜　況我不欣慶

優波毱多說是偈已觀佛心至不覺爲禮魔言仁者何故如此答言波旬我知世尊久已滅度見此容貌若似覩佛歡喜內發是故禮耳魔服本形歸還天上於第四日魔更來下以大音聲普告一切諸仁者欲得富樂生人天中欲求涅槃第一安隱不見如來大悲說法悉當往詣優波毱所聽受妙法至心修行時突摩羅城男女大小聞於尊者摧伏惡魔百千萬人皆共雲集優波毱多上師子座隨其所應說種種法百千衆生得須陀洹道萬八千人成阿羅漢從是已後所化無量爲阿恕伽王與大饒益彼王功德深遠超勝於三寶所得不壞信以善緣故得斯勝果昔佛住

在迦蘭陀林日時已到將諸比丘入城乞食於其路次見二童子一名德勝二名無勝以土造作城舍倉庫因復名爲稻粟麻麥即共聚斂置於倉内如來光明皆悉照耀同作金色無不清徹德勝歡喜掬少沙土奉獻如來其身卑小不能得及無勝低跪令土奉之於是世尊即便微笑爾時阿難尋白佛言如來何緣現斯笑耶佛告阿難汝今見是二童子不唯然已見此童子者我百年後爲轉輪王四分之一於華氏城正法治世分我舍利處處流布造作八萬四千寶塔即以此土授與阿難塗房四壁足得周遍於百年後果得爲王暴虐無道多所殺害造作獄城外可愛樂令一惡人名曰耆梨立大鑊湯鐵丸刀劔如是等事種種備足外來入者皆悉治罪有長者子出家爲道遊行乞食入愛樂獄尋欲還出耆梨止之即便舉聲而大啼哭獄卒問曰何故若此比丘答言我不畏死爲善利耳吾始出家未證道味人身難得佛法難遇今我值之而空受死思惟是事故大悲泣耆梨答言王先有教入此獄者終不聽出比丘復言我今定死願赦七日當就刑戮爾時獄卒尋聽許之阿恕伽王宫中婇女與他男子共相調戲王大瞋怒付獄治罪尋以鐵杵碎之如塵骨肉分散猶如聚沫比丘覩已深生厭惡即便歎曰信哉大悲所言誠諦説色無常譬如泡𦦨不堅速朽甚難久保先此女人顔容敷悦今更求之將安所在人命虚僞無可守護尊貴貧賤愚智不同生雖差别等有斯死譬如百川泉源各異未有一流不入大海人

亦如是同趣死處爲業長短受生脩促未幾時間會亦歸滅此身臭穢不淨可惡薄皮覆蔽妄生愛想不觀其內種種過惡怪哉生死嬰愚所樂非是賢聖遊心味著如是觀察從夜至旦便斷衆結得須陀洹轉復精勤獲羅漢道滿七日已耆梨語言汝期今至可就刑戮比丘答曰我夜已過我日已出所作已辦隨汝治罪耆梨瞋恚置鑊煑之燄熱猛盛轉更清涼怪其若此至鑊而觀見鑊中生千葉蓮華時彼比丘跏趺坐上爾時耆梨尋往白王王將眷屬而來觀之於是比丘踊身虛空作十八變王見斯事歎未曾有而作是言我等今者同稟人形威德奇妙差別乃爾吾今未達唯願宣說爾時比丘欲化彼王即作是言我斷衆結解脫三有離諸動亂寂然安樂大王當知佛記於汝百年之後王華氏城分布舍利廣建寶塔汝今云何返造斯惡殘害衆生無悲愍心王今應當滿足佛意施與衆生無畏之樂王聞是已極自悔責歸依三寶生敬信心收集如來功德舍利造作八萬四千寶塔作塔已訖至雞頭末寺合掌而問上座耶舍此閻浮提頗有如我受記者不耶舍答曰佛記尊者優波毱多於百年後與大饒益王復問言彼清淨人出世未也答言大王久已生世得羅漢道於憂陀山圍遶說法王即嚴駕欲往禮覲尋遣使者白言大聖阿恕伽王欲來問訊尊者念言此處隘陋不容多人我今宜應躬自往彼即便嚴備向華氏城王聞歡喜掃治巷路燒香散華作衆妓樂尋與群臣出迎尊者當見之時五體投地至心

瞻仰目不暫捨白言大聖我得爲王自在快
樂不如今日一相覩見心大歡喜而說偈言
佛雖入寂定　尊今補處生　今應見教勑
我當隨順學
於是尊者手摩王頂以偈答曰
謹慎恐怖莫放逸　王位富貴難可保
一切皆當歸還滅　世間無有常住者
三寶難遭汝今遇　恒當供養莫休廢
爾時阿恕伽王即請尊者入於宮内安置寶
座自扶而上白言大聖佛所遊方行住之處
悉欲起塔增長衆信尊者讚言善哉善哉我
今當往盡示王處即嚴四兵便共發引向林
微尼園示佛生處乃至復詣拘尸那城化緣
訖已入涅槃處王聞是語悶絶躃地冷水灑
面方乃惺悟於是諸處悉皆起塔施百千兩
金然後乃去復更示王舍利弗等五百羅漢
功德之塔王皆禮拜施金供養最後往至薄
拘羅塔王言此塔有何功德答曰大王佛記
此人無諸衰病乃於過去九十一劫毗婆尸
佛滅度之後時薄拘羅依一寺住見諸豪貴
來供衆僧尊者爾時醉酒而卧心自念言我
既貧乏當何以施吾今正有一訶棃勒衆僧
若有病患之者可以施之用療其疾即便嗚
椎白言施藥時有比丘甚患頭痛向知藥人
索訶棃勒知藥者言有人施藥汝可取服爾
時比丘往彼取藥服之以訖病尋除愈由是
緣故九十一劫生人天中未曾有病最後生
一婆羅門家其母早終父更娉妻時薄拘羅
年在童幼見母作餅而從索之後母妬弊素
懷憎惡即便擲置餅爐之中其火燄熾以鏉

覆上父從外來遍求推覓即於爐中而得其子後於一時母復煑肉而是小兒便從往索母益瞋恚擲置釜中湯甚沸熱而不燒爛父復求覓了不能得而作是言我子今者爲何所在時薄拘羅釜中而應父即出之平全如故母於後時至一河上彼薄拘羅牽衣隨後母大瞋忿而作是言此何鬼魅妖祥之物雖復燒煑不能令死即便舉之擲著河中值一大魚尋便吞食以福緣故猶復不死有捕魚師釣得此魚持來詣市而衒賣之索價既多人無買者從旦至暮將欲臭爛薄拘羅父於市遊行見此大魚便作是念今斯魚者其肉甚多將欲臭壞索價無幾我今宜可買而持歸便與其錢取魚還家即以利刀開破其腹時薄拘羅在魚腹内高聲唱言願父安詳勿令傷我遂開魚腹抱而出之年漸長大就佛出家得羅漢道具諸功德年百六十未曾有病乃至無有身熱頭痛少欲知足常樂閑靜未曾教人一四句偈王聞是已遣持一錢布施此塔輔相白王同是羅漢云何獨以一錢用施王語臣曰以其自度不能化人塔神不受還授與王輔相言曰眞是少欲乃至一錢尚不欲受況其多乎如是五百大阿羅漢皆有本緣略而不說阿恕伽王供養如來聲聞塔竟歡喜合掌而說偈言

設百千祠　方得爲人　我今便爲　不空受生
遇良福田　具造勝業　以危脆財　而修堅法
我所起塔　嚴閻浮提　猶如白雲　莊校虛空

說此偈巳頂禮而去詣菩提樹而作是言我今欲爲二種之福一以千瓶盛滿香湯灌菩

提樹二當建立般遮于瑟即自洗浴著新淨衣上高樓上四方頂禮而作是言願諸聖士皆受吾請立語已訖十方羅漢飛空而來三道聖人凡二十萬亦悉雲集留上座處無敢坐者王問衆僧何故留此空坐處耶耶舍答曰有大羅漢名賓頭盧如來所記能師子吼威德高勝今當來此王聞是已身毛皆竪如優鉢羅華初始開敷即便合掌瞻仰而待時賓頭盧與諸羅漢如鵝王飛從空而下一切衆會皆起恭敬王見尊者眉髮秀白身體相好如辟支佛即爲作禮五體投地問言大聖見如來不答曰曾見色若金聚面如滿月三十二相莊嚴其身梵音深妙大悲窟宅王又問言於何處見尊者答曰在王舍城夏安居時我在其中見勝福田乃至汝昔以土施佛佛記汝時我亦得見爾時彼王以國所有妻子眷屬金銀瑠璃牛羊田宅及自己身宫人婇女盡施衆僧請稱其名造般遮于瑟灌菩提樹後自斟酌爲僧行食時賓頭盧用酥澆飯阿恕伽王白言大聖酥性難消能不爲疾尊者答曰不爲患也何以故佛在時水與今酥等是故食之終不成病爾時尊者欲驗斯事伸手入地下至四萬二千餘里即取地肥而示於王王今當知衆生薄福肥膩之味皆流入地是故世間福轉衰滅正供養已歡喜而退王有一弟名宿䭾吒邪見熾盛憎惡沙門王以方便令改邪心應時出家得羅漢道後爲一羌之所殺害時衆疑問優波毱多以何緣故彼宿䭾吒生處豪貴爲羌所殺尊者答言善聽當說過去久遠迦葉佛時曾供衆

僧由斯福故生生常處尊榮富貴又過去世作一獵師張布羅網不得禽鳥見辟支佛心生瞋恨即以利劍用斬其首由此業故墮大地獄生常為人之所殺害雖得道果猶被苦毒

付法藏因緣經卷第三

音釋

毱居六切　鍱音葉　捔訖岳切校也　翹祁堯切舉也　尠蘇典切少也　劓倪制切刑也　脆七醉切易斷也　賥徐醉切　蛆子余切蟲也　掬居六切兩卄奉物也　鏊魚到切餅鏊也　釜扶古切鍑屬　衒熒絹切賣也

付法藏因緣經卷第四

後魏沙門吉迦夜共曇曜譯

阿恕伽王復有一子名曰法益顏色端正眼甚奇妙時有一鳥名拘那羅其目明淨狀似彼兒因號此子爲拘那羅長爲娉妻字眞金鬘王將子至雞頭末寺上座耶舍知當失眼而告之曰眼者無常會當摩滅不可恃怙宜勤精進求勝解脫時拘那羅受教還宮觀察斯眼苦空敗壞王大夫人名帝失羅叉於拘那羅極生愛著欲火熾盛逼共交通王子爲性素自貞潔立志堅固而不從命帝失羅叉甚懷瞋恚時拘那羅治在得叉尸羅城內彼大夫人常伺其便會遇王病甚大困篤夫人療治尋即治差求願七日代居王位既蒙聽許便欲報怨密爲封書令挑其眼王子奉教求一惡人令出右眼置掌而觀便念耶舍本所勸誡而作是言實哉尊教誠諦不虛説眼無常猶如幻化昔謂斯眼奇特微妙今日深觀何可愛著我當捨此危朽之法專求最勝清淨慧眼作是觀時得須陀洹更出一眼重深思察猒惡情至逮斯陀含其妻金鬘聞夫挑眼號哭雨淚驚泣而來見已悶絶良久乃穌時拘那羅偈曉之曰

昔吾爲惡業　今日自還受　一切世界苦
恩愛會離別　汝當諦思惟　何應大啼哭

城中人民驅其夫妻令出遠外展轉周遊向華氏城彈琴求哀乞匃自活遂至王宮在象廄內鼓琴清歌自宣苦事王聞樂音髣髴欲識遣人往看是拘那羅即召令入王見子已悶絶躃地舉聲號咷身體戰慄問拘那羅言

誰毀汝眼急可語我當治其罪拘那羅言父不聞耶昔日如來猶受業報如斯報者甚大勢力一切賢聖尊貴貧賤無有方便能得免脫我自宿業招斯禍酷王莫愁惱令心憔悴阿恕伽王雖聞此語猶爲憂火焚燒其心復語子言誰壞汝眼我當屠割磨滅其身轉相推問知帝失羅叉王即召來而語之曰何地載汝不自淪陷實我怨家外詐親近有何因緣壞吾子目我今當以刀輪劒樹斬截汝身令如塵末棄汝屍骸臭穢之處糞汁惡毒灌注汝口時拘那羅聞王此語於帝失羅叉起大悲心而白父言彼以愚癡造斯過患由此緣故令被毀辱王是智者豈應同之今若復欲加報於彼必當累劫共爲怨害如是展轉何有窮竟大王當知譬如因聲即便響應此身如是由之有苦又此身者衆惡根本所以諸佛常念棄捨若令此法決定安樂何故智者恒生猒患由是觀之身爲苦本無量衆惡之所積聚大王且聽如世嬰兒未識義理罵辱父母無謙敬心而此父母豈於其兒起瞋恨耶一切衆生亦復如是常爲煩惱之所覆蔽愚癡無智猶如小兒云何於彼而生瞋恚王心毒盛不受其語大積薪油而焚殺之時衆疑問優波毱多以何緣故今此王子生尊貴家而被挑目尊者告曰善聽當說昔波羅奈有一獵師向於雪山值大雹雨有五百鹿共入一窟時彼獵人欲盡殺之便作是念若都殺者則皆臭爛且挑其眼漸漸食之即時尋挑五百鹿眼由斯緣故至今受報又復久遠迦羅鳩佛滅度已後時彼國王名曰端嚴

收佛舍利起七寶塔後更有王心無敬信壞塔取寶唯留土木舉國人民皆悉悲泣有長者子來問其意衆人答曰迦羅鳩佛寶塔毀壞由斯因緣是故啼哭長者子聞尋更修治如前嚴飾造彼佛像相好姝妙因發願曰使我來世如彼世尊得勝解脫由斯業故生尊貴家得淨妙果阿恕伽王眷屬如是皆捨重擔咸離生死王之信心深遠難量見諸沙門若長若幼皆迎問訊恭敬爲禮時有一臣名曰夜奢無信敬心邪見熾盛而作是言阿恕伽王甚無智慧自屈貴德禮拜童幼王聞是已便勑群臣各令推覓百獸之頭唯使夜奢獨求人首即受王命咸皆推覓既得之已悉來奉王王令持往詣市衒賣未幾時間諸頭普售夜奢人頭都無買者經數日中將欲臭爛白言大王此頭難售尚無欲見況有買者王問夜奢何物最貴答言大王人爲殊勝王言人若勝者何故不售夜奢答曰人生雖貴死則卑賤王言我頭同此不也夜奢惶怖俛仰而對答言王頭亦同此賤王言吾頭設卑賤者汝何怪我禮敬童稚卿若是吾眞善知識宜當勸我以危脆頭易堅固首如何今者止吾爲善時臣夜奢方自悔責迴改邪心敬信三寶王後一時問優波毱多昔佛在日誰施最多尊者答言須達長者施甚弘廣金滿百億用奉如來王自念曰彼尚能施爾所珍寶況我今者豈不及之便計先來所施之物凡得九十六億兩金會遇重病知命將終便自涕泣生大苦惱有臣名曰羅提毱即是本日隨喜童子以斯福故得爲輔臣智慧淵博

善能言辭見王愁惱合掌白王言譬如盛日衆共瞻仰王之盛德亦復如是咸爲一切所共恭敬今王遇病如日將没國土人民無不悲懼大王今當聽臣所說三界無常遷流不住雖少壯老會歸磨滅譬如石山四方俱至何有智者而能免脱世間衆生亦復如是受五陰身死山來逼假使造作百千方便種種呪術藏隱逃避未見有能得免離者是故諸佛恒說無常甚大雄猛王當深觀若斯之理宜自裁抑何應愁惱王告臣曰我不畏死恪愛財寶正以遠離諸賢聖衆施百億金四億未滿以是因緣我故悲耳羅提毱言庫藏甚多可施令足阿恕伽王即以七寶施雞頭末寺立拘那羅子弍摩提以爲太子邪見惡臣語太子曰阿恕伽王命臨欲終散諸庫藏汝若紹位無所資用今應遮斷勿從其意時弍摩提信受邪說以一金盤爲王送食王即迴施雞頭末寺後以瓦器半菴摩勒持與王食王召群臣而問之曰此閻浮提誰爲其主諸臣答言唯王統御答曰非也我唯於此半菴摩勒而得自在便作是言咄哉富貴甚可惡賤榮位如幻不久散滅雖居尊貴終歸墜落我爲人帝威德無倫臨終貧乏唯有半果故知世間皆爲虛誑愚人甘樂賢聖所訶即向群臣而說偈言

諦哉如來教　所演誠不虛　廣宣生死過
無可愛樂者　我本處尊貴　威德少倫匹
小王及人民　無一不瞻仰　今日福將盡
飢困自纏逼　猶如暴河流　觸山無復勢
我昔濟貧乏　拯救諸苦惱　如何於今日

由處斯卑賤　始知尊貴位　易滅不堅牢
解脫寂靜樂　唯是最爲快
說是偈已即命一臣汝持此果向雞頭末寺如我辭曰阿恕伽王禮衆僧足我唯於此半菴摩勒而得自在一切所有皆悉亡失此果雖尠是最後施唯願衆僧愍我貧苦而爲納受上座耶舍告衆僧曰汝等當觀阿恕伽王受福快樂總御天下今爲群臣所共制奪唯於半果得自在分當知生死甚可猒患富貴五欲不久敗壞威勢自在須臾殄滅咄哉三有難可久居即勑典事令磨此果用置羹中使一切僧普得其供阿恕伽王命垂欲絶問羅提毱此閻浮提誰得自在羅提毱言唯有王耳既聞是語即起合掌遍觀四方而作是言唯除庫藏今以四海一切大地悉施佛僧及自昔來所作功德不求生死轉輪帝釋願來生處速證道果函印題封付羅提毱於是氣絶遂便命終依轉輪王莊嚴殯葬如是尊者優波毱多開發王心增長其信有善方便教化衆生無不解脫是時宿羅城中有一商主名爲天護甚大敬信欲入大海採求珍寶若海迴還爲僧造作般遮于瑟至海採寶安隱還歸起意便欲設大施會有比丘尼得阿羅漢觀察衆中誰爲福田又復思惟何者僧首見諸羅漢及與學人斷煩惱穢堪受供養觀一比丘名阿沙羅未得解脫最居僧首時比丘尼即往語言大德今者應自莊嚴時此比丘不達其意便著淨衣剃髮澡浴復於後時此比丘尼更語阿沙羅教令嚴飾時阿沙羅極大瞋忿我隨汝語甚自嚴潔有何醜惡

屢出斯言比丘尼曰大德當知此俗莊嚴非佛法也佛法莊飾謂獲四果奇哉大德甚為輕劣長者天護欲設大會其受供者多諸賢聖汝為僧首未免生死以有漏心最初受供是故我今欲相覺悟阿沙羅聞慘然悲泣自惟老朽何能盡漏比丘尼言佛法無時豈少壯老宜可往覲優波毱多彼必相令得免諸苦比丘即詣優波毱多正值僧浴同現神變阿沙羅歡喜即說偈言

和合共一處　跏趺若龍蟠　咸皆入寂定
寂然不傾動　普放淨光明　猶如百千日
雖同人形類　功德甚高遠

優波毱多見其調順即為說法成阿羅漢爾時復有一優婆塞向婆羅門說言無我婆羅門言誰為此說答言優波毱多常宣無我但假和合而言我耳時婆羅門至尊者所優波毱多知其心念即為宣說一切無我譬如空山起呼聲響諦觀思惟了不可得但因五陰和合而成誰有智者計為其實時婆羅門即便開悟成須陀洹度令出家得羅漢道有族姓子詣優波毱多出家學道常好睡眠懈怠懶惰雖為說法都無所獲尊者教令樹下坐禪即於樹下尋復睡臥毱多化作深坑千仞比丘見已極生惶怖一心專念優波毱多尊者爾時化作小徑令此比丘從中而過自念其師免吾斯難優波毱多即語之曰此之恐怖少不足言三界受生老病死苦常隨行人不曾捨離地獄苦痛百千萬種如此之畏甚過斯坑時此比丘不復眠睡精進思惟得阿羅漢於東方國有族姓子信樂佛法出家學

道善能營事無不成辦經歷多時復生疲猒即往尊者優波毱多所尊者觀察知此比丘爲福未具故不得道即令爲僧遊行教化受教入城處處求索有一長者見而問之答言長者尊者毱多使我教化今此城中誰是篤信長者復言比丘勿餘處去一切所須當相奉給即爲辦具比丘得已於上座前持食長跪一切衆僧皆爲呪願呪願已竟成阿羅漢有一比丘性嗜飲食由此貪故不能得道優波毱多語令就房以香乳糜而用與之語令待冷然後可食比丘口吹糜即尋冷語尊者言糜已冷矣尊者告言此糜雖冷汝欲火熱應以觀水滅汝心火復以空器令吐食出既吐食已還使食之比丘答言涎唾以合云何可食尊者語言一切飲食與此無異汝不觀察妄生貪著汝今當觀食不淨想即爲說法得羅漢道有一比丘深愛樂身愛樂身故還欲歸家辭優波毱多路宿天廟尊者即化作一夜叉擔負死人至此天寺復有一鬼從後而來於是二鬼共爭死屍紛紜鬪訟不能自決其前鬼言我有證人即共問之誰死屍耶其人惶怖便自念言我於今者定死無疑寧以實語而取屠滅語前鬼言此是汝屍後鬼瞋恚拔其手足前鬼即取死人補之其體平復如本不異於是二鬼共食餘肉食肉已竟即便出去此人即便自愛心息還詣尊者出家精勤於後不久得阿羅漢於南天竺有族姓子出家學道愛著自身洗浴香塗好美飲食身體肥壯不能得道往尊者所求受勝法優波毱多觀察此人以著身故不得漏盡語

言比丘能受我教當授汝法化作大樹使令上之四邊變爲深坑千仞令放右手乃至都放此人爾時分捨身命盡放手足即便到地不見深坑及與大樹爲説法要得羅漢道有一比丘心甚慳貪以斯因緣不得道迹優波毱多教令布施答言我貧用何等施優波毱多遣二弟子坐其左右身出光明比丘歡喜減少食施後得好食便生喜悦念言少施尚得多報若多施者報不可量即破慳心爲説深法應時逮得阿羅漢果有族姓子出家學道優波毱多爲説法要尋便見諦得須陀洹作是念言我斷三結更何求進遊縱自在極至七生尊者告曰生死之法甚可惡賤猶如糞穢多少皆臭即便將至旃陀羅村見一小兒體生惡瘡蟲血雜出甚大苦惱問言比丘見此兒不此小兒者是須陀洹佛昔在世有一羅漢身小患痒搔之有聲維那瞋曰今汝身有蛆蟲瘡耶宜可出向旃陀羅村羅漢語言今汝得罪莫出斯言時此維那即便懺悔精進修習得須陀洹後自懈怠不求上進故生此家受斯苦惱小復前行見有一人爲火所燒身體燋爛苦痛難忍轉更前進復見有人犯王憲法以身貫著大木標上發聲哀號極生苦惱爾時尊者問比丘言汝豈見此二人不耶比丘白言唯然已見尊者告曰此前人者是斯陀含後所見者阿那含也咸皆懶惰不求上進故生人中受斯楚毒是故汝今宜自精勤早求解脱比丘聞已日夜修學不久便得阿羅漢道尊者即爲眞陀羅子説諸法要成阿那含命終往生淨居天上摩突羅

國有一長者生育一子年始一歲即便命終如是次第至六長者生始一歲而復命終最後復生一長者家厥始七歲爲賊將去優波毱多觀此小兒應現得道化作四兵欲捕彼賊賊見惶怖求哀禮拜爲說法要得須陀洹持此小兒施優波毱多於是尊者度此童子及與羣賊皆令出家爲說妙法得羅漢道語此小兒今可觀察汝之親族而化度之即便觀見七世父母憂愁涕哭憶念其子便到其家語言長者我是汝子莫大愁惱爲宣法要得初道果次第六家皆亦如是有族姓子信佛出家坐禪獲得世俗四禪自謂究竟得羅漢果優波毱多有善方便使彼比丘往他聚落即於中道化作賈客復現群賊凡五百人共爲黨類來劫賈客殺害斫刺遍布在地時此比丘生大恐怖即便自知非阿羅漢復作是念我非羅漢是阿那含時彼賈客亡破之後有長者女語是比丘唯願大德與我共去比丘答言佛不聽我共女人行長者女言我望大德而隨其後比丘憐愍相望而行尊者即復化作大河女言大德可共我渡比丘在下女處上流此女於後没溺隨河白言大德濟我此難爾時比丘挽而出之生細滑想起愛欲心即便自知非阿那含於此女人極生愛著欲共交通將至屏處方乃見是優波毱多生大慚愧低頭而立尊者語言汝昔自謂是阿羅漢云何欲爲如此惡事將至僧坊教其懺悔爲說法要得羅漢道有一比丘作不淨觀結暫不起謂得聖道優波毱多告言比丘汝可彼往乾陀越國受教遊行至彼國土

於此國中有一長者名迦羅和生育一女端正殊特時此比丘即往其舍而從乞食女擎食出露齒而笑比丘見巳生貪欲想由其本習不淨觀故取女齒相觀皆白骨由斯觀故得羅漢道自責本心而説偈言

外現於賢善　内實多染著　見其實相故
心即得解脱

摩突羅國有長者子新娶婦巳心生念言我於佛法欲求出家便辭父母父母答言我唯一子死猶不放何況生存子即白言若不放我終不食也於是斷食從初一日至滿七日父母恐死即語之言當從汝願但出家後與我相見子大歡喜便辭而去詣優波毱多求哀出家尊者即時度令入道而自念言昔與父母本有期要即辭尊者往至其家見其父母及與本妻妻語之言若不還者當棄汝死比丘心悔便欲捨戒詣其師所云欲還家優波毱多告曰且待明日即受師教停在寺宿尊者於夜爲之現夢使此比丘見到本家其妻是日尋便命終父母親族嚴辦葬具送其屍骸置於塚間須臾臭爛蟲蛆並出骨肉分散狐狼爭食即便驚覺往白其師師即告曰汝可往觀實如夢不乘師神力忽至其家妻時巳死如夢所見思惟觀察深生猒惡即便逮得阿羅漢道憂留陁山有一老虎生於二子飢窮困極遂便命終二子失母唯至窘急優波毱多往至其所以食與之爲説偈言

諸行無常　是生滅法　生滅滅巳　寂滅爲樂

日日與食爲説此偈是二虎子尋後命終生突羅國婆羅門家優波毱多往詣其舍單巳

無侶婆羅門言何爲獨行答言檀越我出家人寡於僕從婆羅門言我婦懷妊若生男者當相奉給後生二子顏容端正優波毱多往從索之婆羅門言兒皆幼稚若長大者當必相給至年八歲復往從索即以大子而與尊者小者復言可使我去諍競紛紜各欲出家優波毱多言此二子者皆應得道時婆羅門俱以二子付於尊者度令出家皆得羅漢即便使之採瞻蔔華答言大師此樹高峻我不能及尊者語言汝等是天豈無神足時二沙彌即昇虛空採華奉獻尊者與諸弟子同立見其神德歎未曾有毱多語言此二沙彌前餓虎子汝本嫌我與此虎食今日宜可觀其神變弟子聞已生奇特想南天竺國有一男子與他婦女交通婬泆其母即便苦切訶責汝今當知婬欲之法多諸過患復因斯故無惡不造未來必生苦劇難處兒即瞋恚便殺其母往至他家求彼女人竟不獲得心生猒悔於佛法中出家爲道不久誦習三藏通利善於言辭多諸眷屬與其徒衆往尊者所優波毱多觀察彼人躬造逆罪無道果分即便默然而不與語三藏比丘知罪深厚復見不對還歸所止有一比丘坐禪思惟得世俗定即便自謂得四道證復於少時一樹下坐優波毱多化作比丘而往其所共相問訊在一面坐化人問言從誰出家答曰我師名優波毱多歎言大德善哉汝師無相好佛化人復言比丘汝誦何經答言我誦三藏經典化人復問汝證何道答言我得阿羅漢果以何證果答言俗定化比丘言若以俗定以證道者

即是虛妄比丘聞已深生悔恨一心精進得阿羅漢於罽賓國有一比丘名曰善見得世俗定具五神通若無雨時能令降注起增上慢謂證聖道優波毱多即便化作十二年旱人民惶怖求哀尊者尊者告曰我不能也罽賓國有善見比丘神通最勝極能請雨衆人咸往而求請之時此比丘即以神力飛空而至爲請甘雨應時降注人民歡喜大設供養得供養已便生憍慢復作是念阿羅漢者無貢高心便詣尊者求哀懺悔爲說法要得羅漢道於南天竺有一比丘少欲知足好麤弊衣身體羸劣不能得道優波毱多觀察此人應現得道由身尫弱爲辦衣服香油塗足應時逮得阿羅漢道如是化度無量衆生皆悉獲得阿羅漢果其得道者一人一籌籌長四寸滿一石室室高六丈縱廣亦爾於是名稱滿閻浮提世皆號爲無相好佛化緣已訖便自思惟我今以法供養佛竟利安快樂同梵行者使諸四輩獲大饒益紹隆正法令不斷絕涅槃時至宜應滅度告諸大衆却後七日我當涅槃爾時即集十方羅漢及諸學人淨持戒者不可稱數諸優婆塞無量百千尊者於是飛身虛空現十八變使諸四衆生大信心於無餘涅槃而取滅度以室中籌而用耶旬十方羅漢亦入涅槃人天悲泣號哭傷感皆收舍利起塔供養

付法藏因緣經卷第四

音釋

廐（居右切象舍也）　號咷（號胡刀切咷徒刀切號咷大哭聲也）　售（承呪切賣也）　捕（薄故切擒捉也）　窘（巨隕切迫也）　劇（竭戟切甚也）　尫（烏光切弱也）

付法藏因緣經卷第五

後魏沙門吉叉夜共曇曜譯

商那和修臨涅槃時以法付囑優波毱多而作是言昔婆伽婆以無上法囑累尊者摩訶迦葉欲令衆生執大明炬永離諸苦受涅槃樂迦葉次付吾師阿難阿難轉復囑累於我我欲滅度委付於汝汝若於後欲涅槃者摩突羅國有善男子當出于世名提多迦久修願行辯才無盡汝當於後度令出家可以法眼悉囑累之優波毱多言唯然受教逺至尊者優波毱多化緣將訖意欲涅槃觀提多迦出世未也思惟便知猶未出世爾時尊者優波毱多將比丘衆往詣其舍漸漸轉少乃至單已其父長者問言大聖豈無眷屬何以獨行優波毱多答曰長者我出家人無有給侍若有人者當見垂惠長者復言我樂居家不能爲道若後生子必相奉給優波毱多言善哉斯意當守此心勿令變悔而此長者數生諸子年皆童稚輒便命終最後生子名提多迦顔貌瓌偉聰明黠慧善能受學諸經論記過去修行深種善本優波毱多往從索之長者歡喜手自付與將至僧坊度令出家年滿二十爲受具戒初白僧之時斷見諦結得須陀洹第一羯磨薄婬怒癡獲斯陀含第二羯磨欲界結盡得阿那含第三羯磨尋時斷除三界煩惱建立梵行成阿羅漢三明六通具足遊步隱顯自在無礙優波毱多而告之曰慧日世尊慈悲普覆欲濟衆生生死大苦以無量劫所集之法囑累尊者摩訶迦葉作大明燈照諸癡闇普令一切皆得修學斷

絕愛網出欲淤泥迦葉次付阿難比丘阿難滅度囑累吾師商那和修商那和修以付於我如是相續常轉法輪灑甘露味療煩惱渴然我今者所作已辦涅槃時至滅度不遠以此法寶持用付汝汝可於後受持頂戴勤加守護無令漏失演法光明照愚癡闇又提多迦如來涅槃賢聖隱沒所有一切深經寶藏漸當衰損墜沒於地世間昏冥流轉生死所以者何在昔吾師商那和修既滅度後七萬七千本生諸經滿足一萬阿毗曇藏凡有八萬清淨毗尼如斯等法皆悉隨滅一人涅槃衆法衰滅況多賢聖俱皆滅度淨妙勝法永無遺餘是故我今慇懃付汝汝當至心敬順我意於諸衆生起大悲想受持流布無令斷絕提多迦言敬受尊教我當擁護如斯正法爲未來世作不請友於是次宣無上法味其所化度甚大弘廣緣訖涅槃人天悲感即收舍利起七寶塔燒香散華種種供養爾時提多迦臨滅度時以法付囑最大弟子名彌遮迦多聞博達有大辯才而告之曰佛以正法付大迦葉如是展轉乃至於我我將涅槃用付於汝汝當於後流布世眼彌遮迦言善哉受教於是宣流正法寶藏令諸衆生開涅槃道化緣已竟臨當滅度爾時彌遮迦復以正法次付尊者佛陀難提令其流布勝甘露味難提於後廣宣分別轉大法輪摧伏魔怨爾時佛陀難提付囑佛陀蜜多其人德力甚深無量善巧方便化諸衆生令離惡見趣最勝道以大智慧而自莊嚴演清淨味摧滅異學如是功德不可窮盡我今隨順說其少分有

大國王總領天下高才勇猛多聞博達宗事異學信受邪見於佛法僧恒懷輕毀佛陀蜜多作是念言吾師難提以法付我我當云何敷演勝眼令諸衆生普得饒益復作是念今此國王甚大邪見我宜先往而調伏之譬如伐樹若傾其本枝葉華莖豈得久立作是念已於十二年躬持赤旛在王前行經歷多時王都不問過是已後忽便問之斯是何人在吾前行尋便召命而問其意答言大王我是智人善能談論欲於王前求一試驗爾時大王即便宣令國內所有諸婆羅門長者居士聰明博達善於言辭悉可集吾正勝殿上與一沙門共對議論於是一切邪見外道辯才深遠智慧博達天文地理靡不綜練含忿毒心競來雲集時彼大王於正殿上嚴辦供具

羅布茵蓐燒香散華莊麗明淨佛陀蜜多即昇法座共諸外道建無方論淺智之者一言即屈其多聰辯再便辭盡王見諸人理皆窮匱躬與蜜多自共議論始起言端亦尋摧屈佛陀蜜多即作是念我與王論不應顯勝而語之言此義深淺王自解了爾時彼王即知其屈迴改邪心敬信正法受三自歸爲佛弟子於自國土弘宣道化時此國中有一尼乾邪見熾盛毀謗正法辯慧聰達善能數算佛陀蜜多欲化彼故往爲弟子就受斯術不久習學皆悉通了彼尼乾子出大惡聲罵辱於佛佛陀蜜多語尼乾子莫出斯言令汝獲罪此報必當墮大地獄尼乾子言汝豈能知如此之事蜜多答曰若不見信汝可算之既算已後自當證知時彼尼乾便自推算尋見其

身必墮地獄即大恐怖深生憂悔向於蜜多五體投地白言仁者我當云何得免斯咎佛陀蜜多告曰尼乾如因地倒還扶而起汝若歸佛此罪可滅爾時尼乾起大信心以五百偈讚歎如來改悔先罪甚自訶責佛陀蜜多即告之曰汝以此心善業緣故命終必得生于天上尼乾復言汝云何知我得生天蜜多告曰若不見信自算求實時尼乾子即便下算自見已身罪滅生天便大歡喜求哀出家蜜多答言今日宜可告汝眷屬然後乃當相度出家尼乾弟子凡五百人即往其所而告之曰我見勝理情甚愛樂欲於佛法出家爲道汝等今可隨意所欲更稟明師諮受勝法時諸弟子咸白師言本相宗仰如大雲蓋師入勝道意樂相隨時彼尼乾與五百人至尊者所俱共出家於是尊者佛陀蜜多美聲流布遍閻浮提其所教化無量衆生緣盡捨命弟子悲感收聚舍利起塔供養爾時尊者佛陀蜜多化緣既訖將欲捨壽告一弟子名脇比丘汝當於後廣敷聖教化諸衆生令得解脫白言大師敬承尊教我當至心守護正法彼脇比丘由昔業故在母胎中六十餘年既生之後鬢髮皓白猒惡五欲不樂居家往就尊者佛陀蜜多稽首禮足求在道次即度出家爲說法要譬如鮮淨白氎易受染色便於座上得羅漢道三明照徹六通無礙勤修苦行精進勇猛未曾以脇至地而卧時人即號爲脇比丘善說法要化諸衆生所作已訖便入涅槃收集舍利起塔供養時彼脇比丘垂當滅度告一比丘名富那奢長老當知佛法

微妙有大功德是故諸聖頂戴奉持我受付囑守護斯法今欲涅槃用累於汝汝宜至心擁護受持時富那奢答曰唯然於是演暢微妙勝法其所化度無量衆生後於一時在閑林下結加趺坐寂然思惟有一大士名曰馬鳴智慧淵鑒超識絶倫有所難問靡不摧伏譬如猛風吹拔朽木起大憍慢草芥群生計實有我甚自貢高聞有尊者名富那奢智慧深邃多聞博達言諸法空無我無人懷輕慢心往詣其所而作是言一切世間所有言論我能毁壞如雹摧草此言若虛而不誠實要當斬舌以謝其屈富那奢言佛法之中凡有二諦若就世諦假名爲我第一義諦皆悉空寂如是推求我何可得爾時馬鳴心未調伏自恃機慧猶謂已勝富那語曰汝諦思惟無出虛語我今與汝定爲誰勝於是馬鳴即作是念世諦假名定爲非實第一義諦性復空寂如斯二諦皆不可得既無所有云何可壞我於今者定不及彼便欲斬舌以謝其屈富那語言我法仁慈不斬汝舌宜當剃髮爲吾弟子爾時尊者度令出家心猶愧恨欲捨身命時富那奢得羅漢道入定觀察知其心念尊者有經先在闇室尋令馬鳴往彼取之白言大師此室闇冥云何可往告曰但去當令汝見爾時尊者即以神力遥伸右手徹入屋内五指放光其明照曜室中所有皆悉顯現爾時馬鳴心疑是幻凡幻之法知之則滅而此光明轉更熾盛盡其技術欲滅此光爲之既疲了無異相知師所爲即便摧伏勤修苦行更不退轉如是尊者以善方便度諸衆生

所應作已入於涅槃四衆感戀起塔供養昔富那奢臨涅槃時以法付囑弟子馬鳴而告之曰譬如闇室然大明炬所有諸物皆悉照了法之明燈亦復如是流布世間能滅癡闇是故如來演斯正法普令一切皆悉修行諸賢聖人常加守護共相委囑乃至於我我以勝眼持用付汝汝當於後至心受持令未來世普得饒益馬鳴敬諾當受尊教於是頒宣深奧法藏建大法幢摧滅邪見於華氏城遊行教化欲度彼城諸衆生故作妙妓樂名賴吒啝羅其音清雅哀婉調暢宣說苦空無我之法所謂有爲如幻如化三界獄縛無一可樂王位高顯勢力自在無常既至誰得存者如空中雲須臾散滅是身虛僞猶如芭蕉爲怨爲賊不可親近如毒蛇篋誰當愛樂是故諸佛常訶此身如是廣說空無我義令作樂者演暢斯音時諸妓人不能解了曲調音節皆悉乖錯爾時馬鳴著白氎衣入衆妓中自擊鐘鼓調和琴瑟音節哀雅曲調成就演宣諸法苦空無我時此城中五百王子同時開悟猒惡五欲出家爲道時華氏王恐其民人聞此樂音捨離家法國土空曠王業廢壞即便宣令其土人民自今勿復更作此樂彼華氏城中凡九億人月支國王威德熾盛名曰栴檀罽昵吒王志氣雄猛勇健超世所可討伐無不摧靡即嚴四兵向此國土共相攻戰然後歸伏即便從索九億金錢時彼國王即以馬鳴及與佛鉢一慈心雞各當三億持用奉獻罽昵吒王馬鳴菩薩智慧殊勝佛鉢功德如來所持雞有慈心不飲蟲水悉能消滅

一切怨敵以斯緣故當九億錢王大歡喜爲納受之即迴兵衆還歸本國彼罽昵吒有大功德被弘誓鎧志願堅固曾以泥團置於塔上因立誓曰若吾來世千佛數中得成正覺令此泥團變爲佛像作是願已應時尋成儀相奇特狀若圖畫心大歡喜踊躍無量王於後時在路遊行見外道塔七寶莊嚴便大歡喜謂如來塔前禮稽首至心恭敬燒香散華說偈讚曰

具足一切智　斷除欲惱障　衆仙最勝尊
名稱遍三界　解脫離諸有　哀愍群萌類
所說成眞諦　能傾邪論幢　是故我今者
頂禮應供尊

說是偈已應時寶塔分散崩落王見驚怖而作是言我於今者福將欲盡失王位乎何故我適禮此寶塔而便頹毀有人語言王所禮者是外道塔以其威德微末尠少不堪受王福德人禮是故爾耳即發塔下得尼乾屍衆人歎曰奇哉大王德力深厚禮此邪塔令其毀壞王之功德比於梵天又罽昵吒曾於一時命剃鬚師教剃已鬚時剃鬚師在王前立而作是言我子端正智慧希有唯願大王垂哀矜愍以女妻之王大瞋恚而語之曰汝是賤人種姓卑劣云何我女妻汝子乎即便驅逐令至餘處而自默然不敢復語後更召來言還如前如是至三王思惟曰今此地下必有伏藏故令斯人敢爲此語即便使人當下發掘尋便大獲種種寶藏王之智慧其事如是又罽昵吒在於一時訪問群臣諸國土中頗有智人可諮敬不當於爾時有一比丘名

達摩蜜多智慧深遠功德具足善能通達三昧定相南天竺國有二比丘心意柔和深樂善法素聞尊者坐禪第一即共相將往詣其所於其住處有三重窟爾時二人至下窟中見一比丘著弊壞衣形貌醜陋端坐竈前爲僧然火時二比丘問言長老達摩蜜多爲在何處答言今在最上窟中汝等宜可急往見之爾時二人進至上窟見向比丘已於中坐時一比丘語其伴曰此老比丘云何乃似向所見者時伴比丘聰慧機悟即語之曰今此尊者尚能如是流布名聞豈不能至此處而坐即前爲禮稽首問曰大德威名世間希有何故自屈爲僧然火達摩蜜多告比丘曰子今當聽我念生死受苦長遠若使頭手可得然者吾當爲僧而盡然之況餘身分及以然火何足爲難吾念往昔五百世中常受狗身飢窮羸乏唯曾再飽乃於昔時值有一人飲酒既醉嘔吐委地我於是時食而得足又昔曾有夫妻二人以器煑糜熟已出外我見無人至其家內頭入器中食糜得足後欲出頭了不能得於是夫妻從外還入見食其糜深生瞋忿即以利刀用斬吾首於五百世受斯狗身雖二飽滿而失身命以是思惟生死長久周遍五道受苦無量故吾今者不憚勤勞躬爲衆僧而自然火時二比丘聞是語已深觀生死無量過患應時逮得須陀洹道如是尊者達摩蜜多智見高遠名稱流布王諸群臣素聞其名咸共白言大王當知罽賓山中有一比丘名達摩蜜多才慧超倫福德深厚王宜往彼問訊供養時罽昵吒即便嚴駕前

後園繞往罽賓山離彼住處五百餘里王自念言若彼比丘福德淵廣乃能受吾恭敬禮拜設薄福人終不堪也達摩蜜多性好純素著弊壞衣顏容憔悴尊者弟子咸作是言罽昵吒王威名高遠屈駕來此禮覲大師宜自莊嚴著新淨服無令爲彼之所輕賤達摩蜜多告弟子曰如來昔日無有教勑若見豪貴則便莊嚴且出家人麤弊是常既得其宜何所改易爾時彼王即便前進稽首恭敬問訊起居達摩蜜多知其心念即便咳唾使王承之爾時昵吒長跪合掌受唾而棄問言我今堪王供不王即摧伏倍生敬信尊者告曰王昔曾於勝道而來今可還從本路而去既聞是語受教歸國爾時群臣咸生嫌忿云何大王本訪勝人既得見之都不諮啓王告臣曰

汝豈能知若斯事耶我於往昔積修福行今得爲王才慧超世尊者今我還修大業已受訓誨更何問乎王於後時至昵吒塔前路見有五百乞人同聲求哀稱施如我王聞是已大施乞人金銀瑠璃象馬田宅迴還造作種種施會賑恤貧乏存慰孤老正法治世仁育天下時有一臣名曰天法便作是念云何大王見斯乞人建立如是功德勝業即問王言今王何緣見此乞人廣爲斯福爾時大王告天法曰乞人於我有深利益以其身形及與語言欲見曉悟我昔爲王不修福因是故今者飢寒窮困身體憔悴受諸苦惱王若不能乞匃貧乏未來之生必當如我飢寒羸劣彼乞人者其事若此吾悟斯事是以爲福天法白言王今不但位勝天下智慧亦能總御萬

國時安息王性甚頑暴將統四兵伐罽昵吒罽昵吒王亦即嚴誡兩陣交戰刀劒繼起罽昵吒王尋便獲勝殺安息人凡有九億問群臣曰今我此罪可得滅不諸臣答言大王殺戮凡九億人罪既深重云何可滅時罽昵吒尋置大鑊於七日中煑湯令沸洄涌騰波熾熱炎盛以一金環置斯湯内顧問群臣誰巧方便能得此環時有一臣來應王命便投冷水隨而取之手無傷爛尋獲金環王告臣曰我所爲罪如彼沸湯悔必可滅猶冷水處吾所殺人雖有九億其罪重者唯二人半我當殺時有兩賢信臨被形戮稱南無佛而我殺之斯罪深重其一人者口言南無未知是佛爲富蘭那我復殺之故名半人爾時有一羅漢比丘見罽昵吒造斯惡業欲令彼王恐怖悔過即以神力示其地獄所謂斫刺劒輪解形悲叫哀號苦痛難忍王見是已極大惶怖心自念曰我甚愚癡造此罪業未來必受若斯之苦若吾先知如是惡報正使我身肢節分解終不起心加害怨賊況於善人生一念惡爾時馬鳴即語王言王能至心聽我說法隨順吾教頂戴受持令王此罪不入地獄罽昵吒言善哉受教於是馬鳴廣爲彼王說清淨法令其重罪漸得微薄復有一醫名曰遮勒善解方藥聰敏多聞利智辯才慈和仁愛罽昵吒王素聞其名每常推覓會遇遮勒自詣王宮王聞醫至即作是言我今善能調和身體右脇而卧節量飲食若斯之者何用醫爲遮勒語言王能如此宜應出家夫爲王者縱情極欲任放身口今王尚能斂攝防護何

貪斯位久居世間王聞是巳自知理屈即召令入共相慰問醫即語言大王若能信受吾教隨順不逆當令王身色力充足飲食消化終無病患王曰善哉敬承來教其後不久所愛夫人自覺有娠滿足十月生一男兒先巳命終從胎倒出其母苦痛性命危惙從後展轉生輒如是爾時遮勒入手胎中解其兒衣然後乃出於是母人安隱全濟醫言大王自今勿復幸此婦人若近之者必當如本罽昵吒王婬欲火盛不自裁量更幸斯婦後續生子如前苦毒時遮勒醫始覺五欲過患根本便作是念罽昵吒王我躬教誨不受吾言致斯衆苦當知愛欲甚不可樂敗德喪身莫不由之壞好名聞汚辱梵行凡夫迷惑不能捨離智者了之觀如怨賊我今宜應捨斯惡法隱居林藪坐閑念定於是辭王出家學道高才邈世淵明博達演諸記論遊化世間復有一臣名摩啅羅智慧超倫才藝希世白罽昵吒大王若能隨順臣教必當令王威伏四海一切宗仰八表歸德宜察臣言無令彰露王曰甚善當如卿言爾時大臣廣集勇將嚴四種兵所向皆伏如雹摧草三海人民咸來臣屬罽昵吒王所乘之馬於路遊行足自摧屈王語之言我征三海悉巳歸化唯有北海未來降伏若得之者不復相乘吾事未辦如何便爾爾時群臣聞王此語咸共議曰罽昵吒王貪虐無道數出征伐勞役人民不知猒足欲王四海戍備邊遠親戚分離若斯之苦何時寧息宜可同心共屏除之然後我等乃當快樂因王病瘧以被鎮之人坐其上須臾氣

絕由聽馬鳴說法緣故生大海中作千頭魚劒輪迴注斬截其首續復尋生次第更斬如是展轉乃至無量須臾之間頭滿大海時有羅漢爲僧維那王即白言今此劒輪聞揵椎音即便停止於其中間苦痛小息唯願大德垂哀矜愍若鳴揵椎延令長久羅漢愍念爲長打之過七日已受苦便畢而此寺上因彼王故次第相傳長打揵椎至於今日猶故如本如是馬鳴以本行願演甘露味爲罽昵吒王興大饒益其所度脫無量億人所應作已便捨命行集其舍利起塔供養馬鳴菩薩臨欲捨命告一比丘名曰比羅長老當知佛法純淨能除煩垢汝宜於後流布供養比羅荅言善哉受教從是已後廣宣正法微妙功德而自莊嚴巧說言辭智慧淵遠外道邪論無不摧伏於南天竺興大饒益造無我論足一百偈此論至處莫不摧靡譬如金剛所擬斯壞比羅臨當滅時便以法藏付一大士名曰龍樹然後捨命龍樹於後廣爲衆生流布勝眼以妙功德用自莊嚴天聰奇悟事不再問建立法幢降伏異道如是功德不可稱說今當隨順顯其因緣託生初在南天竺國出梵志種大豪貴家始生之時在於樹下由龍成道因號龍樹少小聰哲才學超世本童子時處在襁抱聞諸梵志誦四韋陀其典淵博有四萬偈偈各滿足三十二字皆即照了達其句味弱冠馳名擅步諸國天文地理星緯圖讖及餘道術無不綜練有友三人天姿奇秀相與議曰天下理義開悟神明開發幽旨增長智慧若斯之事吾等悉達更以何方而自

娱樂復作是言世間唯有追求好色縱情極欲最是一生上妙快樂然梵志道勢非自在不爲奇策斯樂難辯宜可共求隱身之藥事若得果此願必就咸曰善哉斯言爲快即至術家求隱身法術師念曰此四梵志才智高遠生大憍慢草芥群生今以術故屈辱就我然此人輩研窮博達所不知者唯此賤法若授其方則求見棄且與彼藥使不知之藥盡必來師諮可久即便各授青藥一丸而告之曰汝持此藥以水磨之用塗眼瞼形當自隱尋受師教各磨此藥龍樹聞香即便識之分數多少錙銖無失還向其師具陳斯事此藥滿足有七十種名字兩數皆如其方師聞驚愕問其所由龍樹答言大師當知一切諸藥自有氣分因此知之何足爲怪師聞其言歎未曾有即作是念若此人者聞之猶難況我親遇而惜斯術即以其法具授四人四人依方和合此藥自翳其身遊行自在即共相將入王後宫宫中美人皆被侵掠百餘日後懷妊者衆尋往白王庶免罪咎王聞是已心甚不悦此何不祥爲怪乃爾召諸智臣共謀斯事時有一臣即白王言凡此之事應有二種一是鬼魅二是方術可以細土置諸門中令人守衛斷往來者若是方術其跡自現設是鬼魅入必無跡人可兵除鬼當呪滅王用其計備法爲之見四人跡從門而入時防衛者驟以聞王王將勇士凡數百人揮刀空中斬三人首近王七尺刀所不至龍樹斂身依王而立於是始悟欲爲苦本敗德危身汚辱梵行即自誓曰我若得脱免斯厄難當詣沙門

受出家法既出入山至一佛塔捨離欲愛出家爲道於九十日誦閻浮提所有經論皆悉通達更求異典都無得處遂向雪山見一比丘以摩訶衍而授與之讀誦愛樂恭敬供養雖達實義未獲道證辯才無盡善能言論外道異學沙門義士咸皆摧伏請爲師範即便自謂一切智人心生憍慢甚大貢高便欲往從瞿曇門入爾時門神告龍樹曰今汝智慧猶如蚊虻比於如來非言能辯無異螢火齊輝日月以須彌山等葶藶子我觀仁者非一切智云何欲從此門而入聞是語已赧然有愧時有弟子白龍樹言師恒自謂一切智人今來屈辱爲佛弟子弟子之法諮承於師諮承不足非一切智於時龍樹辭窮情屈心自念言世界法中津途無量佛經雖妙句義未盡我今宜可更敷演之開悟後學饒益衆生作是念已便欲爲之立師教戒更造衣服令附佛法而少不同欲除衆情示不受學選擇良日便欲成之獨處靜室水精房中大龍菩薩愍其若此即以神力接入大海至其宮殿開七寶函以諸方等深奥經典無量妙法授與龍樹九十日中通解甚多其心深入體得實利龍知心念而問之言汝今看經爲遍未耶龍樹荅言汝經無量不可得盡我所讀者足滿十倍過閻浮提龍王語言忉利天上釋提桓因所有經典倍過此宮百千萬倍諸處此比不可稱數爾時龍樹既得諸經豁然通達善解一相深入無生法忍具足龍知悟道還送出宮時南天竺王甚邪見承事外道毀謗正法龍樹菩薩爲化彼故躬持赤旛在王

前行經歷七年王始怪問汝是何人在吾前行答曰我是一切智人王聞是已甚大驚愕而問之言一切智人甚爲希有汝自言是何以取驗龍樹答曰王欲知者宜當見問既說之後乃可證知王聞是語便作是念我爲智主大論議師問之能屈未足爲奇既不如彼所損甚多默然無言亦復非理如是思惟良久不決事既窮迫俛仰問之諸天今者爲何所作答言大王天今正與阿脩羅戰王既聞已譬如人噎既不得吐又不得咽設非其言無以爲證欲納彼說事又難明龍樹復言此非虚論王且待之須臾當驗語訖空中刀劍飛下長戟短兵相繼而落王復語言干戈矛稍雖爲戰器何必是天阿脩羅也龍樹答曰雖若虚言當驗以實作是語已脩羅耳鼻從空而下王始驚悟稽首爲禮恭敬尊重受其道化爾時殿上萬婆羅門見其神德歎未曾有剃除鬚髮而就出家時諸外道聞是事已悉來雲集含怒懷嫉求競言辯於是龍樹以大智慧方便言辭與諸外道廣共論議其愚短者一言便屈小有聰慧極至二日辭理俱盡皆悉降伏剃除鬚髮就其出家如是所度無量邪見王家常送十車衣鉢終竟一月皆悉都盡如是展轉乃至無數廣開分別摩訶衍義造優波提舍十有萬偈莊嚴佛道大慈方便如是等論各五千偈令摩訶衍光宣於世造無畏論滿十萬偈中論出於無畏部中凡五百偈其所敷演義味深遠摧伏一切外道勝幢時天竺國有婆羅門邪見熾盛善知呪術欲以己能競名龍樹曰彼王言唯願大

王垂哀聽我與此沙門爭捔道力若彼勝我我當屬之我若勝彼當見屬我王言大德汝甚愚癡此菩薩者明同日月智齊衆聖汝今庸劣豈可爲比欲以藕絲懸須彌山牛跡之水等量大海我今觀仁亦復如是幸自思惟無虧高德婆羅門言王爲智人一切瞻仰猶如日月莫不觀察吾言虛實宜以理驗大王云何逆見凌懱爾時彼王見其至意嚴駕往請龍樹菩薩清旦俱集正德殿上時婆羅門即以呪力化作大池廣長清淨池中出生千葉蓮華自坐其上語龍樹曰汝處於地類同畜生我居華上智慧清淨寧敢與吾抗言議論爾時龍樹復以呪力化爲白象象有六牙金銀交絡徐行詣池趣其華座以鼻絞拔高舉擲地時婆羅門傷背委困即便摧伏歸命龍樹我甚頑嚚犯逆大師唯願慜哀聽吾悔過龍樹慈矜度令出家是時有一小乘法師見其高明常懷忿嫉龍樹菩薩所作已辦將去此土問法師言汝今樂我久住世不答曰仁者實不願也即入閑室經日不現弟子咸怪破户看之遂見其師蟬蛻而去天竺諸國並爲立廟種種供養敬事如佛

付法藏因緣經卷第五

音釋

璝姑田切偉也　蕁而六切薦也　眤尼質切　賑止忍切舉救也　啅音卓　襁居仰切繃也　讖楚禁切符讖也　銖尚朱切十黍重曰銖　驟鉏救切疾也　赧乃版切面赤愧也　矟色角切矛屬　嚚魚斤切口不道忠信之言者　蛻輸芮切化也

付法藏因緣經卷第六

後魏沙門吉叉迦夜共曇曜譯

龍樹菩薩臨去此世告大弟子迦那提婆善男子聽佛以大悲愍傷衆生演甘露味利益來世次第相付乃至於我我欲去世囑累於汝汝當流布至心受持提婆敬諾當承尊教於是宣說眞法寶藏以智慧力摧伏異學博識淵玄才辯超絶擅名天下獨步諸國其初託生南天竺土婆羅門種尊貴豪勝由毀神眼遂無一目因即號曰迦那提婆智慧深邃機明內發顧目觀察無愧於心唯以其言人未信受道化不行夙夜憂念於彼國中有一天神鍛金爲形立高六丈咸皆號曰大自在天有求願者令現獲報提婆詣廟求入拜覲主廟者言天像至神人有見者不敢正視又令退後失魂百日汝今但當詣門乞願更復何求而欲見耶提婆答言神審若斯吾乃願見設不如是非我所欲時人聞之咸奇其意追入廟者數千萬人提婆既至稽首爲禮天動其眼怒目視之提婆語曰天實神矣然今相觀甚大卑劣夫爲神者當以精靈偃伏群類而假黃金玻瓈爲飾勞費民物何斯小也即登高梯鑿出其目時諸觀者咸有疑意大自在天威德高遠云何爲此小婆羅門之所毀辱將無彼神名過其實爾時提婆曉衆人曰神明遠大近事試我我深達彼心所念故登金山聚出玻瓈珠咸令一切皆悉了知精靈純粹不假形質吾既非慢神豈辱也作是語已從廟而出即於其夜求諸供備明日清旦敬祠天神迦那提婆名德素著智與神會

其所發言無不響應一夜之中供具斯備大自在天作一肉形高數四丈左眼枯涸徐步安詳而來就坐遍觀餚饍歎未曾有嘉其德力能有所致而告之曰善哉大士深得吾心以智見供汝今真是敬信我者世人愚癡唯得吾形以食奉獻畏而誣我今汝供饌美味具足汝之左眼宜當垂給若能見與真上施也提婆答言善哉受教即以左手出眼與之天神力故出而隨生索之不已出眼數萬天神讚曰善哉摩納真上施也欲求何願必滿汝意是時提婆白天神曰我素明識不假於外唯恨吾教人莫信受正願我言後必流布神曰甚善即便起退於是提婆詣龍樹所剃除鬚髮受出家法周遊揚化廣濟群生南天竺王總御諸國懷貢高心信用邪道沙門釋子一不得見國人遠近咸受其化提婆念曰樹不伐本枝條難傾人主不化道豈流布其國正法王家出錢雇人宿衛爾時提婆應募為將荷戟前驅整勒部曲威德恩仁物樂其政王嘉其意問曰何人侍者答言此人應募既不食稟又不取價在事恭謹性好閑習未達其心何求何欲王即召之具問其意答言大王我是智人善於言論欲於王前而求驗試即便許之為建論座爾時提婆即立三義一切聖中佛最殊勝若於諸法佛法無比救世福田衆僧第一八方論士能壞斯語我當斬首以謝其屈所以者何立理不明是為愚癡若斯之頭非吾所惜八方論士咸來雲集亦各言曰我若有屈斬首相謝愚癡之頭非吾甘樂提婆語言我所修法仁活萬物要不

如者當剃汝髮以爲弟子不斬頭也立此要已便共論義諸外道中情智淺者適至一言尋便屈滯智慧勝者遠至二日辭理俱匱悉剃其髮度令出家爾時有一外道弟子兇頑無智恥其師屈形雖隨衆心結怨忿含毒熾盛齧刀自誓彼口勝我我刀伏汝作是語已持挾利刀常於日夜伺求其便爾時提婆出在閑林造百論經以破邪見弟子分散樹下思惟提婆菩薩起定經行外道弟子往至其所執刀窮之汝昔曾以智伏吾師我於今者刀破汝腹即便決之五臟出外命猶未絕愍其狂愚而告之曰我有衣鉢在吾坐所汝可取之急上山去我諸弟子未得道者若脫遇汝必當相執或送於王困汝不少夫身名者衆患根本汝今迷惑愛惜情重是故宜當好自防護時諸弟子有先來者覩見其師發聲悲哭合諸門徒競各雲集驚怖號咷宛轉于地其中或有狂突奔走共相分衞追截要路爾時提婆語衆人曰諸法本空無我我所無有能害亦無受者誰親誰怨孰爲惱害汝等今者愚癡所覆橫生妄見種不善業彼人所害害吾往報非殺我也於是放身蟬蛻而去迦那提婆未捨身時告於尊者羅睺羅曰佛婆伽婆爲度衆生演暢妙法利益來世次第委囑乃至於我我若滅後當付於汝汝宜護持深經寶藏令諸衆生普皆蒙益羅睺羅言善哉受教於後敷演深經妙法以智慧力摧滅邪道三聞說法盡能受持龍樹提婆及斯大士名德並著美聲俱聞當是時也有婆羅門聰慧奇悟善於言論造鬼名書甚難解了

章句廣博十有萬偈爲三大士而讀誦之龍樹一聞尋便開悟善能憶持如舊誦習提婆未解重爲宣釋既經再聞復即明了提婆菩薩爲羅睺羅更廣分別演其章句羅睺羅聞豁然意解時婆羅門便大驚怪此諸沙門才慧乃爾讀吾此書不久通利善能分別似若舊習即便信伏改其邪心彼羅睺羅聰慧如是有善方便教化衆生然後以法付囑尊者僧伽難提令其流布饒益衆生僧伽難提有大功德智慧深遠修菩薩行以堅誓願而自莊嚴超過聲聞緣覺境界曾於一時有阿羅漢棄捨重擔具諸功德僧伽難提欲試彼故即宣一偈而問之言

轉輪種中生　非佛非羅漢　不受後世有
亦非辟支佛

大德應當好諦觀察如上所言是何等物爾時羅漢即入三昧深諦思惟不能解了便以神力分身飛往兜率陀天至彌勒所具宣上事請決所疑爾時彌勒告彼羅漢世以泥團置於輪上埏埴成瓨如是瓨者豈同諸聖至後世乎時彼羅漢即便開解還閻浮提宣說斯事僧伽難提語言大德此必當是彌勒菩薩爲汝宣說然後解耳如是智慧神力變化濟諸群生不可限量所應作已將欲捨身至一樹下指攀樹枝尋便捨壽猶依此樹諸羅漢等欲移其屍置平坦處積薪耶旬如須彌山不可傾動盡其神力亦無異相即便復以諸大白象并力挽之不能移動如芥子處尋積香木就下闍毗其火熾盛焚燒身盡樹更蓊鬱都無彫毀時衆咸見歎未曾有收取舍

利起塔供養僧伽難提捨身已後有羅漢名僧伽耶舍次受付囑流布法眼廣化衆生拯諸苦惱有大智慧言辭清辯昔雖出家未證道迹遊大海邊見一宮殿七寶莊嚴光明殊勝僧伽耶舍齋時已到即往彼宮說偈乞食

飢爲第一病　行爲第一苦　如是知法實
可得涅槃道

是時舍主即出奉迎敷置茵蓐請入就坐僧伽耶舍見其家内有二餓鬼裸形黑瘦飢虚羸乏鎖其身首各著一牀復有一鉢滿中香飯以瓶盛水安置其側爾時舍主即取此食奉施比丘語言大德慎勿以食與此餓鬼爾時比丘見其飢困即以少飯而施與之鬼得食已即吐膿血遍流在地污其宮殿爾時比丘怪而問之此鬼何緣受斯罪報舍主答曰斯鬼前世一是吾息一是兒婦我昔布施作諸功德而彼夫妻恒懷悋惜我數教誨都不納受因立誓曰如此罪業必獲惡報若受罪時我當看汝由是因緣得斯苦惱小復前行至一住處堂閣嚴飾種種奇妙滿中衆僧經行禪思日時已到鳴椎集食食將欲訖爾時餚饍變成膿血便以鉢器共相打擲頭首破壞血流污身而作是言何爲惜食今受此苦僧伽耶舍前問其意答言長老我等先世迦葉佛時同止一處客比丘來咸共瞋恚藏惜飲食而不共分以此緣故今受斯苦如是尊者僧伽耶舍周遊大海遍行觀察見于地獄凡有五百即生猒惡深患三有訶責五欲甚生怖畏便作是念世間造業終不敗亡如影隨形誰能捨離我今應當方便求免觀察情

至得羅漢道六通無礙三明清徹於一山林有五百仙勤修苦行欲望梵福僧伽耶舍往至其所爲宣三偈讃佛法僧五百仙人俱得道迹如是尊者廣爲佛事教化已訖便入涅槃收集舍利起塔供養僧伽耶舍未滅度時以法付囑鳩摩羅馱而告之曰佛以正法付大迦葉如是展轉乃至於我我欲涅槃持用相付汝宜至心勤加守護鳩摩羅馱答言受教於是次宣深法寶藏彼之功德甚深淵遠發大弘誓行菩薩道智慧辯才猶如大海少有名稱國人宗仰鳩摩羅馱（此言童子）少有美名以何緣故號美名耶有一長者緣事餘行以二甕金寄其親友一甕金大二者金小語親友言吾欲他行持此相寄我子意若有欲得者必可與之後長者子往從索金親友爾時還其小者彼即瞋恚不肯取金遂共相將詣斷事所具陳上意以求理决衆斷事官莫能分了鳩摩羅馱時爲童子於路遊戲聞其訟音即作是言兒得金矣何勞苦諍其父本言隨子所欲今樂大者理自屬之爾時斷事便用其語於是名聞馳布四遠因即號爲美名童子出家學道才慧超世至一國土人多頑嚚雖聞法教都不信受鳩摩羅馱即語之言汝今可集鐵馬萬騎遣人乘之在吾前過便如其言即爲嚴辦鳩摩羅馱暫一見已盡皆分別人名馬色衣服相貌具足宣説無一錯謬彼國人民方皆信伏造諸經論遊化世間所爲已訖即便捨壽鳩摩羅馱臨捨命時告一比丘名闍夜多長老當知如人度海必由船筏衆生如是欲離三界修行善法然後得

出故我今者欲付汝法宜好習學利益人天闇夜多言善哉受教遂演深法度化世間彼闇夜多有大功德精進勇猛勤修苦行善持禁戒無有漏失世尊所記最後律師曾於衆中有一比丘其嫂至寺持食餉之婬火熾盛便共交通犯重禁已尋自悔責極生慚恥我大愚癡造斯惡業吾今定非沙門釋子衣鉢盡置三歧杖上處處遊行高聲唱言我是罪人不應須著佛法染衣爲舋既重必入地獄當於何處而得救護時闇夜多語比丘言汝今若能隨順我語當令汝罪尋自消滅比丘歡喜白言受教時闇夜多即以神力化作火坑其燄猛盛令此比丘自投其中爾時比丘爲滅罪故舉身投入大火坑内於時猛燄轉成清流纔齊其膝都不傷害時闇夜多告比丘曰汝以善心至誠悔過所有諸罪今悉摧滅即爲說法得羅漢道由是緣故世皆號爲清淨持律復於一時將諸弟子圍遶往詣德叉尸羅城至其城已時闇夜多慘然嚬蹙弟子疑怪問其師意答言且止後當宣說小復前行路見一烏爾時尊者欣然微笑諸弟子衆重白師言唯願哀愍說其因緣時闇夜多告衆人曰我初至城於其門下見餓鬼子飢急羸困前白我言母生吾已入城求食自與别來滿五百年飢虚窮乏命不云遠尊若入城見我母者爲吾具宣辛苦之事我始入城便見彼母即爲具說其子飢乏爾時鬼母前白我言吾入城來經五百年未曾能得一人洟唾何以故我既新產氣力羸惙設得少唾爲諸鬼神之所欺奪始於今日值一人唾邊

無餘鬼會遇得之欲出城外共子分食門下多有大力鬼神畏其侵奪復不敢出唯願尊者垂哀矜愍持我出城與子相見我於爾時將此鬼母出於城外令共子食即問彼言汝生已來爲幾時耶鬼答我曰吾見此城七返成壞國土豐樂人民熾盛又見毀敗殄滅無遺我聞彼言深歎生死受苦長遠無有邊際以是緣故慘然顰蹙彼烏因緣善聽當說乃往過去九十一劫毗婆尸佛在世教化我於爾時爲長者子志猒五欲常念出家我若爾時作沙門者必斷衆結得羅漢道吾之父母不見從志强爲娉妻欲遮斷我我不違命便即娶妻娶妻已後復欲出家父母語言爲汝娉妻正求繼嗣若生一子乃當相放我尋受教與共交會生一男兒年始六歲爾時父母即教此兒汝父若出欲作沙門當抱其足而語之曰父若捨我誰見養活先當見殺然後可去爾時此兒如父母教啼泣抱我甚生悲戀我於爾時以愛染心即語子言吾當爲汝不復出家由彼兒故不得道證九十一劫流轉生死於五道中未曾得見今以道眼觀察彼烏乃我前世所生之子愍其嬰愚久處生死以斯因緣是故微笑如是尊者善說法要以辯才力遊化世間所爲已訖入般涅槃尊者闍夜多臨當滅度告一比丘名婆修槃陀汝今善聽昔天人師於無量劫勤修苦行爲上妙法今已滿足利安衆生我受囑累至心護持今欲委汝當深憶念婆修槃陀白言受教從是以後宣通經藏以多聞力智慧辯才如是功德而自莊嚴善解一切修多羅義分

別宣說廣化衆生所應作已便捨命行次付比丘名摩奴羅令其流布無上勝法彼摩奴羅智慧超勝少欲知足勤修苦行言辭要妙悅可衆心善能通達三藏之義於南天竺興大饒益時有尊者號曰夜奢辯慧聰敏甚深淵博與摩奴羅功德同等亦能解了三藏之義流布名聞咸爲宗仰曾於一時彼摩奴羅至北天竺尊者夜奢而語之曰恒河以南二天竺國人多邪見聰辯利智長老善解音聲之論可於彼土遊行教化我當於此利安衆生時摩奴羅即如其語至二天竺廣宣毗羅無我之論摧伏一切異道邪見所爲既辦捨身命終於是以後次有尊者名鶴勒那夜奢出興於世受付囑法廣宣流布福德深遠才明淵博化世迷惑令就正路所作已訖然後捨身復有比丘名曰師子於罽賓國大作佛事時彼國王名彌羅掘邪見熾盛心無敬信於罽賓國毀壞塔寺殺害衆僧即以利劒用斬師子頭頭中無血唯乳流出相付法人於是便絕如此之法爲大明燈能照世間愚癡黑闇是故如上諸賢聖人皆共頂戴受持守護更相付囑常轉法輪爲諸衆生起大饒益斷塞惡道開人天路逮至最後斯法衰殄賢聖隱没無能建立世間闇冥永失大明造作惡業行十不善命終多墮三惡八難是故智者宜當觀察無上勝法有大功德微妙淵遠不可思議譬如賈人欲過大海必乘船舫然後得度一切衆生亦復如是欲出三界生死大海必假法船方得度脫法爲清涼除煩惱熱法是妙藥能愈結病即是衆生真善知識

爲大利益濟諸苦惱何以故一切衆生性無定相隨所染習起善惡業若有習近外道邪見受其教戒永即流轉無有邊際是則不名善知識也若有人能起信敬心親近賢聖聽受妙法由聽斯法功德因緣出欲淤泥受最勝樂是故此法名善知識宜應勤心習近供養必能令人離三惡苦如昔往日華氏國王有一白象氣力勇壯能滅怨敵若有罪人令象蹋殺後時象厩爲火所燒移在異處近一精舍聞有比丘誦法句曰爲善生天爲惡入淵心便柔和起慈悲意後付罪人都不殺害但以鼻齅舐之而去王見斯已心大惶怖召諸智臣共謀此事時有一臣即白王言此象繫處近在精舍必聞妙法是故爾耳今可移繫令近屠肆彼覩殺害惡心當盛王用其計繫象屠所象見殺戮剥斬截惡心猛熾殘害增甚以是當知衆生之類其性不定所以者何畜生猶尚聞法生慈見有屠殺便爲殘害況復於人而不染習起善惡業是故智者宜應覺知邪見惡法多所損害棄而離之勤作方便習近聖法受持流布起大師想由是微妙功德因緣永當超越三惡道苦度生死海受涅槃樂又此法者爲得道利全分因緣是故復名眞善知識如昔阿難白佛言世尊善知識者於得道利作半因緣佛言不也善知識者即是得道全分因緣阿難當知此閻浮提除大迦葉舍利弗等其餘衆生若不遇我恒當流轉無解脱期是故我言善知識者能大利益以此緣故當知佛法最尊最妙爲無有上無量功德之所成就是故世尊初成

正覺於樹王下端坐思惟一切世間若使無有父母師長單獨孤露永無恃怙我今應當依誰而立復作是念過去未來現在諸佛悉以勝法用爲師範我亦應當如三世佛深妙勝法用以爲師由是緣故佛常恭敬如斯妙法心敬禮拜勤加守護當知此法甚爲希有是故智者宜應受持又於往昔有婆羅門持人髑髏其數甚多詣華氏城遍行衒賣經歷多時都無買者便極嗔恚高聲唱言此城中人若不就我買髑髏者吾當相爲作惡名聞言汝諸人愚癡闇鈍爾時城中諸優婆塞聞是語已畏其毀謗便持錢物至彼買之即以銅筳貫穿其耳若徹之者便與多價其半徹者與價漸少都不通者全不與直時婆羅門問優婆塞我此髑髏皆悉無異何故價直而有差別優婆塞言如前髑髏有通徹者斯人生時聽受妙法智慧高勝貴其若此相與多價其半徹者雖聽妙法未善分別以是因緣與汝少直全不通者此人往昔都不聽法吾以是故不相與價時優婆塞持此髑髏往至城外起塔供養命終皆得生于天中以是因緣當知妙法有大功德能所建立何以故此優婆塞以聽法人髑髏起塔尚生天上況能至心聽受斯法供養恭敬持經人者此之福報甚難窮盡未來必當成無上道是故諸有欲得無上安隱快樂爲化衆生作大饒益皆應受持如是勝法

付法藏因緣經卷第六

音釋

囓魚列切噬也埏埴埏時連切埴承職切埏埴和土也積資四切聚也蓊鬱蓊烏孔切鬱紆勿切蓊鬱木盛貌餉式亮切饋也釁許刃切瑕隙也剫剝剫疋美切剝百角切剫剝割去皮也鉒治據切

達摩多羅禪經

東晉天竺三藏佛陀跋陀羅譯

清刻龍藏佛說法變相圖

達摩多羅禪經序

夫三業之興以禪智爲宗雖精麤異分而階籍有方是故發軫分逵途無亂轍華俗成務功不待積靜復所由則幽詣告微淵博難究然理不云昧庶旨統可尋試略而言禪非智無以窮其寂智非禪無以深其照然則禪智之要照寂之謂其相濟也照不離寂寂不離照感則俱遊應必同趣功玄於在用交養於萬法其妙物也運群動以至一而不有廓大象於未形而不無無思無爲而無不爲是故洗心靜亂者以之研慮悟徹入微者以之窮神也若乃將入其門機在攝會理玄數廣道隱於文則是阿難曲承音詔遇非其人必藏之靈府何者心無常規其變多方數無定象待感而應是故化行天竺緘之有匠幽關莫

闢罕闚其庭從此而觀理有行藏道不虛授良有以矣如來泥曰未久阿難傳其共行弟子末田地末田地傳舍那婆斯此三應真咸乘至願冥契于昔功在言外經所不辯必闇軌元匠孱焉無差其後有優波崛弱而超悟智絕世表才高應寡觸理從簡八萬法藏所存惟要五部之分始自於此因斯而推固知形運以系廢興自兆神用則幽步無跡妙動難尋涉麤生異可不慎乎可不察乎自茲已來感於事變懷其舊典者五部之學並有其人咸懼大法將頹理深其慨遂各述讃禪經以隆盛業其爲教也無數方便以求寂然寂乎惟寂其揆一耳而尋條求根者衆統本運末者寡或將暨而不至或守方而未變是故經稱滿願之德高普事之風原夫聖旨非徒令其長亦所以救其短若然五部殊業存乎其人人不經世道或隆替廢興有時則互相昇降小大之目其可定乎又達節善變出處無際晦名寄跡無聞無示若斯人者復不可以名部分既非名部之所分亦不出于其外別有宗明矣每慨大教東流禪數尤寡三業無統斯道殆廢頃鳩摩耆婆宣馬鳴所述乃有此業雖其道未融蓋是爲山於一簣欣時來之有遇感奇趣於若人捨夫制勝之論而順不言之辯遂誓被僧那至寂爲已任懷德未忘故遺訓在茲其爲要也圖大成於未象開微言而崇體悟惑色之悖德杜六門以寢患達忿競之傷性齊彼我以宅心於是異族同氣幻形告疎入深緣起見生死際爾乃闢九闗於龍津超三忍以登位垢習凝於無生

形累畢於神化故曰無所從生靡所不生於諸所生而無所生今之所譯出自達摩多羅與佛大先其人西域之儁禪訓之宗搜集經要勸發大乘弘教不同故有詳略之異達摩多羅闔衆篇於同道開一色爲恒沙其爲觀也明起不以生滅不以盡雖往復無際而未始出於如故曰色不離如如不離色色不離如色則是如如不離色如則是色佛大先以爲澄源引流固宜有漸是以始自二道開甘露門釋四義以反迷啓歸途以領會分別陰界導以止觀暢散緣起使優劣自辨然後令原始反終妙尋其極其極非盡亦非所盡乃曰無盡入于如來無盡法門非夫道冠三乘智通十地孰能洞玄根於法身歸宗一於無相靜無遺照動不離寂者哉庾伽遮羅浮迷

譯言修行道地

達摩多羅禪經卷上

東晉天竺三藏佛陀跋陀羅譯

修行方便道安那般那念退分第一

前禮牟尼尊　熾然煩惱滅　流轉退住者
度以升進道　修行微妙法　能離退住過
亦滅一切惡　成就諸功德

佛世尊善知法相得如實智慧滅煩惱盛火出熾然之宅乘諸波羅蜜船度無量苦海以本願大悲力故不捨衆生爲諸修行說未曾有法度諸未度令得安隱謂二甘露門各有二道一方便道二曰勝道清淨具足甚深微妙能令一切諸修行者出三退法遠離住縛增益昇進成就決定盡生死苦究竟解脫兼除衆生久遠癡冥佛滅度後尊者大迦葉尊者阿難尊者末田地尊者舍那婆斯尊者優波崛尊者婆須蜜尊者僧伽羅叉尊者達摩多羅乃至尊者不若蜜多羅諸持法者以此慧燈次第傳授我今如其所聞而說是義

我今如所聞　演說修行地　方便勝究竟
如其修所生　修行於善根　先當知四種
退減住昇進　決定諸功德　修行退減時
令住法不生　亦不能昇進　是今當略說
先當起等意　習行慈心觀　須臾止瞋恚
令暫息不行　煩惱暫止息　次當淨尸羅
尸羅既清淨　三昧於中起　三昧已修起
觀察應不應　善知應不應　修向所應作
既向所應作　專念繫心處　已能樂彼處
正觀依風相　正觀依風時　其心猶馳亂
止心在入息　（安般者二種一見二觸鈍根不見）　如繫調御馬
心既止入息　思惟正憶念　冷暖與輕重

柔輭麤澁滑　修行諦覺知　隨順善調適
於觸復不了　是說修行退　數一以爲二
數二以爲一　至九猶錯亂　是說修行退
若於修行退　更數從初起　十數滿足者
遠離諸過行　不修與過修　或有異修起
有此諸過生　是說修行退　修行若俱數
心懼生惑亂　惑亂若增長　是說修行退
氣息不通流　衝擊於鼻耳　頭頂悉苦痛
內或絞風起　息亂失其道　而彼不知治
身體極燒熱　其心生憒亂　四種既錯亂
依風極違諍　修行欲令息　而不善方便
不知對治法　是必疾退滅　修行緣入息
而反緣出息　修行緣出息　而反緣入息
於二心俱靜　是應修行果　寂止定意生
而復更求數　有此諸過謬　是皆修行退
急喘而安般　則令念錯亂　由是錯亂念
修行心發狂　其心發狂故　不知應不應
於二無分別　是說修行退　修行數已成
息去亦隨去　去已處處住　於彼善觀察
既觀令息還　還已起清淨　不善知六種
是說修行退　長短悉分別　遍身盡覺知
身行漸休息　一切應決了　於此不善知
是令修行退　身念處四勝竟　知喜亦知樂
勤方便意行　當復制心行　令不至掉亂
受念處四勝竟　次分別知心　修行正觀察
又生欣悅心　還復攝令定　非是不定心
定已心解脫　心念處四勝竟　善修解脫者
不令心退沒　若入退滅分　則無有解脫
觀察無常斷　離欲與滅盡　出息入息滅
是名修行勝　此四相似法念處　如是十六行

自在心迴轉　覺觸之所獲　見得亦復然
若於見與觸　不善識分際　是過應當知
無智令修退　修行上增進　不應緣於下
緣下亦如是　不應上增進　若見二增進
心住而等觀　住之則自成　還到修行處

修行勝道退分第二

勝念已成就　懈怠竟沉没　是則爲退像
無堪於所求　不染污無記　起諸煩惱退
垢濁熱焰生　由是失正見　震掉或閃爍
浮飄麤澁滑　是五退減相　修行應分別
望遠絶所希　有見已墜落　還顧覩深險
是皆退減相　長病誦止諍　多業遠遊行
彼時解脫種　是五退減因　信戒聞捨慧
於是漸衰退　身重與昏鈍　耽睡及沉没
是五應當知　修行退轉相　恐怯多猶豫
驚畏不欣樂　懈怠離所欲　不迴向修行
不習過修習　是二俱爲失　彼時解脫種
於是修行退　三昧雜不樂　爾焰皆消盡
麤澁四大種　還從身内起　掉動失正念
由是意憒亂　其心不恬靜　斯從行者生
一切諸瑞相　不顯現分明　修行如是觀
欲見爲甚難　諸根悉馳縱　隨欲向所緣
邪意普流散　樂著諸境界　形消意愁慘
其身皆燒然　如是燒然者　是說爲憂退
方便不精進　後則生悔恨　聞所應成就
欲進劣無能　不趣喜勝處　或見勝不取
皆由無智故　是說修行退　自念有越戒
疑悔及諸覺　意淡無滋味　是說修行退
諸過定意羸　三昧漸消滅　心亂蓋所覆
是說修行退　心舉調順捨　不觀時非時

不了住起緣　無知故修退　不知六時行
六界亦不善　亦愚六巧便　是說修行退
貪欲瞋恚覺　十想巧方便　得向諸禪地
及法心妄解　一切次第度　無知故修退
不觀處非處　業報及正受　禪定諸解脫
淨味愚不了　諸根到處道　性欲不分別
心隨衆雜相　是悉無智退　於苦樂速道
其心不趣向　如是意迷惑　必向退轉處
起住與起緣　入出及方便　六法不成就
是令修行退　知法亦知義　知時知節量
自知與知衆　及知福伽羅　於七愚不了
是令修行退　與起諸惡法　習行卑賤業
親近不善友　令是修行退　錯說違所應
受者心樂向　當知是不久　必於修行退
所止處及人　牀卧等衆具　斯皆非所樂

近令修行退　喜隨諸雜相　損減所修慧
棄捨所緣處　心不得眞實　修行捨本相
散心隨外緣　雖欲還彼處　意終不復樂
遂失長養分　其心不一定　身無復滋潤
悅樂亦不生　所依不可樂　身意俱錯亂
三昧不復起　其心永不住　如是不住心
必於修行退　愛見慢增禪　於緣心味著
有此累念生　是說修行退　身如利刺害
或復極震掉　舉體皆煩壯　如蛇毒充滿
有此三過惡　必於修行退　得未得服行
他務意不閑　習近三退法　是說修行退
業與煩惱報　說是三障礙　亦有解脫障
是令修行退　方便想要行　三摩提行地
於彼不觀察　是令修行退　方便想諸地
三昧行及餘　所聞隨希望　則於發趣退

生時作滅想　滅時作生想　二想俱當失
是則修行退　若於住法中　而作生滅想
興此諸顛倒　是說修行退　入時作出想
出時作入想　二想作住想　是說爲顛倒
欲斷煩惱縛　修行正方便　由彼得力故
相似諸相生　相似相既生　修行心隨轉
煩惱即時起　是說修行退　退過諸駛水
漂浪修行者　隨我力所能　少量退法海
無量餘退過　是深非所測　諸深明智者
自當廣稱說

修行方便道安般念住分第三

如我力所能　演說退過已　今當說住過
修行者善聽　若於入出息　無見亦無覺
不解方便求　是則初門住　聞慧既已生
應起思慧念　不善解次第　愚癡住所縛
若數已成就　息去應隨去　不知隨順法
是說修行住　如佛問比丘　誰習安般念
有一比丘答　是念我修習　汝有安般念
不言汝無有　復更有勝妙　牟尼說當修
方便道安般

修行勝道住分第四

勝道修止觀　相行念已成　不善升進法
是則住所縛　愛著所緣境　進業心懈怠
由是縛所縛　不能至勝處　或有不可動
非軟亦非堅　或强極牢密　亦如金剛像
有此五障礙　不進亦不退　是則住縛相
遠離升進道　亂光及黑闇　忍自身不現
譬然濁油光　亦如翳目視　光明不顯發
背捨諸喜樂　寂止息樂分　彼終不復生
猶如堅實物　而有軟相現　或時修行者

住相亦復然　相非隨所欲　而起隨欲想
雖欲令隨意　終不從所樂　謂相非所留
而欲强制持　如是違反念　則爲住所縛
是相已成就　當知非所制　任彼去留相
能到最勝處　欲令湧作沒　或欲高爲下
於去欲使來　於住不欲住　滅時欲不滅
終不如所欲　修行任生滅　所行常轉進
諸法相已成　終不捨自相　若不捨自相
自相則顯現　薄皮覆不淨　令不見身穢
威儀及衆具　利樂翳身苦　相似次第生
前後續無間　隱蔽非常相　令不見身變
施作服用受　攝持吾我相　能憶念本事
隱身非我觀　是諸相似相　修行不分別
於彼起愛樂　而生功德想　染著妄想生
不復樂升進　不能趣勝法　住愚日增長
非我相似相　此等不迴轉　如是不迴轉
行者癡惑生　無智住所縛　繫著於彼處
樂著生諸過　是相今當說　爾焰漸損壞
分離及交亂　破散叵和合　是則住縛相
於身不巧便　自生分離想　交亂惑塵碎
是爲住所縛　守常無異相　衆色不次生
種種衆妙想　亦不次第起　流出而不住
其身漸消滅　相或來復去　修行不增長
寂止既不生　於身無長養　心不起悅樂
是說不淨捨　彼不清淨捨　所見不鮮白
亦不能升進　亦復不退轉　如戲沙門像
少時生悅樂　譬如借衣服　亦如夢所見
爲命不清淨　諂曲及餘惡　聚落知識所
自顯其功德　覆藏諸過惡　犯罪不發露
及餘一切縛　垢汚修行者　髣髴有事相

而便起實想　未熟謂爲熟　未滅想已滅
方便不等滿　而欲求升進　如割含穗苗
是則住所縛　業始無方便　相現堅守持
過進心矜舉　如是住所縛　亦有修行者
而起斷常見　是見令心亂　則爲縛所縛
或有修行者　身身細微觀　彼爲住所縛
猒心不增進　猒心不增進　不能離貪欲
若不離貪欲　何從有解脱　解脱不成就
終不得漏盡　不斷諸漏者　則無實智慧
於彼身念處　住相已分別　受心法念處
如是應廣說　修行心不悅　彼喜亦不生
身無寂止樂　當知是住相　修行所受獲
信戒聞捨慧　常守其少分　是則爲住相
有住縛比丘　往到阿難所　迷於所住相
是令當略說　得無相三昧　六年住所縛
樂欲聞所說　常隨逐阿難　不能進所業
亦復不退轉　住於住境界　不得解脱道
不來亦不去　解脱已而住　住已復解脱
解脱已還縛　或有修行者　住在不退地
細微煩惱起　而不能覺知　不覺煩惱故
不能到勝處　於地無分別　亦無有退過
地諸過不起　如是止於住　或於住分中
而失衆妙相　衆妙相雖滅　意猶順彼地
意順彼地時　餘分樂相生　已有妙樂故
心依寂止住　因其寂止心　自謂作已作
安止不具足　不得具足果　無知翳心目
而自謂爲智　修行無知障　不覺所應用
覺所應用者　於地能究竟　則能得不共
彼住共地中　種種垢所污　若使修行者
成就不共地　如是諸過惡　彼終不爲縛

不識煩惱過 愚癡無實智 於禪覺吉安
猶如象繫樹 修行觀爾焰 莫知所起處
從其所依出 而自不能知 不涌亦不没
不見相所起 亦不知滅處 過亦無過是
所説諸障礙 皆是堅住相 謂不由彼住
斯非明智説 與造諸過患 若干因緣縛
能用諸對治 衆妙復顯現 所尊不恭敬
亦不捨憍慢 自隱覆其過 不向明者説
我年既衰老 已爲衆所弃 或能失利養
令我生苦惱 心常懷憂畏 深慮長歎息
我後當死時 將欲作何計 隱過心憂悔
愚惑住所縛 横自生罪累 失大功德海
味著現法樂 貪餮無黠慧 棄捨後世累
與此諸過惡 如是諸住縛 所起各各異
修行無怯劣 能治所應治 怯劣無方便

自謂無由進 是則甚難拔 如象溺深泥
如是甚難拔 懈怠心所欺 長夜没住泥
熱迫而趣死 業行煩惱報 爲此三障覆
無智無勢起 永爲住所没 久遠積癡冥
業行諸煩惱 繫縛斯等類 迷亂不自在
習近諸過惡 遠離善功德 令其意怱擾
如箭旋虚空 蛇毒盛充滿 蝮蠍惡龍處
巨海深無底 無擇大火聚 盲人近彼遊
闇往而不見 修行住所縛 其過亦如是
住過多無量 升進德亦然 如海無涯底
是深不可量 世間無知障 眞實慧爲燈
持燈無放逸 彼明終不滅 善説住分過
縛諸無黠者 決定智境界 究竟非我分
種種過所縛 是縛非一相 當知業衆緣
惟佛能覺了

修行方便道升進分第五

比丘安般念 功德住升進 能令智慧增
我今次第說 功德住已進 進復功德住
是故說修行 功德住升進 修行於鼻端
繫心令堅住 專念諦思惟 正觀依風相
入息與出息 繫心隨憶念 憶念若不忘
是初功德住 彼功德住已 復起方便求
更求功德時 住則生升進 升進等起時
亦生功德住 是名住已進 進已功德住
善解安般性 功德及諸過 息輕重冷暖
輭麤與澁滑 阿那攝般那 亦攝持諸根
於彼所緣境 攝之令寂止 外散心數法
攝還義亦然 持風來入內 是故說阿那
心轉於所緣 止令不復轉 心於所緣起
亦復制令滅 修行觀若增 制之令從止
修行若止增 起之令從觀 見增則以觸
觸增則以見 得證與智證 二增俱相攝
修行緣不寂 寂止意攝來 身中清涼起
滅除諸熱惱 掉踊不靜心 攝之令寂止
勤方便迴轉 其身悉充滿 長養四大種
當知從息起 是種復增益 行者執四大
阿那力能起 寂止善法分 我所大惡刺
亦能拔令出 息短而漸滅 修行心安靜
是故佛世尊 說名爲阿那 復次般那相
是令當略說 毛孔諸竅處 先淨治息道
前出名般那 始由入風起 修行出息時
諸根隨所緣 心心法俱順 是亦說般那
出息歸於滅 乃入根本地 正受及命終
斯由捨出息 修行出息滅 得入無想定
滅盡三摩提 第四禪亦然 般那既已滅

次第阿那生　阿那時希望　説阿世婆娑
我觀彼死者　定無有是相　彼息更生者
觀有如是相　毒淤泥大地　此相似境界
出息能攝意　不令隨所緣　猶如制象鉤
名波世婆娑　出息有攝心義　捨除顛倒想
成就眞實想　離自在及常　唯爲空行聚
本無所從來　去亦無所至　去來不可得
亦不須臾住　慧智明見此　離諸知作者
出息無作者　見則墮顛倒　出息已過去
彼則不可見　命斷諸息滅　過去亦復然
安般諸功德　出息與入息　衆物及字義
我已略説竟　是種增故説　未曾相離用
若爲覺想亂　當習安般念　已能應於數
則除内貪著　於數若隨順　是則離不順
志在無亂境　能攝諸亂想　先數從一起

如是乃至十　修行順此數　便得功德住
已得功德住　則能求升進　滅一切亂覺
佛説增上故　數門竟　數能滅一切
覺佛但言滅　一切不亂者　以增上故也
内外出入息　去則心影隨　決定善觀察
順是趣涅槃　修行出入息　隨到所起處
出入息所起處同在臍　隨門竟　如是知升進　能離外貪著
安止極風處　極止下風際
三摩提等起　三昧既已起　便得功德住
止門竟　修行止住已　種種觀察風
先觀於本處　謂風所從起　此處爲云那
爲一爲二耶　泠暖悉觀察　八種如前説
爲總觀諸大　惟在一種耶　觀時悉俱有
以一增上説　修行觀風大　造色從彼生
惟心與心法　依彼造色起　悲彼造色已

而彼有種大 諸有入出息 是風名依種
報風及長養 是爲三種風 或說入在前
出者在於後 或說出在前 入者在於後
皆有因緣故 彼作如是說 如其眞實義
慧者乃決定 於齊處所起 淨治毛孔道
此報風開毛孔故名出非出外
由此風義故 彼說出在前
毛孔已開淨 入者則在前 如人初生時
阿那入故起 息風最先出 是故說般那
此是眞實義
息風諸種大 剖截不生苦
當知彼非受 謂受則不然 以彼修行者
不患諸斷過 是故出入息 於身復非受
識命若斷時 息則不迴轉 是則衆生數
必由命根起 息則是身行 世尊之所說
亦名根本依 衆生所由轉 是息既已滅
命則無所依 以能恃命根 故說衆生數

阿那般那念 緣風爲境界 雖曰正思惟
而非眞實行 一切所修觀 彼悉緣風起
於觀有差別 次第今當說 阿那般那念
分別有三種 所謂從聞起 思慧與修慧
於是安般念 比丘聞慧生 一切時悉受
名字爲境界 境界出入息 正念思慧生
當知彼緣名 或時復緣義 阿那般那念
所起修禪慧 悉已捨名觀 惟緣諸法義
當知近境界 無有種種異 亦非相續緣
說是等智行 謂是安般念 無癡智慧性
亦名爲捨性 是則佛所說 當知是慧性
捨根共俱生 若使是捨性 則與餘共起
欲色二有繫 無色無身依 非彼最後禪
身容無息故 或謂根本地 亦復是眷屬
說言惟眷屬 非是根本地 欲使彼捨性

在於根本地　阿那般那念　應當在八地
所言惟眷屬　如是說捨根　知彼安般念
惟在於五地　此定在五地　依是處迴轉
欲中間未至　及有二眷屬　最上頂四禪
彼雖有捨根　無有於彼身　淨治毛孔道
第四及眷屬　彼中說二種　報生與長養
惟無有依風　出息與入息　是風名爲依
以身極厚密　無依說二種　佛說出入息
四禪正受剌　亦言咽喉處　明知有所說
是彼眷屬故　亦以禪義攝　出息與入息
彼處定無有　修行觀出息　上際第四禪
已極風境界　於彼正憶念　云何我是心
於緣究竟未　或復更於上　少進重觀察
或即於彼住　不作餘方便　修行如是觀
則能除疑惑　修行極風際　是處善觀察
當知如是心　則名除疑觀　觀門竟
於上觀察已　依風還止住　觀察所應已
復起餘所修　若彼觀風心　於還善決定
是說修行者　迴轉巧方便　如人遊聚落
所作訖已歸　修行如是觀　喜樂遂增長
已捨入息念　安處出息緣　亦捨出息念
安處入息緣　於數已究竟　息去亦隨去
如是一切種　亦名爲迴轉　觀察所應相
相相而迴轉　種種衆事觀　次第轉亦然
善於迴轉者　說此迴轉義　當知是迴轉
修行智慧處　從彼方便起　勝道現在前
聞慧念已度　次第思慧生　已捨欲界行
然後入修慧　是悉名迴轉　世尊之所說
從彼未至地　次第入初禪　乃至第三禪
其轉亦如是　第四禪眷屬　若彼有風者

是亦應迴轉　入於根本地　從彼起巧便
次第住起處　入出與優波　此六悉迴轉
捨共方便地　共地現在前　捨共方便地
不共現在前　捨不共方便　不共現在前
緣相方便地　展轉究竟地　是名上迴轉
明智所稱說
聖人凡夫共有法名爲共地從緣至緣名爲轉諸相諸方便諸地次第轉亦如是也
如我知方便　已說迴轉義　無垢清淨念
今當次第說　如令彼修行　須臾抑止蓋
是則爲清淨　不淨非所應　若已成就數
能捨內貪著　此義應當知　慧者觀清淨
隨順已成就　能捨外貪著　如是正思惟
智者念清淨　比丘心已住　不爲亂所亂
如是不動念　修行智清淨　若已於風際
觀察離疑惑　不復更求息　是則爲清淨

念地悉已竟　所依諸過惡　不爲則清淨
是說須臾頃　阿那般那念　方便道所攝
功德住升進　是義我已說

修行勝道升進分第六

功德住升進　及餘方便攝　修行一切地
共地不共地　功德住升進　彼依勝道起
種種想行義　今當說善聽　梯禘既起已
心住處名
修行心愛樂　如是愛樂心
巧便功德住　慧者善方便　起意勤修行
如其功德住　是則巧方便　將入微妙境
勿隨流注想　慧者攝心住　如應善守持
所住妙功德　澄淨無垢濁　具足無減少
清淨安隱住　純一普鮮明　凝定而不動
是緣由感有　時過復歸無　色想次第起
種種衆相生　修行正思惟　身心生喜樂

於是功德住　具足攝止觀　既能起身樂
心亦正安隱　自地亦他地　功德住升進
是今當略說　修行應分別　修行三摩提
巧便隨順念　智者開慧眼　說名爲功德
心足處安立　說名功德住　聖行修對治
說名功德進　對治諸聖行　功德住升進
隨地過惡心　所起悉能除　修行勤精進
功德利增廣　信戒聞捨慧　無貪恚癡根
欲精進慚愧　除喜不放逸　悅樂念定捨
正智餘善法　如是一切種　自地離諸垢
其功德住立　即隨地對治　是由精進力
助善長養心　何於彼地中　種數不攝受
功德住升進　自地已廣說　自地善根力
他地功德生　修行最勝義　此相今略說
自地既增上　餘勝淨法生　當知是功德

他地而升進　無量行方便　一切諸度法
種種對治相　他地功德起　謂於初念處
三念兼以修　煖來及頂忍　世間第一法
見道思惟道　無學道亦修　諸禪與神通
無量無色定　正法道品分　究竟漏盡智
背捨一切入　妙願智清淨　身念善根力
乃起是諸法　微妙功德相　一切隨順生
若住繫心處　是即自地相　其相起在身
亦現亦復觸　有時說近果　有時說非近
或復有與果　或空無所與　所謂近果者
是時近邊住　若彼果不近　當知是相遠
若使現而觸　是即與果相　雖現而不觸
空相無功德　譬猶無果樹　華繁而無實
如人冷渴逼　遠見有水火　彼終不起觸
但見相亦然　空無功德故　於身無快樂

喜悅極增長　息樂及寂止　身心愛斯樂
是說與果相　功德及餘法　自地與他地
升進相迴轉　四種俱亦然　一切升進相
殊妙種種印　蓮華衆寶樹　靡麗諸器服
光焰極顯照　無量莊嚴具　慧說爲勝道
功德住升進　功德住升進　所起諸妙相
我今當具說　修行者諦聽　於上曼荼羅
純一起衆相　流光參然下　清淨如玻瓈
其光交四體　令身極柔輭　又復從身出
漸漸稍流下　隨其善根力　遠近無定根
彼成曼荼羅　勢極還本處　根本種性中
其相三階起　功德住五相　功德進五相
不壞功德二　半壞功德二　盡壞功德一
復還繫心處　住本種性已　流散徧十方
十相生　功德十相上　十想各生十相

各復一相現　又於流散邊　生諸深妙相
於彼深妙際　復生深妙相　上下輪諸相
亦復如是現　於彼三階處　種種雜相生
自相各已滅　惟彼總相住　諸雜旣已無
寂靜行迴轉　此三曼荼羅　境分猶不移
順本功德住　自體如前說　入息三摩提
遍充滿下方　出息三摩提　遍充滿上方
二俱滿十方　正受甚深妙　如是隨意者
是謂法自在　清淨繫心處　無法而不來
旣生有長養　成就諸功德　如天曼陀樹
曼陀池生長　功德住升進　種種衆妙相
是義我已說　修行善守持　勝道功德住
修行方便道安般念決定分第七
已說升進法　所攝諸功德　修行決定分
是今次第說　善於出息念　入息俱亦然

出入諦思惟　分別具明了　此則決定分
世尊之所說　一切諸善根　各各盡自相
最勝無上智　說名爲決定　彼諸修行者
安住決定分　出息入息時　正觀無常相
息法次第生　展轉更相因　乃至衆緣合
起時不蹔停　當知和合法　是性速朽滅
法從因緣起　性羸故無常　一切衆緣力
是法乃得生　虛妄無堅固　速起而速滅
非常毒所毒　其性不久住　修行如是觀
此則決定念　譬如運行天　息變疾於彼
決定無常想　修行趣涅槃　非出息未滅
而有入息生　非入息未滅　而有出息生
如是諦觀察　修行決定分　麤澁利刺生
種種苦逼相　謂息出與入　一切時迫切
於息能覺了　具足衆苦相　如是諦思惟
說名爲決定　自相無堅固　寂滅空無我
因緣力所起　從緣起故滅　捨離有我相
常住不變易　如是顚倒行　一切悉遠離
惟作眞實觀　是名爲決定　非我無牢固
亦無有自在　非彼出入息　曾有覺知相
諦知無我故　是說爲決定　當知是諸相
相以聖行名　此則爲方便　非彼眞實行
比丘安般念　雜想覺所亂　既亂心不悅
應當從數起　或從入息數　或從出息數
思亂覺觀想　由是究竟離　慧者於入息
繫心行數時　一入數爲一　不雜數出息
專念不亂數　如是乃至十　捨彼十出息
從此得決定　此則說具足　成就根本數
更有餘數法　修行方便起　若於根本數
不能起決定　促息使易覺　方便令心生

當捨二出息　然後數入一　究竟心不亂
第二數成就　若於二方便　猶不起決定
乃至越十出　然後數入一　正念心不亂
次第至具足　是說修行者　十種數成就
如上十種法　是則數究竟　於上更復捨
增數非修行　修行如是數　是則數法成
成已應當捨　復進餘方便　修行於數法
若復不成就　應更如前說　還從初數起
方便成數法　便得決定分　數法已成就
慧者心隨順　六種如前說　修行正方便
修行於六種　疾生猒離想　不樂著生死
勤憂斷煩惱　修行心遠離　一切有爲法
當知是離欲　清淨決定分　或說長在前
或說短在前　如其決定義　今當次第說
謂出息始起　說言短在前　是說非所應

勢漸增進故　息去漸久遠　乃至未還間
當知盡是長　謂短則不然　出息漸增長
未到究竟處　是中所觀察　說名長中短
一心勤方便　專念正思惟　增長至究竟
說名長中長　觀已風迴轉　捨離餘長想
然後得決定　此則短中長　入息極短時
還到所起處　於是所觀察　說名短中短
如是正思惟　修行善明了　已得決定分
復進餘方便　滿身遍覺知　出入身行息
修行如是覺　則爲決定分　譬如火熾然
光焰則長遠　薪盡火將滅　光焰還漸短
若更增益薪　光焰普周遍　勢盡乃歸滅
四種風亦然　或說於長短　内外互立名
或二俱長短　如是種種說　如彼汲深井
瓶下轉就遠　既攝令還上　說至復之短

譬如仰射空　矢發疾無礙　其去漸高遠
勢極還自下　修行正思惟　觀察依風相
初遠然後近　長短義亦然　猶如牽旋輪
屈伸互往來　往遠名爲長　來近則爲短
息風迭出入　長短亦復然　譬彼眞諦觀
先苦而後集　觀息亦如是　先長然後短
若初禪息短　第二禪息長　以違正受義
是說則不然　於彼初禪中　息風勢極遠
第二禪息短　正受漸差別　滿身遍覺知
則依第三禪　最後身行息　以離毛孔故
此說諸三昧　隨順功德相　修行安住彼
不爲覺想亂　何故初禪中　惟說長無短
不捨諸所依　由是故息長　彼以覺想力
能令息去長　第二捨諸依　勢羸故息短
甚深修多羅　佛說山頂泉　消流勢不遠

餘處無來故　如彼山頂喻　第二依亦然
惟從其處起　是終不能遠　彼說健士夫
負重而上山　竭力令氣奔　息風急迴轉
既到安隱處　其息乃調適　是喻說彼息
前短而後長　所說健士夫　負重而上山
以身力方便　是乃令息長　如彼劣方便
不自力負重　以無力方便　息微故不遠
譬如壯夫射　能令箭極遠　少力無方便
勢弱去則近　此喻應當知　是說長短義
修行細微覺　一切諦明了　如是十六分
悉名爲決定　如方便升進　分別功德住
決定安般念　亦應如是說　如彼所未說
諸餘功德住　是今我當說　如其決定分
觀察風所起　根本極清淨　修行微妙相
則於是處現　於彼究竟處　摩尼寶三昧

當知此功德　方便根本生　已說妙方便
根本決定分　餘深正受相　一切如前說

修行勝道決定分第八

已說方便道　所攝決定分　勝道決定相
是今我當說　修行善決定　繫心處堅固
謂爾焰也
身受與心法　於是正觀察
說有六種因　是能成就果　成壞各三種
成熟熟亦壞
修行決定相　於是六種因
方便善觀察　是則能次第　疾得諸漏盡
復更有餘因　種種成壞事　如是多無量
我今但略說　何等爲修行　水種所壞相
謂七日死屍　毀變相已現　彼彼諸死屍
青黑瘀爛壞　已壞膿血流　惡汁相澆漫
潰漏若分離　雜惡極臭穢　是悉水所壞
內身俱亦然　乃至劫成敗　斯由水大力
水輪極沸涌　大地皆浸壞　從彼三禪際
周帀水來下　洪注極漂蕩　有物皆消盡
一切情識類　百穀及藂林　土地地所生
悉爲水所壞　衆生水所壞　是皆依宿業
如上水災相　無垢決定說　此諸一切種
皆從三昧地　修行果所起　當知是決定
修行善繫心　安住三摩提　是能於所緣
明見彼種相　此地熟時熟　亦義言此能壞煩惱則見壞相
充滿境界海　修行所見壞　水大決定相
火大所壞相　今當說善聽　識類非識類
斯亦如上說　及自見火然　一切皆消盡
乃至劫成敗　世界悉灰滅　於彼火輪處
熾焰大火起　亦從二禪際　彌滿悉雨火
盛火普周遍　世界俱洞然　於彼三昧地
正觀思惟起　修行見此變　火壞決定相

風大所壞相 今當次第說 如上諸種類
悉爲風所壞 大地及須彌 分散若粉塵
一劫盡磨滅 是皆風大力 上際第四禪
下極風輪界 災風從彼起 其中皆散壞
一切風所壞 智者見眞實 如是正思惟
風壞決定相 云何彼修行 常起深憂猒
於前見苦法 隨憶念不忘 八苦大地獄
各增十六分 彼彼衆苦類 無量邊地獄
衆生生彼處 隨行受衆苦 我於此惡道
未離或牽來 如八大地獄 誰能盡稱說
其中無量苦 難可得邊際 設人有百頭
頭各有百舌 欲說地獄苦 窮劫不能盡
如愚黠地經 唯佛善分別 我悉能究竟
無有能測者 輪迴苦毒海 往返無量劫
顚倒不善行 致此大苦果 自見宿命時
是痛曾悉經 修行憶本苦 便得順涅槃
闇冥心增上 畜生不淨業 受癡不愛果
種種苦報身 九萬九千種 形類各別異
空行水陸性 蚑行蠕動類 隨業各受生
宛轉此劇處 一切諸畜生 展轉相殘食
我以愚癡故 悉曾受此苦 顧此而懷懼
心與猒患俱 修行深憂猒 則於苦決定
修行已如是 方便生猒離 又復自憶念
餓鬼無量苦 咽細如針孔 巨身如沃燋
於此無數劫 飢渴極熱惱 見天降甘雨
欲飲成炭火 如彼四大海 深廣無涯底
飲之令悉盡 不能止飢渴 裸形被長髮
狀燒多羅樹 於中甚久長 受此種種苦
業風吹東西 吹身令碎折 亦如狂飄起
摧破久枯樹 我積慳貪行 不習惠施業

故生餓鬼處　受此諸苦痛　三昧境界地
修行思惟起　種種別觀察　便得不放逸
雖未斷煩惱　見此衆苦迫　楚毒深憂懼
極猒生死苦　既猒能離欲　如觀掌中寶
貪欲既已離　便速得解脫　譬如香美食
其中有蠱毒　種種生死味　雜苦亦如是
亦如篋盛蛇　有人負自隨　若能覺棄捨
不爲毒所中　身亦復如是　四大爲毒蛇
智者能捨離　不爲彼所害　如愚執火炬
急持則自燒　明人知時捨　不爲火所傷
樂著生死者　災焰常熾然　若能覺捨離
不爲火所焚　譬諸恐怖處　亦如被燒舍
蚖蛇毒螫聚　生死畏過是　譬猶空聚落
又如彼虛器　諸法空無我　眞實性亦然
此三惡道中　如是苦無量　雖天有喜樂
是亦爲大苦　譬如盛火然　貪愛熾如是
久處在天上　常爲欲火焚　自憶忉利天
安處善法座　天女侍供養　無量極快樂
四園列寶樹　華果妙莊嚴　隨意五所欲
一切曾悉受　時乘白龍象　遊觀諸浴池
縱意林流間　迴顧彌日夕　食必須陀味
飲則甘曼陀　充實無盈患　受樂如大海
又處四勝堂　天女進音樂　媛艷極姿態
光色曜心目　妙音六萬種　常聞美輭聲
耳目隨彼轉　令我心醉冥　諸天發微歌
聲與絃管諧　偃卧聽音樂　寤寐皆喜悅
諸根迴五欲　猶如旋火輪　須彌山王頂
安處快自在　百一衆雜寶　間錯莊嚴地
諸天共娛樂　經歷甚久長　觸彼五境界
發動五情根　一切悉奇特　皆是快樂因

諸天共器食　隨福有差別　見此異色時
心則生憂惱　如是極愁慘　猶如地獄苦
食此不淨飯　低頭内慚恥　悔責本宿業
令我致此苦　諸天阿脩羅　自守貪彼利
由是興諍怒　畏死大恐懼　或爲天給使
或復極貧窶　我雖生天上　無異惡道苦
於彼恒樂處　衰死二五相　是相及命終
爾時最大苦　方欲恣所樂　五衰忽然至
若見是相時　愁怖不自安　天眼卒便瞬
浴已水著身　一切妙境界　其心不喜樂
千種樂自然　迦陵頻伽音　今則寂無聲
當知七日死　玉女悉捨去　餘天共從事
見已生熱惱　命終入地獄　唯有賢聖人
了達無常變　解脫生死苦　凡夫爲燒然
腋下流汗出　衣服卒垢膩　見已大恐怖
是則淨業盡　華冠皆鮮嚴　而今忽萎熟
身體本光澤　一朝頓枯悴　常所愛樂座
今惡不復樂　是五惡瑞現　當知死時至
唯有見諦者　無此諸惡相　我今諸比丘
於是增猒患　梵本中無此一偈　諸天及天處
衰變不久住　明智修行者　見斯無常變
四寶須彌王　眞金山圍遶　修行慧眼淨
見此悉融銷　又諸大鐵圍　周帀四天下
消壞非常相　行者見明了　修行於天上
如是觀察已　復於人道中　思惟正憶念
或時犯王法　斬截身首足　拷掠極楚毒
我悉遍經歷　親戚永別離　悲戀爲墮淚
設集著一處　過於四大海　計我從本來
入中所受身　白骨悉積聚　高廣喻須彌
流洄三惡道　楚毒無過者　人天所受苦

是亦多無量　欲廣分別說　窮劫不能盡
三昧境界地　思惟所生果　觀察善明了
修行深憂猒　我雖捨家業　不能成道果
自謂爲出家　未出生死獄　我雖棄恩愛
名曰捨所生　而不能免離　癡愛業父母
徒自違人子　不從佛法生　外假聖法衣
內不離癡惑　捨彼五欲利　依止出家業
而於佛法中　不獲少功德　雖捨內貪著
而不得出要　四念未成就　何從得心樂
剃髮毀形好　而不捨憍慢　空失欲味歡
不得禪悅樂　於五無間業　未能定不起
譬如無舟梁　而欲越深水　未入決定聚
復無生天業　無明覆心眼　永沒生死淵
應勤業所務　無有無作果　作者終不喪
修行宜善思　常受人信施　侵彼肌體分
謂我有功德　自顧空無實　由此利養心
翳我善功德　深思刻骨苦　即時興猒離
未說諸惡趣　顛倒見所縛　不向平等路
牟尼一乘道　得生難得趣　諸根悉具足
俱佛興于世　又得聞正法　而不捨苦器
未度貪欲海　拔刀五惡賊　是亦未摧滅
如是正觀時　修行向解脫　作是憂猒相
則便生決定　身爲不淨器　三十六充滿
譬如大地種　生育衆雜類　身爲隱覆聚
亦常假澡浴　聚沫撮摩法　不久必當滅
譬如毒蛇篋　四大器亦然　八萬惡蟲舍
常共競侵食　是身爲火宅　四百四病惱
種種苦不淨　一切內充滿　譬如故空舍
亦如丘塚間　坯器無堅固　說身亦復然
無量衆惡聚　虛妄非眞實　顛倒起貪著

長夜嬰楚毒　將復處胞胎　數數受生苦
不見眞實法　生死輪常轉　始受迦羅邏
次生泡肉段　漸厚成支節　五種胞胎苦
幽閉無日獄　生熟藏所迫　長養於行廁
臭悶不淨苦　出胎受生苦　輪轉老病死
一切諸陰起　三相所迫切　觀色如聚沫
受如水上泡　想如春時焰　衆行如芭蕉
識種猶如幻　虛妄無眞實　逼迫是苦相
因緣是集相　寂靜滅盡相　出要是道相
於此四聖諦　修行漸觀察　思惟十六行
解脱生死苦　略說一切法　自相及共相
明智決定義　修行正觀察　修行然慧燈
正觀四眞諦　能斷惡趣分　離諸受胎苦
不復樂受身　嬰世之苦惱　捨除利養行
獨處修遠離　已能修猒離　不味生天樂

況復著人間　忍受諸苦痛　觀種如毒蛇
陰爲五怨賊　自覺貪欲患　長夜密侵害
六根如空聚　塵賊競來集　於此內外入
修行眞實觀　見愛如大河　涅槃如彼岸
修行慧眼淨　觀法空無我　如是知眞實
不樂處三有　明見諸法者　略說三成相
及前說三壞　方便勤修習　次第相行義
是今當更說　一色種種觀　一一四種因
決定知因果　究竟身念處　受與心相應
觀時惟四體　因緣果無量　其相同種性
修行思惟定　悉於所依現　心猶不調馬
如幻如獼猴　無量因緣相　一切現所依
二陰空無我　次合觀想色　想合受與識
行二亦如是　次第想色受　想色識亦然
分別想受識　行三同想說　四五漸和合

思惟壞自相　總緣五盛陰　七處三種觀
悦樂廣境界　還滅觀生滅　一念見真實
具足法念處　正觀陰種相　如化夢水月
定慧轉增廣　彼則煖法生　其心極寂靜
總見五陰相　自身欲火燒　三界盡熾然
諸相三三昧　正向解脫門　初觀四聖諦
真實十六行　成就煖法已　增進真實觀
見佛身相好　無量諸功德　第一寂滅法
清淨離煩惱　聖衆功德海　甚深無涯底
種種微妙相　現身及境界　見已心歡喜
頂法具足相　增進生忍法　五趣現境界
惡道熾然滅　遊息清淨處　中住經生死
最上惟一心　先觀無量苦　次見苦種生
種轉增廣大　漸見苦集滅　滅已然後觀
八聖平等道　變滅無常相　麤澁逼迫苦
空寂無衆生　不自在無我　苦種是因義
衆緣合爲集　種生故說起　緣果名爲緣
苦集盡故滅　滅靜說寂止　清淨離三有
覺說爲妙出　徑路是道相　平直說正義
進向謂之趣　乘出故說乘　四諦十六行
具足真實觀　忍法次第生　世間第一法
聖行正受地　得是三決定　見道思惟道
次第漸究竟　一切微妙相　各各隨地起
成就實智慧　具足諸功德　當如上所說
修行決定分　諸有明智者　應作正方便
信勤勿懈怠　常起欲慚愧　於諸梵行者
常當愛恭敬　自守修淨戒　威儀令安諦
假使得利養　少欲知止足　易滿亦易養
適身知量食　亦如人膏車　不爲貪味故
曉了一切有　所生悉過患　思惟善觀察

三有如火然　如彼重病人　信受醫方療
聞善知識說　觀察諦思惟　常以清淨心
繫身莫放逸　寂默少言說　宴坐思實義
丘壙林樹間　閑居修遠離　無事樂山巖
窟中露地坐　樹下敷草蓐　如是清淨住
修行內思惟　勤習無休懈　專精求已利
遠離退住過　必能得升進　決定功德分
修行勤方便　具足諸善根　我以少慧力
略說諸法性　如其究竟義　十力智境界

修行方便道不淨觀退分第九

如我力所能　已說安般念　修行不淨觀
次第應分別　不淨方便觀　思惟念退減
明智所知相　是令我當說　修行初方便
自於身少分　背淨開皮色　觀其所起相
雖暫壞皮色　不力勤方便　淨想還復生
說名修行退　不能起所應　重令皮色壞
淨想仍不除　亦名修行退　修行愛欲增
應往至塚間　取彼不淨相　還來本處坐
所見諸死屍　我身亦復然　一心內觀察
如彼塚間相　彼為我作證　由是得眞實
已得眞實相　不復起邪想　如是方便修
慧眼猶不淨　當知是顛倒　無智癡冥聚
若於足指緣　闇亂心不住　當於上繫心
觀察求升進　於上壞色處　其心復馳亂
當力勤精進　方便離退過　勿為煩惱染
令不至解脫　自勉勤方便　疾得到涅槃
自於身壞相　繫念無分散　日夜勤修習
莫令煩惱起　修行微妙想　世尊之所說
常能守護想　是終不退減　具足觀內身
其念已堅固　次應觀外緣　漸習令增廣

於外已周滿　堅固三摩提　當知是不久
次第盡諸漏　如王無器甲　安足不堅固
而欲禦怨敵　必爲彼所害　修行於自身
愚癡未決定　而欲觀外緣　是必於行退
我已說比丘　無繫故修退　更有餘退過
今當說善聽　當知修行退　沒在癡冥故
或爲盛煩惱　業行所障蔽　有人因色欲
而起煩惱退　於彼美艷色　癡愛覆正念
種種上衣服　文彩發光澤　瓔珞莊嚴具
金銀衆妙寶　於先俗所樂　修行還顧戀
因此動欲想　當知是必退　形相計端嚴
處處著姿好　一切身肢節　妄想起貪欲
身體諸肢節　細滑柔軟觸　憶此本所更
欲火還復熾　或泣或言笑　歌舞相顧眄
綵服貫珠環　文繡莊嚴具　來去若容止

流轉行者心　顧念是威儀　欲起令退轉
有人情欲深　不專在四種　愚癡增煩惱
愚形起婬亂　是則極惡欲　疾令修行退
由是諸愛欲　迷亂失正念　相與想明了
是終不退轉　諦自見內身　次外善觀察
境界廣增滿　周帀見險岸　不識究竟處
修行疾退沒　於身深愛著　怖畏不能進
修行生疑怖　是必疾退減　若欲離疑怖
於身修猒患　猒患想已生　其心猶馳亂
當知修行者　是必復還起　已說諸修行
不淨方便退　若於勝道中　退亦如前說

達摩多羅禪經卷上

音釋

軌古委切法也孱鉏山切簣具位切土籠也悖步昧切亂也雋祖峻切絕異也絞古巧切喘尺兗切疾息也掉杜弔切搖也憒古外切心亂也恬徒兼切靖也飻音鐵貪食也窾苦弔切孔也禘大計切瘀依據切氣血壅也潰胡對切目壞也蚑蠕蚑去蕻切蟲行貌蠕乳兗切蟲動也螫施隻切蟲行毒也寠曰許切貧無禮也瞬輸閏切目動也膏姑勞切脂也盻匹爛切視也

達摩多羅禪經卷下

東晉天竺三藏佛陀跋陀羅譯

修行方便道不淨觀住分第十

我已略分別　不淨退減分　如其住過相
今當次第說　修行煩惱業　增長內充滿
不曉智度法　愚癡縛令住　自於身少分
背淨壞皮色　不知升進法　煩惱增故住
或有漸升進　遍身見壞相　不能求外緣
樂觀內身住　若於外境界　修行心樂進
欲去應隨去　方便勿令住　未見究竟處
而便中路止　癡冥住所縛　猶如象繫樹
骨想有堅相　其體密無間　不次行衆想
亦不求升進　又無猒離心　亦不能決定
修行雖成就　不淨奇特道　不能起勝想
令其身柔輭　若不柔輭身　流覺則不生
不能生流覺　是說修行住

修行方便道不淨觀升進分第十一

已說不淨觀　方便道住過　若於勝道中
住應如前說　今當次第說　不淨升進分
先總相思惟　繫念不淨緣　次住身少分
正觀察自相　自在及外緣　二種說無量
行者於內身　自在三摩提　勤習正方便
周滿究竟處　外緣無量者　境界普周遍
而於彼正受　不能數自在　又自觀內身
是亦說無量　謂於自身處　種種衆多色
筋連與肉段　其數各五百　提賴與揵大
是皆有六種　（提賴似果揵大似癰盡在腹內）
三十六種物　三百二十骨　節解九百分
九十千種脉　宣氣通諸味　三萬六千道
身中諸毛孔　九十九萬數　身內侵食蟲

户有八十千　內血外精氣　是二共和合
先得迦羅邏　身相與命根　是身不淨起
出自迦羅邏　結業之所起　愚惑生樂著
一種重煩惱　愛恚癡冥心　謂初受生時
與二顛倒想　於內生愛欲　於外起瞋恚
男有如是想　女則上相違　不淨迦羅邏
迦羅邏起泡　從泡生肉段　漸厚成肢節
出胎名嬰兒　轉次爲童子　如是漸增長
盛壯謂中年　年逝形枯悴　朽耄日衰老
識滅壽命終　身壞白骨現　青毀節節離
消碎盡磨滅　如是十五種　修行觀自相
始從迦羅邏　次第衰老死　七日漸毀變
乃至灰滅盡　宿世曾修行　先從迦羅邏
出生至老死　次第諦觀察　白骨青赤相
肢節皆離散　骨鏁及羸朽　腐壞盡磨滅

彼諸修行者　思惟不淨念　有從因觀察
或果方便學　成就深妙慧　能了是相義
觀察迦羅邏　乃至一切分　四大和合淨
造色五情根　無量極微種　一切從彼起
當復更觀察　死後次第想　日月漸變異
乃至於七日　無復有來去　視瞻笑語言
容止悉已滅　捨離威儀姿　死屍漸漸異
其色日毀變　青等諸不淨　如是次第現
膖脹膿爛潰　流漫極臭處　種種諸蟲出
見已離色欲　觀察本所著　已壞食不盡
離散在處處　能滅全具欲
上言端正非其本亦應言全具
自見枯朽骨　無復滋潤相　久故極麤澁
能離細滑欲　腐碎若塵壓　磨滅無所有
成就如是相　遠離有形欲　有形不必悉是衆生

功德亦復然　白骨青瘀想　成就心猒離
因是不淨念　方便度諸地　所謂身念止
受心法念處　暖來及頂忍　世間第一法
見道及修道　乃至漏盡智　因是方便度
一切功德地　從初身念觀　乃至究竟處
佛說不淨念　一切諸種子　世尊說貪欲
利入深無底　正受對治藥　當修猒離想
一切餘煩惱　悉能須臾治　我已說不淨
方便升進法　餘有勝道進　想行如前說

修行方便道不淨決定分第十二

不淨升進分　相義我已說　今當說修行
不淨決定分　不爲惡戒縛　亦非業煩惱
心不背解脫　歡喜常志樂　如是隨順生
麤澁四大滅　柔軟寂止樂　三昧於中起
從定生智慧　修行能猒患　猒想已修起
則能離有愛　思惟離有愛　解脫實智生
已生解脫智　於縛得解脫　從是得無爲
究竟離三有　是說名修行　成就決定分
天王五威相　觀相壞煩惱　漏過漸衰薄
由是究竟滅　人王有五相　獸王相亦然
諸地相明了　說名爲決定　動身四顧視
奮威暢大音　自在獨遊步　師子王威相
於此十五相　修行生決定　能令彼地中
一切諸垢滅　繫念三摩提　出諸煩惱縛
惡露不淨想　能生猒離心　青瘀等諸相
修行善決了　更有餘三想　明想及觀想
第三說空想　修習寂滅慧　淨色及自身
所起諸煩惱　貪欲瞋恚癡　從是正觀滅
此一一諸想　各三想眷屬　能除貪欲等
結縛使惱纏　是諸一切想　明審善觀察

五欲亦五壞　隨病而對治　相對眞實相
修行正觀察　色變若離散　威儀容止滅
羸朽及磨碎　是名五種壞　此則自身中
無量諸境界　修行正憶念　悉能得自在
已說二無量　自在及境界　修行不自在
亦已分別說　於是不淨念　聞思與修慧
正觀開慧眼　是說有三種　作想有二種
時復不想住　俱開解思惟　或時非開解
解即開也
第三性無垢　離垢清淨住
不想不開解　是慧修禪起　起身寂止樂
餘二則不能　心亦寂靜樂　是名爲修慧
滋潤身柔輭　此則寂靜相　二俱不柔輭
當知非寂靜　彼二不寂靜　一則安隱住
是說色有中　修禪所起慧　不淨觀一智
依止十地起　根本及未至　亦說欲中間
依住二界身　境界於欲色　化生旣命終
即滅無不淨　身淨無餘穢　不能起猒患
唯觀彼生滅　變易無常相　胞胎所生身
則有死屍形　於身起淨想　不淨觀對治
不求止貪欲　思惟習猒患　更有淨對治
不作猒患想　方便淨解脫　智者開慧眼
謂於不淨緣　白骨流光出　從是次第起
青色妙寶樹　黃赤若鮮白　枝葉華亦然
上服諸瓔珞　種種微妙色　是則名修行
淨解方便相　於彼不淨身　處處莊嚴現
階級次第上　三昧然慧燈　從彼一身出
高廣普周遍　一切餘身起　莊嚴亦如是
此則淨解脫　方便不淨觀　若是須臾頃
修習此勝觀　是則順佛教　堪受一切施
世尊所稱歎　三界良福田　說餘一切想

是名修行者　決定不淨想　久故朽白骨
踈臍羸相現　破碎若塵壢　一切悉磨滅
從下次第起　方便壞所依　淨慧之所說
修行決定相　無量深妙種　一切普周遍
彼決定眞實　生如金翅鳥　次起清淨地
平坦極莊嚴　勇猛寶師子　牛王若龍象
此諸未曾類　處處決定相　始因不淨生
亦從不淨長　初起迦羅邏　住於不淨中
觀彼七日長　念頃不暫停　修行善明了
是則說決定　如是一切分　悉能知相義
明見彼眞實　念念有生滅　因習諸骨想
修行覺意生　能起覺支想　說名爲決定
彼諸修行者　分別三種想　或有始習行
或已少習行　或有久修習　是悉近決定
隨彼智慧力　趣向有差別　初業者始起
少習心已住　久學能起緣　是說三種修
初業名始種　第二爲長養　最後能捨離
說名爲決定　不淨有二種　或共或非共
如前三眷屬　是離共不淨　聞思與修慧
三種不淨念　於此一切種　修行諦明了
善分別離欲　是說名決定

修行觀界分第十三

安般不淨念　退住與升進　決定眞實相
悉已分別說　修行界方便　廣略差別相
甚深微妙義　今當次第說　有因先修習
安般不淨念　然後觀諸界　安樂速究竟
自以方便度　此苦難成就　頂上兩眉間
繫念令不亂　寂止潤澤生　三摩提增長
所依已柔輭　三昧安不動　擾亂不淨心
智者悉調伏　已隨調伏心　安住修行處

是處起明想 一切身分現 從初一髮始
如其相憶念 於一見自相 然後總衆髮
次第三十六 自相總亦然 佛説三十六
各各有住處 或時彼諸界 合聚内觀察
猶如明眼人 開倉見五穀 時復有逆順
超越次第觀 一界藉其下 餘種悉處上
次第相連持 一一知其相 雜色不雜色
周滿悉觀察 止心在一處 境界遍十方
處處安置已 依是勤修習 一髮爲百分
思惟正憶念 復於一分中 分别五種界
次於空界上 識相别觀察 修行見無垢
清淨妙相生 譬如水上泡 明淨無障翳
是處觀諸界 各各見自相 水濕地堅强
風動火燒熱 虚空無障礙 别知是識相
青黄赤白緑 及與玻瓈色 於此衆雜色

修行具足觀 虚空堅固相 彌廣周遍住
難沮踰金剛 金剛慧能壞 於上曼荼羅
則有熱相現 譬如火熾然 能破彼堅固
或見生疑怪 其心大恐怖 明者能決定
增益諸功德 已壞虚空界 能起升進相
融壞若流注 復碎如塵塺 修行見眞實
則生解脱想 空界既已壞 上諸界亦然
是則壞相上 有餘壞相起 若復餘一種
於上觀諸界 次第普周遍 俱壞如前説
觀察六六種 六三及四二 如是六十二
世尊略説界 色壞有三種 剎那世極微
無色惟二種 無爲無壞相 修界不淨念
則能捨貪欲 順界方便觀 是治我慢藥
觀界四無量 滅除瞋恚毒 無常頌名剎那
阿難説是言 當修五念處 世尊告之曰

更有第六念　髮毛爪齒骨　筋肉厚薄皮
肪腡髓腦膜　髀腎心肝肺　胞胃大小腸
屎尿膿涕唾　垢汗諸血淚　黄白及痰癊
三十六不淨　觀察三種界　是中濕相水
火熱地堅强　諸有形色處　内外飄動相
出入息語言　通利等迴轉　一切總説五
是相名風界　眼耳鼻舌身　毛孔咽喉空
山巖室宅中　内外無障礙　如是一切種
悉名爲空界　於彼六情根　所生諸識種
如是多無量　總識名識界　佛言應當知
六界非有我　不觀陰界相　計我及我所
一切内外界　是處意迴轉　從是意行處
二受十八種　六觸及四處　世尊之所説
愛慢諸煩惱　悉於是中起　是身衆微合
虚妄空無主　非我非衆生　迷惑計眞實
佛告羅睺羅　觀界悉無常　如是六種界
説從六處起　修習六巧便　六時各觀一
色處悉具足　無色惟識界　彼種所依處
相行地境界　對治與所治　如實知分數
身中諸界種　還自生苦惱　譬如養毒蛇
終爲彼所害　四大生造色　即共造色住
和合相間錯　還爲四大壞　不淨方便觀
先於造色起　安般方便念　要從四大始
若彼修行者　增廣二方便　四大及造色
和合等觀察　始入根本處　彼先壞造色
入已然後觀　所因四大壞　定慧漸增廣
念處具成就　和合總觀察　一切悉寂滅
彼三十六物　臭穢壞磨滅　此三與十想
修行增猒離　佛説是根本　能及一切惡
四十九種法　三昧於中起　修行諦觀察

自身及欲界　無量不淨處　穢惡悉充滿
衆苦所逼迫　盛火極熾然　無常變壞相
見已生猒離　色界相似種　微妙相顯現
深樂求出離　增進猒患想　有覺亦有觀
離欲生喜樂　寂然入初禪　內外悉清淨
所依及境界　如鍊眞金像　自身處梵世
於中極娛樂　又見五支相　身及境界現
第二滅覺觀　內淨心一處　從定生喜樂
四支身內現　所依及境界　譬如眞珊瑚
第三處離喜　行捨念慧除　身受樂三昧
五支相明了　所依青瑠璃　清淨甚微妙
緣少身無量　諸根次第起　第四斷苦樂
憂喜先已滅　不苦不樂捨　念淨三摩提
如是四支相　現身及境界　出息入息滅
所依極純曰　過色滅有對　是說入空處
過空相識定　過識無所有　過是無所有
非想非非想　善知諸界相　不味亦不縛
清淨四梵行　高廣無有量　慈悲普周遍
喜捨亦復然　根本四禪中　修起五神通
三昧現在前　繫心觀自身　作輕及輭想
漸舉不令動　境界現在前　離地如胡麻
稍進如大麥　轉次高四指　此林至彼林
漸漸能隨意　飛行及變化　自在無障礙
是名修行者　微妙神通力　繫心於自身
禪定現在前　諦取外音聲　如其實皆聞
繫心於自身　禪定現在前　觀他心所念
一切皆悉知　繫心於自身　禪定現在前
自憶念此生　從胎及中陰　漸見前身事
乃至百千劫　一切諸所更　如實憶念知
繫心於自身　禪定現在前　觀察衆生類

生死及形色　隨其業果報　中陰五道生
修行天眼淨　一切如實見　根本諸地中
無量餘功德　修行心自在　一切悉具足
所謂入背捨　勝處一切入　背捨相有五
不淨與淨相　色相煩惱識　略說是五相
勝處先自身　內色外少色　若好若醜一
外多二亦然　內無有色想　外觀少多色
二俱若好醜　是前四勝處　後四內無色
外青黃赤白　一切入四大　四色與空識
觀外及內身　一相無差別　諸辯妙願智
無諍三摩提　逆順與超越　無量三昧門
明智決定觀　具足五種滿　一身二境界
定相普周遍　第三憶念滿　修行喜猒捨
第四諸地滿　十處相明了　三乘根具足
是說第五滿　界方便成就　久遠癡冥滅
能令意清淨　無垢如虛空　如是諸功德
一切悉究竟

修行四無量三昧第十四

修行者若欲廣修慈心先當繫心所緣漸習令無量滅除過惡心不諍競亦無怨結無恚清淨謂於親中怨三種九品衆生無量無數安處十方盡三分際純一樂行惟除國土世界於衆生世界周普總緣成就遊行者修慈方便先等心思惟總緣一切衆生令心堅固滅除瞋恚而起慈心是名總觀慈無量三昧如是總觀猶爲瞋恚所縛者當於上親修別相慈次於中親下親中人怨家次第修習九品慈心漸離瞋恚心生愛念與種種樂具與是樂已然後於一切衆生起法饒益心修三種慈廣大慈極遠慈無量慈捨除瞋礙住仁

愛心隨其所應功德善根一切佛法皆悉與之謂與種種法樂修種種慈先與出家樂次與禪定正受樂次與菩提樂次與寂滅樂彼修行者本曾所更及所未更種種樂具自得他得清淨善根乃至無上寂滅究竟無爲隨其修行者意所想念無量法樂等與衆生相現在前樂想起已一一觀察以相自證便得決定猶如明鏡因物像現慈三昧鏡亦因樂事種種樂相悉現在前或時修行者爲瞋恚所亂作是思惟我從本來由是瞋恚多所殺害與諸罪逆入於惡道於大地獄還受苦毒或作蜂蠆蜈蚣毒蛇惡龍害鬼羅剎如是種種毒害之類今不除滅復見嬈迫以是方便能止瞋恚又復思惟罵者受者彼我無常須臾不住二俱過去惡聲已滅後起二人無故共諍又今二人念念即滅虛妄無實誰罵誰受何爲顛倒與空共鬬計我耳根從虛妄顛倒煩惱業起彼人舌根亦復如是因緣生滅誰罵誰聞修行者如是思惟時瞋恚縛解能修慈心離垢清淨如佛說修慈者於四念處能得決定修習增廣成就無量法門勝妙道果不復退還是則三種方便大慈若已離欲更修淨妙離欲慈心深心饒益增廣無量得眞實果因此功德具足所願究竟涅槃所以者何一切諸佛說慈爲無畏慈爲一切功德之母慈爲一切功德鑽燧慈能消滅兇暴諸惡是故修行者當勤方便修離欲大慈悲無量者如慈境界怨親中人悲亦如是次第修習如佛言曰饒益衆生說名慈心除不饒益說名悲心若先於衆生起饒益心以種種樂

具悉施與之然後觀衆生唯見受樂是名慈心若先觀衆生受無量苦起除不饒益心然後見衆生除不饒益除不饒益已受種種樂非與樂也是名悲心見淨相是慈見虛空相是悲樂行是慈苦行是悲是則差别謂修行者見諸衆生兇暴諍怒殘賊殺害共相逼迫無有覆護如是見已而起悲心爲作覆護又見衆生斬截身首耳鼻肢體苦痛無量無能救者修行見已而起悲心又修行者住悲心時見五趣衆生苦痛熾然無量嬈迫深起悲心與救護想如是修行悲無量善根生時無量功德相現若見此衆生受無量苦而不起悲是則極惡無善根人如是大悲一切諸佛本所修習由是究竟一切智海行者若能具足修習當知不久必到是處喜無量者謂修行者於慈境界以六思念等諸善功德無量佛法及自身成就戒定智慧一切功德饒益衆生自樂他樂盡皆與之見一切衆生得法樂已其心歡喜其心歡喜則憂慼滅憂慼滅已一向欣悦踊躍歡喜念言快哉未使安樂於一切衆生歡喜時見有樂相輕微明淨成就此相名爲喜無量三昧如佛説修集喜等乃至識處捨無量者捨怨親已等緣中品此唯是衆生無有差别離慈悲喜唯作衆生行近境界現近相是故世尊説捨種種捨各自有相捨無量不與彼同謂平等清淨離苦樂相捨相似相現是名捨無量三昧世尊説修捨無量乃至無所有處已略説四無量相餘種種甚深相行者應次第修習

修行觀陰分第十五

若修行者久積功德曾習禪定少聞開示發其本緣即能思惟觀察五陰了達深法滅除生死猶如大風飄散重雲亦斷一切魔所樂法觀五陰義今當說修行者內自思惟欲度煩惱海起離欲生潤澤自身快樂麤澁四大滅隨順四大生攝諸亂意能起究竟成就智慧若根本觀處堅固明淨能起三昧離諸亂想滅除煩惱諸微妙相於是悉現如淨妙瑠璃如水淨泡行者見此明淨無垢相起善念守持心不放逸既不放逸則熟相起熟相起已則壞相現壞相現已唯起法想一切寂滅如是修行法相具足成就得增上猒離意堅固精勤不可動轉得甚深三昧堅固三昧不動三昧修行者住是三昧能起五種明淨三昧遍照五道月光三昧日光三昧淨瑠璃三昧鍊金光三昧無垢玻瓈三昧因此五種明淨三昧復生光耀三昧遍光曜三昧無量光曜三昧復次修行者因五種壞相能壞諸緣一曰穿二曰剥三曰烈四曰壞五曰滅以是五壞相壞一切法修行者五種三昧壞境界悉清淨已次復生五種三昧相師子王三昧龍王三昧金翅鳥王三昧牛王三昧象王三昧心無放逸故起此雄相修行者住此獸王三昧各隨其類一切悉攝又三昧力男女十相起隨類相攝一切衆生於是悉現若能分別此諸三昧相而不恐怖是則名曰於一切諸法自在功德復次修行者於明淨境界觀察陰流從一處出分爲二分如是觀已還合爲一一流中復見五相相各別異布列境界布列境界已還合爲一色如聚沫受如水泡

觀想如焰行如芭蕉觀識如幻是五虛妄欺誑之力相修行者如是觀已其身安隱柔軟快樂復觀流所起處無垢相現如水淨泡漸漸增長充滿其身修行者心不放逸專念受持持已得淨相增廣周遍覆身如明淨泡離諸過惡更勝妙智生乃壞是相是相既壞彼流流遠下注無量如淨玻瓈極智境界知境界已從彼攝還成曼荼羅更有異相充滿本處然後流至十方無量世界至十方已各住自相爾時修行者明見無量色種猶如山水漂積聚沫一切受相如大雨滴泡種種諸想如春時焰行如芭蕉無有堅實觀六識種猶如幻化如是種種虛妄但欺誑愚夫是名修行觀陰自相觀陰自相已復以智慧自照其身專念觀察觀察時見周帀熾然相起身處其內有種種雜華淨妙珍寶周帀繞身又自見身種種雜寶諸功德相微妙莊嚴修行者見是諸相已慧眼開廣自額其身周遍觀察觀察已復外觀陰相盛火熾然即生猒心勇猛精進欲度生死無邊苦海修行者於五陰熾然相猒離已離欲相解脫相涅槃相一切功德相次第現起復次修行者具七處觀觀五陰苦集滅道復觀因愛生五陰猒患出離如是於眞諦中方便使種子慧生於是七處善修三種觀義自相觀成成就決定堅固已然後得無垢息止修慧是慧起已境界平正純一無雜復次得勝妙無垢思慧決定觀五陰與衰念念磨滅見眞實相譬如毒飯食者必死修行者觀五陰三相所雜亦復如是一念生一念苦即一念時亦生亦住亦滅彼念

生時即與苦俱生是故一念一念即壞修行者觀五陰如是生滅破壞虛僞無常過惡即起無常行苦行空寂行無我行穿漏法不實法速朽法破壞法如是無常義如修多羅廣說乃至百句修行者盡行如是諸相知諸法眞實便得解脱以賢聖地三昧想行觀此非常相便起深憂猒見有爲過患不樂三有復次修行者若觀生則非滅若觀滅則非生如是則不生聖行要一心一相正向解脱然後智生是決定聖行聖行既起一切法相寂滅無餘癡愛煩惱及諸罪垢能轉苦陰者皆悉除滅滅已其心調伏是見五陰無我亦無我所以無常諸行觀察苦陰觀察苦陰有八苦逼迫於八苦相成就八行所謂如病如癰如刺如殺無常苦空無我四是聖行四非聖行於苦陰決定觀其眞實如是四諦十六聖行是則修行煖法初相於眞諦地得眞實慧觀察苦陰如燒鐵丸亦無堅固向涅槃背生死不貴有不樂生譬如群獸獵師圍逼以怖急力故超勇奔出修行者如是見生死熾然大苦圍逼以猒智力超出無礙復次修行者思慧生時煖法種起息止修慧生時煖種增長到煖自地煖相滿足止息修慧生時頂法種起煖法生時頂種增長到頂自地頂相滿足煖法生時忍法種起頂法生時忍種增長到忍自地忍相滿足

復次於五陰悅可名爲煖法煖法觀五陰於三寶悅可名爲頂法頂法觀十八界於四諦悅可名爲忍法忍法觀十二入俱觀三觀種隨彼善根一增上故說有差別是一切盡觀

眞諦但忍於眞實觀增煖法想增頂法信歡喜增忍法智慧增復次修行有三種緣謂上下諸方三種善根依此三緣各一增上故說悅可本云咄設復次三種修煖依猒離頂依歡喜忍依平等捨亦隨彼善根一增上故說當知一種修盡成就三法復次修行當知譬如有人有五怨賊拔刀隨逐常欲加害前後五陰轉相煎逼亦復如是佛言欲求阿鼻三磨耶此是見道名也當作達磨摩那斯迦邏常觀眞實義以聖行刀斷除陰賊莫如劣夫不能報讎爲彼所害乃至一切賢聖皆應勤修如是止觀爲現法樂故爲後世作大明故斷一切苦本故饒益衆生故況於凡夫空無所得而自放逸不勤修習觀五陰竟達磨摩那斯迦邏達磨法謂世間第一法也摩那斯迦邏謂一經心譯者義言思惟

修行觀入第十六

六入各於境界縛無智衆生貪欲心故常起淨想修行者當知於諸根境界防制非法攝心所緣繫令不動正觀六入譬如空村離我我所不定義是入處義牽下義是入處義能將衆生入惡道又內入相如燒鐵鋌如極利劍亦如利刀佛言若觀此相則能捨離復次觀外入惡賊劫善珍寶若修行者捨於正念開諸入門馳縱六境六境惡賊劫奪淨戒失諸功德如鳥無兩翼而欲飛空人無兩足而欲遠遊修行如是毀淨戒功德故止觀兩翅永不復生欲出生死是終不能如破瓶盛水須臾不住破戒比丘亦復如是三昧法水念頃不住如天德瓶守護不壞常出珍寶隨意

無盡修行如是不毀淨戒則常出生聖功德寶輕壞德瓶珍寶即滅若破戒瓶則永失法寶譬如人截鼻照鏡不自喜樂破戒比丘亦復如是內省其身心不自悅百穀藥木依地而生諸善功德悉依淨戒如栴檀塗身能除熱惱淨戒清涼能止欲火如如意寶珠隨所著處熱時清涼淨戒如是於煩惱火中能息熾然犯戒比丘自惟罪深身逝命終必入惡道心常憂悔死時恐怖淨戒之人心常歡喜生無憂悔死時安樂淨戒爲梯能昇慧臺戒爲莊嚴具亦爲善戍衞戒能將人至於涅槃戒爲良地生十善種子教誡師水隨時溉灌信根則生無漏陰爲幹四如意爲觚慈心爲枝條少欲知足爲柯葉七覺意爲華解脫智爲果寂滅法爲甘露戒香流出一切普熏賢聖鳥王棲宿其間悲爲重陰清涼廣覆辯才法師爲蜜蜂王和聲相顧嘗採精味其樹脩直堅固貞實無有虛僞諂曲腐病是則名曰功德大樹諸修行者欲趣涅槃背三世苦向解脫城漸次發行諸善功德息彼樹下飲法甘露止三渴患其身安隱能至涅槃復次戒有衆多數或一二三四或七或十二或二十一若念念須臾頃則有無量戒種道共定共俱生戒戒正語正業正命與心迴轉觀此諸戒其相各別或純淨無垢或輕薄明淨如是無垢戒相現於境界修行於依緣念三處觀察戒相若塗香柔軟離垢悅樂明淨潔白是所依中相若其地平廣妙華寶器嚴飾之具衆寶滑澤是名修行境界中相譬如犛牛護尾一毛著樹守樹而死不令毛斷比丘護戒

亦復如是一微之戒守死不犯妙相嚴身衆好具足猶如秋月停照虛空修行三昧觀此淨相已乃至命終無復憂悔亦無熱惱不復恐怖安悅歡喜踊躍增長生寂止樂麤澁四大滅如是等名修行憶念中相

復次三種中更有雜相嬈亂障礙失念意不住請求悔過不善惡業守死不爲夢中無犯增益持戒佛説戒爲華鬘塗香莊嚴衆具香風一方來是世界香諸方來是戒德香或身無手足眼耳鼻舌一切肢節悉不完具或身沒塵埃或觀察自身離諸塵垢澡浴塗身名衣上服是名修行於依緣憶念觀察尸羅種種雜相威儀定共道共三種戒悉已於中説此三種戒更有無量諸深妙相明智者當廣演説修行者已觀淨戒欲破諸入山者當修二法所謂止觀先當觀離惡悅樂充滿其身麤澁四大滅柔順四大生起寂止樂一心不亂自於內身繫心於入相當善守護入相所起處觀察時白淨相起比丘見此相當善守護如佛所説譬如伏雞善護其子必得成就比丘修行亦復如是專精守護乃得成就十二修果相現分明修行者善守護持離諸放逸修果成就境界淨妙離諸垢汚明如寶珠亦如懸水境界廣滿身處少分周遍遠流然後來還還已一相現復分爲二分還合爲一成曼荼羅境界安住平正普現衆相猶如衆星光曜布烈然後乃壞壞已各各流出還合爲一復周遍遠流充滿諸方充滿諸方已復還安隱堅住住已熟相現熟相現已有種種衆相周遍彌廣微妙器服諸奇特相悉現境

界內入空聚外色聲香味觸及三世三種法善不善無記一切悉現觀其眞實復次外六入如賊內六入如空聚亦說內外入爲此彼岸此十二入諸勝妙相增廣無量佛說修多羅中廣說

復次修行者於此境界熟相起起已復壞間間有斷離相斷離相流注極遠停住一處如寶瓶盛水然後還開漸見寂滅寂滅已復有諸餘一切功德相生諸入門中常離相流出各各出已復於一處成曼荼羅曼荼羅上復有自相起起已復熟熟已不久寂滅然後修行復加專精更現清淨微妙禪相現已如前次第寂滅復次修行者於諸入門中更有種種妙相於繫心處決定相起名髻中明珠喻三昧修行者自觀身作二分衆寶藏上有寶蓮華修行者自見身在蓮華上衆寶妙華莊嚴圍遶復次如世尊修多羅說六衆生喻行者於此具足觀察所謂眼爲狗走逐五色村耳爲鳥隨空聲起鼻爲毒蛇隨逐香穴舌爲野干貪五味死屍身爲輸收磨羅常樂入觸海意爲獼猴常樂遊縱三世法林若六種衆生繫著一處不能自在各遊所樂修行如是以三昧正念繫縛六根不令自在馳散所緣然後以清淨智觀法眞實癡冥凡夫六境中貪著希望無量惡法如是正觀悉能除滅一切衆生樂著境界自起障礙不至涅槃是故修行欲壞生死趣涅槃者當降伏諸根遠離境界

修行觀十二因緣第十七

已說諸對治及所治愚癡對治是應分別一

切佛所說緣起滅除癡冥生如實智有甚深微妙隨順功德今當略說令諸修行功德增益滅除愚癡觀察緣起遠離斷常二邊諸想知因緣和合有爲法生亦能降伏迷醉外道牽令隨順第一空法慧眼明淨無明悉滅修行者觀緣起有四種一名連縛二名流注三名分段四名刹那連縛有六種一曰生二曰分三曰趣四曰生門五曰刹那六曰成壞生者從死陰次起中陰中陰次起生陰中陰衆生無明昏亂愚癡所盲造作有業中陰衆生見男女和合無明增故生顛倒想或生害想或生愛想欲與女俱者於男生害心然後自見與彼和合爾時欲心迷醉是名愛起身見和合不淨謂爲已有是名慢起身因母飲食而得增長令身數起是名食起身四大與迦羅邏時其心沉没少有所識起身四大與迦羅邏俱生得報身是名四大起身結業爲方便二支既過次第識種生是名種子識始處迦羅邏時其心沉没少所識知識不明利是名爲生得迦羅邏已識明利故是名爲識是名生連縛也分段者從迦羅邏次起泡肉段堅厚肢節嬰兒童子盛壯衰分老分次第生是名分連縛也趣者謂遍至諸趣修行者觀諸趣相是名趣連縛也生門者謂四生相續輪迴不絶是名生門連縛也刹那者觀五陰念念相續生滅不斷是名刹那連縛也成壞者一切境界起滅劫數始終修行者觀此成壞相續名爲成壞連縛也是則修行觀緣起連縛也流注者謂修行者觀刹那流至但刹那乃至羅婆磨睺路姤是名流注迦羅邏

分流注七日泡肉段堅厚乃至衰老分是名流注起分住分起緣分入分出分方便分一切正受巧便流注次第起盡名流注諸起迴轉如旋火輪是名流注如是一切無量流注是則修行觀緣起流注分段者修行者觀察從分至分故說分段能如是知則於緣起成就謂無明增上猶如盲人無有見相如大黑冥遠離光明或於前無見或於後無見是則偏盲若前後無見是二俱盲若離二盲則捨癡冥得明淨慧眼如是苦集滅道佛法僧寶無知是名十種癡十種癡滅名爲十種慧佛說無明爲初因種三種業若修行不知無明過患則種三種業起已從是生識諸識如幻種種悉現從識相續起名色於彼一身而有二相譬如虛輭沮爛之物內有諸蟲令外動搖亦如野蠶初作璽膜名色二相亦復如是乃至諸根未成說爲名色二相諸根既開名爲六入諸根始開未有所作於觸愚癡不知適與不適如雨滴注水水則泡起情塵生觸亦復如是外刺刺身觸從中起亦如然燈油炷所成是名修行觀爾焰觸相觸相起已次第生受譬如水泡三種相現若分別諸根則有五受受起已次生渴愛譬如舌舐蜜塗刀刃愛增諸煩惱名爲取取次生有種三種業業起當來果故名爲有已種生而未受名爲未來生生已熟謂爲老死二支說未來生時生相增上佛說識分未來識生時名爲生名色六入觸受名爲老死前生愛取有能集令有故於此生爲過去愛取有相是煩惱分故說爲無明有則是行現在三支能種來生過

去二支轉生死輪彼衆生輪轉以無明覆故八現在二過去二未來世差别故如是分别當知轉時一切皆十二

復次更有餘分因緣今當説從迦羅邏泡肉段堅厚肢節嬰兒童子壯年衰分老死分於是十種分觀察緣起復次於起住起緣入出方便分乃至餘一切分悉觀緣起復次是事起故是事起謂彼眼色能起眼識三事和合觸生受想思是名修行異種觀緣起復次修行者方便觀諸入緣起以明淨境界自向觀諸入門如是見已各觀自相處破諸入出無量積聚熟相現已流注十方極智境界致到彼觀察明智升進者修住巧便爾時聞思修慧熟相壞相次第而起諸餘升進義如前入處説復次是事有故是事有是事起故是事起謂修行者先壞内身次觀外色猶如照鏡因物像現如是所依相起外相亦起也

復次修行者於諸不淨觀其緣起先於方便處繫念令堅固然後於肢節分解觀其緣起起明相已無明相壞依脚骨有蹲骨髀骨髋骨肩骨頸骨頭骨充滿十方有漏業相普現於下諸雜不淨相階級次第起

復次修行者觀四因能生衆苦展轉因鄰近因周普因不共因復次修行者觀果從生因生從有因有從取因如是乃至行從無明因行是果亦是因從因推果還至老死亦如是若於無明求因必大恐怖而起斷見無智闇冥餘明甚微猶如螢火如是猶復求因不已自見惟與大黒闇俱世尊説言由不正思惟衆生苦與是俱則輪轉生死無明縛故有輪

常轉無明爲本餘支所作各有相現一切有支輪無明最自在自在力所轉如奴屬其主是無故是不作是滅故是不轉當知餘支皆如是說死有四種漸漸死頓死行盡死刹那死又說三種無常一刹那無常二分段無常三種類無常修行者了此無常則遠離四魔破壞無明明相顯現如明淨燈能消衆冥乃至老死滅諸明相起亦復如是破壞無明諸積聚已成就一相淨妙境界行者身體柔輭光澤光澤已身極明淨如明鏡像如是相現明淨觀已身內衆物各各自相一切顯現如是觀成就名曰於界得度何以故有五種癡五種對治相一界二入三陰四卑賤五垢汚是名五種癡或觀界得度或復觀陰觀入觀彼增功德觀第一義而得度者是名五種對治也

復次修行者入快淨瑠璃三昧於明淨境界觀緣起支觀緣起支時便生易見想如說阿難白佛言緣起易見佛告阿難十二緣起甚深無底難見難知汝欲毀壞我三阿僧祇劫甚深微妙難得之果云何欣悅而說是言是深妙觀我今當度汝當隨我觀佛境界境界海浮漂外道無智闇冥二邊愚癡離爾焰境界所不能入聲聞辟支佛雖能少入不得其底爾時世尊說是語已即入甚深微妙爾焰境界住三三昧自在正受正受境界有二師子王師子王上各有七寶池七寶池中各有七寶蓮華七寶蓮華上皆有坐佛放大光明極聲聞境界然後乃住是諸聲聞從初發心至最後身所種善根及諸緣起一切悉現從

是復起三師子王師子王上各有七寶池七寶池中各有七寶蓮華七寶蓮華上皆有坐佛放大光明極辟支佛境界然後乃住諸辟支佛從初發心乃至究竟所種善根及諸緣起一切悉現從是復起無量師子王師子王上各有七寶池七寶池中各有七寶蓮華一一華上皆有坐佛普放光明極菩薩境界然後乃住是諸菩薩從初發心至金剛座所修善根一切功德若業若果及諸緣起一切悉現從是復起無量師子王師子王上各有七寶池七寶池中各有七寶蓮華一一華上皆有坐佛放大光明普照佛法甚深緣起一切悉現爾時佛以神力示阿難佛之境界已語阿難言爾焰中更有無量無邊諸佛境界佛智所行如是甚深微妙境界云何欣悅而言易見汝智淺不及謂爲易見耳如上爾焰境界無量諸法現在前已然後乃壞一切皆空清淨寂滅寂滅已復觀勝妙爾焰起佛法身漸漸廣大周滿十方無量法寶充滿法身法身光明無有邊際不共智慧所行境界一切佛法甚深緣起悉現在前然後乃壞一切皆空清淨寂滅無有處所猶如虛空無所依止如寶入手名爲得寶修果如是名決定相阿難如來境界不可思議我今爲汝示少少耳阿難見佛境界歡喜踊躍白佛言甚深世尊世尊爾焰境界難得其底若我先知如來境界如是深妙者寧使我身碎如胡麻要當究竟佛法彼岸如是一切名修行觀緣起分段刹那者三世一刹那一刹那三世法未起名未來起時名現在已起名過去一刹那生即

一刹那苦與無常俱故當知衆生行刹那頃不住亦無所從來去亦無所至雖轉亦無所去去亦無積聚一刹那起一刹那滅刹那如一念一念如刹那前刹那聚巳滅滅時與後起隨順四緣具足後刹那起修行境界觀一刹那間有無量微塵無量微塵一一刹那次第相續猶如連珠譬如四善射人俱放四箭有一人健行箭未至地能就空中接取四箭不令落地地神迅疾復過於是虚空神疾過於地神日月天疾過虚空天如是健行天疾倍過日月當知諸行無常迅過於是不可譬喻如修行者觀迦羅邏七日住分有無量刹那當知餘一切分亦如是如是觀巳離諸愚癡增益明慧如是無量名修行觀緣起刹那

復次修行者初入正受名爲連縛境界增長名爲流注方便境界安住名爲分段境界漸滅名爲刹那

復次巳說四種別相觀緣起佛說總緣起今當說二支種二支熟二支趣二支牽所種二支生長二支成就二支受二支作人二支田二支寄者二支所寄二支受寄者是說名有支修行者觀緣起或五陰或四陰五陰欲色界四陰無色界無常空等諸行於陰決定眞實決定眞實巳決定相現在前是事有故是事有是事起故是事起是事無故是事無是滅故是不作譬如有鑽有燧有人方便煙火乃出因薪熾然亦如因樹有蔭因日有光因燈有焰皆從緣起無明不言我能生行行亦不言我從無明生當知一切有支皆如是是空法寂滅法無所有法作者不可得但有無

明諸行和合有漏法生受爲軸轉有支輪生諸結縛諸結中愛支增諸縛中取支增諸使中識支增諸纏中無明增向生結增受生縛增諸識漂利使增於境界愚癡煩惱增如是煩惱業縛能轉生果有輪常轉漂無智衆生隨義增故說有差別當知諸分皆有結縛使纏復次修行者六種觀十二緣起於十二支隨順義說謂安般念觀業支有支以出息入息是身行覺觀是口行想思是意行是故安般念是彼對治界方便觀觀識支生支識增上故處胎識於諸界增上說七識界是故界方便觀是彼對治陰方便觀觀名色支老死支是故陰方便觀是彼對治破諸入出方便觀觀六入支觸支是故入方便觀是彼對治緣起方便觀觀無明支受支是故緣起方便觀是彼對治何以故受及無明是諸煩惱根本是故智慧是彼對治愛取二支染著淨故不淨是對治

復次修行者觀十二緣或時從因度或時從果度或從無明行乃至老死或觀識乃至老死或三事和合生觸觸生受受生愛愛生取乃至老死或從愛取有生老死或從老死乃至無明或觀老死乃至識如佛城喻經說復次修行者於四念處觀十二支各增上身念處觀六入支受念處觀受支心念處觀識名色支法念處總觀餘支說此義已而讚偈言

方便治地行　乃至究竟處　無上法施主
說是傳至今　我從彼勝聞　撰說深妙義
章句莊嚴集　欲令法久住　佛法深無底
修行亦無邊　以我少智力　宣暢無量法

是深非所測　如蚊甞大海　惟彼巳度者
然後乃究竟
六十二界六種六情六塵六識六界六覺謂
貪恚癡三不淨覺及是三淨覺也若樂不苦
不樂處憂喜捨
六三欲色無色界又色無色滅界三世法輭
中上法善不善無記法學無學非學非無學
四二者食非食漏無漏依欲依出要有爲無
爲三十六不淨次第髮毛爪齒薄皮厚皮筋
肉骨髓脾腎心肝肺小腸大腸胃胞屎尿垢
汗淚洟唾膿血黃白痰癊肪䏰腦膜
刹那數百二十刹那名一怛刹那六十怛刹
那名一羅婆三十羅婆名一摩睺路姤三十
摩睺路姤名一日一夜一歲中惟二時二日
三十摩睺路姤晝夜等謂羯提月白分八日
八月名羯提後半月名爲白分陛舍佉月白
分八日二月名陛舍佉後半月名白分此二
時二日晝夜各十五摩睺路姤從是後羅婆
流或晝減夜增或夜減晝增名爲流晝夜等
各三十摩睺路姤謂羯提月白分八日陛舍佉月白分八日羯提月者謂七月十六至八月十五日是八月名後半月名白分陛舍佉月者正月十六日至二月十五日是二月名後半月名白分此二時二日晝夜各二十摩睺路姤從是後羅婆流或晝減夜增或夜減晝增名爲流

達摩多羅禪經卷下

音釋

筋居銀切骨絡也　鏁蘇果切　塺音磨　瘠前歷切瘦也　肪䏰肪敷房切䏰相干切肪䏰脂也　蠆楚邁切長尾蜂也　蠒膜蠒吉典切膜末各切　舐善指切舌餂也　踹時充切腓腸也　髀部禮切股骨也　骻苦瓦切兩股間也　腎時忍切水藏也

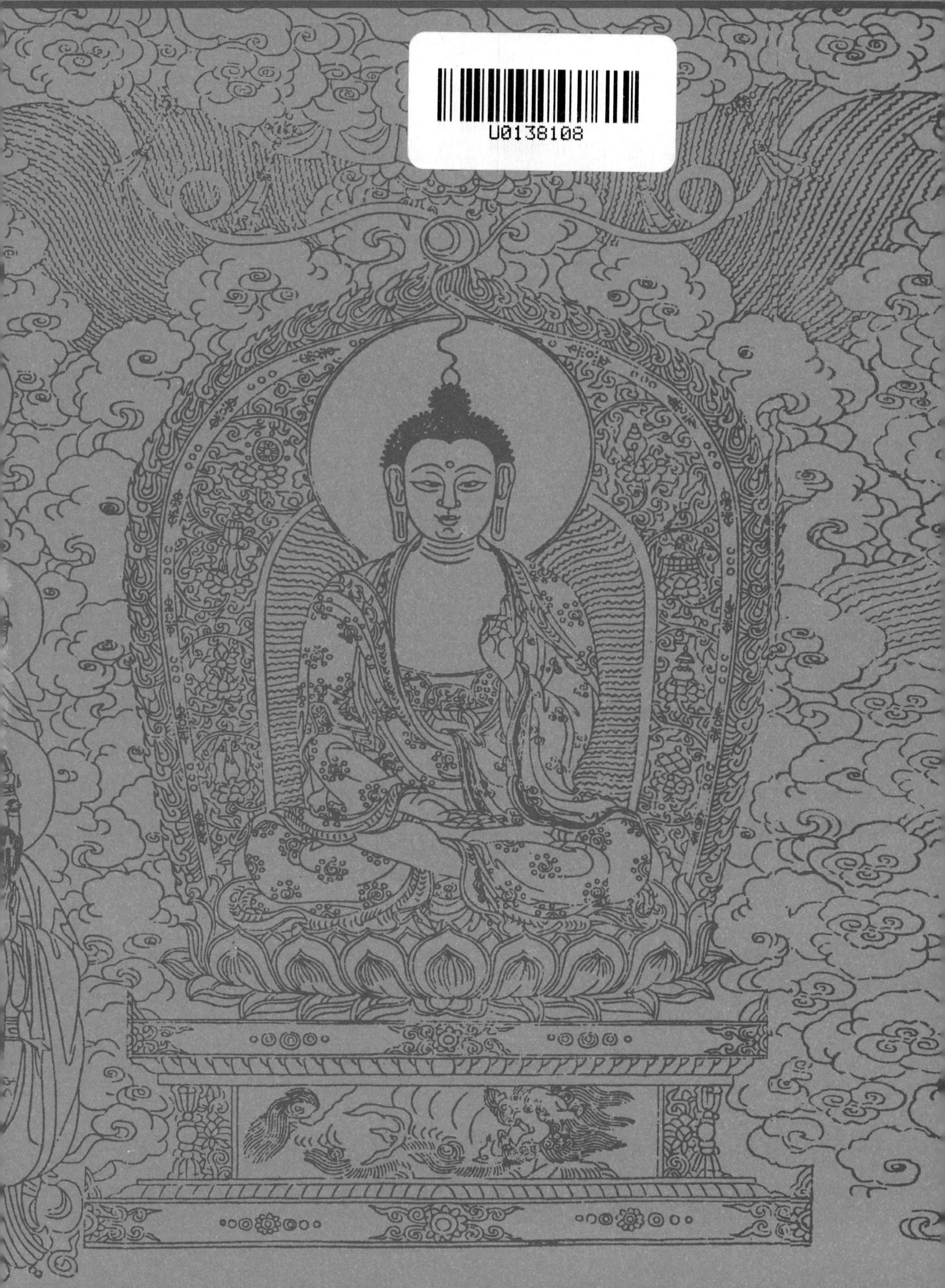